Du même auteur, chez le même éditeur :

Shannara :
1. *L'Epée de Shannara* (2002)
2. *Les Pierres elfiques de Shannara* (2003)
3. *L'Enchantement de Shannara* (2003)

L'Héritage de Shannara :
1. *Les Descendants de Shannara* (2004)
2. *Le Druide de Shannara* (2005)

www.bragelonne.fr

Terry Brooks

Les Pierres elfiques de Shannara

Shannara - livre deuxième

Traduit de l'américain par Rosalie Guillaume

Bragelonne

Collection dirigée par Stéphane Marsan et Alain Névant

Titre original : *The Elstones of Shannara*

ISBN : 2-914370-47-4

Bragelonne
35, rue de la Bienfaisance - 75008 Paris - France

E-mail : info@bragelonne.fr
Site Internet : http://www.bragelonne.fr

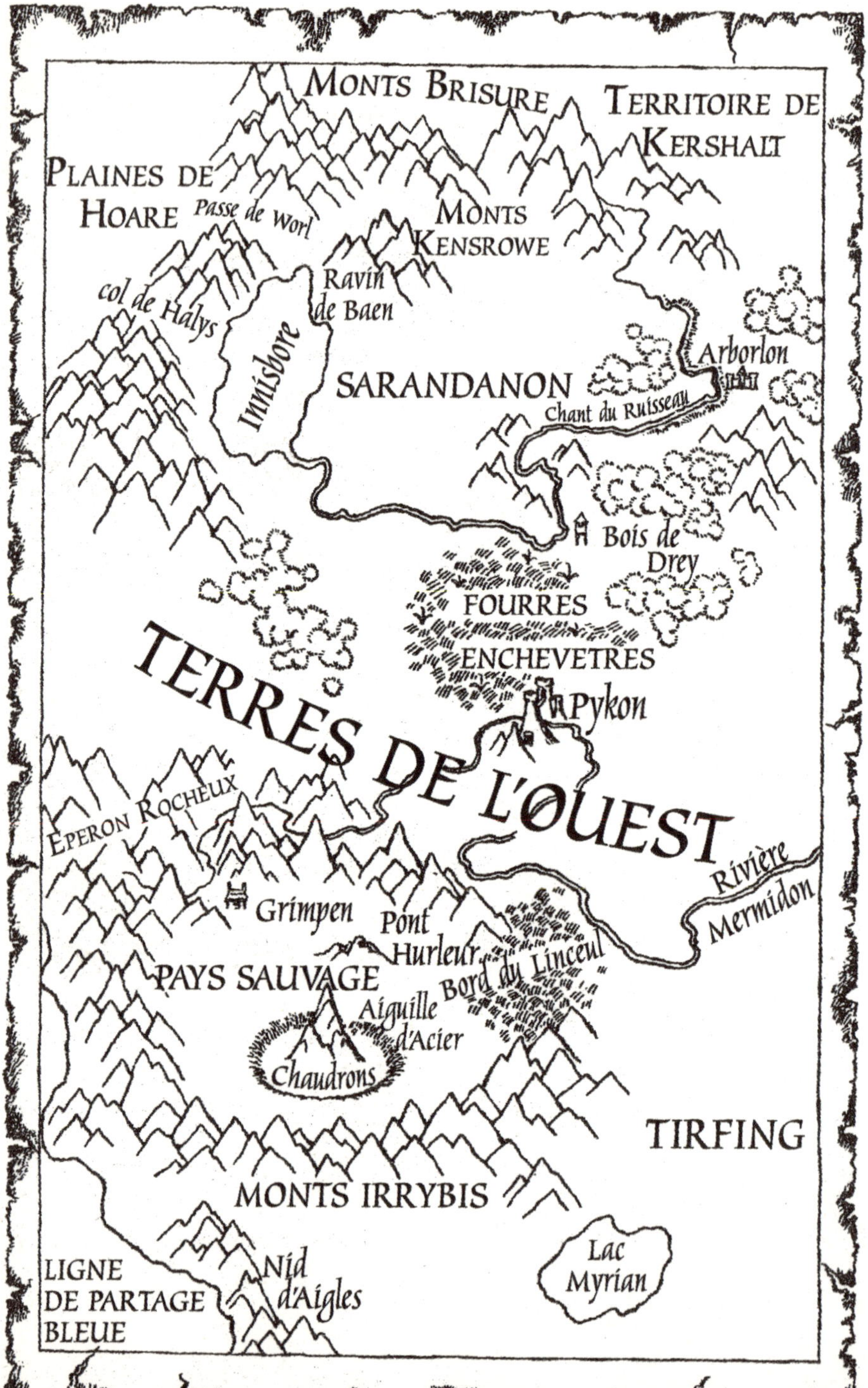
MONTS BRISURE
TERRITOIRE DE KERSHALT
PLAINES DE HOARE
Passe de Worl
MONTS KENSROWE
Ravin de Baen
col de Halys
Innisbore
SARANDANON
Arborlon
Chant du Ruisseau
Bois de Drey
FOURRES ENCHEVETRES
Pykon
TERRES DE L'OUEST
EPERON ROCHEUX
Rivière Mermidon
Grimpen
Pont Hurleur
Bord du Linceul
PAYS SAUVAGE
Aiguille d'Acier
Chaudrons
TIRFING
MONTS IRRYBIS
Lac Myrian
LIGNE DE PARTAGE BLEUE
Nid d'Aigles

TERRES DU NORD
ROYAUME DU CRANE
MONTAGNE DU CRANE
DESERT DE KIERLAK
MARECAGE DE MALG
MONTS CHARNAL
MONTS DU FIL DU COUTEAU
RIVIERE LETHE
PLAINES DE STRELEHEIM
COL DE JANNISSON
VALLEE DE RHENN
TERRES DE L'OUEST
PARANOR
FORTERESSE DES DRUIDES
PLAINES DE RABB
TERRES DE L'EST
RIVIERE RABB
ANAR SUPERIEUR
LA SALLE DES ROIS
LES DENTS DU DRAGON
COL DE KENNON
VALLEE DE SCHISTE
R. MERMIDON
KERN
MONTS WOLFSKTAAG
STORLAND
COL DE JADE
VARFLEET
MONTS DE RUNNE
CALLAHORN
TYRSIS
COL DU NOEUD-COULANT
FORETS DE L'ANAR
LAC ARC-EN-CIEL
RIVIERE ARGENTEE
CULHAVEN
TERRES DU SUD
MARAIS DES BRUMES
BASSES-TERRES DE TERTREBATAILLE
FORET DE DULN
R. RAPPAHALLADRAN
LEAH
BASSES-TERRES DE CLETE
LES CHENES NOIRS
ANAR INFERIEUR
VALOMBRE

Chapitre 1

L'aube pointait déjà quand les Élus entrèrent dans les jardins de la Vie. Tout autour, la ville elfique d'Arborlon dormait encore, ses habitants blottis dans la chaleur de leurs lits. Mais pour les Élus, la journée avait déjà commencé. Leurs robes blanches soulevées par la brise estivale, ils passèrent entre les sentinelles de la garde Noire, immobiles et raides comme tous les hommes qui avaient monté la garde au fil des siècles devant le portail en fer forgé incrusté de volutes d'argent et d'éclats d'ivoire. Rien ne perturbait le calme matinal, à part le son de leurs voix et le bruit de leurs sandales sur les graviers. Ils avancèrent rapidement, entrant dans les jardins ombragés en se frayant un chemin parmi les grands pins.

Les Élus prenaient soin de l'Ellcrys, l'arbre étrange et merveilleux qui trônait au centre des Jardins. Selon les légendes, il servait de protection contre des forces maléfiques primales qui avaient presque détruit les elfes des siècles plus tôt. Ces forces avaient été isolées de la Terre en des temps antérieurs à l'apparition de la race des hommes. Depuis, il y avait toujours eu des Élus pour s'occuper de l'Ellcrys. Ils suivaient la tradition transmise par des générations d'elfes – ce qu'ils considéraient à la fois comme un honneur et un devoir sacré.

Pourtant, le groupe qui déambulait dans les Jardins ce matin-là faisait montre de peu de solennité ! Deux cent trente jours de leur année de service étant passés, les esprits pleins de vie de ces jeunes gens n'étaient plus si faciles à contrôler. Ils connaissaient l'importance de leur mission et de leurs responsabilités, mais ils n'en étaient plus éblouis, comme au début. Les Élus des elfes étaient désormais six jeunes gens chargés d'un travail qu'ils faisaient depuis qu'ils avaient été choisis. Une tâche devenue familière et routinière : saluer l'arbre au lever du soleil.

Seul Lauren, le plus jeune de cette promotion, était silencieux. Il marchait un peu à l'écart des autres et ne participait pas à leurs conversations. Sourcils froncés sous sa chevelure rousse, il affichait une grande concentration. Plongé dans ses pensées, il ne s'aperçut pas que le bruit avait cessé, devant lui, ni que ses compagnons avaient ralenti le pas pour s'accorder au sien. Il sursauta quand une main lui toucha le bras, et leva abruptement la tête, ses yeux voilés reconnaissant le visage de Jase.

— Qu'y a-t-il, Lauren ? Tu es malade ? demanda Jase.

Quelques mois plus vieux que les autres, Jase était le chef incontesté du groupe.

Lauren secoua la tête, mais ne se dérida pas pour autant.

— Je vais bien.

— C'est faux. *Quelque chose* te trouble. Tu es d'humeur sombre depuis ce matin. Hier soir aussi, maintenant que j'y pense. (Jase posa une main sur l'épaule de Lauren pour l'obliger à lui faire face.) Dis-moi de quoi il s'agit. Personne ne t'en voudra de ne pas accomplir ton service si tu es malade.

Lauren hésita, puis soupira.

— D'accord... C'est à cause de l'Ellcrys. Hier, au coucher du soleil, avant que nous le quittions, j'ai eu l'impression de voir des taches sur certaines feuilles. Comme si elles se fanaient.

— Tu es sûr ? Rien de tel n'est jamais arrivé à l'Ellcrys, d'après ce qu'on nous a dit.

— Je me suis peut-être trompé. Il commençait à faire noir. J'ai cru que c'était une ombre... Mais plus j'y pense, et plus je suis persuadé que les feuilles étaient vraiment fanées.

Les autres jeunes gens marmonnèrent, déconcertés.

Puis l'un d'eux prit la parole :

— C'est la faute d'Amberle. J'ai déjà dit que ça nous poserait des problèmes d'avoir une fille parmi les Élus !

— Il y a déjà eu des Élues, et rien de tel n'est jamais arrivé ! protesta Lauren.

Il aimait bien Amberle. Elle était d'un abord facile – surtout pour la petite-fille du roi Eventine Elessedil.

— Il n'y en a pas eu depuis cinq cents ans, répondit l'autre jeune homme.

— Bon, ça suffit ! dit Jase. Nous avons convenu de ne pas parler d'Amberle. (Il réfléchit un moment, puis haussa les épaules.) Il serait dommage qu'il arrive malheur à l'arbre. Surtout pendant qu'il est sous notre responsabilité. Mais rien n'est éternel...

Lauren sursauta.

— Jase, comment peux-tu dire ça ? Si l'arbre faiblit, la Barrière cessera d'exister et les démons qu'elle emprisonne seront libérés...

— Tu crois vraiment à ces histoires de bonnes femmes, Lauren ? lança Jase en riant.

— Comment peux-tu être un Élu si tu n'y crois pas ?

— Je ne me souviens pas qu'on m'ait demandé à quoi je croyais quand j'ai été choisi... Et toi, Lauren ? On t'a demandé quelque chose ?

Lauren secoua la tête. On ne posait aucune question à ceux qui avaient l'honneur d'être candidats. Les jeunes elfes, garçons et filles, devenus adultes au cours de l'année précédente étaient amenés devant l'arbre. À l'aube de la nouvelle année, ils passaient sous ses branches et chacun s'arrêtait un instant. Ceux dont une branche touchait l'épaule devenaient les nouveaux Élus, voués à servir l'arbre jusqu'à la fin de l'année. Lauren se souvenait encore de la fierté et de la joie qu'il avait éprouvées quand une branche s'était inclinée vers lui pour le désigner et qu'il avait entendu l'arbre murmurer son nom.

Et il se souvenait aussi de l'étonnement général lorsque Amberle avait été appelée...

— C'est seulement une histoire pour faire peur aux enfants, dit Jase. La véritable fonction de l'Ellcrys est de rappeler aux elfes qu'ils survivent, comme lui, malgré les changements survenus dans les Quatre Terres. C'est un symbole de notre force, Lauren. Rien de plus.

Jase se détourna et fit signe aux autres jeunes gens de reprendre leur chemin. Lauren replongea dans ses pensées. La façon dont son ami avait dénigré la légende de l'arbre le perturbait. Bien entendu, Jase venait de la ville... Lauren avait déjà remarqué que les habitants d'Arborlon prenaient les légendes moins au sérieux que ceux du petit village du Nord où il était né. Mais l'histoire de l'Ellcrys et de la Barrière n'avait rien à voir avec une légende : c'était la fondation de la culture elfique, l'événement le plus important dans l'histoire de son peuple !

Tout ça était arrivé bien longtemps avant la naissance du nouveau monde. Une grande guerre entre le bien et le mal que les elfes avaient finalement gagnée. Ensuite, ils avaient créé l'Ellcrys et la Barrière, expédiant ainsi les démons dans des ténèbres intemporelles... Tant que l'Ellcrys était bien entretenu, les forces du mal seraient bannies de la terre des elfes...

Tant que l'Ellcrys était bien entretenu...

Il se secoua. Le « flétrissement » était-il un mauvais tour que lui avait joué son imagination ? Ou un effet de lumière ? Sinon, il leur faudrait trouver un remède. Il existait toujours une solution...

Peu après, il arriva devant l'arbre avec ses camarades.

Il leva les yeux, hésitant, puis soupira de soulagement. L'Ellcrys semblait intact. Son tronc argenté parfait s'élançait vers le ciel. Un réseau de branches symétriques en sortait, couvert de grandes feuilles à cinq dentelures couleur rouge sang. À sa base, de la mousse verte poussait sur l'écorce lisse, semblable à des ruisseaux émeraude qui dévalent le flanc d'une montagne. Le tronc ne portait aucune craquelure et il n'y avait pas la moindre branche brisée ou abîmée.

Il est si beau ! pensa Lauren. Examinant de nouveau l'arbre, il ne vit aucune trace de la maladie.

Les autres jeunes gens allèrent chercher les outils nécessaires pour nourrir et entretenir l'arbre et les Jardins alentour. Jase se tourna vers Lauren.

— Aimerais-tu le saluer aujourd'hui ? demanda-t-il.

Surpris et ravi, Lauren remercia son ami. Jase lui laissait son tour pour cette mission si spéciale. De toute évidence, c'était pour lui remonter le moral.

Il avança sous les branches et posa la main sur le tronc lisse. Les autres jeunes gens restèrent quelques pas derrière lui pour réciter les salutations matinales. Lauren leva les yeux, cherchant le premier rayon de soleil qui tomberait sur l'arbre.

Puis il recula brusquement. Les feuilles, au-dessus de sa tête, étaient couvertes de taches noires. Horrifié, il vit qu'il y en avait ailleurs dans l'arbre. Ce n'était pas un jeu de lumière !

Il se tourna vers Jase et lui fit des signes frénétiques. Quand le jeune homme le rejoignit, il désigna les feuilles. Comme de coutume, à ce moment de la journée, ils ne parlèrent pas, mais Jase grogna quand il vit l'étendue des dégâts. Les deux jeunes gens firent le tour de l'arbre et découvrirent des feuilles flétries un peu partout. Si certaines semblaient à peine atteintes, d'autres étaient noircies au point que leur couleur rouge sang paraissait comme effacée.

En dépit de ce qu'il avait prétendu penser de la légende de l'arbre, Jase était visiblement secoué. Son visage exprimait un grand désarroi quand il recula pour parler avec ses camarades. Lauren fit mine de les rejoindre, mais Jase lui montra le sommet de l'arbre, dont les premières lueurs de l'aube atteignaient presque les branches.

Lauren connaissait son devoir. Il revint vers l'arbre. Quoi qu'il arrive, les Élus devaient saluer l'Ellcrys, comme ils le faisaient tous les jours depuis la création de leur ordre.

Il posa doucement sa main sur l'écorce argentée. Les mots rituels se formèrent sur ses lèvres, mais une petite branche descendit et lui effleura l'épaule.

— *Lauren...*

Le jeune elfe sursauta en entendant son nom. Pourtant, personne n'avait parlé. Les mots avaient simplement retenti dans son esprit.

C'était l'Ellcrys !

Retenant son souffle, il leva la tête pour regarder la branche qui reposait sur son épaule. L'arbre lui avait parlé une seule fois, le jour où il avait été choisi. Il l'avait appelé par son nom, comme les autres Élus. Depuis, il ne s'était plus adressé à eux, sauf à Amberle, bien entendu. Mais elle n'était plus parmi eux.

Il se tourna vers ses compagnons, qui le regardaient fixement, se demandant pourquoi il avait interrompu le rituel.

La branche qui s'était posée sur son épaule descendit et s'enroula autour de lui. Il sursauta à ce contact.

— *Lauren. Appelle les Élus à moi.*

Hésitant, Lauren fit signe à ses camarades de le rejoindre. Prêts à poser des questions, ils avancèrent, les yeux levés vers l'arbre. Des branches s'abaissèrent et se posèrent sur l'épaule de chaque Élu. Alors, la voix de l'Ellcrys résonna dans leurs esprits.

— *Écoutez-moi. Souvenez-vous de ce que je vous dirai. Ne me décevez pas.*

Les jeunes gens frissonnèrent. Un silence de mort tomba sur les Jardins, comme s'ils étaient soudain les seuls êtres encore vivants au monde. Des séries d'images défilèrent dans leurs esprits, toutes exprimant une horreur indicible. S'ils l'avaient pu, les Élus se seraient enfuis et cachés jusqu'à ce que ce cauchemar soit terminé et oublié. Mais l'arbre ne les lâcha pas. Les images continuèrent à surgir et l'horreur augmenta jusqu'à l'extrême.

Puis le flot se tarit. L'Ellcrys se tut. Ses branches quittèrent les épaules des Élus et s'offrirent au soleil matinal.

Lauren resta pétrifié, des larmes ruisselant sur ses joues. Anéantis, les six Élus se regardèrent, la vérité résonnant toujours dans leurs esprits.

La légende... n'en était pas une. Les forces du mal étaient réellement retenues par la Barrière que générait l'Ellcrys. Lui seul gardait les elfes en sécurité.

Et il agonisait.

Chapitre 2

Loin à l'ouest d'Arborlon, au-delà des monts Brisure, l'air frémit. Une masse plus sombre que les ténèbres qui précèdent l'aube apparut, ondulant et frissonnant comme si on la martelait de coups. Le voile d'obscurité résista un moment puis se déchira. Des hurlements de joie montèrent des ombres, au-delà de l'ouverture. Des dizaines de membres griffus s'accrochèrent au bord de la brèche, essayant de se hisser vers la sortie. Puis une colonne de flammes écarlates jaillit. Tordues et brûlées, les mains lâchèrent le bord de l'ouverture.

Le Dagda Mor émergea des ténèbres, éructant de rage. Son Bâton de Pouvoir fuma quand il repoussa les êtres qui essayaient de fuir. Puis il traversa hardiment la faille. Peu après, les silhouettes sombres du Faucheur et du Métamorphe le suivirent. D'autres créatures essayèrent de se frayer un chemin vers l'extérieur, mais les lèvres de la déchirure se rapprochèrent, enfermant les horreurs qui les peuplaient.

L'étrange trio resta seul.

Le Dagda Mor regarda prudemment autour de lui.

Les trois monstres se tenaient dans l'ombre de la faille. Ici, l'aube qui avait pointé sur les jardins de la Vie était une pâle lueur dans le ciel, au-delà de la muraille des montagnes. Les grands pics tutoyaient le ciel, projetant des ombres géantes sur les terres désolées des plaines de Hoare.

Ces plaines s'étendaient à l'ouest de la chaîne de montagnes, territoire désert et aride où la survie se comptait en minutes ou au mieux en heures. Rien ne bougeait à la surface. Aucun son ne troublait le calme de l'air matinal.

Le Dagda Mor sourit, découvrant ses crocs. Son arrivée était passée inaperçue. Après toutes ces années, il était libre ! De nouveau lâché au milieu de ceux qui l'avaient emprisonné…

De loin, il aurait pu passer pour l'un d'entre eux. Globalement, il avait un aspect normal : il marchait sur deux jambes et ses bras étaient à peine plus longs que ceux d'un être humain. La silhouette étrangement voûtée, il se déplaçait d'une façon bizarre, comme si quelque chose le gênait. Mais avec les longues robes noires qu'il portait, impossible de voir où était le problème… En approchant de lui, on remarquait une bosse volumineuse au niveau de ses épaules. Et les touffes de poils verdâtres qui couvraient différentes parties de son corps. Et les écailles sur ses bras et ses jambes. Ou encore le museau vaguement félin qui lui servait de visage. Ou enfin ses yeux noirs et brillants trompeusement placides, semblables à des mares d'eau sombre où se tapissait une force maléfique destructrice.

Quand on avait vu tout cela, il n'y avait plus de doute sur l'identité du Dagda Mor. C'était un démon, pas un humain.

Et ce démon avait la haine au cœur ! Oui, il haïssait avec une intensité proche de la folie. Les centaines d'années d'emprisonnement dans les ténèbres, derrière la Barrière, avaient fourni à sa haine le temps de grandir et de se développer. À présent, elle le consumait.

Sa haine était tout pour lui ! Elle alimentait son pouvoir et il l'utiliserait pour écraser les créatures qui lui avaient fait tant de mal. Les elfes ! Tous les elfes ! Et cela ne lui suffirait pas, après avoir été coupé des siècles durant d'un monde qui lui avait autrefois appartenu. Enfermé dans ce vide informe, ces limbes obscurs où il avait misérablement stagné. Non, la destruction des elfes ne lui suffirait pas ! Il lui faudrait écraser aussi les autres : les hommes, les nains, les trolls, les gnomes… Tous ceux qui faisaient partie de cette engeance humaine qu'il détestait tant. Les races qui grouillaient sur son monde et avaient osé se l'approprier.

Le moment de sa vengeance viendrait, pensa-t-il. Comme était venu celui de sa libération ! Il avait attendu des siècles derrière la Barrière, testant ses forces et cherchant à découvrir ses faiblesses. Il avait toujours su que le mur céderait. Et ce jour était arrivé. L'Ellcrys agonisait. Des paroles si douces qu'il aurait voulu les crier à tue-tête ! L'Ellcrys était mourant et il ne pouvait plus soutenir la Barrière.

Le Bâton rougeoya dans ses mains quand la haine se déversa en lui. Le pouvoir calcina la terre au-dessous de la pointe de l'artefact.

Le démon fit un effort pour se calmer et le Bâton refroidit.

Bien entendu, la Barrière serait encore efficace un certain temps. Son érosion ne s'achèverait pas en une nuit, ni même en quelques semaines. La petite brèche qu'il était parvenu à ouvrir lui avait coûté beaucoup d'énergie. Mais le Dagda Mor avait des réserves de pouvoir bien plus importantes que celles des autres créatures emprisonnées derrière la Barrière. Il était leur chef et sa parole faisait loi en leur sein. Au cours des siècÂles, quelques-unes avaient osé défier sa puissance, et il les avait brisées – des exemples très déplaisants pour les autres ! Maintenant, toutes lui obéissaient. Et le craignaient. Mais elles aussi brûlaient du désir de se venger, se nourrissant également de leur haine. Quand elles seraient de nouveau libres, cette soif de sang serait longue à assouvir…

Hélas ! le démon et les siens devraient attendre. Il fallait être patient, car il n'y en avait pas pour longtemps. La Barrière faiblirait un peu plus chaque jour, en même temps que les forces de l'Ellcrys. Une seule chose pouvait empêcher l'arbre de mourir : une renaissance.

Le Dagda Mor connaissait l'histoire de l'Ellcrys. Il était là quand l'arbre avait vu le jour, puis quand il les avait bannis, ses frères et lui, d'un monde de lumière pour les enfermer dans une prison de ténèbres. Il avait été témoin de la magie qui les avait vaincus, si puissante qu'elle transcendait la mort.

Le Dagda Mor savait qu'il risquait de perdre à nouveau sa liberté. S'il laissait un des Élus apporter la graine de l'arbre jusqu'à la source de son pouvoir, l'Ellcrys renaîtrait et la Barrière se dresserait de nouveau. Cela ne lui échappait pas. C'était même la raison de sa présence. Sans être sûr de pouvoir traverser la Barrière, il avait joué un jeu dangereux en utilisant tant de puissance. S'il avait échoué, il en aurait été très affaibli. Et des créatures presque aussi fortes que lui auraient saisi l'occasion de le détruire. Mais le pari était gagné ! Les elfes n'avaient pas encore mesuré l'étendue du danger. Pour le moment, ils se croyaient en sécurité, certains qu'une créature coincée derrière la Barrière n'aurait pas assez de pouvoir pour s'évader.

Ils découvriraient leur erreur trop tard, quand le démon aurait eu le temps de s'assurer que l'Ellcrys ne renaîtrait pas…

C'était pour ça qu'il avait amené les deux autres créatures avec lui.

Il les chercha du regard et aperçut aussitôt le Métamorphe, qui se transformait sans cesse, car il s'entraînait à imiter les formes de vies de ce monde.

Dans le ciel, un faucon, puis un corbeau… Sur terre, une marmotte, un serpent et un insecte aux multiples pattes… Et ainsi de suite, presque trop vite pour que l'œil puisse suivre.

Le Métamorphe prenait à sa guise n'importe quelle apparence. Enfermé dans l'obscurité avec ses seuls frères de race pour modèles, il n'avait pas pu utiliser pleinement ses pouvoirs, qui ne lui servaient pratiquement à rien dans sa prison. Mais ici, les possibilités étaient infinies. Il pouvait prendre l'aspect de n'importe quel être vivant, humain ou animal, quelles que soient sa forme, sa taille, sa couleur ou ses pouvoirs. Même le Dagda Mor n'était pas sûr de connaître l'aspect véritable du Métamorphe. Il aimait tant imiter les autres formes de vie qu'il passait le plus clair de son temps à ne pas être lui-même.

Un don extraordinaire ! Et il appartenait à une créature dont le potentiel maléfique était presque aussi grand que celui du Dagda Mor. Le Métamorphe aussi était un démon. Égoïste et haineux, il adorait la duplicité et prenait plaisir à faire souffrir les autres. Il avait toujours été l'ennemi des elfes et de leurs alliés, méprisant leur pieux souci du bien-être des formes de vie inférieures qui foisonnaient dans leur monde.

Aux yeux du Métamorphe, les créatures inférieures n'avaient aucune importance. Faibles et vulnérables, elles étaient faites pour être utilisées par les êtres plus puissants qu'elles. Comme lui ! Les elfes ne valaient pas mieux que les créatures qu'ils essayaient de protéger. Ils ne voulaient pas – ou étaient incapables de –, tromper les autres en changeant d'apparence. Tous étaient prisonniers de la forme qu'ils avaient à la naissance. Lui seul avait le pouvoir de se transformer à son gré et il méprisait du fond du cœur ces créatures minables. Le Métamorphe n'avait pas d'amis. Il n'en voulait pas ! Excepté le Dagda Mor, bien sûr, car il détenait la seule chose qui forçait son respect : un pouvoir supérieur au sien. Voilà pourquoi le Métamorphe l'avait accompagné pour le servir.

Il fallut quelques instants de plus au Dagda Mor pour repérer le Faucheur. Il le vit enfin, à dix pieds de lui, parfaitement immobile, guère plus qu'une ombre à la pâle lueur de l'aube, tache de ténèbres se détachant à peine sur le gris uniforme des plaines. Vêtu de la tête aux pieds d'une tunique couleur de cendres mouillées, le Faucheur était presque invisible, le visage caché par les ombres de son grand capuchon. Personne ne voyait ses traits plus d'une fois, car il le permettait uniquement à ses victimes. Et elles ne survivaient jamais !

Si le Métamorphe était dangereux, le Faucheur l'était dix fois plus. Car tuer était le seul but de son existence. Créature massive et musclée, il faisait près de sept pieds de haut quand il se redressait de toute sa taille. Pourtant, loin d'être lourd, il se déplaçait avec l'aisance et la grâce d'un chasseur elfe. Rapide, souple et silencieux, quand le Faucheur avait commencé une chasse, il ne l'abandonnait pas, et sa proie ne lui échappait jamais. Le Dagda Mor se méfiait du Faucheur, même s'il n'était pas aussi puissant que lui. Mais il avait une bonne raison : ce démon le servait par caprice, non parce qu'il le craignait ou le respectait, comme les autres.

Le Faucheur n'avait peur de rien. Un monstre qui se souciait peu de la vie, y compris de la sienne ! Il ne tuait pas seulement par plaisir, même s'il aimait cela, mais parce que c'était un instinct. Pour lui, prendre des vies était *nécessaire*. Dans les ténèbres, derrière la Barrière, coupé de toute autre forme de vie à part sa propre espèce maléfique, il avait parfois été presque impossible à contrôler. Le Dagda Mor avait dû le laisser tuer des démons mineurs, le calmant avec une promesse : quand ils seraient libérés de la Barrière, et ce jour viendrait, le Faucheur aurait tout un monde peuplé de créatures dont il pourrait faire ses proies. Il serait autorisé à les chasser et à les massacrer, si tel était son désir.

Le Métamorphe et le Faucheur… Le Dagda Mor avait bien choisi. L'un serait ses yeux, et l'autre ses mains. Des yeux et des mains qui s'infiltreraient parmi les elfes et empêcheraient l'Ellcrys de renaître.

Il regarda vers l'est, où le soleil se levait au-dessus de la crête des monts Brisure. C'était le moment de partir. Ils devaient être arrivés à Arborlon à la nuit. Il avait tout prévu avec grand soin. Le temps lui serait compté, s'il voulait surprendre les elfes pendant leur sommeil. Ils ne devaient s'apercevoir de sa présence que lorsqu'ils n'auraient plus le temps d'intervenir.

Faisant signe à ses compagnons, le Dagda Mor se tourna et avança d'un pas lourd vers l'abri formé par les monts Brisure. Ses yeux noirs se voilèrent de plaisir à l'idée que cette nuit serait celle de son triomphe. Après, les elfes, condamnés, seraient obligés de regarder mourir leur bien-aimé Ellcrys – sans aucun espoir d'une renaissance.

Cela ne faisait pas de doute. Car le lendemain, tous les Élus seraient morts.

Le Dagda Mor s'arrêta à quelques centaines de pas des montagnes, dissimulé par l'ombre portée des sommets. Il saisit à deux mains le Bâton de Pouvoir et planta une extrémité dans la terre sèche et craquelée. Il baissa la tête, ses doigts se fermant autour du Bâton. Il resta ainsi sans bouger un long moment. Ses deux compagnons l'observèrent de leurs yeux qui brillaient comme des éclairs de lumière jaune.

Le Bâton de Pouvoir émit une lueur rouge pâle qui souligna la forme grotesque du démon. Puis la lueur augmenta et commença à pulser. Elle partait du Bâton et courait le long des bras du Dagda Mor, colorant en rouge sang sa peau verdâtre. Le démon releva la tête : des flammes jaillirent du Bâton, volèrent vers le ciel et formèrent un arc qui déchira l'aube comme une créature vivante. Le trait de feu disparut en quelques secondes, et la lueur du Bâton de Pouvoir augmenta avant de s'éteindre d'un coup.

Le Dagda Mor recula d'un pas et baissa le Bâton. Autour de lui, la terre était calcinée et l'air humide avait une odeur de cendre. Les plaines étaient d'un calme mortel. Le démon s'assit, satisfait, et ferma les yeux. Il resta immobile, comme les créatures qui l'accompagnaient. Ensemble, ils attendirent.

Une demi-heure, une heure, deux…

Puis ils virent surgir des terres désolées du Nord, le cauchemar ailé que le démon avait appelé pour qu'il les conduise vers l'est, à Arborlon.

— Maintenant, nous verrons ce qui se passera, murmura le Dagda Mor.

Chapitre 3

Le soleil pointait au-dessus de l'horizon quand Ander Elessedil sortit de sa petite maison et avança jusqu'aux portails de fer, devant les jardins du palais. Fils cadet d'Eventine, le roi des elfes, il aurait pu habiter dans un appartement du palais. Des années plus tôt, il avait emménagé – avec ses livres – dans sa résidence actuelle, pour y être plus tranquille. Voilà en tout cas ce qu'il avait pensé à ce moment. Désormais, il en était moins sûr. Son père consacrant presque toute son attention à Arion, son frère aîné, Ander aurait probablement vécu en paix même s'il avait décidé d'habiter au palais.

Il inspira l'air pur et tiède de l'aube et sourit. Une belle journée pour une promenade. Un peu d'exercice ne lui ferait pas de mal, comme à son cheval favori.

À quarante ans, il n'était plus un jeune homme. Quelques rides apparaissaient au coin de ses yeux en amande et sur son front, mais sa démarche restait rapide et aisée, et son visage semblait enfantin quand il souriait – ce qui arrivait de plus en plus rarement.

Près du portail, il vit que Went, le vieux gardien du parc, était déjà à l'ouvrage. Penché sur son travail, il entretenait les parterres de fleurs avec une binette. Quand il entendit Ander approcher, il se redressa lentement, une main sur les reins.

— Bonjour, prince. Une belle journée, non ?

— Magnifique, Went. Votre dos vous fait encore mal ?

— De temps en temps, dit le vieil homme en se frottant l'échine. Je ne rajeunis pas... Mais je peux toujours abattre plus de travail que les gamins qu'on m'a affectés pour m'aider !

Ander lui fit un petit signe de tête, sachant que le vieil homme ne se vantait pas. Il aurait dû prendre sa retraite des années plus tôt, mais il avait refusé d'abandonner son travail.

Quand Ander passa le portail principal, les sentinelles le saluèrent de la tête et il leur répondit de même. Les gardes et lui se passaient depuis longtemps du protocole. Arion, le prince héritier, pouvait insister sur ces marques de respect. Mais la position et les perspectives d'avenir d'Ander n'en exigeaient pas tant.

Il suivit la route menant aux écuries qui serpentait entre des buissons. Mais un bruit de sabots et un cri retentirent dans le calme matinal. Ander sauta de côté quand il vit l'étalon gris d'Arion foncer vers lui, des graviers volant sous ses sabots, avant de se cabrer et de s'arrêter brusquement.

Sans attendre que le cheval se soit complètement arrêté, Arion sauta à terre et se dressa devant son frère. Alors qu'Ander était petit et avait les cheveux noirs, Arion était grand et blond. Le sosie d'Eventine au même âge. De plus, c'était un athlète superbe, un maître d'armes, un chasseur et un cavalier accompli. Il semblait inévitable qu'Eventine le considère comme sa joie et sa fierté. En outre, il avait un charisme certain, une qualité dont Ander, il le savait, avait toujours manqué.

— Où vas-tu, petit frère ? demanda Arion. (Comme toujours, quand il parlait à son cadet, son ton était légèrement moqueur et méprisant.) À ta place, je n'irais pas déranger notre père. Nous sommes restés éveillés tard pour travailler sur une affaire d'État urgente. Il dormait toujours quand j'ai jeté un coup d'œil, tout à l'heure.

— J'allais aux écuries, dit Ander. Je n'avais pas l'intention de *déranger* quelqu'un…

Arion sourit et se tourna vers son cheval. Il sauta en selle avec grâce, sans se servir d'un étrier. Puis il regarda son frère.

— Je pars quelques jours pour le Sarandanon. Les habitants des communautés fermières sont nerveux, à cause d'une vieille légende qui prédit notre fin ! Des balivernes, mais je dois y aller pour les calmer. Ne te fais pas d'illusions : je serai revenu avant que notre père parte pour Kershalt. En attendant, petit frère, veille au grain !

Il agita les rênes et fila au galop. Ander jura à voix basse. Il n'avait plus envie d'aller se promener…

Il aurait dû accompagner le roi pour la mission diplomatique à Kershalt. Renforcer les liens entre les trolls et les elfes était très important. Même si les travaux d'approche étaient déjà faits, la mission demanderait de la diplomatie et un sens aigu du compromis. Impatient et téméraire, Arion se souciait trop peu des besoins et des idées des autres. Ander n'avait pas les capacités physiques de son frère, même s'il était assez doué, et il n'avait pas non plus les qualités de chef d'Arion, mais il savait réfléchir et il avait la patience nécessaire à un diplomate.

Il avait toujours excellé lors des rares occasions où on avait fait appel à lui…

Il haussa les épaules. Ruminer ne servait à rien. Il avait déjà demandé à Eventine de l'accompagner, et son père avait refusé. Arion serait un jour roi, et il devait être formé pendant qu'Eventine était encore là pour le guider.

C'était peut-être sensé, reconnut Ander…

Autrefois, Arion et lui avaient été proches. À l'époque où Aine, le plus jeune fils d'Eventine, était encore en vie. Il avait été tué dans un accident de chasse, onze ans plus tôt, et la relation entre les deux frères survivants s'était détériorée. Amberle, la fille d'Aine, s'était tournée vers Ander, pas vers Arion. La jalousie de son frère aîné s'était bientôt transformée en mépris. Quand Amberle avait renoncé à sa place parmi les Élus, Arion avait blâmé son frère, le mépris devenant une hostilité à peine voilée. Ander soupçonnait qu'il le dénigrait auprès de leur père, mais il ne pouvait rien y faire.

Toujours plongé dans ses pensées, il traversa le portail pour revenir à sa maison quand un cri l'interrompit.

— Mon seigneur ! Attendez !

Une silhouette vêtue de blanc courait vers lui en agitant frénétiquement un bras. Un des Élus, le garçon aux cheveux roux, Lauren, s'il se souvenait bien. Voir un des Élus hors des Jardins à cette heure-ci l'étonna. Il attendit que le jeune elfe arrive près de lui et s'arrête, le visage et les bras trempés de sueur.

— Mon seigneur, je dois voir le roi ! Et on refuse de me laisser entrer pour le moment. Pourriez-vous me conduire auprès de lui ?

Ander hésita.

— Le roi dort encore...

— Je dois le voir immédiatement ! Je vous en prie ! C'est urgent !

Le jeune homme était pâle et agité, la voix brisée tant il voulait faire comprendre l'urgence de sa requête. Ander se demanda ce qui pouvait être si important pour lui.

— Lauren, si vous avez un problème quelconque, je peux...

— Ce n'est pas moi, prince ! C'est l'Ellcrys !

L'indécision d'Ander s'évanouit. Il prit le bras de Lauren.

— Suivez-moi !

Ils coururent ensemble vers le palais.

Les sentinelles les regardèrent passer sans cacher leur surprise.

Gael, le jeune elfe qui servait d'aide de camp à Eventine Elessedil, secoua de nouveau la tête. Il était mal à l'aise et évitait le regard d'Ander.

— Je ne peux pas réveiller le roi, prince. Il m'a interdit de le déranger !

— Même pour Arion ? demanda Ander.

— Arion est parti..., commença Gael.

Il s'interrompit, l'air de plus en plus malheureux.

— Effectivement... Mais je suis là, moi. Me dites-vous que je n'ai pas le droit de voir mon père ?

Gael ne répondit pas. Alors qu'Ander regardait en direction de la chambre du roi, le serviteur se dirigea vers la porte.

— Je vais le réveiller. Attendez ici, je vous prie.

Il revint quelques minutes après, toujours perturbé.

— Il va vous recevoir, prince Ander. Mais seul, pour le moment.

Le roi était toujours au lit quand Ander entra dans la chambre. Finissant le petit verre de vin que Gael lui avait servi, il fit un signe de tête à son fils, puis sortit avec précaution de sous ses couvertures, son corps vieillissant glacé par la fraîcheur du petit matin. Gael, qui était entré avec Ander, tendit une robe de chambre dont Eventine s'enveloppa.

Malgré ses quatre-vingt-deux ans, Eventine Elessedil était en excellente santé. Toujours en bonne forme, mince et musclé, il chevauchait encore et restait assez rapide et précis pour être dangereux avec une épée. L'esprit vif et alerte, quand la situation le demandait, il savait prendre des décisions. Il avait toujours un sens troublant de l'équilibre et des proportions, plus l'aptitude de voir tous les aspects d'une question, de juger chaque chose suivant ses mérites, et de choisir, presque toujours, la solution qui serait la plus bénéfique pour lui et pour le peuple qu'il gouvernait. Sans ce don, il n'aurait pas pu rester roi et n'aurait sans doute plus été en vie. Ander avait des raisons de penser qu'il avait hérité de ce talent. Mais dans les circonstances actuelles, cela n'avait pas grande importance.

Le roi approcha des rideaux tissés à la main qui pendaient sur le mur du fond, les tira, et ouvrit plusieurs portes-fenêtres donnant sur la forêt. Une douce lumière entra dans la chambre, accompagnée de l'odeur de la rosée matinale. Derrière lui, Gael se déplaçait silencieusement en allumant les lampes à huile. Eventine se campa devant une fenêtre et regarda fixement son visage reflété par le verre. L'image avait des yeux étonnamment bleus, durs et pénétrants. Ceux d'un homme qui avait vécu trop longtemps et vu trop de choses déplaisantes.

Il soupira et se tourna vers son fils.

— Bien, Ander, de quoi s'agit-il ? Gael m'a dit que tu as amené un des Élus ?

— Oui, messire. Il dit qu'il a un message urgent de l'Ellcrys.

— Un message de l'arbre ? (Eventine fronça les sourcils.) Depuis combien de temps n'a-t-il pas délivré de messages ? Sept cents ans ? Quel est ce message ?

— Il a refusé de me le dire. Il insiste pour vous le donner directement.

— Bien. Qu'il entre...

Gael s'inclina et sortit, laissant les portes entrebâillées. Peu après, un grand chien hirsute les poussa pour entrer et avança vers le roi. C'était Manx, son chien-loup. Le monarque accueillit l'animal avec gentillesse, caressant sa tête grisonnante et la fourrure rêche qui couvrait son dos et ses flancs. Manx était avec lui depuis dix ans – un ami plus fidèle qu'aucun homme n'aurait jamais pu l'être.

— Il grisonne, comme moi, murmura Eventine.

Les portes s'ouvrirent en grand et Gael entra, suivit par Lauren. L'Élu s'arrêta sur le seuil et jeta un regard gêné à Gael. Le roi fit signe à son aide de camp qu'il pouvait partir. Ander était prêt à s'éclipser aussi, mais un geste de son père lui indiqua qu'il souhaitait sa présence. Gael s'inclina et fila, fermant les portes derrière lui. L'Élu avança d'un pas.

— Mon seigneur, pardonnez-moi... Les autres ont pensé que ce devait être moi...

— Il n'y a rien à pardonner, assura Eventine.

Avec le charme naturel qu'Ander lui avait toujours connu, le roi avança et passa un bras autour des épaules du jeune elfe.

— Je sais que ça doit être très important pour vous obliger à quitter votre travail dans les Jardins. Asseyez-vous et racontez-moi de quoi il s'agit.

Le roi jeta un regard interrogateur à Ander, puis conduisit l'Élu jusqu'à un petit bureau. Il lui fit signe de s'asseoir sur une des deux chaises et prit l'autre. Ander les suivit, mais resta debout.

— Vous vous appelez Lauren, n'est-ce pas ? demanda Eventine.

— Oui, mon seigneur.

— Très bien, Lauren. Maintenant, expliquez-moi la raison de votre venue.

Lauren posa les mains sur le bureau, les doigts entrelacés.

— Mon seigneur, l'Ellcrys a parlé aux Élus ce matin, murmura-t-il. Il nous a dit qu'il était mourant.

Ander sentit son sang se glacer. Un instant, le roi ne répondit pas. Immobile, il regardait le jeune homme.

— Il doit y avoir une erreur, dit-il enfin.

— Non, mon seigneur ! Il nous a parlé à tous. L'Ellcrys est mourant. La Barrière a déjà commencé à s'effondrer.

Le roi se leva lentement et gagna une fenêtre ouverte pour regarder la forêt. Manx quitta le pied du lit et le suivit. Ander vit le roi tendre la main pour lui caresser les oreilles.

— Vous en êtes sûr, Lauren ? demanda Eventine. *Vraiment* sûr ?

— Oui… Oui !

Le jeune homme pleurait, le visage entre les mains. Eventine ne se tourna pas vers lui, mais continua à regarder la forêt qui était le berceau de son peuple.

Ander était pétrifié par le choc. L'énormité de la nouvelle s'imposa peu à peu à son esprit. L'Ellcrys agonisait ! La Barrière qui avait empêché les forces maléfiques de fondre sur leur peuple allait s'écrouler. Il y aurait le chaos, la folie, la guerre. La destruction de tout !

Ander avait étudié l'histoire et trouvé des récits semblables dans ses propres livres. On aurait pu croire qu'il s'agissait de légendes…

Dans un temps très reculé, avant les Grandes Guerres, l'aube de la civilisation du vieux monde et même l'apparition de l'ancienne race humaine, un conflit avait opposé des créatures magiques. Les elfes avaient livré bataille du côté du bien. La lutte avait été longue et terrible. À la fin, les forces du bien l'emportèrent. Pourtant, à cause de la nature même du mal, il était impossible de le détruire. On pouvait seulement l'exiler. Les elfes et leurs alliés unirent leur magie aux forces vitales de la Terre et créèrent l'Ellcrys, pour qu'il génère une Barrière interdisant l'accès du monde aux créatures maléfiques. Tant que l'Ellcrys vivait et prospérait, le mal ne pourrait pas revenir sur Terre. Enfermées dans des limbes obscurs, les créatures gémiraient derrière la Barrière, mais s'en libérer serait impossible.

Jusqu'à maintenant… Si l'Ellcrys mourait, la Barrière disparaîtrait avec lui. Les prédictions en parlaient, car aucun pouvoir n'était assez fort pour durer éternellement. Pourtant, il avait été facile de croire que l'Ellcrys vivrait à jamais : il était là depuis tant de générations, immuable au milieu des changements de la vie. Les elfes avaient fini par croire qu'il serait toujours là. À tort.

Le roi se retourna, regarda Ander, puis se rassit à la petite table. Il prit la main de Lauren dans les siennes pour le calmer.

— Rapportez-moi tout ce que l'Ellcrys vous a dit, sans omettre un détail.

L'Élu fit un signe de tête. Ses larmes taries, il était redevenu calme. Eventine lâcha sa main et attendit. Ander tira vers lui une chaise à haut dossier et s'assit à côté d'eux.

— Mon seigneur, savez-vous de quelle façon l'Ellcrys s'adresse à nous ? demanda Lauren.

— J'ai été un Élu, jadis, répondit Eventine.

Ander ne put cacher sa surprise. Il ne l'avait jamais su. Lauren sembla retrouver un peu de confiance et se tourna vers Ander pour éclairer sa lanterne.

— Sa voix n'est pas une véritable voix, ni même un son. Elle est faite d'images qui apparaissent dans nos esprits. L'Ellcrys émet rarement des paroles. Les mots sont en somme notre traduction de ses pensées. C'est comme ça que je procède quand il murmure mon nom : les images sont brèves et pas toujours très explicites. Nous devons les interpréter de notre mieux.

Il s'interrompit et se tourna vers Eventine.

— L'Ellcrys ne m'avait parlé qu'une fois avant ce matin, mon seigneur : au moment où j'ai été nommé Élu. Jusqu'à ce matin, ce que nous savions de sa façon de communiquer était basé sur les écrits de notre ordre et les enseignements des Élus qui l'ont servi avant nous. Cela nous a beaucoup perturbés.

Eventine fit un petit signe d'encouragement au jeune elfe.

— Mon seigneur, l'Ellcrys nous a parlé très longtemps ce matin, ce qu'il n'avait jamais fait. Il nous a appelés et nous a dit ce qui allait arriver, et ce que nous devions faire. Les images n'étaient pas claires, mais il n'y a pas de doute : il est en train de mourir. Il lui reste peu de temps. Nous ignorons exactement combien. La dégénérescence a déjà commencé. Quand l'Ellcrys mourra, la Barrière disparaîtra. Il y a une seule chance pour lui : la renaissance.

Eventine prit la main de Lauren.

Ander aussi avait oublié ce point, troublé par la nouvelle de la mort prochaine de l'Ellcrys. Une renaissance ! Les plus anciens récits mentionnaient que l'Ellcrys pouvait revenir à la vie et que la Barrière serait alors maintenue.

— Il reste donc de l'espoir, murmura Ander.

— Que devons-nous faire pour lui offrir cette renaissance ? demanda Eventine.

— Mon seigneur, il a remis son sort entre les mains des Élus. Il autorisera la renaissance uniquement par notre intermédiaire. Je ne peux pas prétendre que je comprends pourquoi, mais les images étaient sans équivoque. Il remettra sa graine à l'un de nous. Il n'a pas précisé lequel. Mais il a dit que seul un des Élus de cette année pourra la recevoir. Personne d'autre ! Celui qui sera sélectionné devra l'emmener à la source de vie de la Terre, la fontaine du Feu de Sang. La graine devra être plongée dans le Feu. Quand elle sera replantée dans les Jardins, elle prendra racine et un nouvel arbre poussera pour remplacer l'ancien.

Les détails de cette légende revenaient maintenant à l'esprit d'Ander. Le transport de la graine, le rituel du Feu de Sang, la renaissance. Tous ces épisodes étaient racontés dans la langue ampoulée des plus anciens récits. Mais la plupart des gens les avaient oubliés… ou ne les avaient jamais connus.

— La fontaine du Feu de Sang… Où est-elle ? demanda soudain Ander.

— Il nous a montré un endroit, mon seigneur, mais nous ne l'avons pas reconnu. Les images étaient vagues, comme si l'Ellcrys n'avait pas la possibilité de décrire correctement ce lieu.

— Dites-moi ce que l'Ellcrys vous a montré. En détail.

— Une région sauvage entourée de montagnes et de marécages. Un pic isolé se dresse au milieu de cette désolation. Dessous, une série de tunnels s'enfoncent loin sous la terre. À l'intérieur du labyrinthe, il y a une porte en verre – mais d'un verre impossible à briser. Le Feu de Sang est derrière.

— L'arbre ne vous a donné aucun nom ?

— Un seul, mon seigneur. Mais nous ne l'avons pas reconnu. Le labyrinthe où le Feu de Sang est caché s'appelle Garde-Sûre.

Garde-Sûre ? Ander chercha dans ses souvenirs, mais le nom ne lui disait rien.

Eventine regarda Ander et hocha la tête. Il se leva, fit quelques pas, puis s'arrêta et se tourna de nouveau vers Lauren.

— On ne vous a rien dit de plus ? Aucun indice, rien qui vous aurait paru incompréhensible ?

— Rien. C'est tout ce que nous avons vu.

— Très bien, Lauren. Vous avez eu raison d'insister pour que je sois informé. Voulez-vous sortir et attendre dehors ?

Après le départ du jeune homme, Eventine revint s'asseoir, le visage défait. Manx se plaça à ses pieds et son museau grisonnant se leva vers son maître, comme s'il partageait ses soucis. Eventine posa une main lasse sur la tête du chien.

— Ai-je vécu trop longtemps ? Si l'Ellcrys meurt, comment pourrai-je protéger mon peuple ? Je suis le roi. J'ai la responsabilité de garder mes sujets en sécurité. Et j'ai toujours accepté ce devoir. Pourtant, pour la première fois de ma vie, j'aimerais qu'il en aille autrement…

Il se tourna vers Ander.

— Nous devons faire tout ce que nous pouvons. Comme Arion est parti pour le Sarandanon, j'aurai besoin de ton aide. (Ander rougit de cette critique implicite.) Va avec Lauren, et interroge soigneusement les Élus. Vois si nous pouvons en apprendre un peu plus. De mon côté, je ferai ramener les anciens récits des archives et je les examinerai.

— Pensez-vous trouver des indications dans ces récits ou dans les cartes de l'ancien monde ? demanda Ander, dubitatif.

— Non. Tu les as lus plus récemment que moi, mais je ne me souviens de rien qui puisse nous être utile. Que faire d'autre ? Pour trouver le Feu de Sang, il nous faut plus que ce que Lauren nous a transmis.

Il fit signe à son fils qu'il pouvait partir. Ander alla rejoindre Lauren, pour retourner avec lui près de l'arbre où attendaient les autres Élus.

Il essaierait d'en apprendre davantage sur Garde-Sûre. Il y avait peu d'espoir… Mais comme l'avait dit son père, que pouvaient-ils faire d'autre ?

Chapitre 4

Ce jour d'été finit par une apothéose de lumière rouge et lavande qui illumina l'horizon occidental. Pendant quelques minutes, le soleil, qui semblait être en suspension au-dessus des monts Brisure, éclaira les forêts de l'Ouest et fit danser des ombres sur les plaines environnantes. L'air rafraîchit lentement la chaleur chassée par la brise du soir qui soufflait entre les grands arbres silencieux. Puis le crépuscule effaça les magnifiques couleurs du coucher du soleil.

Les habitants de la cité elfique d'Arborlon se dirigèrent vers leurs maisons, fatigués par leur journée.

Dans les jardins de la Vie, Ander Elessedil regardait l'Ellcrys. Au crépuscule, le grand arbre paraissait normal. Mais avant le coucher du soleil, les traces de la maladie qui le détruisait lentement avaient été bien visibles.

Le mal se répandait rapidement. Sur certains rameaux, la pourriture rongeait déjà l'écorce. Des amas de feuilles flétries pendaient lamentablement, leur couleur rouge sang remplacée par un noir malsain. Les Élus avaient frotté l'écorce avec des onguents, et enlevé les feuilles fanées, dans l'espoir que la dégénérescence pouvait être arrêtée. Mais ils savaient que c'était impossible. Ander avait vu la vérité dans leurs yeux. Ils ne pouvaient pas guérir l'Ellcrys. L'arbre était en train de mourir et il n'y avait rien à faire.

Ander soupira et se détourna, se demandant pourquoi il était retourné dans les Jardins. Les Élus avaient regagné leurs quartiers une heure plus tôt, fatigués et découragés. Mais Ander était revenu, attiré par l'espoir insensé que les réponses dont ils avaient tant besoin l'attendaient ici. Bien entendu, il n'avait rien trouvé. Avec la tombée de la nuit, il devenait inutile de s'attarder.

Quand il sortit des Jardins, il sentit peser sur lui le regard des sentinelles de la garde Noire. Ils n'étaient pas informés des malheurs de l'arbre, mais ils se doutaient que quelque chose allait de travers. Les allées et venues inhabituelles des Élus le leur avaient appris. L'information se répandrait bientôt, pensa Ander, et les rumeurs commenceraient à courir. Il faudrait bientôt prévenir le peuple.

Pour le moment, tout était calme. Les lampes des maisons s'éteignaient, leurs habitants se préparant au sommeil. Il les enviait. Lui avait peu de chance de dormir cette nuit, et le roi aussi.

Il aurait voulu pouvoir faire quelque chose pour son père. Eventine avait toujours été si sûr de lui, affirmant qu'on pouvait trouver une solution à tous les problèmes. Mais lors des deux visites qu'Ander lui avait rendues pour l'informer qu'il n'y avait rien de nouveau, le vieux roi était resté perdu dans ses pensées, plein d'incertitude. Il avait vaillamment tenté de le cacher à son fils, mais il semblait clair qu'il appréhendait la fin de ce qu'il avait mis une vie à construire. Ce défi était au-delà de ses pouvoirs. Il avait renvoyé son fils auprès des Élus, sans lui dire grand-chose.

Cela n'avait servi à rien. Ander avait interrogé chaque Élu séparément, puis il les avait rassemblés pour qu'ils comparent leurs souvenirs, cherchant une information qui aurait pu les mettre sur la voie de Garde-Sûre. Mais il n'avait rien appris de plus.

Une recherche dans les archives de leur ordre n'avait rien donné non plus. Il avait étudié à fond des récits datant de plusieurs siècles. S'il était souvent fait mention du Feu de Sang sacré, la source de la vie, on ne parlait nulle part d'un lieu appelé Garde-Sûre.

L'Ellcrys ne leur avait pas donné d'informations supplémentaires. Ander avait suggéré que les Élus retournent près de l'arbre, un par un, puis tous ensemble, pour le supplier de les aider à mieux comprendre les images qu'il avait projetées.

Mais il avait refusé de parler.

Quand il arriva près des quartiers des Élus, Ander vit que toutes les lumières étaient éteintes. Les habitudes ayant repris le dessus, les jeunes gens étaient retournés à leurs dortoirs peu après leur repas du soir. Il espéra qu'ils trouveraient du soulagement dans le sommeil. Parfois, le désespoir et la sensation d'impuissance étaient plus fatigants que les efforts physiques…

Il longea les quartiers des Élus, suivant un chemin qui menait au palais pour faire un dernier rapport à son père, quand une silhouette se détacha de l'ombre d'un arbre.

— Mon seigneur ?

— Lauren ? Pourquoi n'êtes-vous pas couché ?

— J'ai essayé de dormir, mais j'en ai été incapable. Je vous ai vu aller aux Jardins, et j'espérais que vous passeriez par ici en revenant. Prince Ander, puis-je vous parler ?

— Vous êtes en train de le faire, Lauren, dit Ander avec un demi-sourire. Un détail vous est-il revenu ?

— Peut-être. Pas sur ce que nous a dit l'Ellcrys, mais je crois que c'est quelque chose que vous devriez savoir. Puis-je faire un bout de chemin avec vous ?

Ander fit signe qu'il était d'accord. Ils repartirent dans la direction choisie par le prince, s'éloignant du bâtiment des Élus.

— J'ai le sentiment que je *dois* résoudre ce problème, dit Lauren. Peut-être parce que l'Ellcrys m'a parlé en premier… Comme si trouver Garde-Sûre relevait de ma responsabilité. Je sais que je me donne sans doute trop d'importance, mais je vois les choses comme ça. Et je ne veux pas négliger un indice… (Il regarda le prince.) Comprenez-vous ce que je veux dire ?

— Je crois… Aurions-nous oublié un élément important ?

— J'ai eu une idée et je me suis dit qu'il fallait en parler à quelqu'un.

Ander s'arrêta et regarda le jeune elfe.

— Je ne voulais pas m'avancer devant le roi ni devant mes camarades. J'ignore ce qu'ils savent exactement… et nous ne parlons jamais d'elle…

Il s'interrompit. Ander attendit patiemment.

— Ça concerne Amberle. Mon seigneur, après avoir été Élue, elle parlait souvent avec l'Ellcrys. De longues conversations. Ce n'était pas la même chose avec elle qu'avec nous. J'ignore si Amberle s'en est aperçue. Nous n'en avons jamais discuté…

Ander se raidit. Voyant sa réaction, Lauren se hâta de continuer.

— L'Ellcrys lui parlerait peut-être de nouveau. Elle apprendrait quelque chose que nous avons laissé passer…

— Amberle ne pourra pas nous aider, Lauren. Elle est partie. Sa mère ignore où elle est allée. Nous n'avons aucun moyen de la trouver…

Le jeune elfe roux eut l'air déconfit…

— C'était juste une idée… (Il se tourna vers le bâtiment des Élus.) Bonne nuit, prince Ander.

— Bonne nuit, Lauren. Et merci quand même.

L'Élu fit un petit signe de tête et s'éloigna, ses robes blanches bruissant doucement quand il disparut dans l'obscurité. Troublé, Ander le regarda un moment. Son père avait demandé qu'on lui rapportât le moindre indice sur Garde-Sûre. Pourtant, il n'y avait aucune chance de localiser Amberle, qui pouvait être n'importe où dans les Quatre Terres. Et ce n'était pas le moment idéal de mentionner son nom devant Eventine. Elle était sa préférée. Quand sa petite-fille avait été Élue, il avait débordé de joie et de fierté. Mais quand elle avait trahi sa confiance, cela avait été un choc plus dur encore que la mort d'Aine.

Ander continua son chemin vers le palais.

Gael était toujours en service. Pâle de fatigue, il avait l'air inquiet. Il apprendrait tôt ou tard le problème qui se posait à eux, mais on pouvait lui faire confiance pour garder le secret. Il fit mine de se lever, puis se rassit sur un geste d'Ander.

— Le roi vous attend, dit-il. Il est dans son bureau et refuse de se retirer. Si vous pouviez le convaincre de dormir quelques heures…

— Je verrai ce que je peux faire, promit Ander.

Eventine Elessedil leva les yeux quand son fils entra. Il l'étudia, lut son échec dans ses yeux, et se leva péniblement de la table. S'étirant, il gagna lentement la fenêtre fermée par des rideaux et les écarta pour regarder dehors. Sur la table, au milieu des livres, reposait un plateau de nourriture à peine entamée. Les chandelles agonisant, le bureau était calme et obscur. Avec ses bibliothèques de chêne et ses tapisseries murales, c'était un lieu où les couleurs fanées le disputaient aux ombres. Autour de la table se dressaient des piles de livres – ceux que Gael avait dû passer une partie de la journée à remonter des caves.

— Rien de nouveau ? demanda le roi.

Ander secoua la tête.

— Je n'ai pas grand-chose non plus… (Eventine désigna un livre ouvert, sur la table.) Notre dernier espoir. Il contient une référence à la semence de l'Ellcrys et au Feu de Sang. Lis le passage.

Le livre faisait partie de la centaine de volumes conservés par les rois et leurs scribes. Ces archives remontaient à une époque si reculée qu'elle se perdait dans la légende. Anciens et usés, les ouvrages étaient reliés de cuir et de laiton, et protégés des ravages du temps par des couches de tissu. Ayant survécu aux Grandes Guerres, et à la destruction de l'ancienne race des hommes, ils contenaient toute l'histoire connue des elfes. Des milliers de pages…

Ander se pencha sur le livre ouvert. L'encre était devenue marron en vieillissant, mais les mots restaient assez clairs pour être lus aisément.

« Alors, la Semence Unique sera remise entre les mains de son porteur, un Élu qui devra l'amener dans la salle du Feu de Sang, où elle sera immergée dans le Feu avant de pouvoir être rendue à la Terre. Alors, l'Arbre renaîtra et la Barrière durera éternellement. Ainsi parla le Grand Magicien à ses elfes, au moment de sa mort, pour que la Connaissance ne soit pas perdue à jamais. »

Ander leva les yeux.

— J'ai cherché dans tous ces ouvrages, dit Eventine. Et étudié chaque passage pertinent. Il y en a d'autres, mais ils ne disent rien de plus que celui-là.

Il revint vers la table et caressa les pages dorées à l'or fin du livre.

— C'est le volume le plus vieux. Sans doute une anthologie de mythes. Il raconte l'ancienne guerre entre les bonnes et les mauvaises magies, cite les noms des héros, et décrit tout ce qui a amené à la création de la Barrière. Mais il ne mentionne pas Garde-Sûre, ni l'emplacement du Feu de Sang. Et il ne dit rien de la nature de la magie qui a donné naissance à l'Ellcrys et au pouvoir de la Barrière.

Selon Ander, cette omission n'était pas étonnante. Ses ancêtres avaient rarement couché par écrit les secrets de leur magie. Ces connaissances se transmettaient de bouche à oreille, pour éviter qu'elles soient volées par des ennemis. Certains de ces secrets étaient si puissants que leur utilisation devait être limitée à un seul moment et à un seul endroit. C'était peut-être le cas de la magie qui avait créé l'Ellcrys.

Le roi se rassit lentement, étudiant le livre une nouvelle fois avant de le refermer.

— Nous devrons nous fonder sur le peu que nous avons appris de l'Ellcrys pour localiser les emplacements possibles du Feu de Sang. Puis nous irons vérifier partout.

Ander hocha tristement la tête. La tâche paraissait sans espoir. Il y avait peu de chances qu'ils découvrent Garde-Sûre avec une vague description…

— J'aimerais qu'Arion soit là, murmura Eventine.

Ander ne répondit pas. Son père avait de bonnes raisons de souhaiter la présence d'Arion. Il aurait été le choix logique pour diriger l'opération. Et sa présence aurait rassuré le vieux roi…

— Vous devriez dormir, père, dit Ander après un moment de silence. Vous aurez besoin de repos pour affronter ce qui nous attend.

Le roi se leva et tendit la main pour moucher les chandelles de la table.

— Tu as raison, Ander. Envoie-moi Gael. Mais ta journée aussi a été longue. Va te coucher et essaie de dormir.

Ander retourna chez lui. À son grand étonnement, il dormit bien. Pendant qu'il repensait aux événements de la journée, la fatigue physique l'emporta. Il se réveilla une seule fois, sous l'effet d'un cauchemar si horrible qu'il en sortit trempé de sueur. Mais il se rendormit quelques secondes après son réveil, ayant tout oublié de son rêve.

Ensuite, il dormit d'une traite jusqu'à l'aube.

Il faisait jour quand il se réveilla et sortit rapidement de son lit pour s'habiller. Une détermination nouvelle l'habitait alors qu'il déjeunait rapidement et s'apprêtait à quitter sa maison. Il y avait quelque part une réponse à ce problème. Un moyen de trouver Garde-Sûre devait exister. *Quelqu'un* avait la solution : l'Ellcrys agonisant, ou les Élus… Mais il devait en exister une !

Sur le chemin couvert de graviers, le soleil matinal filtrait déjà à travers la forêt environnante. Ander décida d'aller d'abord voir les Élus, qui devaient être dans les jardins de la Vie pour y accomplir leurs tâches quotidiennes. En s'entretenant avec eux, peut-être découvrirait-il quelque chose de nouveau. Ils avaient certainement réfléchi à la question, l'un d'eux se souvenant d'un élément important…

Il s'arrêta pourtant au palais, où Gael était déjà à son poste. Le jeune serviteur posa un doigt sur ses lèvres, indiquant que le roi dormait encore et ne devait pas être dérangé. Ander fit un signe de tête à Gael et partit, ravi que son père ait pu trouver un peu de repos.

La rosée scintillait encore sur la pelouse du palais quand le prince passa les portes. Il jeta un coup d'œil dans les jardins, fut étonné de ne pas voir Went et fut encore plus surpris de découvrir ses outils éparpillés au bord du parterre de roses. Abandonner un travail à moitié fait ne ressemblait pas à Went ! Si son dos lui posait tant de problèmes, il faudrait faire examiner le vieil homme. Mais cela devrait attendre. Il avait des inquiétudes plus urgentes pour le moment.

Il regarda une dernière fois les parterres fleuris, puis se hâta en direction des Jardins.

Il dépassa bientôt les murs couverts de lierre des jardins de la Vie et suivit le chemin qui menait au portail. Du haut du Carolan, la grande muraille rocheuse qui s'élevait abruptement au-dessus de la rive orientale du Chant du Ruisseau – où Arborlon était bâtie, surélevée par rapport aux terres environnantes – il vit, au nord-est, les grandes Plaines de l'Ouest, les tours de la cité elfique et les chemins qui s'enfonçaient dans la forêt environnante. Au sud se dressaient les roches grises escarpées de l'Éperon et du Pykon, séparés par le ruban bleu de la rivière Mermidon qui coulait à l'est vers Callahorn. À l'ouest, au-dessous du Carolan et au-delà des rapides du Chant du Ruisseau, s'étendait la vallée du Sarandanon, le grenier à blé de la nation elfique.

Le pays natal des elfes, pensa fièrement Ander. Il devait trouver un moyen de le sauver avec l'aide de son père et des Élus.

Il arriva peu après devant l'Ellcrys et ne vit aucune trace des Élus.

Ander regarda autour de lui. Il semblait impossible qu'ils aient tous oublié de se réveiller, même si leurs habitudes avaient été perturbées par les révélations de l'Ellcrys. Depuis des centaines d'années, ils n'avaient jamais raté leur rendez-vous avec l'arbre, au lever du soleil.

Ander sortit des Jardins. Il courait presque quand il arriva en vue des quartiers des Élus, entourés de plantes à feuilles persistantes. Les passages de pierre et de brique étaient bordés de parterres de fleurs, et un potager s'étendait à l'arrière. Un mur de pierre bas délimitait la cour, des portails en lattes blanches s'ouvrant de chaque côté.

La maison des Élus était étrangement silencieuse.

Ander ralentit. Les jeunes gens auraient dû être réveillés ! Pourtant, il n'y avait aucun signe de vie. Inquiet, le prince avança vers la maison, essayant de distinguer quelque chose par les portes ouvertes. Il s'arrêta devant l'entrée.

— Lauren ?

Pas de réponse. Il entra et capta derrière lui un mouvement, quelque part dans les plantes. Qu'y avait-il donc dans l'ombre ?

Il pensa – trop tard – aux armes qu'il avait laissées chez lui et resta un moment immobile, attendant que quelque chose bouge. Mais il n'y eut pas d'autre mouvement.

— Lauren ?

Quand ses yeux s'adaptèrent à l'obscurité, le nom du jeune elfe s'étrangla dans sa gorge.

La pièce principale était jonchée de cadavres. Tous les Élus étaient morts, comme déchiquetés par des bêtes sauvages. Le désespoir s'empara de lui. Il ne restait plus personne pour apporter la semence de l'Ellcrys à Garde-Sûre ! L'arbre ne renaîtrait pas, et la nation des elfes était perdue.

Révolté par le carnage, Ander resta figé d'horreur. Une pensée s'imposa à lui – un mot qui traversa son esprit comme un trait de feu.

Des démons !

Il sortit un moment après en titubant. Appuyé contre le mur, il vomit sans pouvoir se retenir ni cesser de trembler. Quand il eut récupéré, il alla donner l'alarme à la garde Noire, puis il retourna en ville. Son père devait être informé, et il valait mieux que la mauvaise nouvelle lui soit donnée par son fils.

Il n'était pas difficile de comprendre ce qui était arrivé aux Élus. L'Ellcrys étant à l'agonie, la Barrière avait commencé à faiblir. Les démons les plus robustes s'étaient libérés. Rien d'autre n'aurait pu ou voulu faire ce qui avait été infligé aux Élus. En frappant un seul coup, les démons s'étaient assurés de ne plus jamais être emprisonnés. Ils avaient détruit tous ceux qui auraient pu travailler à la renaissance de l'Ellcrys et à la restauration de la Barrière qui les avait isolés si longtemps.

Il traversa en courant les portes du palais et continua sur le chemin qui longeait les jardins entretenus par le vieux Went. Il était là, creusant et arrachant les mauvaises herbes et leva la tête sur le passage du prince. Dans sa hâte, Ander le remarqua à peine, et ne lui adressa pas la parole.

Les yeux de Went brillèrent de satisfaction. Remuant toujours la terre noire, le Métamorphe eut un ricanement.

Chapitre 5

Le soir était tombé quand Ander Elessedil ferma la porte de la maison des Élus et la verrouilla pour la dernière fois. Le silence lui serra le cœur lorsqu'il s'arrêta pour la regarder dans la pénombre. La maison était désormais vide. Les cadavres des six jeunes gens assassinés avaient été emportés depuis longtemps, et Ander avait récupéré leurs affaires personnelles pour les rendre à leurs familles. Quelques instants, il resta seul avec ses pensées.

Elles n'étaient pas des plus joyeuses ! Il avait supervisé le transfert des corps mutilés, puis s'était occupé des archives de l'ordre, pour les faire mettre à l'abri dans les caves du palais. Comme son père le lui avait suggéré, il avait étudié ces archives page par page, cherchant des indices sur l'emplacement de Garde-Sûre. Il n'avait rien trouvé. Peu importait, pensa-t-il sombrement. Même s'ils découvraient tout, à quoi cela leur servirait-il, sans Élu pour s'occuper de la semence ?

Il s'était quand même réjoui d'avoir une occupation qui l'aidait à oublier ce qu'il avait vu quand il avait découvert les cadavres de Lauren et de ses compagnons…

Il s'éloigna de la maison vide, traversa la cour du bâtiment des Élus et prit le sentier qui conduisait aux Jardins de la Vie. Sur tout le Carolan, des torches brûlaient dans l'obscurité. Il y avait des soldats partout. Des hommes de la garde Noire entouraient les Jardins, et la garde du palais, le corps d'élite personnel du roi, appartenant aux Chasseurs elfiques, patrouillait dans les rues et les allées bordées d'arbres de la ville. Les elfes étaient effrayés. Quand la nouvelle de l'assassinat des Élus s'était répandue, Eventine avait assuré à son peuple qu'il ne connaîtrait pas le même sort. Ander était effectivement persuadé que les gens ne risquaient rien pour le moment. Il était clair que la créature qui avait tué les Élus n'avait pas d'autre cible. Malgré tout, prendre des précautions ne faisait pas de mal. Surtout pour éviter la panique.

De toute façon, les dégâts étaient déjà faits. L'Ellcrys agonisait, et il ne renaîtrait pas. Quand il serait mort, la Barrière se briserait, et les forces maléfiques se déchaîneraient. Une fois libérées, elles pourchasseraient et massacreraient les elfes. Et sans l'Ellcrys, quel miracle de magie elfique pourrait empêcher ce dénouement ?

Ander s'arrêta devant le mur des Jardins. Il inspira à fond pour se calmer, essayant de chasser le sentiment d'impuissance qui le minait depuis le matin. Que pouvaient-ils faire ? Même quand les Élus étaient encore en vie, personne ne connaissait l'emplacement du Feu de Sang. La Barrière ayant commencé à céder, ils n'auraient pas eu le temps de localiser Garde-Sûre. Et maintenant que les Élus étaient morts...

Amberle.

Le nom de la jeune femme traversa l'esprit d'Ander. Les dernières paroles qu'il avait entendues de Lauren la concernaient. Le jeune homme roux pensait qu'elle pourrait les aider. Hier, cette idée avait paru irréalisable. Maintenant, n'importe quoi valait mieux que ne rien faire. Ander réfléchit. Comment convaincre son père qu'Amberle serait peut-être leur salut ? Parviendrait-il à le persuader de parler de la jeune femme ? Il se souvenait de l'amertume et de la déception du roi, le jour où il avait appris qu'Amberle avait trahi la confiance qu'on avait placée en elle. En même temps, Ander revit le désespoir de son père quand il l'avait informé du massacre des Élus. La décision était facile à prendre : le roi avait besoin que quelqu'un l'aide. Arion étant parti pour le Sarandanon, Ander seul pouvait agir. Et que pourrait-il faire, sinon dire à son père qu'il fallait trouver Amberle ?

— Prince ?

La voix sortit de nulle part, surprenant tellement Ander qu'il sursauta. Une ombre sortit du bosquet de pins planté près des murs des jardins de la Vie. Elle était plus noire que les ténèbres environnantes. Ander cessa un instant de respirer, glacé de peur. Puis il posa la main sur la garde de son épée courte. Mais l'ombre approcha, et une main d'acier saisit son bras, l'empêchant de sortir l'arme.

— Paix, Ander Elessedil, dit la voix douce mais impérieuse. Je ne suis pas votre ennemi.

Ander vit avancer vers lui un homme de grande taille – plus de sept pieds. Des robes noires l'enveloppaient et le capuchon de son manteau, rabattu sur son front, cachait son visage. On voyait seulement ses yeux, qui brillaient comme ceux d'un félin.

— Qui êtes-vous ? demanda Ander.

L'homme le lâcha et souleva son capuchon, révélant un visage ridé taillé à la serpe. Une courte barbe noire encadrait sa bouche. Ses cheveux noirs lui arrivaient aux épaules et d'épais sourcils protégeaient ses yeux de félin sombres et perçants.

L'homme dévisagea Ander, incapable de détourner le regard.

— Votre père me reconnaîtrait, dit le géant. Je m'appelle Allanon.

Ander n'en crut pas ses oreilles.

— Allanon ? Mais... Allanon est mort !

— Ai-je l'air mort, prince ?

— Non... Je vois bien que... Mais cela fait plus de cinquante ans...

Il s'interrompit, se souvenant des histoires racontées par son père : la recherche de l'Épée de Shannara, puis le sauvetage d'Eventine, prisonnier de l'armée ennemie. La bataille de Tyrsis et la défaite du Roi-Sorcier, vaincu par le petit Valombrien, Shea Ohmsford... Allanon avait offert son aide, sa force et ses connaissances aux peuples assiégés des Quatre Terres. Après la destruction du Roi-Sorcier, il avait disparu. On disait que Shea Ohmsford était le dernier à l'avoir vu. Des rumeurs prétendaient qu'Allanon avait été aperçu dans les Quatre Terres à différents moments. Mais il n'était jamais venu dans les Terres de l'Ouest, la nation des elfes. Aucun d'eux n'avait pensé le revoir. Pourtant, quand il s'agissait du druide, lui avait dit son père, on apprenait vite à s'attendre à l'inattendu. Historien, philosophe et mystique, gardien des races, dernier des anciens druides, sage du nouveau monde : on disait qu'Allanon était tout cela.

Mais s'agissait-il réellement d'Allanon ? se demanda Ander.

Le géant avança d'un pas.

— Regardez-moi de près, prince, ordonna-t-il. Vous verrez que je dis la vérité.

Ander étudia le visage sombre et les yeux étincelants. Ses doutes s'envolèrent : l'homme qui se tenait devant lui était bien Allanon.

— Je veux que vous m'emmeniez voir votre père. Choisissez un chemin aussi discret que possible. Il faut que mon arrivée reste secrète. Vite, avant que les sentinelles arrivent !

Ander n'hésita plus. Le druide sur les talons, il prit la direction de la cité.

Quelques minutes plus tard, ils s'accroupirent derrière des arbres à feuilles persistantes, face à un portail secondaire fermé par une chaîne et un verrou. Ander sortit un trousseau de clés et en glissa une dans la serrure, qui s'ouvrit avec un claquement. Ils entrèrent dans les jardins.

En temps normal, le parc aurait été surveillé par les seuls gardes du portail. Mais peu après la découverte de l'assassinat des Élus, on avait retrouvé Went sous un buisson, la nuque brisée. Il avait été tué d'une manière très différente des Élus, ne laissant pas de raison de penser que les deux événements étaient liés. Pourtant, au goût de la garde, le jardinier était bien trop près du palais et du roi. Des elfes supplémentaires patrouillaient. Et depuis, Dardan et Rhoe, les gardes du corps du roi, étaient en faction devant sa porte.

Ander n'aurait pas cru que quelqu'un, sans être vu par les sentinelles, puisse arriver jusqu'au palais en passant par les murs extérieurs. Mais ils réussirent. Allanon se déplaçant comme une ombre, ils débouchèrent devant les portes-fenêtres du bureau d'Eventine. Le druide écouta un instant aux fenêtres, puis il tourna l'espagnolette en fer et poussa les portes, qui s'ouvrirent sans grincer.

Le druide et le prince entrèrent.

Eventine Elessedil était assis à sa table, toujours couverte de livres d'histoire. Il se leva et regarda son fils entrer par cette voie inhabituelle, suivi par quelqu'un qu'il connaissait…

— Allanon !

Le druide referma les portes-fenêtres et tira les rideaux.

— Après tant d'années…, dit Eventine. (Puis il vit enfin le visage du druide et sursauta.) Allanon ! Vous n'avez pas vieilli d'un jour ! Pas changé depuis… Comment est-ce possible ?

— Je suis celui que j'ai toujours été, dit le druide. Cela devra vous suffire, roi des elfes.

Eventine retourna à sa table et s'assit. Allanon prit place en face de lui. Ander ne bougea pas, ignorant s'il devait rester ou partir.

— Asseyez-vous avec nous, prince des elfes, dit Allanon en désignant une troisième chaise.

Ander obéit, content d'être invité, et pressé d'entendre ce qu'Allanon avait à dire.

— Vous savez ce qui s'est passé ? demanda le roi.

— Oui. C'est la raison de ma venue. J'ai senti une brèche dans la Barrière. Une créature maléfique est passée dans notre monde, et elle dispose d'un grand pouvoir. L'apparition de ce monstre m'a...

Il y eut un bruit de pas dans le couloir. Le druide se leva d'un bond.

Puis il regarda calmement le roi.

— Personne ne doit savoir que je suis ici.

Eventine ne posa pas de question. Il se leva, gagna la porte, l'ouvrit et vit Manx, qui remuait lentement la queue et quêtait des caresses. Eventine sortit dans le couloir et aperçut Gael, qui approchait de son bureau avec un plateau. Le roi sourit et le lui prit des mains.

— Allez chez vous et reposez-vous, ordonna-t-il. (Gael fit mine de protester.) Pas de discussion ! Nous aurons beaucoup à faire demain. Au lit ! Tout ira bien pour moi. Demandez à Dardan et à Rhoe de monter la garde jusqu'à ce que je me retire. Et que personne ne me dérange.

Il revint dans le bureau et ferma la porte derrière lui. Manx était entré et reniflait l'étranger. Apparemment satisfait, il se laissa tomber devant la cheminée, le museau sur les pattes avant. Eventine se rassit.

— Cette créature a tué les Élus ? demanda-t-il, reprenant le fil de la conversation.

— Je crois... J'ai senti le danger qui les menaçait et je suis venu aussi vite que possible. Pas assez, malheureusement, pour les sauver !

Eventine eut un pâle sourire.

— La faute m'en incombe, je le crains. Je les ai laissés sans protection, même après avoir été averti que la Barrière commençait à céder. Mais cela ne change peut-être rien. S'ils avaient vécu, je ne suis pas sûr qu'ils auraient pu sauver l'Ellcrys. Nous n'avons rien trouvé de plus sur le Feu de Sang. Pas même ce nom... Garde-Sûre... Le connaissez-vous ?

Allanon fit un signe de dénégation.

— Nos archives ne nous disent rien sur ce lieu. Je suis confronté à une situation impossible. L'Ellcrys agonise. Pour le sauver, un des Élus à son service doit apporter sa semence au Feu de Sang, l'immerger dans les flammes, puis la replanter...

— Je connais tout ça, coupa le druide.

Le roi s'empourpra de frustration.

— Réfléchissez ! Nous n'avons rien sur Garde-Sûre dans nos archives. Et les Élus sont morts. Personne ne peut s'occuper de la semence de l'arbre. Le résultat est clair : l'Ellcrys mourra, la Barrière s'effondrera et les forces du mal seront libérées. Les elfes, et probablement les autres races des Quatre Terres, devront livrer une guerre qui nous détruira tous ! Je suis un roi. Rien de plus ! Vous êtes un druide et un sorcier. Si vous pouvez nous aider, faites-le. Je ne peux rien de plus...

Le druide inclina la tête, comme s'il étudiait le problème.

— Avant de venir vous voir, Eventine, je suis allé dans les jardins de la Vie, où j'ai parlé à l'Ellcrys.

Le roi le regarda, ébahi.

— Vous avez parlé à… ?

— Il serait plus exact de dire qu'il m'a parlé. S'il ne l'avait pas décidé ainsi, il n'y aurait eu aucune communication entre nous, bien entendu.

— Mais l'Ellcrys parle seulement aux Élus, dit Ander.

Il blêmit quand il vit son père froncer les sourcils d'exaspération.

— Mon fils a raison, Allanon. L'Ellcrys parle seulement aux Élus, et encore, rarement.

— Il parle à ceux qui le servent. Parmi les elfes, seuls les Élus sont dans ce cas. Mais les druides ont aussi servi l'Ellcrys – d'une manière différente. Je lui ai proposé de me parler, et il a décidé de le faire. Selon ce qu'il m'a dit, vous vous trompez sur un point au moins…

Eventine attendit que le druide continue, mais il ne dit rien de plus.

— D'accord ! Je vous poserai la question, grogna le roi, se forçant au calme. À quel sujet me suis-je trompé ?

— Avant de vous le révéler, dit Allanon, il faut que vous compreniez quelque chose. Je suis venu vous offrir mon aide parce que les forces maléfiques emprisonnées derrière la Barrière menacent les peuples des Quatre Terres. Je vous assisterai, mais à une condition : être libre d'agir comme je l'entends. Même si vous n'êtes pas d'accord, Eventine Elessedil. Comprenez-vous ?

Le roi hésita, ses yeux bleus cherchant dans ceux du druide des réponses qui ne s'y trouvaient pas. Enfin, il acquiesça.

— Je comprends. Vous pourrez agir comme vous le désirez…

— D'abord, je pense pouvoir vous aider à trouver Garde-Sûre. Ce que j'ai vu quand l'Ellcrys m'a parlé ne m'était pas familier, parce que les images venaient de ses souvenirs. Elles montrent le monde tel qu'il était quand l'arbre a vu le jour. Les Grandes Guerres ont tellement modifié la géographie que ces souvenirs ne sont plus fiables. Pourtant, nous avons un nom. Vous m'avez dit que les archives des rois elfiques et de l'ordre des Élus ne le mentionnent pas. Mais il y a un autre endroit où chercher : à Paranor, dans la forteresse des Druides. On y trouve des archives consacrées aux sciences et aux phénomènes surnaturels de l'ancien monde. Dans ces livres, nous dénicherons peut-être une mention de la création de l'Ellcrys et de l'emplacement du Feu de Sang. C'est une éventualité non négligeable, car les informations ont été réunies au moment du Premier Conseil des druides et transcrites par chaque membre telles qu'elles lui avaient été transmises depuis l'holocauste. Souvenez-vous aussi que le « phare » de ce conseil était Galaphile – un druide. Il se sera certainement assuré que les circonstances de la création de l'Ellcrys et l'emplacement du Feu de Sang soient consignés.

Il marqua une pause.

— Dès ce soir, quand nous en aurons terminé, je partirai pour Paranor. Car seul un druide peut trouver les archives… Il est nécessaire que je me déplace.

Allanon croisa les mains, ne quittant pas le roi du regard.

— En ce qui concerne les Élus, Eventine, vous vous trompez. Ils ne sont pas tous morts.

Amberle ! pensa Ander. *C'est d'elle qu'il parle !*

— Les six ont été tués..., commença Eventine.

Il s'interrompit abruptement.

— Il y avait sept Élus, dit Allanon. Sept !

— Amberle, souffla le roi, tendu à craquer.

— Elle fait partie des Élus.

— Non ! cria Eventine. Non, druide !

On entendit des bruits de course dans le couloir, puis quelqu'un frappa à la porte. Ander comprit ce qui s'était passé : les cris de son père avaient attiré Dardan et Rhoe. Il gagna la porte, l'ouvrit et fut étonné de voir Gael avec les deux gardes. Ils essayèrent de regarder dans la pièce, mais Ander leur bouchait la vue.

— Je vous avais dit de rentrer chez vous, Gael ! cria Eventine. Obéissez, maintenant !

Gael s'inclina, son expression montrant à quel point il était blessé par les paroles de son maître. Il partit sans un mot. Le roi rassura les Chasseurs, qui repartirent vers leur poste.

Eventine resta un moment sur le seuil, puis referma la porte.

— Quand avez-vous su pour Amberle, Allanon ?

— L'Ellcrys m'a dit que sept jeunes gens avaient été nommés Élus pour le servir. L'un d'eux était une jeune femme. Amberle Elessedil.

Le druide s'interrompit, regardant le roi, soudain d'une pâleur de cire.

— Il est rare qu'une jeune femme fasse partie des Élus, continua Allanon. Ça ne s'était pas vu depuis au moins cinq cents ans !

— Pour Amberle, être Élue était un honneur vide de sens, cria le roi, furieux. Elle l'a refusé, couvrant de honte son peuple et sa famille. Désormais, elle ne fait plus partie des Élus et n'est plus une citoyenne de notre nation. Bannie de sa propre volonté !

Allanon se leva, l'air sombre.

— C'est votre petite-fille, et vos paroles sont celles d'un imbécile !

Le druide avança vers le roi.

— Écoutez-moi ! Amberle est une Élue. Il est vrai qu'elle n'a pas servi l'Ellcrys et qu'elle a renoncé à son devoir. Pour des raisons connues d'elle seule, elle a quitté Arborlon et les Terres de l'Ouest au mépris de ses responsabilités. Bref, elle s'est exilée et n'estime plus faire partie des Élus.

» Mais il n'est pas en votre pouvoir, ni en celui de votre peuple, de lui prendre ce que l'Ellcrys lui a donné. Jusqu'à ce que l'arbre en décide autrement, Amberle restera une Élue qui pourrait apporter la semence au Feu de Sang. Un roi peut ne pas tout comprendre, Eventine Elessedil. Il y a des choses que vous devez simplement *accepter.*

Eventine regarda le druide sans répondre. La colère avait disparu de ses yeux, remplacée par le chagrin et le trouble.

— J'étais très proche d'elle, autrefois, dit-il enfin. Après la mort de son père, j'ai pris sa place. Elle était encore une enfant de cinq ans. Le soir, nous avions l'habitude de rester ensemble… En elle, il y avait quelque chose que je n'ai jamais vu chez personne d'autre : de l'innocence, de la douceur, de l'amour… Je suis un vieil homme, et je parle de ma petite-fille, mais pas sans savoir ce que je dis. Je la connaissais.

Allanon ne répondit pas. Le roi retourna près de la table et se rassit.

— Les archives ne mentionnent aucune autre femme choisie pour servir l'Ellcrys depuis l'époque de Jerle Shannara. Amberle était la première en plus de cinq cents ans. Un honneur pour lequel d'autres auraient tout donné ! Et pourtant, elle l'a abandonné sans aucune explication. Ni à moi, ni à sa mère. Pas un mot. Elle est seulement partie…

— Il faut la ramener. C'est le seul espoir des elfes.

— Père, dit soudain Ander, la nuit avant sa mort, Lauren m'a dit quelque chose. L'Ellcrys a souvent parlé avec Amberle après qu'elle eut été nommée Élue. Ça n'était jamais arrivé. Peut-être est-elle réellement notre meilleur espoir !

Le roi le regarda d'un œil vide, comme s'il n'avait pas compris un mot de son discours. Puis il posa les mains sur le bois usé de la table et fit un petit signe.

— Cet espoir me paraît bien mince, Ander… Notre peuple acceptera peut-être son retour parce qu'il a besoin d'elle. Je n'en suis pas sûr, car ce qu'elle a fait est impardonnable. Et l'Ellcrys l'acceptera peut-être aussi comme Élue et comme porteuse de la semence. Je ne prétends pas avoir les réponses à toutes ces questions. Et mes propres sentiments importent peu. (Il se tourna vers Allanon.) Mais Amberle elle-même se dressera contre nous ! Quand elle a quitté ce pays, c'était pour toujours. Elle jurait qu'il devait en être ainsi. Quelque chose l'a poussée à le croire. Vous ne la connaissez pas aussi bien que moi : elle ne reviendra jamais.

Allanon demeura imperturbable.

— Ça reste à voir… Nous devons au moins lui poser la question.

— J'ignore où elle est. Et je doute que quiconque le sache.

Le druide versa un gobelet de thé au roi et le lui tendit.

— Moi, je le sais !

Eventine le regarda en silence, des larmes dans les yeux. Mais elles disparurent très vite.

— J'aurais dû m'en douter, dit-il. (Il se leva et fit quelques pas, le visage en partie caché par les ombres.) Vous êtes libre d'agir à votre guise, Allanon. Vous le savez déjà.

Allanon se leva aussi. Puis, stupéfiant Ander, il lâcha :

— J'aurais besoin des services de votre fils avant de partir.

Eventine ne se retourna pas.

— Comme vous voulez…

— Souvenez-vous. Personne ne doit savoir que je suis venu ici.

— Personne ne le saura !

Le druide ressortit par les portes-fenêtres. Ander regarda son père un moment, puis le suivit.

Il savait que les pensées du vieil homme étaient tournées vers Amberle…

Dans les ténèbres des forêts, au nord du Carolan, le Dagda Mor était paisiblement assis, les yeux fermés. Quand il les rouvrit, son regard brillait de satisfaction. Le Métamorphe l'avait bien servi ! Il se leva et le Bâton de Pouvoir lança un éclair quand ses mains se refermèrent autour du bois poli.

— Druide ! siffla-t-il. Je sais qui vous êtes…

Il fit un signe au Faucheur, qui se redressa.

Puis le Dagda Mor regarda vers l'est. Il attendrait le druide à Paranor, mais il ne serait pas seul, car il se méfiait de cet homme. Le Faucheur pouvait peut-être lui tenir tête, mais il avait mieux à faire.

Il lui faudrait de l'aide… Quelques-uns de ses frères devraient franchir la Barrière.

Assez pour capturer le druide. Et pour le tuer !

Chapitre 6

Allanon attendait Ander dehors. Ensemble, ils rebroussèrent chemin dans les jardins, puis sortirent par le petit portail secondaire donnant sur la route. Allanon demanda que le prince l'emmène aux écuries. Les deux hommes suivirent un chemin détourné pour y parvenir. Ander congédia gentiment le vieux garçon d'écurie, puis Allanon et lui y entrèrent.

Des lampes à huile éclairaient une double rangée de stalles. Allanon les longea, examinant chaque cheval.

Ander le suivit.

Le druide s'arrêta enfin et se tourna vers lui.

— Celui-ci, dit-il, désignant un cheval.

Mal à l'aise, Ander regarda la monture choisie par Allanon. L'animal, un grand étalon noir de dix-huit paumes, s'appelait Artaq. Assez grand et fort pour transporter un cavalier de la taille d'Allanon, il était très endurant. Un cheval de chasse, fait pour la résistance plutôt que pour la vitesse. Ander savait qu'il était pourtant capable de galoper très vite sur de courtes distances. La tête étroite et relativement petite, surtout en comparaison de son corps épais, ses yeux largement écartés, d'un bleu ciel surprenant, brillaient d'intelligence. Artaq n'était pas un cheval que n'importe qui pouvait maîtriser.

C'était tout le problème avec cet animal. Déterminé et imprévisible, il aimait se livrer à de petits jeux qui se terminaient invariablement par la chute de son cavalier. Plusieurs elfes avaient été blessés. Si le cavalier n'était pas assez fort et assez rapide pour l'en empêcher, Artaq trouvait vite un moyen de le désarçonner. Peu d'hommes avaient envie d'affronter cela. Même le roi le chevauchait rarement, alors qu'il avait été un de ses préférés.

— Il y en a d'autres…, dit Ander, hésitant.

— Ce cheval fera l'affaire. Comment s'appelle-t-il ?

— Artaq.

Allanon étudia l'animal, puis souleva le loquet de la stalle et entra. Ander avança pour voir ce qui se passerait. Le druide se planta devant Artaq et leva une main. Sous le regard ébahi du prince, Artaq approcha d'Allanon, qui lui caressa doucement le cou. Puis il se pencha, lui murmura quelque chose à l'oreille, lui passa un licou et le conduisit vers la sellerie.

Le druide choisit une selle et une bride et harnacha sa monture. Après un dernier mot d'encouragement, il sauta sur son dos.

Ander retint son souffle. Allanon fit marcher l'étalon noir le long d'une rangée de stalles, puis revenir par l'autre rangée. Obéissant et discipliné, Artaq ne jouerait pas à ses petits jeux avec ce cavalier-là ! Allanon le ramena à l'endroit où Ander l'attendait et descendit de selle.

— Pendant que je serai parti, prince, je vous confie votre père. Assurez-vous que rien ne lui arrive. Je compte sur vous.

Ander acquiesça, content qu'Allanon lui fasse confiance. Le druide l'étudia un moment du regard et se détourna. Suivi par le prince, il fit avancer Artaq vers le fond des écuries et ouvrit les doubles portes.

— Au revoir, Ander Elessedil !

Il remonta en selle, fit passer Artaq par les portes et s'éloigna dans les ténèbres.

Ander le regarda jusqu'à ce qu'il soit hors de vue.

Le reste de la nuit et les deux jours suivants, Allanon chevaucha vers l'est, en direction de Paranor. Il traversa les forêts des Terres de l'Ouest jusqu'à l'entrée de la vallée historique de Rhenn, et, de là, galopa vers les étendues désolées des plaines de Streleheim. Il avançait à bonne allure, s'arrêtant seulement pour reposer, nourrir et abreuver Artaq. Restant soigneusement à couvert, il ne s'approcha pas des routes des caravanes ni des chemins les plus fréquentés. Pour le moment, personne ne savait qu'il était revenu dans les Quatre Terres, à part le roi des elfes et son fils. Nul ne connaissait l'existence des archives des druides, à Paranor, ni ne savait qu'il y avait sept Élus. Si les forces du mal l'apprenaient, sa quête serait sérieusement compromise. Le secret était son meilleur allié, et il avait l'intention de le maintenir.

Allanon arriva à Paranor au coucher du soleil, le deuxième jour de son voyage. Il était sûr de ne pas avoir été suivi.

À bonne distance de la forteresse, il laissa Artaq dans un petit bosquet d'épicéas, avec de l'herbe et de l'eau à disposition, et continua à pied. Les choses n'étaient plus comme au temps du Roi-Sorcier. Les hordes de loups ne rôdaient plus dans les bois entourant la forteresse. La barrière d'épines empoisonnées qui interdisait l'accès de l'antique bâtisse avait disparu. Les bois retentissaient des sons normaux et agréables de la nature à la tombée de la nuit.

L'antique château, construit en haut d'un promontoire rocheux, se dressait entre les arbres comme s'il avait été sorti des entrailles de la terre par une main géante. Un spectacle à couper le souffle, tout droit sorti d'un conte de fées, labyrinthe surprenant de tours et de murs, de flèches et de parapets dont la pierre blanchie par l'âge se découpait nettement sur le bleu marine du firmament.

Allanon s'arrêta. Les archives de Paranor racontaient l'histoire de ses ancêtres. Les druides… Elles commençaient mille ans après les Grandes Guerres qui avaient pratiquement exterminé la race de l'homme et changé la face de l'ancien monde.

Ces archives étaient nées après des années de désolation et de sauvagerie, quand les survivants de l'holocauste se débattaient pour subsister dans un monde terriblement dangereux où l'homme n'était plus l'espèce dominante. Elles avaient vu le jour après que l'ancienne race de l'homme réapparut sous la forme des nouvelles races – les hommes, les nains, les gnomes et les trolls – et après la réapparition des elfes. Elles avaient été créées à Paranor, où le Premier Conseil des druides s'était réuni pour sauver le nouveau monde de l'anarchie. Galaphile, le plus grand des druides, les avait convoqués dans la forteresse. Les récits de l'ancien monde furent consignés dans les archives pour le bénéfice des générations à venir. Les mystères des antiques sciences explorés, certains secrets revinrent entre les mains des druides. Des centaines d'années durant, ils vécurent et travaillèrent à Paranor, devenus les sages du monde nouveau qui essayaient de rebâtir tout ce qui avait été perdu.

Mais leurs efforts furent vains. L'un d'eux se laissa pervertir par l'ambition et l'impatience et joua avec un pouvoir si maléfique qu'il le consuma. Il s'appelait Brona. Lors de la Première Guerre des races, il conduisit une armée d'humains contre les autres espèces afin de conquérir les Quatre Terres. Les druides écrasèrent la rébellion et forcèrent Brona à se cacher. Ils crurent même qu'il était mort. Cinq cents ans plus tard, il réapparut, sous le nom de Roi-Sorcier. Emprisonnant les druides dans leur forteresse, il les massacra tous, sauf un : Bremen, le père d'Allanon.

Bremen fabriqua une épée magique et la donna au roi des elfes, Jerle Shannara. Grâce à lui, les elfes et leurs alliés gagnèrent la Deuxième Guerre des races et repoussèrent de nouveau le Roi-Sorcier.

Quand Bremen mourut, Allanon, le dernier druide, ferma à tout jamais la forteresse. Paranor devint un monument à la gloire d'une époque révolue, riche en grands hommes et en actes de bravoure.

Le druide se secoua. Tout cela était du passé !

Il fit le tour de la base de pierre de la forteresse, étudiant les crevasses et les affleurements déchiquetés. S'arrêtant enfin, il toucha le mur. Une partie du rocher pivota pour révéler un passage secret. Le druide se glissa dans l'étroite ouverture, qui se referma derrière lui.

À l'intérieur régnaient les ténèbres. Allanon tâtonna jusqu'à ce qu'il trouve une série de torches murales dans des supports en fer. Il en prit une et l'alluma avec le briquet à silex qu'il portait dans une bourse accrochée à sa ceinture. La torche devant lui, il attendit un instant que ses yeux s'habituent à sa lueur et aperçut les marches d'un escalier. Il s'y engagea. L'odeur de poussière et de moisissure agressant ses narines, il plissa le nez de dégoût. Il faisait un froid mortel dans les cavernes enfouies sous des tonnes de rochers. Le druide resserra son manteau autour de lui et continua son ascension.

Arrivé devant une porte massive, Allanon s'arrêta et se pencha, étudiant les fermetures en fer. Puis il effleura une série d'excroissances métalliques et la porte s'ouvrit.

Il entra dans la fournaise de la forteresse. Autour des parois d'une grande salle circulaire courait une étroite passerelle donnant sur un obscur puits central. Une rambarde en fer l'entourait. Sur les murs de la salle, s'alignait une série de portes en bois, toutes fermées par des barres.

Le druide gagna la rambarde. Tenant la torche devant lui, il sonda le puits. La chiche lueur de la torche dansa sur les murs noircis incrustés de cendre et de rouille. La fournaise était désormais froide, la machinerie qui envoyait autrefois la chaleur dans les tours et les couloirs du château était silencieuse. Mais loin au-dessous, sous les protections en fer, les feux de la terre brûlaient toujours.

Allanon se souvint d'une époque révolue. Cinquante ans auparavant, il était venu à Paranor, dans la forteresse des druides, avec le petit groupe d'amis qu'il avait réunis à Culhaven, un village de la communauté des nains. Les Ohmsford, Shea et Flick... Balinor Buckhannah, le prince de Callahorn... Menion, le prince de Leah... Durin et Dayel Elessedil... Et le nain Hendel... Ils venaient chercher la légendaire Épée de Shannara, car le Roi-Sorcier était de retour dans les Quatre Terres, et seul le pouvoir de l'Épée l'arrêterait. Allanon était entré dans la forteresse avec sa petite troupe, et il avait failli ne jamais en ressortir. Dans la salle où il était, il avait combattu un des Porteurs du Crâne. Le Roi-Sorcier savait qu'il devait venir, et il lui avait tendu un piège...

Il leva les yeux, tendant l'oreille. Un piège... Ce mot réveillait un sixième sens qui essayait de l'avertir... Quelque chose n'allait pas ici...

Il hésita un moment puis se secoua. Il se comportait comme un idiot ! Ce malaise était dû à ses souvenirs, rien de plus.

Tenant toujours la torche, il avança sur la passerelle jusqu'à l'escalier en colimaçon qui conduisait aux niveaux supérieurs. Sans un regard pour le puits, il monta rapidement et entra dans le couloir supérieur de la forteresse.

Tout était tel qu'il s'en souvenait. La lumière des étoiles filtrait par les hautes fenêtres, jetant des rayons argentés sur les panneaux de bois et les lambris polis. Des peintures et des tapisseries pendaient le long des murs, leurs riches couleurs tamisées par l'obscurité. Des statues de pierre et de fer montaient la garde devant des portes munies de poignées en cuivre. Il y avait partout une épaisse couche de poussière, et des toiles d'araignées pendaient des plafonds, telles des draperies sans consistance.

Allanon avança lentement dans le couloir. Tout étant plongé dans un silence profond, le bruit de ses pas résonnait étrangement sur son passage. Derrière lui, de petits tourbillons de poussière dansaient dans les airs. Toutes les portes étaient fermées, leurs parties métalliques reflétant la lueur de sa torche. Le couloir en croisant un autre, Allanon tourna à droite. Il suivit ce nouveau corridor presque jusqu'au bout, s'arrêtant devant une petite porte de chêne clair fermée par un énorme verrou. Le druide fouilla dans la bourse accrochée à sa taille et en sortit une grande clé. Il l'introduisit dans la serrure et tourna deux fois. Le mécanisme grinça, mais la poignée de fer fonctionna.

Allanon entra et referma derrière lui.

La pièce, petite et sans fenêtre, avait autrefois servi de bureau. Ses quatre murs étaient couverts de rangées d'étagères lestées de livres reliés en tissu dont la couleur avait depuis longtemps disparu. Les pages desséchées n'étaient pas loin de tomber en poussière. Contre le mur du fond attendaient deux tables de lecture et des chaises en rotin raides et solitaires comme des sentinelles oubliées. Plus près de la porte étaient disposés deux fauteuils d'aspect confortable aux coussins de cuir rembourré. Un vieux tapis tissé à la main couvrait une partie du parquet. Le tissu était orné de dessins héraldiques et de morceaux de feuilles d'or.

Le druide examina rapidement la pièce et gagna le mur, à sa gauche. Passant la main derrière les livres de la troisième étagère, il localisa deux excroissances en fer. Quand il les toucha, une partie de la bibliothèque pivota. Il poussa l'étagère pour se frayer un passage, puis la tira derrière lui.

Il entra dans une pièce faite de blocs de granit taillés pour s'imbriquer les uns dans les autres avant d'être scellés par du mortier. Elle était vide, à part une longue table en bois et une demi-douzaine de chaises à hauts dossiers. Il n'y avait pas de fenêtre et pas d'autre porte. Pourtant, l'air restait parfaitement respirable. Rien de surprenant : avec la manière dont la salle avait été construite, il n'y avait presque pas de poussière.

Allanon se servit de sa flamme pour allumer les torches murales, des deux côtés de l'entrée, et les chandelles posées sur la table. Quand il eut terminé, il approcha du mur, à droite de la porte, et fit courir ses mains sur la pierre lisse. Puis il posa le bout de ses doigts à des endroits précis de la surface en granit, sans appuyer les paumes. Enfin, il baissa la tête et se concentra. Au début, rien ne se passa. Puis une lueur bleue jaillit de ses doigts et s'infiltra dans la pierre. Le mur se transforma en une flamme bleue silencieuse. Ensuite il disparut.

Allanon recula. Là où se dressait le mur de granit, s'étendaient des rangées de livres reliés en cuir et gravés d'or. C'était pour ces ouvrages qu'il était venu à Paranor. Les archives des druides, la totalité des connaissances de l'ancien et du nouveau monde sauvée de l'holocauste des Grandes Guerres. Un trésor tenu à jour au fil des siècles...

Allanon prit délicatement un des livres. Il était en bon état, le cuir souple et doux, les bords des pages toujours tranchants et la reliure solide. Ces volumes avaient bien résisté au temps. Cinq siècles plus tôt, après la mort de Bremen, quand Allanon avait compris qu'il était le dernier druide, il avait construit cette pièce pour protéger les archives et les conserver à jamais. Il revenait de temps en temps dans la forteresse ajouter ce qu'il avait appris au cours de ses voyages dans les Quatre Terres, couchant sur le papier des secrets qui, sinon, auraient été perdus. La plus grande partie des archives traitait de la sorcellerie, ces pouvoirs que nul homme, fût-il un druide, ne pouvait espérer comprendre entièrement, et encore moins maîtriser. Les druides avaient voulu conserver ces trésors à l'abri des hommes susceptibles de les utiliser à mauvais escient. Mais les druides avaient disparu, sauf Allanon. Et un jour, lui aussi disparaîtrait. Qui hériterait alors des archives ? Une question cruciale pour Allanon, à laquelle il n'avait jusque-là trouvé aucune réponse satisfaisante.

Il parcourut rapidement l'ouvrage qu'il avait choisi, puis il le remit en place et en ouvrit un autre. Après un coup d'œil, il approcha de la table, s'y assit et posa le livre devant lui.

Il commença à lire.

Près de trois heures durant, il ne bougea pas, sauf pour tourner les pages.

Au bout de la première heure, il découvrit l'emplacement de Garde-Sûre. Mais il continua à lire, car il cherchait autre chose.

Quand il cessa de lire, il se laissa aller contre le dos de sa chaise, fatigué, et regarda fixement les rangées d'ouvrages. Il avait trouvé tout ce qu'il cherchait… Et il aurait préféré que ce ne soit pas le cas !

Il repensa à sa rencontre avec Eventine Elessedil, deux jours plus tôt. Il avait dit au roi qu'il était d'abord allé dans les jardins de la Vie et que l'Ellcrys lui avait parlé. Mais il n'avait pas répété tout ce que l'arbre lui avait révélé. En partie parce que ce que l'Ellcrys lui avait appris était confus. Des souvenirs si anciens qu'ils étaient presque impossibles à comprendre pour les gens de leur époque. Mais il lui avait montré une chose qu'il avait très bien comprise. Trop bien ! Au point qu'il n'avait pas voulu l'accepter avant de vérifier dans les archives. À présent, il savait que cette chose était vraie, et qu'elle devait rester secrète. Il ne pouvait pas en parler à Eventine.

Tout cela ressemblait trop à ce qui s'était passé cinquante ans plus tôt, avec le jeune Shea Ohmsford : la vérité devait être révélée en temps et en heure, à la suite d'une série d'événements précis et inexorables. Il ne lui revenait pas de décider du moment de cette révélation.

Pourtant, il avait des doutes… Seul avec les fantômes de ses ancêtres, le dernier représentant des druides s'interrogea sur sa décision. Il avait choisi de cacher la vérité à Shea Ohmsford, et à tous ceux qui avaient risqué leur vie pour trouver l'Épée de Shannara parce qu'il les avait convaincus que c'était leur devoir. Vers la fin, il s'était dit qu'il avait eu tort. Avait-il tort aujourd'hui ? Cette fois, ne devrait-il pas être franc d'emblée ?

Toujours perdu dans ses pensées, il ferma le livre, se leva et le remit à sa place. Quand il fit un geste circulaire de la main, le mur de granit reparut. Il le regarda un moment d'un œil absent, puis se détourna. Reprenant la torche qu'il avait apportée, il éteignit les autres lumières et actionna le mécanisme d'ouverture de la porte secrète.

Revenu dans le bureau des druides, il s'arrêta de nouveau pour remettre en place les étagères qui dissimulaient la salle. Il vérifia que tout était comme avant et contempla tristement la petite pièce. Le château des druides était désormais un tombeau où planait l'odeur de la mort. Jadis, c'était un lieu de culture et de sagesse. Mais les êtres vivants n'avaient désormais plus rien à faire entre ces murs.

Il fronça les sourcils. Son humeur s'était assombrie depuis qu'il avait découvert ces informations. Quitter Paranor au plus vite, voilà tout ce qu'il voulait ! Il avait appris de mauvaises nouvelles, et il devrait les annoncer à d'autres, une mission qui ne lui plaisait guère !

Il gagna la porte du bureau, l'ouvrit et sortit dans le couloir principal.

À moins de vingt pieds de lui se dressait la silhouette bossue du Dagda Mor.

Le démon, regard rivé sur le druide, brandissait le Bâton de Pouvoir. Le bruit rauque de sa respiration déchirant le silence, il ne parla pas, se contentant d'étudier l'homme qu'il était venu détruire.

Le druide s'éloigna de l'entrée du bureau, avança vers le centre du couloir et sonda la pénombre, tout autour de lui. Presque aussitôt, il vit que d'autres créatures étaient présentes, des formes fantomatiques, rampant sur quatre pattes, avec des yeux verts brillants. Ils étaient nombreux et l'encerclaient tels des loups avançant sur une proie acculée. Des feulements sortaient de leurs gueules, semblant clamer leur plaisir à l'idée de ce qui allait se passer.

Quelques-unes des créatures se glissèrent dans le cercle de lumière projeté par sa torche. Des êtres grotesques, couverts de poils gris, aux membres tordus et aux mains griffues. Quand ils levèrent la tête vers le druide, voir leurs faciès lui fit froid dans le dos. Des visages de femmes déformés par la sauvagerie, avec des gueules de félins monstrueux.

Il les connaissait, même si ces créatures n'avaient pas été vues sur terre depuis des milliers d'années, emprisonnées derrière la Barrière dès l'aube de l'humanité. Mais les légendes figuraient dans les archives de l'ancien monde. Ces créatures se nourrissaient de chair humaine. Née de la folie, leur soif de sang n'avait pas de limite.

Des furies !

Allanon les regarda approcher, certain que l'heure de sa mort avait sonné. Cette issue semblait sûre : les créatures étaient trop nombreuses pour lui, il le savait. Son pouvoir n'était pas assez grand pour les arrêter toutes. Elles attaqueraient ensemble et le déchiquetteraient.

Il jeta un coup d'œil au Dagda Mor. Le démon n'avait pas bougé, et ne quittait pas son adversaire des yeux, n'estimant pas nécessaire d'utiliser son propre pouvoir. Les furies suffiraient. Le druide était pris au piège. Il se battrait, mais il mourrait quand même.

Le feulement des furies se fit plus fort. Des doigts griffus raclèrent le sol, produisant un grincement aigu, et tout Paranor sembla se figer d'horreur.

Soudain, Allanon disparut.

Ce fut si rapide que les furies se pétrifièrent, regardant toujours l'endroit où il s'était tenu. Elles cessèrent de crier. La torche était toujours là, comme suspendue dans l'air. Puis elle tomba sur le sol, où elle s'éteignit sur un dernier crachotement d'étincelles.

L'illusion dura quelques secondes qui permirent à Allanon d'échapper au cercle de mort refermé autour de lui. Il traversa les rangs des furies et courut vers une double porte en chêne massif. Le Dagda Mor hurla et leva son Bâton de Pouvoir. Des flammes rouges volèrent à la poursuite du druide. Les furies s'éparpillèrent et Allanon fut plus rapide que son ennemi. Il brandit son manteau devant lui pour dévier l'attaque. Le jet de feu le frôla et fit éclater les portes, les arrachant à leurs supports de fer.

Le druide franchit le seuil et disparut dans l'obscurité.

Les furies foncèrent à sa suite en poussant des cris de colère. Les plus rapides surprirent le fuyard pendant qu'il tentait d'ouvrir la poignée d'une porte-fenêtre qui donnait sur les remparts. Allanon se retourna pour les affronter. Il saisit les deux plus proches quand elles essayèrent de lui sauter à la gorge, et les lança sur leurs compagnes. Puis il leva les mains, et du feu bleu jaillit de ses doigts, faisant naître un mur de flammes entre les furies et lui.

Elles continuèrent d'avancer. La première se jeta dans la fournaise et périt. Quand le feu mourut, un instant plus tard, la porte-fenêtre était ouverte et le druide avait disparu.

À mille pieds au-dessus de la forêt, le dos collé contre le mur de la forteresse, Allanon avançait prudemment le long d'une étroite corniche de pierre. À chaque pas, le vent menaçait de le déloger de son perchoir. Il arriva sur une petite passerelle de pierre qui conduisait à une tour. Le passage faisait moins de trois pieds de large. Le druide n'hésita pas : c'était sa seule chance ! Il commença à traverser.

Derrière lui, des cris de rage et de frustration jaillissaient de la gorge des furies. Elles le suivirent en courant, leurs pieds griffus ne glissant pas sur la pierre lisse de l'antique château. Arrivé à la fenêtre, le Dagda Mor leva son Bâton de Pouvoir. Un jet de flammes mortel en sortit, visant le druide.

Allanon s'était aperçu qu'il n'arriverait pas à traverser avant que les furies le rejoignent. Il se laissa tomber sur un genou et leva les bras. Aussitôt, un bouclier de feu bleu l'entoura. Les flammes du Bâton s'écrasèrent contre le bouclier, mais la violence de l'impact le poussa en arrière et le fit tomber.

Ses poursuivantes les plus rapides fondirent sur lui.

Cette fois, Allanon ne réagit pas assez vite. Des doigts griffus déchirèrent son manteau et s'enfoncèrent dans sa chair. Au prix d'un effort surhumain, il se dégagea des monstres qui s'étaient jetés sur lui. Quelques furies tombèrent de la passerelle en hurlant.

Se relevant à grand-peine, Allanon tituba vers la tour. Les furies se jetèrent de nouveau sur lui, se bousculant dans leur hâte d'atteindre leur proie.

Le druide les repoussa une fois de plus, non sans récolter d'autres blessures. Ses vêtements dégoulinaient de sang.

Il atteignit l'extrémité de la passerelle, s'appuya contre le mur de la tour, se tourna et leva les mains. Le feu bleu jaillit de ses doigts et désintégra la pierre, à ses pieds. La passerelle s'écroula, emportant avec elle les furies et leurs cris de terreur.

Le feu du Bâton de Pouvoir l'entoura. Le druide parvint à lui échapper en passant de l'autre côté de la tour, où il fut bientôt hors de vue du démon.

Il courut et s'arrêta devant une petite porte en fer verrouillée. D'un coup d'épaule, il la défonça…

Chapitre 7

C'était le milieu de la matinée. Dans le village des guérisseurs, la petite communauté gnome de Storland, l'averse cessa enfin. Un orage spectaculaire ! Des masses de nuages noirs dans le ciel, des éclairs et des roulements de tonnerre, sans parler des pluies torrentielles qui avaient fouetté la terre, du vent qui avait déraciné des arbres centenaires et arraché les toits de plusieurs bâtiments en pierre et en plâtre du village. L'orage était venu des plaines de Rabb et il se dirigeait maintenant vers les abords des Wolfsktaag, laissant les terres boisées de l'Anar central détrempées et boueuses.

Seul sur le porche du centre de soins des Stors, Wil Ohmsford regardait distraitement la pluie mourir. Les nuages cachaient toujours le soleil, et la brume s'était levée. Les avant-toits et les murs du centre brillaient d'humidité ; des gouttelettes scintillaient sur les feuilles des plantes grimpantes qui poussaient autour du bâtiment. Des morceaux de bois jonchaient le sol, petits barrages naturels emprisonnant l'eau de pluie qui coulait encore partout.

Le Valombrien bâilla et s'étira. Il était resté debout toute la nuit pour soigner des enfants atteints d'une maladie vicieuse qui les déshydratait et faisait monter leur fièvre. Bien entendu, il aurait pu demander à être remplacé plus tôt. Mais il était toujours un étudiant chez les Stors, et il devait continuer de prouver sa valeur s'il voulait devenir un guérisseur. Il était resté au chevet des enfants toute la journée et toute la nuit, jusqu'à ce que leur température tombe.

Trop fatigué pour dormir, et trop tendu par sa nuit de travail, il devait en outre aller voir Flick. Son vieil oncle était capable de le sortir de force de son lit s'il négligeait de lui rendre visite avant d'aller dormir.

Il descendit du porche, la terre saturée d'eau s'accrochant à ses bottes quand il avança, la tête baissée. Il n'était pas très grand, à peine deux pouces de plus que Flick, et très menu. Il arborait les traits de demi-elfe de son grand-père : le nez fin, les oreilles légèrement en pointe cachées par des boucles blondes, et les sourcils arqués. Ces caractéristiques distinguaient Shea Ohmsford du reste des Valombriens, et il les avait transmises à son petit-fils.

Entendant un bruit de course, il se retourna. C'était un des serviteurs, les assistants gnomes des Stors. Celui-là rejoignit Wil, son visage jaunâtre et ratatiné dégoulinant de pluie.

— Messire, votre oncle a demandé de vos nouvelles toute la nuit. Il a insisté pour que je vienne vous trouver.

Wil fit un signe de tête et posa une main sur l'épaule du gnome.

— J'y vais de ce pas, dit-il. Merci.

Le serviteur repartit en courant, probablement pour se mettre à l'abri du mauvais temps. Wil le regarda un moment, puis reprit son chemin.

Pauvre oncle Flick ! Il ne serait jamais venu ici si Shea n'était pas tombé malade. Flick n'appréciait pas du tout les Terres de l'Est et il aurait pu finir sa vie sans y revenir, comme il ne manquait jamais de le répéter. Il appréciait encore moins les gnomes, même s'il reconnaissait que les Stors étaient des « types bien ». Mais trop de leurs semblables en avaient eu après sa vie pendant la quête de l'Épée de Shannara. Ses souvenirs étaient là, et bien là, et ne se laissaient pas repousser pour le simple plaisir d'être équitable avec les gnomes.

Bref, Flick n'avait pas envie d'être ici, et ne serait pas venu si Shea n'avait pas été incapable de voyager.

Vu sous cet angle, tout cela était la faute de Shea, comme Flick l'avait fait remarquer à Wil, dix secondes après son arrivée. Si Shea n'avait pas fait cette fichue promesse, il aurait toujours été à Valombre au lieu d'être coincé à Storland, où il n'avait jamais voulu remettre les pieds. Mais Flick était le frère de Shea, donc l'oncle de Wil (Il refusait obstinément d'être le *grand-oncle* de quiconque.) Shea n'ayant pas pu venir, quelqu'un devait faire le voyage à sa place.

Wil arriva en vue de la petite maison où Flick habitait pendant son séjour. Il continua son chemin à regrets. Il était fatigué, et il n'avait pas envie de se quereller avec son oncle. Mais il y aurait probablement des récriminations, parce qu'il avait passé peu de temps avec Flick depuis son arrivée à Storland. À vrai dire, il ne l'avait pas vu du tout depuis trente-six heures. Son travail était exigeant, mais il savait que son oncle considérait cela comme une mauvaise excuse.

Il réfléchissait toujours à la question quand Flick apparut sur le porche de la maison, l'air maussade sous sa barbe grise. Résigné à l'inévitable, Wil gravit les marches et secoua l'eau de son manteau.

Flick le regarda et grogna :

— Tu as l'air épuisé. Pourquoi n'es-tu pas couché ?

— Je ne suis pas au lit parce que vous m'avez fait dire que vous vouliez me voir !

— Je n'avais pas précisé que tu devais venir immédiatement !

— Tant pis, fit Wil, haussant les épaules. Après tout, je n'ai pas passé beaucoup de temps avec vous, jusqu'ici…

— C'est bien vrai, grommela Flick, satisfait d'avoir arraché cette concession à son neveu. Pourtant, tu as choisi un drôle de moment pour te racheter ! Je sais que tu es resté debout toute la nuit. Donc, je voulais juste m'assurer que tu allais bien.

— Ça va, dit Wil avec un pâle sourire.

— Tu n'as pas l'air si bien que ça. À cause de ce temps pourri, entre autres.

Cette fichue pluie n'a pas cessé une minute depuis mon arrivée. Ça ne dérange pas seulement les vieux, tu sais. Tout le monde en souffre, même les apprentis guérisseurs. Tu ferais mieux de revenir dans la vallée.

Wil fit un signe de tête distrait.

Voilà longtemps qu'il avait quitté Valombre… Il vivait et travaillait dans le village des Stors depuis près de deux ans, apprenant l'art de la guérison avant de retourner dans les Terres du Sud pour y exercer la profession de guérisseur. Hélas, ce projet était un sujet d'irritation constante pour Flick, même si Shea avait fini par accepter sa décision d'assez bonne grâce.

Quand la fièvre avait tué les parents de Wil Ohmsford, il avait décidé qu'il serait guérisseur et annoncé à son grand-père et à son oncle, avec la détermination naïve d'un enfant, qu'il voulait sauver les gens de la maladie et de la douleur. Une bonne idée, dirent-ils, pensant qu'il s'agissait d'une lubie d'enfant. Mais il n'avait jamais changé d'avis. Quand il leur annonça, arrivé à l'âge adulte, qu'il voulait étudier avec les Stors, ils regimbèrent. Oncle Flick s'était depuis longtemps fait une opinion sur les gnomes et les Terres de l'Est. Et même son grand-père avait protesté. Aucun habitant des Terres du Sud n'avait jamais étudié avec les Stors. Comment Wil, qui ne parlait pas leur langue, se débrouillerait-il pour se faire accepter dans leur communauté ?

Wil était parti quand même. Dès son arrivée au village, il avait été conduit devant le Conseil des Stors, qui lui avait poliment mais fermement appris qu'aucun étranger n'avait été autorisé à étudier avec eux. Il pouvait rester, mais il ne deviendrait jamais un des leurs. Wil n'abandonna pas la partie. Décidant d'apprendre d'abord leur langue, il y consacra près de deux mois. Puis il se présenta de nouveau devant le Conseil, et tenta de le persuader en s'adressant à lui en stor. En vain. Un mois durant, il retourna toutes les semaines devant le Conseil. Il raconta tout sur sa famille, et parla de ce qui l'avait poussé à vouloir devenir guérisseur. Quelque chose finit par faire mouche : sans un mot d'explication, on lui annonça un jour qu'il pouvait rester et suivre la formation. Le moment venu, s'il s'en montrait digne, il serait un guérisseur.

Wil sourit à ces souvenirs. Il avait été si content ! Son grand-père et son oncle l'avaient été aussi, même si Flick ne l'admettait jamais à haute voix, pas plus qu'il n'admettait la vraie raison de son mécontentement. Tout simplement, la séparation d'avec son neveu ! Ce que Wil et lui avaient partagé pendant son enfance et son adolescence lui manquait cruellement : les parties de chasse ou de pêche et les promenades en forêt. L'épouse de Flick était morte depuis longtemps. Comme ils n'avaient pas eu d'enfants, Wil avait été comme un fils pour lui. Flick avait toujours pensé qu'il resterait à Valombre et s'occuperait de l'auberge avec Shea et lui. Et voilà qu'il était parti s'installer à Storland, loin de son ancienne vie. Le jeune homme savait que son oncle n'accepterait jamais réellement la façon dont les choses avaient tourné.

— Tu m'écoutes ? demanda soudain Flick, fronçant les sourcils.

— Je vous écoute, assura Wil. (Il posa une main sur l'épaule de son oncle.) Soyez patient ! Je reviendrai un jour. Mais j'ai encore tant à apprendre !

— C'est pour toi que je m'inquiète, pas pour moi ! Ton grand-père et moi, nous nous débrouillons parfaitement sans toi. Mais je ne suis pas sûr que tu t'en sortes aussi bien sans nous ! Regarde dans quel état tu es ! Tu ne te ménages pas assez. Bon sang, tu ne peux pas faire *tout* ce que tu aimerais faire. Tu es un humain normal, comme tout le monde ! Comment arriver à te fourrer ça dans la tête ?

Flick aurait volontiers continué sur sa lancée, mais il se força à s'arrêter.

— Ce n'est pas le moment de parler de ça, soupira-t-il. Pourquoi ne vas-tu pas dormir ? Nous discuterons quand…

Il s'interrompit brusquement, ses yeux gris rivés sur quelque chose, derrière Wil, qui se tourna pour suivre son regard. Il vit un mouvement dans la brume : une silhouette sombre et solitaire.

Ils la regardèrent se matérialiser lentement devant eux, devenant un cavalier et son cheval. L'homme était penché sur le pommeau de sa selle, comme s'il était fatigué par son voyage. Ses vêtements détrempés collaient à son corps.

Wil frissonna. Cet homme n'était pas un Stor ! En fait, il n'avait jamais vu personne qui lui ressemblât…

— Ça ne peut pas être…, marmonna Flick.

Il ne termina pas sa phrase. Dépassant Wil, il avança au bord du porche et s'appuya d'une main contre la balustrade. Le cavalier venait vers eux. Le pressentiment qu'éprouva Wil était si fort qu'il pensa fuir. Mais il en était incapable, réduit à attendre sans quitter des yeux la silhouette spectrale.

Le cavalier s'arrêta devant les deux Valombriens, le visage caché par les plis de son capuchon.

— Bonjour, Flick, dit-il.

Wil vit son oncle sursauter.

— Allanon !

L'homme se laissa glisser de selle en gardant une main autour du cou de l'animal, comme s'il avait besoin de soutien. Wil avança d'un pas, puis s'arrêta. Quelque chose n'allait pas.

Le regard d'Allanon se porta sur lui.

— Wil Ohmsford ? demanda-t-il. (Le jeune homme acquiesça, surpris.) Va chercher les Stors, et demande-leur de venir le plus vite possible…

Il se laissa aller contre le flanc de son cheval.

Wil descendit les marches et avança vers le voyageur pour l'aider. Mais Allanon l'arrêta d'un geste.

— Obéis, Valombrien ! Va les chercher !

Wil vit alors ce que la pluie lui avait dissimulé. Les vêtements d'Allanon étaient gorgés de sang.

Sans un mot, le Valombrien partit en courant, sa fatigue évanouie comme par miracle.

Chapitre 8

Les Stors portèrent Allanon dans le centre de soins. Wil et Flick essayèrent de les accompagner, mais ils leur firent comprendre, avec fermeté, que leur présence n'était pas nécessaire. Énigmatiques et silencieux, le druide et les Stors disparurent dans les couloirs du centre, et les Valombriens restèrent dehors sous la pluie. Comprenant qu'ils n'en apprendraient pas davantage, pour le moment, sur les raisons de la venue du druide, Wil Ohmsford annonça à son oncle qu'il allait se coucher.

Le même jour, en début de soirée, Allanon leur fit dire qu'il souhaitait les voir. Wil fut perturbé par cette demande. D'une part, il était curieux de savoir ce qui était arrivé au druide. Son grand-père et Flick lui avaient souvent raconté les exploits d'Allanon. Aucun n'avait mentionné des blessures aussi graves que celles dont il souffrait. Même quand le Porteur du Crâne l'avait attaqué dans la salle de la fournaise, à Paranor, pendant la quête de l'Épée de Shannara, il ne l'avait pas autant amoché. Wil aurait aimé savoir quelles créatures des Quatre Terres étaient plus dangereuses que les serviteurs ailés du Roi-Sorcier. De plus, il était troublé par la présence du druide à Storland. C'était peut-être une coïncidence qu'il soit arrivé au moment où Wil et Flick y étaient tous deux. Et qu'il se soit arrêté devant la maison de Flick. Mais Wil n'y croyait pas ! Allanon était venu les voir. Pourquoi ? Et pourquoi les avait-il appelés à son chevet ? Wil comprenait qu'il ait envie de s'entretenir avec Flick. Ils se connaissaient et avaient partagé de grandes aventures. Mais pourquoi lui ? Pourquoi voulait-il rencontrer le plus jeune des Ohmsford ?

Il quitta ses quartiers et partit, au crépuscule, vers la maison où Flick l'attendait. Même s'il avait quelques angoisses sur le but de cette réunion, il était décidé à y participer. Il n'était pas homme à reculer devant le danger. De plus, le druide voulait peut-être seulement le remercier de son aide.

Il trouva Flick sur le porche de sa maison. Enveloppé dans un épais manteau de voyage, il marmonnait au sujet du mauvais temps. Il descendit les marches quand il vit son neveu, et ils partirent ensemble vers le centre de soins des Stors.

— Que veut-il, à votre avis, oncle Flick ? demanda Wil.

— Difficile à savoir… Mais je vais te dire : chaque fois que ce type apparaît, ça signifie des ennuis !

— Sa venue à Storland a quelque chose à voir avec nous, n'est-ce pas ?

— Il est ici dans un but précis, c'est sûr. Et il ne nous a pas fait appeler pour nous dire bonjour ! Quoi qu'il ait à raconter, ça ne nous fera pas plaisir ! J'en suis certain ! Ça s'est toujours passé comme ça, et je ne vois pas de raison que ça change ! (Il s'arrêta et regarda son neveu.) Fais attention à toi quand nous irons le voir. On ne peut pas faire confiance à cet homme.

— Je serai prudent, oncle Flick, mais je doute qu'il y ait lieu de nous inquiéter. Nous savons tous deux à quoi nous attendre. De plus, vous serez là pour garder un œil ouvert.

— J'en ai l'intention. Mais souviens-toi de ce que je t'ai dit.

Ils gravirent les marches du centre de soins et entrèrent. Le centre était un grand bâtiment bas et long aux murs de pierre et de mortier et au toit couvert de tuiles en argile. Un grand salon confortablement meublé attendait les visiteurs. Il donnait sur des couloirs qui menaient aux ailes de l'édifice, où des petites chambres accueillaient les blessés et les malades. Au bout du salon se dressait une porte fermée. Wil et Flick attendirent en silence.

La porte s'ouvrit et Allanon avança vers eux, apparemment en pleine forme. Plus aucune blessure visible ! Les robes noires du géant ne portaient aucune trace de sang. Il avait le visage un peu tiré, mais ne paraissait pas souffrir. Son regard se posa sur les Valombriens, puis il désigna derrière lui une petite table entourée de quatre chaises.

— Pourquoi ne pas nous asseoir ? dit-il, sa suggestion ressemblant plutôt à un ordre.

Ils entrèrent et s'assirent. La pièce n'avait pas de fenêtres et ne comportait aucun meuble, à part la table, les chaises et un grand lit. Wil jeta un coup d'œil autour de lui, puis se concentra sur le druide. Flick et Shea l'avaient décrit de nombreuses fois, et il était parfaitement fidèle à son portrait. Comment cela était-il possible ? se demanda Wil, puisque ces descriptions remontaient à une époque bien antérieure à sa naissance ?

— Eh bien, nous voilà, dit Flick après un moment, quand personne d'autre ne prit la parole.

— Oui, vous voilà…

— Vous avez l'air en forme pour un homme à demi-mort il y a quelques heures, fit Wil.

— Les Stors sont de très bons guérisseurs, comme vous devriez le savoir. Mais je ne me sens pas aussi bien que je le devrais. Et vous, Flick, comment allez-vous ?

— Je suis plus vieux et plus sage, j'espère…

Allanon ne répondit pas, son regard volant vers Wil. Silencieux, il étudia le visage du plus jeune des Ohmsford. Wil ne détourna pas les yeux, même si le regard du druide le mettait mal à l'aise. Puis Allanon se pencha et posa ses grandes mains sur la table.

— J'ai besoin de votre aide, Wil Ohmsford, dit-il. Il faut que vous veniez avec moi dans les Terres de l'Ouest.

— Je le savais, marmonna Flick.

— Il est rassurant de constater que certaines choses ne changent jamais ! dit Allanon. Vous en êtes une preuve vivante. Réagiriez-vous autrement si je vous disais que l'aide que je demande n'est pas pour moi, mais pour les elfes, et en particulier pour une jeune femme de ce peuple ?

— Non ! grogna Flick. Il n'ira pas, un point c'est tout !

— Un moment, oncle Flick. Il se peut que je refuse de suivre Allanon, mais j'aimerais décider en connaissance de cause. Nous pouvons le laisser préciser de quoi il s'agit.

— Crois-moi, tu ne veux pas entendre un mot de plus ! C'est toujours comme ça que les ennuis commencent. Ton grand-père est tombé dans le panneau il y a cinquante ans. (Il regarda Allanon.) N'est-ce pas ainsi que tout a démarré, quand vous êtes venu à Valombre avec votre histoire d'Épée ?

— C'est exact, confirma Allanon.

— Voilà ! Je te l'avais bien dit ! Toujours la même chose ! Et je parierais que le voyage où vous voulez entraîner Wil serait dangereux ?

Le druide fit oui de la tête.

— Alors, c'est réglé. Il n'ira pas.

— Il doit y aller.

— Il *doit ?* répéta Flick, stupéfait.

— Flick, vous comprendrez pourquoi quand je vous aurai expliqué ce qui est arrivé dans les Quatre Terres il y a quelques jours. Écoutez-moi attentivement, Valombriens.

» Il y a très longtemps, bien avant les Grandes Guerres et l'apparition des nouvelles races, avant même que l'homme devienne une espèce civilisée, une terrible guerre eut lieu entre des créatures qui, pour la plupart, n'existent plus. Certaines étaient du côté du bien, et voulaient préserver la Terre. Pour elles, toute vie était sacrée. D'autres, du côté du mal, cherchaient seulement à détruire et à nuire. Elles utilisèrent sans merci et sans discernement la Terre et ses habitants. Ces créatures étaient différentes de vous en tout point. Je veux dire que leur aspect physique était différent, et qu'elles se conduisaient d'une manière qui n'est plus innée chez les peuples actuels des Quatre Terres. Elles avaient, entre autres, ce que nous appelons aujourd'hui des pouvoirs magiques. À cette époque, ils étaient banals, même si certaines de ces créatures en avaient davantage que d'autres. Leurs aptitudes à faire le bien ou le mal étaient augmentées en proportion. Toutes ces créatures, les bonnes comme les mauvaises, coexistaient dans le monde. L'homme étant encore une forme de vie primitive, le monde leur appartenait. Mais elles n'avaient jamais vécu en bonne intelligence, car leurs buts étaient diamétralement opposés : les unes cherchaient à préserver la Terre, les autres à la détruire. De temps en temps, l'équilibre du pouvoir changeait, et chaque camp dominait à son tour le cours des choses.

» La lutte entre les deux parties se fit plus âpre au fil du temps. Après des siècles de *statu quo*, les chefs des deux camps décidèrent de rallier tous ceux qui les soutenaient. La guerre commença ainsi. Pas une bataille comme celles que nous avons connues depuis… Elle n'eut pas l'ampleur des Grandes Guerres, où les belligérants utilisèrent des pouvoirs si fabuleux qu'ils en perdirent le contrôle. Dans ce conflit, le pouvoir et la force physique furent utilisés dans les duels entre les créatures, qui vivaient ou mouraient en fonction de l'habileté qu'elles déployaient. Ce conflit ne ressemblait pas non plus à la guerre des Races, telle que l'a connue le nouveau monde. Alors, le Roi-Sorcier a perverti l'esprit de ceux qui le servaient et les a dressés les uns contre les autres, afin de tous les réduire en esclavage. Dans la guerre dont je parle, il n'y eut jamais de tromperie ni d'illusion destinée à faire changer d'avis les combattants. Le bien et le mal étaient clairement définis dès le début, et personne ne resta neutre, car c'était impossible. Cette guerre fut livrée pour déterminer à tout jamais le mode d'évolution de la vie sur la Terre, et savoir qui déciderait si elle serait définitivement préservée ou définitivement profanée. Chaque camp avait résolu d'obtenir sur l'autre une victoire totale. Pour les créatures maléfiques, la défaite signifierait l'exil. Pour les bénéfiques, elle impliquerait la disparition.

» La guerre eut donc lieu, si monstrueuse que je n'ai pas les mots pour la décrire. Tout ce que vous avez besoin de savoir, c'est que les créatures maléfiques perdirent. Elles furent repoussées puis emprisonnées. Les vainqueurs utilisèrent leurs pouvoirs pour créer une Barrière derrière laquelle les tenants du mal seraient enfermés. Leur prison n'était pas de ce monde, ni d'aucun monde connu. Un abîme de ténèbres, un trou entre les univers où rien d'autre que les créatures du mal ne pourrait exister.

» La Barrière était alimentée par un arbre magique appelé l'Ellcrys. Les champions du bien le créèrent à partir de la source vitale de la Terre, qu'ils appelèrent le Feu de Sang et avec leurs propres pouvoirs. Ils lui donnèrent la vie pour que la Barrière soit efficace bien longtemps après qu'ils auraient disparu, le monde qu'ils s'étaient efforcés de préserver ayant changé au-delà de tout ce qu'ils imaginaient. La durée de vie de l'Ellcrys était indéterminée, mais tant qu'il vivrait, les forces du mal resteraient prisonnières des ténèbres.

Allanon se redressa dans son siège, comme s'il voulait soulager des muscles endoloris. Ses yeux noirs ne quittèrent pas ceux des Valombriens.

— L'Ellcrys, croyait-on, vivrait éternellement. Ses créateurs savaient que toute chose est mortelle, mais ceux qui vinrent après eux, qui entretinrent, nourrirent et honorèrent l'arbre magique, pensaient qu'il continuerait toujours à les protéger. Pour eux, l'Ellcrys devint un symbole de la permanence, car il survécut à la destruction de l'ancien monde dans l'holocauste des Grandes Guerres, puis à la guerre des Races et au pouvoir du Roi-Sorcier. Alors que la Terre elle-même se modifiait, l'Ellcrys restait immuable. Ainsi naquit une légende : l'Ellcrys était immortel ! Cette croyance ne fut jamais mise en doute. Jusqu'à ce jour. Maintenant, l'Ellcrys agonise. La Barrière faiblit et les créatures maléfiques ont déjà commencé à s'en libérer.

— Ce sont ces créatures qui vous ont blessé ?

— Oui. Certaines rôdent déjà dans les Quatre Terres. J'avais cru garder ma présence secrète, mais elles m'ont découvert à Paranor, dans la forteresse des druides, et elles ont failli me tuer.

— Vous cherchent-elles toujours ? demanda Flick.

— Oui. Mais j'ai des raisons de penser qu'elles ne me trouveront pas rapidement.

— Voilà qui ne me rassure pas beaucoup, grommela Flick avec un coup d'œil méfiant vers l'entrée de la petite pièce où ils étaient réunis.

Allanon ne fit aucun cas de la remarque du Valombrien.

— Vous vous souvenez peut-être que je vous ai un jour raconté, à Shea et à vous, l'histoire des races. Je vous ai dit comment elles s'étaient toutes développées à partir de l'ancienne race des hommes, à la suite de la destruction provoquée par les Grandes Guerres. Toutes les races, sauf une. Les elfes, qui ont toujours existé. Vous vous en souvenez ?

— Je m'en souviens. Encore un truc que vous n'avez jamais expliqué !

— J'ai dit que leur histoire était différente, et que ce n'était pas le moment de vous la raconter. Ce moment est venu, même si je n'ai pas l'intention de vous parler *longuement* de l'histoire des elfes. Mais vous devez savoir certaines choses. Nous avons évoqué de façon abstraite des créatures du bien et du mal impliquées dans la guerre qui se termina par la création de l'Ellcrys. Je vais préciser les choses. Toutes ces créatures figurent dans les légendes depuis que l'homme sortit des ténèbres de la barbarie et commença à peupler la Terre. C'étaient des êtres magiques, comme je l'ai dit, et il existait plusieurs espèces. Certaines appartenaient au côté maléfique, d'autres au côté bénéfique. Dans d'autres encore, chaque individu fit son choix et partit dans une direction opposée. Ces espèces portaient des noms qui vous sont familiers : fées, lutins, farfadets, spectres, et ainsi de suite. Les nouvelles races, bien que descendant toutes de l'homme, reçurent les noms qui correspondaient le mieux à des créatures supposées légendaires : les nains, les gnomes, les trolls et les elfes. À ce détail près que les elfes sont différents. Ils ne sont pas une légende revenue à la vie, mais la légende elle-même. Les elfes descendent en droite ligne des créatures magiques qui existaient dans l'ancien monde.

— Un moment, dit Flick. Vous voulez dire que les elfes actuels sont le même peuple que celui des anciennes légendes ? Qu'il y avait des elfes dans l'ancien monde ?

— Bien entendu qu'il y avait des elfes dans l'ancien monde ! Tout comme il y avait des nains et des trolls, et toutes les autres créatures qui ont donné naissance à ces légendes. La seule différence, c'est qu'elles avaient depuis longtemps disparu de la surface de la Terre, tandis que les elfes étaient toujours là. Bien entendu, ils se sont modifiés. Ils ont été forcés d'évoluer et de s'adapter.

Flick eut l'air de ne pas comprendre un mot de ce qu'on lui disait.

— Des elfes dans l'ancien monde ? C'est tout bonnement impossible !

— Ça ne l'est pas, dit le druide.

— Dans ce cas, comment ont-ils survécu aux Grandes Guerres ?

— Comment l'homme a-t-il survécu aux Grandes Guerres ?

— Mais… Les archives nous parlent de l'homme. Elles ne mentionnent jamais les elfes ! Ils appartenaient aux contes de fées. S'il y avait réellement eu des elfes dans l'ancien monde, où étaient-ils ?

— Là où ils ont toujours été. Simplement, l'homme était incapable de les voir.

— Vous prétendez que les elfes étaient invisibles ? (Flick leva les mains, exaspéré.) Je ne crois pas un mot de ce que vous racontez !

— Vous n'avez pas cru un mot de ce que je vous disais sur Shea et l'Épée de

Shannara, si je me souviens bien, rappela Allanon.

— Je ne comprends pas pourquoi tout ça signifierait que les elfes ont besoin de mon aide, dit Wil, interrompant Flick avant qu'il ait le temps de monter de nouveau sur ses grands chevaux.

— Je vous l'expliquerai volontiers, à condition que Flick soit assez patient pour m'écouter encore un peu. Dans l'affaire qui nous concerne, l'histoire des elfes est importante pour une seule raison : ils ont eu l'idée de l'Ellcrys et ils l'ont créé. Ils se sont ensuite occupés de lui à travers les âges. La protection et l'entretien de l'Ellcrys ont été confiés à un ordre appelé les Élus. L'année où ils sont sélectionnés, les Élus servent l'arbre et s'occupent de son bien-être. L'année suivante, une autre équipe est choisie. Il en est ainsi depuis la création de l'arbre. Les Élus sont révérés et honorés par les elfes…

» Tout ça nous amène à la situation actuelle. Comme je vous l'ai dit, l'Ellcrys est mourant. Il a averti les Élus, il y a quelques jours, leur révélant que sa fin était inéluctable. Il leur a aussi dit ce que les légendes elfiques avaient prévu, et que les premiers elfes savaient, mais qui fut pratiquement oublié par les générations suivantes : même si l'Ellcrys devait mourir un jour, il pouvait renaître. Mais cette renaissance est entre les mains des Élus. L'un d'entre eux devrait transporter sa semence jusqu'à la source de vie de la Terre, le Feu de Sang. L'arbre leur a indiqué, assez vaguement, où était le Feu de Sang, et leur a demandé de se préparer à partir à sa recherche.

» Mais certaines des créatures maléfiques enfermées derrière la Barrière sont parvenues à traverser le mur, affaibli par le déclin de l'Ellcrys. L'une d'elles s'est glissée dans la cité elfique d'Arborlon et a tué tous les Élus, persuadée que leur mort empêcherait la renaissance de l'arbre. Je suis arrivé trop tard pour les sauver. Mais j'ai parlé à l'Ellcrys, et il m'a révélé qu'une Élue était toujours en vie. Elle s'appelle Amberle. J'ai quitté Arborlon pour partir à sa recherche.

» Hélas, les créatures du mal aussi ont appris son existence ! Elles ont essayé de m'empêcher de l'atteindre. Et elles essaieront de nouveau si elles en ont l'occasion. Mais elles ignorent où est la jeune femme. Si je suis assez rapide, je devrais pouvoir la rejoindre et la ramener à Arborlon saine et sauve avant que les monstres me retrouvent.

— Dans ce cas, vous perdez un temps précieux à parler avec nous, dit Flick. Vous devriez déjà être en chemin.

Le druide ignora l'interruption.

— Même si je ramène Amberle à Arborlon, il restera des problèmes à régler. Dernière des Élus, ce sera à elle de porter la semence de l'Ellcrys jusqu'au Feu de Sang. Personne, y compris moi, ne sait où il est exactement. Autrefois, l'Ellcrys le savait. Mais le monde a tellement changé… Il a donné un nom aux Élus : Garde-Sûre. Un lieu de l'ancien monde, dont ils n'avaient jamais entendu parler. Quand j'ai quitté Arborlon, je suis allé à Paranor pour examiner les archives des druides, compilées par le Conseil depuis les Grandes Guerres. En lisant ces volumes, je suis parvenu à identifier le pays où se trouve Garde-Sûre. Malgré tout, l'emplacement du Feu de Sang reste à découvrir.

Wil Ohmsford comprit soudain pourquoi Allanon voulait qu'il l'accompagne dans les Terres de l'Ouest.

Et pourtant, il eut du mal à y croire…

— Amberle ne peut pas entreprendre cette quête seule, continua Allanon. Le pays où elle doit aller est trop dangereux pour une jeune elfe. Au mieux, ce sera un voyage difficile. Les monstres qui ont traversé la Barrière continueront de la chercher. S'ils la trouvent, elle sera sans défense. Et il ne doit rien lui arriver. Elle est le dernier espoir de son peuple. Si l'Ellcrys ne renaît pas, la Barrière s'écroulera et les démons seront de nouveau lâchés sur notre monde. Ils livreront aux elfes une guerre sans merci. S'ils sont vaincus, les créatures du mal envahiront les autres terres. Elles deviendront de plus en plus puissantes à mesure qu'elles sèmeront la mort. Pour finir, elles extermineront toutes les races.

— Mais vous serez là pour aider la fille…, dit Wil, cherchant un moyen de se défiler.

— Non, je ne peux pas être là pour l'aider.

Allanon posa les mains sur la table.

— Il y a une bonne raison à ça, Wil Ohmsford. Je vous ai dit que les forces du mal ont commencé à traverser la Barrière. L'Ellcrys perdra de plus en plus ses forces et les créatures se feront de plus en plus hardies. Elles continueront à passer dans notre monde, jusqu'à ce que la Barrière cède. Quand cela arrivera, elles convergeront vers le pays des elfes et tenteront de le détruire. Cela risque d'arriver bien avant que le Feu de Sang soit localisé. Il existe aussi la possibilité qu'il ne soit jamais retrouvé, ou trop tard. Dans ces deux cas, les elfes doivent être prêts à affronter les créatures du mal. Et certaines sont très puissantes. L'une d'elle, au moins, a des pouvoirs magiques presque aussi forts que les miens. Les elfes seront sans défense, car ils ont perdu leur propre magie au fil des âges. Les druides qui leur portaient assistance autrefois ne sont plus. Si je les abandonne pour aller avec Amberle, ils seront perdus. Je ne peux pas faire ça !

» Mais quelqu'un doit accompagner Amberle. Quelqu'un qui a un pouvoir suffisant pour résister aux êtres maléfiques qui se lanceront à sa poursuite. Quelqu'un qui fera son possible pour la protéger. Ce quelqu'un, c'est vous.

— Que racontez-vous là ? s'exclama Flick, exaspéré. De quelle utilité Wil pourrait-il être contre des créatures qui ont failli vous éliminer ? Vous n'envisagez pas qu'il utilise l'Épée de Shannara ?

— Non. L'Épée fonctionne seulement contre les illusions. Le mal que nous rencontrons aujourd'hui est on ne peut plus réel. L'Épée serait impuissante face à lui.

Flick fit mine de se lever.

— Quelle autre arme peut le vaincre ?

Wil Ohmsford sentit sa gorge se nouer.

— Les Pierres elfiques.

Flick n'en crut pas ses oreilles.

— Les Pierres elfiques ! Mais elles sont en possession de Shea !

Wil posa une main sur le bras de son oncle.

— Non, oncle Flick. Je les ai. (Il fouilla dans ses poches et en sortit une petite bourse de cuir.) Grand-père me les a données quand j'ai quitté Valombre pour Storland. Il m'a dit qu'il n'en avait plus besoin et qu'elles devaient me revenir. C'est étrange : je les ai prises uniquement pour lui faire plaisir et je n'ai jamais essayé de m'en servir.

— Ça ne t'aurait avancé à rien, Wil. (Flick se tourna vers Allanon.) Il est au courant. Personne, à part Shea, ne peut utiliser les Pierres elfiques. Ce sont de simples cailloux pour tout autre individu.

— Ce n'est pas entièrement vrai, Flick. Elles peuvent être utilisées par quelqu'un à qui elles ont été données *librement*. Je les ai remises à Shea quand je vous ai dit de fuir Valombre pour aller à Culhaven. Elles lui ont appartenu, jusqu'à ce qu'il les transmette à Wil. Maintenant, elles *lui* appartiennent. Il peut invoquer leur pouvoir.

— Tu dois les rendre à Shea, dit Flick à Wil. Ou les donner à quelqu'un d'autre ! Tu n'es pas obligé de les garder. Ni de t'impliquer dans cette histoire de fou !

— Flick, dit doucement Allanon, il est déjà impliqué.

— Et mon projet de devenir un guérisseur ? demanda Wil. Et le temps, l'énergie et le travail que j'y ai consacrés ? C'est ce que j'ai toujours voulu faire, et je suis enfin sur le bon chemin. Vous attendez-vous à ce que je laisse simplement tomber tout ça ?

— Si vous me refusez votre aide, comment pourriez-vous devenir un guérisseur ? lança le druide. Un guérisseur doit apporter toute l'aide qu'il peut, à chaque fois qu'il peut et de toutes les façons qu'il peut. Il ne saurait décider d'aider l'un et pas l'autre. Si vous refusez, et que ce que j'ai prédit arrive, comme j'en suis certain, comment supporterez-vous de vivre avec l'idée que vous n'avez même pas essayé de l'empêcher ?

— Pourrais-je revenir un jour ici ?

— Je l'ignore… Peut-être pas avant longtemps…

— Même si j'accepte, êtes-vous certain que le pouvoir des Pierres elfiques sera suffisant pour protéger la jeune femme ?

— Je ne peux pas vous l'affirmer… Les Pierres elfiques tirent leur énergie de leur propriétaire. Shea ne les a jamais poussées jusqu'à leurs limites. Il vous faudra peut-être le faire.

— Vous ne pouvez pas me donner la moindre assurance ?

— Non… Malgré tout, vous devez agir.

— On dirait que je n'ai pas le choix…

— Bien entendu que tu as le choix ! cria Flick. Abandonneras-tu tout ce qui te tient à cœur parce qu'Allanon dit que tu dois le faire ?

— N'avez-vous pas agi de même, oncle Flick, avec mon grand-père, quand vous êtes partis à la recherche de l'Épée de Shannara ?

Flick hésita un moment, puis il tendit la main et prit celle de son neveu.

— Tu décides trop vite, Wil. Je t'ai averti au sujet d'Allanon. Écoute-moi bien : je crois qu'il y a plus de choses que tu en vois. Le druide cache un piège derrière ses belles paroles. Je le sens. Et j'ai peur pour toi. C'est à cause de ça que je te parle ainsi. Tu es le fils que je n'ai jamais eu. Je ne veux pas te perdre !

— Je sais, dit Wil. Je sais…

— Alors, n'y va pas ! Qu'Allanon trouve quelqu'un d'autre !

— Je ne peux pas, Flick. Il n'y a personne d'autre. Seulement Wil. Vous *devez* venir !

— Je prendrai sa place ! dit Flick. Wil me donnera les Pierres elfiques et je protégerai cette jeune elfe. Allanon, nous avons voyagé ensemble autrefois…

— Flick, c'est impossible… Votre cœur est plus grand que vos forces… Le voyage sera long et rude, et il faut un homme plus jeune que vous. Nous ne courrons plus jamais le monde ensemble, mon ami.

Il y eut un long silence. Le druide se tourna de nouveau vers Wil Ohmsford, attendant sa décision. Le Valombrien dévisagea son oncle, qui lui rendit son regard sans un mot. Si les yeux gris de Flick étaient plein d'incertitude, ceux de Wil brillaient de détermination. Flick comprit que le jeune homme avait choisi. Il eut un signe de tête presque imperceptible.

— Tu dois faire ce que tu estimes juste, marmonna-t-il de mauvaise grâce.

Wil se tourna vers Allanon.

— Je viendrai avec vous.

Chapitre 9

Allanon alla voir Wil Ohmsford tôt le matin suivant et l'informa qu'ils quittaient Storland immédiatement. Le druide se campa sans prévenir devant la porte de la petite maison du Valombrien, l'air lugubre. Si Wil pensa un moment protester contre un départ aussi rapide, quelque chose dans le visage et la voix du géant le persuadèrent de n'en rien faire. La nuit précédente, quand ils s'étaient séparés, le druide n'avait pas montré une grande impatience de se mettre en route. Ce matin, tout avait changé. Ce qui avait persuadé Allanon de prendre cette décision était sûrement urgent. Le Valombrien emballa ses affaires sans rien dire et ferma derrière lui la porte de la maison.

Il pleuvait de nouveau, et un autre orage approchait, venant du nord-ouest. Le ciel était couvert et plombé. Enveloppé dans son grand manteau, le capuchon protégeant son visage du vent, Allanon conduisit le Valombrien sur la route boueuse. Quelques Stors en robes blanches les accueillirent sur les marches du centre de soins, et donnèrent à Wil un petit nécessaire de voyage et des provisions.

Artaq était harnaché et s'ébrouait. Allanon monta en selle, une certaine raideur dans ses mouvements indiquant que ses blessures n'étaient pas entièrement guéries.

Les Stors offrirent à Wil un hongre gris appelé Spitter. Le jeune homme avait déjà un pied à l'étrier quand Flick arriva au pas de course. Son visage barbu dégoulinant de pluie, il tira Wil à l'abri du porche couvert du centre de soins.

— On vient de me prévenir, haleta-t-il. Je suis étonné qu'on s'en soit donné la peine ! (Il jeta un coup d'œil furieux à Allanon.) Est-il utile que vous partiez si vite ?

— Il s'est passé quelque chose qui l'a rendu nécessaire…

— Il n'est pas trop tard pour changer d'avis, murmura Flick. (Il voulait en dire plus, mais Wil lui fit signe que c'était inutile.) Bon ! Je raconterai à ton grand-père ce qui s'est passé, et je suis sûr qu'il n'aimera pas ça ! Sois prudent, Wil. Et souviens-toi de ce que je t'ai dit : nous avons tous nos limites.

Wil hocha la tête. Son oncle et lui se firent rapidement leurs adieux comme s'ils avaient peur d'exprimer leurs véritables sentiments. Puis Allanon et Wil montèrent en selle et partirent. Flick, les Stors et le village devinrent bientôt de vagues ombres qui disparurent dans la brume matinale des forêts des Terres de l'Est.

Le druide et le Valombrien chevauchèrent vers l'ouest, en direction des plaines de Rabb, puis tournèrent vers le sud. Allanon s'arrêta, le temps d'informer Wil que la première partie de leur voyage les conduirait au-delà de la rivière Argentée, dans un petit village, vers la frontière ouest de l'Anar inférieur, appelé Havenstead, où ils trouveraient Amberle. Le druide ne dit rien de plus et Wil ne posa pas de questions. L'orage se déchaînant, des torrents de pluie les inondèrent. Sans s'éloigner de la lisière des terres boisées, ils baissèrent la tête et chevauchèrent en silence.

Le long du chemin, Wil repensa aux événements de la veille. Même maintenant, il n'était pas sûr de savoir pourquoi il avait décidé de suivre le druide. Et cela le perturbait. Il aurait tout de même dû être capable de s'expliquer pourquoi il avait décidé de tenter un voyage aussi risqué ! Pourtant, il ne le pouvait pas. Il avait eu suffisamment de temps pour réfléchir. À vrai dire, il n'avait pensé qu'à cela depuis la veille. La réflexion aurait dû rendre sa décision plus claire, mais il n'en était rien. Tout se brouillait dans sa tête, les raisonnements incomplets et les émotions qui changeaient l'aspect du problème. Tout cela refusait de se mettre en ordre dans son esprit. Ses pensées s'égaillaient en tous sens comme des moutons, et il n'arrivait pas à rassembler son « troupeau ».

Il aurait aimé croire qu'il partait parce qu'on avait besoin de lui. Si Allanon leur avait dit la vérité, il pourrait être très utile aux elfes, et en particulier à la jeune Amberle. Mais serait-il seulement capable d'utiliser les Pierres elfiques que son grand-père lui avait confiées ? Et si leur pouvoir le dépassait ? Si Allanon se trompait en pensant que les Pierres lui revenaient ? Si… On pouvait supposer n'importe quoi. Un fait demeurait : il avait pris une décision sans réfléchir, et il lui fallait s'en arranger. Cela posé, l'impulsivité de cette décision ne voulait pas forcément dire qu'elle n'avait pas été bonne. S'il pouvait fournir l'aide dont les elfes avaient besoin, il était de son devoir de la leur proposer. De plus, son grand-père aurait agi comme lui. Shea Ohmsford serait parti si Allanon le lui avait demandé, comme quand il s'était lancé dans la quête de l'Épée de Shannara. Wil ne pouvait pas faire moins que son aïeul.

Il inspira à fond. Oui, il avait pris la bonne décision, et pour les bonnes raisons, même si elles étaient encore confuses dans son esprit. Le plus inquiétant, comprit-il soudain, n'avait rien à voir avec la décision en elle-même, ou ses raisons, mais avec Allanon. Wil aurait aimé être sûr que son choix, partir avec le druide, avait été *le sien*. Mais plus il pensait à la question, plus il se persuadait que la situation n'avait jamais été entre ses mains. Wil avait accepté en dépit des avertissements de son oncle. Mais le druide avait deviné ce qu'il fallait dire pour le convaincre, et il avait orienté la conversation dans ce sens. Il avait prévu la réaction du jeune Valombrien, celles de Flick et la façon dont les deux hommes s'influenceraient. Et comment ses propres commentaires *les* influenceraient. Connaissant tout cela, il avait intelligemment utilisé ses atouts.

Shea Ohmsford avait dit un jour qu'Allanon était capable de lire dans les esprits des hommes et de connaître leurs pensées. Wil comprenait maintenant de quoi il parlait…

Il s'était engagé. Un choix sur lequel il ne pouvait pas revenir, même s'il le souhaitait, ce qui n'était pas le cas. Mais à l'avenir, il se tiendrait sur ses gardes face au druide. Oui, il essaierait de découvrir les motivations du géant, afin de mieux voir où tout cela le mènerait. Wil Ohmsford n'était ni bête ni naïf. Il s'occupait seul de sa vie depuis des années, et il n'allait pas cesser maintenant. Conclusion, il devrait se méfier du druide. Il lui ferait confiance, mais pas aveuglément, ni sans y avoir mûrement réfléchi.

Peut-être pourrait-il aider les elfes et la jeune Amberle. Exclure cette possibilité à cause de son malaise sur la façon dont il avait été « recruté » aurait été stupide. Mais il choisirait sa manière d'agir et déterminerait quels intérêts il devrait prendre le plus à cœur.

Il leva la tête et regarda, à travers le rideau de pluie, la silhouette sombre qui chevauchait devant lui : Allanon, le dernier des druides, un homme venu d'un autre âge, dont les pouvoirs dépassaient tout ce qui était connu dans le monde. Wil devrait lui faire confiance *et* se méfier de lui. Dans quel guêpier s'était-il fourré ? Flick avait eu raison de lui conseiller de prendre le temps de réfléchir. Mais c'était trop tard, même pour des méditations comme celles-là ! Il valait mieux penser à autre chose...

Il passa le reste de la journée à essayer. En vain !

La pluie se transforma en bruine vers la fin de la journée, puis cessa dans le froid et la grisaille du début de la soirée. Des nuages d'orage plombaient toujours le ciel quand la nuit le fit virer au noir, et l'air s'emplit d'une brume qui flotta à la lisière de la forêt comme un enfant perdu. Allanon les conduisit à l'abri des grands arbres, et ils dressèrent leur camp dans une petite clairière, à quelques centaines de pas de la frontière de la Rabb. Derrière eux, au-dessus de la forêt, se découpaient les parois sombres des Wolfsktaag. Malgré l'humidité, ils parvinrent à trouver assez de brindilles et de bois sec pour faire un petit feu. Ils pendirent leurs manteaux sur des cordes tendues au-dessus de leurs têtes et attachèrent les chevaux tout près du camp.

Ils se contentèrent d'un repas frugal : du bœuf froid, des fruits et quelques noix. En mangeant, ils échangèrent seulement quelques banalités, le druide restant la plupart du temps perdu dans ses pensées, comme depuis leur départ du village.

Mais Wil avait décidé d'en apprendre plus sur ce qui l'attendait, et il n'avait pas l'intention d'y renoncer. Quand ils eurent terminé leur repas, il se rapprocha du feu.

— Pouvons-nous parler ? demanda-t-il prudemment, se souvenant des récits de son grand-père sur le caractère difficile du géant.

Le druide le regarda d'un œil vide, puis acquiesça.

— Pouvez-vous m'en dire plus sur l'histoire des elfes ?

— Qu'aimeriez-vous savoir, Wil Ohmsford ?

— Selon vous, même si les récits de l'ancien monde ne mentionnent pas ce peuple, sinon dans des contes de fées et des légendes, il existait au même titre que les hommes. Les elfes étaient là, mais les humains ne pouvaient pas les voir. Je n'ai pas compris ce que vous vouliez dire.

— Vraiment ? Les elfes ont toujours été des créatures de la forêt. C'était encore plus vrai avant les Grandes Guerres. À cette époque, comme je vous l'ai dit, ils étaient des créatures magiques. Ils savaient se fondre naturellement dans leur environnement, comme une plante à côté de laquelle on passe mille fois sans la remarquer. Les humains ne pouvaient pas les voir, parce qu'ils ignoraient *comment* les chercher.

— Mais ils n'étaient pas invisibles ?

— Pas vraiment, non !

— Simplement difficiles à voir ?

— Oui, c'est ça, dit le druide, un rien d'exaspération dans la voix.

— Pourquoi n'avons-nous aucun problème à les voir ?

— Vous ne m'avez pas écouté ! Dans l'ancien monde, les elfes étaient des créatures magiques, comme toutes les autres créatures de leur époque. Ils ne le sont plus. Ce sont des humains, comme vous. Ils ont perdu leur magie.

— Comment est-ce arrivé ?

— Ce n'est pas facile à expliquer. Mais vous ne serez pas content tant que je n'aurai pas essayé… Après la création de l'Ellcrys, et l'exil des tenants du mal, les elfes et les autres créatures magiques s'éloignèrent les unes des autres. Ce n'était pas étonnant, car elles s'étaient unies dans le seul but de vaincre un ennemi redoutable. Quand ce but fut atteint, ces peuples s'aperçurent qu'ils n'avaient pas grand-chose en commun, à part leur désir de préserver la Terre. Chaque espèce avait son mode de vie, ses habitudes, ses intérêts et son habitat. Les elfes, les nains, les lutins, les gnomes, les trolls, les sorcières, et tous les autres, étaient aussi différents que les animaux de la forêt et les poissons !

» La race humaine n'avait pas encore commencé à évoluer, et ne le ferait pas avant des centaines d'années. Les créatures magiques prêtaient peu d'attention aux hommes. À l'époque, il semblait y avoir de bonnes raisons pour ne pas s'occuper d'eux ! Les humains étaient des animaux doués d'une plus grande intelligence que la plupart des autres, mais de beaucoup moins d'instinct. Les elfes et leurs frères en magie n'avaient pas deviné l'influence qu'ils finiraient par avoir sur le développement de la Terre.

Le druide s'interrompit un instant.

— C'était pourtant un processus qu'ils auraient pu prévoir, s'ils avaient prêté plus d'attention aux différences entre leurs races et l'humanité. Deux d'entre elles étaient particulièrement importantes. Les elfes et les autres créatures magiques ne se reproduisaient pas vite, contrairement aux hommes. Les elfes étaient les plus nombreux, mais leur durée de vie, plus longue, les rendait moins féconds. Beaucoup d'autres créatures magiques enfantaient une seule fois en plusieurs siècles. Les humains croissaient et se multipliaient à une allure folle. Au début, les créatures magiques étaient bien plus nombreuses. En l'espace d'un millier d'années, cette proportion s'inversa. Puis la population humaine continua d'augmenter régulièrement tandis que celle des races magiques diminuait. J'y reviendrai dans un moment.

» La deuxième différence était la possibilité de s'adapter. Les elfes quittaient rarement l'abri de leurs bois. Il en allait de même pour les autres créatures magiques. Chaque race vivait dans une zone aux frontières bien établies. Il en avait toujours été ainsi. Certains peuples habitaient dans la forêt, d'autres dans les rivières et la mer, d'autres au cœur des montagnes ou dans les plaines. Ils avaient adapté leur mode de vie à leur environnement. Les humains, eux, étaient plus adaptables.

Ils s'installaient partout : les forêts, les rivières, les montagnes, les plaines... Quand leur nombre augmenta, leur expansion fut facile. Ils s'adaptèrent à tous les environnements, alors que les elfes et leurs cousins refusaient tout changement.

Allanon s'interrompit, un sourire sur les lèvres.

— À une époque, Wil Ohmsford, la vie dans l'ancien monde ressemblait beaucoup à ce qu'elle est maintenant, quand les humains vivaient, travaillaient et jouaient comme le font les races aujourd'hui. Cela vous surprend ?

— Un peu, je l'avoue...

— Pourtant, cette époque a existé. Et les elfes auraient dû se joindre aux humains pour modeler le monde avec eux. Mais ils préférèrent rester cachés dans leurs forêts, certains que leur culture ne serait pas menacée par le développement de l'humanité. Les humains n'avaient pas de pouvoirs magiques, et leur mode de vie n'était pas destructeur. Pas à cette époque ! Les elfes s'en tinrent à leur politique d'isolement, croyant qu'ils pourraient continuer ainsi indéfiniment. Cela causa leur perte. La population humaine continua de se multiplier et de se répandre. Au fil du temps, les humains apprirent l'existence des elfes et de leurs cousins en magie. Comme les créatures magiques avaient choisi de vivre cachées, elles s'attirèrent la méfiance des humains. Les hommes les considérèrent comme des monstres, qui les épiaient et complotaient contre eux. Ces accusations n'étaient pas entièrement fausses, car certaines prenaient plaisir à exaspérer les humains avec de petits tours. Mais elles étaient loin de constituer la majorité. De toute façon, les elfes et les autres décidèrent de ne pas en tenir compte. L'opinion des humains ne les concernait pas ! Leur seule préoccupation était la préservation de la Terre et des animaux qui l'habitaient et ils étaient capables d'accomplir cette mission malgré la malveillance des humains.

» Puis les choses changèrent encore. Les humains continuèrent de peupler la Terre. Ils construisirent des cités et des forteresses, traversèrent les mers à la recherche de nouveaux territoires et repoussèrent peu à peu les limites des contrées sauvages. Pour la première fois, ils eurent une influence sur les endroits où ils s'installaient, transformant des régions entières pour y construire des habitations et les adapter à leurs besoins. À mesure que les humains coupaient les arbres et les buissons, les elfes furent contraints de s'enfoncer de plus en plus profondément dans leurs forêts. Toutes les créatures magiques virent leurs territoires se réduire peu à peu, jusqu'à ce que le royaume de certaines n'existe plus du tout.

— N'ont-elles pas essayé de résister à l'invasion ? demanda Wil.

— Il était trop tard pour ça. À cette époque, beaucoup de créatures magiques s'étaient éteintes, certaines à cause de leur incapacité à produire suffisamment d'enfants, d'autres, faute de s'adapter aux modifications de l'environnement. Celles qui restaient n'étaient plus capables de s'unir comme autrefois. Des centaines d'années étaient passées depuis leur guerre contre leurs sœurs maléfiques, et elles s'étaient éparpillées et avaient perdu le contact. Pire que tout, elles ne disposaient plus de leurs pouvoirs. Quand la magie maléfique existait sur la Terre, la magie bénéfique était nécessaire pour s'y opposer. L'une étant bannie, l'autre disparut. La majorité des créatures magiques cessèrent peu à peu d'utiliser leurs pouvoirs. Le temps passant, elles en arrivèrent à les oublier. Les humains ne contrôlaient pas la magie, ou si peu que cela n'avait aucune importance. Les elfes et leurs cousins ne virent donc pas la nécessité de recourir aux pouvoirs qu'ils avaient autrefois employés pour vaincre leurs homologues maléfiques. Quand ils s'aperçurent qu'ils en auraient eu besoin de nouveau, c'était trop tard. Ces pouvoirs les avaient abandonnés, exceptés quelques vestiges mineurs. Cela affaiblit leurs possibilités de résister à l'invasion des humains. Au début, ils se battirent de leur mieux, utilisant ce qui leur restait de magie. En vain. Il y avait trop d'humains, et trop peu de créatures magiques. Leurs pouvoirs leur valurent de petites victoires, des répits, mais rien de plus. Ces peuples furent tout simplement dépassés par les événements, évincés de leurs demeures et forcés d'en trouver de nouvelles ou de périr. Bref, ils furent battus par la science et la technologie !

— Et les elfes ?

— Ils apprirent à survivre. Leur population diminua, mais ils ne s'éteignirent pas. S'enfonçant dans les régions les plus reculées, ils fuirent les humains, qui occupaient la plus grande partie de la Terre. Témoins impuissants et horrifiés de la destruction de leur monde, ils le regardèrent être dépouillé de ses ressources et de sa vie animale, l'équilibre écologique totalement et irrémédiablement rompu. Ils regardèrent les humains se battre entre eux, attendirent et se préparèrent, car ils savaient comment tout ça finirait.

— Les Grandes Guerres, devina le Valombrien.

— Les Grandes Guerres, confirma Allanon. Les elfes avaient prévu ces horreurs. Ils utilisèrent le peu de magie qui leur restait pour tenter de se préserver — avec quelques trésors soigneusement choisis, dont l'Ellcrys — de l'holocauste qui suivit. Cet effort leur permit de survivre alors que les autres créatures magiques furent détruites. Quelques humains survécurent, mais pas grâce à leur prévoyance ! Ils étaient si nombreux, et présents dans tant de parties du monde, que quelques-uns échappèrent à l'holocauste. Mais tout ce qu'ils avaient bâti fut détruit. Leur civilisation disparut de la surface de la Terre. L'ancien monde redevint une étendue sauvage, désolée et stérile.

» Des centaines d'années après, tous les êtres vivants menèrent une lutte sauvage pour la survie. Les créatures qui résistèrent dans ce nouveau monde s'adaptèrent, de gré ou de force, à leur environnement primitif. La race humaine, elle aussi, avait été modifiée à jamais. De l'ancienne souche émergèrent quatre nouvelles races, les hommes, les nains, les gnomes et les trolls. On croyait à cette époque, et la majorité des gens le pensent toujours, que les elfes étaient une cinquième race née après l'holocauste. Les nouvelles espèces repartirent pratiquement de zéro. L'histoire de l'ancien monde fut rapidement oubliée et les antiques modes de vie disparurent. Les elfes gardèrent leur histoire et leurs traditions. Seule leur magie leur faisait défaut ! Mais cette fois, elle était morte pour de bon. La nécessité de s'adapter a entraîné des changements qui les rapprochèrent, culturellement et physiologiquement, des nouvelles races. Les humains revenus à la vie et les elfes survivants évoluèrent en parallèle dans le nouveau monde. Un jour, ils devinrent pratiquement identiques.

» Finalement, mille ans après la fin des Grandes Guerres, quand les nouvelles races commencèrent à émerger de la vie primitive qu'elles avaient menée pendant qu'elles se débattaient pour résister aux conséquences de l'holocauste, les elfes se rangèrent à leurs côtés. Ils ne voulaient plus rester cachés dans leurs forêts, à observer la naissance d'un nouveau monde. Cette fois, ils en feraient partie, travaillant avec les autres peuples pour s'assurer que l'humanité ne prendrait pas une deuxième fois le chemin qui avait failli aboutir à la destruction de toute vie. Représentés par le druide Galaphile, ils organisèrent le Premier Conseil à Paranor et essayèrent de détourner les nouvelles races de leur recherche sur les anciennes sciences. Ils tentèrent aussi de retrouver les pouvoirs magiques mineurs qu'ils avaient perdus, pensant qu'ils les aideraient à protéger leur nouveau monde.

— Les elfes n'ont pas de pouvoir magique, dit Wil. Seuls, les druides…

— Les druides, et quelques autres, éparpillés çà et là, coupa Allanon. Les druides s'aperçurent vite que rechercher cette magie perdue était dangereux. Tout cela à cause des erreurs d'un de leurs collègues appelé Brona. Explorer les limites de la magie le détruisit, et il devint la créature que nous connaissons sous le nom de Roi-Sorcier. Quand les druides virent ce que sa soif de pouvoir avait fait de lui, ils interdirent les recherches. La magie qu'ils avaient découverte n'était ni bonne ni mauvaise, mais trop *puissante* pour des mortels. Un certain temps, les choses restèrent en l'état. Puis Brona captura et tua tous les druides de Paranor, un forfait qui fut à l'origine de la Deuxième Guerre des races. Pour enseigner la magie, il ne resta que Bremen… Puis il disparut aussi, me laissant seul…

Il s'interrompit, ses yeux noirs plissés tandis qu'il regardait les flammes de leur petit feu de camp.

— Que voulez-vous savoir d'autre, Valombrien ?

Son ton coléreux surprit Wil. Pourtant, il ne détourna pas le regard, se forçant à soutenir celui du druide.

— Que m'autoriseriez-vous à savoir d'autre ?

Allanon ne répondit pas.

— Et les créatures qui étaient enfermées derrière la Barrière ? demanda Wil. Comment ont-elles survécu si longtemps ? Pourquoi n'ont-elles pas péri ?

— Vous pouvez les appeler des démons, car c'est bien ce qu'elles sont devenues. Elles ont été envoyées dans un lieu qui n'en est pas un, un néant obscur n'appartenant à aucun monde réel. Dans cette obscurité perpétuelle, le temps n'existait pas. Les créatures ne connurent ni les ravages de l'âge ni la mort. Les elfes n'avaient pas prévu ça, je suppose, ou ils pensaient que c'était sans importance, puisque leur but était simplement de chasser ces monstres de leur monde. Les démons ne moururent pas et ils se multiplièrent. Le mal se nourrit de lui-même et devint puissant au point de créer de nouvelles vies. Car le mal, quand on le laisse tranquille, ne périt pas : il prospère. L'emprisonner n'est pas le détruire. Il grandit, plein de colère et de haine, jusqu'à ce qu'il finisse par se libérer.

— Et sa magie ? demanda Wil. A-t-elle augmenté aussi ?

— De la même manière… Nourrie par le mal et par les conflits, car les créatures démoniaques se battirent entre elles dans leur prison…

Le Valombrien en resta muet. Il baissa la tête, entoura ses genoux avec ses bras – un geste protecteur – et entendit, à l'est, les derniers grondements de l'orage dans les pics des Wolfsktaag.

Allanon trahit un rien d'impatience quand il reprit la parole.

— Toutes vos questions ont-elles eu une réponse, Wil Ohmsford ?

— Non, dit le jeune homme. J'en ai encore une.

— Vraiment ? fit le druide, contrarié.

Wil hésita, se demandant s'il était sage de continuer son interrogatoire. Il décida qu'il le fallait, mais choisit ses mots soigneusement.

— Tout ce que j'ai entendu suggère que ces monstres sont plus puissants que les elfes. Et ils sont au moins aussi puissants que vous ! Si j'accompagne Amberle comme vous me l'avez demandé, les démons se lanceront à nos trousses. S'ils nous trouvent, quelles chances aurais-je contre eux ? Vous n'avez pas voulu me répondre plus tôt. Alors, répondez-moi maintenant !

— Ma foi, j'avais l'impression que vos questions menaient toutes à ça !

— Répondez-moi ! insista Wil.

— Je ne connais pas la réponse…

— Vous ne… la connaissez pas ?

— D'abord, j'espère les empêcher de vous trouver. S'ils ne vous localisent pas, ils ne pourront pas vous faire de mal. Pour le moment, ils ignorent tout de vous. J'ai l'intention que ça ne change pas.

— Mais s'ils me débusquent quand même ? Que se passera-t-il ?

— Vous avez les Pierres elfiques. Comprenez une chose, Wil… Le pouvoir des Pierres elfiques date de l'ancien monde. Cette magie existait au moment où les elfes ont vaincu les créatures du mal. Le pouvoir des Pierres est fonction de la force de l'homme ou de la femme qui les utilise. Il y en a trois : une pour le cœur, une pour l'esprit et une pour le corps de leur détenteur. Les trois doivent être unis. Quand c'est le cas, le pouvoir peut être fabuleux. Comprenez-vous maintenant pourquoi je ne peux pas répondre à votre question ? *Vous* déterminerez la force de vos défenses. Le pouvoir viendra de vous, pas des Pierres. Et je suis incapable de mesurer cet élément. Vous seul pouvez le faire ! Ma seule certitude, c'est que vous êtes un homme aussi formidable que votre grand-père. Jusqu'à ce jour, je n'avais rencontré personne de sa valeur, Wil Ohmsford.

— Moi non plus…

— Les chances de Shea semblaient faibles quand il est parti à la recherche de l'Épée de Shannara. Il le reconnaîtrait sans peine. Le Roi-Sorcier connaissait son existence depuis le début. Les Porteurs du Crâne sont venus dans la vallée pour le tuer avant que sa quête commence. Pourtant, il a survécu, en dépit de ses doutes sur ses propres capacités.

Allanon posa une main sur l'épaule de Wil, ses yeux sombres dans la lumière du feu de camp.

— Je crois en vos chances. J'ai confiance en vous ! Il vous reste à y croire aussi.

Il retira sa main et se leva.

— Assez parlé pour cette nuit ! Vous avez besoin de sommeil. La journée sera longue. (Le druide s'enveloppa dans ses robes noires.) Je monterai la garde.

— Je peux le faire, proposa Wil, se souvenant des blessures de son compagnon.

— Vous pouvez surtout dormir, grogna Allanon.

Il disparut dans les ténèbres.

Wil déroula ses couvertures près du feu, s'y glissa et s'étira, fatigué par la journée. Il ne dormirait pas, se dit-il, avant d'avoir retourné dans sa tête tout ce qu'il avait entendu. D'avoir décidé ce qu'il devait croire et d'être sûr de ce qu'il faisait...

Il ferma les yeux un instant, pour les reposer.

Et s'endormit aussitôt.

Chapitre 10

Ils reprirent leur voyage à l'aube. Les forêts étaient toujours détrempées à cause des pluies de la veille, mais sous le ciel bleu et dégagé, le soleil les accompagna sur leur chemin vers le sud, le long de la lisière de l'Anar. La plaine aride de Rabb se transforma en des terres herbeuses et vallonnées où une douce brise matinale charriait l'odeur appétissante des arbres fruitiers.

Le même jour, en fin d'après-midi, ils atteignirent la légendaire rivière Argentée et rencontrèrent une compagnie de soldats du génie, des nains qui s'affairaient à la construction d'une passerelle. Laissant Wil à l'abri d'un bosquet de sapins avec les chevaux, le druide alla voir les nains et leur parla. Il resta absent un moment. À son retour, il paraissait préoccupé. Quand ils eurent chevauché assez loin des nains, vers l'aval de la rivière, il confia à Wil qu'il les avait avertis du danger, demandant qu'ils envoient de l'aide aussi vite que possible. Un des soldats avait reconnu le druide et promit que des renforts viendraient, précisant toutefois que la réunion d'une force de taille suffisante prendrait du temps…

Allanon n'en dit pas davantage. Quelques minutes plus tard, ils passèrent la rivière à gué à un endroit où une grande bande de terre séparait le courant en deux, et où des rochers ralentissaient assez le courant pour permettre à des cavaliers de passer sans danger. De là, ils continuèrent vers le sud à un rythme plus mesuré.

Le crépuscule approchait quand Allanon arrêta Artaq au sommet d'une colline boisée et descendit de selle. Wil l'imita puis conduisit Spitter dans le bosquet de noyers blancs où le druide avait attaché son cheval.

Ils gagnèrent une saillie rocheuse, entre les arbres, l'escaladèrent, regardèrent au pied de la colline et découvrirent une vallée en forme de fer à cheval dont la partie ouest était un champ cultivé. Un village se dressait à la limite de la forêt, et un ruisseau traversait l'agglomération au nord, irriguant le sol grâce à des dizaines de canaux. Des hommes et des femmes s'affairaient dans la petite communauté, semblant minuscules de là où les deux compagnons les regardaient. Loin au sud, la prairie se transformait en plaine semée de rochers qui s'étendait à perte de vue.

— Havenstead, dit Allanon en désignant le village et ses champs. Et là-bas, dans la plaine, c'est le Tertre.

— Qu'allons-nous faire ?

Le druide s'assit sur un rocher.

— Nous attendrons qu'il fasse nuit. Moins les gens nous verront, mieux ce sera. Les Stors ne parleront pas de nous, mais ces villageois ont la langue bien pendue. Le secret est notre meilleur allié. Nous entrerons dans le village discrètement, et nous repartirons très vite. (Il regarda le soleil, qui déclinait à l'horizon.) Il nous reste une heure.

Ils attendirent en silence jusqu'à ce que l'astre du jour soit à peine visible au-dessus de la ligne des arbres. Le crépuscule jetait déjà ses ombres grises sur la vallée. Allanon se leva. Les deux compagnons retournèrent chercher leurs chevaux, se remirent en selle et repartirent. Le druide les conduisit vers l'est, contournant la vallée jusqu'à une zone très boisée de la pente qui cachait un ravin. Ils descendirent à cet endroit, avançant lentement entre les arbres pendant que la nuit tombait. Wil perdit rapidement son sens de l'orientation, mais le druide savait où il allait et ne ralentit pas l'allure.

Quand ils arrivèrent dans la vallée, le chemin devint plus facile. Le ciel clair où brillait la lune apparaissait à travers les cimes des arbres, et ils entendaient les cris des oiseaux nocturnes qu'ils dérangeaient.

Wil se sentit de plus en plus somnolent…

Des lumières jaunes dansèrent entre les arbres, devant eux, et des bruits de voix retentirent au loin. Allanon descendit de cheval. Il fit signe à Wil de l'imiter, et ils continuèrent à pied, les chevaux tenus par la bride. La forêt devenant moins dense, ils virent bientôt un mur de pierre bas avec un portail de bois. Une rangée de grands arbres à feuilles persistantes coupait la vue. Wil comprit qu'ils étaient à la lisière est du village, les lumières jaunes étant produites par des lampes à huile.

Quand ils atteignirent le mur, ils attachèrent leurs chevaux à un poteau. Allanon posa un doigt sur ses lèvres. Sans un bruit, ils franchirent le portail.

Ce qu'ils trouvèrent de l'autre côté décontenança Wil. Un majestueux jardin en terrasse, ses parterres de fleurs multicolores éblouissant même sous la pâle lumière de la lune ! Une passerelle en pierre partait du jardin. Elle conduisait à une série de bancs, puis à une petite maison de bois et de pierre de deux étages, avec un porche à ciel ouvert dont le style était familier à Wil. Des jardinières fleuries pendaient sous les fenêtres, et des buissons touffus couraient le long des murs de pierre rugueux. Des ifs écarlates et des épicéas bleus poussaient devant la maison. Une deuxième passerelle menait à un magnifique bouleau blanc, puis traversait une haie. Au loin, des lumières indiquaient la présence d'autres maisons.

Wil en fut émerveillé. On eût dit une illustration de livre d'enfant ! Tout était parfaitement ordonné…

Il jeta un coup d'œil à Allanon. Le druide fit son petit sourire ironique et lui indiqua de le suivre.

De la lumière sortait des fenêtres fermées par des rideaux, et on entendait des murmures. Wil reconnut des voix d'enfants. Étonné par cette découverte, il faillit piétiner le gros chat tigré lové sur la première marche de la maison. Le félin, réveillé par le mouvement, leva vers lui son museau pointu et lui jeta un regard insolent. Un autre chat, noir celui-là, descendit du porche et se glissa dans les buissons. Le druide et le Valombrien gravirent les marches et se dirigèrent vers la porte d'entrée. À l'intérieur, les rires aigus des enfants résonnaient toujours.

Allanon frappa à la porte.

Les voix se turent.

— Qui est là ? demanda une voix très douce.

Le rideau qui cachait un judas s'écarta légèrement.

Le druide se pencha en avant.

— Je suis Allanon, dit-il.

Il y eut un long silence, puis le cliquetis d'un verrou. La porte s'ouvrit sur une jeune elfe petite, mince et tannée par le soleil. Sa longue chevelure châtain encadrait un visage enfantin, à la fois innocent et grave. Elle posa sur Wil ses yeux verts étincelants de vie, puis regarda le druide.

— Allanon est parti des Quatre Terres depuis plus de cinquante ans, dit-elle, visiblement inquiète. Qui êtes-vous ?

— Allanon, répéta le druide. Qui d'autre vous aurait trouvée, Amberle ? Qui saurait que vous êtes une des Élus ?

L'elfe le regarda, d'abord muette de saisissement.

— Les enfants auront peur si je les laisse seuls. Je dois les mettre au lit. Attendez ici, je vous prie.

Des bruits de pas et des murmures anxieux montaient déjà de la maison. Amberle y retourna. Ils entendirent sa voix, basse et apaisante, alors qu'elle conduisait les petits dans leurs chambres, à l'étage. Allanon gagna un banc, à l'autre bout du porche, et il s'y installa. Wil resta où il était, écoutant les voix de l'elfe et des enfants.

Amberle revint peu après, sortit sur le porche et ferma la porte derrière elle. Elle regarda Wil, qui lui fit un sourire gêné.

— Ce jeune homme est Wil Ohmsford, dit Allanon. Il étudie à Storland pour devenir guérisseur.

— Bonjour…, commença Wil.

La jeune femme l'avait déjà dépassé et approchait d'Allanon.

— Pourquoi êtes-vous venu, druide ? Si vous êtes vraiment un druide… C'est mon grand-père qui vous envoie ?

— Pourrions-nous nous asseoir dans les jardins pour parler ? demanda Allanon en se levant.

La jeune femme hésita, puis acquiesça.

Le druide s'assit en face d'elle. Wil comprit que son rôle, dans cette conversation, serait celui d'un spectateur muet.

— Pourquoi êtes-vous venu ? répéta Amberle, d'une voix un peu plus ferme.

Allanon s'enveloppa dans ses robes noires.

— D'abord, personne ne m'a envoyé ! Je suis ici de mon propre chef, pour vous demander de retourner avec moi à Arborlon. Je serai bref : l'Ellcrys est mourant. La Barrière s'effrite, et les créatures maléfiques s'échappent. Ce sont des démons. Bientôt, ils envahiront les Terres de l'Ouest. Vous seule pouvez empêcher un drame.

Car vous êtes la dernière des Élus.

— La dernière... ?

— Les autres sont morts. Les démons les ont tués. Maintenant, ils sont à votre recherche.

— Non ! Quel mauvais tour me jouez-vous, druide ? Ce n'est pas...

Des larmes coulant sur ses joues d'enfant, elle les essuya d'un geste nerveux.

— Ils sont vraiment tous morts ?

— Oui. Vous devez venir avec moi à Arborlon.

— Non. Je ne fais plus partie des Élus. Vous le savez.

— Je sais que vous *aimeriez* qu'il en aille ainsi.

— Ce que je souhaite importe peu ! Je ne sers plus l'Ellcrys. Donc, je ne fais plus partie des Élus.

— L'Ellcrys vous a désignée. C'est à lui de décider si vous êtes toujours une Élue. Et si vous allez porter sa semence au Feu de Sang, pour qu'il puisse renaître et que la Barrière soit restaurée. L'Ellcrys décidera. Pas vous ! Ni moi...

— Je ne partirai pas avec vous...

— Vous le devez !

— Non ! Je ne retournerai jamais à Arborlon. Mon foyer est ici, et ces gens sont mon peuple. J'ai fait un choix.

— Votre foyer est là où vous voulez qu'il soit, concéda le druide. Et votre peuple est celui que vous choisissez... Mais parfois, les responsabilités changent tout. Vous êtes la dernière des Élus, l'ultime espoir de survie des elfes. Vous ne pouvez pas tourner le dos à ces responsabilités.

Amberle se leva et fit quelques pas.

— Vous ne comprenez pas...

— Je comprends mieux que vous l'imaginez.

— Si c'était vrai, vous ne me demanderiez pas de revenir. Quand j'ai quitté Arborlon, je savais que c'était pour toujours. Aux yeux de ma mère, de mon grand-père et de mon peuple, je me suis déshonorée. J'ai fait quelque chose d'impardonnable : rejeter le privilège d'être une Élue. Même si je voulais changer ça, et je ne le souhaite pas, c'est impossible. Les elfes ont le sens des traditions et de l'honneur. Si on leur annonçait qu'ils sont destinés à disparaître de la surface de la Terre, sauf si j'interviens, ils refuseraient toujours de me reprendre. Je suis une exilée, et cela ne changera jamais.

Le druide se leva et fit face à la jeune femme, la dépassant de toute sa hauteur.

— Des paroles irréfléchies ! Vos arguments sont faibles, et vous les énoncez sans conviction. Ils ne vous font pas honneur. Je vous sais plus forte que ce que vous nous avez montré.

— Que savez-vous de moi ? Rien ! J'éduque des enfants. Vous en avez vu certains ce soir... Ils viennent par groupe de six ou huit, envoyés par leurs parents et restent une saison avec moi. Pendant leur séjour, je leur apprends à aimer et à respecter le monde où ils sont nés, la Terre, le ciel, la mer et tout ce qui vit. Je leur enseigne à donner la vie en échange de celle qui leur a été donnée, et à la protéger. Nous commençons par des choses simples, comme ce jardin. Et nous terminons par la complexité de la vie humaine. Il y a beaucoup d'amour dans mon travail. Je suis une personne simple avec un don simple que je partage avec les autres. Un Élu ne partage rien avec les gens. Je n'ai jamais été une Élue. Jamais ! C'était une tâche que je ne souhaitais pas assumer et pour laquelle je n'étais pas compétente. J'ai laissé tout ça derrière moi et refait ma vie dans ce village. Voilà qui je suis !

— Peut-être, dit le druide, d'une voix calme qui doucha la colère de la jeune femme. Mais tournerez-vous le dos aux elfes pour une raison aussi triviale ? Sans vous, tous périront. Ils se battront, comme ils l'ont fait dans l'ancien monde, quand les créatures du mal les menaçaient pour la première fois. Mais aujourd'hui, ils n'ont plus de magie et ils seront détruits.

— Ces enfants m'ont été confiés..., commença Amberle.

Allanon leva une main.

— Que se passera-t-il quand les elfes auront été exterminés ? Croyez-vous que les créatures du mal se contenteront de rester dans les Terres de l'Ouest ? Qu'arrivera-t-il à vos enfants ?

Amberle le regarda un long moment sans répondre, puis se rassit sur le banc.

— Pourquoi ai-je été Élue ? Il n'y avait aucune raison ! Je ne le souhaitais pas, alors que tant d'autres en mouraient d'envie. (Elle serra les poings.) C'était une mauvaise plaisanterie ! Ne comprenez-vous pas ? Aucune femme n'a été Élue en plus de cinq cents ans. Et c'est tombé sur moi ! Une erreur cruelle...

— Ce n'était pas une erreur, répondit Allanon. Qu'est-ce qui vous effraie, Amberle ? Car vous avez peur, n'est-ce pas ?

Il y eut un long silence, mais Amberle fit un petit signe affirmatif.

Allanon se rassit.

— La peur fait partie de la vie, mais il faut y faire face et ne jamais se la dissimuler. Qu'est-ce qui vous effraie ?

— Il me terrifie...

— L'Ellcrys ?

Amberle se frotta le visage pour essuyer ses larmes puis se leva.

— Si j'acceptais de vous suivre à Arborlon pour affronter mon grand-père et mon peuple, et que l'Ellcrys refuse de me confier sa semence ?

— Dans ce cas, vous serez libre de revenir à Havenstead, et je ne vous dérangerai plus.

— J'y réfléchirai...

— Le temps presse ! Vous devez décider maintenant. Ce soir. Les démons sont à votre recherche.

— J'y réfléchirai... (Amberle posa les yeux sur Wil.) Quel est votre rôle dans tout ça, guérisseur ? (Wil voulut répondre, mais elle l'arrêta d'un geste.) Peu importe ! J'ai le sentiment que nous sommes embarqués dans la même galère. Vous n'en savez pas plus que moi.

Moins, tenta de dire Wil, mais elle s'était déjà détournée de lui.

— Je n'ai pas de place pour vous dans la maison. Mais vous pouvez dormir dans les jardins. Demain, nous parlerons de tout ça.

— Amberle !

— Demain…

Sur ce mot, Amberle entra dans la maison.

Chapitre 11

La créature s'attaqua à Wil dans les brumes du sommeil, indéfinie comme un rêve surgi de son subconscient, monstre tapi dans la partie de son esprit où il cachait ses peurs les plus profondes. Elle avança vers lui à la dérobée, se jouant aisément des obstacles qu'il essaya de dresser sur son chemin. Il ne la vit pas arriver : c'était impossible. Elle n'avait ni substance ni identité et aucune intelligence. Il percevait seulement la terreur infinie qu'elle provoquait par sa seule existence. Il essaya de s'éloigner d'elle et courut dans les paysages de son imagination, jusqu'à ce qu'il soit sûr de l'avoir laissée derrière lui.

Mais il échoua. Elle était là, se rapprochant inexorablement. Il plongea pour l'éviter, hurla et appela à l'aide. Hélas, il n'y avait personne. Il était seul avec ce monstre et ne pouvait pas lui échapper.

Pourtant, il devait réussir ! Si cette chose le touchait, il avait la certitude qu'il mourrait. Il continua à courir, terrorisé, sentant le souffle de son bourreau sur sa nuque…

Il se réveilla en sursaut et s'assit d'un bond. Malgré la fraîcheur de la nuit, il avait les aisselles trempées de sueur, et entendait les battements affolés de son cœur résonner dans sa tête.

La silhouette sombre d'Allanon s'accroupit à côté de lui, ses mains puissantes se posant sur ses épaules.

— Vite, Valombrien ! Ils nous ont trouvés.

Wil n'eut pas besoin de demander *qui* les avait trouvés. Son cauchemar était devenu réalité. Il se leva, ramassa sa couverture et suivit le druide, déjà parti en direction de la petite maison. Comme si elle avait eu une intuition, Amberle apparut sur le porche. Sa chemise de nuit blanche, flottant étrangement autour de son corps, lui donnait des allures de spectre.

— Je vous avais dit que les démons vous cherchaient, grogna Allanon, furieux de la voir en vêtement de nuit.

— Essayez-vous de me tromper ? Jouez-vous un petit jeu pour me forcer à vous suivre à Arborlon ?

— Dans quelques minutes, si vous ne faites rien, vous aurez la réponse !

Maintenant, allez vous habiller !

Elle ne bougea pas.

— Si vous voulez... Mais je ne peux pas laisser les enfants seuls. Il faut les conduire en sécurité.

— Nous n'avons pas le temps ! Et ils seront moins en danger ici qu'en titubant dans les ténèbres, à moitié réveillés !

— Ils ne comprendront pas que je les abandonne comme ça.

— Restez avec eux et ils partageront votre sort ! explosa Allanon. Réveillez le plus âgé. Dites-lui que vous devez partir pour quelque temps. Ordonnez-lui d'emmener les autres enfants chez un voisin dès qu'il fera jour. Obéissez ! Et dépêchez-vous !

Cette fois, Amberle ne protesta pas et rentra dans la maison. Wil rajusta ses vêtements puis roula sa couverture. Ensemble, le druide et le Valombrien sellèrent leurs chevaux et les amenèrent devant la maison pour attendre la jeune elfe. Elle arriva très vite, vêtue d'un pantalon, d'une tunique et d'un long manteau bleu.

Allanon poussa la jeune femme et le Valombrien près d'Artaq. Il murmura doucement à l'oreille de l'animal et caressa son cou satiné. Puis il tendit les rênes à Wil.

— En selle !

Wil sauta sur le dos du grand cheval noir. Artaq soufflant des deux naseaux, Allanon continua de lui parler, puis il prit Amberle par la taille et la hissa derrière le Valombrien comme si elle ne pesait rien. Ensuite, il enfourcha Spitter.

— Maintenant, silence ! ordonna-t-il.

Ils prirent la route qui passait devant la petite maison et la suivirent vers l'est à travers le village endormi. Quelques minutes plus tard, les maisons loin derrière eux, ils arrivèrent à la lisière de la forêt. Dans les champs, l'eau des canaux étincelait sous les rayons de la lune. Au loin, de chaque côté, les pentes boisées de la vallée donnaient naissance à une prairie.

Allanon descendit de cheval et resta un moment immobile, tous les sens aux aguets. Puis il approcha d'Artaq et fit signe à Wil et à Amberle de se pencher vers lui.

— Ils sont autour de nous, murmura-t-il.

Wil sentit son sang se glacer. Le druide le regarda, comme s'il évaluait ses compétences.

— Avez-vous déjà participé à une chasse à cheval ?

Wil hocha la tête.

— Parfait. Amberle et vous, restez avec Artaq. Si vous êtes poursuivis, laissez-le aller où il voudra. Il vous sortira de ce mauvais pas en toute sécurité. Nous chevaucherons vers le nord, le long du village, là où la vallée se transforme en prairie. Quand nous y serons, nous passerons à travers leur cercle. Ne vous arrêtez sous aucun prétexte. C'est bien compris ? Si nous sommes séparés, ne revenez pas sur vos pas. Chevauchez vers le nord jusqu'à ce que vous arriviez à la rivière Argentée. Si je ne vous rejoins pas aussitôt, traversez-la et continuez vers Arborlon, à l'est.

— Que ferez-vous ? demanda Wil.

— Ne vous tracassez pas pour ça. Faites ce que je vous ai dit.

Wil acquiesça, mais il n'aimait pas la tournure des événements. Quand Allanon s'éloigna, il regarda Amberle.

— Tenez-vous bien, murmura-t-il avec un petit sourire.

La jeune femme ne répondit pas à son sourire. Il lut de la peur dans ses yeux.

Allanon remonta en selle. Aussi lentement et discrètement que possible, ils contournèrent le village en restant près de la lisière de la forêt. Comme des ombres, ils se glissèrent entre les troncs, leurs yeux sondant la nuit pour détecter tout mouvement anormal. Devant eux, la pente nord de la vallée s'élevait, visible à travers des trouées entre les arbres.

Allanon arrêta abruptement son cheval et fit signe à ses compagnons de ne pas bouger. Il désigna les champs, sur leur gauche, sans dire un mot. Wil et Amberle suivirent le mouvement de son bras. Tout d'abord, ils ne virent rien, sinon des rangées de tiges gris foncé sous le clair de lune. Peu après, ils repérèrent un mouvement : une silhouette qui ressemblait à un animal sortit d'un des canaux d'irrigation et se perdit au milieu des tiges dans le champ.

Ils attendirent, immobiles devant les arbres, puis reprirent leur chemin. Ils avaient parcouru une courte distance quand un hurlement jaillit des bois, derrière eux. Amberle resserra sa prise autour de la taille de Wil et posa sa tête contre son dos.

— Des loups-démons, dit Allanon. Ils ont trouvé notre piste.

Il talonna son cheval, le lançant au trot. Artaq s'ébroua et le suivit. Le hurlement fut repris par d'autres gorges et les branches des arbres craquèrent comme si on les écartait sans douceur.

— Foncez ! cria Allanon.

Les chevaux galopèrent, quittant abruptement l'abri de la forêt pour tourner sur la gauche. Ils continuèrent le long des champs, suivant la ligne des fossés d'irrigation en direction de la prairie. Les hurlements devenaient de plus en plus proches, féroces et affamés. Des ombres bondissantes passèrent par-dessus les tiges de blé, sur leur gauche, fonçant vers eux. Wil se pencha le plus bas possible sur le cou d'Artaq et poussa le grand cheval à son maximum. Devant eux, la passe qui les conduirait hors de la vallée était en vue.

Une demi-douzaine de silhouettes sombres surgirent des bois, juste devant eux. Les monstres avaient la forme de loups, mais ils étaient bien plus grands, avec un faciès grotesquement humain.

Allanon fit tourner Spitter pour aller à leur rencontre et du feu bleu jaillit de sa main quand il la leva. Le feu atteignit la horde de loups et l'éparpilla. Spitter fonça dans le tas, en hennissant de terreur.

Artaq avait déjà dépassé le druide et les loups-démons et galopait vers les plaines. Plusieurs formes noires surgirent des champs, devant eux, les mâchoires claquant. Artaq ne ralentit pas, heurta une bête de l'épaule et la projeta loin de lui. Puis il distança rapidement les autres monstres.

Wil se pencha le plus près possible du cou de l'animal, tirant Amberle contre lui, et relâcha légèrement sa prise sur les rênes. À droite, d'autres loups-démons émergèrent des arbres, leurs hurlements déchirant l'air. Des traînées de feu bleu les accueillirent, et les hurlements devinrent des cris de douleur.

Artaq continua à galoper.

Un énorme loup-démon apparut devant eux, à la lisière de la forêt. Il bondit pour les intercepter, se déplaçant à une vitesse incroyable. Wil sentit sa gorge se nouer. La bête approchait trop rapidement. Ils ne lui échapperaient pas. Il fit la seule chose qui lui vint à l'esprit : avec un cri sauvage, il laissa Artaq prendre la conduite des opérations. Le grand cheval noir comprit ce qu'on attendait de lui. Puisant dans des réserves de force insoupçonnée, il allongea ses foulées. Le monstre les avait presque rattrapés. Wil ferma les yeux et cria de nouveau. Artaq hennit et franchit d'un bond le cours d'eau qu'il trouva sur son chemin. Il atterrit sur l'autre rive et quitta les bois et les champs de Havenstead pour foncer vers les plaines.

Wil garda les yeux fermés un instant, pétrifié par la peur. Il s'accrocha au cou d'Artaq, rassuré par les mouvements puissants des muscles du grand cheval. Quand il leva enfin la tête et jeta un rapide coup d'œil derrière lui, au-dessus de la silhouette d'Amberle, blottie contre son dos, il s'aperçut qu'ils étaient seuls. Du feu et de la fumée montaient derrière eux, dans la vallée, et l'air vibrait de glapissements frénétiques. Aucun signe des loups-démons. Ni d'Allanon.

Wil tira sur les rênes d'Artaq et le fit tourner bride. Allanon avait été clair : en aucun cas, il ne devait retourner le chercher. Amberle était sa principale responsabilité. Le druide la lui avait confiée, et il devait la protéger.

Wil regarda son visage enfantin et ses yeux verts interrogateurs. Il savait ce qu'il avait à faire. Pourtant, le druide était toujours là-bas, probablement en danger. Comment pouvait-il l'abandonner ?

Soudain, Spitter sortit de la vallée au grand galop, Allanon sur son dos. Ses robes noires flottant au vent, il se découpait contre l'horizon teinté de rouge par les incendies. Les loups-démons le suivaient, bondissant dans l'herbe haute, fous de haine contre l'humain qui avait échappé à leurs mâchoires.

Wil orienta Artaq vers le nord et le talonna. Le grand cheval noir partit au galop. Cette fois, le Valombrien ne le laissa pas diriger la course. La poursuite risquait d'être longue, et la résistance du cheval n'était pas illimitée. Artaq ne lutta pas. Se laissant diriger, il galopa souplement. Wil se pencha et sentit les bras d'Amberle se resserrer autour de sa taille. Elle appuya de nouveau une joue contre son dos.

Une lieue plus loin, Spitter arriva à leur hauteur, haletant et couvert de sueur. Il commençait déjà à fatiguer. Wil regarda Allanon, mais le druide ne réagit pas. Son attention était rivée sur le terrain plat, devant eux.

La poursuite continua à travers les plaines. Les cris de rage des loups-démons se transformèrent en halètements ponctués de grognements de frustration. Les cavaliers avaient seulement conscience du vent qui sifflait autour d'eux et du bruit régulier des sabots de leurs chevaux. Ils galopèrent entre des collines luxuriantes et sur des crêtes arides.

Les gibiers et les chasseurs dépassèrent des vergers, des chênes, des saules et des petits cours d'eau. Le temps n'avait plus de signification. Ils avaient parcouru au moins dix lieues, mais la distance entre leurs poursuivants et eux n'avait pas diminué.

La rivière Argentée apparut enfin, ruban d'eau scintillante visible entre les buttes qui bordaient sa rive la plus proche. Wil l'aperçut le premier et cria. Artaq réagit au son de sa voix et accéléra l'allure. Wil essaya un instant le retenir, mais le grand cheval ne voulut rien entendre. Il laissa derrière lui Spitter, qui se fatiguait de plus en plus.

La distance entre Artaq et leurs poursuivants augmenta. Wil essayait toujours de retenir l'animal, quand il aperçut les silhouettes qui surgissaient de l'ombre devant lui. Des monstres bossus, tordus et couverts de poils gris hérissés. Des démons ! Wil sentit sa gorge se nouer. Un piège ! Ils les attendaient ici, au cas où ils seraient parvenus à échapper aux loups-démons à Havenstead. Ils s'étaient postés le long des rives de la rivière Argentée, et se dirigèrent vers les cavaliers quand ils approchèrent.

Artaq tourna abruptement vers une petite hauteur, sur la gauche. Cinquante pas derrière lui, Spitter l'imita. Un peu plus loin, mais se rapprochant rapidement, les loups-démons recommencèrent à hurler. Artaq arriva au sommet de la butte au grand galop et descendit de l'autre côté sans ralentir. Les démons accoururent pour lui barrer le passage. Wil les vit enfin clairement. Des corps de félins, mais avec des visages de femmes tordus et grotesques.

Les monstres poursuivirent le grand cheval noir en poussant des miaulements à glacer les sangs.

Au dernier moment, Artaq vira et revint vers la butte. Les félins crièrent de frustration. Au même moment, Spitter passa le sommet de la hauteur, trébucha et tomba. Projeté sur le sol, Allanon fit plusieurs roulades et se remit debout d'un bond. Les loups-démons l'attaquèrent, mais le feu bleu qui fusait de ses doigts les éparpilla comme des feuilles dans le vent. Artaq tourna à gauche encore une fois, Wil et Amberle agrippés à son cou pour ne pas tomber. Hennissant de colère contre les créatures qui essayaient de le prendre au piège, il galopa de nouveau vers elles, parallèlement à la berge de la rivière, si rapidement qu'il arriva avant que les monstres aient compris ce qu'il faisait. Plusieurs bêtes se jetèrent sur lui, cherchant à déchirer sa chair, mais il les dépassa d'un bond et continua à galoper dans la nuit. Derrière eux, un arc de feu bleu percuta les poursuivants les plus proches, et les transforma en cendres. Wil jeta un coup d'œil en arrière et vit Allanon, toujours sur la butte. Des loups-démons et des femmes-hyènes convergeaient vers lui. Il y en avait trop ! Le feu jaillissait des mains du druide, qui disparut derrière un écran de fumée et de monstres noirs.

Un sixième sens avertit le Valombrien d'un nouveau danger. Il détourna le regard de la bataille. Comme sortis de nulle part, une demi-douzaine de loups-démons se ruèrent sur Artaq. Wil eut un moment de panique. Amberle et lui étaient coincés entre les bêtes et la rivière ! Devant, une forêt dense leur bloquait le passage. Derrière couraient les démons auxquels ils venaient à peine d'échapper. Ils n'avaient nulle part où aller.

Artaq n'hésita pas et fila vers la rivière Argentée. Les loups le suivirent en silence. Wil était persuadé qu'ils ne leur échapperaient pas. Et Allanon n'était plus là pour les aider.

La rivière Argentée n'était plus loin. Il n'y avait pas de gué en vue, seulement une étendue d'eau trop large, trop profonde et trop rapide pour qu'ils puissent la traverser. S'ils essayaient, pensa Wil, le courant les emporterait. Pourtant, Artaq ne ralentit pas. En dépit du danger, le grand cheval noir avait fait son choix. Il entrerait dans la rivière.

Les loups-démons le comprirent aussi. Moins d'une dizaine de pas en arrière, ils se lancèrent dans une course effrénée pour rattraper Wil et la jeune elfe.

Amberle cria pour avertir son compagnon. Wil fouilla dans sa tunique pour prendre la bourse de cuir qui contenait les Pierres elfiques. Ignorant s'il serait capable de s'en servir, il savait seulement qu'il lui fallait faire *quelque chose.* Mais c'était trop tard. Quand sa main se referma sur la bourse, ils étaient au bord de la rivière Argentée. Artaq banda ses muscles et bondit dans le courant. Au même instant, une lumière blanche jaillit autour d'eux, les pétrifiant comme les personnages d'un tableau. Les loups disparurent. La rivière Argentée s'évanouit.

Ils étaient seuls, flottant dans la colonne de lumière.

Chapitre 12

Avant le début de l'histoire, il était là… Avant que l'humanité peuple la Terre, avant l'existence des nations et des gouvernements, il était là. Et même avant que le monde des créatures magiques entre en guerre, il était là.

Il était là à l'époque où le monde était un jardin d'Éden où tous les êtres vivants coexistaient. Encore jeune, il était une créature magique à une époque où elles venaient à peine d'apparaître. Il vivait dans les jardins, chargé de s'assurer que les plantes et les êtres vivants soient bien protégés, abrités et renouvelés. Il n'avait pas de nom, car ce n'était pas nécessaire, en ce temps. Il *était* et sa vie commençait seulement.

Il n'avait pas deviné ce qu'il était destiné à devenir. Son avenir ressemblait à une lointaine promesse murmurée dans le secret de ses rêves et il aurait été incapable de l'imaginer. Il n'aurait pas pu savoir que sa vie ne se finirait pas comme celle de toutes les autres créatures vivantes, mais s'étendrait sur des siècles et des siècles durant lesquels les autres vies seraient accueillies joyeusement à leur naissance puis oubliées à leur mort, tandis que la sienne dériverait inlassablement dans les méandres de l'immortalité. Il n'aurait pas pu prévoir que tous ceux qui étaient nés en même temps que lui, créatures magiques ou êtres humains, et tous ceux qui naîtraient après, disparaîtraient de la surface de la Terre alors qu'il serait toujours présent. De toute façon, il n'aurait pas désiré ce sort, car il était assez jeune pour penser que son monde resterait tel qu'il avait été au moment de sa naissance. Conscient qu'il vivrait pour le voir changer, il n'aurait pas désiré survivre, mais mourir et retourner à la terre qui lui avait donné naissance.

Une perte irréparable, car il devait devenir le dernier souvenir de l'époque fabuleuse du commencement, l'ultime représentant de la paix, de l'harmonie, de la beauté et de la lumière qui caractérisaient le jardin d'Éden. Cela avait été décrété à l'aube de son existence, modifiant à jamais le cours de sa vie et son but. Il était destiné à devenir, pour un monde déchu, un gage de ce qui avait été perdu. Et la promesse que tout ce qui avait été renaîtrait.

Au début, il n'avait pas compris, éprouvant seulement du désarroi quand il découvrit que le monde changeait. Sa beauté s'effaçait, sa lumière déclinait et tout ce qui avait été plein de paix et d'harmonie serait irrémédiablement perdu. Bientôt, il lui resta seulement ses jardins. Parmi tous ceux qui étaient nés en même temps que lui, il était le seul survivant. Un temps, il se laissa aller au désespoir, miné par le chagrin et les doutes. Puis les modifications de la Terre, autour de lui, s'infiltrèrent lentement dans son petit univers, menaçant de le transformer aussi. Alors il se souvint de ses responsabilités, et entreprit la longue et difficile lutte destinée à préserver les jardins, résolu à ce que ce dernier souvenir du premier monde survive, même si tout le reste avait disparu. Les années passèrent et il n'abandonna jamais le combat. Vieillissant très lentement, il trouva en lui des pouvoirs qu'il n'avait pas conscience de posséder. Un jour, il comprit le sens de son existence solitaire : de nouvelles responsabilités lui avaient été confiées, et il n'avait pas le droit de les négliger. Avec cette révélation vint l'acceptation.

Il travailla seul pendant des siècles, son existence devenue un mythe dans le folklore des nations qui se construisirent autour de lui – une histoire que les gens se racontaient avec un sourire désabusé et indulgent. Il fallut attendre le cataclysme que les hommes appelèrent les Grandes Guerres, la destruction finale de l'ancien monde et l'émergence des nouvelles races pour que le mythe soit accepté comme une réalité.

Car ce fut la première fois qu'il choisit de sortir des jardins et d'aller dans les terres extérieures. Pour cela, il avait de bonnes raisons. La magie était revenue dans le monde, et la sienne restait la plus grande et la meilleure : celle de la vie. La Terre était redevenue neuve, et il vit dans cette renaissance la possibilité de retrouver tout ce qu'il avait connu jadis. À travers lui, le passé et l'avenir pourraient enfin s'unir. Ce ne serait pas facile, ni rapide, mais il était sûr de réussir. À condition de ne pas rester isolé et caché dans ses jardins. Il devait les quitter ! Dans son petit sanctuaire dormait la semence de tout ce que le nouveau monde avait besoin de retrouver. La première responsabilité qu'on lui avait confiée ! Il comprit qu'il n'était pas suffisant de préserver cet acquis, mais qu'il fallait le développer puis le rendre visible et accessible. Et c'était à lui de s'en occuper.

Il quitta les jardins qui avaient été son foyer pendant des siècles et alla dans le pays qui s'étendait au-delà. Une contrée de plaines et de collines vallonnées, de forêts ombragées et de mares paisibles traversée par une rivière qui lui donnait la vie. Il ne voulut pas s'éloigner trop loin de ses jardins, car ils étaient sa première responsabilité et il devait rester proche d'eux pour continuer à les protéger.

La contrée qu'il découvrit lui convint parfaitement. Il y planta la semence du premier monde et la marqua de son sceau, lui conférant un rayonnement qui la rendait facile à reconnaître. Ainsi, tous ceux qui en auraient besoin, les gens du cru comme les voyageurs, recevraient sa bénédiction et sa protection. Le moment venu, les nouvelles races comprirent ce qu'il avait fait. Elles parlèrent de lui et de son pays avec un effroi mêlé de respect. Le temps passant, il devint une légende.

Puis on lui donna le nom de la contrée dont il avait fait sa demeure. Dans les légendes, il devint le roi de la rivière Argentée.

Il apparut à Wil et à Amberle sous la forme d'un vieillard qui émergea de la lumière, voûté et ridé, ses robes pendant autour de sa silhouette si maigre qu'on l'aurait cru composé de brindilles. Ses cheveux tombaient sur ses épaules, le visage était ridé et bruni par le soleil, ses yeux étaient du bleu foncé des eaux marines. Il sourit. Les jeunes gens lui répondirent de même, certains que cet homme ne leur voulait aucun mal. Ils étaient toujours sur le dos d'Artaq, aux pattes tendues comme s'il galopait, mais tous les trois restaient immobiles, comme pétrifiés dans la lumière qui les avait capturés. Ni le Valombrien ni la jeune elfe ne comprenaient ce qui leur était arrivé. Pourtant ils n'éprouvaient aucune crainte, seulement une somnolence qui les immobilisait mieux que des chaînes.

Le vieil homme s'arrêta devant eux, sa silhouette tremblant dans la lumière. Il effleura le museau d'Artaq, qui hennit doucement. Puis il regarda Amberle, et des larmes perlèrent à ses paupières.

— Petite, si tu étais à moi…, murmura-t-il.

Il approcha d'elle et lui prit la main.

— Il ne te sera fait aucun mal dans cette contrée. Sois en paix. Nous avons le même but, et nous ne ferons qu'un avec la Terre.

Wil essaya de parler. En vain. Le vieil homme recula, et agita une main.

— Reposez-vous maintenant… Dormez. (Sa silhouette devint floue et se fondit à la lumière.) Dormez, enfants de la vie.

Les yeux de Wil se fermèrent tout seuls. Une sensation si agréable qu'il ne lutta pas. Il sentait le corps d'Amberle contre son dos, les mains serrées autour de sa taille. La lumière se retira lentement, comme absorbée par l'obscurité.

Wil se laissa emporter par le sommeil.

En rêve, il était debout au milieu d'un jardin d'une incroyable beauté, éblouissant de couleurs et de parfums, si magnifique que tout ce qu'il avait connu – ou imaginé – jusque-là paraissait fade. Des ruisseaux argentés étincelaient en jaillissant des sources cachées dans la Terre pour se jeter dans des mares paisibles. De grands arbres filtraient la lumière, ajoutant çà et là des touches de chaleur dorée. L'herbe odorante et douce déroulait un tapis de soie émeraude sur les chemins et les passerelles. Des oiseaux traversaient le ciel, des poissons nageaient et d'innombrables animaux se promenaient en harmonie et en paix. Le Valombrien fut submergé par un sentiment de tranquillité et de plénitude si intenses qu'il en pleura.

Pourtant, quand il se tourna pour partager son émerveillement avec Amberle, elle n'était plus là.

Chapitre 13

Quand Wil Ohmsford se réveilla, l'aube pointait. Il était allongé dans un vallon, sous les branches de deux érables jumeaux. Le soleil matinal qui filtrait entre leurs feuilles le fit cligner des yeux. Il entendit un petit bruit d'eau clapotant sur une berge. Un moment, il se crut toujours dans les magnifiques jardins de son rêve. Ils lui avaient paru si réels qu'il se releva sur un coude et regarda autour de lui, s'attendant à les voir. Mais ils avaient disparu.

En revanche, Amberle était à côté de lui, toujours endormie. Il hésita, puis tendit la main et la secoua doucement. Elle s'étira, ouvrit les yeux et le regarda, étonnée.

— Comment vous sentez-vous ? demanda Wil.

— Bien… Où sommes-nous ?

— Je l'ignore.

La jeune elfe s'assit et regarda autour d'elle.

— Où est Allanon ?

— Je l'ignore aussi.

Wil s'étira, étonné que ses membres ne soient pas perclus de crampes.

— Il n'est plus là. Tout a disparu : Allanon, les créatures qui nous pourchassaient…

Il s'interrompit en entendant du bruit dans les broussailles, à l'extrémité de la dépression. Des naseaux noirs familiers passèrent entre les feuilles. Wil sourit.

— Artaq est toujours avec nous, lui !

L'animal mâchouilla une dernière bouchée d'herbe, puis trotta vers Wil, qu'il salua en le poussant de son museau. Le jeune homme caressa sa tête racée et lui frotta les oreilles. Amberle les regarda en silence.

— Avez-vous vu le vieillard ? demanda Wil.

— Ce vieil homme était le roi de la rivière Argentée.

— C'est ce que je pensais. Mon grand-père m'a dit l'avoir vu aussi, il y a bien longtemps. Je n'étais pas sûr qu'il était réel – jusqu'à maintenant. C'est curieux… (Artaq s'éloigna de quelques pas et recommença à brouter.) Il nous a sauvé la vie. Les loups-démons nous avaient presque rattrapés… (Voyant l'air terrorisé de sa compagne, il s'interrompit.) Bref, je suppose que nous sommes en sécurité.

— On aurait dit un rêve, n'est-ce pas ? Nous flottions dans la colonne de lumière, toujours sur Artaq, sans rien pour nous soutenir. Puis l'homme est venu à nous, sorti de nulle part, et il a dit quelque chose… (Elle s'interrompit, comme si le souvenir la perturbait.) L'avez-vous vu ?

— Oui.

— Il a disparu, continua-t-elle, comme si elle se parlait à elle-même pour tenter de retrouver ses souvenirs. Il a disparu, et la lumière est partie en même temps que lui. Après…

Elle le regarda, intriguée.

— Les jardins ? dit le Valombrien. Vous avez vu les jardins ?

— Non. Pas de jardins… Seulement une obscurité profonde, et une sensation que je ne peux pas décrire. Comme si je voulais *atteindre* quelque chose. (Elle le regarda pour lui demander son aide, mais il haussa les épaules.) Vous étiez là, avec moi, mais incapable de me voir. Je vous ai appelé et vous n'avez pas semblé m'entendre. C'était si étrange !

— Je me souviens du vieil homme et de la lumière, comme vous les avez décrits. Quand ils ont disparu, je me suis endormi. Enfin, c'est l'impression que j'ai eue. À ce moment-là, vous étiez encore avec moi sur le dos d'Artaq et je sentais vos bras autour de ma taille. Puis je me suis retrouvé dans les jardins. Je n'avais jamais rien vu de pareil. Si paisibles, si beaux et si calmes ! Quand j'ai regardé autour de moi, vous n'étiez plus là.

Ils se regardèrent un moment sans dire un mot.

— Nous devrions plutôt essayer de savoir où nous sommes, lâcha enfin Wil.

Il se leva, regarda autour de lui et se tourna vers Amberle pour l'aider à se lever. Mais elle était déjà debout. Il hésita un moment avant d'ouvrir la marche à travers les broussailles, en direction du clapotis.

Ils arrivèrent au bord d'un lac si grand qu'ils n'en voyaient pas la fin. Des vagues couraient à la surface bleu clair de ses eaux, sous le soleil matinal. Sur les rives se dressaient des saules, des ormes et des frênes dont les feuilles se balançaient doucement sous une brise venue du sud qui charriait l'odeur du chèvrefeuille et des azalées. Dans le ciel sans nuages, une traînée de couleurs vives zébrait l'horizon d'une extrémité à l'autre.

Wil regarda le ciel pour essayer de déterminer la position du soleil, puis il se tourna vers Amberle.

— Vous savez où nous sommes ? Quelque part sur la rive nord du lac Arc-en-ciel ! Le vieil homme nous a transportés loin en aval de la rivière Argentée, et de l'autre côté du lac. À des lieues de l'endroit où nous nous trouvions.

— Je crois que vous avez raison…

— Je suis *sûr* d'avoir raison ! dit Wil. Mais j'ignore comment il s'y est pris pour nous amener ici !

Amberle s'assit sur l'herbe et regarda le lac.

— Selon la légende, il aide ceux qui en ont besoin quand ils voyagent sur ses terres et il les protège. (Elle s'interrompit, l'air distrait.) Il m'a dit quelque chose… Je voudrais pouvoir m'en souvenir…

— Nous devrions nous mettre en route, fit Wil. Arborlon est encore loin. Mais si nous voyageons vers le nord-ouest, nous devrions trouver la rivière Mermidon, et nous la longerons jusqu'aux Terres de l'Ouest. Ça fait beaucoup de terrain à découvert, mais nous ne serons plus aussi faciles à trouver. Nos ennemis n'ont plus de piste à suivre !

Il ne remarqua pas l'air exaspéré d'Amberle, tant il était concentré sur le voyage à venir.

— Ça ne devrait pas nous prendre plus de quatre ou cinq jours, même avec un cheval pour deux. Avec un peu de chance, nous en trouverons un autre en chemin ! Avoir quelques armes nous aiderait aussi. Nous n'avons même pas un arc pour chasser. Du coup, nous devrons manger les fruits et les légumes que nous trouverons en chemin. Bien entendu, nous pourrions…

Il s'interrompit, s'avisant qu'Amberle n'avait pas du tout l'air d'accord.

La jeune elfe s'assit, les jambes croisées.

— Quel est le problème ? demanda-t-il en s'asseyant à côté d'elle.

— Vous, pour commencer !

— Que voulez-vous dire ?

— Vous semblez avoir tout décidé. Ne devriez-vous pas écouter ce que j'ai à dire sur la question ?

Wil la regarda, pris de court.

— Euh, oui, bien entendu…

— Il ne me semble pas que vous m'ayez demandé mon avis. Vous pensiez que ce n'était pas nécessaire ?

— Je suis désolé. Je voulais seulement…

— ... prendre des décisions que vous n'avez aucun droit de prendre ! J'ignore ce que vous faites ici ! Mais si je suis venue avec vous, c'est parce que je n'ai pas eu le choix ! Il est temps de découvrir quelques petites choses : pourquoi Allanon vous a-t-il emmené, Wil Ohmsford ? Qui êtes-vous ?

Wil commença par l'histoire de Shea et sa quête de l'Épée de Shannara et finit par la visite d'Allanon à Storland. Il lui dit tout, décidant qu'il serait insensé de faire des cachotteries. S'il n'était pas honnête avec cette jeune femme, elle ne voudrait plus rien avoir à faire avec lui !

Quand il eut terminé, Amberle le regarda sans rien dire, puis fit un petit signe de tête dubitatif.

— J'ignore si je dois vous croire ou pas… Je devrais, j'imagine, car je n'ai pas de raison de douter. Mais tant de choses se sont passées, et je ne suis plus sûre de rien en ce moment. (Elle hésita.) J'ai entendu parler des Pierres elfiques. Une magie ancienne qu'on dit perdue depuis longtemps, bien avant les Grandes Guerres. Pourtant, Allanon en a donné trois à votre grand-père qui vous les a remises à son tour. Si cette partie de votre récit était vraie… (Elle s'interrompit, ne le quittant pas des yeux.) Accepteriez-vous de me les montrer ?

Le Valombrien hésita puis glissa la main sous sa tunique. Ayant compris qu'elle le mettait à l'épreuve, il estimait qu'elle en avait le droit. Après tout, elle avait seulement sa parole pour garantie et on lui demandait de placer sa vie entre les mains d'un inconnu. Il sortit la bourse de cuir patiné, défit les cordons et fit tomber dans sa main les pierres d'un bleu profond.

Amberle se pencha et les contempla solennellement. Puis elle leva de nouveau les yeux vers Wil.

— Comment savez-vous que ce sont des Pierres elfiques ?

— J'ai la parole de mon grand-père. Et celle d'Allanon.

— Savez-vous les utiliser ?

— Non. Je n'ai jamais essayé.

— Donc, vous ignorez si elles vous aideront, n'est-ce pas ? (Elle eut un rire ironique.) Et vous ne le saurez pas tant que vous n'en aurez pas besoin. Voilà qui n'est pas très rassurant…

— Je suis de votre avis.

— Et pourtant, vous êtes ici.

— Ça m'a semblé la bonne chose à faire…

Il remit les Pierres elfiques dans leur bourse et la rangea dans sa tunique.

— Il me faudra attendre de voir comment les choses tournent pour savoir si j'avais raison ou pas…

— Nous avons beaucoup de choses en commun, Wil Ohmsford, fit Amberle. Vous m'avez dit qui vous êtes. Je dois vous rendre la pareille. Mon nom de famille est Elessedil. Eventine Elessedil est mon grand-père. Bref, nous sommes tous les deux impliqués dans cette affaire à cause de l'identité de nos grands-pères.

— En gros, oui…

— Vous savez que je n'ai aucune envie de revenir à Arborlon…

— Je sais.

— Mais vous pensez que je dois le faire, n'est-ce pas ?

— Oui, c'est là que vous devez aller ! Vous ne pouvez pas retourner à Havenstead, car les démons vous y chercheraient. Bientôt, ils vous traqueront ici aussi. Vous devez continuer le voyage. Si Allanon est parvenu à fuir, il pensera que nous continuons notre chemin vers Arborlon, et c'est là que nous le trouverons. (Il la regarda.) Mais si vous avez une meilleure idée, je suis prêt à écouter.

Amberle resta silencieuse un long moment. Elle continua à regarder le lac Arc-en-ciel et laissa le vent souffler sur son visage.

— J'ai peur, murmura-t-elle enfin.

Elle regarda Wil, parut sur le point d'en dire plus, mais se ravisa et sourit. Le premier sourire sincère qu'il lui ait vu faire.

— Ma foi, nous sommes une belle paire d'idiots, toi et moi ! Ça ne te dérange pas que je te tutoie, puisque nous serons embarqués dans cette affaire un sacré moment ? Toi, tu as tes Pierres elfiques, qui sont ou ne sont pas ce que tu espères. Moi, me voilà sur le point de faire ce que j'avais juré de ne jamais faire ! (Elle se leva, fit quelques pas et se retourna quand il se leva derrière elle.) Il faut que tu comprennes une chose : aller à Arborlon n'a pas de sens. Allanon se trompe à mon sujet. L'Ellcrys et les elfes ne m'accepteront pas. En dépit de ce que pense le druide, je ne fais plus partie des Élus.

Elle s'arrêta.

— Mais faire autre chose n'aurait pas grand sens non plus, n'est-ce pas ?

— À mon avis, non…

— Bon. Je vois que nous sommes d'accord. Espérons que nous ne commettons pas une grosse erreur.

— Si c'est le cas, nous l'apprendrons assez vite ! (Il se força à sourire.) Récupérons Artaq et mettons-nous en chemin.

Ils passèrent le reste de la journée et toute la suivante à voyager vers le nord-ouest à travers les prairies de Callahorn. Des nuages apparurent au nord vers midi, le premier jour, au-dessus des sommets déchiquetés de la dent du Dragon, mais ils avaient disparu au coucher du soleil, poussés vers les plaines de Rabb.

Le Valombrien et la jeune elfe descendaient du cheval de temps en temps pour le laisser se reposer. Si Artaq semblait toujours en forme, même après des heures passées à transporter ses deux cavaliers, Wil ne voulait pas risquer de l'épuiser. Ils ne revirent pas les démons, mais ils n'avaient sûrement pas abandonné la poursuite. Au cas où Wil et Amberle seraient retrouvés par leurs ennemis, le jeune homme voulait qu'Artaq soit prêt à courir comme le vent.

N'ayant aucune arme, sinon le petit couteau de chasse que Wil portait à la ceinture, ils furent obligés de se nourrir de fruits et de légumes sauvages. Wil trouva la nourriture agréable, mais pas très satisfaisante pour son estomac habitué à de la viande. Amberle ne semblait pas s'en soucier, appréciant vraiment leurs repas. Elle montra au Valombrien comment trouver à manger à des endroits surprenants. Elle dénicha des plantes et des racines comestibles qu'elle identifia sans peine, vantant longuement leurs qualités nutritives. Wil écoutait et posait de temps en temps des questions, car c'était le seul sujet de conversation qu'elle acceptait. Il avait essayé de la faire parler d'autres choses. Sans succès. Du coup, ils discutaient de plantes et de racines. Le reste du temps, ils voyageaient en silence.

La première nuit, ils dormirent dans un bosquet de peupliers, près d'une source qui leur fournit de l'eau fraîche. Au milieu de l'après-midi du deuxième jour, ils atteignirent la Mermidon et la suivirent vers le nord. Jusque-là, ils n'avaient rencontré personne. Ensuite ils croisèrent une demi-douzaine de voyageurs, certains à cheval et d'autres à pied. L'un d'eux avait même une petite carriole en bois tirée par des bœufs. Tous les saluèrent aimablement avant de continuer leur chemin.

Au coucher du soleil, ils dressèrent leur camp près de la Mermidon, au sud-ouest de la cité de Tyrsis, dans un bosquet de pins et de saules. Wil fabriqua une canne à pêche avec une branche de saule, un morceau de ficelle et un crochet récupéré sur ses vêtements. Une demi-heure plus tard, il avait attrapé deux perches rayées.

Il était occupé à nettoyer le poisson quand un convoi de chariots arriva sur l'autre rive. Des habitations roulantes peintes de couleurs gaies, avec des toits pointus en bardeaux de cèdre, des portes décorées à la main et des fenêtres encadrées de cuivre. Ces chariots brillaient de toutes leurs teintes sous les rayons du soleil couchant. Plusieurs cavaliers accompagnaient le convoi, leurs silhouettes enveloppées de soies brillantes, des écharpes de couleurs nouées autour de leur cou et sur les rênes de leurs montures. Wil s'interrompit et regarda l'étrange colonne approcher de la rivière. Les roues des chariots grinçaient et les harnais de cuir crissaient dans un concert d'appels et de sifflements. La caravane s'arrêta en face de l'endroit où le Valombrien était assis. Les chariots formèrent un cercle ; des femmes, des hommes et des enfants en sortirent et s'affairèrent à installer le campement.

Amberle vint rejoindre Wil. Le Valombrien la regarda, puis s'intéressa à l'autre côté de la rivière.

— Des vagabonds, annonça-t-il, pensif.

— Oui. J'en ai déjà rencontré. Les elfes ne les apprécient pas beaucoup.

— C'est le cas de tout le monde. (Il revint au nettoyage des poissons.) Ils volent tout ce qui n'est pas cloué au sol. Le reste, ils trouvent un moyen de convaincre les gens de le leur donner ! Ils ont leurs propres règles, et se soucient comme d'une guigne de celles des autres.

Amberle lui effleurant le bras, il leva les yeux et vit un homme de grande taille, entièrement vêtu de noir à part un manteau et une ceinture vert foncé, accompagner deux femmes d'âge mur aux longues jupes et aux chemisiers brillamment colorés. Les femmes portaient des seaux à la rivière pour y puiser de l'eau. Quand elles s'accroupirent pour remplir les seaux, l'homme retira son chapeau et fit une révérence à Wil et à Amberle, un grand sourire sur son visage bronzé à la barbe noire.

Wil lui répondit par un geste amical.

— Je suis content qu'ils soient de l'autre côté de la rivière, murmura-t-il à Amberle quand ils se levèrent pour retourner à leur camp.

Ils se régalèrent avec le poisson, les fruits et les légumes, le tout arrosé d'eau de source, puis s'installèrent à côté du feu et regardèrent l'autre rive, où les vagabonds avaient allumé des feux de camp. Ils se turent un moment, perdus dans leurs pensées.

— Comment en sais-tu autant sur les plantes, la manière de les faire pousser, et les végétaux comestibles ? demanda soudain Wil. Quelqu'un t'a appris tout ça ?

— Pour un garçon qui a du sang elfique, tu ne sais vraiment pas grand-chose sur les tiens !

— C'est vrai… Le sang elfique me vient du côté de mon père, et il est mort quand j'étais très jeune. Je doute que mon grand-père soit allé dans les Terres de l'Ouest. En tout cas, il n'en parle jamais. De toute façon, je ne me suis jamais posé de questions sur mon hérédité…

— Tu aurais mieux fait d'y réfléchir. Il faut comprendre d'où nous venons pour savoir qui nous sommes.

Elle parlait d'un ton critique, mais dirigé contre elle. Wil pensa soudain qu'il aurait aimé en savoir plus sur cette jeune femme si discrète.

— Tu pourrais m'aider à en savoir plus, proposa-t-il après un temps de réflexion.

Il vit du doute dans ses yeux, comme si elle croyait qu'il jouait un jeu avec elle.

Elle hésita un long moment avant de lui répondre.

— D'accord… Je peux peut-être t'aider. D'abord, les elfes sont persuadés que la préservation de la Terre et de tout ce qui y vit est leur responsabilité. Ils ont toujours considéré cet acte de foi comme la base de leur comportement. Dans l'ancien monde, ils consacraient leur vie à s'occuper des bois et des forêts, cultivant les différentes formes de végétation et protégeant les animaux. En ce temps-là, ils avaient peu d'autres soucis, car ils étaient un peuple isolé et solitaire. Tout cela a changé, mais ils ont conservé leur sens des responsabilités. Chaque elfe a le devoir de passer une partie de sa vie à rendre à la Terre l'équivalent de ce qu'il lui prend pour assurer sa survie. Il doit réparer les dégâts commis par négligence ou à cause d'un mauvais usage des ressources naturelles. Il doit aussi s'occuper du bien-être des animaux sauvages, des arbres et des autres plantes.

— C'est ce que tu faisais à Havenstead ?

— D'une certaine façon… Les Élus sont exemptés de ce service. Mais, quand j'ai cessé d'en être une, et que je ne me suis plus sentie bienvenue dans ma terre natale, j'ai décidé de m'occuper de nouveau de la Terre. Les elfes s'occupent des Terres de l'Ouest parce qu'elles sont leur pays d'origine. Mais nous estimons que le monde n'est pas seulement notre responsabilité. Tous les humains le partagent. Si les nains adhèrent à notre point de vue, les autres races ne se sont jamais senties concernées. Alors, certains elfes quittent les Terres de l'Ouest et vont dans d'autres communautés, pour essayer d'apprendre aux gens à assumer leurs responsabilités. C'est ce que je faisais à Havenstead.

— Et tu travaillais avec les enfants du village.

— Surtout avec eux, c'est vrai, car ils sont plus réceptifs et ils ont le temps d'apprendre. On m'a enseigné ce que je sais sur la Terre quand j'étais enfant. J'étais plus douée que d'autres pour mettre ces leçons en pratique. C'est sûrement pour ça que j'ai été choisie par l'Ellcrys. Il a la capacité de percevoir…

Elle s'interrompit, comme si elle pensait en avoir trop dit.

— Pour résumer, j'étais très douée pour enseigner aux enfants, et les gens du village se montraient gentils avec moi. Havenstead était devenu mon foyer, et je n'avais pas envie de le quitter.

Elle détourna le regard et contempla les flammes de leur feu de camp.

Après un moment de silence, elle regarda de nouveau Wil.

— Maintenant, tu sais comment les elfes considèrent la Terre. C'est une partie de ton héritage. Tu devrais essayer de comprendre comment tout ça fonctionne.

— Je crois le savoir déjà, répondit le Valombrien. En partie, au moins… Je n'ai pas été élevé à la manière des elfes, mais formé par les Stors pour devenir un guérisseur. Leur souci de la vie est assez semblable à celui des elfes. Un guérisseur doit faire tout ce qui est en son pouvoir pour préserver la santé des gens qu'il soigne. Je m'y suis engagé quand j'ai décidé d'exercer cette profession.

— Il est encore plus étrange qu'Allanon ait réussi à te persuader de t'occuper de moi… Tu es un guérisseur ! Que feras-tu si tu dois malmener des gens, et peut-être les tuer, pour me protéger ?

Wil la regarda sans répondre. Il n'avait jamais envisagé cela. En y réfléchissant, il se sentit très troublé.

— J'ignore ce que je ferai, reconnut-il.

Ils se turent un moment, se regardant par-dessus le feu, incapables de surmonter un étrange malaise. Puis Amberle se leva, vint s'asseoir à côté du Valombrien et lui prit impulsivement la main. Son visage charmeur se tourna vers le jeune homme, à demi dissimulé par le voile de ses cheveux.

— Ce n'était pas une question très loyale, Wil Ohmsford. Désolée de te l'avoir posée… Tu as entrepris ce voyage parce que tu étais persuadé de pouvoir m'aider. J'ai eu tort de douter de tes capacités.

— C'était une question logique, répliqua Wil. Mais je ne connais pas la réponse.

— Ce n'est pas étonnant. Plus que quiconque, je devrais savoir que certaines décisions ne peuvent pas être prises avant que le moment soit venu. Nous ne pouvons pas toujours prévoir la manière dont les choses arriveront, ni comment nous réagirons. Il faut accepter cette réalité. Je suis désolée… Tu pourrais tout autant me demander quelle décision je prendrai si l'Ellcrys m'annonce que je fais toujours partie des Élus.

Wil eut un petit sourire.

— Attention ! Je suis sacrément tenté de te poser cette question !

Amberle lui lâcha la main et se leva.

— Abstiens-t'en ! Tu n'aimerais pas ma réponse. Crois-tu que mon choix, dans cette affaire, soit facile à arrêter ? Ce n'est pas le cas !

Elle retourna de l'autre côté du feu, prit son manteau et l'étala sur le sol.

— Crois-moi, Valombrien, si ces décisions deviennent nécessaires, la tienne sera plus facile à prendre que la mienne !

Elle s'endormit en quelques minutes.

Wil Ohmsford continua à regarder les flammes. Il n'arrivait pas à savoir pourquoi, mais il croyait ce que venait de dire la jeune elfe.

Chapitre 14

Quand ils se réveillèrent, Artaq avait disparu. Ils crurent d'abord qu'il s'était égaré pendant la nuit, mais la fouille des bois et des plaines environnantes ne donna rien. Alors, un soupçon naquit dans l'esprit de Wil. Il examina la zone où il avait vu Artaq pour la dernière fois, se mettant parfois à genoux pour renifler le sol ou toucher la terre du bout des doigts. Amberle le regarda, curieuse. Après quelques minutes, le Valombrien se leva, et, sans quitter le sol des yeux, avança vers la plaine. Puis il se tourna vers la rivière. La jeune elfe le suivit en silence. Un moment après, sur la rive de la Mermidon, ils regardèrent une série de gués, à plusieurs pas en aval de leur campement.

— Les vagabonds ! cracha Wil. Ils ont traversé ici et ils ont volé notre cheval !

— Tu en es sûr ?

— J'ai trouvé leurs traces… Et personne d'autre n'aurait réussi ça ! Artaq aurait henni si le voleur n'avait pas été un expert en chevaux. Les vagabonds sont les meilleurs dans ce domaine. Regarde, ils sont déjà partis…

Il désigna l'emplacement que la caravane occupait la veille, sur l'autre rive…

— Qu'allons-nous faire ? demanda Amberle.

— D'abord, retournons emballer nos affaires. Puis nous traverserons la rivière et nous jetterons un coup d'œil à leur campement.

Ils réunirent rapidement leurs maigres possessions, et retournèrent près de la rivière, traversant un gué sans difficulté. Sur le site du campement des vagabonds, Wil étudia le sol, mais plus rapidement.

— Mon oncle Flick m'a appris à suivre les pistes quand je chassais avec lui dans les bois de Valombre, dit-il, d'une humeur un peu moins noire. Quand j'étais petit, nous pêchions et nous posions des pièges pendant des semaines d'affilée. J'ai toujours su que ça me servirait un jour.

— Qu'as-tu trouvé ?

— Ils sont partis vers l'ouest, un peu avant l'aube.

— C'est tout ? Tu sais si Artaq est avec eux ?

— C'est une certitude ! Sur les gués, j'ai vu les traces d'un cheval qui a traversé la rivière, de notre rive à la leur. Un *seul* cheval, et plusieurs hommes avec lui.

Ils l'ont pris. Mais nous ne tarderons pas à le récupérer.

— Tu veux les poursuivre ?

— Bien entendu ! Et tu viendras avec moi !

— Toi et moi, Valombrien ? À pied ?

— Nous les rattraperons à la tombée de la nuit. Ces chariots avancent lentement.

— En supposant que nous les retrouvions...

— Ce n'est pas un problème. À une époque, je pouvais suivre un daim sur des pistes où il n'avait pas plu depuis des semaines. Je me crois capable de retrouver une caravane qui avance dans une prairie !

— Je n'aime pas ça. Même si nous les retrouvons, et qu'ils ont Artaq avec eux, que ferons-nous ?

— Nous nous en occuperons quand nous les aurons rattrapés.

La jeune elfe ne s'en laissa pas conter.

— Moi, je pense que nous devons nous en occuper tout de suite ! Tu as l'intention de t'attaquer à un camp plein d'hommes armés ! Je n'apprécie pas plus que toi ce qu'ils nous ont fait, mais ça n'est pas une raison suffisante pour foncer tête baissée !

Wil se calma au prix d'un effort évident.

— Je refuse de perdre ce cheval. Sans Artaq, les démons nous auraient tués à Havenstead. Il mérite mieux que passer le reste de sa vie au service de ces voleurs. De plus, c'est le seul cheval que nous avons, et je doute que nous puissions nous en procurer un autre. Sans lui, nous serons obligés de marcher jusqu'à Arborlon. Il nous faudra plus d'une semaine, et ça augmentera les risques que ces créatures nous découvrent. Nous avons besoin d'Artaq !

— Tu sembles décidé..., fit la jeune elfe d'un ton neutre.

— Oui. Les vagabonds voyagent vers les Terres de l'Ouest, de toute façon... En les suivant, nous irons dans la bonne direction.

— D'accord. Nous les suivrons ! Je veux aussi récupérer Artaq. Mais réfléchissons à la situation avant de nous lancer à leurs trousses. Nous devons imaginer un plan pour le moment où nous les rattraperons...

Wil lui fit un sourire désarmant.

— Nous l'aurons, ne t'inquiète pas.

Ils marchèrent toute la journée dans les plaines, sur les traces de la caravane. Il faisait chaud et sec et le soleil cognait dur. En chemin, ils trouvèrent peu d'ombre pour se rafraîchir. L'eau qu'ils transportaient fut bientôt bue, et ils ne trouvèrent pas de ruisseau pour remplir leurs gourdes. Vers la fin de l'après-midi, ils étaient assoiffés, le goût de la poussière dans la bouche. Leurs jambes étaient douloureuses et leurs pieds couverts d'ampoules. Ils parlaient rarement, économisant leur énergie pour avancer encore.

Au crépuscule, ils continuèrent à marcher, sans voir les marques des roues des chariots sur le sol, mais assez confiants en leur sens de l'orientation pour continuer à avancer en droite ligne vers l'ouest. Le firmament était éclairé par la lune et les étoiles, leur faible lumière guidant le Valombrien et la jeune elfe. La poussière et la sueur refroidirent et séchèrent sur eux, et leurs vêtements devinrent inconfortablement raides. Mais aucun ne suggéra de s'arrêter. S'ils le faisaient, ils ne rattraperaient pas la caravane cette nuit, et ils devraient marcher un jour de plus.

Ils continuèrent, silencieux et déterminés, la jeune femme aussi entêtée que son compagnon, ce qui étonna le Valombrien et lui valut d'éprouver une véritable admiration pour l'énergie de sa protégée.

Puis ils virent de la lumière, non loin : un feu qui brûlait comme un phare dans les ténèbres. Ils comprirent qu'ils avaient enfin rattrapé les vagabonds. Sans un mot, ils avancèrent jusqu'à être assez près du camp pour qu'on les entende s'ils poussaient un cri. À la lueur des feus, ils virent les chariots en cercle, comme la veille, sur la rive de la Mermidon.

Wil prit le bras d'Amberle et la tira doucement vers le sol, lui faisant signe de s'accroupir.

— Nous allons entrer dans le camp…, murmura-t-il.

— C'est ça, ton plan ?

— Je connais un peu les mœurs de ces gens. Ne me contredis en aucun cas, et nous nous en sortirons bien.

Sans attendre de réponse, il se leva et avança vers la caravane. La jeune femme le regarda un moment, puis se leva et le suivit. Quand ils approchèrent du cercle de chariots, ils distinguèrent les visages des femmes, des hommes et des enfants. Les vagabonds avaient terminé leur repas du soir et se réunissaient autour du plus grand feu. Quelque part dans le camp montaient les notes d'un instrument à cordes.

À vingt pas du cercle, Wil appela, surprenant tant Amberle qu'elle sursauta. Tout mouvement cessa dans le camp, et toutes les têtes se tournèrent vers eux. Quelques hommes se postèrent entre les chariots, le feu dans leur dos. Wil avança vers eux, Amberle un pas derrière lui.

Le camp entier était plongé dans le silence.

— Bonne soirée, dit Wil, quand il arriva devant les hommes qui bloquaient le passage.

Les vagabonds ne répondirent pas. À la lueur des flammes, le Valombrien aperçut les reflets de leurs armes.

— Nous avons vu votre feu et nous avons pensé que vous nous donneriez quelque chose à boire, continua-t-il. Nous marchons depuis l'aube, sans eau, et nous sommes épuisés.

Quelqu'un se fraya un chemin entre les sentinelles. Un homme de grande taille vêtu d'un manteau vert foncé et d'un chapeau à large bord. Le type qu'ils avaient vu au bord de la rivière.

— Nos jeunes voyageurs d'hier soir…, dit-il d'une voix peu amicale.

— Rebonjour, répondit Wil. Nous avons joué de malchance et perdu notre cheval. Il a dû s'éloigner pendant que nous dormions. Après avoir marché toute la journée sans une goutte d'eau, nous apprécierons beaucoup d'avoir quelque chose de frais à boire.

— J'imagine, dit l'homme, sans enthousiasme.

Il était grand – plus de six pieds – mince et pourtant puissant. Son visage tanné était en partie caché par une barbe et une moustache brunes qui donnaient à son sourire toutes les allures d'un rictus. Avec les yeux plus noirs que la nuit, et le nez légèrement crochu, il avait quelque chose d'un oiseau de proie. Quand il leva une main pour faire un signe aux hommes, derrière lui, Wil s'aperçut qu'il portait des bagues à tous les doigts.

— Faites apporter de l'eau, ordonna-t-il à ses hommes. Qui êtes-vous, mon jeune ami, et quelle est votre destination ?

— Je m'appelle Wil Ohmsford. Et voilà ma sœur, Amberle. Nous allons à Arborlon.

— Arborlon... C'est vrai, vous êtes des elfes. N'importe qui le remarquerait. Mais vous dites avoir perdu votre cheval. N'aurait-il pas été plus avisé de continuer à suivre les rives de la Mermidon, plutôt que de venir directement vers l'ouest, comme vous l'avez fait ?

— Nous y avons pensé. Mais il est important que nous arrivions à Arborlon le plus tôt possible. Marcher nous prendrait trop de temps. Nous vous avons vu camper de l'autre côté de la rivière, la nuit dernière, et nous savons que vous avez d'excellentes montures. Nous avons pensé, si nous parvenions à vous rattraper, que nous pourrions échanger un de vos chevaux contre... quelque chose de précieux.

— Quelque chose de précieux ? (Le géant haussa les épaules.) Ce n'est pas impossible. Il faudrait d'abord voir ce que vous proposez, bien entendu.

— Bien entendu ! dit Wil.

Une vieille femme arriva avec un pichet d'eau et une seule tasse en bois. Elle les tendit à Wil, qui les prit en silence. Pendant que les vagabonds le regardaient, il versa un peu d'eau dans la tasse. Il ne la proposa pas à Amberle, qui le regarda, très surprise.

Il l'ignora, but avidement et se versa une deuxième tasse qu'il vida aussi. Enfin, il tendit à la jeune femme le pichet et la tasse.

— Vous connaissez un peu nos coutumes, fit l'homme. Donc vous savez que nous sommes des vagabonds.

— J'ai déjà soigné des vagabonds, dit Wil. Je suis guérisseur.

Un murmure courut dans l'assemblée, une trentaine d'hommes, de femmes et d'enfants, tous vêtus de soies de couleurs vives.

— Un guérisseur ? Je ne m'y attendais pas, dit l'homme.

Il avança d'un pas, retira son chapeau et s'inclina devant Wil. Se redressant, il lui tendit la main.

— Je m'appelle Cephelo. Je suis le chef de cette famille.

Wil accepta la main de l'homme et la serra vigoureusement.

— Ne restez pas au froid ! Venez avec moi. Votre sœur est la bienvenue aussi. Vous avez l'air d'avoir besoin d'un bain et de manger.

Cephelo les guida vers l'intérieur du cercle de chariots. Au milieu du camp, un chaudron chauffait sur le grand feu. La lueur des flammes se reflétait sur les roulottes, mêlant l'arc-en-ciel de leurs couleurs aux ombres de la nuit. Des bancs étaient installés à côté des chariots. Sculptés et polis, ils étaient couverts de gros coussins de plumes. D'un côté, sur une grande table, était posée une série de piques, d'épées et de couteaux. Deux petits garçons s'occupaient d'huiler les lames.

Ils arrivèrent près du feu principal et Cephelo se tourna vers eux.

— Que préférez-vous ? D'abord un repas, ou un bain ?

Wil ne regarda pas Amberle.

— Un bain pour ma sœur et moi, si vous avez assez d'eau pour ça.

— Nous en avons. Eretria !

Wil aperçut soudain la jeune femme la plus éblouissante qu'il ait jamais vue. Elle était menue et délicate, comme Amberle, mais sans son innocence enfantine. Son épaisse chevelure noire mettait en valeur des yeux sombres et secrets. Ses traits étaient parfaits et inoubliables. Elle portait des bottes en cuir, un pantalon et une tunique de soie écarlate qui cachait bien peu de ses charmes. Son cou et ses poignets étaient ornés de bracelets d'argent.

Wil fut incapable de détourner le regard de cette beauté.

— Ma fille, dit Cephelo. (Il désigna Amberle.) Emmène l'elfe avec toi et laisse-la prendre son bain seule.

Eretria eut un sourire carnassier.

— Il serait bien plus intéressant de le baigner, *lui*, dit-elle en pointant le menton vers Wil.

— Contente-toi de faire ce que je t'ai ordonné !

Eretria continua de regarder le Valombrien.

— Viens, petite, dit-elle à Amberle.

Elle se tourna et partit. Amberle la suivit, l'air morose.

Cephelo conduisit Wil de l'autre côté du camp, où plusieurs couvertures pendaient entre deux chariots. Un bac d'eau trônait au centre de cet enclos. Une fois à l'intérieur, Wil se déshabilla, plia ses vêtements et les posa sur le sol, à côté de lui. Sachant que le vagabond le regardait, à la recherche d'objets de valeur, il prit soin de ne pas faire tomber de ses poches la bourse des Pierres elfiques. Puis il se versa de l'eau sur le corps avec la louche placée près du récipient.

— Il n'est pas fréquent de rencontrer un guérisseur qui accepte de soigner les vagabonds, dit Cephelo. D'habitude, nous devons nous débrouiller entre nous.

— J'ai été formé par les Stors. Ils aident quiconque en a besoin.

— Les Stors ? répéta Cephelo. Mais les Stors sont tous des gnomes !

— Normalement, oui… J'ai été admis chez eux, exceptionnellement.

— Vous semblez être exceptionnel à plusieurs points de vue…

Cephelo s'assit sur un banc et regarda le Valombrien se sécher et rincer ses vêtements.

— Nous avons du travail pour vous, guérisseur. Certains d'entre nous auraient besoin de vos talents.

— Je suis d'accord pour faire ce que je peux, dit Wil.

— Parfait, dit l'homme. Je vais vous chercher des vêtements secs.

Il se leva et sortit. Aussitôt, Wil tira les Pierres elfiques de sa tunique et les glissa dans une de ses bottes. Puis il recommença à laver ses vêtements. Cephelo revint très vite avec des habits en soie du même style que les siens. Le Valombrien les revêtit et mit sa botte droite sans montrer son inconfort quand son gros orteil percuta la bourse de cuir. Puis il enfila la gauche. Cephelo appela la vieille femme qui avait rempli la baignoire et lui demanda de s'occuper des vêtements humides. Le Valombrien les lui donna, sachant qu'ils seraient fouillés mais que les vagabonds n'y trouveraient rien.

Ils retournèrent près du feu de camp, où Amberle ne tarda pas à les rejoindre, propre comme un sou neuf et portant des vêtements similaires à ceux de Wil. On leur donna à chacun une assiette de ragoût et un gobelet de vin. Assis près du feu, ils mangèrent en silence pendant que les vagabonds s'installaient autour d'eux. Cephelo s'assit sur un grand coussin à pompons dorés.

Eretria s'était volatilisée.

Quand ils eurent fini leur repas, le chef des vagabonds réunit les membres de sa famille qui avaient besoin des soins de Wil. Le Valombrien les examina, puis traita une série d'infections, d'irritations de la peau et de fièvres sans gravité. Bien qu'on ne le lui ait pas demandé, Amberle travailla avec lui, passant les bandages et l'eau chaude, et l'aidant à appliquer les onguents. Il fallut près d'une heure à Wil pour finir.

Quand ce fut fait, Cephelo avança vers lui.

— Du bon travail, guérisseur, dit-il avec un sourire un peu trop aimable. Maintenant, voyons ce que nous pouvons faire pour vous récompenser. Suivez-moi… Par ici.

Il passa un bras autour des épaules du Valombrien et l'emmena loin du feu, laissant Amberle nettoyer et ranger.

Ils arrivèrent bientôt de l'autre côté du camp.

— Vous dites avoir perdu votre cheval la nuit dernière, près de l'endroit où nous avons campé, sur la rive de la Mermidon. À quoi ressemblait cet animal ?

Wil resta impassible, conscient du jeu que jouait l'homme.

— Un étalon noir.

— Par exemple ! s'exclama Cephelo. Nous avons trouvé un cheval de ce type, un très bel animal, tôt ce matin. Il est entré dans notre camp au moment où nous attelions nos chevaux pour repartir. Peut-être est-ce le vôtre, guérisseur…

— Peut-être…

— Ignorant à qui il appartenait, nous l'avons emmené avec nous, dit Cephelo avec un grand sourire. Allons lui jeter un coup d'œil !

Ils dépassèrent le cercle de chariots. À cinquante pas du camp, les chevaux des vagabonds étaient attachés à des piquets. Deux hommes surgirent des ténèbres, armées de lances et d'arcs. Sur un mot de Cephelo, ils retournèrent à leurs postes. Le géant amena Wil au bout de la rangée de piquets.

Le dernier animal était… Artaq.

— C'est bien lui, dit Wil.

— Porte-t-il votre marque, guérisseur ? demanda Cephelo, feignant d'être embarrassé de devoir poser la question.

— Non…

— C'est malencontreux… Comment être sûr qu'il s'agit bien de votre cheval ? Il y a beaucoup d'étalons noirs dans les Quatre Terres. Qui les reconnaîtra si leurs maîtres ne les marquent pas ? C'est un véritable problème, guérisseur. Je désire vous donner ce cheval, mais c'est un gros risque pour moi. Supposons que je vous l'offre, comme je le souhaite, et qu'un autre homme vienne me voir, dise qu'il a perdu un étalon noir, et découvre que je vous ai par erreur remis son cheval.

— C'est vrai…, dit Wil avec juste ce qu'il fallait de doute dans la voix, mais sans contester les affabulations du vagabond.

Après tout, cela faisait partie du jeu…

— Je vous crois, bien entendu, dit Cephelo. Si quelqu'un est digne de confiance en ce monde, c'est bien un guérisseur ! Pourtant, si je vous remets cet animal, il y a un risque pour moi. Je dois y penser. Il y a aussi la question de la nourriture et des soins : nous l'avons traité comme un des nôtres. Vous me comprendrez si je dis que nous devons être dédommagés…

— Bien entendu !

— Dans ce cas, affaire conclue ! Il reste seulement à convenir du prix. Vous avez parlé d'échanger quelque chose de valeur contre un cheval. Que diriez-vous d'un troc loyal ? Vous me donnez ce que vous avez de précieux en paiement de votre dette. Et je ne dirai rien de ce cheval à personne, même si un autre homme m'annonce qu'il a perdu un étalon noir.

Il fit un clin d'œil à Wil. Le jeune homme avança jusqu'à Artaq et lui caressa le front. L'animal blottit le museau contre sa poitrine.

— Je crains de ne rien avoir pour vous dédommager de vos efforts.

Le vagabond en resta bouche bée.

— Rien ?

— Rien du tout.

— Mais vous avez dit que…

— Je parlais de mes talents de guérisseur. Je pensais qu'ils avaient une certaine valeur.

— Exact. Mais en échange, vous avez eu de la nourriture et des vêtements pour votre sœur et vous.

— C'est vrai, admit le Valombrien, irrité. Puis-je vous suggérer quelque chose ? Comme nous allons tous vers les Terres de l'Ouest, si vous nous permettiez de vous accompagner, nous trouverions l'occasion de vous rembourser. Vous aurez encore besoin de mes services…

— Ça semble peu probable, fit Cephelo. Vous n'avez rien de valeur à me donner pour le cheval ? Rien du tout ? !

— Non, rien.

— Voilà une manière dangereuse de voyager… Bon, nous vous laisserons venir avec nous jusqu'aux terres boisées. Si vous n'avez rien fait pour nous entre-temps, nous serons obligés de garder le cheval. Vous en avez conscience ?

Wil hocha la tête.

— Autre chose, ajouta Cephelo. Vous ne seriez pas assez bête pour essayer de voler cet étalon ? Vous connaissez assez nos mœurs pour savoir ce qui vous arriverait…

Le Valombrien acquiesça vigoureusement. Oui, il le savait.

— Bien, dit le géant. Faites en sorte de ne pas l'oublier. (Il n'avait pas l'air ravi, mais il haussa les épaules.) Assez parlé affaires ! Venez chez moi et buvons ensemble !

Il ramena Wil au centre du cercle, tapant des mains pour rassembler les gens. Il leur demanda de se joindre à eux pour faire une fête, avec du vin et de la musique, en l'honneur du jeune guérisseur qui leur avait témoigné tant de gentillesse. Wil fut placé à côté du chef, sur un banc couvert de coussins, à côté du chariot du géant. Les adultes et les enfants s'attroupèrent, ravis. Quelqu'un tira du vin d'une grande cuve et chacun reçut un gobelet. Cephelo se leva et souhaita une bonne santé à sa « famille », sans ménager les effets de voix. Tout le monde leva son gobelet et le vida rapidement. Wil fit de même. Il regarda autour de lui, cherchant Amberle, et l'aperçut, assise à la périphérie du cercle de vagabonds. Elle n'avait pas l'air content du tout ! Il aurait voulu avoir le temps de lui expliquer ce qui s'était passé, mais ça attendrait. Pour le moment, elle devrait lui faire confiance.

Les gobelets étant de nouveau remplis, on proposa un autre toast, et tout le monde but. Puis Cephelo appela les musiciens, qui prirent leurs instruments à cordes et leurs cymbales. La musique, sauvage et envoûtante, brisa le silence nocturne. Les rires des vagabonds, insouciants et libres, s'élevèrent avec elle.

La joyeuse assemblée but encore et hurla des encouragements aux musiciens. Wil sentit sa tête tourner. Le vin était trop fort pour quelqu'un qui n'avait pas l'habitude de boire.

Je dois faire attention, se dit-il en levant son gobelet quand quelqu'un proposa un autre toast. Cette fois, il prit soin de prendre de petites gorgées. Dans sa botte, près de son gros orteil, il sentait la présence rassurante des Pierres elfiques.

Les musiciens jouaient de plus en plus vite. Les vagabonds se levèrent et dansèrent, formant des cercles de six ou huit personnes autour du feu. Ceux qui étaient encore assis battirent des mains sur un rythme endiablé. Wil se joignit à eux après avoir posé son verre sur le banc. Quand il tendit la main, un moment après, quelqu'un l'avait rempli. Pris par l'ambiance, il le but sans réfléchir. Les danseurs se séparèrent par paires, virevoltant autour des flammes. Quelqu'un chantait d'une voix nostalgique qui ne faisait qu'un avec la musique et la danse.

Eretria se dressa soudain devant Wil, beauté sombre entièrement vêtue de soies écarlates. Elle lui fit un sourire éblouissant, lui saisit les mains et l'attira au milieu du cercle de danseurs. Le quittant un instant pour pirouetter dans un éclair de rubans colorés et de chevelure d'ébène, elle revint devant lui, les bras posés sur les siens pendant qu'ils dansaient. Les parfums de sa chevelure et de son corps se mélangèrent à la chaleur du vin. Il la sentit se presser contre lui, aussi légère et douce qu'une plume, lui murmurant des mots qu'il n'entendait pas vraiment.

Autour de lui, tout se brouilla, kaléidoscope de couleurs sur le fond obscur de la nuit. La musique et les battements de mains se firent plus forts, comme les cris et les sifflements des vagabonds. Wil eut l'impression de quitter le sol, Eretria toujours dans ses bras.

Puis elle disparut et il sentit qu'il tombait…

Chapitre 15

Il se réveilla avec le mal de tête le plus épouvantable de sa vie et l'impression d'être secoué comme une branche dans le vent. Il lui fallut un moment pour comprendre qu'il était couché à l'arrière d'un chariot des vagabonds, sur une paillasse posée dans un cadre de lit en bois. Au-dessus de lui, il remarqua un étrange assortiment de tapisseries, de soieries et de dentelles, plus des instruments en métal et en bois qui se balançaient au rythme du chariot. Un rayon de soleil passant à travers une fenêtre craquelée lui fit comprendre qu'il avait dormi toute la nuit.

Amberle s'accroupit près de lui, du reproche dans ses yeux vert océan.

— Inutile de te demander comment tu te sens ce matin, dit-elle d'une voix à peine audible à cause du grondement des roues. J'espère que ça en valait le coup, Valombrien !

— Non, répondit Wil en s'asseyant lentement. Où sommes-nous ?

— Dans le chariot de Cephelo. Depuis la nuit dernière, si tu arrives à t'en souvenir. Je leur ai dit que tu avais eu la fièvre récemment, et que tu souffrais peut-être d'autre chose que d'un excès de boisson… Ils nous ont installés ici pour que je prenne soin de toi jusqu'à ce que je sois sûre que tu ailles mieux. Tiens, bois ça.

Elle lui tendit une tasse remplie d'un liquide foncé. Wil jeta un coup d'œil soupçonneux à la décoction.

— Bois ! insista-t-elle. C'est un remède à base de plantes contre les réveils difficiles. Il y a des choses qu'on connaît sans avoir besoin d'être guérisseur !

Wil vida le gobelet sans protester. À ce moment-là, il s'aperçut que ses bottes avaient disparu.

— Mes bottes ! Où sont-elles ?

— Silence ! dit Amberle, en désignant d'un geste la porte en bois du chariot.

Elle passa une main sous le lit, en tira les bottes et montra à Wil la petite bourse qu'elle avait cachée dans sa ceinture.

Le Valombrien soupira de soulagement.

— Les réjouissances ont été un peu trop frénétiques pour toi, dit-elle. Quand tu t'es évanoui, Cephelo t'a fait porter dans son chariot pour que tu dormes. Il allait demander à la vieille femme de te déshabiller, mais j'ai réussi à le convaincre que ta fièvre risquait d'être contagieuse et que tu n'apprécierais pas qu'on te déshabille sans ta permission. Il n'a pas dû penser que c'était très important, puisqu'il a ordonné à la vieille femme de sortir. Après leur départ, je t'ai fouillé et j'ai trouvé les Pierres elfiques.

— Tu n'as pas perdu la tête...

— Heureusement qu'un de nous deux l'a gardée sur les épaules ! (Elle se tourna de nouveau vers la porte.) Cephelo a laissé la vieille femme dans le compartiment voisin. Histoire d'en apprendre plus à ton sujet, crois-tu ?

— Ça ne m'étonnerait pas outre mesure...

— Alors, pourquoi sommes-nous encore là ? Sans parler de ta petite orgie d'hier soir ? Et pourquoi sommes-nous venus, pour commencer ?

Wil tendit la main vers les Pierres elfiques, et sa compagne les lui donna. Il remit la bourse de cuir dans une botte et enfila les deux.

— Parce que nous devons trouver un moyen de récupérer Artaq, et nous n'y arriverons pas si nous ne restons pas avec eux... Il y a une autre raison : les démons qui nous poursuivent depuis Havenstead cherchent deux personnes, pas une caravane. Voyager avec les vagabonds nous permettra peut-être de les semer. Enfin, nous allons toujours vers l'ouest, et c'est quand même plus rapide que de marcher.

— Parfait. Mais tout ça est dangereux, Valombrien. Qu'as-tu l'intention de faire quand nous arriverons à destination et que Cephelo refusera de te rendre Artaq ?

— Je m'en soucierai le moment venu...

— J'ai déjà entendu ça... Tu pourrais essayer de m'en dire un peu plus ! Il n'est pas très rassurant de ne pas avoir la moindre idée de ce que tu fais.

— Tu as raison... Je suis désolé au sujet de la nuit dernière. J'aurais dû t'en dire plus avant que nous entrions dans le camp, mais je n'avais pas décidé ce que nous ferions jusqu'au moment où nous sommes arrivés.

— Je veux bien te croire...

— Je vais essayer de t'expliquer ce que je sais... Les vagabonds voyagent par familles, mais ça, tu le sais déjà. Le terme « famille » n'est pas à prendre au sens propre, car ses membres ne sont pas toujours liés par le sang. Les vagabonds échangent ou vendent des épouses ou des enfants à d'autres camps... Chaque famille a un chef, qui joue le rôle du père et prend toutes les décisions. Les femmes sont soumises aux hommes. C'est ça qu'ils appellent leurs « mœurs ». Pour les vagabonds, c'est l'ordre naturel des choses. Ils sont persuadés que les femmes doivent obéir aux hommes, qui les protègent et leur fournissent le gîte et le couvert. Leur tradition exige que ceux qui entrent dans leur camp observent cette coutume. C'est pour ça que j'ai bu le premier. Et que je t'ai laissée nettoyer quand nous avons fini de soigner les malades. Je voulais les convaincre que je connaissais et respectais leurs coutumes. S'ils le croyaient, il y avait une chance qu'ils nous rendent Artaq.

— On dirait que les choses n'ont pas marché comme tu avais prévu...

— Pas encore... Mais ils nous ont laissé venir avec eux. D'ordinaire, ils n'envisageraient pas ça. Les vagabonds n'aiment pas beaucoup les étrangers.

— Ils nous ont permis de venir avec eux parce que Cephelo se pose des questions à ton sujet et voudrait en savoir plus. Et Eretria est *très* intéressée par toi. Elle l'a clairement fait comprendre !

— Je suppose que tu penses que j'ai pris plaisir à danser et à boire, la nuit dernière ?

— Si tu veux la vérité, oui, c'est ce que je pense.

Wil s'adossa à ses oreillers, la tête douloureuse à chaque mouvement.

— D'accord, je reconnais que j'en ai un peu trop fait. Mais j'avais une bonne raison, malgré ce que tu crois. Il était nécessaire qu'ils se disent que je ne suis pas plus malin qu'eux. S'ils avaient soupçonné que je l'étais, nous serions morts tous les deux. Donc, je me suis laissé aller à boire et à danser, comme un imbécile, pour les empêcher d'avoir des soupçons. (Il haussa les épaules.) Et qu'y puis-je, si Eretria m'aime bien ?

— Je ne te demandais pas d'y faire quelque chose… Peu m'importe ce qu'Eretria pense de toi ! Mon seul souci, c'est que tu ne nous trahisses pas en te comportant comme un idiot !

Voyant le regard étonné de son compagnon, elle s'empourpra.

— Sois prudent, d'accord ?

Elle prit le gobelet vide et se détourna. Wil la regarda, très intrigué.

Un moment après, elle se retourna, de nouveau calme et détendue.

— J'ai autre chose à te dire. Tôt ce matin, la caravane a rencontré un vieux trappeur qui voyageait vers l'est. Il venait de traverser le Tirfing, la région des lacs en face des forêts des Terres de l'Ouest, au-dessous de la Mermidon. Il a averti Cephelo de ne pas s'y aventurer. Il y aurait un diable dans cette contrée.

— Un diable ?

— C'est comme ça qu'il l'a appelé. Un nom que les vagabonds utilisent pour tout ce qui n'est pas humain. Il est possible que ce diable soit un des démons qui s'est libéré de la Barrière.

— Et qu'en a dit Cephelo ?

— Il n'a pas peur des diables. Et il entend traverser le Tirfing. Je suppose qu'il a des affaires en cours exigeant qu'il emprunte ce chemin. Les membres de sa famille ne sont pas très contents de sa décision.

— J'aurais tendance à penser comme eux.

— À ta place, je n'aurais pas « tendance » à être d'accord avec quelqu'un dans ce camp ! Garde ça à l'esprit si on te propose encore du vin.

Elle se détourna et alla s'installer à l'autre bout du chariot. Wil se leva pour la suivre, mais la douleur, dans son crâne, le fit changer d'avis. Il se rassit et appuya sa tête contre la paroi. Une chose était sûre, pensa-t-il tristement. Elle n'avait pas besoin de craindre qu'il accepte de boire encore de ce vin !

La caravane avança vers l'ouest jusqu'au milieu de la journée, puis s'arrêta le temps d'un repas rapide. Wil se sentit assez remis et parvint à manger un peu de viande séchée et des légumes. Cephelo vint le voir, s'enquérant de sa santé, puis repartit vaquer à ses affaires. Les gens de la caravane parlaient à mots couverts des rumeurs sur le diable. Wil comprit que la famille était très inquiète depuis le rapport du vieux trappeur. Les vagabonds étaient des gens superstitieux. La décision de Cephelo d'ignorer l'avertissement n'était pas très bien accueillie.

L'après-midi passa rapidement. Wil conduisit le chariot de Cephelo pendant que la vieille femme faisait une sieste à l'intérieur. Amberle s'installa à côté de lui quand il guida les quatre chevaux à travers les plaines. Elle fredonna, mais ne dit pas grand-chose. Le Valombrien la laissa tranquille, se concentrant sur sa tâche. Cephelo passa à plusieurs reprises à côté d'eux, monté sur un grand cheval alezan clair, le visage couvert de sueur à cause de la chaleur. Wil aperçut Artaq quand les chevaux de rechange des vagabonds furent conduits jusqu'à un trou d'eau. Personne ne le montait. Il semblait que Cephelo n'avait pas encore décidé comment il utiliserait l'étalon noir.

Environ une heure avant le coucher du soleil, ils entrèrent dans le Tirfing, une contrée semée de petits lacs et de bois qui s'étendait au-delà de la lisière des prairies. Au loin, à l'ouest, sous la boule rouge du soleil couchant, se découpait la masse sombre des forêts des Terres de l'Ouest. Les chariots des vagabonds se frayèrent un chemin dans les parties boisées du Tirfing, le long d'une piste défoncée. La chaleur de la prairie se dissipa rapidement quand ils passèrent sous le couvert des arbres, les ombres s'allongeant avec l'arrivée du crépuscule.

Il faisait nuit quand Cephelo décida de camper dans une grande clairière entourée de chênes qui surplombait un petit lac. Les chariots adoptèrent leur habituelle formation en cercle, s'arrêtant avec force grincements. Wil était si raide qu'il pouvait à peine bouger. Pendant que les hommes détachaient les attelages, les femmes s'affairaient à préparer le repas du soir. Le Valombrien descendit lentement du siège où il avait été assis une bonne partie de la journée, et essaya de marcher pour chasser ses crampes. Amberle partit de son côté, et il ne soucia pas de la suivre. Il boitilla vers la lisière des arbres, et s'étira pour faire circuler le sang dans ses membres endoloris.

Puis il entendit un bruit de pas et se retourna. Eretria approchait de lui, telle une ombre minuscule sous la lumière déclinante du crépuscule. Elle portait des vêtements de cavalier, avec un foulard en soie rouge autour de la taille et un autre autour du cou. En arrivant à sa hauteur, elle lui sourit, ses yeux noirs étincelant d'espièglerie.

— Ne vous éloignez pas trop, Wil Ohmsford ! Un diable risquerait de vous trouver, et que feriez-vous ?

— Qu'il vienne ! dit Wil. De toute façon, je n'ai pas l'intention de m'éloigner avant d'avoir mangé !

Il s'assit dans les hautes herbes, le dos appuyé contre un chêne. Eretria le regarda en silence un moment, puis s'assit à côté de lui.

— Où étiez-vous dans la journée ? demanda le Valombrien.

— Je vous observais, dit Eretria, avec un sourire malicieux. Vous ne m'avez pas vue, bien entendu. D'ailleurs, vous n'étiez pas censé me voir !

Il hésita, mal à l'aise.

— Pourquoi m'observiez-vous ?

— Cephelo voulait qu'on vous surveille. (Elle fronça les sourcils.) Il n'a pas confiance en vous… ni en votre prétendue sœur.

Elle le dévisagea hardiment, comme si elle le mettait au défi de la contredire. Wil sentit la panique le gagner.

— Amberle est ma sœur !

— Pas plus que je suis la fille de Cephelo ! Elle ne vous regarde pas comme une sœur. Ses yeux la trahissent. Pourtant, peu m'importe. Si vous voulez qu'elle soit votre sœur, c'est ce qu'elle sera. Mais faites attention que Cephelo ne vous prenne pas la main dans le sac !

— Un moment ! Pourquoi avez-vous dit qu'elle n'est pas plus ma sœur que vous n'êtes la fille de Cephelo ? Selon lui, vous êtes sa fille !

— Entre ce qu'il dit et ce qui est vrai… Cephelo n'a pas d'enfants. Il m'a achetée quand j'avais cinq ans. Mon père était pauvre et n'avait rien à m'offrir. Il avait d'autres filles, alors, une de plus, une de moins… Maintenant, j'appartiens à Cephelo. Mais je ne suis pas sa fille.

Elle parlait d'un ton si neutre que Wil en fut stupéfait.

— Nous sommes des vagabonds, Wil ! lança Eretria, consciente de son trouble. Vous connaissez nos mœurs. Les choses auraient pu être pires pour moi. Cephelo est un chef respecté et obéi. Devenue sa fille, je bénéficie de certains avantages, avec plus de liberté que la plupart des femmes. Et j'ai beaucoup appris, guérisseur. Je suis largement votre égale !

— Je ne voudrais pas essayer de prouver le contraire, avoua Wil. Mais pourquoi me racontez-vous tout ça ?

— Parce que je vous aime bien. Quelle autre raison aurais-je ?

— C'est ce que je me demandais, dit-il, sans paraître remarquer son jeu de séduction.

— Êtes-vous marié à cette elfe ? Est-elle votre fiancée ?

— Non.

— Parfait. C'est ce que je pensais… Au fait, Cephelo n'a pas l'intention de vous rendre votre cheval.

— Vous en êtes sûre ?

— Je sais comment il fonctionne. Il vous laissera partir si vous ne lui causez pas de problème, et si vous n'essayez pas de lui reprendre l'animal, mais il ne vous le rendra jamais de son propre gré.

— Je vous le demande encore : pourquoi me dites-vous tout ça ?

— Parce que je peux vous aider.

— Pourquoi ?

— Parce que vous pouvez aussi m'aider.

— Comment ?

Eretria croisa les jambes et posa ses mains sur ses genoux.

— Wil Ohmsford, je suis persuadée que vous êtes bien plus que ce que vous nous avez dit. En tout cas, plus qu'un simple guérisseur qui voyage dans les prairies de Callahorn avec sa sœur. Je suis persuadée que cette elfe vous a été confiée. Vous êtes là pour l'accompagner, peut-être pour la protéger. (Elle leva une main.) N'essayez pas de le nier, guérisseur ! Un mensonge ne servirait à rien avec moi. Je suis la fille du meilleur menteur du monde, et je connais cet art mieux que vous !

Elle sourit et lui posa une main sur le bras.

— Je vous aime bien, Wil. Ça n'est pas un mensonge. Je veux que vous récupériez votre cheval. C'est très important pour vous, sinon, vous ne vous seriez pas lancé à nos trousses. Seul, vous n'y arriverez pas. Mais je pourrais vous aider.

— Et pourquoi feriez-vous ça ?

— Si je vous aide, vous m'emmènerez avec vous quand vous partirez.

— Quoi ?

— Emmenez-moi avec vous !

— Je ne peux pas !

— Il le faut, si vous voulez votre cheval.

— Pourquoi voulez-vous partir ? Vous venez de m'expliquer que…

— Tout ça est du passé ! Cephelo a décidé qu'il est temps que je me marie. Suivant les traditions des vagabonds, il me choisira un époux et me livrera à lui, ou plutôt il me *vendra*. J'ai mené une vie agréable, mais je n'ai pas l'intention d'être vendue une deuxième fois.

— Ne pourriez-vous pas partir seule ? Vous en paraissez capable.

— Je suis capable de bien plus que ça, si nécessaire, guérisseur ! Voilà pourquoi vous avez besoin de moi. Si vous reprenez votre cheval, et je doute que vous y arriviez sans mon aide, les vagabonds se lanceront à vos trousses. Comme vous serez poursuivi dans tous les cas, m'emmener ne changera rien. Et j'en sais assez sur les vagabonds pour vous aider à leur échapper.

Eretria haussa les épaules.

— Quant à partir seule… j'y ai pensé. S'il ne me restait plus le choix, je le ferai, plutôt que d'être vendue. Mais où irais-je ? Un vagabond n'est bienvenu nulle part. Que ça me plaise ou pas, je fais partie de ce peuple. Seule, je deviendrais une paria et ma vie ne serait pas très agréable. Mais avec un homme, je me ferai accepter. Je pourrais vous aider à soigner les malades. Vous vous apercevriez que je…

— Eretria, coupa Wil, ce n'est pas la peine d'en discuter. Je ne peux pas vous emmener. Amberle doit être ma seule compagne de voyage.

— Ne me repoussez pas si vite, guérisseur !

— Je ne vous repousse pas…

Il se demanda quelles informations il pouvait lui révéler. Pratiquement aucune, comprit-il rapidement.

— Écoutez-moi. Avec moi, vous seriez en danger. Quand je partirai, Cephelo ne sera pas le seul à me chercher. Il y aura d'autres poursuivants bien plus dangereux que lui. Je ne peux pas vous faire courir ce risque.

— La jeune elfe voyage avec vous !

— Amberle est avec moi parce qu'elle y est obligée.

— Des mots ! Je n'y crois pas. Vous m'emmènerez, Wil Ohmsford. Parce que vous y serez contraint !

— C'est impossible.

Eretria se leva d'un bond, furieuse.

— Vous changerez d'avis, guérisseur ! Le moment venu, vous n'aurez pas le choix !

Elle se tourna et s'éloigna. À dix pas de lui, elle s'arrêta, le dévisagea et sourit.

— Je vous suis destinée, Wil Ohmsford !

Elle soutint son regard un instant, puis se tourna et repartit vers la caravane des vagabonds.

Le Valombrien en resta bouche bée.

Chapitre 16

Peu après la fin du repas, une toux tonitruante déchira le calme de la nuit, pétrifiant tout le monde. Elle venait de l'extrémité sud du lac. Le son se répéta une fois, puis il cessa.

Toutes les têtes se tournèrent. La toux retentit de nouveau, semblable au cri d'un taureau défiant un rival. Les vagabonds se précipitèrent sur leurs armes, puis coururent à la lisière du camp et essayèrent de voir ce qui se passait. Le bruit ne recommença pas. Cephelo et une dizaine de ses hommes montèrent la garde un moment. Comme rien d'autre ne se produisit, il ordonna à tout le monde, d'un ton bourru, de retourner vers le feu de camp. Après de grasses plaisanteries sur les diables et les créatures qui rôdaient dans la nuit, il déclara qu'aucun de ces êtres n'oserait entrer dans un camp de vagabonds sans demander la permission. Les gobelets de vin étant de nouveau remplis, chacun but de bon cœur. Pourtant, les hommes continuèrent de jeter des coups d'œil furtifs dans les ténèbres.

Une demi-heure après, le phénomène recommença. Surpris, les vagabonds se levèrent, reprirent leurs armes et coururent à la lisière du camp. Wil les suivit, Amberle sur ses talons. Ils regardèrent aussi, mais il n'y avait rien à voir. Pas un mouvement.

Prudemment, Cephelo avança, les deux mains sur la poignée de son épée. Il resta un moment à l'affût, prêt à se défendre. Rien ne se passant, il repartit vers le camp. Cette fois, il n'y eut pas de plaisanteries. Des hommes allèrent chercher les chevaux, attachés à des piquets près d'une anse du lac, et les ramenèrent près des chariots, où ils pourraient aisément être surveillés. Cephelo plaça des gardes autour du camp et leur ordonna de garder l'œil ouvert. Les autres vagabonds se massèrent à l'intérieur du cercle de chariots, où ils s'installèrent autour de la lumière réconfortante du feu. Le vin recommença à circuler, mais peu d'hommes en burent. Les conversations reprirent, à voix basse, le mot « diable » étant prononcé à plusieurs reprises. Les hommes surveillaient les femmes et les enfants, et tout le monde avait l'air perturbé.

Wil emmena Amberle à l'écart.

— Je veux que tu restes près de moi, dit-il. Ne t'éloigne sous aucun prétexte.

— Ne t'inquiète pas… (Elle le regarda, puis détourna les yeux rapidement.)

Crois-tu que… ?

Cephelo l'interrompit en claquant des mains pour demander de la musique. Il encouragea les autres à faire comme lui. Le Valombrien et la jeune elfe se joignirent à eux. Quelques acclamations retentirent quand Cephelo se leva et contourna le feu.

Wil regarda autour de lui, mal à l'aise.

— Si quelque chose attaque le camp, nous partirons aussitôt. Nous essaierons de prendre Artaq et de filer aussi vite que nous le pourrons. Tu es d'accord ?

— Tout à fait !

Leur assurance étant revenue, les vagabonds commencèrent à battre des mains au son des cymbales et des instruments à cordes.

La toux retentit de nouveau, beaucoup plus proche. Quand les gardes crièrent : « Un diable, un diable ! », les vagabonds réunis autour du feu s'éparpillèrent. Les hommes saisirent une fois de plus leurs armes tandis que les femmes et les enfants couraient en tous sens. Un hurlement s'éleva et mourut aussitôt. Au-delà du cercle des chariots, une forme sombre avançait.

— Un démon, murmura Wil.

La créature se glissa entre deux chariots puis les poussa comme s'ils étaient en papier. C'était un démon, mais beaucoup plus grand que ceux que Wil et la jeune elfe avaient rencontrés en fuyant Havenstead. Il marchait sur deux jambes et mesurait plus de quinze pieds, avec un corps massif couvert de replis de peau marron. Une crête écailleuse naissait à la base de son cou et courait le long de son dos et sur l'arrière de ses jambes. Sur son visage desséché et sans expression, on voyait seulement les dents pointues qui garnissaient sa gueule grande ouverte.

Dans ses mains griffues, le monstre tenait le corps brisé d'un garde.

Il jeta négligemment le cadavre et continua d'avancer. Cephelo et une dizaine de ses hommes attaquèrent, lances et épées brandies, mais il détourna presque tous les coups. Quelques-uns entamèrent sa peau épaisse sans paraître le gêner beaucoup.

La créature était lente et lourde, mais incroyablement puissante. Elle écarta les défenseurs du camp sans effort, les balayant comme des insectes. Cephelo se jeta sur le démon pour lui enfoncer son épée dans la gueule.

Le monstre ralentit à peine. Ses mâchoires claquèrent et brisèrent l'épée, ses mains griffues se tendant vers le chef des vagabonds. Cephelo fut plus rapide, mais en essayant de fuir, un de ses hommes trébucha et tomba. Le pied du démon l'écrasa comme un moustique.

Wil avait emmené Amberle vers l'autre extrémité du camp, pour atteindre les chevaux.

Les défenseurs tentaient de faucher les jambes du démon, qui frappa Cephelo et le fit basculer. Caché entre deux chariots, Wil regarda les autres vagabonds se porter au secours de leur chef. Deux d'entre eux le tirèrent à l'abri, pendant que les autres essayaient de détourner l'attention du monstre en l'attaquant à coup de piques et d'épées.

Le démon se tourna, saisit le chariot le plus proche, le souleva comme s'il ne pesait rien et le lança devant lui. Il s'écrasa sur le sol dans une avalanche de bibelots et rouleaux de soieries. Les défenseurs hurlèrent de rage et reprirent leur assaut désespéré.

Amberle tira sur la manche de Wil, qui hésitait toujours. Il n'arrivait pas à croire qu'une créature si lente et si grosse ait réussi à les pister depuis Havenstead. Non, elle s'était échappée récemment de la Barrière, s'était perdue dans le Tirfing et avait découvert par hasard la caravane. Elle était venue seule, à l'aveuglette, mais disposait d'un tel pouvoir de destruction que les vagabonds ne pourraient pas la vaincre. Malgré les efforts des défenseurs, le monstre les tuerait jusqu'au dernier.

Et les vagabonds ne fuiraient pas ! Les roulottes aux couleurs criardes étaient leurs foyers. Tout ce qu'ils possédaient s'y trouvait. Non, ils ne renonceraient pas. Ils se battraient, et ils seraient exterminés. Le démon venait du fond des âges. Son pouvoir était infiniment supérieur à celui des êtres de chair et de sang. Pour l'arrêter, il fallait une puissance équivalente à la sienne.

Wil seul la possédait. Mais ce combat n'était pas le sien. Ces gens l'avaient volé et il ne leur devait rien. Amberle passait avant tout. Il aurait dû l'emmener le plus vite possible. S'il le faisait, qu'arriverait-il aux vagabonds ? Pas seulement aux combattants, mais aux femmes et aux enfants ? Lui avaient-ils fait du mal ? Sans son aide, ils n'avaient aucune chance contre le démon.

Son indécision augmenta quand il se souvint ce que son grand-père lui avait raconté. Il avait utilisé les Pierres elfiques en fuyant le Roi-Sorcier, lui révélant ainsi où le trouver. Ce serait peut-être pareil aujourd'hui. Certains démons contrôlaient la magie. Allanon le lui avait dit. S'il se servait des Pierres elfiques, il risquait d'attirer l'ennemi à lui.

Il regarda Amberle, qui comprit ce qu'il voulait faire. Sans un mot, elle lui lâcha le bras. Il enleva sa botte droite et en sortit la bourse. Il devait au moins essayer d'aider ces gens ! Pas question de les laisser mourir sous ses yeux ! Il ouvrit la bourse et fit tomber dans sa main les trois pierres bleues. Les serrant dans le creux de son poing, il regarda le camp.

— Reste là, dit-il à l'elfe.

— Attends ! cria-t-elle.

Mais il était déjà parti.

Le démon s'était désintéressé des chariots. Il poussait maintenant les vagabonds devant lui, et avançait vers le centre du campement. Cephelo avait repris conscience. Il était debout, mais il vacillait et dut s'appuyer contre un chariot, se contentant de crier des encouragements à ses troupes. Wil s'approcha rapidement. Il était à vingt pas quand il leva le poing, invoquant le pouvoir des Pierres elfiques.

Rien ne se passa.

Ce qu'il craignait le plus venait de se produire : il n'avait pas la possibilité d'utiliser les Pierres. Allanon s'était trompé. Elles ne lui obéiraient pas.

Pourtant, il le fallait ! Il essaya de nouveau, se concentrant sur les Pierres glacées dans sa main, et faisant appel à leur magie. Toujours rien. Mais il capta quelque chose qui lui avait échappé la première fois. Une barrière avait fait échouer sa tentative – une barrière érigée en lui-même.

Les hurlements des vagabonds interrompirent sa réflexion et il vit que le démon se dirigeait vers lui. Les défenseurs le suivaient, frappant avec toutes les armes dont ils disposaient pour le détourner du Valombrien. Fauchés par un énorme bras, deux hommes tombèrent sur le sol et les autres s'éparpillèrent.

La toux jaillit une fois de plus de la gorge de la créature.

Appuyé sur une lance brisée, couvert de poussière et les vêtements déchirés, Cephelo retourna en boitant vers la bataille.

Wil vit tout au ralenti, comme si le temps s'était figé. Il ne lui vint pas à l'idée de fuir et il resta planté au milieu du camp des vagabonds, un bras tendu vers le firmament.

Eretria courut vers lui, se jeta devant le démon et lui lança une torche à la gueule. La créature la saisit entre ses mâchoires et la brisa, mais elle ralentit un peu, comme si la chaleur et la fumée la dérangeaient. Profitant de son hésitation, Eretria prit Wil par le bras et le tira en arrière jusqu'à ce qu'ils perdent l'équilibre tous les deux et tombent lourdement. Les vagabonds vinrent aussitôt à la rescousse, prenant des tisons dans le feu et les jetant sur le démon. Mais il recommença à avancer. Wil se releva et tira Eretria avec lui.

Au même instant, Amberle arriva à côté de lui, une lance dans les mains, prête à affronter la créature. Sans un mot, le Valombrien l'attrapa par le bras et fit passer les deux femmes derrière lui.

La créature était presque arrivée à leur niveau.

Wil tendit la main qui serrait les Pierres elfiques. L'hésitation et le doute l'avaient quitté. Plongeant à l'intérieur de lui-même, il fit éclater la barrière qui se dressait entre lui et le pouvoir des Pierres. Alors, il sentit changer en lui quelque chose qu'il ne parvint pas à définir. Et ce changement n'était pas entièrement bénéfique. Mais ce n'était pas le moment de se poser des questions philosophiques ! Atteignant le cœur du pouvoir des Pierres elfiques, il les sentit s'activer. Un éclair bleu jaillit de son poing, hésita un instant comme s'il accumulait de l'énergie, puis fondit sur le démon.

Le monstre rugit quand le pouvoir des Pierres le traversa. Il continua quand même d'avancer. Wil ne céda pas un pouce de terrain. S'immergeant davantage dans le pouvoir des Pierres, il sentit grandir leur énergie. Autour de lui, tout devint flou.

Les Pierres elfiques frappèrent de nouveau le démon. Cette fois, la créature fut incapable de résister à la magie. Son corps se transformant en une colonne de lumière bleue aveuglante, il brûla un moment dans la nuit, puis explosa.

Wil Ohmsford baissa lentement le bras. À la place du démon, il restait un rond de terre brûlée et un filet de fumée noire. Dans les bois, un silence mortel était tombé.

Le Valombrien regarda autour de lui, mal à l'aise. Personne n'avait bougé. Les hommes brandissaient toujours leurs armes, prêts à livrer bataille. Les femmes et les enfants se blottissaient les uns contre les autres. Mais l'incrédulité et la peur s'affichaient sur tous les visages. Wil eut un moment de panique. Les vagabonds s'en prendraient-ils à lui, maintenant qu'ils savaient qu'il avait menti ?

Il regarda Amberle, mais elle était aussi pétrifiée, les yeux écarquillés de surprise.

Cephelo avança en boitant et jeta son moignon de lance quand il arriva à côté du Valombrien.

— Qui êtes-vous ? demanda-t-il. Dites-moi qui vous êtes !

— Je suis celui que j'ai dit être.

— Non. Vous n'êtes pas un simple guérisseur, mais bien plus que ça. J'avais raison à votre sujet !

Wil ne répondit pas.

— Dites-moi qui vous êtes ! répéta le chef des vagabonds.

— Je vous l'ai déjà dit…

— Vous ne m'avez rien dit du tout ! Je suis sûr que vous connaissiez l'existence de ce diable. Je crois même qu'il est venu à cause de vous. Tout ce qui est arrivé est votre faute !

— La créature a trouvé votre camp par hasard. Et, par hasard, j'étais avec vous quand elle est arrivée.

— Vous mentez !

— Qui a menti à qui, Cephelo ? J'ai joué le jeu, mais vous avez déterminé ses règles !

Le géant avança d'un pas.

— Dans ce cas, il me reste des règles à vous apprendre !

— Je ne crois pas, dit Wil, très calme.

Il leva la main qui tenait les Pierres elfiques. Cephelo ne s'y trompa pas. Il recula lentement, son sourire ressemblant plutôt à une grimace.

— Vous avez dit n'avoir rien de valeur avec vous. Aviez-vous oublié vos pierres ?

— Non. Mais elles n'ont de valeur pour personne, à part moi. Pour vous, elles seraient des cailloux sans intérêt.

— Vraiment ? Êtes-vous un sorcier ? Ou un diable ? Pourquoi ne pas tout m'avouer ?

Wil hésita. Cette conversation ne menait à rien. Il devait trouver un moyen d'en finir. Amberle avança près de lui et posa une main sur son bras. Ce contact le rassura.

— Cephelo, il faut me rendre mon cheval, dit Wil. Amberle et moi devons partir immédiatement. Il y a d'autres diables comme celui que j'ai détruit. Ça, je peux vous le dire. Ils nous poursuivent. Et, comme j'ai utilisé les Pierres, ils sauront où nous trouver. Nous devons partir ! Vous aussi, partez le plus vite possible !

Cephelo le regarda un long moment, essayant de déterminer si c'était la vérité. Puis la prudence l'emporta sur la méfiance.

— Prenez votre cheval et partez. Je ne veux plus entendre parler de vous !

Il se détourna et cria à ses gens de lever le camp. Apparemment, il avait décidé de quitter le Tirfing. Wil le regarda un moment et remit les Pierres elfiques dans leur bourse. Prenant Amberle par le bras, il partit avec elle en direction des chevaux. Puis il se souvint d'Eretria. Il la chercha et la découvrit dans l'ombre d'un chariot, ses yeux noirs rivés sur lui.

— Adieu, Wil Ohmsford, souffla-t-elle.

Le jeune homme lui sourit. Eretria savait qu'elle avait perdu l'occasion de partir avec lui. Un moment, il hésita : elle lui avait sauvé la vie. Il lui devait quelque chose. Serait-il mal de l'aider maintenant ? Mais c'était impossible. Son seul souci devait être Amberle ! Il ne pouvait pas se détourner de cette mission, même pour la jeune vagabonde qu'il trouvait si délicieuse. La dette qu'il avait envers elle devrait être payée une autre fois.

— Adieu, Eretria, répondit-il.

— Nous nous rencontrerons de nouveau, dit la vagabonde.

Elle se détourna et disparut dans les ténèbres.

Cinq minutes plus tard, Wil et Amberle, montés sur Artaq, quittèrent le camp et s'enfoncèrent dans la nuit.

Chapitre 17

Ils atteignirent la rive sud de la Mermidon un peu plus d'une heure avant l'aube, des lieues en aval de l'endroit où la rivière quittait les forêts des Terres de l'Ouest et serpentait vers Callahorn. Ils avaient chevauché vers le nord la plus grande partie de la nuit dans les prairies dégagées, essayant de s'éloigner le plus possible du Tirfing.

Après une courte halte pour boire et détendre leurs muscles fatigués, ils étaient repartis. Quand ils atteignirent la rivière, le cheval et ses cavaliers étaient proches de l'épuisement. Le Valombrien ne vit aucun endroit où traverser facilement la Mermidon, qui était à la fois large et profonde. Il devint bientôt évident qu'ils devraient passer à la nage, ou suivre la rive jusqu'à des gués. N'ayant aucune envie de tenter l'un ou l'autre tant qu'il faisait nuit, Wil décida que la meilleure solution était de se reposer jusqu'à l'aube. Il fit entrer Artaq dans un bosquet de peupliers, lui ôta sa selle et l'attacha. Puis il posa sur le sol des couvertures pour Amberle et lui. À l'abri des arbres, ils s'endormirent rapidement.

Midi approchait quand Wil se réveilla, sentant la chaleur du soleil filtrer à travers les peupliers. Le Valombrien secoua doucement Amberle, qui se réveilla aussitôt. Ils se levèrent, se lavèrent, mangèrent un repas simple, et reprirent leur voyage vers Arborlon.

Ils chevauchèrent vers l'amont pendant des lieues, presque jusqu'à la lisière des forêts des Terres de l'Ouest, mais ne trouvèrent aucun haut-fond qui leur aurait permis de passer sans danger. Plutôt que de perdre du temps à retourner sur leurs pas, ils décidèrent de traverser à la nage. Ils attachèrent leurs affaires au cou d'Artaq, s'encordèrent à sa selle, conduisirent le grand étalon noir au bord de l'eau et entrèrent dans la rivière. L'eau étant glaciale, le choc de l'immersion les paralysa un instant. Ensuite, ils luttèrent contre le froid et contre le courant, puis trouvèrent une manière d'avancer en battant des jambes. L'étalon était un bon nageur. La rivière les ramena tout de même en aval sur une demi-lieue, mais ils atteignirent l'autre rive sans problème.

De là, ils continuèrent vers le nord, mettant souvent Artaq au pas pour le reposer. Wil estimait qu'ils étaient assez loin du Tirfing pour être à l'abri de leurs poursuivants, et il ne voyait pas de raison d'épuiser l'étalon noir. Le galop de la nuit précédente avait miné ses forces, et il fallait lui laisser l'occasion de les reconstituer.

Sinon, il risquait de leur être inutile, plus tard, et ils auraient sans doute encore besoin de sa rapidité avant d'arriver à Arborlon. De plus, même à cette allure, ils atteindraient la vallée de Rhenn le matin suivant. Cela suffirait et ils seraient en sécurité jusque-là.

Si Amberle avait un avis différent, elle n'en dit rien. Débarrassée des vagabonds, elle était de bien meilleure humeur. Elle fredonna de nouveau, et, quand ils marchaient, s'arrêta souvent pour observer des plantes et des fleurs.

La jeune elfe ne parlait pas beaucoup à Wil, mais lui répondait quand il posait des questions sur les plantes. Elle resta tout de même distante et réservée, enfermée dans le monde intérieur où elle s'était réfugiée depuis le début de leur voyage.

Wil pensait de plus en plus à Eretria, se demandant si elle quitterait Cephelo et la caravane, comme elle l'avait dit, et s'il la reverrait vraiment un jour. La jeune vagabonde débordait d'une énergie qu'il trouvait fascinante. Elle lui rappelait une vision créée par les Arbres-Sirènes qui poussaient sur TertreBataille. Ces fantaisies faisaient naître dans l'esprit des hommes des pensées magnifiques et sauvages. Il sourit de sa comparaison stupide ! La jeune femme était faite de chair et de sang. Pourtant, s'il allait au-delà de son apparence, découvrirait-il qu'elle était, comme les Arbres-Sirènes, une créature pétrie de fourberie ? Quelque chose en elle le suggérait et cela le perturbait beaucoup. Il n'avait pas oublié la façon dont elle avait risqué sa vie pour le sauver, et il aurait détesté découvrir qu'elle n'avait pas été sincère.

À la tombée de la nuit, ils prirent la direction de l'ouest, suivant la lisière de la forêt vers le nord, en direction des plaines de Streleheim. Alors que le crépuscule tombait, Wil dirigea Artaq vers les arbres, en longeant un ruisseau qui formait une petite mare sous un rapide, qui leur fournit un endroit où boire et abreuver le cheval. Ils dressèrent leur camp, installant Artaq dans un carré d'herbe après l'avoir nourri. Puis ils s'occupèrent de leurs propres besoins. Un feu de camp risquant d'attirer l'attention sur eux, ils se contentèrent de fruits et de légumes fournis par Amberle. Une nourriture étrange pour le Valombrien, mais il apprécia sa saveur. Avec le temps, il pourrait même s'habituer à manger ces aliments bizarres. Il avait presque fini le dernier fruit oblong de couleur orange quand la jeune elfe se tourna vers lui, l'air intrigué.

— Ça t'ennuie si je te demande quelque chose ?

— Comment saurais-je si ça m'ennuie, puisque j'ignore la question que tu veux me poser ?

— Tu n'es pas obligé de répondre si tu n'en as pas envie, mais ça me tracasse depuis que nous avons quitté le camp des vagabonds.

— D'accord. Pose ta question !

La petite clairière était très sombre, la pâle lueur de la lune et des étoiles presque masquée par les frondaisons environnantes. Amberle s'approcha de Wil pour mieux le voir.

— Me répondras-tu honnêtement ? demanda-t-elle.

— Oui.

— Quand tu as utilisé les Pierres elfiques, est-ce que… (Elle hésita, comme si elle cherchait ses mots.) Ça t'a blessé ?

Il la regarda, une étrange prémonition naissant dans son esprit.

— Une question bizarre…

— Je sais. (Elle eut un petit sourire, puis redevint sérieuse.) Je ne peux pas vraiment l'expliquer. Mais j'ai ressenti ça en te regardant. Au début, tu ne paraissais pas pouvoir contrôler les Pierres elfiques. Tu les as brandies, mais il ne s'est rien passé, même s'il était évident que tu tentais d'utiliser leur pouvoir contre le démon. Quand elles se sont enfin activées, j'ai senti en toi un changement qui s'est reflété sur ton visage… et qui ressemblait à de la douleur.

Tout revint à l'esprit de Wil, et ce souvenir n'était pas agréable du tout. Il l'avait en quelque sorte éjecté de son esprit par réflexe. Encore maintenant, il ignorait pourquoi, et il ne s'en était pas inquiété jusqu'à ce qu'Amberle le lui rappelle.

— Si tu ne veux rien dire…

— Ce n'est pas ça. Je ne suis pas sûr de comprendre moi-même ce qui c'est passé, mais ça me ferait du bien d'en parler.

Wil inspira à fond et choisit ses mots avec soin.

— Il y avait un blocage en moi. J'ignore ce que c'était, mais ça ne me laissait pas utiliser le pouvoir des Pierres. Et je n'arrivais pas à le forcer. Puis le démon est arrivé sur moi. Eretria et toi étiez sans défense et nous allions tous mourir. À ce moment-là, j'ai fait *éclater* la barrière et j'ai plongé dans le cœur des Pierres. Ce n'était pas douloureux, mais j'ai eu le sentiment que quelque chose de déplaisant se passait en moi. Un peu comme si j'avais mal agi, et pourtant, ce que j'ai fait à ce moment était justifié !

— Ce mal, tu te l'as fait à toi-même, murmura l'elfe. La magie elfique est peut-être nocive pour toi…

— C'est possible… Mais mon grand-père ne m'a jamais parlé de ce phénomène. Il se peut que cette magie ne l'ait pas affecté, mais ait une influence néfaste sur moi…

— La magie elfique provoque des réactions différentes suivant les gens. Elle naît de l'esprit, et l'esprit n'est pas une constante.

— Mon grand-père et moi, on se ressemble tellement ! dit Wil. Bien plus que je ne ressemblais à mon père. Nous sommes quasiment des esprits frères ! En toute logique, il aurait dû éprouver la même chose. Et dans ce cas, il m'en aurait parlé.

— Je crois que tu ne devrais plus utiliser les Pierres elfiques.

— Même pour te protéger ?

— Je ne veux pas être la cause de tes malheurs, guérisseur. Ce n'est pas moi qui t'ai embarqué dans ce voyage, et je ne suis pas ravie que tu sois là. Mais je te dirai ce que je pense. La magie elfique n'est pas un jeu d'enfant. Elle peut être plus dangereuse que les forces maléfiques qu'elle combat. Notre histoire nous l'a appris. La magie peut agir contre le corps, mais aussi contre l'esprit. Les blessures physiques guérissent, mais qu'en est-il de celles de l'esprit ? Comment les traiteras-tu ? Personne ne vaut la peine de prendre un tel risque. Personne. Et plus particulièrement moi !

Wil regarda sa compagne, étonné de voir des larmes scintiller au coin de ses yeux, et posa une main sur les siennes.

— Nous prendrons soin l'un de l'autre, promit-il. Et nous n'aurons peut-être plus besoin des Pierres.

Le regard qu'elle lui lança prouvait qu'elle n'en croyait pas un mot.

Il était minuit quand le hurlement haineux des loups-démons déchira le silence. Wil et Amberle se réveillèrent en sursaut. Ils restèrent un moment immobiles, assis dans leurs couvertures, les yeux écarquillés, se cherchant du regard dans l'obscurité. Le cri mourut, puis retentit de nouveau. Cette fois, ni le Valombrien ni la jeune elfe n'hésitèrent. Ils se levèrent, mirent leurs bottes et posèrent leurs manteaux sur leurs épaules. Quelques instants après, une fois Artaq harnaché, ils remontèrent en selle.

Ils avancèrent au trot sur la plaine où le chemin était libre et bien éclairé par la lune et les étoiles. Ils longèrent la forêt, sentant monter l'odeur de la rosée de l'aube naissante. Derrière eux, les hurlements continuèrent, quelque part au-dessus du lit de la Mermidon. Les loups-démons cherchaient. La piste qu'ils suivaient était vieille d'un jour, et ils n'avaient pas encore compris à quel point ils étaient près de leurs proies.

Artaq avançait sans effort. Il s'était suffisamment reposé et ne s'essoufflerait pas rapidement. Wil fit preuve de prudence, ne laissant pas le grand étalon aller trop vite pour le moment. La poursuite venait de commencer, et il devait ménager ses forces. Leurs ennemis découvriraient bientôt la vérité. Le Valombrien était furieux contre lui-même. Il n'aurait jamais cru que les démons les retrouveraient aussi vite. Les Pierres elfiques avaient dû révéler leur présence dans le Tirfing. Les loups-démons étaient aussitôt venus, les suivant vers le nord, puis les forçant à quitter les forêts des Terres de l'Ouest. Quand ils trouveraient le campement abandonné, ils augmenteraient l'allure pour tenter de les rattraper.

Ils chevauchèrent presque une heure sans apercevoir la vallée, les hurlements montant toujours derrière eux. Des cris venus des prairies, devant la dent du Dragon, y répondaient, d'autres montant des plaines du Nord. Wil sentit sa gorge se nouer. Les loups les avaient encerclés. Seules les Terres de l'Ouest leur restaient accessibles. Wil se demanda si ce chemin n'était pas bloqué, lui aussi. Il se souvint de la façon dont les choses s'étaient passées à la rivière Argentée. La vallée de Rhenn serait peut-être aussi un piège. Les loups-démons les poussaient-ils délibérément vers la vallée, où ils avaient l'intention d'en finir avec eux ? !

Les hurlements se firent plus frénétiques. Les loups-démons avaient trouvé leur campement.

Wil lança Artaq au grand galop. Les démons arriveraient rapidement, certains que leurs proies étaient proches et qu'ils les rattraperaient sans mal. Au nord et au sud, d'autres cris retentirent, répondant à ceux qui montaient derrière eux. Artaq était couvert d'écume, le cou tendu et les oreilles aplaties sur le crâne.

La prairie se transforma en une brousse desséchée par le soleil. Ils étaient arrivés dans les plaines de Streleheim. La vallée de Rhenn ne pouvait plus être très loin. Wil s'allongea sur le cou d'Artaq et le poussa à aller de plus en plus vite.

La troisième heure de la poursuite, quand ils eurent depuis longtemps laissé derrière eux les prairies de Callahorn, et que la terre était devenue dure et craquelée, ils aperçurent enfin les arêtes accidentées qui délimitaient l'entrée de la vallée de Rhenn. Ils avaient entendu les hurlements se rapprocher au point de craindre que les créatures grises leur sautent dessus, mais la vallée était là, dressée au-dessus des terres basses, ses rochers encore dans la pénombre. Les cavaliers accélérèrent. Les flancs d'Artaq se soulevaient péniblement et ses narines palpitaient. Son corps était couvert de sueur et d'écume, mais il continua de galoper dans l'obscurité.

Quelques secondes plus tard, ils passèrent entre les crêtes déchiquetées et l'étalon noir accéléra encore. Wil regarda autour de lui, les yeux pleins de larmes à cause du vent, cherchant les démons qu'il redoutait de trouver à l'intérieur de la vallée, prêt à leur couper la retraite. Mais il n'y en avait pas. Ils étaient seuls.

Ils avaient réussi ! Ils échapperaient aux démons ! Leurs poursuivants étaient trop loin pour les rattraper avant qu'ils atteignent les forêts des Terres de l'Ouest. Là, ils trouveraient de l'aide...

Soudain, Wil sentit son sang se glacer. À quoi pensait-il ? Personne ne les aiderait ! Tout le monde ignorait qu'ils étaient en chemin, sauf Allanon, mais le druide avait disparu. Quelle aide pouvait-il espérer ? Les démons s'étaient déjà introduits au cœur d'Arborlon pour tuer les Élus. Qui pourrait les empêcher de retrouver un Valombrien téméraire et une jeune elfe sans arme dans une forêt isolée de tout ? Tout ce qu'il avait réussi, en gagnant la vallée de Rhenn, c'était de faire passer Artaq de la prairie, où il aurait pu filer comme le vent, dans les bois, où cela lui était impossible. Rien n'empêcherait les loups de les rattraper. Ces créatures étaient plus rapides et plus agiles que leurs proies, et mieux équipées pour courir entre les arbres et les broussailles. Wil aurait voulu hurler de frustration. Il était stupide ! Son manque de réflexion leur avait coûté leur seule chance de salut. Trop inquiet de ce qui se trouvait derrière eux, il avait oublié de réfléchir à ce qui les attendait devant. Non, ils ne s'échapperaient pas ! Leurs ennemis les rattraperaient, et ils seraient tués.

Il devait faire quelque chose.

Par bonheur, il lui restait une arme.

Les Pierres elfiques.

Amberle hurla. Le Valombrien tourna la tête, suivant le bras de la jeune elfe, qui désignait le ciel.

Au-dessus de l'entrée de la vallée, une créature volait lentement. Ses ailes de cuir avaient une envergure équivalente à la largeur du passage et sa gueule semblait capable de gober un cheval entier. Avec des cris aigus, elle quitta les plaines et entra dans le défilé. Wil n'avait jamais rien vu d'aussi énorme. Il essaya de pousser Artaq à accélérer, mais le grand étalon était à bout de forces. À une centaine de pas devant eux, un ravin marquait la sortie de la vallée. Au-delà, les bois les cacheraient, un monstre comme celui-là ne pouvant pas s'y déplacer. Ils avaient besoin de quelques secondes de plus.

La créature plongea vers eux comme un rocher entraîné par son propre poids. Wil Ohmsford la vit arriver et aperçut brièvement son cavalier, un humanoïde bossu et déformé dont les yeux rouges brillaient sur un visage noir. Wil sentit son courage l'abandonner.

Un instant, il fut certain que tout était fini. Mais d'un dernier bond, Artaq gagna la sortie de la vallée, se dégagea des crêtes et plongea dans l'obscurité des arbres.

Le cheval galopa le long d'une piste étroite, ralentissant à peine pour se faufiler entre les troncs d'arbres et les broussailles épaisses. Wil et Amberle s'accrochèrent désespérément, battus par les branches et les lianes qui menaçaient de les arracher à leur selle. Wil essaya de ralentir l'étalon, mais il avait pris le mors aux dents.

Le Valombrien avait perdu le contrôle de l'animal…

En quelques secondes, ils perdirent tout sens de l'orientation à cause de l'obscurité de la forêt. Bien qu'il n'entendît plus les hurlements des loups-démons ni le cri perçant du monstre volant, Wil redoutait de retourner sur leurs pas, vers les créatures qu'ils essayaient désespérément de fuir. Il tira sur les rênes pour essayer de dégager le mors, mais Artaq ne lâcha pas prise.

Le Valombrien avait renoncé à essayer d'arrêter le cheval quand il ralentit brusquement, puis s'arrêta. Au milieu de la piste forestière, haletant, les narines palpitantes, il baissa la tête et hennit doucement. Un long moment de silence suivit. Wil et Amberle se regardèrent, intrigués.

Une grande silhouette noire apparut devant eux, sortant des ombres de la forêt sans un bruit.

Wil n'eut pas le temps de penser à saisir les Pierres elfiques. La silhouette avança et posa une main sur le cou en sueur d'Artaq, caressant sa peau satinée.

L'homme leva la tête, et son visage, jusque-là caché par son capuchon, apparut enfin.

Allanon !

— Vous allez bien ? demanda-t-il.

Il tendit la main pour aider Amberle à descendre de selle, et la posa délicatement sur le sol.

La jeune elfe fit un signe affirmatif, de l'étonnement dans ses yeux verts. De l'étonnement… et une bonne dose de colère. Le druide fronça les sourcils, puis se tourna pour aider Wil, mais le Valombrien était déjà descendu de sa monture.

— Nous vous avons cru mort ! cria-t-il.

— Tout le monde adore décréter ma fin avec un peu d'avance ! Comme vous le voyez, je suis parfaitement…

— Allanon, nous devons partir d'ici, coupa Wil. Les loups-démons nous traquent et une créature noire volante…

— Wil, doucement !

— ... nous a presque rattrapés dans la vallée…

— Wil !

Wil Ohmsford se tut. Allanon lui jeta un regard désapprobateur.

— Je peux placer un mot ? (Le Valombrien rougit.) Merci ! D'abord, vous êtes en sécurité. Les démons ne vous poursuivent plus. Celui qui les conduit sent ma présence. Il me craint, et il a tourné les talons.

Le Valombrien ne parut pas rassuré pour autant.

— C'est sûr ?

— Tout à fait sûr ! Personne ne vous a suivis. Maintenant, venez avec moi, tous les deux, et asseyez-vous.

Il les conduisit près d'une souche, et les deux jeunes gens s'y laissèrent tomber, épuisés. Allanon resta debout.

— Nous devons reprendre le chemin d'Arborlon cette nuit, dit-il, mais nous avons le temps de nous reposer avant de repartir.

— Comment êtes-vous arrivé là ? demanda Wil.

— Je pourrais vous poser la même question, fit le géant. (Il s'accroupit, un genou en terre et s'enroula dans ses vêtements noirs.) Comprenez-vous ce qui vous est arrivé à la rivière ?

— Je crois que oui, dit le Valombrien.

— C'était le roi de la rivière Argentée, intervint Amberle. Nous l'avons vu, et il nous a parlé.

— En réalité, il a parlé à Amberle, corrigea Wil. Mais que vous est-il arrivé ? Vous a-t-il aidé aussi ?

— Je ne l'ai pas vu ! J'ai seulement aperçu la lumière qui vous a enveloppés et emportés. Cet être solitaire et mystérieux se montre à très peu de gens. Cette fois, il a choisi de vous apparaître, pour des raisons connues de lui seul. Mais il a provoqué une grande confusion parmi les démons, et j'en ai profité pour m'échapper... Amberle, vous avez dit qu'il vous a parlé. Vous souvenez-vous de ses paroles ?

— Pas exactement... C'était comme un rêve. Il m'a dit quelque chose que je n'ai pas bien saisi. Une connexion... ?

Un instant, un éclair de compréhension passa dans le regard du druide, mais ni Wil ni Amberle ne s'en aperçurent.

— Peu importe ! Il vous a aidés quand vous en aviez besoin, et pour cela, nous avons une dette envers lui.

— Nous avons une dette envers lui, mais pas envers vous ! dit Amberle sans cacher sa colère. Où étiez-vous pendant tout ce temps ?

Allanon parut surpris.

— Je vous cherchais. Quand il vous a aidés, le roi de la rivière Argentée vous a séparés de moi. Je savais que vous étiez en sécurité, mais j'ignorais où il vous avait emmenés, et comment vous retrouver. J'aurais pu utiliser la magie, mais ça m'a paru inutilement dangereux. Celui qui conduit les démons possède un pouvoir égal au mien, et peut-être plus grand. Utiliser la magie aurait pu lui révéler où nous étions. J'ai préféré continuer mon chemin vers Arborlon, pensant que vous vous souviendriez de mes instructions et que vous les respecteriez. J'ai été obligé de me déplacer à pied, car votre cheval gris, Wil, a été perdu dans la bataille. Mais j'étais sûr que vous étiez devant moi. Quand vous avez utilisé les Pierres elfiques, j'ai compris que je m'étais trompé.

Il haussa les épaules.

— À ce moment-là, j'avais presque atteint Arborlon. J'ai rebroussé chemin aussitôt, pensant que vous chercheriez refuge dans la forêt en y entrant au niveau de la Mermidon. Encore une fois, j'avais tort. Quand j'ai entendu les hurlements des loups-démons, j'ai compris que vous tentiez d'atteindre la vallée de Rhenn...

— On dirait que vous vous êtes trompé souvent dans cette affaire ! cracha Amberle.

Allanon ne dit rien, ses yeux sondant ceux de la jeune femme.

— Et je pense que vous avez eu tort de venir me chercher !

— C'était nécessaire.

— Ça reste à démontrer. Ce qui m'inquiète, en ce moment, c'est que les démons ont toujours eu une étape d'avance sur vous. Combien de fois ont-ils failli me capturer ?

Allanon se leva.

— Trop souvent. Cela ne se reproduira pas.

Amberle se leva aussi, rouge de colère.

— Je ne me sens plus rassurée par vos promesses. Il faut que ce voyage se termine. Je veux rentrer chez moi. À Havenstead, pas à Arborlon !

— Essayez de comprendre... J'ai fait pour vous tout ce que j'étais capable de faire.

— Peut-être. Ou seulement ce qui vous arrange !

— Dire ça est injuste, jeune elfe ! Vous en savez moins sur la situation que vous ne le supposez.

— Je sais une chose : vous et le « protecteur » que vous m'avez choisi ne vous êtes pas montrés très efficaces. Je serais bien mieux lotie sans vous ! Amberle était si furieuse que des larmes perlèrent à ses paupières.

Elle les regarda comme si elle les mettait au défi de la contredire. Comme ils s'en abstinrent, elle se détourna et s'engagea sur la piste obscure.

— Vous avez dit que nous devons partir pour Arborlon cette nuit ! lança-t-elle. Je veux que tout ça se termine !

Wil Ohmsford la regarda, étonné et furieux. Un moment, il envisagea de rester assis là et de la laisser continuer son chemin seule. De toute évidence, elle n'avait pas grand respect pour lui, ni besoin de sa présence...

Puis il sentit la main d'Allanon sur son épaule.

— Ne soyez pas trop rapide à la juger, dit-il doucement.

Allanon retira sa main et s'approcha d'Artaq. Il jeta un coup d'œil interrogateur à Wil. Le Valombrien se leva. Après tout, il était déjà venu jusque-là... Qu'avait-il à gagner en refusant de continuer ?

Le druide était déjà parti sur les traces de la jeune elfe. Wil les suivit à contrecœur.

Chapitre 18

Les ombres s'allongeaient déjà sur la cité d'Arborlon. Eventine Elessedil, assis seul dans son bureau, examinait la liste, préparée par Gael, des sujets qui demanderaient son attention le matin suivant. Le visage tiré de fatigue, il plissait les yeux pour mieux voir à la lueur de la lampe à huile posée sur son bureau. La pièce tranquille permettait au vieux roi des elfes de se retirer dans le silence de ses pensées.

Il jeta un coup d'œil à Manx, allongé contre une bibliothèque de l'autre côté de la salle. Les flancs grisonnants du chien-loup se levaient et s'abaissaient régulièrement. Eventine sourit. *L'ami,* se dit-il, *le sommeil te vient aisément. Il est profond, sans rêves et sans soucis.*

Il enviait presque son chien, car il aurait donné cher pour une seule nuit de bon sommeil. Mais il s'était très peu reposé, ces derniers temps. Quand il arrivait à dormir, des cauchemars le tourmentaient, reflets des déplaisantes réalités de ses journées qu'il emportait avec lui dans le sommeil. Les cauchemars le pourchassaient, semblant se moquer de lui, pleins de haine et de méchanceté. Ils revenaient toutes les nuits et le réveillaient souvent, le forçant à un sommeil fragmenté qui n'était pas reposant.

La lutte cessait seulement quand l'aube se levait…

Le roi se frotta les yeux, puis le visage. Il devrait dormir bientôt, c'était un impératif biologique, mais il savait que ce sommeil ne lui apporterait pas beaucoup de repos.

Quand il écarta les mains de son visage, il découvrit Allanon. Un moment, il n'en crut pas ses yeux, pensant à une hallucination provoquée pas la fatigue. Lorsqu'il plissa les yeux, l'image refusant de disparaître, il se leva d'un bond.

— Allanon ! Je croyais avoir la berlue !

Le druide avança et ils se serrèrent les mains.

— L'avez-vous trouvée ?

— Oui. Elle est ici.

Eventine ne sut pas comment réagir. Devant la bibliothèque, Manx leva la tête et bâilla.

— Je ne pensais pas qu'elle accepterait de revenir, dit le roi. (Il hésita.) Où l'avez-vous installée ?

— Là où elle peut être protégée. (Allanon lâcha la main du monarque.) Nous n'avons pas beaucoup de temps. Je vous demande de réunir au plus vite vos fils et les conseillers et de les mettre au courant du danger qui menace les elfes. Soyez sûr de faire le bon choix. Convoquez-les dans la salle du Grand Conseil elfique. Annoncez-leur que je veux leur parler. Mais ne le dites à personne d'autre. Assurez-vous que vos gardes soient en alerte pendant ce temps. Dans une heure, je vous y rejoindrai.

Il se tourna et se dirigea vers la fenêtre ouverte par où il était entré.

— Amberle… ? demanda Eventine.

— Dans une heure, répondit le druide.

Puis il se glissa entre les rideaux et disparut.

Les notables convoqués par le roi arrivèrent tous en moins d'une heure. La salle du Conseil était une pièce hexagonale de chêne et de pierre au toit en forme d'étoile soutenu par des poutres massives. Contre un mur se dressait l'estrade du roi, une volée de marche menant au trône de chêne sculpté à la main flanqué des étendards des maisons de tous les rois des elfes.

Des gradins couraient le long des autres murs, donnant sur une aire circulaire au sol de marbre poli entourée comme une arène par une rambarde en fer. Au centre de ce cercle se dressait une grande table ovale entourée des vingt et une chaises destinées aux membres du Grand Conseil elfique.

Ce soir, six seulement étaient occupées, dont une par Ander Elessedil. Il ne parlait pas aux cinq autres personnes, les yeux rivés sur les doubles portes fermées, au fond de la salle. Il ne pouvait s'empêcher de penser à Amberle. Bien que son père ne l'ait pas mentionnée quand il était venu lui annoncer le retour d'Allanon, il était tout de même sûr que le druide avait réussi à la ramener. Dans le cas contraire, il n'aurait pas convoqué le Conseil. Il était persuadé qu'Allanon avait l'intention de la présenter aux conseillers pour demander qu'ils lui confient la recherche du Feu de Sang.

En revanche, il n'était pas sûr de la réponse du Conseil. Si le roi parlait le premier et soutenait la requête du druide, les autres se plieraient probablement à ses souhaits. Mais ce n'était pas gagné d'avance, vu l'hostilité profonde des elfes pour Amberle. De plus, Ander doutait que son père agirait ainsi. Il écouterait d'abord les hommes qu'il avait rassemblés, puis prendrait sa décision.

Ander ignorait encore ce qu'il dirait. On lui demanderait son avis, bien entendu. Mais comment être objectif quand il s'agissait d'Amberle ? Des émotions contradictoires s'agitaient en lui, menaçant de troubler son jugement. L'amour et le ressentiment luttaient dans son esprit. Il serra les poings, perturbé par ce qu'il éprouvait. Peut-être ferait-il mieux de ne rien dire, et de se rallier à la décision des autres.

Il regarda ses compagnons. À part Dardan et Rhoe, qui montaient la garde devant les portes de la salle, personne n'avait été informé de cette réunion. Son père aurait pu faire appel à quelques autres notables – des gens de bien – mais il avait choisi ceux-là. Un groupe équilibré, pensa Ander. Mais quelle serait la réaction de ces hommes quand ils entendraient cette histoire ?

Il était loin d'en être sûr…

Arion Elessedil était assis à droite de son père, la place réservée au prince héritier du royaume. Le roi lui demanderait son avis en premier, comme chaque fois qu'une décision importante devait être prise. Arion était la force de son père, qui l'aimait férocement. Sa seule présence rassurait Eventine. Ander savait que la sienne était loin d'avoir le même effet. Mais Arion manquait de compassion, et, par moment, son entêtement l'aveuglait et lui faisait perdre tout sens commun. Il était difficile de dire ce qu'il ferait dès qu'il s'agissait d'Amberle. Il avait autrefois beaucoup aimé la jeune femme, la seule enfant de son frère préféré. Mais c'était du passé. Ses sentiments avaient changé après la mort d'Aine, et plus encore quand Amberle avait abandonné son poste près de l'Ellcrys. Le prince héritier était plein d'amertume à ce sujet, en grande partie à cause du chagrin que la jeune femme avait fait à son grand-père. Il était impossible de mesurer l'étendue de cette amertume, mais Ander supposait qu'elle était assez importante pour avoir une influence.

Le Premier ministre du roi, Emer Chios, siégeait à côté d'Arion. C'était un homme éloquent et persuasif, et on pouvait compter sur lui pour exprimer honnêtement son opinion. Même si Eventine et son Premier ministre n'étaient pas toujours d'accord, ils avaient un grand respect de leurs opinions. Eventine prêterait attention à ce qu'il dirait.

Kael Pindanon, le commandant des Armées elfiques, était le plus vieil ami du roi. Dix ans plus jeune qu'Eventine, il faisait beaucoup plus vieux. Son visage était sillonné de rides et son corps noueux était couvert de cicatrices récoltées au combat. Sa longue chevelure blanche lui descendait au-dessous des épaules, et il arborait une moustache tombante. Dur comme le fer et déterminé, c'était le conseiller le plus prévisible. Ce vieux soldat était entièrement dévoué à son roi. Il choisissait toujours le camp de son maître et ami. Même en ce qui concernait Amberle…

Le dernier homme assis à la table ne faisait pas partie du Grand Conseil. Plus jeune qu'Ander, c'était un elfe mince aux cheveux noirs et aux yeux marron toujours aux aguets. Assis à côté de Pindanon, sa chaise un peu à l'écart de la table ovale, il ne parlait pas aux autres, mais écoutait et les regardait. Deux dagues pendaient à sa ceinture, une grande épée étant suspendue au dossier de sa chaise. Il ne portait aucun insigne, excepté un petit médaillon accroché à une chaîne d'argent et orné des armoiries des Elessedil. Nommé Crispin, il commandait la garde du palais, le corps d'élite de Chasseurs dont l'unique devoir était la protection du roi. Sa présence au Conseil était un mystère. Ander n'aurait pas cru que son père lui demanderait son opinion. Mais Eventine ne faisait pas toujours ce qu'il supposait…

En dépit de leurs occupations et de leurs personnalités différentes, les hommes que son père avait rassemblés avaient un point commun : leur indéfectible loyauté au vieux roi. Eventine pensait sûrement pouvoir leur faire confiance pour prendre une décision difficile. Et ce serait vers l'un deux que le roi se tournerait quand viendrait le moment de défendre le pays natal des elfes…

Ce moment approchait rapidement ! La lutte entre les elfes et les démons était inévitable. Chaque jour, l'Ellcrys faiblissait un peu plus. La pourriture et la flétrissure attaquaient de plus en plus de branches. Tous les jours, des rapports signalaient la présence de créatures étranges et effrayantes aux frontières des Terres de l'Ouest. Des patrouilles de soldats allaient de la vallée de Rhenn au Sarandanon, des fourrés Enchevêtrés au Kershalt, et le nombre de créatures grandissait sans cesse. D'autres suivraient, cela ne faisait aucun doute, jusqu'à ce que la dernière se soit libérée et qu'elles s'unissent pour attaquer les elfes.

Ander posa les coudes sur la table et croisa les mains sur son front, s'abritant les yeux de la lumière. L'Ellcrys dépérissait si vite qu'il se demanda s'il restait encore le temps d'atteindre le Feu de Sang, même si Allanon avait réussi. Le temps ! Tout revenait à ça.

Les portes s'ouvrirent et six têtes se tournèrent vers elles. Allanon entra, impressionnant dans ses robes noires. Il était flanqué de deux silhouettes plus menues enveloppées de manteaux à capuchon, le visage caché.

Amberle ! pensa aussitôt Ander. Mais qui était l'autre personne ?

Les trois visiteurs avancèrent jusqu'à la table. Le druide fit signe à ses compagnons de s'asseoir, puis tourna la tête vers le roi.

— Mon seigneur Eventine, dit-il en s'inclinant.

— Allanon... Soyez le bienvenu.

— Tout le monde est réuni ?

— Oui. Je vous en prie, parlez...

— Très bien. Je vous livrerai mon message une seule fois. Donc, écoutez bien ! La nation des elfes est en péril. L'Ellcrys décline de plus en plus vite chaque jour. En même temps, la Barrière s'érode. Les démons que vos ancêtres avaient emprisonnés derrière se libèrent et menacent d'envahir de nouveau votre monde. Bientôt, tous seront libres. À ce moment-là, ils chercheront à vous anéantir. Ne mettez pas mes paroles en doute, mes seigneurs ! Vous ne connaissez pas encore la haine qui motive ces créatures. J'en ai rencontré une poignée, qui ont déjà traversé la Barrière, et j'en parle d'expérience. Leur haine est sans limite ! Elle leur donne un pouvoir effrayant, plus grand que celui qu'ils possédaient avant d'être bannis de la terre. Je doute que vous soyez capables de résister.

— Vous ne connaissez pas l'armée elfique ! grogna Pindanon.

— Commandant, dit Eventine, écoutons-le...

Pindanon se tut, mais ses mâchoires serrées en disaient long sur ses sentiments.

— L'Ellcrys est la clé de votre survie, continua Allanon. Quand il mourra, la Barrière s'écroulera. La magie qui l'a créée et maintenue aura disparu. Une seule chose peut empêcher ce drame. Selon les légendes elfiques, l'Ellcrys doit passer par une renaissance. Un Élu devra transporter sa semence jusqu'à la source de toute vie, le Feu de Sang de la Terre. Là, la semence devra être immergée entièrement, puis ramenée à l'endroit où l'arbre a ses racines. Alors, l'Ellcrys bénéficiera d'une nouvelle vie. Une fois la Barrière restaurée, les démons seront de nouveau bannis.

» Gens d'Arborlon, écoutez-moi ! Il y a deux semaines, ayant découvert que l'Ellcrys était mourant, je suis venu voir Eventine Elessedil, et je lui ai offert mon aide. Mais je suis arrivé trop tard. La Barrière avait déjà commencé à faiblir, et quelques démons en ont profité pour s'échapper. Avant que j'aie pu agir, ils tuèrent dans leur sommeil tous les Élus qu'ils trouvèrent sur place.

» J'ai dit au roi que j'aiderai les elfes de deux manières. D'abord, en allant à la forteresse des Druides, à Paranor, pour chercher la définition du nom « Garde-Sûre » dans les archives. Je l'ai fait, et j'ai découvert où est le Feu de Sang.

Il s'interrompit, étudiant les conseillers.

— J'ai dit au roi que je chercherai quelqu'un pour transporter la semence de l'Ellcrys. Et j'ai ramené cette personne avec moi à Arborlon.

Ander se raidit quand un murmure d'incrédulité accueillit cette nouvelle. Allanon fit signe à un des visiteurs d'approcher.

— Avancez.

Un des deux inconnus se leva et rejoignit le druide.

— Enlevez votre capuchon.

L'inconnu hésita. Les elfes se penchèrent, impatients. Sauf Eventine, qui resta impassible, les mains serrant le bois sculpté des bras de son fauteuil.

— Enlevez votre capuchon, répéta doucement Allanon.

Cette fois, des mains brunes tirèrent le capuchon. Les yeux verts d'Amberle, pleins d'incertitude, rencontrèrent ceux de son grand-père. Il y eut un moment de silence stupéfait.

Arion se leva, livide de rage.

— Non ! Druide, ramenez-la à l'endroit où vous l'avez trouvée !

Ander se leva à demi, indigné par les paroles de son frère, mais le roi lui saisit le bras et le força à se rasseoir. Des commentaires fusèrent, inaudibles dans le brouhaha des voix.

Eventine leva la main, et le silence retomba sur la salle.

— Écoutons ce qu'Allanon veut nous dire.

Arion se rassit et le druide reprit la parole.

— Je vous demande de vous souvenir d'un point : seul, un Élu, ou une Élue, au service de l'arbre pendant l'année en cours peut s'occuper de la semence de l'Ellcrys. Au début de l'année, il y avait sept Élus. Il en reste une. Amberle Elessedil est notre dernier espoir.

Arion bondit de son siège.

— Ce n'est pas un espoir ! Elle n'est plus une Élue !

Kael Pindanon acquiesça.

Allanon avança d'un pas.

— Vous doutez qu'elle soit toujours une Élue ? Sachez qu'elle aussi en doute... Mais je lui ai dit, comme à son grand-père, et comme je vous le répète, que ce n'est pas son opinion, ni celle du roi ni la vôtre qui compte. Qu'elle soit la petite-fille du roi ou une paria, peu importe ! Vous devriez plutôt vous inquiéter de la sécurité de votre peuple, et de ceux des Quatre Terres, car ce danger les menace aussi. Si Amberle peut agir, ce qui s'est passé doit être oublié.

— Je n'oublierai jamais !

— Que demandez-vous, au juste ? s'enquit Emer Chios.

Arion se rassit. Allanon se tourna vers le Premier ministre.

— Une seule chose. Seul l'Ellcrys a le droit de décider si Amberle est toujours une Élue, car c'est lui qui l'a choisie. Nous devons savoir ce qu'en pense l'arbre. Qu'Amberle aille voir l'Ellcrys. Si elle est acceptée, elle recevra la semence et partira à la recherche du Feu de Sang.

— Et sinon ?

— Espérons que la foi du commandant Pindanon en l'armée elfique est justifiée…

Arion se leva de nouveau, ignorant le regard que lui lança son père.

— Vous nous en demandez trop, druide. Faire confiance à une femme qui a déjà prouvé qu'elle en était indigne !

— Non. Je vous demande de vous fier à l'Ellcrys, comme votre peuple le fait depuis des temps immémoriaux. Qu'on lui laisse prendre cette décision.

— Je ne suis pas d'accord. L'arbre ne parle à personne. (Il jeta un regard furieux à Amberle.) Si cette jeune femme souhaite que nous lui fassions confiance, qu'elle nous explique pourquoi elle a quitté Arborlon. Oui, pourquoi a-t-elle apporté le déshonneur à sa famille ?

Allanon se tourna vers la jeune elfe, désormais livide.

— Je n'avais pas l'intention de déshonorer les miens, dit-elle. J'ai fait ce que je pensais devoir faire…

— Tu nous as déshonorés ! cria Arion. Tu es la fille de mon frère, et je l'aimais beaucoup. Je voudrais comprendre tes actes, mais j'en suis incapable. Ils ont attiré la honte sur notre famille et sur la mémoire de ton père. Aucun Élu n'a jamais refusé l'honneur de servir l'Ellcrys. Aucun ! Mais toi, tu l'as rejeté, comme s'il ne signifiait rien !

— Je n'étais pas destinée à être une Élue, Arion. C'était une erreur. J'ai essayé de servir comme les autres, mais je n'ai pas pu.

— Tu n'as pas pu ? dit Arion. Pourquoi ? Je veux connaître la raison ! C'est l'occasion de t'expliquer. Fais-le !

— Je ne peux pas ! Il me serait impossible de vous expliquer, même si je le désirais, même si… (Elle jeta un regard suppliant à Allanon.) Pourquoi m'avez-vous ramenée ? Cela n'a aucun sens. Ils ne veulent pas de moi, et je n'ai pas envie d'être ici. J'ai peur, comprenez-vous ? Laissez-moi rentrer chez moi.

— Vous êtes chez vous, dit tristement le druide. (Il regarda Arion.) Vos questions sont inutiles, prince. Réfléchissez à leur motivation. Le chagrin donne naissance à l'amertume, et l'amertume à la colère. Si vous allez trop loin sur cette voie, vous perdrez votre chemin.

Il balaya l'assemblée du regard.

— Je ne prétends pas comprendre pourquoi cette jeune femme a choisi une vie différente de celle qu'on lui offrait à Arborlon. Ce n'est pas à moi de la juger, ni à vous. Ce qui est fait est fait ! Elle a été courageuse lors du voyage de retour vers Arborlon. Les démons ont appris son existence et ils l'ont pourchassée. Ils sont toujours à sa recherche. Elle a bravé bien des dangers pour revenir. Cela aura-t-il été vain ?

Quand le druide parla des dangers courus par Amberle, une lueur d'inquiétude traversa les yeux d'Eventine. Et Ander s'en aperçut…

— Vous auriez pu la conduire devant l'Ellcrys sans nous consulter, dit Emer Chios. Pourquoi ne pas l'avoir fait ?

— Amberle ne voulait pas revenir à Arborlon. Elle a finalement accepté parce que je l'ai persuadée qu'elle devait aider son peuple. Mais je ne voulais pas l'obliger à revenir secrètement. Si elle doit se présenter devant l'Ellcrys, il lui faut votre approbation.

Il passa un bras autour des épaules de la jeune femme. Elle le regarda, de la surprise sur son visage enfantin.

— Vous devez faire votre choix, dit le druide. Qui d'entre vous se lèvera pour la soutenir ?

Un grand silence tomba sur la salle. Les elfes et le druide se regardèrent. Oubliée de tous, la deuxième silhouette encapuchonnée s'agitait nerveusement à l'autre bout de la table. Les secondes passèrent. Personne ne bougea.

Puis Ander Elessedil s'avisa qu'Allanon le regardait. Une étrange... compréhension... passa entre eux. Alors, Ander sut ce qu'il devait faire.

Il se leva.

— Ander ! cria son frère.

Le prince regarda Arion, puis tourna la tête. Contournant la table, il vint se placer à côté d'Amberle. Elle leva les yeux vers lui, effrayée, comme un animal sauvage. Il la prit doucement par les épaules et se pencha pour lui embrasser le front. Elle le serra contre elle, les larmes aux yeux.

Emer Chios se leva.

— Il n'est pas difficile de prendre cette décision, mes seigneurs, dit-il. Quelle que soit notre opinion, nous devons tirer le meilleur parti possible de nos atouts.

Il rejoignit Ander à côté d'Amberle.

Crispin jeta un coup d'œil à Eventine puis se leva et vint se placer à côté d'Ander.

Le Conseil était divisé : trois membres du côté d'Amberle, et trois toujours assis. Eventine regarda Arion.

— Je ne suis pas aussi bête que mon frère. Je refuse !

Le roi se tourna vers Pindanon.

— J'ai toute confiance en l'armée des elfes, dit le vieux soldat, pas en cette gamine. (Il hésita.) Mais elle est de votre famille. Mon vote reflétera le vôtre, Majesté. Qu'il soit avisé !

Tous les regards se tournèrent vers Eventine. Un moment, il parut ne pas avoir entendu.

Puis il se leva.

— La décision est prise. Amberle se présentera à l'Ellcrys.

Arion Elessedil bondit sur ses pieds, jeta un regard mauvais à Ander et quitta la salle sans un mot.

Dans les ombres du capuchon qui le dissimulait, Wil Ohmsford vit du chagrin et de l'incrédulité dans les yeux d'Ander Elessedil quand son frère quitta la pièce. Il s'était ouvert entre eux un fossé qui ne serait pas facile à combler. Puis le regard du prince se posa sur Wil, qui détourna les yeux, gêné.

Allanon déclara qu'il valait mieux qu'Amberle se repose un jour ou deux avant d'aller voir l'Ellcrys. Quand ce serait fait, le Conseil se réunirait de nouveau. Wil se leva, toujours dissimulé dans son manteau, car Allanon l'avait prévenu qu'il ne devait pas révéler son identité. La salle se vidant, il vint se placer à côté d'Amberle. Ander Elessedil jeta un coup d'œil vers eux, hésita, puis suivit les autres. Allanon avait pris Eventine à part et lui parlait à voix basse. Ils semblaient ne pas être d'accord sur un point. Sur un signe de tête, le roi des elfes partit lui aussi.

Wil et Amberle restèrent seuls avec le druide.

Allanon les ramena dans l'entrée du bâtiment. Il s'arrêta, écouta autour de lui, et se tourna de nouveau vers eux.

— Amberle, dit-il, je veux que vous alliez immédiatement voir l'Ellcrys.

— Pourquoi ? C'est trop rapide ! Il me faut du temps pour m'y préparer. De plus, vous venez de dire que j'irais dans un jour ou deux !

— Une petite tromperie... nécessaire. Quels préparatifs feriez-vous ? Ce n'est pas une épreuve d'endurance. Soit vous êtes toujours une Élue au service de l'arbre, soit vous ne l'êtes plus.

— Je suis fatiguée, druide ! Et j'ai besoin de sommeil ! Je ne peux pas faire ça maintenant !

— Vous le devez... Je sais qu'il vous faut du repos. Mais ça devra attendre. D'abord, vous devez voir l'Ellcrys. Sans délai.

Amberle se raidit, puis éclata en sanglots. On eût dit que tout ce qui lui était arrivé depuis l'apparition du druide l'avait rattrapée d'un coup et la submergeait. Toutes ses défenses s'étaient effondrées. Minuscule, vulnérable, en larmes, elle n'arrivait plus à parler. Quand Allanon tendit la main vers elle, elle recula et détourna la tête.

Wil Ohmsford la regarda, ne trouvant rien à dire.

Elle s'arrêta enfin de pleurer.

— Est-il nécessaire que je vois l'Ellcrys ce soir, Allanon ?

— Oui, jeune elfe.

— Dans ce cas, j'irai...

Chapitre 19

Les pâles rayons de la lune éclairaient la nuit. Des odeurs de fleurs et des bourdonnements réconfortants flottaient dans l'obscurité, effleurant les haies, les parterres et les buissons des jardins de la Vie. Les ombres effaçaient les couleurs vives des jardins, les transformant en un étrange dessin en noir et blanc. Les minuscules créatures vivantes qui s'éveillaient avec la nuit rampaient ou volaient sans laisser de traces de leur passage.

Au milieu des Jardins, solitaire au sommet de la petite butte qui surplombait la terre natale des elfes, l'Ellcrys continuait son inexorable chemin vers la mort. La beauté parfaite qui était jadis sa marque distinctive avait disparu. Son écorce argentée, noircie et pourrie, s'écaillait comme des lambeaux de peau malade. Les feuilles rouge sang s'étaient flétries et celles qui étaient déjà mortes jonchaient le sol.

L'arbre magique n'était plus qu'un épouvantail squelettique et desséché…

Au pied de la butte, Allanon, Wil Ohmsford et Amberle le regardaient en silence. Un long moment, ils restèrent immobiles, à part le bruissement de leurs vêtements dans la brise nocturne. Puis Amberle prit la parole :

— Allanon, il a l'air si triste !

Le visage caché par son capuchon, le druide ne répondit pas. Une odeur de lilas plana près d'eux, puis disparut.

— Souffre-t-il ? demanda Amberle.

— Oui.

— Il est à l'agonie ?

— Sa vie se termine. Il lui reste peu de temps.

— Vous ne pouvez rien faire pour lui ?

— Ce qui peut être fait ne peut l'être que par vous, murmura Allanon.

Amberle soupira, résignée. Les secondes passèrent. Wil s'agita, attendant que la jeune elfe trouve une forme de paix intérieure. Il savait que cela ne lui serait pas facile. Elle ne s'était pas attendue à venir ici cette nuit, pas plus que lui. Après la séance du Conseil, ils pensaient qu'on les laisserait enfin se reposer.

— Il dort, murmura Amberle.

— Il se réveillera pour vous, dit le druide.

Elle n'a pas envie de faire ça, pensa Wil. *Et elle ne l'a jamais voulu. Elle est effrayée et l'a dit dès la première nuit, dans le petit jardin derrière sa maison. Pourtant, elle n'a jamais révélé pourquoi.*

Wil regarda vers le haut de la butte. Qu'est-ce qui effrayait tant Amberle ?

— Je suis prête, dit-elle d'une voix déterminée.

— Alors, allez-y. Nous vous attendrons ici.

Amberle ne partit pas tout de suite, comme si elle attendait quelque chose de plus du druide. Mais il n'ajouta rien. Relevant ses jupes, elle entreprit de gravir la pente, les yeux levés vers l'arbre misérable qui attendait au sommet.

Elle ne regarda pas en arrière.

Amberle se campa devant l'Ellcrys, mais hors de portée de ses branches. Au-delà de la butte, les Terres de l'Ouest s'étendaient à perte de vue.

La brise nocturne caressait son visage. Elle inspira à fond, essayant de se calmer.

J'ai besoin d'un moment de répit, se dit-elle. *Un seul petit moment...*

Mais elle avait si peur !

Elle ne comprenait toujours pas pourquoi, même après tout ce temps. Elle aurait dû être capable de maîtriser sa peur. Mais elle n'y parvenait pas. Une angoisse irraisonnée, insensée, aveugle. Elle était toujours là, rôdant dans son esprit comme une bête sauvage qui sortait de sa cachette chaque fois qu'elle pensait à l'Ellcrys. Elle lutta contre sa peur, mais elle l'envahit tout de même. À Havenstead, elle avait pu la refouler. À moins de dix pas de l'arbre, elle se souvint de la façon dont l'Ellcrys la touchait.

Elle frémit. C'était le contact physique avec l'Ellcrys qu'elle redoutait. Pourquoi ? Il ne lui faisait aucun mal et elle n'avait jamais été blessée. Cela permettait seulement à l'Ellcrys de communiquer ses pensées à travers une série d'images. Mais avec le contact venait le sentiment qu'il y avait *autre chose,* et ce depuis la première fois que l'Ellcrys lui avait parlé. Quelque chose qu'elle ne comprenait pas.

L'ululement d'une chouette la tira de ses pensées. Elle était là depuis quelques minutes. Les deux hommes qui l'attendaient en bas devaient se demander ce qu'elle faisait.

Elle fit rapidement le tour de l'arbre, disparaissant à leur vue.

Le druide et le Valombrien regardèrent la jeune elfe contourner l'Ellcrys. Ils restèrent debout un moment. Comme elle ne reparaissait pas, Allanon s'assit sans un mot sur l'herbe et Wil l'imita.

— Que ferez-vous si l'Ellcrys décide qu'elle ne fait plus partie des Élus ?

— Ça ne se produira pas...

Le Valombrien hésita un instant.

— Vous savez à son sujet quelque chose que vous ne nous avez pas dit, n'est-ce pas ?

— Non. Pas dans le sens où vous l'entendez.

— Mais dans un *certain* sens, oui...

— Votre seul souci, Valombrien, est de faire en sorte que rien ne lui arrive de mal quand vous aurez quitté Arborlon.

Wil eut l'impression que la question, pour le druide, était entendue. Mais il n'était pas entièrement satisfait.

— Pouvez-vous me dire autre chose ? demanda-t-il un peu plus tard. Pourquoi a-t-elle si peur de l'Ellcrys ?

— Je ne peux pas répondre.

— Pourquoi ?

— Parce que je ne suis pas sûr de le comprendre moi-même. Et je doute qu'elle sache pourquoi... Mais quand elle sera prête à vous le faire savoir, elle vous le dira...

— J'en doute..., dit Wil. Elle ne semble pas avoir une très haute opinion de moi.

Allanon ne fit aucun commentaire. Ils restèrent assis en silence, regardant le sommet de la butte où trônait l'arbre solitaire.

Aucune trace d'Amberle.

— Est-elle en sécurité, seule, là-haut ? demanda Wil.

Le druide inclina la tête. Wil attendit qu'il lui dise pourquoi elle était en sécurité, mais il ne proposa aucune explication. Le Valombrien haussa les épaules. Si proche d'elle, il devait être capable d'assurer sa protection, se dit-il.

Du moins, il l'espérait...

Un long moment, Amberle ne bougea pas, paralysée par la peur. Elle resta debout, raide et glacée, à cinq pas des branches les plus proches. La peur coulait en elle, brouillant ses pensées. Elle perdit tout sens du temps, du lieu, de tout – excepté de son incapacité à faire les quelques pas qui s'imposaient.

Quand elle se décida enfin, il lui sembla que quelqu'un d'autre avançait à sa place. Elle s'aperçut seulement que la distance entre l'Ellcrys et elle diminuait, puis disparaissait totalement. Elle était sous l'arbre, perdue dans ses ombres. La brise nocturne mourut et le froid qui envahissait Amberle se transforma en une chaleur brûlante.

Sans un mot, elle se laissa tomber à genoux au milieu des feuilles mortes et des brindilles cassées. Les mains sur son giron, elle attendit.

Peu après, une branche flétrie s'enroula doucement autour de ses épaules.

— Amberle...

La jeune elfe fondit en sanglots.

Ils étaient assis depuis quelque temps quand Wil se souvint de quelque chose de bizarre qu'Allanon avait dit un peu plus tôt. Il avait décidé de ne plus rien demander au druide après leur dernière conversation – si on pouvait l'appeler ainsi – mais sa curiosité prit le dessus.

— Allanon ?

Le druide tourna à peine la tête.

— Quelque chose me tracasse. Quand vous avez dit à Amberle que c'était pour ce soir, elle vous a rappelé que vous aviez annoncé au Conseil qu'elle se reposerait d'abord un jour ou deux. Vous avez répondu que c'était une « tromperie nécessaire ». Que vouliez-vous dire ?

— Je me demandais quand cette question vous traverserait l'esprit, Wil

Ohmsford, dit le druide avec un petit rire. Votre curiosité ne connaît pas de limites !

— Aurai-je une réponse à cette question-là ?

— Oui. Et elle ne vous plaira pas. La tromperie était nécessaire parce qu'il y a un espion dans le camp des elfes.

— Comment le savez-vous ?

— Simple logique… Quand je suis arrivé à Paranor, les démons m'y attendaient. Je n'ai pas été suivi, Valombrien : ils *m'attendaient*. Donc ils savaient que j'y allais. Comment l'ont-ils appris ? Et comment ont-ils su, pour commencer, que je m'occupais de cette affaire ? Seul Eventine savait que j'étais revenu dans les Quatre Terres. Et lui seul connaissait mes plans. Je lui ai dit sous le sceau du secret que j'irais à Paranor pour découvrir l'emplacement de Garde-Sûre. J'ai prévenu Eventine de n'en parler à personne, et je suis sûr qu'il a obéi. Cela laisse une possibilité : quelqu'un a entendu notre conversation. Un traître qui avait de bonnes raisons de nous vendre aux démons.

— Mais comment cela aurait-il pu arriver ? Selon vous, avant votre conversation avec le roi, personne ne savait que vous étiez revenu dans les Quatre Terres.

— Ça m'intrigue aussi, avoua le druide. L'espion doit être un proche du roi. Un de ses assistants, qui sait ?

Il haussa les épaules.

— Encore heureux que je n'aie pas révélé au roi où était Amberle. Sinon, les démons seraient arrivés avant moi. Et ils vous auraient trouvé aussi, je suppose.

Wil sentit un frisson lui parcourir l'échine. Cette idée était très désagréable, même après coup. Pour la première fois depuis qu'il fréquentait Allanon, il lui fut reconnaissant d'être si secret.

— Si tout ça est vrai, pourquoi en avez-vous dit autant aux elfes du Grand Conseil ? Un espion saura sans doute ce qui s'est dit pendant la réunion ?

— J'ai l'intention de *m'assurer* qu'il aura ces informations. C'est la raison de ma petite tromperie. Les démons savent que nous sommes ici. Ils savent qui je suis, et qui est Amberle. Mais pour le moment, ils ignorent qui *vous* êtes. Ils ont découvert tout cela grâce à ma conversation avec Eventine et d'après ce qu'ils ont vu en nous poursuivant depuis Havenstead. Nous n'avons rien dit de nouveau aux elfes du Grand Conseil, à part une information : Amberle se reposera quelques jours avant d'aller voir l'Ellcrys. Donc, les quelques jours à venir, les démons s'attendront à ce que nous ne fassions rien. Ça nous donnera un avantage mineur, mais très utile.

— Quel genre d'avantage ? demanda Wil. Qu'avez-vous à l'esprit, Allanon ?

— Pour savoir ça, Wil, j'ai peur de devoir vous demander d'être encore un peu patient. Mais je vous promets de vous répondre avant la fin de la nuit. Ça vous convient ?

Wil ne trouvait pas la situation très juste, et rien de ce qui se passait ne lui convenait vraiment, pensa-t-il, découragé. Pourtant, il aurait été inutile de harceler le druide. Quand il avait décidé quelque chose, il s'y tenait.

— Encore un point, fit le druide en posant une main sur l'épaule de Wil. Ne dites rien de tout ça à Amberle. Elle est déjà assez effrayée… Je ne vois pas l'intérêt de lui faire plus peur encore. Que cela reste entre vous et moi.

Le Valombrien acquiesça. Voilà au moins un élément sur lequel ils étaient d'accord !

Quelques minutes après, Amberle sortit de l'ombre de l'arbre. Elle resta un moment immobile, puis redescendit vers ses compagnons d'une démarche mal assurée. Quand elle approcha, ils virent qu'elle était bouleversée.

Arrivée près d'eux, elle s'arrêta, tremblant de tous ses membres.

— Allanon ? murmura-t-elle.

Voyant qu'elle était près de s'évanouir, le druide la prit dans ses bras. Wil les regarda, mal à l'aise, se sentant parfaitement inutile.

Quand Amberle cessa de pleurer, Allanon la lâcha et recula d'un pas. La jeune femme leva enfin les yeux vers lui.

— Vous aviez raison, murmura-t-elle.

Elle sortit les mains des plis de sa robe, et les ouvrit. Dans le creux de ses paumes, telle une pierre à la forme parfaite, reposait la semence de l'Ellcrys.

Chapitre 20

Toujours dissimulés par leur manteau à capuchon, ils sortirent des Jardins sans se faire remarquer par les sentinelles de la garde Noire.

Le druide ne leur dit pas où il les emmenait et ils ne posèrent pas de questions. Ils marchèrent en silence.

Les deux jeunes gens étaient épuisés. Le Valombrien regarda la jeune elfe, plus inquiet qu'il ne voulait se l'avouer. Mais son visage – le peu qu'il en apercevait sous le capuchon – ne lui apprit rien sur ses émotions. Quand il lui demanda si elle allait bien, elle se contenta de hocher la tête.

Quand ils arrivèrent devant le château des Elessedil, Allanon leur fit signe de le suivre vers un bosquet de pins bordant la pelouse sud. De là, ils longèrent une série de haies et arrivèrent à une petite alcôve fermée par des portes-fenêtres aux rideaux épais. Allanon frappa doucement à la vitre. Après une courte attente, les rideaux s'écartèrent, un verrou intérieur cliqueta et les portes s'ouvrirent. Allanon fit entrer ses deux compagnons, regarda autour de lui et les suivit, fermant les portes derrière lui.

Ils restèrent quelques instants dans l'obscurité, un bruit de pas indiquant que quelqu'un se déplaçait dans la pièce. Puis une chandelle s'alluma et ils virent qu'ils étaient dans un petit bureau, le chêne poli des murs et des étagères brillant doucement à la chiche lueur de la flamme. De l'autre côté de la petite pièce, un vieux chien-loup leva sa tête grisonnante et agita la queue en signe de bienvenue.

Eventine Elessedil posa la chandelle sur une table et se tourna vers ses visiteurs.

— Tout a été préparé ? demanda Allanon.

Le vieux roi acquiesça.

— Et les gens de votre suite ?

Le druide approcha de la porte qui donnait sur le reste de la demeure. Il l'ouvrit, jeta un coup d'œil et la referma.

— Tout le monde est endormi, sauf Dardan et Rhoe, qui montent la garde devant la porte de ma chambre, convaincus que j'y suis. Il n'y a personne ici, à part le vieux Manx.

Le chien-loup regarda son maître, puis reposa la tête entre ses pattes et ferma les yeux.

— Alors, nous pouvons commencer.

Allanon fit signe à Wil et Amberle de s'asseoir autour de la table de travail et il prit une troisième chaise pour lui. Le Valombrien s'assit, épuisé. Amberle fit mine de l'imiter, mais elle s'arrêta, les yeux rivés sur son grand-père. Eventine soutint son regard, hésita, puis approcha et la prit dans ses bras. Amberle se raidit, puis enlaça son grand-père et se blottit contre lui.

— Je vous aime, grand-père, murmura-t-elle. Vous m'avez manqué.

Le vieux roi ne répondit pas, mais il lui caressa les cheveux. Ensuite, il lui prit doucement le visage et le releva pour qu'elle le regarde.

— Ce qui est arrivé est oublié, Amberle, dit-il. Il n'y aura pas de rancune entre nous. C'est ton foyer. Je veux que tu reviennes habiter ici...

— J'ai parlé avec l'Ellcrys, grand-père. Il m'a dit que j'étais son Élue, et il m'a remis sa semence.

Le vieil homme pâlit.

— Je suis désolé, Amberle. Tu aurais préféré qu'il en aille autrement. Moi aussi, crois-moi !

— Je le sais...

Amberle recula et s'assit près de Wil et d'Allanon. Le roi resta debout, regardant sa petite-fille. Il semblait presque aussi perdu et perturbé qu'elle. Puis il avança et s'assit à côté des autres.

— Après le Grand Conseil, dit Allanon, Eventine et moi avons convenu de nous rencontrer plus tard dans la nuit. Ce qui sera dit ici restera entre nous. Le temps presse ! Nous devons agir vite si nous voulons sauver les elfes. L'Ellcrys agonise. Bientôt, les démons envahiront les Quatre Terres. Eventine et moi serons là pour les affronter. Mais vous, Amberle, vous devez partir à la recherche du Feu de Sang.

Il se tourna vers la jeune elfe.

— Je partirais avec vous si je le pouvais. Mais c'est impossible. Un des démons déjà libre, et d'autres qui le seront bientôt, ont des pouvoirs contre lesquels votre grand-père et les elfes ne peuvent rien sans mon aide. Ma tâche sera de protéger les elfes. La sorcellerie contre la sorcellerie ! Il doit en aller ainsi.

» Mais j'ai choisi Wil Ohmsford, et la décision de lui confier votre sécurité n'a pas été prise à la légère. Son grand-père a cherché avec moi l'Épée de Shannara. Il l'a trouvée et il s'est dressé seul contre le Roi-Sorcier. À cette époque, le grand-oncle de Wil, Flick, a sauvé la vie du roi Eventine. Wil a la force de caractère de ces deux hommes et le même sens de l'honneur. Vous savez qu'il détient les Pierres elfiques que j'avais remises à son grand-père. Il vous protégera comme je l'aurais fait, si j'avais pu. Amberle, il ne vous abandonnera pas et il n'échouera pas.

Il y eut un long moment de silence. Le Valombrien se sentit très mal. Il n'était pas aussi sûr de lui que ça ! Il regarda Amberle et s'aperçut qu'elle le regardait aussi.

— Vous êtes une Élue au service de l'Ellcrys, continua Allanon. Même si tout le monde avait préféré qu'il en aille autrement, la question a été réglée comme nous l'avions supposé. Vous êtes la dernière Élue, et donc l'ultime espoir de votre peuple. C'est une terrible responsabilité, Amberle, mais nul autre que vous ne peut l'assumer. Si vous échouez, les démons et les elfes se livreront bataille jusqu'à la destruction des uns ou des autres – voire des deux. L'Ellcrys vous a remis sa semence, et vous devez l'emmener au Feu de Sang. Cela ne sera pas facile. Le Feu de Sang est dans un lieu appelé Garde-Sûre, qui fait partie de l'ancien monde. Ce monde a été radicalement modifié au cours des siècles, et Garde-Sûre est tombé dans l'oubli. Même l'Ellcrys ne connaît plus le chemin. Sans les archives des druides, Garde-Sûre aurait probablement été impossible à trouver. Mais je les ai lues, et je sais où chercher Garde-Sûre. Dans le pays Sauvage…

Personne ne parla. Ce n'était pas nécessaire. Même Wil Ohmsford, un natif des Terres du Sud qui n'avait jamais mis un pied dans les Terres de l'Ouest, avait entendu parler du pays Sauvage. Située au cœur des forêts, au sud de la terre des elfes, c'était une étendue désolée entourée par des montagnes et des marécages. On y trouvait quelques rares hameaux habités par des voleurs, des escrocs et des assassins qui s'éloignaient peu des quelques pistes qui traversaient la région. Dans les bois rôdaient des créatures qu'aucun être humain n'aurait eu envie de rencontrer.

Wil inspira à fond.

— Par extraordinaire, vous ne sauriez pas où, dans le pays Sauvage, nous trouverons le Feu de Sang ?

— Je n'ai pas pu m'en assurer… Les archives font pour l'essentiel référence à la géographie de l'ancien monde, et les repères qui existaient jadis ont disparu. Vous devrez vous fier aux Pierres elfiques.

— C'est ce que je pensais, dit le Valombrien, qui parut se ratatiner sur son siège. Et l'utilisation des Pierres elfiques indiquera aux démons où nous trouver.

— Malheureusement, c'est exact. Vous devrez être très prudent, Wil. Voici ce que l'Ellcrys a confié aux Élus sur Garde-Sûre avant qu'ils soient assassinés, et qu'il m'a ensuite répété. Cela pourra peut-être vous aider. Le Feu de Sang est au cœur d'une contrée hostile entourée de montagnes et de marais. Cette description correspond au pays Sauvage. L'Ellcrys a dit d'autres choses. Il a parlé d'une brume épaisse, mais qui n'est pas constante. À l'intérieur de cette contrée se dresse un pic isolé. Dessous, un labyrinthe de tunnels s'enfonce profondément sous la terre. Quelque part dans ce labyrinthe se dresse une porte de verre impossible à briser. Le Feu de Sang est derrière. Comme vous le voyez, la description du pays Sauvage est toujours étonnamment exacte, même après tant d'années et les changements géographiques provoqués par les Grandes Guerres. Peut-être le reste de la description est-il, lui aussi, exact, le Feu de Sang étant vraiment dans un labyrinthe au pied d'un pic solitaire. J'aurais aimé vous aider davantage, mais c'est tout ce que je sais. Vous devez faire de votre mieux avec ces informations.

Wil se força à sourire. Mais il n'osa pas regarder Amberle.

— Comment atteindrons-nous le pays Sauvage ? demanda-t-il.

Le druide jeta un coup d'œil à Eventine. Le roi des elfes, préoccupé, ne répondit pas tout de suite.

Puis il se tourna vers Allanon.

— Tout a été arrangé.

Le druide hésita un instant et s'adressa à Amberle.

— Votre grand-père a choisi le capitaine Crispin, le chef de la garde du palais, pour vous servir de guide et de protecteur. C'est un soldat courageux et plein de ressources. On lui a demandé de choisir une demi-douzaine de Chasseurs pour compléter votre escorte. Six, ce n'est pas beaucoup, mais une petite colonne sera préférable. Elle attirera moins l'attention qu'une troupe, et elle vous permettra de voyager plus rapidement.

» Le plan est le suivant : vous partirez de la cité en secret. Seul Crispin sera informé de votre mission. Avec les Chasseurs elfes, il vous accompagnera aussi loin que nécessaire. Tous auront reçu l'ordre de veiller à ce qu'aucun mal ne vous arrive...

— Allanon, dit Eventine, il y a quelque chose de plus. Je n'en ai pas parlé plus tôt, parce que nous n'en avons pas eu le temps. Mais il faut le mentionner maintenant. Cette quête sera dangereuse à cause des démons. Mais ce n'est pas le seul sujet d'inquiétude.

Il se pencha et s'appuya sur le bureau.

— Allanon, vous savez comment les Élus sont morts. Mais Amberle et Wil l'ignorent sans doute. Ils ont été déchiquetés au point d'être méconnaissables !

La jeune elfe et le Valombrien blêmirent. Le roi posa une main sur l'épaule de sa petite-fille.

— Je ne dis pas cela pour t'effrayer davantage, Amberle, ni vous, Wil, mais à cause d'un point capital... (Il se tourna vers Allanon.) Depuis votre départ d'Arborlon, il y a eu d'autres morts identiques à celle des Élus. Beaucoup ! L'assassin rôde dans les environs, détruisant systématiquement tout ce qu'il rencontre, humain ou animal, jeune ou vieux. Plus de cinquante elfes ont péri ainsi, tous de la même manière, déchiquetés. Il y a trois nuits, une patrouille a été attaquée et exterminée. Six hommes armés ! La semaine dernière, une caserne de l'armée, à la lisière nord de la cité, a été envahie, et vingt hommes ont succombé pendant leur sommeil. Les démons ont été vus de plus en plus souvent dans les Terres de l'Ouest depuis que l'Ellcrys décline, et on rapporte plusieurs batailles rangées, mais rien d'aussi prémédité que ce qui se passe à Arborlon. Cette créature sait ce qu'elle fait. Elle tue avec détermination, dans un but précis. Nous avons tenté de la localiser sans succès. Nous ne l'avons même pas vue. Mais elle est là, et elle nous pourchasse.

Le roi soupira.

— Elle a été envoyée ici pour détruire les Élus, et elle l'a fait. À présent, il est possible qu'on l'envoie aux trousses de l'unique survivante.

Amberle était devenue livide. Allanon se frotta la barbe d'un air pensif.

— Il existait un démon de ce type dans l'ancien monde, dit-il. Il tuait par besoin instinctif. On l'appelait le Faucheur.

— Peu m'importe son nom ! lança Wil. Ce qui m'intéresse, c'est comment l'éviter !

— Grâce au secret..., dit le druide. Quelles que soient la ruse et la méchanceté de ce démon, il n'aura pas de raison de soupçonner que vous avez quitté Arborlon. S'il vous croit toujours ici, et ses frères aussi, ils ne vous chercheront pas ailleurs...

Il se tourna vers Eventine.

— Le moment est proche où l'Ellcrys n'aura plus assez de force pour contenir les démons. Quand cela se produira, ils concentreront leurs pouvoirs sur la partie la plus faible du mur et ils se libéreront. Nous ne pouvons pas attendre que ça arrive ! Il faut trouver l'endroit où ils essaieront de passer et faire le maximum pour les en empêcher. Même si nous échouons, nous retarderons leur marche sur Arborlon. Ils viendront, car ils essaieront de détruire l'Ellcrys. Ils ne peuvent pas le supporter. Tant qu'il était fort, ils n'auraient pas pu s'attaquer à lui. Maintenant, rien ne les arrêtera. Quand ils seront libres, ils voudront l'anéantir aussi vite que possible. À nous d'essayer de les empêcher de passer à l'action, et de les tenir loin d'Arborlon, pour donner à Amberle le temps d'atteindre le Feu de Sang et de revenir.

» Voilà où nous en sommes. Nous tromperons les démons déjà passés dans notre monde en agissant comme si les préparatifs de la recherche du Feu de Sang étaient toujours en cours. Les ennemis savent que c'est moi qui ai amené Amberle ici. Ils s'attendront à ce que je parte avec elle, ce que nous utiliserons à notre avantage. Leur attention sera focalisée sur moi. Quand ils s'apercevront qu'ils ont été trompés, vous devriez être hors de portée.

À moins que leur espion soit plus rusé que vous le pensez, aurait voulu dire Wil. Mais il décida de s'abstenir.

— Tout cela semble prometteur, admit-il. Le problème reste à régler : le moment du départ.

— Demain, à l'aube !

— À l'aube ?

Amberle se leva d'un bond.

— C'est impossible ! Nous n'avons pas dormi depuis deux jours ! Il nous faut davantage que quelques heures de repos avant de reprendre la route !

— Du calme, petite... Je vous comprends... Mais réfléchissez. Les démons savent que vous êtes venue récupérer la semence de l'Ellcrys. Ils savent que vous quitterez la cité, et ils vous surveilleront de près. Mais pas d'aussi près *maintenant* que dans un jour ou deux. Parce qu'ils s'attendront à ce que vous vous reposiez ! Voilà pourquoi vous devez partir le plus vite possible. La surprise est votre meilleure chance de passer inaperçus.

C'était l'avantage que le druide avait espéré gagner en ne disant pas la vérité au Grand Conseil.

— Vous pourrez vous reposer après avoir quitté la cité. En deux jours de voyage, vous atteindrez l'avant-poste du bois de Drey. Là, vous rattraperez votre sommeil en retard. Mais rester à Arborlon serait dangereux. Plus vite vous partirez, meilleures seront vos chances !

Wil n'était pas ravi, mais il dut reconnaître que c'était logique. Il jeta un coup d'œil à Amberle, qui lui rendit son regard, de la frustration et de la colère dans les yeux. Puis elle se tourna vers Allanon.

— Je veux voir ma mère avant de partir.

— Ce n'est pas une bonne idée...,

— Vous voulez décider de tout à ma place, druide ! Ce n'est pas acceptable. Je désire voir ma mère.

— Les démons savent qui vous êtes. S'ils connaissent votre mère, ils penseront que vous voulez la voir. C'est très dangereux.

— Être ici est dangereux ! Vous devez trouver un moyen de me permettre de passer cinq minutes avec ma mère. (Elle baissa les yeux.) Et ne soyez pas assez ridicule pour suggérer que je la voie quand je reviendrai.

Il y eut un moment de silence. Allanon resta de marbre, comme s'il avait peur de révéler quelque chose qu'il préférait taire. Wil le remarqua..., et cela l'intrigua.

— Comme vous voulez, capitula le druide. (Il se leva.) Maintenant, allons-y. Vous devez dormir...

Eventine se leva avec eux et approcha de sa petite-fille.

— Je suis désolé qu'Arion ait été aussi dur avec toi au Grand Conseil, s'excusa-t-il. Le moment venu, il comprendra, comme moi...

Il ne termina pas sa phrase, mais enlaça Amberle et l'embrassa sur les joues.

— Si je n'étais pas si vieux..., dit-il, angoissé.

La jeune femme lui posa un doigt sur les lèvres pour l'interrompre.

— Vous n'êtes pas assez vieux pour ne pas comprendre que vous serez plus utile ici...

Elle sourit, mais des larmes brillaient dans ses yeux quand elle embrassa son grand-père.

Se sentant de trop, Wil recula et approcha de Manx, toujours endormi sur son tapis. Le vieux chien-loup ouvrit un œil. Wil tendit la main pour le caresser, mais il grogna. Le jeune homme retira promptement sa main.

Sale bête hargneuse ! pensa-t-il.

Il revint près des autres. Eventine lui serra la main et lui souhaita bonne chance. Puis, avec Amberle, il suivit Allanon, qui repartit par les portes-fenêtres.

Chapitre 21

Le druide les conduisit dans une petite maison nichée sur une pente boisée, à la limite nord de la cité, au milieu d'un groupe de résidences similaires. Rien ne distinguait cette maison-là des autres. Wil pensa que c'était sans doute la raison du choix d'Allanon. Déserte, elle était meublée et quelqu'un y avait habité récemment. Allanon n'expliqua pas ce qui était arrivé à son propriétaire. Il entra comme s'il était chez lui, avança dans le salon obscur pour allumer plusieurs lampes, puis ferma soigneusement les rideaux. Il vérifia les autres pièces, tandis que Wil et Amberle attendaient, assis à une petite table décorée de fleurs fraîches et de napperons brodés. Allanon revint avec du pain, du fromage, des fruits et un pichet d'eau.

Ils mangèrent en silence. Si Wil prit un repas complet en dépit de l'heure tardive, Amberle ne mangea presque rien. Le repas terminé, Allanon conduisit la jeune elfe dans une petite chambre, à l'arrière de la maison. La pièce avait une seule fenêtre à volets, fermée par un verrou et une barre, et les rideaux étaient tirés. Le druide vérifia soigneusement les fermetures. Sans un mot, Amberle approcha du lit. Elle était si fatiguée qu'elle ne déshabilla pas, enlevant seulement ses bottes et se laissant tomber sur le lit. Elle s'endormit presque aussitôt. Allanon prit le temps de poser une couverture sur la jeune femme, puis il quitta la pièce, fermant la porte derrière lui.

Seul dans le salon, Wil Ohmsford essayait de voir à travers les rideaux tirés le ciel nocturne où les lumières de la cité se reflétaient telles des lucioles dans les ombres de la forêt. Il regarda autour de lui, impatient, quand le druide revint.

— Nous devons parler, Allanon.

— Encore des questions, Wil Ohmsford ?

— Pas exactement…

— Je vois. Pourquoi ne pas nous asseoir ?

Ils prirent des chaises, en face l'un de l'autre, à la petite table où ils avaient mangé. Une fois assis, le Valombrien ne sut plus par où commencer. Allanon le regarda, impassible.

— Quelque chose est arrivé quand j'ai essayé d'utiliser les Pierres elfiques dans le Tirfing. Un événement que je ne comprends pas. J'avais décidé de ne pas vous en parler, histoire que vous ne pensiez que je cherchais une excuse pour ne pas faire le voyage vers le pays Sauvage.

— Il aurait été idiot de ne rien me dire. Expliquez-moi…

— Si j'ai décidé de vous parler ce soir, c'est parce que je m'inquiète pour la sécurité d'Amberle. Si je dois être son protecteur, je ne peux pas me permettre de tricher pour épargner ma fierté.

— Dites-moi ce qui est arrivé ! insista le druide.

— Je vais vous l'expliquer de mon mieux… Comme je vous l'ai dit, quand le démon s'est rué sur moi et que j'ai essayé d'utiliser les Pierres elfiques, quelque chose en moi a résisté. Une sorte de blocage, un mur qui se serait dressé entre moi et les Pierres elfiques… Je les ai brandies, et j'ai essayé de plonger à l'intérieur, pour invoquer leur pouvoir, mais il ne s'est rien passé. À ce moment-là, j'ai pensé que vous vous étiez trompé en croyant que je pourrais les utiliser comme mon grand-père. J'ai cru que j'allais mourir. Juste avant que le démon s'empare de moi, le mur intérieur s'est brisé, et le pouvoir des Pierres est venu à la vie. Depuis, j'ai beaucoup réfléchi à ce qui est arrivé. D'abord, j'ai pensé que je n'avais pas compris comment utiliser les Pierres elfiques, mon inexpérience et ma confusion provoquant la résistance. Mais je n'y crois plus. C'était différent. Et ça me concernait directement, pas les Pierres.

— Je vous ai dit que les Pierres elfiques étaient une magie très ancienne venue d'un âge où les peuples magiques régnaient sur la Terre. Il existait beaucoup de Pierres elfiques différentes, et elles avaient des buts distincts. Leurs couleurs permettaient de les identifier. Les bleues, comme celles que vous possédez, étaient des Pierres de Chercheur. Elles permettaient à celui qui les détenait de trouver les choses en désirant simplement qu'il en aille ainsi. Par exemple, le Feu de Sang que vous chercherez. D'autres Pierres elfiques avaient des caractéristiques différentes, mais toutes en avaient une en commun : elles offraient à leur propriétaire une protection contre les autres magies et les monstres créés par la sorcellerie. L'étendue de cette protection, et, en fait, du pouvoir des Pierres, dépendait entièrement de la force de caractère de leur détenteur. Les Pierres étaient regroupées par trois, et il y avait une raison pour cela. Chacune représente une partie du détenteur : une pour le cœur, une pour le corps, et une pour l'esprit. Pour que la magie prenne vie, toutes doivent agir ensemble. Les trois forces séparées doivent se fondre en une seule. Le succès d'un détenteur à employer ses Pierres elfiques témoignait de son habileté à unir ces trois forces.

» Les Pierres elfiques ont une autre caractéristique, Wil, et elle est à la base de leur utilisation. Elles ont été créées par la magie elfique. Par des magiciens elfes, uniquement pour des elfes ! Les Pierres ont été transmises de génération en génération, de famille à famille, de main à main, mais toujours à des elfes par des elfes, car nul autre ne peut les utiliser.

— Dois-je comprendre que je ne peux pas parce que je ne suis pas un elfe ?

— Non. Ce n'est pas aussi simple que ça… Vous êtes *en partie* un elfe, Wil. Il en va de même pour votre grand-père. Mais c'est un demi-elfe, car il est né d'une elfe et d'un humain. Vous êtes très différent. Votre mère et votre grand-mère appartenaient à la race humaine. Tout ce qui est elfe, en vous, c'est la partie héritée de votre grand-père à travers votre père.

— Je ne vois pas quelle différence ça fait. Pourquoi devrais-je avoir des problèmes pour utiliser les Pierres elfiques alors que mon grand-père n'en avait pas ? Une partie de son sang coule en moi !

— Ce n'est pas votre sang elfique qui provoque les difficultés, mais votre sang humain ! Vous avez les caractéristiques physiques de Shea, mais la plus grande partie de votre personne est humaine. Une grande part de votre héritage elfique a été perdue au fil de ces métissages. Comprenez bien cela : quand vous essayez d'utiliser les Pierres, seule votre petite composante elfique peut vous lier à leur pouvoir. Votre cœur, votre corps et votre esprit résistent à l'intrusion de la magie. Ils forment un blocage contre elle. Les trois forces sont affaiblies, car la puissance de chacune est proportionnelle à votre taux de sang elfique. C'est peut-être ce que vous avez senti quand vous avez utilisé les Pierres : un rejet de la magie elfique par tout ce qu'il y a d'humain en vous.

— Et mon grand-père ? Il n'a pas connu ce rejet.

— C'est vrai. Mais Shea est un demi-elfe. La moitié elfique dominante lui a donné le contrôle des Pierres. La résistance qu'il a sentie était à peine discernable. Pour vous, c'est différent. Votre lien avec les Pierres est plus ténu.

— Allanon, vous le saviez quand vous êtes venu à Storland, j'en suis sûr. Pourtant, vous ne m'avez rien dit de tout ça. Pas un mot !

— Qu'aurais-je pu vous dire, Valombrien ? Je ne savais rien de précis sur les difficultés que vous rencontreriez. Tout usage des Pierres dépend du caractère de leur porteur. Je pense que vous êtes assez fort pour vaincre cette résistance. Parler du problème à ce moment-là vous aurait valu des doutes qui auraient pu conduire à votre mort dans le Tirfing.

Le Valombrien se leva sans répondre, l'air stupéfait. Il recula de la table, puis se tourna de nouveau vers Allanon.

— Ça risque d'arriver de nouveau, n'est-ce pas ? Chaque fois que j'essaierai d'utiliser les Pierres elfiques ?

Le druide acquiesça. Wil frémit, les implications de ce qu'il avait découvert tourbillonnant dans son esprit comme des feuilles soufflées par le vent.

— Chaque fois..., répéta Wil. Et il n'est pas exclu que la résistance soit un jour trop forte, les Pierres elfiques ne répondant pas à mon appel.

— Oui, c'est une possibilité...

Wil se rassit, les jambes coupées.

— Comment pouvez-vous me laisser la responsabilité de protéger Amberle ?

Le druide tapa du poing sur la table.

— Parce qu'il n'y a personne d'autre ! cria-t-il, rouge de colère. Je vous ai déjà conseillé de commencer à croire en vous-même. Je répète ce conseil ! Nous ne sommes pas toujours parfaitement armés pour faire face aux difficultés que la vie place sur notre chemin. C'est le cas pour vous, en ce moment. J'aurais préféré que mon pouvoir soit suffisant pour que je n'aie pas besoin de votre aide. J'aurais voulu être capable de vous fournir une meilleure arme pour protéger Amberle. Mais c'est impossible ! Je vous ai amené à Arborlon parce que je savais que seul je ne pouvais pas sauver les elfes. Nous sommes imparfaits tous les deux, Wil Ohmsford, mais nous devons faire de notre mieux, avec les atouts dont nous disposons. Les druides n'existent plus, la magie elfique de l'ancien monde a disparu. Il reste vous et moi. Plus les Pierres elfiques, et la magie dont je dispose. C'est peu, mais il faudra que ça suffise.

— Je n'ai pas peur pour moi, mais pour Amberle. Si je n'arrive pas à la protéger…

— Vous ne devez pas échouer, Valombrien ! C'est hors de question ! Vous êtes tout ce qu'elle a.

— Et ça ne sera peut-être pas suffisant.

— Pas suffisant ? Votre grand-père croyait la même chose. Il ne pensait pas pouvoir détruire un ennemi aussi redoutable que le Roi-Sorcier. Après tout, il était un petit Valombrien insignifiant…

Il y eut un long silence. Wil et le druide se regardèrent, la lueur de la lampe à huile dansant sur leurs visages. Puis Allanon se leva lentement.

— Ayez confiance en vous. Vous avez utilisé les Pierres elfiques et surmonté la résistance. Vous pouvez le faire de nouveau. Vous le *devez*, car vous êtes un descendant de la maison de Shannara. Votre héritage de courage et de force est plus grand que le doute et la peur qui vous font occulter votre sang elfique.

Allanon se pencha.

— Donnez-moi la main.

Le Valombrien obéit. Le druide la serra dans la sienne.

— Ma main est le symbole du serment que je vous fais. Vous réussirez, Wil Ohmsford ! Vous trouverez le Feu de Sang et vous ramènerez à Arborlon la dernière Élue, qui fera renaître l'Ellcrys. J'en suis persuadé, et vous devez l'être aussi.

Les yeux noirs du druide plongèrent dans ceux du Valombrien. Wil eut l'impression que son âme était à nu. Mais il ne détourna pas le regard. Quand il répondit, ses paroles étaient un murmure.

— J'essaierai.

Le druide hocha la tête, assez perspicace pour ne pas en demander plus.

Eventine Elessedil resta dans son petit bureau après le départ de ses trois compagnons. Assis à la lisière du cercle de lumière de la lampe à huile, sur son fauteuil préféré, en cuir poli par l'âge, le roi des elfes regardait sans les voir les étagères chargées de livres, les peintures et les tapisseries, pensant à ce qui s'était passé et à ce qui arriverait.

À minuit, il n'avait toujours pas bougé.

Enfin, le roi se leva. Essayant de mettre en ordre ses idées, il éteignit la lampe et gagna lentement la porte du bureau. Puis, d'un pas fatigué, il avança dans le couloir. Il ne pouvait rien faire de plus cette nuit. À l'aube, Amberle partirait. Sa sécurité ne serait plus de son ressort. Désormais, il devait se concentrer sur la protection de son peuple.

Le roi longea le couloir obscur qui menait à sa chambre, pressé de goûter le repos que le sommeil lui apporterait.

Et le Métamorphe le regarda partir…

Dans les ténèbres de la forêt, au sud de la cité d'Arborlon, le Dagda Mor se leva de la pierre où il était assis. Ses yeux rouges reflétaient sa satisfaction. Cette fois, il n'y aurait pas d'erreur, pensa-t-il. Il s'assurerait que *tous* soient détruits !

D'abord, il s'occuperait de la jeune elfe.

Il tendit une main griffue pour appeler un serviteur.

Le Faucheur sortit des ombres.

Chapitre 22

L'aube se leva sur Arborlon, le ciel plombé de nuages noirs. Quand Wil et Amberle furent habillés et eurent déjeuné, la bruine s'était déjà transformée en averse. Au loin, le tonnerre roulait, faisant trembler la forêt.

— Vous ne serez pas aussi faciles à repérer par ce temps, dit Allanon, quand il les conduisit dehors.

Enveloppés de longs manteaux sous lesquels ils portaient des tuniques, des haut-de-chausses en laine et des bottes de cuir, ils suivirent le druide le long des chemins boisés qui contournaient la lisière ouest de la cité. À peine capables de voir où ils mettaient les pieds, le Valombrien et la jeune elfe ne lâchèrent pas leur guide. Ils aperçurent des maisons, des barrières et des jardins – presque des mirages, tant l'orage était violent. Un vent glacial leur soufflait la pluie au visage malgré les capuchons, et ils avançaient tête baissée pour se protéger au mieux. Leurs bottes clapotaient dans les flaques et des rigoles se formaient devant eux à mesure qu'ils avançaient sur la piste forestière défoncée.

Une fois aux abords de la cité, Allanon les conduisit vers une écurie isolée, adossée à un flanc de colline, sur leur gauche. Les doubles portes en bois étant entrouvertes, ils entrèrent pour s'abriter des éléments. Des fentes, dans les fenêtres fermées par des volets et dans les murs décatis, laissaient passer une chiche lumière grisâtre. Les rangées de stalles et le grenier étaient vides et couverts de couches de poussière. Ils s'arrêtèrent un instant pour secouer leurs manteaux, puis avancèrent vers une porte, à l'arrière de l'écurie. Presque aussitôt, deux Chasseurs elfes apparurent de chaque côté. Allanon ne s'occupa pas d'eux et gagna la porte sans se retourner. Frappant doucement, il posa une main sur la poignée de fer rouillée et regarda Amberle.

— Cinq minutes. C'est tout ce que je peux vous accorder.

Il poussa la porte. Le Valombrien et la jeune femme sondèrent la pénombre de la petite sellerie. Crispin les attendait, accompagné d'une elfe vêtue d'un manteau. Elle rabattit son capuchon et Wil fut stupéfait de voir que son visage, en plus âgé, était une copie conforme de celui d'Amberle. Allanon avait tenu sa promesse.

Amberle alla aussitôt rejoindre sa mère, la serra dans ses bras et l'embrassa. Crispin quitta la pièce et ferma la porte derrière lui.

— Vous n'avez pas été suivis, dit le druide.

Une affirmation, pas une question.

Le capitaine fit signe que non. Comme les autres Chasseurs, il portait des vêtements gris et marron confortables et difficiles à repérer dans les bois. Sous son manteau, deux longues dagues pendaient à sa ceinture. Un arc en frêne et une épée courte dans son dos, ses cheveux châtain clair plaqués par la pluie lui donnaient un aspect presque enfantin. Seuls ses yeux marron, durs et déterminés, indiquaient qu'il n'était plus un gamin depuis longtemps. Il inclina brièvement la tête pour saluer Wil, puis alla parler aux autres Chasseurs. L'un d'eux sortit et l'autre grimpa dans le grenier. Ils avançaient comme des chats, souples et silencieux.

Les minutes passèrent. Wil attendit à côté d'Allanon, écoutant la pluie marteler le toit de l'écurie, l'humidité de l'air imprégnant ses vêtements et le glaçant jusqu'à la moelle des os. Finalement, le druide retourna près de la porte et frappa doucement. Amberle et sa mère sortirent presque aussitôt. Toutes deux avaient pleuré. Allanon prit les mains de la jeune femme et les tint un instant entre les siennes.

— Il est temps de partir. Crispin s'assurera que vous quittiez Arborlon en toute sécurité. Votre mère restera ici avec moi jusqu'à ce que vous soyez partie. Ayez confiance en vous, Amberle, et soyez courageuse.

Amberle hocha la tête. Puis elle se tourna vers sa mère et la serra de nouveau dans ses bras. Allanon en profita pour parler à Wil.

— Je vous souhaite bonne chance, Wil Ohmsford, murmura-t-il. Souvenez-vous que j'ai toute confiance en vous…

Il serra les mains de Wil et recula. Le jeune homme le regarda un moment et se retourna quand il sentit la main de Crispin se poser sur son épaule.

— Restez près de moi, dit l'elfe.

Il se dirigea vers les doubles portes.

Le Valombrien et la jeune elfe le suivirent. Il leur fit signe de s'arrêter devant les portes et siffla pour prévenir les autres Chasseurs. On répondit aussitôt à son appel. Crispin sortit sous la pluie. Resserrant leurs manteaux autour d'eux, Wil et Amberle le suivirent.

Ils descendirent rapidement la pente qui menait à la piste, revinrent sur leurs pas, puis s'engagèrent sur une nouvelle piste qui longeait le Carolan. Quelques secondes après, trois Chasseurs leur emboîtèrent le pas. Wil jeta un coup d'œil à l'écurie, mais elle avait déjà disparu, dissimulée par la brume et la pluie.

La piste devint plus étroite et les bois se refermèrent autour d'elle. Les six silhouettes emmitouflées dans leurs manteaux se glissèrent entre les troncs sombres et luisants et les rameaux lourds de pluie. Le chemin s'arrêtait devant un grand escalier qui serpentait à travers la forêt. Loin au-dessous, à peine visible à travers la brume, on apercevait le ruban gris du Chant du Ruisseau. À l'est, les prairies et les forêts alternaient.

Crispin leur fit signe d'avancer. La descente fut longue et difficile, car les marches en bois étaient étroites et glissantes. Une corde courait le long de l'escalier, accrochée à des poteaux, et Wil et Amberle la saisirent pour se stabiliser.

Au pied de l'escalier, des centaines de marches plus bas, ils empruntèrent une nouvelle piste qui s'enfonçait dans un bosquet de pins. Quelque part, devant eux, ils entendaient couler la rivière gonflée de pluie, dont le grondement se mêlait au sifflement aigu du vent.

Au sortir de la forêt, ils s'engagèrent dans un vallon qui, à travers un mur de grands saules pleureurs et de cèdres, donnait sur le lit principal du Chant du Ruisseau. À l'abri du vallon, ancré près d'un quai grinçant et pourri, attendait un chaland dont le pont était chargé de caisses couvertes de toile.

Crispin leur fit signe de s'arrêter. Les Chasseurs elfes disparurent entre les arbres comme des fantômes. Crispin regarda autour de lui, puis il siffla. Une réponse arriva aussitôt du chaland, et une autre du sommet du vallon. Le capitaine fit signe à Wil et à Amberle de le suivre et quitta le couvert de la forêt. Pliés en deux pour résister au vent, les trois compagnons gagnèrent rapidement le quai, leurs bottes résonnant sur les planches pourries, puis ils montèrent à bord du chaland. Un Chasseur sortit de dessous une toile, dont il tira une partie sur le côté, révélant une ouverture entre les caisses empilées. Crispin fit signe au Valombrien et à la jeune elfe d'entrer. Ils obéirent, la toile retombant sans un bruit derrière eux.

Dessous, ils étaient à l'abri du vent et de la pluie. L'obscurité les perturbant un moment, ils restèrent immobiles, ne sachant que faire. Puis une faible lueur filtra de la toile et leurs yeux s'adaptèrent peu à peu. Ils découvrirent que l'espace avait été vidé pour former une petite cabine, au centre des caisses. De la nourriture et des couvertures attendaient contre le mur opposé, à côté d'armes soigneusement rangées dans des étuis de cuir. Enlevant leurs manteaux, ils les étendirent pour les faire sécher et s'assirent.

Quelques instants après, ils sentirent que le chaland se dégageait du vieux quai. Leur voyage pour le pays Sauvage avait commencé.

Ils passèrent cette journée et la suivante cachés dans la petite cabine. Crispin leur avait interdit de se montrer sur le pont. La pluie continua de tomber et la terre et le ciel restèrent grisâtres. De temps en temps, ils jetaient un coup d'œil à travers les plis de la toile qui les couvraient, et apercevaient le paysage, un mélange de forêts et de collines, même si, à un moment, ils virent une série de promontoires et de falaises déchiquetées. La pluie et la brume voilaient tout, leur donnant le sentiment d'évoluer dans un rêve. La rivière, gonflée par les pluies, charriait des branches et des débris divers et secouait le chaland.

Impossible de dormir avec ce roulis ! Ils se reposèrent de leur mieux, faisant des siestes qui les laissaient désorientés et plus fatigués encore au réveil. Leurs muscles et leurs articulations raides et douloureuses, le tangage du bateau leur coupèrent vite l'appétit...

Le temps passa, interminable. Ils restèrent seuls, sauf aux rares occasions ou Crispin ou un autre elfe venait se mettre un moment à l'abri des intempéries. Dormaient-ils ? Mangeaient-ils ? Un grand mystère pour Wil, car le plus clair de leur temps semblait consacré à la navigation et à veiller sur leurs passagers. Il y avait toujours un elfe posté devant l'entrée de leur cabine. Ils finirent par connaître leurs noms, quand l'un d'eux venait quelques instants dans la cabine, ou à cause des conversations qu'ils entendaient dehors. Ils en reconnurent même certains, comme Dilph, un petit elfe aux cheveux noirs, aux yeux amicaux et à la poigne d'acier. Ou Katsin, le grand Chasseur aux os proéminents qui ne parlait jamais. Kian, Ein, Cormac et Ped n'étaient pour eux que des voix, même s'ils arrivèrent à reconnaître les jurons de Kian et les sifflotements enthousiastes de Ped. Ils voyaient plus souvent Crispin, car le capitaine leur rendait régulièrement visite pour s'enquérir de leurs besoins et les informer des progrès du voyage. Mais il ne restait jamais plus de quelques minutes, arguant qu'il devait retourner auprès des hommes dont il assurait le commandement.

Finalement, leurs conversations seules rendirent le confinement, l'ennui et la solitude supportables.

Le Valombrien ne comprit pas pourquoi la jeune elfe avait décidé de sortir de sa coquille, mais son attitude changea radicalement. Avant, elle n'avait jamais voulu parler de grand-chose avec lui. Désormais, elle était ravie de bavarder, lui posant des questions sur ses jeunes années à Valombre, quand ses parents étaient encore en vie, puis plus tard, lorsqu'il habitait chez son grand-père. Elle voulut tout savoir de sa vie avec les Stors, et de ce qu'il ferait quand il quitterait leur village pour s'installer comme guérisseur dans les Terres du Sud. Son intérêt était réel et profond, et Wil sentit chez elle un certain besoin de s'exprimer. Ils ne parlèrent pas seulement de lui, mais aussi d'elle, de son enfance de petite-fille de roi, puis d'orpheline de l'enfant disparu d'Eventine.

Elle lui parla de la philosophie des elfes, persuadés qu'il fallait offrir à la Terre, en échange de ses bienfaits, une partie d'eux-mêmes. Elle échangea avec lui des idées sur la manière dont les races pourraient collaborer sans oublier de donner son dû à la Terre. Ils parlèrent de compréhension, de compassion et d'amour, et découvrirent que leurs idées n'étaient pas si différentes et qu'ils partageaient des valeurs identiques.

Peu à peu, ils se lièrent de plus en plus l'un à l'autre. Ils évitèrent de parler du voyage, des dangers qui menaçaient les elfes ou de leur mission et ne mentionnèrent pas non plus l'Ellcrys. Ils en auraient le temps plus tard. Pour le moment, ils avaient mieux à faire et à dire.

Un accord tacite : ils parlaient ouvertement du passé et de l'avenir, s'abstenant d'évoquer le présent…

Leurs conversations les réconfortèrent. Dehors, la pluie tombait toujours, la brume grise charriée par l'orage balayait les terres, et le Chant du Ruisseau grondait comme s'il était mécontent. Enfermés dans leur cachette, battue par les vents et l'eau, manquant de sommeil et d'appétit, ils auraient pu se laisser envahir par la crainte et le doute. Mais leurs entretiens leur remontèrent le moral, et augmentèrent leur amitié et leur compréhension. Ils leur donnèrent un sentiment de sécurité, dissipant la sensation déplaisante que leur monde leur échappait et que leurs vies seraient bientôt irrémédiablement changées. L'espoir renaquit en eux. Quoi qu'il leur arrive, ils l'affronteraient ensemble.

Parfois, pendant ces heures grises et pluvieuses, une chose étrange arrivait à Wil Ohmsford. Pour la première fois depuis la nuit où il avait accepté de suivre Allanon dans les Terres de l'Ouest, il éprouvait un sentiment étrange : désormais, le sort d'Amberle Elessedil lui importait plus que tout !

À la fin de l'après-midi, le deuxième jour de voyage, ils atteignirent le bois de Drey. La pluie s'était un peu calmée, mais l'air devenait glacial avec l'approche de la nuit. Un crépuscule grisâtre enveloppait la forêt. Un nouveau banc de nuages noirs avançait sur eux, venu de l'ouest.

Le bois de Drey, une forêt très dense, partait de la rive gauche du Chant du Ruisseau et s'étendait jusqu'à une ligne de promontoires escarpés, à l'est. Des ormes, des chênes noirs et des noyers blancs surplombaient des broussailles d'où montait une odeur de pourriture. À une dizaine de pas de la rive, on ne voyait plus qu'une obscurité impénétrable. La pluie martelait les arbres – le seul bruit qui troublait le silence.

Les Chasseurs guidèrent le chaland dans une anse où un quai d'amarrage dépassait de la rive. Au bord de la rivière, à la lisière des bois, se dressait une vieille cabane dont la porte et les volets étaient fermés. Faisant accoster le chaland, les elfes attachèrent les amarres et descendirent à terre.

Crispin fit sortir Wil et Amberle de leur cabine et leur ordonna de s'envelopper dans leurs manteaux. Ils s'étirèrent, puis rejoignirent le capitaine sur le quai. Le Chant du Ruisseau les éclaboussant, ils se hâtèrent de gagner la terre ferme.

Dilph ouvrit la porte de la cabine et regarda à l'intérieur. Puis il revint vers Crispin, l'air perturbé.

— Un problème ? demanda Wil.

— Nous sommes prudents, c'est tout, répondit Crispin. Le poste principal est à une lieue à l'intérieur des terres. Il est niché dans les arbres, au sommet d'une butte pour permettre de surveiller la contrée. Les Chasseurs auraient dû nous voir arriver, mais le temps les en aura empêchés.

— Et cette cabane ? demanda le Valombrien.

— Un des points de surveillance du poste de contrôle… D'habitude, il y a quelqu'un de garde. (Il haussa les épaules.) Avec ce temps pourri, le commandant a peut-être rappelé toutes les sentinelles isolées. On ne lui a pas dit que nous arrivions. Il n'avait aucune raison d'attendre des visiteurs.

Il tourna la tête vers la forêt.

— Excusez-moi un moment, je vous prie…

Il fit signe aux autres elfes de le rejoindre et ils conversèrent à voix basse.

Amberle approcha de Wil.

— Tu crois ce qu'il a dit ? demanda-t-elle.

— Je n'en suis pas certain…

— Moi, je suis sûre qu'il a menti ! Quelque chose ne va pas.

Le Valombrien ne répondit pas. La conférence était terminée. Katsin revenu sur le quai, près du chaland, Cormac et Ped s'étaient postés à la lisière de la forêt. Crispin parlait avec Dilph, et Wil s'approcha discrètement pour essayer d'entendre ce qu'ils disaient.

— Emmène Rin et Kian, et fais une reconnaissance de l'avant-poste, dit le capitaine en regardant le Valombrien par-dessus son épaule. Si tout va bien, reviens nous chercher.

Wil avança d'un pas.

— J'y vais aussi !

— Je ne vois pas de bonne raison à ça…

— Je peux vous en donner une, insista Wil. Protéger Amberle est *ma* responsabilité, c'est pour cela qu'Allanon m'a envoyé avec elle. Dans le cas présent, j'estime devoir participer à la reconnaissance avec Dilph.

— D'accord. Tant que vous ferez exactement ce qu'il vous dira.

Wil se tourna vers Amberle.

— Tu n'auras pas de problème à rester ici ?

Elle fit signe que non, puis le regarda partir avec les trois Chasseurs.

Les quatre hommes se glissèrent entre les arbres et les broussailles détrempés. La brume épaisse et humide, la pluie tombait toujours, mais plus doucement. Zigzaguant entre des rangées de troncs sombres et des fourrés, ils dépassèrent plusieurs buttes boisées. Au fil des minutes, Wil Ohmsford sentit un malaise inexpliqué grandir en lui.

Kian et Rin partirent chacun d'un côté et Wil se retrouva seul avec Dilph.

Une clairière déserte apparut soudain dans la pénombre. Dilph s'accroupit et fit signe à Wil de l'imiter et de rester derrière lui. Puis il désigna quelque chose, dans les arbres.

— C'est ici, murmura-t-il.

L'avant-poste des elfes était installé dans les branches entrelacées de deux grands chênes, loin du sol. La pluie et la brume cachaient en partie les bâtiments et leurs passerelles communicantes. On ne voyait aucune lumière à l'intérieur. Rien ne bougeait. On eut dit que l'avant-poste était désert.

Mais ça n'aurait pas dû être le cas !

Dilph avança et regarda à gauche jusqu'à ce qu'il aperçoive Rin, puis à droite, où il localisa Kian. Tous les deux étaient sous le couvert des arbres, étudiant l'avant-poste silencieux. Dilph siffla pour attirer leur attention. Quand les Chasseurs se tournèrent vers lui, il fit signe à Kian d'entrer pour voir ce qui se passait. Puis il envoya Rin en reconnaissance.

Wil regarda Kian courir vers les grands chênes, trouver des prises sur un des troncs massifs et commencer à grimper. Suivant Dilph, le Valombrien partit vers la droite et sonda la forêt pour trouver une trace des elfes disparus.

Le Valombrien regarda derrière lui. Kian était presque arrivé devant la structure la plus basse, une petite hutte nichée au-dessous des quartiers d'habitation. Rin n'était plus en vue. Wil regardait toujours l'elfe quand il trébucha sur le corps désarticulé d'un Chasseur. Il se releva d'un bond, horrifié, ses yeux balayant l'obscurité. Sur sa gauche gisaient deux autres cadavres, les membres tordus et les os brisés et écrasés.

— Dilph ! dit-il d'une voix rauque.

L'elfe fut aussitôt à côté de lui. Il s'arrêta brièvement pour regarder le cadavre, puis avança vers la lisière de la clairière et siffla. Rin sortit de la forêt, l'air surpris. Sur la rambarde de la plate-forme de commandement, Kian regarda en bas. Dilph lui fit des gestes frénétiques, lui ordonnant de descendre.

Presque aussitôt, Kian disparut. Quelque chose le tira hors de vue si vite que

Wil eut l'impression qu'il s'était évaporé dans l'air. Puis Kian cria – un hurlement étranglé. Son corps tomba comme une branche brisée et s'écrasa sur le sol de la clairière.

— Courez ! cria Dilph à Wil.

Il fonça entre les arbres. Le Valombrien resta pétrifié un court instant. Kian était mort. Et tous les elfes de l'avant-poste aussi. Une seule pensée surnageait dans son esprit : s'il n'arrivait pas à temps près d'Amberle, elle mourrait également. Il courut, sautant comme un daim terrorisé par-dessus les broussailles, les buissons et le bois mort avec une seule idée en tête : retourner au chaland et rejoindre la jeune elfe qui ne se doutait de rien.

Il entendit Dilph, quelque part sur sa droite. Rin courait sur sa gauche.

Quelque chose s'était lancé à leur poursuite. Il ne voyait pas et n'entendait pas le prédateur, mais sentait sa présence. La pluie lui fouettait le visage et coulait dans ses yeux, lui brouillant la vue pendant qu'il essayait d'éviter les branches mortes et les buissons d'épineux. Il tomba une fois, mais il se releva aussitôt, sans ralentir, essayant de mettre autant de distance que possible entre son poursuivant invisible et lui. Sa poitrine se soulevait péniblement, et ses jambes lui faisaient mal. Il n'avait pas souvent été effrayé. Mais à présent, il était mort de peur.

Le hurlement de Rin déchira le calme de la forêt. La créature l'avait attrapé. Wil serra les dents de fureur. Les elfes qui attendaient près du chaland seraient alarmés, maintenant. Ils lèveraient peut-être l'ancre sans attendre, pour qu'Amberle puisse s'échapper...

Les branches se tendant sur son passage comme des mains griffues, il chercha Dilph du regard, mais l'elfe n'était plus en vue.

Seul, il continua à courir.

Le crépuscule tombait sur le bois de Drey et la bruine se transformait en averse. Au loin, le tonnerre gronda. Sur les rives du Chant du Ruisseau, les Chasseurs et la jeune femme qu'ils protégeaient s'enveloppèrent dans leurs manteaux détrempés.

Un hurlement retentit, quelque part dans les bois puis mourut. Un moment, personne ne bougea.

Crispin cria des ordres, renvoyant Amberle au chaland, dans sa cachette. Il appela Ped et Cormac. Armes à la main, les trois Chasseurs reculèrent au bord du quai.

Sur le chaland, Katsin dénoua les amarres et se tint prêt à partir.

Amberle se blottit un moment dans l'obscurité de la cabine. Puis elle se leva, écarta la toile et ressortit. Quelles qu'en soient les conséquences, pas question de rester cachée dans cette cabine sans savoir ce qui se passait à l'extérieur ! Elle avança le long des caisses et sauta sur le quai. Katsin était prêt à larguer les amarres dès qu'on lui en donnerait l'ordre. Il jeta un regard furieux à Amberle, mais elle l'ignora. Sur la rive, les Chasseurs se tenaient face aux bois, leurs épées lustrées de pluie.

Une silhouette sortit des bois, une vingtaine de pas en aval, tituba et tomba. Quand elle se releva, ils virent qu'il s'agissait de Dilph.

— Partez ! Vite ! cria-t-il d'une voix brisée.

Il recommença à courir, mais s'écroula de nouveau.

Crispin ordonna à Ped et Cormac de rejoindre le chaland, puis il courut vers Dilph. Il le ramassa, le jeta en travers de son épaule et repartit vers le chaland.

Amberle sonda la brume et la pluie. Où était Wil ?

Katsin poussa Amberle à bord du chaland où Ped et Cormac les attendaient déjà. Crispin tira Dilph à bord et le bateau commença à dériver.

Alors, Wil sortit de la forêt, courant vers le quai. Amberle le vit et voulut l'appeler. Puis elle sentit un froid mortel l'envahir. Dans l'ombre des arbres, derrière le Valombrien, une créature le poursuivait.

— Attention ! cria-t-elle.

Stimulé par cet avertissement, le Valombrien sauta sur le quai d'un bond, courut le long des planches et bondit vers le chaland, arrivant de justesse à poser un pied sur le pont. Il serait retombé dans la rivière sans les Chasseurs qui le tirèrent vers eux.

Le chaland retourna dans le lit principal du Chant du Ruisseau et commença à prendre de la vitesse. Katsin saisit la barre. Quand Wil se laissa tomber contre les caisses, épuisé, Amberle retira son manteau et le lui posa sur les épaules.

À côté d'eux, Crispin se pencha sur Dilph.

— ... tous morts, écrasés, brisés comme des brindilles… Comme la patrouille à Arborlon… Comme les Élus. (Il ouvrit la bouche pour reprendre son souffle.) Kian et Rin, morts aussi… tous les deux. Le démon les a attrapés… Il nous attendait.

Amberle n'entendit pas le reste.

Ils avaient tous les deux compris.

Le démon les attendait !

Et Allanon avait dit que c'était un Faucheur…

Chapitre 23

Il était minuit quand Crispin fit accoster de nouveau le chaland. Après le bois de Drey, le Chant du Ruisseau tournait vers l'ouest, en direction d'Innisbore. Quand les elfes guidèrent le chaland sur un bras de rivière qui se séparait du lit principal pour serpenter vers le sud, ils débouchèrent à la lisière nord des fourrés Enchevêtrés, à des lieues de l'endroit où ils avaient prévu de quitter la rivière. La pluie avait de nouveau tourné à la bruine. Les nuages cachaient la lune et les étoiles et la nuit était si sombre que les elfes ne distinguaient rien à plus de dix pas devant eux.

Les Chasseurs tirèrent le chaland sur une bande de sable, à l'entrée du bras de rivière et l'attachèrent. Se déplaçant en silence, ils firent une reconnaissance sur quelques centaines de pas dans toutes les directions, décidés à s'assurer que rien ne les menaçait. Puis ils vinrent faire leur rapport à Crispin. Le capitaine décida qu'il serait inutile de continuer à voyager avant le matin. Wil et Amberle reçurent l'ordre de rester dans leur cabine. Enveloppés dans des couvertures, et débarrassés du tangage de la rivière, ils s'endormirent aussitôt. Les elfes entourèrent le chaland, montant la garde à tour de rôle.

Crispin se campa près de l'entrée de la cabine.

À l'aube, le petit groupe se leva, emballa les provisions et les armes que ses membres pourraient porter, libéra le chaland de ses amarres et le laissa dériver.

Puis il se mit en chemin vers les fourrés Enchevêtrés.

Ces plaines couvertes de broussailles et semées de mares et de trous d'eau séparaient les forêts des Terres de l'Ouest des rives du Chant du Ruisseau jusqu'à la paroi de l'éperon Rocheux. Un labyrinthe sauvage que peu de voyageurs osaient traverser. Ceux qui essayaient couraient le risque de se perdre dans les marécages obscurs. Pire encore, ils risquaient de rencontrer les habitants des fourrés, des créatures vicieuses, rusées et peu exigeantes sur le choix de leurs proies.

Rares étaient les créatures vivant dans ces plaines, mais celles qui y demeuraient savaient que tout être vivant était un prédateur ou une proie. Et seuls les premiers survivaient longtemps.

— S'il y avait une autre possibilité, nous n'emprunterions pas ce chemin, dit Crispin à Wil. Si tout s'était passé comme prévu, nous aurions pris des chevaux à l'avant-poste et nous serions allés vers le sud, le long de la lisière est des fourrés, jusqu'à la Mermidon. Puis nous aurions bifurqué vers l'ouest pour atteindre l'éperon Rocheux. Mais le bois de Drey a changé tout ça. Maintenant, nous devons nous inquiéter aussi de ce qui peut nous suivre, pas seulement de ce qui risque de nous attendre en chemin. Le seul intérêt des plaines, c'est qu'elles dissimuleront toute trace de notre passage.

Wil n'eut pas l'air convaincu.

— Le Faucheur n'abandonnera pas si facilement...

— Non, il continuera à nous poursuivre. Mais il ne nous prendra plus par surprise. Au bois de Drey, il savait que nous arrivions. J'ignore comment il l'avait appris, mais il est évident qu'on l'avait prévenu. (Il regarda le Valombrien, qui ne dit rien.) En tout cas, il ne saura plus où nous allons. S'il espère nous retrouver, il devra nous pister. Il n'aurait pas eu trop de mal à le faire si nous étions restés dans les terres boisées, mais ici, ce sera très difficile. Il devra d'abord déterminer où nous avons quitté la rivière. Et ça pourrait lui prendre des jours. Puis il devra nous suivre dans les fourrés, qui avalent littéralement les traces de pas. Ces marais font disparaître les empreintes en dix minutes. De plus, nous pouvons compter sur Katsin, qui est né dans cette région et qui a déjà traversé les fourrés. Le démon, lui, est en territoire inconnu. Il devra se fier à son instinct pour nous poursuivre. Ça nous donne un net avantage sur lui.

Wil Ohmsford n'était pas d'accord avec le raisonnement de Crispin. Allanon avait cru que les démons ne le retrouveraient pas quand il s'était enfui de Paranor, mais ils y étaient parvenus. Le Valombrien avait pensé qu'ils perdraient leur trace quand le roi de la rivière Argentée les avait transportés sur la rive opposée du lac Arc-en-ciel. Mais ils avaient réussi à les localiser. Pourquoi en irait-il autrement cette fois ? Les démons étaient des créatures d'un autre âge et leurs pouvoirs venaient d'une époque révolue. Allanon avait dit que le chef des démons était un puissant sorcier. Quel mal auraient-ils à pister une poignée de Chasseurs, une jeune femme et un Valombrien ?

Mais il n'y avait rien à faire, et Wil le savait. Si le Faucheur les avait retrouvés dans les fourrés Enchevêtrés, il les retrouverait partout. Crispin avait pris la décision qui s'imposait. L'expérience des Chasseurs suffirait peut-être à leur faire atteindre leur but en sécurité.

Le Valombrien s'inquiétait davantage d'une autre possibilité. Depuis leur rencontre avec le Faucheur, dans le bois de Drey, il y pensait sans arrêt. Le démon savait qu'ils iraient à l'avant-poste des elfes. Crispin avait raison sur ce point. Mais il y avait une seule façon, pour le démon, d'avoir appris cela : un rapport de l'espion dissimulé dans le camp des elfes, celui qu'Allanon avait tenté de tromper. Si les démons avaient quand même su ce que feraient Wil et ses compagnons, que savaient-ils d'autre ?

Il était parfaitement possible, comprit Wil, qu'ils sachent *tout !*

Cette possibilité lui faisait froid dans le dos. Il aurait préféré ne pas avoir à y réfléchir, mais elle semblait de plus en plus probable. Allanon avait affirmé qu'il y avait au sein des elfes un espion qui s'était débrouillé pour entendre leur conversation dans le bureau d'Eventine. En plus du bois de Drey, ils avaient aussi parlé du pays Sauvage. Du coup, les démons les y attendraient aussi…

Cette idée ne quitta pas Wil Ohmsford de la journée, pendant que la petite troupe pataugeait dans les marais des fourrés. Des buissons d'épineux et des herbes les égratignaient, leurs vêtements étaient humides et glacés à cause de la brume, de la boue et de l'eau fétide s'infiltraient dans leurs bottes et saturaient leurs narines de leur puanteur… Ils marchaient assez loin les uns des autres, parlant peu et regardant autour d'eux à travers la pluie et le brouillard. À la tombée de la nuit, épuisés, ils dressèrent leur camp dans des broussailles, le long d'une petite butte. Comme il aurait été trop dangereux de faire un feu, ils s'enveloppèrent dans leurs couvertures humides et prirent un repas froid.

Les Chasseurs mangèrent rapidement et se préparèrent à monter la garde. Wil avait lui aussi terminé son repas – de la viande et des fruits séchés, avec un peu d'eau – quand Amberle vint s'asseoir à côté de lui, son visage enfantin à demi caché par les plis de la couverture, qu'elle avait enroulée autour de sa tête comme un capuchon.

— Comment ça va ? demanda-t-il.

— Bien. (Mais elle ressemblait à une gamine abandonnée.) J'ai besoin de parler.

— Je t'écoute.

— J'ai pensé à quelque chose toute la journée.

Wil attendit qu'elle continue.

— Le Faucheur nous attendait au bois de Drey, dit-elle doucement. Tu comprends ce que ça signifie, bien entendu ?

Il ne répondit pas, devinant ce qu'elle allait dire.

— Il savait que nous arrivions ! Comment est-ce possible ?

— C'est arrivé, c'est tout…

Ce n'était pas la réponse qu'elle attendait, et il le savait.

— C'est arrivé, c'est tout ? Comme quand les démons nous ont trouvés à Havenstead ? Ou quand ils ont découvert Allanon à Paranor ? Comme ils semblent toujours capables de nous trouver, où que nous allions ? (Sa voix était basse, mais vibrait de colère.) Me prends-tu pour une idiote, Wil ?

C'était la première fois qu'elle l'appelait par son prénom. Cela le surprit tant qu'il en resta bouche bée. Il vit du chagrin et du doute dans le regard de la jeune femme, et il comprit qu'il devait lui révéler ce qu'Allanon lui avait demandé de garder secret – ou lui mentir. La décision ne fut pas difficile à prendre. Il lui parla de l'espion. Quand il eut terminé, elle lui jeta un regard plein de reproches.

— Tu aurais pu m'en parler avant !

— Allanon m'avait ordonné de ne pas le faire. Il estimait que tu avais déjà assez de soucis comme ça.

— Le druide ne me connaît pas aussi bien qu'il le pense. Et de toute façon, tu aurais dû me le dire !

— Je sais, mais je ne l'ai pas fait, éluda-t-il.

Ils se turent un moment. Un des elfes sortit de la brume, silencieux comme un spectre, puis disparut de nouveau. Amberle le regarda s'enfoncer dans le brouillard et se tourna de nouveau vers Wil.

— Je ne suis pas en colère. Vraiment, je t'assure...

— Parfait. Ce marais est déjà assez sinistre comme ça...

— J'aurais été furieuse si tu ne m'avais pas dit la vérité...

— C'est pourquoi je te l'ai dite.

— Si cet espion a entendu la conversation dans le bureau de mon grand-père, la nuit avant notre départ, les démons savent où nous allons, n'est-ce pas ?

— Je suppose...

— Ça signifie aussi qu'ils savent pour Garde-Sûre, et qu'ils ont appris tout ce que l'Ellcrys a dit aux Élus, puisque Allanon nous l'a répété. Ils ont les mêmes chances que nous de trouver le Feu de Sang.

— Peut-être pas.

— Pourquoi ?

— Nous avons les Pierres elfiques !

Mais Wil se demanda si ça ferait une différence. Après tout, il ne savait pas s'il pourrait utiliser de nouveau les Pierres. Cette idée le déprima...

— Qui aurait pu approcher assez pour entendre ce que nous disions ? demanda la jeune femme.

— Je l'ignore...

— J'espère que mon grand-père va bien...

— J'imagine qu'il est mieux loti que nous, soupira Wil. Au moins, il a un endroit sec pour dormir !

Il plaqua ses genoux contre sa poitrine, essayant de trouver un peu de chaleur supplémentaire. Amberle bougea en même temps. Il la laissa se blottir contre lui, enveloppée dans sa couverture.

— J'aimerais que tout cela soit terminé, murmura-t-elle d'une voix lointaine, comme si elle se parlait à elle-même.

— Et moi, j'aurais aimé que ça n'ait jamais commencé !

Amberle tourna la tête vers lui.

— Puisque nous en sommes aux souhaits, j'aimerais que tu sois honnête avec moi dans l'avenir. Plus de secrets.

— Plus de secrets, promit-il.

Quelques instants après, la tête d'Amberle glissa contre l'épaule du Valombrien, et elle s'endormit. Wil ne la dérangea pas et sonda les ténèbres, pensant à des temps meilleurs.

Les deux jours qui suivirent, le petit groupe se fraya un chemin dans les sinistres fourrés Enchevêtrés. La pluie tombait la plupart du temps, bruine entrecoupée d'averses qui détrempa encore plus la terre et laissa les voyageurs glacés jusqu'aux os. La brume flottait au-dessus d'eux, autour des sommets des montagnes et sur les lacs aux eaux calmes. Le soleil était toujours caché par des nuages, et seule une pâle lumière, vers midi, indiquait qu'une nouvelle journée était passée.

Le voyage était lent et difficile. Ils avançaient sur une seule file, à travers des ronces que les lames des épées avaient du mal à couper ou à côté de marais qui bouillonnaient paresseusement et autour de lacs de boue verte aux odeurs pestilentielles. Partout, du bois mort jonchait le sol.

Les créatures qui vivaient dans les fourrés restaient cachées, mais on entendait de petits bruits de pas rapides et timides, et des ombres passaient comme des spectres à travers la pluie et l'obscurité.

Peu avant midi, le jour suivant, ils arrivèrent devant une grande étendue d'eau stagnante pleine de racines et de bois mort qui en jaillissaient comme les os du squelette de la Terre. À perte de vue, les rives étaient obscurcies par des fourrés de ronces et des broussailles. La brume roulait sur l'eau, formant un rideau épais, et il n'y avait pas moyen de voir l'autre rive.

Toute tentative de contourner le lac leur demanderait de revenir sur leurs pas pendant des heures, afin d'éviter les broussailles. Mais il leur restait une autre solution, et ils l'adoptèrent. Katsin prit la tête tandis que les autres Chasseurs se séparaient, deux marchant devant Wil et Amberle, et deux derrière. Coupant les broussailles, ils avancèrent sur un étroit pont de terre et de racines. S'ils avaient de la chance, ce passage irait jusqu'à la rive opposée.

Choisissant soigneusement leur chemin, ils évitèrent la boue qui courait des deux côtés du pont de fortune. La brume les enveloppa et la terre disparut derrière eux.

La brume se dissipa alors qu'ils ne s'y attendaient pas, et ils virent que le pont retombait dans le lac une dizaine de pas devant eux. Au-delà, se dressait un monticule de terre couvert de rochers et de végétation. La rive opposée du lac n'était pas en vue.

Ils étaient dans une impasse.

Crispin avança pour mieux voir ce qu'il y avait au-delà du monticule, mais Katsin leva une main pour l'avertir. Il regarda en arrière et fit signe aux autres de se taire, un doigt en travers de ses lèvres. Puis il désigna le monticule, sa main suivant la longue forme noire. Au bout, de la vapeur sortait par petits jets de deux trous irréguliers dépassant de la ligne de l'eau.

Des narines !

Crispin fit signe à ses compagnons de reculer. Quel que soit le monstre endormi devant eux, il n'avait aucune intention de le déranger.

Mais c'était trop tard. La créature avait senti leur présence. Elle émergea soudain du lac, les arrosant d'eau stagnante, et souffla bruyamment quand ses yeux jaunes s'ouvrirent. Des tentacules s'agitèrent sur son corps couvert de boue et un museau plat se tourna vers eux, mâchoires grandes ouvertes. Le monstre resta ainsi un instant, puis il se laissa tranquillement retomber dans l'eau et disparut.

Wil Ohmsford partit à la course dans la brume, derrière Ped et Cormac. Tirant Amberle, il lutta pour ne pas perdre pied sur le chemin défoncé. Il entendit Katsin, Dilph et Crispin arriver et jeta un coup d'œil par-dessus son épaule pour voir si la créature les avait suivis. À cet instant, son pied se prit dans quelque chose et il tomba, entraînant Amberle avec lui.

La chute leur sauva la vie. La créature émergea de la brume, ses mâchoires balayant le pont comme un filet de pêcheur. Ped et Cormac crièrent de terreur quand la bête les attira avec elle dans le lac.

Wil se pétrifia d'horreur, incapable de détacher le regard de l'endroit où le monstre avait disparu. Crispin arriva d'un bond, saisit Amberle, la jeta sur son épaule et courut vers la sécurité de la rive. Katsin prit Wil par le bras avant qu'il ait eu la présence d'esprit de réagir et suivit Crispin. Dilph courut derrière eux, épée au clair. En quelques secondes, ils traversèrent le mur de broussailles et de ronces. Une fois sur la rive, ils s'écroulèrent, haletants.

La créature était partie.

Mais ils n'étaient plus que cinq.

Chapitre 24

La nuit tombait sur les Terres de l'Ouest et la fraîcheur du soir arrivait. Les nuages qui avaient caché le ciel d'été sept jours durant commencèrent à se dissiper. À l'ouest, l'horizon pourpre illuminait les forêts détrempées par la pluie.

Les cinq survivants de la petite compagnie partie d'Arborlon sortirent de la brume qui enveloppait les fourrés Enchevêtrés tels des fantômes quittant l'au-delà. Hagards et épuisés, le visage et les mains couverts de coupures et de bleus, leurs vêtements étaient souillés, déchirés et détrempés. Sans leurs armes, ils auraient ressemblé à un groupe de mendiants. Avançant à travers la dernière rangée de fourrés et l'ultime amas de ronces, ils gravirent une petite butte couverte de cailloux et de broussailles et s'arrêtèrent devant les tours jumelles du Pykon.

Une vue spectaculaire ! Enjambant la rivière Mermidon, qui coulait vers l'est en direction des prairies de Callahorn, le Pykon formait un passage naturel qui conduisait à la chaîne de montagnes bosselée que les elfes appelaient l'éperon Rocheux. Le Pykon et ses deux cimes rocheuses debout telles des sentinelles à l'aplomb des terres qui s'étendaient dessous. Des crêtes et des crevasses couraient à la surface des falaises comme des rides sur le visage d'un vieillard. Une forêt de pins, la base nord des pics, s'éclaircissait à mesure que la pente se faisait plus raide pour se transformer en broussailles piquetées de fleurs sauvages. Plus haut, des poches de neige et de glace d'un blanc aveuglant étincelaient sous le soleil.

Crispin tint un rapide conseil de guerre. En traversant les fourrés, ils s'étaient avancés vers l'est plus que prévu et ils n'étaient pas sortis devant l'éperon Rocheux. Il semblait logique de contourner le Pykon vers l'amont de la Mermidon, jusqu'à ce qu'elle rencontre l'Éperon. Mais ils devraient faire le chemin à pied et ça leur prendrait deux jours supplémentaires. De plus, ils laisseraient une piste facile à suivre.

Le capitaine proposa une meilleure solution. Une forteresse elfique abandonnée depuis la fin de la Deuxième Guerre des races se nichait dans le Pykon. Crispin y était allé une fois, des années plus tôt. S'il parvenait à la localiser, ils trouveraient dedans des tunnels qui conduisaient à la Mermidon. Sur la rivière, ils trouveraient des quais et peut-être aussi un bateau. Sinon, ils dénicheraient assez de bois pour en construire un. De là, la Mermidon coulait vers l'est sur plusieurs lieues, mais elle faisait une boucle à l'endroit où l'éperon Rocheux côtoyait le bourbier impénétrable du Bord du Linceul. S'ils utilisaient la rivière, le voyage prendrait moitié moins de temps qu'à pied. Ils arriveraient en un jour, peut-être un peu moins. Il y avait une autre raison de choisir ce chemin : la rivière dissimulerait toute trace de leur passage.

Cet argument les décida à suivre les conseils du capitaine. Aucun n'avait oublié leur rencontre avec le Faucheur, dans le bois de Drey. Le démon les cherchait toujours, cela ne faisait aucun doute, et ils devaient tout essayer pour lui faire perdre leur piste.

Sans perdre de temps, ils entreprirent l'escalade du Pykon. Traversant rapidement la forêt de pins, ils atteignirent les pentes alors que le soleil plongeait derrière l'horizon. Un croissant de lune s'éclaira à l'est, et la lumière des étoiles éclaira le chemin des cinq compagnons. La nuit était calme et paisible, les parfums de la forêt, charriés par la brise venant du sud.

Ils trouvèrent un grand chemin qui serpentait entre les amas de rochers et les précipices et laissèrent derrière eux les terres boisées.

Minuit approchait quand la forteresse elfique fut enfin en vue. La place forte, enfoncée dans une faille, était un labyrinthe de parapets, de tours et de remparts, éclairés par la lune. Un escalier en colimaçon grimpait jusqu'à l'entrée creusée dans le mur extérieur du château. Les portes en bois bardées de fer, mais fendues par l'âge et les intempéries, étaient bloquées en position ouverte par leurs charnières rouillées.

Les tours de guet étaient perchées comme des bêtes de proies au sommet de murs de pierre. Des pointes hérissaient les parapets, en haut de ces tours, et des chaînes qui portaient autrefois les étendards des rois des elfes pendaient à des poteaux.

Quelque part, loin au-dessus de la forteresse, dans les rochers, résonna le cri perçant d'un oiseau nocturne…

Les cinq compagnons montèrent les marches et entrèrent prudemment dans la forteresse. Une passerelle couverte courait vers un deuxième mur d'enceinte, des mauvaises herbes pointant le nez entre ses blocs de pierre. Quand les cinq compagnons s'y engagèrent, des chauves-souris jaillirent des fissures et des lézardes, en battant furieusement leurs ailes parcheminées. Des rongeurs traversaient parfois le passage, courant si vite qu'on les distinguait à peine.

La passerelle donnait sur une cour jonchée de débris. De chaque côté des remparts, un escalier montait vers un balcon qui courait devant la tour principale, une bâtisse de plusieurs centaines de pieds de haut dont la pierre brute s'adossait à la montagne. Au milieu du balcon, une porte de bois se nichait au fond d'une alcôve. Dessous, au niveau de la cour, se dressait une deuxième porte. Les deux étaient fermées.

Mal à l'aise, Wil regarda les murs et les remparts sinistres dont les pierres s'effritaient. Le vent sifflant à ses oreilles et lui soufflant de la poussière dans les yeux, il resserra les plis de son capuchon autour de son visage pour se protéger. Il n'aimait pas cet endroit. Un lieu peuplé de fantômes où les vivants étaient des intrus… Il regarda Amberle, et vit le même malaise sur son visage.

Crispin avait envoyé Dilph explorer le balcon. Puis, suivi par Katsin, le capitaine gagna l'entrée de la tour. Il essaya d'ouvrir la porte, mais la poignée résista.

Oppressé, Wil le regarda lutter pour ouvrir la porte. La forteresse était une prison et le Valombrien avait hâte d'en sortir !

Dilph apparut sur le balcon, et lança des paroles presque incompréhensibles à cause du vent. La porte supérieure était ouverte. Crispin fit signe qu'il avait entendu. Ramassant des bouts de bois qui serviraient de torches, le capitaine conduisit ses compagnons au sommet des escaliers. La porte était entrouverte. Le capitaine entra et alluma un des tisons avec un briquet à amadou, puis en embrasa un second, qu'il donna à Dilph. Enfin, il fit signe à tout le monde d'entrer et referma la porte derrière lui.

Ils étaient dans une petite antichambre qui donnait sur une série de couloirs obscurs. Un escalier, au fond, s'enfonçait dans les ténèbres. La poussière soulevée par le vent tourbillonnait dans l'air, et une odeur d'humidité et de moisissure suintait des murs. Tendant sa torche, Crispin marcha d'un bout à l'autre de l'antichambre, vérifia le verrou de fer qui fermait la porte, puis se tourna vers les autres. Ils se reposeraient ici jusqu'à l'aube, Katsin et Dilph montant la garde dans la cour. Crispin, lui, se lancerait à la recherche du passage qui leur permettrait de traverser la montagne.

Dilph donna sa torche à Wil. Suivi par Katsin, il sortit. Crispin verrouilla la porte et ordonna à Wil et Amberle de n'ouvrir sous aucun prétexte. Puis il disparut dans un des couloirs. Le Valombrien et la jeune elfe regardèrent la lumière de sa torche mourir dans les ténèbres. Wil approcha de l'entrée, posa la sienne dans un support mural et s'assit, le dos contre la porte. Amberle s'enveloppa dans sa couverture et se coucha à côté de lui.

Un long moment passa avant qu'ils n'arrivent à s'endormir.

Wil ne fut jamais sûr d'avoir réellement dormi. Il somnola, mais fut aussitôt troublé par des rêves. L'obscurité et la brume l'enveloppaient dans une forêt où il se perdit comme une âme en peine. Pourtant, il lui semblait y être déjà venu. Cette obscurité et ce brouillard lui étaient familiers.

C'était un rêve, sans en être un, et il l'avait déjà fait avant…

Puis il sentit la présence d'une créature accroupie dans les ténèbres, non loin de lui, et se souvint. Havenstead ! Il avait déjà fait ce rêve à Havenstead. La créature était venue le chercher, et il avait fui, mais en vain, car il n'y avait aucun moyen de lui échapper. Heureusement, il s'était réveillé. Mais le pourrait-il maintenant ? La panique l'envahit. Le monstre était tout près ! Il venait de nouveau le chercher. Il ne pouvait pas lui échapper, sauf s'il parvenait à se réveiller. Mais il n'arrivait pas à trouver son chemin pour sortir des ténèbres et de la brume.

Il entendit son propre cri quand la créature tendit les mains vers lui.

Alors, il se réveilla en sursaut. Dans la poche de sa tunique, les Pierres elfiques brûlaient sa chair. Il se leva d'un bond, repoussa sa couverture, et regarda autour de lui. Amberle était recroquevillée sur elle-même, les yeux ensommeillés, pâle et effrayée. Hésitant, Wil toucha les Pierres. Son cri les avait-il activées ?

Mais la jeune femme ne le regardait pas, les yeux rivés sur la porte.

— Dehors…, murmura-t-elle.

Le Valombrien se leva et aida la jeune femme à se remettre debout.

Il écouta, mais n'entendit rien.

— C'était peut-être le vent, dit-il enfin. Je ferais peut-être mieux de vérifier. Referme derrière moi. Et ne rouvre pas tant que tu n'entendras pas ma voix.

Il tira la barre et sortit dans la nuit.

Amberle remit le verrou en place et attendit.

Wil s'accroupit dans l'ombre de l'alcôve et sonda les ténèbres. Les rayons de la lune éclairaient le balcon désert, les murs et les remparts qui l'entouraient. Prudemment, il approcha du parapet et regarda dans la cour. Aucun signe de Katsin ni de Dilph ! Il hésita, se demandant ce qu'il devait faire. Puis il se dirigea vers l'escalier. Arrivé devant les marches, il regarda de nouveau en bas. Rien. Il commença à descendre.

Des amas de brindilles et de poussière voletaient en tous sens dans la cour, s'éparpillant à chaque nouveau coup de vent. Wil descendit en silence. Il était presque en bas quand il vit Katsin. Du moins, ce qui restait de lui : son corps désarticulé gisait contre le mur, au-dessous du balcon. À quelques pas de lui, Dilph était à peine visible sous les débris de la porte de la tour – impossible à ouvrir quand ils étaient arrivés.

Le Faucheur les avait trouvés. Et il était dans la tour !

Wil remonta et fonça vers la porte, espérant qu'il n'arriverait pas trop tard.

Seule dans l'antichambre de la tour, Amberle crut entendre dans les ténèbres un bruit qui venait de l'intérieur du bâtiment. Elle regarda autour d'elle et écouta attentivement. Des coups frappés à la porte la firent sursauter et elle ne put retenir un cri.

— Amberle ! Ouvre-moi !

C'était la voix de Wil, à peine reconnaissable avec le sifflement du vent. Amberle retira la lourde barre de fermeture. Le Valombrien entra et referma derrière lui. Il était livide de peur.

— Ils sont morts ! Tous les deux ! Le Faucheur les a eus. Et il est dans la tour !

Amberle voulut dire quelque chose, mais Wil lui posa une main sur la bouche. Un bruit. Il avait entendu un bruit, dans l'escalier ! C'était le Faucheur, il le savait ! S'il les coinçait dans cette pièce, ils étaient perdus. Le Valombrien connut un moment de panique absolue. Comment était-ce possible ? Comment le démon les avaient-ils retrouvés si vite ? Et que devait-il faire ?

La torche brandie devant lui comme un bouclier, il s'éloigna de la porte et de l'escalier, Amberle le suivant mécaniquement. Ils ne pouvaient pas rester là, pensa-t-il, hébété. Il regarda les couloirs. Crispin était parti par où ? Il n'en était pas sûr, mais il choisit le corridor dont il lui sembla se souvenir.

Il courut dans les ténèbres, tenant Amberle par la main.

Ils s'arrêtèrent vite, car le couloir se divisait en trois. Lequel choisir ? Wil baissa sa torche. Une paire de bottes de Chasseur avait soulevé la poussière accumulée au cours des siècles, laissant une piste qui les conduirait à Crispin… Et qui guiderait le Faucheur. Se forçant à ravaler sa peur, Wil continua.

Le Valombrien et la jeune elfe coururent dans les couloirs, traversèrent des halls couverts de moisissure et de toiles d'araignées et des salles pleines de tapisseries pourries et de mobilier rongé par les vers.

Le silence régnait dans la forteresse. Même le gémissement du vent s'était tu.

Deux fois, ils se trompèrent de chemin, empruntant un couloir où ils ne virent plus de traces de pas. Ailleurs, ils trouvèrent plusieurs séries d'empreintes là où Crispin était revenu sur ses pas en essayant de trouver le bon chemin. À chaque occasion, ils perdaient de précieuses secondes à déterminer où il était passé.

Puis ils virent la lueur d'une torche devant eux. Ils coururent, soulagés de voir Crispin sortir des ténèbres.

Le capitaine revenait de sa mission de reconnaissance. Il fonça vers eux, son épée au poing.

— Qu'est-il arrivé ? demanda-t-il.

Le Valombrien lui raconta ce qui s'était passé.

— Dilph et Katsin, aussi ! Que faudra-t-il pour arrêter ce monstre ? (Regardant son épée, le capitaine hésita, puis fit signe aux jeunes gens de le suivre.) Par là. Il nous reste peut-être une chance.

Ils s'élancèrent dans le passage d'où venait Crispin. Ils tournèrent dans un autre couloir, dépassèrent une grande salle, autrefois un arsenal, descendirent une volée de marche menant à une rotonde vide et prirent un autre couloir. Au bout se dressait une porte en fer fixée dans la roche par des boulons et des barres. Crispin retira les barres et ouvrit la porte. Le vent s'engouffra dans le passage et les repoussa vers l'arrière.

Faisant signe à Wil et à Amberle de le suivre, Crispin jeta sa torche, baissa la tête et s'engagea dans l'ouverture.

Ils débouchèrent devant une gorge où la montagne se séparait en deux pics. Une passerelle les reliait à la tour solitaire érigée sur la falaise opposée. Le vent soufflait, secouant la passerelle de fer. La crevasse était éclairée par un rayon de lune qui tombait aussi sur une petite partie de la passerelle, près du côté opposé.

— Nous devons traverser ! cria Crispin. Tenez-vous à la rambarde et ne regardez pas en bas !

— Je ne suis pas sûre d'en être capable ! hurla Amberle.

Wil sentit sa petite main trembler dans la sienne.

— Il le faut ! C'est la seule façon de sortir d'ici !

Amberle regarda la porte fermée, derrière eux, puis elle fit un signe de tête à Crispin.

— Restez près de moi ! dit le capitaine.

Ils s'engagèrent sur la passerelle, le militaire en tête, Amberle derrière lui, et Wil fermant la marche.

Ils avancèrent lentement, la tête baissée et les mains sur la rambarde. Le vent soufflait férocement, comme s'il essayait de leur arracher leurs vêtements, secouant tant la passerelle qu'ils crurent qu'elle allait s'effondrer sous leur poids. Quand ils eurent quitté l'abri de la niche rocheuse, l'air glacial de la haute montagne les fit frissonner. Leurs mains et leurs pieds ne tardèrent pas à être engourdis et la rambarde leur sembla soudain plus froide que la mort. Pas à pas, ils atteignirent enfin la bande de lumière. Peu après, ils arrivèrent sur une plate-forme, face à la tour qui se dressait devant eux, adossée à la paroi de la falaise, ses meurtrières plongées dans l'ombre et ses murs de pierre couverts de givre.

Une seule porte, fermée, y donnait accès.

Crispin aida Amberle à quitter la passerelle et la tira vers l'entrée de la tour. Quand Wil les eut rejoints, l'elfe tendit la main vers une boîte en bois fixée au mur de la tour et en sortit deux gros maillets. Il en tendit un au Valombrien et lui montra la passerelle.

— Six goujons tiennent les supports de la passerelle, trois de chaque côté. Si on les déloge, la passerelle s'effondrera. Elle a été construite ainsi pour empêcher les poursuites, dans le cas où la forteresse serait prise. Occupez-vous des trois goujons de droite !

Wil vit les trois goujons qui fixaient les poteaux à la plate-forme, de chaque côté de la passerelle et flanqua des coups de maillets au premier. À cause de la rouille et de la poussière, il bougea très peu dans son logement. Quand il sauta enfin, il tomba dans le précipice, sans un bruit. Wil s'attaqua sans tarder au deuxième, tellement assourdi par le vent qu'il n'entendait pas ses coups de maillet. Quand le goujon céda, il ne sentait plus ses doigts, engourdis par le froid.

Wil et Crispin levèrent la tête en même temps. Quelque chose remuait dans les ombres, de l'autre côté de la passerelle.

— Dépêchez-vous ! cria Crispin.

Wil frappa frénétiquement le dernier goujon, bloqué par la rouille. Finalement, il sortit en partie de son logement.

Sur le pont, juste au-delà de la bande éclairée par les rayons de lune, une ombre plus noire que la nuit avançait. Crispin se leva d'un bond. De son côté, deux goujons étaient tombés, le troisième était à moitié sorti.

Mais ils n'avaient plus le temps. Le Faucheur arrivait. Il entra dans la zone éclairée, enveloppé d'un manteau, le visage caché. Crispin leva son arc de frêne et expédia une série de flèches sur la créature, si rapidement que Wil parvint à peine à suivre ses mouvements. La créature écarta dédaigneusement toutes les flèches. Wil sentit sa gorge se nouer. Il continua à marteler le dernier goujon, le faisant sortir un peu plus de son logement. Mais il refusa de tomber comme les autres.

Soudain, il se souvint des Pierres elfiques. C'était le moment de les utiliser ! Déterminé, il sortit la bourse de cuir de sa tunique et prit les Pierres, les serrant si fort qu'elles lui entaillèrent la paume. Le Faucheur avançait, accroupi sur la passerelle, à moins de vingt pas d'eux. Le Valombrien leva le poing qui serrait les Pierres et, mobilisant toute sa volonté, fit appel au pouvoir qui lui permettrait de détruire le monstre.

Les Pierres elfiques diffusèrent leur lueur bleue. Mais quelque chose se bloqua en Wil et le feu des Pierres mourut.

Le Valombrien essaya de nouveau. En vain ! Amberle se précipita vers lui, criant quelque chose qu'il ne comprit pas sous les hurlements du vent. Wil recula en titubant. Il avait échoué ! Le pouvoir des Pierres ne lui obéissait plus !

Crispin se rua sur la passerelle et n'hésita pas un instant. Lâchant son arc, il tira son épée et affronta le démon. La créature hésita, car elle ne s'était pas attendue à un affrontement direct. Le vent secoua la passerelle, faisant grincer ses supports métalliques.

— Les goujons ! cria Crispin.

Wil remit les Pierres dans sa tunique, reprit son maillet et recommença à frapper. Il vit Amberle le rejoindre et ramasser celui que Crispin avait laissé tomber. Elle entreprit de frapper sauvagement l'autre goujon.

Sur le pont, Crispin et le Faucheur s'étaient rejoints. Feintant et portant une botte, le capitaine essaya de déséquilibrer le démon pour le faire glisser et basculer par-dessus la rambarde. Mais le Faucheur resta accroupi, repoussa les attaques de l'elfe et attendit patiemment une ouverture. Crispin était une fine lame, mais il lui fut impossible de percer les défenses de la créature. Le Faucheur avança, et l'elfe fut obligé de céder du terrain.

Fou de colère et de frustration, Wil prit le maillet à deux mains et frappa le goujon rouillé de toutes les forces qu'il lui restait. Finalement, il sortit de son logement et tomba dans l'abîme. Aussitôt, le pont bascula, et Crispin perdit l'équilibre. Le Faucheur en profita pour attaquer, saisissant le capitaine par sa tunique. Sous les yeux horrifiés de Wil et d'Amberle, le Faucheur souleva Crispin dans les airs. L'épée de l'elfe frappa la gorge du démon, mais la lame se brisa. Le Faucheur leva son ennemi au-dessus de sa tête et le lança dans l'abîme.

Crispin tomba sans un cri.

Le Faucheur avança.

Un coup de vent secoua la passerelle, déjà ébranlée, et fit sortir le dernier goujon de son logement. La structure, privée de support, se détacha de la plate-forme et tomba, emportant avec elle le Faucheur, cramponné à la rambarde. Il y eut un gémissement de métal arraché quand le pont s'écrasa finalement contre l'autre face de la montagne. Mais il ne se détacha pas entièrement, restant accroché aux supports tordus, à peine visible dans l'obscurité.

Il n'y avait pas trace du Faucheur…

La voix d'Amberle retentit au-dessus du hurlement du vent, appelant Wil. Glacé jusqu'à la moelle des os par la bourrasque, le Valombrien ne comprit pas ce que disait la jeune femme. Il avait toujours le maillet dans une main, comme pétrifié.

Crispin et les Chasseurs avaient disparu. Le pouvoir des Pierres elfiques était perdu pour lui. Amberle et lui étaient seuls.

La jeune elfe pleurait contre son épaule, le suppliant de s'éloigner de la plate-forme. Quand il se tourna vers elle et la prit dans ses bras, il lui sembla un instant entendre Allanon dire qu'il comptait sur lui plus que sur tout autre pour défendre la jeune femme. Il resta encore un moment au bord de l'abîme, son amie serrée contre lui, regardant les ténèbres insondables. Puis il se détourna.

Sans lâcher Amberle, il entra dans la tour.

Chapitre 25

Il leur fallut le reste de la nuit pour trouver un chemin vers l'extérieur. Avec la torche que Crispin avait laissée dans un support mural à l'entrée de la tour, ils suivirent une série apparemment sans fin de passages et d'escaliers qui descendaient à travers la montagne. Épuisés par les épreuves des derniers jours, ils avançaient en titubant dans les couloirs de la forteresse, les yeux rivés sur les ténèbres. Se tenant par la main, ils ne parlaient pas. Engourdis par le choc, ils désiraient une seule chose : sortir de la montagne.

Le temps cessa bientôt d'avoir un sens… Des heures ou des jours auraient pu être passés depuis qu'ils étaient prisonniers de cette montagne, et ils n'auraient pas su le dire. Ignorant où les couloirs les menaient, ils se fiaient à l'instinct et au hasard, suivant les tunnels avec une seule idée en tête : il fallait bien qu'ils conduisent quelque part. À un moment où un autre, ils sortiraient de cette maudite montagne ! Leur torche brûla jusqu'à devenir tellement courte qu'elle les éclairait à peine. Et les couloirs continuaient !

Ils se terminèrent enfin. Une porte de fer massive, fermée par un double verrou et des barres transversales, se dressait au bout des passages. Wil tendit la main vers les verrous, mais Amberle lui saisit le bras et parla d'une voix tendue.

— Wil, et si des démons nous attendent dehors ? Le Faucheur n'était peut-être pas seul !

Le Valombrien la regarda sans répondre. Il n'avait pas pensé à cette éventualité. Plutôt, il ne s'était pas *autorisé* à y penser. Mais depuis le bois de Drey, les démons les retrouvaient toujours, comme si c'était inévitable. Même si le Faucheur avait disparu pour de bon, il restait d'autres démons. Et à Arborlon, l'espion avait tout entendu.

— Wil ? demanda Amberle.

— Nous devons tenter le coup. Il n'y a aucune autre solution.

Il retira doucement la main de la jeune femme de son bras. Puis il ouvrit les verrous, souleva la barre transversale et tira la porte. Derrière, les eaux boueuses de la Mermidon clapotaient contre les parois de la grotte qui abritait les quais cachés des elfes. Rien ne bougeait. Le Valombrien et la jeune elfe échangèrent un regard.

Sans un mot, Wil laissa la torche tomber sur le sol, où elle s'éteignit.

Les quais et les bateaux étaient pourris. Totalement inutilisables ! Le Valombrien et la jeune elfe se frayèrent un chemin le long d'une corniche étroite qui faisait le tour de la grotte, en sortirent, arrivèrent sur les berges de la rivière, à la base du Pykon. Il n'y avait personne d'autre qu'eux.

L'aube pointait à peine. La rosée avait gelé sur les arbres et les broussailles, couvrant la terre d'une couche de givre.

Leur respiration formait de petits nuages de vapeur devant eux. Le froid glacial s'infiltra sous leurs vêtements humides, les gelant jusqu'aux os.

La rivière nappée de brume bouillonnait entre les montagnes, coulant vers l'est à travers les terres boisées. Le Pykon se dressait hors de ce brouillard, massif et impressionnant.

Wil regarda autour de lui. Dans la caverne, les bateaux des elfes n'étaient plus que des épaves. Mais il aperçut une petite yole près de la berge, à demi dissimulée sous des broussailles, à une dizaine de pas d'eux. Prenant la main d'Amberle, il la conduisit jusqu'à la yole. Un bateau en bon état, laissé là par quelqu'un qui venait sûrement y pêcher de temps en temps. Le Valombrien détacha les amarres, fit monter Amberle dans la yole et la poussa vers la rivière. Cette embarcation était bien plus importante pour eux que pour le pêcheur absent.

Ils dérivèrent vers l'est, suivant le courant, tandis que l'aube se levait. Amberle s'enveloppa dans son manteau et s'endormit comme une masse.

Wil aurait aimé l'imiter, si ça lui avait été possible. Mais il était si fatigué que le sommeil refusa de venir.

Il trouva une petite rame dans la yole et la passa dans la dame de nage, à la poupe, pour guider l'embarcation le long de la rivière.

Les pics du Pykon disparurent à mesure qu'ils avançaient et approchaient de la forêt. Le ciel dégagé devint d'un bleu éblouissant.

Vers midi, ils furent à l'endroit où la Mermidon commençait à décrire une boucle sur elle-même, s'incurvant vers le sud, puis tournant vers l'ouest, en direction de l'éperon Rocheux. La journée étant agréablement chaude, l'humidité et le froid de l'aube avaient enfin déserté leurs corps et leurs vêtements. Des oiseaux aux couleurs vives traversaient la rivière çà et là tandis que l'odeur des fleurs sauvages emplissait l'air.

Amberle se réveilla et s'étira.

— As-tu dormi ? demanda-t-elle à Wil d'une voix somnolente.

— Je n'ai pas pu.

— Alors, essaie de te reposer maintenant. Je m'occuperai du bateau. Tu dois prendre un peu de repos.

— Non, ça va. Je ne suis pas fatigué.

— Wil, tu es épuisé ! Tu dois dormir !

Il la regarda en silence un moment.

— Sais-tu ce qui m'est arrivé dans la forteresse ? demanda-t-il enfin.

— Non, et je doute que tu le saches toi-même.

— Oh, si ! J'ai essayé d'utiliser les Pierres elfiques, et je n'ai pas pu. Je ne peux plus faire appel à leur pouvoir !

— Comment le sais-tu ? Tu as déjà eu des problèmes pour utiliser les Pierres dans le Tirfing. Cette fois, tu as peut-être essayé trop abruptement. Tu ne t'es pas donné le temps de les utiliser.

— J'ai fait tout ce qui était en mon pouvoir ! J'ai mobilisé ma volonté pour activer les Pierres, mais il ne s'est rien passé. Allanon m'avait prévenu que ça pouvait arriver. C'est à cause de mon sang humain. Seule la partie elfique commande aux Pierres, et cette partie est infime chez moi, apparemment. Il y a un blocage en moi, Amberle ! Je suis parvenu à le forcer une fois, mais je ne peux plus...

Elle s'assit près de lui et lui posa une main sur le bras.

— Nous nous débrouillerons sans les Pierres...

— Elles sont notre seule arme ! Si les démons nous retrouvent, nous serons perdus.

— Alors, les démons ne doivent pas nous retrouver.

— Ils ont réussi à chaque fois, malgré les précautions que nous avons prises. Ils nous ont pistés partout. Et ils nous trouveront cette fois aussi. Tu le sais.

— Je sais surtout que c'est toi qui as insisté pour que nous continuions après notre fuite de Havenstead. Tu n'as jamais été tenté de renoncer. Allanon t'a choisi pour me protéger. M'abandonnerais-tu ?

— Non ! Jamais.

— Moi non plus, je ne t'abandonnerais pas. Nous avons commencé ce voyage ensemble et nous le finirons ensemble en comptant l'un sur l'autre pour nous en sortir. Je crois que ça suffira. (Elle s'interrompit, et un sourire éclaira son visage.) Bien entendu, j'ai conscience que *tu* devrais tenir ce discours, pas moi ! J'étais celle qui ne croyait pas en son héritage, ni aux paroles du druide. Toi, tu y as toujours cru.

— Si les Pierres ne m'avaient pas abandonné..., gémit Wil.

Amberle lui posa une main sur les lèvres pour le faire taire.

— Ne sois pas si sûr qu'elles t'ont abandonné ! Essaie de penser un moment à ce que tu voulais faire avec elles. Tu as essayé de t'en servir comme d'une arme. Cela est-il possible, Wil ? Tu es un guérisseur, souviens-toi. Ta mission est de préserver la vie, pas de la détruire. La magie elfique est *le prolongement* de celui qui s'en sert. Peut-être n'es-tu pas destiné à utiliser les Pierres de la manière que tu pensais quand tu t'es trouvé face au Faucheur.

Le Valombrien réfléchit. Allanon lui avait dit que les trois Pierres permettaient d'unir le cœur, l'esprit et le corps de celui qui les utilisait pour produire du pouvoir. Si un de ces éléments manquait...

— Non, dit-il enfin. Cette distinction est trop subtile. Mon grand-père croyait à la préservation de la vie aussi fort que moi, et il a utilisé les Pierres elfiques pour détruire. Sans les difficultés que j'ai rencontrées.

— Alors, il existe une autre possibilité. Allanon t'a prévenu de la résistance que ton sang humain provoquerait quand tu voudrais utiliser les Pierres. Tu l'as déjà éprouvée une fois. Cela t'a peut-être incité à créer dans ton esprit un blocage supplémentaire qui t'a persuadé que le pouvoir des Pierres elfiques est perdu pour toi, alors qu'il ne l'est pas. Si le blocage que tu as subi devant la passerelle était de ta propre fabrication ?

Wil étudia la question. Était-ce possible ?

— Je l'ignore. Et je n'ai aucun moyen d'être sûr. Tout est arrivé si vite...

— Alors, écoute-moi, dit Amberle en s'approchant de lui, son visage tout près du sien. Ne sois pas trop rapide à accepter comme une vérité ce qui est pour le moment une supposition. Tu as utilisé les Pierres elfiques une fois. Je doute qu'un tel don se perde si aisément. Peut-être est-il seulement *égaré*. Prends le temps de le chercher avant de décider qu'il ne t'appartient plus.

— Tu as davantage confiance en moi que moi ! Et c'est vraiment étrange ! Pourtant, au début, tu pensais que je ne valais rien. Tu t'en souviens ?

Amberle recula un peu.

— J'avais tort... J'ai dit des choses que je n'aurais pas dû dire.

Elle sembla vouloir ajouter quelque chose. Mais comme chaque fois qu'elle avait évoqué ses peurs, elle détourna le sujet.

Wil était désormais assez avisé pour ne pas insister.

— Ma foi, tu as raison sur un point, dit-il. C'est moi qui aurais dû te tenir ce discours, pas l'inverse !

— Souviens-toi de le faire, quand j'en aurai besoin ! Et maintenant, si tu dormais ?

— Peut-être bien... Un petit moment...

Il se déplaça, laissant la jeune elfe s'occuper du bateau. Il s'allongea et se fit un oreiller avec son manteau. Puis il pensa aux Pierres elfiques. *Ayez confiance en vous,* avait dit Allanon. Avait-il confiance en lui ? Et cela suffirait-il ?

Il s'endormit avant d'avoir trouvé la réponse.

Il se réveilla au milieu de l'après-midi. Endolori par son somme au fond de la yole, il se leva et alla reprendre le gouvernail à Amberle. Il mourait de faim et de soif, mais ils n'avaient aucune provision avec eux, ayant tout perdu pendant leur fuite à travers le Pykon.

Un moment après, le lit de la rivière rétrécit, et les troncs des arbres, sur les rives se refermèrent autour d'eux.

Les ombres s'allongèrent. À l'ouest, le soleil commença à descendre au-dessus du mur formé par l'éperon Rocheux, sa lumière dorée virant au pourpre. À un moment, des rapides secouèrent la yole, mais Wil évita qu'elle heurte les rochers, et la maintint à flot jusqu'à ce qu'ils soient sortis de la section agitée de la rivière.

La Mermidon s'incurva de nouveau vers le sud à travers les prairies de Callahorn. Le Valombrien fit accoster le bateau et ils débarquèrent.

Ils passèrent la nuit au pied d'un saule vieux de plusieurs centaines d'années, un peu en retrait de la berge. La yole cachée dans les broussailles près de la rive, ils ramassèrent des fruits et des légumes pour leur repas du soir avant de se mettre à la recherche d'eau potable. Ils n'en trouvèrent pas, et ils furent obligés de se contenter de la nourriture. Après avoir mangé, ils parlèrent un peu, puis s'endormirent.

Le matin se leva, lumineux et agréable. Le Valombrien et sa compagne commencèrent la marche vers l'ouest, en direction de l'éperon Rocheux. Ils avancèrent d'un bon pas, stimulés par la chaleur de la matinée, et mangèrent en chemin le reste des fruits de la veille. Au fil des heures, leur raideur musculaire disparut, dissipée par l'exercice.

Au milieu de la matinée, ils trouvèrent un petit ruisseau où des rapides se déversaient dans une mare. Ils burent autant que possible, car ils ne pouvaient plus emporter d'eau avec eux.

Les montagnes de l'éperon Rocheux devenaient de plus en plus visibles au-dessus de la forêt, alors qu'une chaîne de pics occultait l'horizon occidental. Les montagnes s'effaçaient seulement au sud, où s'étendait le bourbier impénétrable du Bord du Linceul. Là, l'horizon était nappé d'un brouillard gris épais qui planait sur le marais comme de la fumée. Pour la première fois depuis leur fuite du Pykon, Wil s'inquiéta de leur destination. La décision de suivre la Mermidon jusqu'aux forêts qui bordaient les montagnes leur avait semblé la seule solution évidente. Pourtant, il se demandait comment ils feraient pour traverser ces pics monstrueux. Aucun d'eux ne connaissait la chaîne, et ils ignoraient si des cols leur permettraient de passer de l'autre côté. Sans les Chasseurs, comment se débrouilleraient-ils pour ne pas se perdre ?

Au coucher du soleil, ils atteignirent la base de l'éperon Rocheux, un labyrinthe de pics hauts de milliers de pieds. Le Valombrien et la jeune elfe marchèrent jusqu'aux pentes de la montagne la plus proche, couverte de fleurs aux couleurs vives : des campanules et des centaurées rouges. Le soleil étant presque couché, ils cherchèrent un endroit où camper, trouvèrent un ruisseau qui se jetait dans une petite mare, près d'un bosquet de pins, et s'y installèrent pour la nuit. Ils firent un repas frugal, mais Wil avait envie de viande et de pain et il mangea sans grand plaisir. La nouvelle lune et les étoiles illuminant le ciel, ils se souhaitèrent bonne nuit, s'enroulèrent dans leurs manteaux de voyage et fermèrent les yeux.

Quand le sommeil s'empara de lui, Wil se demandait toujours comment ils feraient pour traverser les montagnes.

Lorsqu'il se réveilla, un jeune garçon était assis devant lui et le regardait. C'était l'aube et le soleil se levait, éblouissante apothéose de lumière qui dissipa aussitôt les ténèbres. Sur les pentes de la montagne, les fleurs sauvages s'ouvraient, et la rosée scintillait encore sur l'herbe.

Wil plissa les yeux, surpris. Il pensa d'abord que sa vue lui jouait des tours, et attendit que le jeune garçon disparaisse. Mais il resta où il était, assis sur l'herbe, les jambes croisées, regardant Wil en silence. Le Valombrien décida finalement qu'il n'était pas une illusion et il se redressa sur un coude.

— Bonjour, dit-il.

— Bonjour, répondit solennellement le jeune garçon.

Wil se frotta les yeux et observa l'enfant. Un elfe de petite taille dont les cheveux blond roux encadraient un visage assez ordinaire semé de taches de rousseur. Il portait un pantalon et une tunique de cuir ajustés, des sacs et des bourses étaient accrochés à son cou et à sa taille. Il était bien plus jeune que Wil ou Amberle.

— Je ne voulais pas te réveiller, dit l'enfant.

— Tu as été très silencieux, répondit Wil.

— Je sais. Je peux traverser un endroit jonché d'aiguilles de pin sans faire un seul bruit.

— Vraiment ?

— Oui. Et trouver la tanière d'un renard sans qu'il fuie. J'ai réussi ça, une fois.

— C'est vraiment très bien.

— Que faites-vous ici, tous les deux ?

Wil sourit malgré lui.

— Je me demandais la même chose à ton sujet. Tu vis ici ?

— Non. J'habite dans le Sud, au-dessous de l'Irrybis. Dans le Nid d'Aigles.

Wil n'avait pas la moindre idée de ce qu'était le Nid d'Aigles. Derrière lui, il entendit Amberle bouger.

— Elle est très jolie, dit le garçon. Vous êtes mariés ?

— Euh, non, fit le Valombrien, surpris. Nous voyageons ensemble, c'est tout. Comment es-tu arrivé ici ?

— J'ai volé, répondit le garçon. Je suis un Cavalier du Ciel.

Wil en resta bouche bée. Le jeune garçon regarda Amberle, qui venait de s'asseoir, toujours enveloppée dans son manteau.

— Bonjour, ma dame, dit-il.

— Bonjour, répondit Amberle, amusée autant qu'étonnée. Comment t'appelles-tu ?

— Perk.

— Moi, je suis Amberle. Lui, c'est Wil.

Le jeune garçon se leva, approcha de Wil et lui prit la main pour le saluer. Le Valombrien fut surpris de sentir que les paumes du jeune garçon étaient couvertes de cals. Perk s'aperçut de sa réaction et retira rapidement sa main. Il ne serra pas la main d'Amberle, se contentant d'un salut de la tête.

— Aimeriez-vous prendre un petit déjeuner ? demanda-t-il.

— De quel genre, Perk ? lança Wil.

— Du lait, des noix, du fromage et du pain. C'est tout ce que j'ai.

— Ça fera très bien l'affaire, dit le Valombrien, ravi.

Il regarda Amberle. Il ignorait toujours ce que Perk faisait ici, mais la nourriture était alléchante.

— Nous serons contents de partager le petit déjeuner avec toi…

Ils s'assirent en cercle. Le jeune elfe sortit d'un de ses sacs la nourriture promise, plus trois gobelets. Il les remplit avec l'outre de lait qu'il portait dans une autre sacoche. Le Valombrien et la jeune femme dévorèrent cette manne.

— Où as-tu trouvé le lait ? demanda Amberle.

— Aux pis d'une chèvre, marmonna Perk, la bouche pleine. Un berger garde un petit troupeau dans un pré, à plusieurs lieues au nord. J'en ai trait une tôt ce matin.

Amberle jeta un regard interrogateur à Wil, qui haussa les épaules.

— Il m'a dit qu'il était un Cavalier du Ciel. Il se déplace en volant.

— Je ne suis pas encore *vraiment* un Cavalier du Ciel, dit le garçon. Parce que je suis trop jeune… Mais je le deviendrai un jour.

Il y eut un moment de silence inconfortable.

— Vous ne m'avez pas dit ce que vous faisiez ici, lança enfin Perk. Vous fuyez quelque chose ?

— Pourquoi nous demandes-tu ça ? s'étonna Amberle.

— Parce que vous avez l'air de fuir ! Vos vêtements sont sales et déchirés, vous n'avez ni armes, ni nourriture, ni couvertures, et vous n'avez pas fait de feu. En plus, vous avez l'air d'avoir peur de quelque chose.

— Perk, tu es un garçon observateur, dit Wil, décidant aussitôt comment il traiterait le problème. Me promets-tu de garder le secret si je te fais une confidence ?

— Je te le jure.

— Parfait. Cette jeune dame, Amberle, est très spéciale. C'est une princesse, la petite-fille d'Eventine Elessedil, le roi des elfes.

— Le roi des elfes de la Terre, corrigea Perk.

Wil hésita, ne comprenant pas ce que le garçon voulait dire. Perk se pencha vers lui, intéressé.

— Vous êtes à la recherche d'un trésor ? demanda-t-il. Ou la dame est-elle ensorcelée ?

— Oui. Non.

Le Valombrien s'interrompit. Dans quel guêpier s'était-il fourré ?

— Nous sommes en quête d'un talisman, Perk. La dame seule peut l'utiliser. Une force maléfique menace les elfes. Ce talisman seul les en protégera, et nous devons le trouver rapidement. Serais-tu disposé à nous aider ?

Les yeux de Perk s'écarquillèrent d'excitation.

— Une aventure ? Une *véritable* aventure ?

— Wil, je ne suis pas sûre que..., dit Amberle, fronçant les sourcils.

— Fais-moi confiance, je t'en prie ! (Le Valombrien se tourna de nouveau vers Perk.) C'est une affaire très dangereuse, Perk. La créature qui nous pourchasse a déjà tué beaucoup d'elfes. Ce n'est pas un jeu. Tu devras faire exactement ce que je t'ordonnerai, et quand je te dirai que c'est terminé, tu partiras sans faire d'histoires. C'est d'accord ?

Le garçon hocha la tête.

— Que voulez-vous de moi ?

Le Valombrien désigna l'éperon Rocheux.

— Je voudrais que tu me montres le chemin pour traverser ces montagnes. Tu en connais un ?

— Bien sûr ! dit Perk, presque vexé. Où allez-vous ?

Wil hésita. Il n'était pas sûr de vouloir donner cette information au jeune garçon.

— C'est important ?

— Bien entendu ! Comment vous montrer le chemin, si j'ignore où vous allez ?

— Cela me paraît raisonnable, dit Amberle avec un sourire. Tu devrais lui dire, Wil.

— D'accord. Nous allons dans le pays Sauvage.

— Le pays Sauvage ? (Perk sembla perdre une partie de son enthousiasme.) Il m'est interdit d'y aller. Ce coin est très dangereux.

— Nous le savons, dit Amberle. Mais nous n'avons pas le choix. Peux-tu nous aider ?

— Oui, déclara le garçon. Mais vous ne pouvez pas passer par les montagnes. Ça vous prendrait des jours.

— Si nous ne traversons pas les montagnes, comment doit-on faire ? Il y a un autre chemin ? demanda Wil.

— Bien sûr ! Nous volerons.

Ébahi, Wil regarda Amberle.

— Perk, nous ne pouvons pas voler, dit-elle.

— Nous le pouvons ! Je vous l'ai dit, je suis un Cavalier du Ciel. Enfin *presque* un Cavalier du Ciel.

Il ne manque pas d'imagination, pensa Wil.

— Perk, il faut des ailes, pour voler. Et nous n'en avons pas.

— Des ailes ? répéta le garçon, l'air troublé.

Puis il sourit.

— Oh, vous avez cru que... Je comprends ! Exact, nous n'avons pas d'ailes ! Mais nous avons Genewen. Suivez-moi !

Il se leva et sortit du bosquet de pins. Wil et Amberle le suivirent en échangeant des regards étonnés. Quand ils arrivèrent sur la pente, Perk sortit un petit sifflet d'argent d'une de ses sacoches. Il souffla dans l'instrument, mais aucun son n'en sortit.

Wil regarda Amberle et fit la grimace. Les choses ne se passaient pas comme il l'avait espéré. Perk remit le sifflet dans la sacoche et leva la tête. Automatiquement, le Valombrien et la jeune elfe l'imitèrent.

Une silhouette dorée apparut dans le ciel. La créature plongeant vers eux, Wil et Amberle sursautèrent. C'était le plus grand oiseau qu'ils aient jamais vu, avec des ailes d'une envergure de plus de trente pieds, une tête oblongue surmontée d'une crête rouge feu constellée de points noirs, un grand bec crochu et des serres sûrement redoutables. Un moment, les deux jeunes gens pensèrent au monstre noir qui les avait presque attrapés dans la vallée de Rhenn. Mais ils virent vite que cette créature ne lui ressemblait pas. Elle se posa sur le pré, une dizaine de pas devant eux, et replia les ailes contre son corps couvert de plumes dorées. Puis elle leva la tête et poussa un cri perçant. Ensuite, elle inclina la tête vers Perk, qui lui répondit en émettant un son tout aussi bizarre.

Il se tourna vers ses compagnons.

— Voici Genewen, annonça-t-il fièrement. Je vous l'avais bien dit : nous pouvons voler !

Après avoir vu Genewen, Wil et Amberle acceptèrent plus aisément l'histoire que Perk leur raconta.

Avant l'époque de Jerle Shannara et la Deuxième Guerre des races, une petite communauté d'elfes émigra vers le sud, quittant leur terre natale pour des raisons depuis longtemps oubliées, et s'installa près de l'Irrybis, dans une région montagneuse inexplorée, au bord d'une grande étendue d'eau connue par les races comme la ligne de partage bleue. Ces elfes étaient les ancêtres de Perk. Au cours des temps, ils devinrent chasseurs et pêcheurs et construisirent leurs villages sur la série de falaises qui bordaient la ligne de partage bleue, à l'ouest de la Myrian.

Les elfes découvrirent rapidement qu'ils partageaient ces falaises avec une colonie d'oiseaux de proie géants qui nichaient dans des cavernes. Ils les appelèrent des Rocs, selon le nom d'un oiseau légendaire de l'ancien monde. Les Rocs et les nouveaux venus se tinrent d'abord à bonne distance les uns des autres, mais les elfes comprirent vite que les oiseaux pourraient leur être utiles s'ils les formaient à transporter des gens. Déterminés et pleins de ressources, ils entreprirent de mettre leur idée à exécution. Après de nombreux échecs, ils trouvèrent un moyen de communiquer avec les oiseaux. Cela leur permit de harnacher plusieurs jeunes, puis de se rendre maîtres de la colonie. Les oiseaux devinrent le moyen de transport des elfes, leur permettant d'étendre leur territoire de chasse et de pêche. Ils devinrent aussi des protecteurs entraînés à livrer bataille contre leurs ennemis. En échange, les elfes s'assurèrent que les Rocs seraient à l'abri des prédateurs qui voulaient envahir leur colonie ou s'approprier leur territoire de chasse. Ils apprirent à s'occuper des oiseaux, à soigner leurs maladies et leurs blessures, et à les garder en bonne santé. Avec le temps, le lien entre les deux espèces se renforça. Leur communauté reçut le nom de Nid d'Aigles. Elle était petite et isolée, sur un territoire où peu d'hommes s'étaient installés, ou voyageaient. Tout contact avait cessé depuis longtemps entre le Nid d'Aigles et la communauté d'elfes d'où ils venaient.

Les elfes du Nid d'Aigles formèrent leur propre gouvernement. Même s'ils reconnaissaient la souveraineté des rois d'Arborlon sur la majorité des elfes des Terres de l'Ouest, ils se considéraient désormais comme un peuple différent. Ils se donnèrent le nom d'elfes des Cieux, et appelèrent les autres elfes de la Terre.

Perk était le fils et le petit-fils de Cavaliers du Ciel, ces hommes qui éduquaient les Rocs, les montaient et assuraient la défense du Nid d'Aigles. D'autres postes prestigieux existaient dans la communauté, mais celui-là était le plus convoité. Seuls les Cavaliers du Ciel avaient le pouvoir de commander aux Rocs, de voler et d'explorer le ciel d'un bout du territoire à l'autre. Ils étaient honorés par leur peuple et passaient leur vie à son service.

Perk était en deuxième année de formation. Le choix intervenait très tôt, et l'entraînement continuerait jusqu'à ce qu'il soit adulte. Souvent, ce choix était prédéterminé, comme dans le cas de Perk. Son père et son grand-père ayant été des Cavaliers du Ciel, tout le monde s'était attendu à ce qu'il marche sur leurs traces. Genewen était la monture de son grand-père, désormais trop vieux pour voler régulièrement. Quand Perk atteindrait l'âge adulte, Genewen serait à lui. Les Rocs vivaient quatre à cinq fois plus longtemps que les elfes et avaient donc plusieurs maîtres au cours de leur vie. Genewen avait commencé sa carrière avec son grand-père. Si elle restait en bonne santé, elle servirait un jour le fils ou le petit-fils de Perk.

Pour le moment, elle était dévouée à Perk, sous la supervision de son grand-père. Un exercice avait amené le jeune elfe dans l'éperon Rocheux et provoqué sa rencontre avec Wil et Amberle. Son programme d'entraînement exigeait qu'il fasse des vols de plus en plus lointains. À chacun, on lui assignait des missions, et des règles à suivre. Pour ce voyage, on lui avait demandé de rester sept jours loin du Nid d'Aigles, en emportant avec lui un peu de pain et de fromage et une gourde d'eau. Il devrait se débrouiller seul pour trouver de quoi boire et manger, puis explorer et décrire avec précision certaines parties de la région qui entourait le pays Sauvage. Mais il lui était interdit de s'y aventurer. Il pouvait se poser sur les terres avoisinantes, mais jamais à l'intérieur. Et il devait éviter tout contact avec ses habitants.

Les ordres étaient explicites, et Perk ne les remettait pas en question. Mais le matin du deuxième jour, quand il aperçut Wil et Amberle endormis sur le flanc est de l'éperon Rocheux, la curiosité l'emporta. Qui étaient ces voyageurs – des elfes comme lui – un jeune homme accompagné d'une fille encore plus jeune que lui ? Que faisaient-ils dans cette contrée hostile, sans aucun équipement ? Il réfléchit un instant, puis prit sa décision. On lui avait ordonné d'éviter tout contact avec les habitants du pays Sauvage, mais on ne lui avait rien dit sur les autres gens. Un oubli de son grand-père, peut-être, mais c'était ainsi. Malgré sa maturité et sa prudence, Perk était quand même un jeune garçon à l'esprit aventureux. Son grand-père avait laissé une porte entrouverte devant lui, et il était naturel qu'il ait envie de l'ouvrir en grand. Très obéissant, il était aussi très curieux. Et il lui fallait parfois laisser parler sa curiosité.

Heureusement pour Wil et Amberle !

Perk termina son récit, puis répondit aux questions de ses compagnons pendant quelques instants. Mais sa hâte de partir à l'aventure était évidente et il demanda vite à ses nouveaux amis s'ils étaient prêts à s'envoler. Genewen n'avait pas l'habitude de porter plus d'un cavalier, mais elle était assez forte pour cela. Elle leur ferait traverser les montagnes de l'éperon Rocheux avant qu'ils aient eu le temps de s'en rendre compte !

Wil et Amberle regardèrent l'oiseau géant avec quelques doutes. S'ils avaient eu un autre moyen, ils l'auraient choisi sans hésiter. La simple idée de voler leur retournait l'estomac. Mais ils n'avaient pas le choix, et le jeune garçon attendait, les mains sur les hanches, qu'ils se décident enfin. Wil haussa les épaules en regardant Amberle, puis déclara qu'ils étaient prêts. Après tout, si un gamin avait assez de cran pour voler, pourquoi pas eux ?

Conduits par Perk, ils approchèrent de Genewen. L'oiseau géant portait un harnais de cuir autour du corps. Perk leur montra les étriers qui leur permettraient de monter sur le dos emplumé du Roc. Il calma Genewen pendant qu'ils grimpaient, leur montra les poignées où se tenir, et, pour plus de sécurité, les attacha aux harnais avec des cordes. De cette façon, leur dit-il, si le vent les délogeait, ils ne tomberaient pas. Cela ne rassura pas le Valombrien et la jeune elfe, déjà terrorisés à l'idée de s'envoler. Perk leur donna à chacun un petit morceau de racine marron, qu'il leur conseilla de mâcher et d'avaler. Il les aiderait à lutter contre le mal de l'air, précisa-t-il.

Ils se hâtèrent de manger les racines.

Quand ses deux passagers furent attachés, le jeune garçon sortit une cravache de cuir de sous les sangles du harnais et en flanqua un coup à Genewen. Avec un cri perçant, le Roc déploya ses ailes et décolla. Pétrifiés, Wil et Amberle regardèrent le sol s'éloigner. Les arbres du bosquet de pins devinrent minuscules quand le Roc prit un maximum d'altitude avant de tourner vers l'ouest, en direction des pics.

Au début, Wil et Amberle éprouvèrent un sentiment intermédiaire entre la nausée et l'enthousiasme, seule la racine qu'ils avaient mâchée empêchant leur estomac de se vider. Puis le malaise diminua, et l'exaltation prit le dessus quand ils regardèrent le paysage qui défilait sous eux. Une vision inoubliable !

Devant eux, les pics noirs de l'éperon Rocheux se dressaient comme des dents pointues et le fin ruban bleu de la Mermidon serpentait entre les rochers. Vers le nord, la tache sombre des fourrés Enchevêtrés faisait un étonnant contraste au milieu du vert brillant des forêts des Terres de l'Ouest. À l'est, désormais loin d'eux, se dressait le Pykon, et au sud, le Bord du Linceul, au seuil de l'Irrybis. La contrée entière s'offrait à eux, révélée par le soleil qui brillait dans le ciel sans nuages.

Genewen zigzagua entre les pics de l'éperon Rocheux, les frôlant parfois. Wil et Amberle s'accrochèrent au harnais de toutes leurs forces, mais le vol ne semblait pas dangereux, car l'oiseau géant réagissait parfaitement aux mouvements de son jeune cavalier. Le vent soufflait par rafales ; venu du sud, il était chaud et agréable. Perk regarda par-dessus son épaule pour voir comment ses compagnons réagissaient. Il leur fit un sourire ravi auquel ils répondirent par des grimaces beaucoup moins enthousiastes.

Ils volèrent près d'une heure, s'enfonçant dans les montagnes jusqu'à ce que les terres boisées aient disparu de leur vue. De temps en temps, ils apercevaient le brouillard qui couvrait le Bord du Linceul à travers des trouées entre les pics, vers le sud. Puis cette vision disparut et les montagnes se refermèrent autour d'eux, telles des tours massives voilant le soleil. Wil pensa un instant à ce qu'aurait été le voyage, s'ils avaient tenté d'escalader cette impressionnante chaîne de montagne. Il était peu probable qu'ils y soient parvenus sans l'aide des Chasseurs elfes. Il se demanda si les démons les pourchassaient toujours. Probablement... Mais il se réconforta en pensant que le Faucheur, en supposant qu'il ait survécu à l'effondrement de la passerelle, aurait du mal à suivre leur piste, cette fois !

Peu après, Perk fit descendre Genewen vers un promontoire couvert d'herbe haute et de fleurs sauvages surplombant un lac de montagne. Le Roc se posa et ses passagers débarquèrent. Perk sauta gracieusement sur le sol. Wil et Amberle, raides et maladroits, avaient l'air ravi d'être de retour sur la terre ferme.

Ils se reposèrent une demi-heure, puis remontèrent sur le dos de l'oiseau géant et repartirent vers l'ouest. Ils atterrirent deux autres fois dans la matinée pour se reposer et laisser Genewen reprendre des forces. À chaque occasion, Perk leur offrit de partager sa nourriture et sa boisson, mais ils refusèrent, acceptant seulement un morceau de l'étrange racine. Perk ne fit pas de commentaires. Lui aussi avait réagi comme ça au début de son entraînement.

À la fin de la matinée, ils arrivèrent à la limite est du pays Sauvage. Sur le dos de Genewen, ils voyaient clairement la vallée : une étendue verdoyante entourée par les montagnes de l'éperon Rocheux et de l'Irrybis, et par la masse brumeuse du Bord du Linceul, une forêt impressionnante envahie de broussailles et de fourrés, semée de dépressions et de crêtes et émaillée de marais et de quelques pics solitaires. Il n'y avait aucun signe d'habitation, ni villages ni hameaux, pas de champs cultivés ou de bétail en train de paître. La vallée entière était sauvage, sombre et peu engageante...

Perk fit remonter Genewen à l'ombre des montagnes. Le pays Sauvage disparut derrière les pics et ils volèrent sans interruption jusqu'à midi. Puis Perk orienta de nouveau Genewen vers le sud.

Le Roc se glissa dans une trouée entre les pics. Devant eux, le pays Sauvage réapparut. Ils se dirigèrent vers lui, suivant une pente qui venait mourir dans le bassin de la vallée.

Genewen vira à droite et se dirigea vers une autre pente, contre la base du pic, qui surplombait le pays Sauvage.

Le Roc se posa à l'abri d'un bosquet de sapins.

Wil et Amberle descendirent prudemment du dos du Roc, se massant les muscles pour faire passer les crampes. Perk lança un ordre bref à Genewen puis sauta de sa monture, rouge de contentement et d'excitation.

— Vous avez vu ? Nous avons réussi ! dit-il, souriant de toutes ses dents.

— C'est vrai, grâce à toi, admit Wil en se frottant les fesses.

— Et maintenant, que faisons-nous ? demanda le jeune garçon.

— Tu ne feras rien du tout, Perk ! C'est là que tu t'arrêtes.

— Mais je veux vous aider !

Amberle prit le jeune garçon dans ses bras.

— Tu nous as déjà aidés, Perk. Sans toi, nous ne serions pas arrivés jusque-là.

— Mais je veux venir avec…

— Non ! Ce que nous devons faire est trop dangereux pour que tu y sois mêlé. Wil et moi sommes obligés d'entrer dans le pays Sauvage, et tu nous as dit qu'il t'était interdit d'y aller. Tu dois nous quitter ici. Souviens-toi, tu as promis à Wil d'obéir quand nous te le demanderions.

— Je n'ai pas peur, marmonna le jeune garçon.

— Je sais, dit la jeune elfe. Je doute que grand-chose puisse t'effrayer !

Perk se rengorgea du compliment.

— Tu peux faire encore une chose pour nous, dit Wil, lui posant une main sur l'épaule. Nous ne savons rien sur le pays Sauvage. Peux-tu nous donner quelques informations sur ce qui nous attend ?

— Des monstres ! répondit le jeune garçon sans hésiter.

— Des monstres ?

— Oui. De toutes sortes. Des sorcières, aussi, d'après mon grand-père.

Le Valombrien se demanda s'il devait croire cette affirmation. Le grand-père de Perk essayant de l'empêcher d'aller dans le pays Sauvage, il était logique qu'il avance des arguments dissuasifs.

— As-tu entendu parler d'un endroit appelé Garde-Sûre ?

— Non.

— C'est ce que je pensais, soupira Wil. Des monstres et des sorcières… Y a-t-il au moins des routes ?

— Oui. Je vais vous les montrer.

Il les guida jusqu'à une petite butte qui surplombait la vallée.

— Vous voyez ça ? dit-il en désignant des arbres tombés à la base de la pente.

Wil et Amberle plissèrent les yeux.

— Une route, derrière ces arbres, mène au village de Grimpen. Tous les chemins du pays Sauvage y conduisent. Vous ne pouvez pas le voir d'ici, car il est à plusieurs lieues dans la forêt. Mon grand-père m'a dit que les gens, là-bas, sont des assassins et des voleurs. Mais vous trouverez peut-être quelqu'un qui acceptera de vous guider.

— Peut-être…, répéta Wil en remerciant le garçon d'un sourire.

Les assassins et les voleurs valaient toujours mieux que les monstres et les sorcières. Mais ils devraient rester prudents. Même si les monstres, les sorcières, les assassins et les voleurs étaient imaginaires, ils avaient toujours des démons aux trousses. Et eux, ils étaient bien réels !

— Que ferez-vous quand vous aurez trouvé Garde-Sûre ? demanda Perk.

Wil hésita.

— Eh bien… Quand nous l'aurons trouvé, nous découvrirons aussi le talisman dont je t'ai parlé. Ensuite, nous retournerons à Arborlon.

— Alors, il y a encore quelque chose que je peux faire pour vous !

Il plongea la main dans la petite bourse passée autour de son cou, en sortit son sifflet d'argent et le donna au Valombrien.

— Perk, qu'est-ce que… ?

— Il me reste cinq jours avant de pouvoir retourner au Nid d'Aigles. Tous les jours, à midi, je ferai un passage au-dessus de la vallée. Si vous avez besoin de moi, utilisez ce sifflet, et je viendrai. Les humains n'entendent pas les sons qu'il émet. Mais les Rocs y sont sensibles. Si vous trouvez le talisman à temps, Genewen et moi nous vous ramènerons au nord, dans votre pays natal.

— Perk, ce n'est pas une bonne idée…, dit Amberle.

— Un moment ! coupa Wil. Si Genewen pouvait nous emmener vers le nord, nous gagnerions des jours ! Et nous éviterions les régions que nous avons dû traverser pour arriver ici. Amberle, tu sais que nous devons revenir chez nous le plus vite possible !

Il se tourna vers Perk.

— Genewen pourrait-elle faire ce voyage ? Et toi ?

— Sans problèmes, dit le jeune garçon.

— Mais il lui est interdit d'entrer dans le pays Sauvage, rappela Amberle. Comment pourrait-il y atterrir ?

— Si Genewen se pose pour vous récupérer, ça ne sera pas bien long…

— Je n'aime toujours pas cette idée, insista Amberle. C'est beaucoup trop dangereux pour Perk. Et cela revient à trahir la confiance de son grand-père…

— Je veux vous aider ! Et vous m'avez dit que votre mission était importante.

Perk paraissait si déterminé qu'Amberle ne trouva plus d'argument à lui opposer.

— Pourquoi ne pas nous mettre d'accord sur un compromis ? proposa Wil. S'il y a un danger potentiel pour Perk, je ne l'appellerai en aucun cas. Ça vous convient à tous les deux ?

— Mais, Wil…, gémit le garçon.

— Et à la fin des cinq jours, Perk jure qu'il rentrera au Nid d'Aigles comme il l'a promis à son grand-père, que je l'ai appelé ou non.

Amberle réfléchit un moment.

— D'accord, dit-elle enfin, à regret. Mais je m'assurerai que tu tiennes ta promesse, Wil.

— Alors, c'est convenu. (Le Valombrien se tourna vers le garçon.) Nous devons partir, Perk… Sache que nous te devons beaucoup.

Il prit la main calleuse du jeune elfe et la serra dans la sienne.

— Au revoir, dit Amberle en se penchant pour embrasser leur ami sur la joue.

Perk s'empourpra et baissa les yeux.

— Au revoir, Amberle. Et bonne chance.

Après un dernier geste d'adieu, le Valombrien et la jeune elfe entreprirent de descendre la longue pente qui menait vers la forêt.

Perk les regarda jusqu'à ce qu'ils soient hors de vue.

Chapitre 26

Le deuxième jour après le départ de Wil et d'Amberle avec les Chasseurs, à la fin de l'après-midi, Eventine Elessedil, assis seul dans son bureau, étudiait les cartes étalées sur sa table de travail. Dehors, l'averse continuait, comme depuis les deux derniers jours, détrempant les forêts des elfes. Le crépuscule arrivait, ses ombres se profilant derrière les rideaux des portes-fenêtres, de l'autre côté de la pièce.

Manx était couché aux pieds de son maître, sa tête grisonnante confortablement posée sur ses pattes, le souffle régulier et profond.

Le vieux roi leva la tête et se frotta les yeux. Il regarda autour de lui puis repoussa sa chaise. Allanon aurait déjà dû être arrivé, pensa-t-il, inquiet. Il y avait encore beaucoup à faire, et rien ne pouvait être accompli sans l'aide du druide. Eventine ignorait où le géant était allé. Parti aux petites heures du matin, personne ne l'avait vu depuis.

Le roi regarda la pluie tomber. Depuis trois jours, il travaillait avec le druide et les membres du Conseil pour préparer la défense de ses terres.

Le temps lui manquait. L'Ellcrys continuait de décliner et la Barrière faiblissait. Chaque jour, le roi s'attendait à apprendre que l'un et l'autre s'étaient définitivement effondrés, les hordes de démons lançant l'invasion des Terres de l'Ouest. L'armée elfique se tenait prête : les porteurs de piques et d'épées, les archers et les lanciers ; les fantassins et la cavalerie ; la garde du palais et la garde Noire ; l'armée régulière et la réserve. Bref, des combattants elfes venus d'un bout de la contrée à l'autre. La conscription lancée, tous les elfes valides avaient accouru, quittant leurs foyers et leurs familles et ralliant la cité. Pourtant, le roi savait que l'indomptable volonté de l'armée ne serait pas suffisante pour soutenir l'assaut de la horde de démons. Il le savait, parce qu'Allanon l'avait prévenu et qu'il était assez avisé pour ne pas mettre en doute les paroles du druide. Les démons étaient plus forts que les elfes et plus nombreux. Des créatures sauvages, rendues folles par la haine depuis le jour de leur exil, et qui voulaient se venger du peuple responsable de cet exil. Pendant des siècles, cette haine les avait soutenus. Maintenant, elle trouverait un exutoire. Eventine ne se faisait pas d'illusions : si les elfes ne recevaient pas d'aide, les démons les détruiraient tous.

Se fier entièrement à Amberle et à la semence de l'Ellcrys était dangereux. Même si cette idée le désespérait, Eventine avait conscience qu'il ne reverrait peut-être jamais sa petite-fille. Il avait donc envoyé des messagers aux autres races, demandant qu'elles soutiennent les elfes contre les forces maléfiques qui menaçaient leur pays, et qui extermineraient tôt ou tard toutes les autres espèces. Les messagers étaient partis depuis plus d'une semaine, aucun n'étant revenu pour le moment. C'était trop tôt pour espérer une réponse, car même Callahorn, le pays le plus proche se trouvait à plusieurs jours de cheval d'Arborlon. Mais Eventine doutait de recevoir beaucoup d'aide.

Les nains viendraient, c'était sûr. Avec les elfes, ils s'étaient dressés contre tous les ennemis que les peuples des Quatre Terres avaient affrontés, depuis l'époque du Premier Conseil des druides. Mais ils avaient un long voyage à faire, depuis les forêts de l'Anar. N'aimant pas les chevaux, ils seraient obligés de venir à pied. Eventine savait qu'ils arriveraient aussi vite que possible. Mais ce ne serait peut-être pas assez pour sauver les elfes.

Il y avait Callahorn, mais ce n'était plus l'ancien Callahorn de Balinor. S'il avait été encore en vie, ou si les Buckhannah avaient toujours été la maison régnante, la Légion Frontalière se serait mise en route immédiatement. Mais Balinor était mort sans laisser de descendant, et le roi actuel de Callahorn, un cousin éloigné, était monté sur le trône plus ou moins par hasard. Un homme indécis et prudent à l'excès, qui trouverait pratique d'oublier que les elfes étaient venus à la rescousse de Callahorn la dernière fois qu'on les avait appelés. De toute façon, les Conseils combinés de Tyrsis, de Varfleet et de Kern, reconstruite depuis sa destruction, cinquante ans plus tôt, disposaient de pouvoirs supérieurs à ceux du roi. Ils seraient lents à réagir, même si le messager d'Eventine parvenait à leur faire comprendre l'urgence de la situation, car ils n'avaient pas de chef suffisamment fort pour les unir. Ils débattraient interminablement de la situation. Pendant ce temps, la Légion Frontalière ne bougerait pas.

Ironiquement, c'était leur manque de confiance envers leurs voisins des Terres du Sud, et plus particulièrement de la Fédération, qui risquait de retarder la réaction des gens de Callahorn. Après la destruction du Roi-Sorcier et la défaite de ses armées, les villes principales du Sud lointain avaient mesuré avec quelque retard, l'étendue de la menace. Agissant avec une hâte née de la peur, elles avaient formé une alliance, commençant par unifier les territoires ayant des frontières et des craintes communes. Rapidement, l'alliance s'était transformée en une Fédération très structurée. La première forme de centralisation que l'homme ait connue depuis plus d'un millier d'années. Son but avoué était l'unification finale des Terres du Sud et de l'humanité sous un gouvernement unique – qui serait bien entendu la Fédération elle-même. Dans ce but, elle se démenait pour unir les cités et les provinces restantes. Depuis sa fondation, la Fédération avait réussi à dominer la quasi-totalité des Terres du Sud. Parmi les principales cités, seules celles de Callahorn avaient résisté. Cette décision avait provoqué des frictions entre les deux gouvernements, essentiellement parce que la Fédération continuait à gagner du terrain vers le nord, en direction des frontières de Callahorn.

Eventine croisa les bras et fronça les sourcils. Il avait envoyé un messager à la Fédération, mais avec aucun d'espoir d'obtenir de l'aide. La Fédération montrait peu d'intérêt pour les affaires des autres races, et il était douteux qu'elle s'inquiète d'une invasion de démons dans les Terres de l'Ouest. De fait, il était probable qu'elle ne croirait pas à la possibilité d'une telle invasion. Les hommes des Terres du Sud lointain connaissaient peu la sorcellerie qui menaçait les autres Terres depuis l'époque du Premier Conseil des druides. Ils avaient vécu en autarcie. Malgré leur récente expansion, ils n'avaient pas encore affronté beaucoup de réalités déplaisantes.

Non, décida Eventine. Les cités de la Fédération ne viendraient pas. Comme quand elles avaient été averties de l'avance du Roi-Sorcier, elles ne croiraient pas à la réalité de la menace.

Aucun messager n'avait été envoyé aux gnomes. Cela aurait été inutile. Organisés en clans, ils n'obéissaient à aucun pouvoir suprême. Chaque tribu avait un chef et un prophète et elles se chamaillaient sans cesse. Amers et mécontents depuis leur défaite à Tyrsis, les gnomes ne s'étaient pas mêlés des affaires des autres races depuis cinquante ans. Inutile d'espérer qu'ils changeraient d'avis.

Restaient les trolls. Eux aussi formaient des clans. Mais depuis la fin de ce qui avait failli être la Troisième Guerre des races, ils tentaient de s'unifier dans les Terres du Nord, certaines tribus se plaçant sous le commandement de conseils communs. Une des plus grandes se trouvait dans le territoire de Kershalt, près de la frontière nord de la nation elfique. Le Kershalt était surtout habité par des trolls des Rochers, même si d'autres tribus vivaient aussi dans cette région.

Les elfes et les trolls étaient traditionnellement des ennemis. Lors des deux dernières guerres des Races, ils s'étaient battus dans des camps opposés. Mais avec la chute du Roi-Sorcier, l'inimitié entre eux avait diminué. Depuis cinquante ans, ils coexistaient pacifiquement, les relations entre Arborlon et le Kershalt étant particulièrement bonnes. Le commerce s'était développé et il existait des projets d'échange de délégations. Il y avait donc une possibilité que les trolls du Kershalt acceptent d'aider les elfes.

Le vieux roi eut un pâle sourire, conscient que cette chance était mince. Mais il ne pouvait pas se permettre d'en négliger une. Pour survivre, les elfes auraient besoin de tous ceux qui accepteraient de les secourir.

Eventine se leva, s'étira, puis regarda de nouveau la série de cartes étalées sur la table. Chacune représentait une partie différente des Terres de l'Ouest et des territoires environnants. Eventine les avait tellement étudiées qu'il aurait pu les dessiner en dormant ! Les démons viendraient d'une de ces régions, et les défenseurs devraient les y attendre. Mais de quelle partie du territoire surgiraient-ils ? Où la Barrière s'effondrerait-elle en premier ? Où commencerait l'invasion ?

Les yeux du roi passèrent d'une carte à l'autre. Allanon avait promis qu'il découvrirait l'endroit où la Barrière céderait. L'armée elfique attendait cette information cruciale. Jusque-là…

Le roi soupira et approcha des portes-fenêtres donnant sur les jardins du palais. Il regarda dehors et aperçut Ander, sur le chemin, la tête baissée pour se protéger de la pluie et les bras pleins des registres militaires et de listes de fournitures qu'on lui avait demandé de rapporter. Le vieux roi sourit. Ander lui avait été très utile depuis le début de cette affaire. Il avait reçu la mission, fastidieuse mais nécessaire, de rassembler les informations, un travail qu'Arion aurait certainement refusé. Ander s'en était chargé sans protester. *Étrange*, se dit le vieux roi. Même si Arion était le prince héritier de la couronne et le fils dont il se sentait le plus proche, ces derniers jours, il se reconnaissait plus en Ander qu'en Arion.

Il leva les yeux vers le ciel plombé et se demanda si Ander éprouvait parfois le même sentiment.

Le visage d'Ander Elessedil était creusé de fatigue quand il poussa les portes du palais, enleva son manteau détrempé de pluie et emprunta le couloir qui menait au bureau de son père. Sa journée avait été difficile, et le comportement de son frère ne l'avait pas aidé. Il en allait ainsi depuis qu'il avait pris le parti d'Amberle lors du Grand Conseil. Le fossé qui existait entre eux s'était transformé en gouffre et il ne voyait pas comment les choses pourraient s'améliorer.

Envoyé par son père pour réunir les informations qu'il lui ramenait à présent, il était allé voir Arion, chargé de mobiliser et d'équiper l'armée elfique.

Arion aurait pu raccourcir son travail de quelques heures, mais il avait refusé de le recevoir, lui envoyant un officier d'intendance et s'absentant toute la journée. Ander était si furieux qu'il avait presque décidé d'obliger son frère à l'affronter. Mais le désir de ne pas impliquer Eventine dans la querelle l'avait retenu. Le vieux roi avait bien assez de problèmes sur les bras ! Ander s'était tu. Tant que des hordes de démons menaceraient son pays natal, ses problèmes personnels seraient obligés d'attendre.

Cela dit, il détestait la façon dont les choses se passaient entre Arion et lui.

Arrivé à la porte du bureau, il l'ouvrit du bout de sa botte, entra et la referma derrière lui. Puis il sourit à son père, qui approcha pour le soulager de son fardeau. Enfin, il se laissa tomber sur une chaise.

— Tout est là, dit-il. Répertorié, enregistré et mis dans l'ordre.

Eventine posa les documents sur la table avec les cartes.

— Tu as l'air fatigué, mon fils…

Ander se leva et s'étira.

— Je le suis.

Dans un tourbillon de vent et de pluie, les portes-fenêtres s'ouvrirent à la volée. Le père et le fils se retournèrent, pendant que les cartes et les documents s'éparpillaient.

Allanon se campa dans l'entrée, ses robes noires luisantes de pluie. Le visage tendu, il tenait à deux mains un fin bâton à l'écorce argentée.

Quand les yeux d'Ander rencontrèrent ceux du druide, il sentit son sang se glacer. Il y avait quelque chose de terrible dans l'expression d'Allanon. Une détermination absolue pleine de promesses de pouvoir… et de violence.

Le druide se tourna, poussa les portes-fenêtres et referma avec le verrou qu'il était parvenu à ouvrir de l'extérieur, par un moyen connu de lui seul. Quand il fit de nouveau volte-face, Ander vit le bâton argenté, et il devint d'une pâleur de cire.

— Allanon, qu'avez-vous fait ? cria-t-il, incapable de se retenir.

Son père vit aussi le bâton et murmura, d'une voix horrifiée :

— L'Ellcrys ! Druide, vous avez coupé une branche de l'arbre magique !

— Non, Eventine, répondit le géant. Je ne l'ai pas coupée. Je n'ai fait aucun mal à celui qui incarne la vie de ce pays.

— Mais, le bâton..., dit le roi, tendant une main hésitante, comme si l'objet qu'il voulait toucher était brûlant.

— La branche n'a pas été coupée, répéta Allanon. Regardez avec attention.

Il tendit le bâton et le fit tourner lentement. Ander et son père s'approchèrent. Chaque extrémité était lisse et arrondie. Même les endroits où s'attachaient les autres rameaux étaient cicatrisés.

— Mais alors, comment... ?

— Le bâton m'a été donné, roi des elfes. Un cadeau de l'Ellcrys, pour qu'il soit brandi contre l'ennemi qui menace son peuple et ses terres. Dans ce bâton vit une magie puissante qui donnera à l'armée des elfes le pouvoir de résister aux hordes de démons. Ce sera notre talisman, la main droite de l'Ellcrys, brandie devant nous quand les armées s'affronteront.

Il avança, déterminé, le bâton à la main.

— Tôt ce matin, je suis allé voir l'Ellcrys, en quête d'une arme pour résister à nos ennemis. Il m'a parlé avec des images, me demandant pourquoi j'étais venu. Je lui ai dit que les elfes ne disposaient d'aucune magie, à part la mienne, pour lutter contre les démons. J'ai ajouté que mon pouvoir ne suffirait pas et que je risquais d'échouer. Enfin, je lui ai dit que j'avais besoin d'une partie de ce qu'il est pour combattre les démons, car l'Ellcrys, à leurs yeux, est une abomination.

» Alors, il a arraché à son corps le bâton que voilà. Même mourant, il m'a offert une partie de lui-même pour aider les elfes. Je suis resté pétrifié, stupéfait par sa volonté. Sentez ce bois, roi des elfes. Touchez-le !

Il glissa le bâton entre les mains d'Eventine, qui les referma dessus. Les yeux du roi s'écarquillèrent de surprise. Le druide lui reprit le bâton et le passa à Ander. Le prince sursauta. Le bois était chaud, comme si du sang circulait à l'intérieur.

— Il est vivant, affirma le druide. Séparé de son corps, mais nourri de sa sève. C'est l'arme que je cherchais. Le talisman qui protégera les elfes de la magie noire des démons. Tant qu'ils porteront ce bâton, le pouvoir de l'Ellcrys veillera sur eux et les gardera sains et saufs.

Il reprit le bâton à Ander, leurs yeux se rencontrant une fois encore. Le prince sentit quelque chose passer entre eux qu'il ne comprit pas entièrement, comme la nuit où il s'était levé pour se ranger du côté d'Amberle, au Grand Conseil.

— Écoutez-moi bien, dit Allanon au roi. Les pluies cesseront cette nuit. L'armée est-elle prête ?

— Oui.

— Alors, nous partirons à l'aube. Il faut faire vite, maintenant.

— Mais où irons-nous ? Avez-vous découvert où le mur cédera ?

— Oui. L'Ellcrys me l'a dit. Il sent que les démons se pressent à un endroit précis de la Barrière, et il faiblit à mesure qu'ils se rassemblent. Il sait que c'est à cet endroit que la Barrière s'effondrera. Elle a déjà été déchirée par ceux qui ont tué les Élus. La brèche est refermée, mais la blessure n'a pas été réellement guérie. C'est là que la Barrière lâchera, déjà minée par les forces maléfiques qui agissent de l'intérieur.

Les démons sont appelés en ce lieu par leur chef, le Dagda Mor, qui possède un pouvoir presque égal au mien. Avec son aide, la brèche sera rouverte. Cette fois, elle ne se refermera pas.

» Mais nous les attendrons et nous les attaquerons dès qu'ils auront traversé, encore désorientés et mal organisés. Nous leur couperons le passage vers Arborlon aussi longtemps que possible. Cela donnera à Amberle le temps dont elle a besoin pour trouver le Feu de Sang et revenir.

Il fit signe à Ander et à son père d'approcher. Puis il se pencha et, ramassant une carte, l'étala sur la table.

— La brèche aura lieu ici, dit-il doucement.

Il désigna sur la carte la vaste étendue des plaines de Hoare.

Chapitre 27

Le même soir, quand la lumière du jour eut presque disparu, la pluie se transformant en bruine, le régiment Libre de la Légion entra dans Arborlon. Les habitants de la cité le virent passer et échangèrent des regards et des murmures inquiets.

Le régiment Libre était impossible à confondre avec une autre armée.

Ander Elessedil, toujours enfermé avec son père et Allanon dans le bureau du manoir, était resté à l'insistance du druide, désireux qu'il se familiarise avec les cartes du Sarandanon et qu'il propose des plans de défense.

Puis Gael vint annoncer l'arrivée de la Légion.

— Mon seigneur, un régiment de la Légion Frontalière est arrivé de Callahorn ! Nos patrouilles l'ont repéré il y a une heure, à l'est de la cité, et l'ont escorté jusqu'à Arborlon. Les frontaliers devraient arriver dans quelques minutes.

— La Légion ! dit le roi avec un grand sourire. Je n'avais pas osé compter sur son soutien. De quels régiments s'agit-il ? Et combien sont-ils ?

— Je l'ignore, mon seigneur. Un messager de la patrouille est venu m'apporter la nouvelle, mais il n'avait aucun détail.

— Peu importe, dit Eventine. (Il se leva et se dirigea vers la porte.) Toute aide est la bienvenue !

— Roi des elfes ! cria Allanon.

Eventine se tourna vers lui.

— Nous avons à faire ici un travail important, qui ne doit pas être interrompu. Votre fils peut aller accueillir la Légion en votre nom, et porter nos salutations aux frontaliers.

Ander regarda Allanon, et se tourna vers son père sans cacher son excitation. Le roi hésita. Voyant l'expression de son fils, il acquiesça.

— Très bien, Ander. Transmets mes salutations au commandant de la Légion, et dis-lui que je le rencontrerai plus tard dans la soirée. Assure-toi aussi qu'on lui affecte des quartiers dignes de lui.

Ravi d'avoir enfin une responsabilité gratifiante, Ander se hâta de quitter le manoir, une escorte de Chasseurs sur les talons. La surprise qu'il avait éprouvée en entendant la suggestion inattendue d'Allanon se transforma rapidement en curiosité. Ce n'était pas la première fois qu'Allanon faisait un effort pour l'inclure dans les affaires d'État, alors qu'il n'avait aucune raison de s'en soucier. Il l'avait fait lors de sa première rencontre avec Eventine, quand il avait parlé au roi d'Amberle et du Feu de Sang. Puis, quand il était parti pour Paranor, il avait confié à Ander la sécurité de son père. Il y avait aussi ce sentiment d'« alliance » qui avait forcé le prince à se lever dans la salle du Conseil pour prendre le parti d'Amberle, alors que personne d'autre ne voulait le faire. Et la réunion de l'après-midi même, quand Allanon avait remis le bâton de l'Ellcrys à Eventine… Arion aurait dû être présent, pas lui. Pourquoi Arion n'était-il jamais là ?

Le prince venait de sortir du jardin du palais, réfléchissant toujours à la question, quand les premiers rangs de la cavalerie de la Légion apparurent en haut de la crête. Ander ralentit et fronça les sourcils. Il reconnaissait ces cavaliers. Leurs longs manteaux gris ourlés d'écarlate flottaient sur leurs épaules et des chapeaux à larges bords ornés d'une unique plume rouge reposaient fièrement sur leurs têtes. Des arcs et des épées longues dépassaient des harnais de leurs chevaux, des épées courtes étant attachées en travers de leur dos. Chaque cavalier portait une lance où flottait un petit fanion écarlate et gris. Les chevaux étaient munis de cuirasses aux attaches métalliques. Escortés par la poignée de Chasseurs qui les avaient repérés en patrouillant à l'est de la cité, ils chevauchèrent dans les rues boueuses d'Arborlon en formation ordonnée, ne regardant pas la foule qui s'était réunie pour les voir passer.

— Le régiment Libre, murmura Ander. Ils nous ont envoyé le régiment Libre.

Peu de gens ignoraient ce qu'était ce régiment, le plus fameux de la Légion Frontalière de Callahorn. Son nom venait d'une promesse faite à ceux qui s'y engageaient, pouvoir laisser derrière eux, sans crainte, question ou besoin d'explication, tout ce qui s'était passé dans leur vie. Pour la plupart, ces hommes avaient beaucoup de choses à « laisser derrière eux ». Ils venaient de diverses terres, leurs histoires et leurs vies étaient différentes, mais tous s'étaient engagés pour des raisons similaires. Il y avait parmi eux des voleurs, des tueurs et des escrocs, des soldats chassés de leur armée précédente, des hommes de basse extraction et des nobles, des types honorables et d'autres qui ne l'étaient pas. Certains cherchaient leur voie, d'autres fuyaient, d'autres allaient à la dérive… Mais tous désiraient échapper à leur passé et repartir de zéro. Le régiment Libre leur donnait cette occasion. On ne demandait jamais de renseignements biographiques à un soldat de ce régiment. Sa vie commençait le jour où il signait son engagement. Seul, le présent comptait, et ce qu'il ferait pendant son service.

Un service généralement court… Le régiment Libre était l'unité de choc de la Légion. En tant que tel, on pouvait le sacrifier. Ses soldats allaient les premiers à la bataille et ils étaient les premiers à mourir. Lors de chaque engagement du régiment Libre, créé quelque trente ans plus tôt, son taux de mortalité était le plus élevé de l'armée. Ces soldats avaient laissé leur passé derrière eux et leur avenir était des plus incertains. Pourtant, tout le monde pensait que le jeu en valait la chandelle. Tout avait un prix, et dans le cas de ces hommes, il n'était pas déraisonnable. Les soldats eux-mêmes en tiraient fierté. Cela leur donnait un sentiment d'importance, les distinguant des autres combattants des Quatre Terres. Tomber au front faisait partie de leur tradition. Pour eux, la mort était une vieille connaissance qui ne leur faisait pas peur. Peu leur importait de mourir. Ce qui comptait, c'était de mourir *bien*.

Ander savait qu'ils avaient prouvé leur courage à de nombreuses reprises. On les avait envoyés à Arborlon pour le montrer une fois de plus.

La troupe s'arrêta devant les portes de fer, et un grand cavalier vêtu de gris descendit de cheval. Apercevant Ander, il tendit les rênes de sa monture à un autre soldat et avança. Quand il arriva près du prince et de sa garde, il retira son chapeau et inclina la tête.

— Je m'appelle Stee Jans, commandant du régiment Libre de la Légion.

Ander ne répondit pas tout de suite, tant il était surpris par l'apparence de l'homme. Stee Jans était robuste et bien plus grand que lui. Son visage encore jeune était couturé de cicatrices, certaines ayant laissé des traces blanches dans sa courte barbe rousse. Une crinière de cheveux roux tressée et attachée lui tombait sur les épaules. Il lui manquait une partie d'une oreille, et l'autre était ornée d'une boucle d'or.

Ses yeux noisette au regard dur plongèrent dans ceux du prince.

Ander s'aperçut qu'il était bouche bée et se reprit.

— Je suis Ander Elessedil, un des fils d'Eventine.

Il tendit la main. Stee Jans avait une poigne d'acier, et des paumes calleuses. Ander récupéra sa main aussi vite que possible et regarda les cavaliers vêtus de gris, cherchant en vain d'autres unités de la Légion.

— Le roi m'a envoyé vous saluer et vous installer dans vos quartiers. Quand arriveront les autres régiments ?

— Il n'y a pas d'autre unité en chemin, mon seigneur. Seulement le régiment Libre.

— Seulement le… ? (Ander hésita.) Combien êtes-vous, commandant ?

— Six cents.

— Six cents ! Mais où est le reste de la Légion Frontalière ?

— Mon seigneur, il vaut mieux que je sois franc avec vous. La Légion ne viendra peut-être pas. Le Conseil des cités n'a pas encore tranché. Comme la plupart des Conseils, il trouve plus facile de parler de prendre une décision que de la prendre. Votre ambassadeur a bien défendu sa cause, m'a-t-on dit, mais beaucoup de voix prêchent la prudence au Conseil, et certaines sont carrément opposées à envoyer de l'aide. Le roi en réfère au Conseil, et le Conseil regarde vers le sud. La Fédération est une menace tangible. Les démons dont vous nous parlez ne sont qu'un mythe des Terres de l'Ouest.

— Un mythe ! s'écria Ander, consterné.

— Vous avez de la chance qu'on vous ait envoyé le régiment Libre. Vous n'auriez pas eu ça, si les conseillers n'avaient pas voulu apaiser leur conscience. Il fallait faire un geste pour aider leurs alliés elfes, ont-ils dit. Le régiment Libre était le choix logique… Comme toujours quand il y a un sacrifice à consentir.

Une simple constatation, sans amertume ni rancœur.

Ander s'empourpra.

— Je n'aurais pas cru que le peuple de Callahorn était aussi stupide ! cracha-t-il.

Stee Jans l'observa un moment, comme s'il évaluait ses qualités.

— D'après ce que je sais, quand Callahorn a été attaqué par les armées du Roi-Sorcier, les terres frontalières ont demandé de l'aide aux elfes. Mais Eventine était prisonnier du Seigneur Obscur, et en son absence, le Grand Conseil des elfes a été incapable de prendre une décision. C'est un peu la même chose pour Callahorn, aujourd'hui. Les terres frontalières n'ont plus de chef depuis la mort de Balinor.

Ander regarda l'homme d'un œil critique, puis il se calma.

— Vous êtes très direct, commandant, dit-il.

— Je suis honnête, mon seigneur. Cela m'aide à voir les choses plus clairement.

— Ce que vous m'avez dit n'est certainement pas l'opinion dominante à Callahorn...

Le frontalier haussa les épaules.

— C'est peut-être pour ça que je suis là aujourd'hui...

Ander sourit. Il appréciait Stee Jans, même sans en savoir beaucoup sur lui.

— Commandant, je ne voulais pas passer ma colère sur vous. Elle n'a rien de personnel, soyez-en assuré. Et le régiment Libre est le bienvenu. Maintenant, occupons-nous de vos quartiers.

Stee Jans secoua la tête.

— Je dors avec mes soldats, mon seigneur... On m'a dit que l'armée des elfes partira demain à l'aube. (Ander confirma d'un hochement de tête.) Dans ce cas, le régiment Libre ira avec elle. Nous avons seulement besoin d'une nuit de repos. Dites-le au roi, je vous prie.

— Je n'y manquerai pas, promit Ander.

Le commandant salua l'elfe, puis repartit vers son cheval. Remontant en selle, il salua les cavaliers de la patrouille elfique qui les avaient escortés et la colonne de soldats en gris tourna à gauche sur la route boueuse.

Ander les regarda partir avec une admiration mêlée d'incrédulité. Six cents hommes ! Pensant aux milliers de démons qui les attendaient, il se demanda quelle différence ferait six cents soldats de plus ou de moins.

Chapitre 28

À l'aube, l'armée des elfes quitta Arborlon en chantant. Accompagnés par le gémissement des cornemuses et le roulement des tambours, les bannières colorées flottaient au vent. Eventine Elessedil chevauchait à la tête de ses hommes, sa chevelure grise cascadant sur sa cotte de mailles, le bâton argenté donné par l'Ellcrys dans la main droite. Allanon était à côté de lui, silhouette sombre et spectrale montée sur son grand étalon noir, Artaq. On eût dit la mort en personne, venue du fond des abîmes pour veiller sur l'armée des elfes. Derrière lui avançaient les fils du roi. Arion, vêtu de blanc, portait l'étendard de bataille, un aigle de guerre sur un fond écarlate. Ander, dans un manteau vert, brandissait la bannière de la maison d'Elessedil, une couronne de rameaux mêlés au-dessus d'un chêne aux branches déployées. Dardan, Rhoe et une trentaine de Chasseurs d'élite – la garde personnelle des Elessedil – venaient ensuite. Derrière eux, avançaient les six cents hommes du régiment Libre de la Légion.

Pindanon, silhouette voûtée sur son cheval de guerre chevauchait seul devant ses hommes. Son armure cabossée était lacée autour de son torse comme si elle servait à tenir ses os en place. L'armée le suivait sur six colonnes de large, forte de milliers d'hommes. Elle comprenait trois compagnies de cavalerie, des lanciers, quatre compagnies de fantassins armés de piques et de boucliers, et deux compagnies d'archers. Tous ces soldats portaient l'uniforme classique des elfes, plus des cottes de maille renforcées de cuir pour leur assurer mobilité et rapidité.

Une colonne impressionnante…

Les équipements et les armes grinçaient et cliquetaient dans le silence de l'aube. Les pieds bottés et les sabots ferrés martelaient le sol boueux tandis que les colonnes d'hommes et de chevaux quittaient les terrains de manœuvre, au nord de la cité, se dirigeant vers le promontoire du Carolan avant de tourner sur l'Elfitch, la rampe qui menait des hauteurs d'Arborlon aux terres boisées, dans les plaines.

Les habitants de la cité étaient venus regarder partir l'armée. Au sommet du Carolan, sur les murs et derrière les clôtures, dans les champs et les jardins, bordant le chemin à chaque pas, ils saluèrent les soldats et leur lancèrent des encouragements.

La garde Noire était rassemblée devant les portes des jardins de la Vie, lances levées pour saluer les combattants. Au bord du promontoire, les Chasseurs de la garde du palais étaient réunis autour de l'homme qui les commanderait pendant l'absence du roi : Emer Chios, le Premier ministre, désormais défenseur appointé de la cité d'Arborlon.

L'armée descendit le Carolan, suivant la rampe de pierre et passant les sept portails qui marquaient les étapes de la descente. Arrivée en bas, elle tourna vers le sud. Un pont traversait le Chant du Ruisseau, seul passage vers l'ouest à partir de la cité, ses étançons de fer presque submergés par les eaux de la rivière en crue. Comme un serpent métallique, l'armée avança sur le pont, le traversa, et passa dans les bois, sur l'autre rive. Le scintillement des armes et des armures disparut, les bannières ne furent plus visibles et les échos des chants, des cornemuses et des tambours moururent.

L'armée avait pour de bon quitté Arborlon...

Elle voyagea vers l'ouest cinq jours durant, se frayant un chemin à travers les forêts de son pays, en direction du Sarandanon. Les pluies s'étaient déplacées vers l'est, sur Callahorn, et le soleil brillait dans un ciel sans nuages. L'avance n'était pas très rapide, car la cavalerie était obligée de ralentir l'allure pour s'adapter à celle des fantassins.

Les signes du danger qui menaçait les elfes se firent de plus en plus évidents tandis que l'armée avançait vers l'ouest. Des familles d'elfes, en route vers la cité d'Arborlon avec leurs affaires entassées dans des charrettes, leur firent des récits effrayants. Ces malheureux avaient abandonné leurs maisons et leurs villages, car des créatures terrifiantes rôdaient sur leurs terres. Des monstres à la brutalité inconcevable, qui tuaient sans raison et disparaissaient aussi vite qu'ils étaient arrivés. Des maisons avaient été détruites, leurs habitants déchiquetés. Ces drames étaient encore rares, mais ils avaient suffi à convaincre les villageois de se réfugier à Arborlon. Tandis que l'armée avançait, ils leur crièrent des encouragements, mais leurs visages restaient sombres.

La marche vers l'ouest continua jusqu'à la fin du cinquième jour, quand l'armée quitta les terres boisées pour entrer dans la vallée du Sarandanon, située entre des forêts, au sud, et les montagnes Kensrowe, au nord, l'Innisbore se trouvant tout à fait à l'ouest. Le Sarandanon, une étendue plate et fertile de terres arables émaillée de bouquets d'arbres et de poches d'eau de source, était le grenier à blé de la nation elfique. Le maïs et le blé y poussaient, semés et moissonnés par des familles, qui les vendaient ou les échangeaient ensuite. Les températures clémentes et les pluies régulières fournissaient un climat idéal pour l'agriculture. Depuis des générations, le Sarandanon était le principal fournisseur de nourriture des elfes.

L'armée elfique campa à l'extrémité est de la vallée. À l'aube, le jour suivant, elle entreprit la traversée du Sarandanon. Une grande route de terre le sillonnait vers l'ouest, passant à côté de petites agglomérations et de champs clôturés.

Les paysans travaillaient avec une détermination tranquille. Peu d'entre eux étaient déjà partis vers l'est. Tout ce qui donnait un sens à leur vie était là, dans les terres qu'ils cultivaient, et ils refusaient de s'en laisser chasser par la peur.

Au milieu de l'après-midi, l'armée atteignit l'extrémité ouest de la vallée. Au loin, au-delà de l'Innisbore, les chaînes bosselées des monts Brisure se dressaient à l'horizon, s'incurvant vers le nord au-dessus du Kensrowe et s'enfonçant dans les étendues sauvages du Kershalt. Le soleil descendait vers la crête des montagnes. À l'ouest, la lueur blanche de la lune était déjà visible.

L'armée tourna vers le nord. Entre l'Innisbore et le Kensrowe courait le ravin de Baen, venu des régions de collines accidentées en dessous des monts Brisure.

L'armée des elfes y établit son camp.

Au crépuscule, Allanon revint du Kensrowe, aussi silencieux et discret qu'il en était parti des heures plus tôt. Se déplaçant dans le camp des elfes comme une ombre, il passa entre les feux de camp et gagna directement la tente du roi sans se soucier des soldats qui le regardaient. Les Chasseurs qui montaient la garde devant la tente d'Eventine s'écartèrent à sa vue, et le laissèrent entrer sans rien dire.

Le roi était assis à une petite table de campagne, son repas du soir devant lui. Dardan et Rhoe veillaient au fond de la tente. Sur un regard du druide, Eventine leur dit de sortir. Après leur départ, Allanon approcha de la table et s'assit.

— Tout est prêt ? demanda-t-il calmement.

— Oui.

— Et le plan de défense ?

À la lueur des lampes à huile, le roi s'aperçut que le visage du druide était couvert de sueur. Il regarda son compagnon, intrigué, puis poussa son repas et déroula une carte de la nation elfique.

— Nous partons vers les monts Brisure à l'aube, dit-il. Nous emprunterons le col de Halys et la passe de Worl et nous les défendrons pour empêcher les démons de traverser. Si nous perdons les cols, nous nous replierons vers le Sarandanon. Le ravin de Baen sera notre deuxième ligne de défense. Quand ils sortiront des monts Brisure, les démons auront le choix entre trois directions. S'ils tournent au sud, à la sortie des cols, ils devront contourner l'Innisbore en traversant les forêts, puis reprendre de nouveau la direction du nord. S'ils vont directement vers le nord, ils devront négocier une région semée de collines accidentées, au-dessus du Kensrowe, et aller ensuite vers le sud. Ces deux itinéraires retarderaient leur avance sur Arborlon de plusieurs jours. Leur seule autre possibilité est d'emprunter le ravin, où ils rencontreront l'armée des elfes.

Le regard sombre d'Allanon ne quitta pas celui du roi.

— Ils passeront par là !

— Nous devrions pouvoir le défendre plusieurs jours, dit le roi. Surtout s'ils ne pensent pas à contourner nos flancs.

— Deux jours, pas plus, dit le druide.

— D'accord, deux jours… Mais s'ils prennent le ravin, le Sarandanon sera perdu. Arborlon deviendra notre dernière ligne de défense.

— Nous n'y pouvons rien… Mais nous devons parler d'une chose que je vous ai cachée jusque-là. Les démons ne sont plus avec nous. Je parle de ceux qui ont déjà traversé la Barrière, le Dagda Mor et ses sbires. Ils ne nous suivent pas et ne nous surveillent pas non plus. Si c'était le cas, je le percevrais, et je n'ai rien détecté depuis que nous avons quitté Arborlon.

Le roi des elfes le regarda sans rien dire.

— Je trouvais étrange qu'ils s'intéressent si peu à nous, continua le druide. Cet après-midi, je suis parti dans les montagnes, histoire de découvrir où les démons étaient allés. Mes pouvoirs me permettent de chercher les êtres que mes yeux ne voient pas. Mais je dois utiliser ce don-là avec prudence, car il permet à ceux qui ont des pouvoirs similaires, comme le Dagda Mor, de me localiser. Je n'ai pas osé y recourir pour suivre les progrès de Wil Ohmsford et de votre petite-fille, de peur d'apprendre aux démons où les chercher. Mais essayer de trouver le Dagda Mor m'a paru un risque acceptable.

» J'ai exploré la région pour découvrir où il se cachait. Mais il n'était pas caché ! Je l'ai trouvé au-delà des monts Brisure, dans les plaines de Hoare, avec ses fidèles. Je n'ai pas pu savoir ce qu'ils faisaient, car leurs esprits m'étaient fermés. Le mal chez eux est si puissant que l'effleurer m'a valu une vive douleur. J'ai été obligé de partir aussitôt…

» Il est certain que les démons se rassemblent dans les plaines de Hoare pour attendre l'effondrement de la Barrière. Ils le font ouvertement et sans se soucier des plans des elfes. Cela me donne à penser qu'ils les connaissent déjà.

— L'espion ! Celui qui a averti les démons que vous alliez à Paranor.

— Ça expliquerait pourquoi les démons se fichent de nos mouvements. S'ils savent que nous avons l'intention de les arrêter devant les monts Brisure, ils n'ont pas besoin de nous suivre. Il leur suffit d'attendre notre arrivée.

— Alors, les monts Brisure pourraient être un piège.

— Oui. Mais quel genre de piège ? Les démons ne sont pas encore assez nombreux pour se défendre contre une armée. Ils ont besoin de ceux qui sont encore prisonniers de la Barrière. Si nous sommes assez rapides…

Il ne termina pas sa phrase, et se leva.

— Encore une chose, Eventine. Soyez prudent. L'espion est toujours parmi nous. Peut-être dans ce camp, parmi ceux à qui vous faites confiance. Si l'occasion se présente, il essaiera de vous tuer…

Il se détourna, son ombre se découpant sur les parois de la tente à la lueur frémissante des lampes à huile. Le roi le regarda un moment, puis se leva d'un bond.

— Allanon !

Le druide se tourna de nouveau vers lui.

— Si les démons savent pourquoi nous nous dirigeons vers les monts Brisure, ils savent peut-être aussi qu'Amberle a emporté la semence de l'Ellcrys dans le pays Sauvage.

Il y eut un lourd silence. Sans répondre, Allanon sortit de la tente.

Au même moment, Ander se frayait un chemin dans le camp, à la recherche du régiment Libre de la Légion et de Stee Jans. Sa mission, officiellement, était de s'enquérir des besoins des soldats. En réalité, son intérêt personnel pour le commandant le motivait. Ander n'avait plus parlé avec Jans depuis l'arrivée à Arborlon du régiment Libre, et il était avide d'en savoir plus sur l'énigmatique personnage. N'ayant rien d'urgent à faire, il avait décidé de profiter de cette occasion pour aller le voir et parler avec lui.

Le camp du régiment Libre était situé à la limite sud du Kensrowe. Les sentinelles déjà postées, les chevaux attachés et nourris, personne ne l'empêcha de passer. Ne trouvant pas les quartiers du commandant, il se renseigna auprès de plusieurs soldats.

On le dirigea vers un capitaine de la Légion.

— Vous le cherchez ? lança le capitaine, un gaillard robuste à la barbe épaisse et au rire sonore. Qui sait où il est ? Pas dans sa tente, c'est sûr. Il l'a quittée dès qu'on a dressé le camp. Puis il est parti dans les collines.

— En reconnaissance ? demanda Ander, incrédule.

— Ce type est comme ça… Il veut tout savoir sur les endroits où il pourrait mourir. (Le capitaine éclata de rire.) Et il ne laisse jamais les autres se charger de ces vérifications.

— Je suppose que c'est pour ça qu'il est encore vivant, dit Ander, mal à l'aise.

— Encore vivant ? Ma foi, il ne mourra jamais ! Vous savez comment on le surnomme ? L'Homme de fer. C'est bien de lui !

— Il paraît assez dur pour ça, acquiesça Ander, curiosité éveillée.

Le capitaine lui fit signe d'approcher. Un instant, les deux hommes oublièrent leurs différences de statut.

— Vous êtes au courant, pour Rybeck ? demanda le frontalier.

Ander fit signe que non. Une lueur de satisfaction dansa dans les yeux de son interlocuteur.

— Écoutez-moi… Il y a dix ans, une bande de pillards gnomes brûlait les villages et massacrait les gens à la lisière est des terres frontalières. De sales petites vermines ! La Légion avait tout essayé pour les piéger. Finalement, le roi envoya le régiment Libre de la Légion, avec l'ordre de les retrouver et de les détruire, même s'il devait y passer le reste de l'année. Je me souviens de cette chasse. J'étais déjà avec le régiment…

L'homme s'accroupit près d'un feu de camp. Ander l'imita. D'autres soldats approchèrent pour écouter le récit.

— La chasse a duré cinq semaines. Le régiment Libre a pisté ces gnomes jusqu'à l'Anar supérieur. Un jour, alors que nous rapprochions, une de nos patrouilles, forte de vingt-trois gars, est tombée sur une arrière-garde des pillards – plusieurs centaines de salopards. La patrouille aurait pu battre en retraite, mais elle ne l'a pas fait, décidant de se battre après avoir envoyé un messager pour demander des renforts. Les autres restèrent et tinrent tête aux gnomes dans un petit village appelé Rybeck. Pendant trois heures, ces vingt-deux soldats repoussèrent les assauts des gnomes. Il y avait un lieutenant, trois sous-officiers et dix-huit hommes du rang. Un des sous-officiers était à peine plus qu'un enfant. Depuis sept mois avec le régiment Libre, il était déjà caporal. Personne n'en savait beaucoup à son sujet. Comme la plupart d'entre nous, il ne parlait jamais de son passé.

» Après les deux premières heures, ce jeune garçon était le seul officier survivant. Il rassembla dans une petite maison en pierre la demi-douzaine de soldats encore debout et refusa de se rendre. Quand les renforts arrivèrent, il y avait des cadavres de gnomes partout. Plus d'une centaine ! Tous nos hommes étaient morts, sauf deux, et un des deux poussa son dernier soupir un peu plus tard dans la journée. Il restait seulement le gamin.

» Ce garçon s'appelait Stee Jans ! C'est pour ça qu'on l'a surnommé l'Homme de fer. Et Rybeck ? C'est devenu l'exemple de la façon dont un soldat du régiment Libre doit se battre et mourir.

Les soldats réunis autour du conteur murmurèrent leur approbation. Ander attendit un moment, puis il se leva. Le capitaine l'imita et se redressa quand il se rappela à qui il avait affaire.

— Bref, mon seigneur, le commandant n'est pas là pour le moment. Puis-je faire quelque chose pour vous être utile ?

— J'étais venu voir si vous avez besoin de quelque chose.

— Un peu de boisson ! cria un soldat.

Mais le capitaine le fit taire d'un juron.

— Nous avons tout ce qu'il faut, mon seigneur, dit-il.

Les types du régiment Libre étaient des durs, pensa Ander. Après le long voyage jusqu'à Arborlon, ils étaient repartis avec une seule nuit de repos.

Oui, ils ne devaient pas avoir besoin de grand-chose !

— Alors, je vous souhaite bonne nuit, capitaine.

Ander se repartit vers le camp des elfes, réfléchissant à l'histoire du commandant de la Légion que ses soldats appelaient l'Homme de fer.

Chapitre 29

Le matin suivant, l'armée des elfes et ses alliés de la Légion se mirent en route vers le nord. L'aube était peine levée quand les soldats eurent traversé le ravin de Baen et tourné dans les collines. Les armures et les harnais cliquetaient et craquaient, les bottes et les sabots frappaient le sol et les hommes, comme les chevaux, soufflaient des nuages de vapeur blanche dans l'air glacial du petit matin. Personne ne parlait, ne sifflait ou ne chantait.

Ce matin, les Chasseurs et les frontaliers savaient qu'ils allaient à la bataille.

Ils grimpèrent dans les collines aux pentes érodées par le vent et la pluie et semées de quelques herbes et de broussailles. Devant eux, dans le lointain, la masse sombre des monts Brisure se découpait contre le ciel. Lentement, alors que le soleil illuminait l'horizon, les montagnes émergèrent des ténèbres, masse compacte de pics et d'escarpements, de ravins et de pentes glissantes. L'air commença à se réchauffer et les heures passèrent lentement tandis que l'armée tournait vers l'ouest. Au sud, les eaux de l'Innisbore étincelaient. Au-dessus, des vols de mouettes au dos blanc et aux ailes bordées de noir passaient en lâchant des cris aigus.

À midi, l'armée avait atteint les monts Brisure, et Eventine ordonna une halte. Les montagnes se dressaient à l'horizon, telle une muraille de rocher menaçante. Les falaises s'élevaient à des milliers de pieds, proches les unes des autres comme si un géant les avait prises dans sa main et serrées jusqu'à ce que la pierre cède sous la pression. Silencieux, désolés et froids, ces sommets évoquaient le vide, l'obscurité et la mort.

Deux cols étroits qui reliaient la terre des elfes aux plaines de Hoare traversaient les monts Brisure. Au sud se trouvait le col de Halys, et au nord la passe de Worl. Si les démons avaient prévu de sortir de la Barrière dans les plaines de Hoare, ils seraient forcés de traverser un ou deux de ces cols. Et l'armée des elfes essaierait de les arrêter là.

— Nous nous séparons ici, annonça Eventine quand il eut rassemblé ses officiers.

Ander avança pour mieux entendre ce qui se disait.

— L'armée se divisera, continua le roi. La moitié marchera vers le nord avec le prince Arion et le commandant Pindanon pour bloquer la passe de Worl. L'autre moitié me suivra vers le sud, au col de Halys. Commandant Jans ? J'aimerais que le régiment Libre se dirige aussi vers le sud. Pindanon, faites passer les ordres.

Le cercle de cavaliers se sépara. Ander jeta un coup d'œil à Arion, qui le regarda froidement avant de se détourner.

— Ander, je veux que tu restes avec moi, dit le roi.

Kael Pindanon revint au galop près du monarque. Tout était prêt. Les deux vieux camarades se dirent chaleureusement au revoir. Ander chercha son frère du regard, mais il était déjà parti en tête de sa colonne.

Allanon arriva, toujours impassible.

— Sa colère est mal dirigée, dit-il, avant de faire avancer Artaq.

Quand l'armée des elfes se sépara, les bannières et les lances se levèrent. Des cris et des encouragements éclatèrent, résonnant entre les rochers. Ces cris féroces et téméraires retentirent un long moment. Puis la troupe de Pindanon tourna vers le nord et s'enfonça dans les collines.

Les soldats du roi tournèrent vers le sud. Pendant des heures, ils longèrent la lisière des monts Brisure. Le soleil passa à l'ouest au-dessus de la ligne des montagnes, et les ombres s'allongèrent. L'air se rafraîchit quand une brise venue du sud souffla des forêts. Puis les collines se transformèrent en prairies. Au bord, dominé par une série de pics déchiquetés, la gueule sombre du col de Halys béait dans le rocher.

Eventine leva le bras pour ordonner une halte et tint une brève réunion avec ses officiers. Sous l'entrée est du col, plusieurs lieues de plaines à découvert couraient jusqu'à la lisière des forêts, au sud. Si les démons trouvaient un moyen de traverser les monts Brisure au-dessous du col de Halys, ils se glisseraient vers le nord à travers les terres boisées et piégeraient l'armée elfique dans le col. Une arrière-garde serait donc nécessaire pour parer à cette éventualité. Une unité de cavalerie serait idéale. De toute manière, elle ne serait pas très utile dans l'espace exigu du col.

Ander vit son père regarder Stee Jans, puis se détourner de lui. Le roi annonça que des unités de cavaleries elfiques se chargeraient de ce travail.

Les groupes désignés se séparèrent de l'armée et se déployèrent dans la prairie. Au signal d'Eventine, le gros de l'armée s'enfonça dans le col de Halys. La pente devint rapidement abrupte et l'air se rafraîchit. Le bruit des sabots ferrés et des pieds bottés résonnait bizarrement contre les parois du col. À mesure que la piste se faisait plus raide, elle devenait plus dangereuse. Les hommes et les chevaux trébuchant et glissant à chaque pas, l'allure ralentit.

Puis le col se termina soudain sur un gouffre large de plusieurs centaines de pas. À gauche, la piste qui descendait à flanc de montagne, large et régulière, conduisait à un défilé, à l'extrémité opposée de l'abîme. À droite, une corniche, chemin étroit et périlleux qui laisserait tout juste la place de passer à un cavalier, faisait le tour de la faille. Tout autour, des parois à pic s'incurvaient vers l'intérieur, laissant seulement un fin ruban de ciel bleu.

L'armée tourna à gauche sur la piste, au plus loin de la gueule béante du gouffre. Elle déboucha sur un canyon jonché de rochers et brillamment éclairé par le soleil. Un petit ruisseau coulait de la paroi rocheuse et se jetait dans une dépression envahie de broussailles. Des lièvres détalèrent dans les fourrés à l'approche de l'armée, et les oiseaux qui buvaient au ruisseau s'envolèrent.

Les elfes traversèrent le canyon. Au bout, le col s'ouvrait sur une gorge qui descendait vers les plaines de Hoare. Eventine leva une main pour ordonner une halte. Il étudia le labyrinthe de rochers et de précipices et hocha la tête.

C'était là que l'armée résisterait.

Le crépuscule descendait sur les monts Brisure, sa grisaille chassant peu à peu la lueur écarlate du soleil couchant. Derrière le mur des montagnes, le disque argenté de la lune se leva sur la forêt. Une par une, les étoiles apparurent. Dans le col de Halys, le silence devint de plus en plus profond.

Ander Elessedil était seul sur un petit tertre à mi-chemin de la gorge qui dominait les plaines de Hoare, le bâton argenté de l'Ellcrys serré comme un enfant dans ses bras. Il examina les colonnes de Chasseurs et de soldats du régiment Libre, repassant mentalement, pour la vingtième fois depuis une demi-heure, la stratégie que son père avait conçue pour la défense du col. Une butte le traversait à des centaines de pas de l'entrée, telle une saillie rocheuse plate surplombant une pente escarpée couverte de cailloux et de broussailles. C'était là que l'armée s'installerait pour la première bataille. Les archers, en première ligne, tireraient sur les démons dès qu'ils sortiraient des plaines de Hoare. Quand les démons seraient trop près pour que les arcs restent efficaces, les archers seraient remplacés par une phalange de lanciers et de piquiers qui encaisseraient le plus gros de l'attaque. Une deuxième phalange resterait en réserve pour renforcer la première. Les défenseurs tiendraient la butte aussi longtemps que possible, puis ils battraient en retraite vers une position similaire. Si la gorge était prise par l'ennemi, ils reculeraient jusqu'à l'entrée du canyon. Si l'entrée tombait aussi, on défendrait le canyon. Et ainsi de suite, jusqu'à ce que l'armée soit forcée de quitter le col de Halys. Un bon plan.

Ander se persuada que le col ne tomberait pas facilement aux mains de l'ennemi. Les positions défensives étaient bien choisies. Quand l'attaque viendrait, elle ne prendrait pas les elfes par surprise.

Il regarda au loin, vers les plaines de Hoare. Rien ne bougeait. Aucun signe des démons…

Pourtant, ils viendraient.

Ses mains se déplacèrent lentement sur le bois poli du bâton de l'Ellcrys, caressant le grain de l'écorce. Son père lui avait confié le bâton pendant qu'il inspectait les défenses. Ander inspira à fond. Le bâton les protégerait-il réellement ? Prêterait-il sa magie à ceux qui étaient désormais des êtres mortels, et non plus des créatures magiques, comme leurs ancêtres ? Il regarda le bâton, le serrant davantage, comme si ce contact ajoutait à ses forces. Selon Allanon, le pouvoir de l'Ellcrys avait été transféré dans le bâton ; il affaiblirait les hordes maléfiques et les rendrait vulnérables aux armes des elfes. Pourtant, Ander était torturé par le doute. Les démons incarnaient un mal incompréhensible né d'un monde disparu depuis si longtemps que personne, à part eux, ne l'avait jamais vu ou ne pouvait l'imaginer.

Il se reprit. Personne, sauf Allanon. Qui était peut-être une partie de ce monde obscur et oublié…

Son père apparut soudain à côté de lui. Ander lui rendit le bâton. La fatigue et l'angoisse se lisant sur le visage du vieil homme et dans ses yeux, le prince se força à détourner le regard.

— Tout est prêt ? demanda-t-il.

Le roi acquiesça, distrait.

— Les positions défensives sont déterminées…

Ils se turent. Ander essaya de trouver quelque chose à dire. Il éprouvait un malaise diffus qui refusait de disparaître et le poussait à rechercher la compagnie de son père. Il aurait voulu qu'Eventine le comprenne. Pourtant, il lui était difficile de s'ouvrir à lui. Aucun d'eux n'avait jamais été très doué pour exprimer ses sentiments pour l'autre.

C'était pareil avec Arion – en pire ! Il y avait entre eux une faille qu'il n'avait jamais comprise, et qui aurait pu être comblée s'ils avaient été capables d'en parler. Mais aucun n'avait essayé. Maintenant, bien entendu, c'était pire que jamais. Arion enrageait à cause de ce qui s'était passé au Grand Conseil, quand Ander avait refusé de rejeter Amberle et d'exiger d'elle, comme son frère l'estimait nécessaire, une explication de ses actes. Maintenant, il refusait carrément de lui parler. Il y avait une telle amertume en Arion ! Malgré tout, Ander le comprenait. Quand Amberle avait quitté Arborlon des mois plus tôt, abandonnant sans explication ses responsabilités d'Élue, les deux frères avaient éprouvé la même amertume parce que tous deux avaient beaucoup d'affection pour la jeune femme. Pendant trop longtemps, Ander avait laissé ce ressentiment lui cacher tout ce qu'elle avait représenté pour lui. Mais quand il l'avait revue, ses sentiments pour elle étaient remontés à la surface. Il aurait aimé expliquer cela à Arion. Il avait *besoin* de le lui expliquer. Mais il ne savait pas comment faire.

Il sursauta quand il s'aperçut qu'Allanon était debout à côté de lui. Le druide était sorti de nulle part, sans un bruissement de ses robes noires. Sa tête encapuchonnée se tourna vers Ander, puis vers son père.

— Vous ne dormez pas ?

— Non, pas encore…

— Vous devez vous reposer, roi des elfes.

— Bientôt… Allanon, Amberle est-elle encore vivante ?

Ander frémit, et regarda le druide.

Allanon ne répondit pas tout de suite.

— Elle est vivante.

— Comment le savez-vous ?

— Je ne le sais pas. Mais c'est ce que je pense.

— Alors, pourquoi *pensez*-vous qu'elle est toujours en vie ?

Le druide leva légèrement la tête, ses yeux noirs sondant le ciel.

— Parce que Wil Ohmsford n'a pas encore utilisé les Pierres elfiques. Si la vie d'Amberle était menacée, le Valombrien s'en serait servi.

Ander fronça les sourcils. Les Pierres elfiques ? Wil Ohmsford ? De quoi s'agissait-il ? Puis il se souvint de la deuxième personne dissimulée sous un capuchon qu'Allanon avait fait entrer au Grand Conseil avec Amberle.

C'était donc Wil Ohmsford !

Ander se tourna vers Allanon, des questions sur les lèvres, mais il se ravisa. Peut-être n'était-il pas supposé insister sur ce sujet. Si Allanon avait voulu qu'il en sache plus, il le lui aurait dit. D'un autre côté, le druide avait une fâcheuse tendance à ne pas révéler grand-chose…

Perturbé, il regarda les plaines de Hoare tandis que le soleil descendait sous l'horizon pour céder la place à la nuit.

— Des feux de garde attendent à l'entrée du col, murmura son père. Je dois ordonner qu'on les allume.

Il s'éloigna, et Ander resta seul avec Allanon. Les deux hommes, immobiles et silencieux comme des statues, regardèrent le vieux roi descendre lentement la pente. Les minutes passèrent. Ander pensa que le druide avait oublié sa présence, quand sa voix résonna soudain dans la nuit.

— Voudriez-vous en savoir davantage sur Wil Ohmsford, prince ?

Ébahi, Ander regarda le géant.

— Eh bien… oui !

— Alors, vous le saurez, dit Allanon. Écoutez bien.

Il parla de Wil Ohmsford, de son héritage, et de sa mission auprès des elfes. Des souvenirs revinrent au jeune prince : les histoires que son père racontait sur les Valombriens, Shea et Flick Ohmsford, et leur quête de la légendaire Épée de Shannara. Le petit-fils de Shea, héritier d'un pouvoir magique dont aucun elfe n'avait disposé depuis la destruction de l'ancien monde, avait été nommé protecteur d'Amberle.

Quand le druide eut terminé, Ander regarda vers les ombres où son père avait disparu. Puis il leva les yeux vers le druide.

— Pourquoi m'avoir raconté ça, Allanon ?

— C'est quelque chose que vous deviez savoir.

— Mais… Pourquoi *moi ?*

Le druide se tourna enfin vers Ander, son visage taillé à la serpe à peine visible à l'ombre de son capuchon.

— Pour beaucoup de raisons, Ander… Quand personne ne s'est avancé pour soutenir Amberle, au Grand Conseil, vous l'avez fait. C'est peut-être à cause de ça…

Il regarda Ander un moment, puis se détourna.

— Vous devriez vous reposer. Dormir un peu.

Ander hocha la tête, l'esprit ailleurs. Le druide avait-il réellement répondu à sa question ? Il regarda Allanon, intrigué, puis détourna de nouveau les yeux. Quand il les braqua de nouveau vers lui, le druide s'était volatilisé.

Chapitre 30

Quand l'aube se leva, un épais brouillard gris couvrait les plaines de Hoare, enveloppant les terres comme un suaire. Avec le jour, cette brume sembla devenir vivante. Elle tourbillonnait contre les parois de la montagne, comme si quelqu'un remuait une soupe écœurante dans un chaudron. Puis elle monta de plus en plus haut, comme si elle voulait avaler les rochers.

En haut du col de Halys, flanqué de son père et d'Allanon, Ander Elessedil sondait les plaines. À leurs pieds, l'armée des elfes se préparait à repousser les hordes de démons. Des rangées d'archers, de lanciers et de piquiers couvraient la gorge, les yeux rivés sur la brume qui tourbillonnait à l'entrée du col. Les démons en sortiraient sûrement, mais pour le moment, ils restaient invisibles. Avec les minutes, l'attaque ne survenant pas, les soldats commencèrent à s'agiter. Ander sentit que leur malaise, comme le sien, se transformait en peur.

— Tenez bon. Ne vous laissez pas effrayer ! cria Allanon.

Tous les yeux se tournèrent vers lui.

— Ce n'est que de la brume, même si elle a été fabriquée par les démons ! Courage ! La Barrière est en train de céder. Les démons ne tarderont pas à traverser.

La brume tournoyait toujours à l'entrée du col de Halys, comme si une barrière invisible l'empêchait d'avancer. Les mains d'Ander tremblaient sur la hampe de la bannière des Elessedil.

Soudain, les cris retentirent, lointains et obsédants, comme s'ils montaient des entrailles de la Terre. Des rayons rouges jaillirent de la brume, volant vers le ciel encore sombre. La masse de brouillard sembla se soulever. Les cris se firent plus forts, hurlements déments et sauvages. Ils continuèrent d'enfler, devenant un cri unique qui jaillissait des plaines de Hoare pour emplir l'étroit défilé du col de Halys.

— Ils arrivent, murmura Allanon.

Les soldats posèrent un genou en terre. Les archers encochèrent leurs flèches, les lanciers et les piquiers appuyant leurs armes sur le sol pour les stabiliser. Devant l'entrée du col, la brume devint un vortex de feu dont le reflet rendait le ciel et la terre écarlates. Les hurlements augmentèrent encore, assourdissants, puis l'air parut exploser, comme un coup de tonnerre qui monta des plaines et se réverbéra contre les parois des monts Brisure. Ander lâcha un cri de désarroi quand l'explosion les projeta tous sur le sol.

Ils se remirent rapidement debout. Tout était redevenu silencieux, la brume grise de nouveau tranquille.

— Allanon ? demanda Ander.

— C'est terminé. La Barrière est brisée, répondit le druide.

Peu après, les cris reprirent. Les hordes de démons déferlèrent dans l'entrée du col de Halys, telle une vague mortelle de corps sombres et tordus. De formes et de tailles diverses, tous étaient voûtés et contrefaits par l'obscurité qui les avait si longtemps retenus.

Ils avaient des crocs, des griffes, des épines dorsales couvertes de crêtes coupantes, des corps couverts de fourrure et d'autres d'écailles... Ils rampaient, marchaient, se frayaient un chemin sous la terre, volaient ou sautaient. Des créatures de légende – ou plutôt de cauchemar. Tout le bestiaire des histoires d'horreur : des garous mi-humains mi-animaux, des ombres grises que l'œil pouvait à peine suivre, des ogres aux traits horriblement distordus, des diablotins qui voletaient comme s'ils étaient portés par le vent, des lutins et des farfadets noirs de boue et de bave.

Des reptiloïdes sifflant leur haine. Des furies et des loups-démons. Des goules et d'autres mangeurs de chair et buveurs de sang. Des harpies et des chauves-souris monstrueuses, qui noircissaient le ciel. Surgissant de la brume, ils se piétinaient dans leur avidité de se libérer.

Une volée de flèches noires déchiqueta les démons les plus proches. Les autres ralentirent à peine.

Les archers tirèrent deux volées supplémentaires. Les démons avançaient toujours, hurlant de rage et de frustration ! Moins de cinquante pas séparaient les deux forces. Les archers battirent en retraite sur les flancs pour céder la place à la phalange de lanciers et de piquiers, qui avança et se prépara à soutenir l'assaut.

Les démons avancèrent, gravissant la pente rocheuse vers l'armée des elfes.

Cette marée se brisa sur le mur de défenseurs, les griffes et les crocs déchiquetant les elfes. La première ligne de l'armée fut ébranlée, mais elle résista.

Les démons s'empalèrent sur les lances, leurs hurlements emplissant la gorge. Les Chasseurs les repoussèrent vers les autres monstres, qui les piétinèrent impitoyablement.

Les démons attaquèrent de nouveau, plusieurs groupes forçant les rangs des défenseurs. Mais ils tombèrent aussitôt sous les coups de la phalange arrière, qui s'était portée au secours de la première ligne.

Les elfes aussi mouraient, écrasés sous la masse de leurs adversaires.

Les démons continuaient de sortir de la brume par milliers, tombant comme des mouches sous les volées de flèches. Mais quand l'un d'eux périssait, trois autres le remplaçaient. Les flancs de l'armée elfique commencèrent à céder. La première ligne de défense menaçait d'être submergée.

Eventine donna l'ordre de reculer. Les elfes obéirent, rejoignant la deuxième ligne de défense, une saillie rocheuse déchiquetée. Les arcs vibrèrent de nouveau et une pluie de flèches accueillit les démons. Les lanciers et les piquiers reformèrent les rangs et se préparèrent à l'assaut suivant, qui arriva presque aussitôt. Une vague de monstres se fraya un chemin à travers les broussailles et les pierres pour tenter de déloger les lanciers. Des centaines de démons moururent, criblés de flèches ou piétinés par leurs compagnons.

Pourtant, ils arrivaient toujours, sortant de la brume pour entrer dans la gorge et se jeter sur les lignes de défense. Les elfes les repoussèrent à trois reprises. Le col de Halys était jonché de corps noirs écrasés et ensanglantés. Et les blessés hurlaient de douleur et de haine.

À l'entrée du canyon, Ander regardait la bataille en silence. Les elfes perdaient du terrain. Comme Allanon l'avait promis, le bâton de l'Ellcrys affaiblissait les démons, les rendant vulnérables aux armes humaines. Mais cela ne suffirait pas à les arrêter, même en comptant sur la vaillance des soldats elfes, les positions soigneusement choisies et le plan très réfléchi. Il y avait trop de démons, et pas assez d'elfes !

Ander regarda son père, qui ne s'en aperçut pas. Les mains serrant le bâton de l'Ellcrys, il avait les yeux rivés sur la bataille.

La ligne de défense commençant à céder. Avec des armes prises aux soldats tués, des rochers et des massues de fortune, ou en utilisant leurs crocs, leurs griffes et leur force surhumaine, les démons luttaient pour submerger les rangs déjà éclaircis des lanciers et des piquiers qui leur barraient encore le passage. Le régiment Libre de la Légion, jusque-là en réserve, vint renforcer le centre des lignes elfiques.

Pourtant, les démons avançaient toujours.

— Nous ne tiendrons pas, marmonna Eventine, prêt à donner l'ordre de battre en retraite.

— Ne bougez pas, souffla soudain Allanon à Ander.

Des démons avaient percé le flanc gauche de l'armée et gravissaient la pente, en direction du groupe qui se tenait au-dessus de l'entrée du canyon. La garde du palais prit position devant le roi et Ander. Dardan et Rhoe se postèrent en arrière-garde. Toutes les épées sortirent de leurs fourreaux de cuir...

Ander planta l'étendard des Elessedil dans le sol et sortit son arme. Il transpirait à grosses gouttes sous son armure et sa bouche lui semblait sèche comme du vieux parchemin.

Allanon avança, ses robes noires voletant autour de lui quand il leva les bras. Du feu bleu jaillit de ses doigts et le sol explosa autour des ennemis. De la fumée monta de la roche, puis se dispersa, révélant un amas de corps sans vie. Mais tous n'étaient pas tombés. Un instant, les survivants hésitèrent. Derrière eux, la brèche refermée, ils ne pourraient pas repartir par où ils étaient venus. Hurlant de rage, ils foncèrent sur la garde du palais.

Les démons tombèrent sous les coups des Chasseurs, mais quelques-uns traversèrent et se jetèrent sur le roi. Un lutin noir bondit sur Ander, les griffes en avant, cherchant sa gorge. Le prince le repoussa avec sa lame. Mais il attaqua de nouveau. Un des soldats s'interposa et le cloua au sol d'un seul coup d'épée.

Ander recula, horrifié, conscient que la bataille se rapprochait inexorablement. Le flanc gauche s'étant de nouveau effondré, Allanon se jeta dans la mêlée pour endiguer l'assaut. Le feu bleu jaillit et des hurlements emplirent l'air. Des démons qui avaient traversé le flanc droit chargèrent, descendant la pente pour aider leurs compagnons enfermés derrière les lignes de défense.

Ander se figea. Il n'y avait pas assez de gardes pour les arrêter tous.

Eventine tomba sous les coups de massue d'un démon et lâcha le bâton de l'Ellcrys. Un grondement monta de la gorge des monstres, qui avancèrent avec une ardeur renouvelée.

Sa peur oubliée, Ander s'était précipité à côté de son père. Avec un cri de rage, il chargea les attaquants, des lutins noirs comme celui qui avait failli le tuer un peu plus tôt. Deux d'entre eux périrent avant que leurs compagnons aient eu le temps de comprendre ce qui se passait. Toujours enragé, Ander repoussa les autres démons, les forçant à s'éloigner du roi.

Un moment, ce fut le chaos. Sur la crête, la ligne de défense elfique avait été forcée de reculer quasiment jusqu'à l'entrée du canyon. Les démons arrivaient en masse, déchiquetant les elfes qui leur barraient le chemin et hurlant de joie de voir Eventine étendu sur le sol. Ander lutta pour les tenir éloignés de son père. Dans sa fureur, il glissa sur le corps d'un ennemi et tomba. Les démons se jetèrent sur lui, essayant de lui arracher son armure. Un instant, Ander crut qu'il allait mourir. Mais Dardan et Rhoe se frayèrent un chemin jusqu'à lui, le dégagèrent et l'emmenèrent en sécurité. Hébété, il revint à côté de son père, s'agenouilla près du vieillard, chercha son pouls et le trouva – faible et lent. Le roi était encore vivant, mais il n'était plus là pour soutenir les elfes. Et c'était le seul qui pouvait les sauver du désastre…

Allanon arriva près du jeune homme, ramassa le bâton de l'Ellcrys et força le prince à se remettre debout. Puis il lui mit le talisman entre les mains.

— Vous pleurerez plus tard, prince ! Pour le moment, prenez le commandement. Et faites reculer les elfes dans le canyon.

Ander faillit refuser, mais ce qu'il vit dans le regard du druide le persuada que ce n'était pas le moment de discuter. Sans un mot, il obéit. Après avoir ordonné qu'on emmène son père à l'abri, il rallia la garde du palais autour de lui, à l'entrée du canyon, et envoya des messagers vers le centre et les flancs pour leur dire de battre en retraite. Allanon à côté de lui, il se plaça à l'entrée de la gorge, où les elfes et les frontaliers le verraient le mieux, et regarda la bataille.

Les lanciers et les piquiers reculèrent, suivis par les hommes du régiment Libre. Stee Jans apparut, sa chevelure rousse flottant au vent, une épée rouge de sang à la main.

Allanon leva les bras et le feu bleu jaillit de ses mains.

— Vite ! cria-t-il à Ander. Dans le canyon !

Ander leva le bâton de l'Ellcrys et cria l'ordre à ses troupes. Les derniers combattants se dégagèrent et revinrent en hâte vers leurs compagnons. Avec des hurlements de rage, les démons les poursuivirent.

Allanon resta seul à l'entrée du col. Quand les démons se jetèrent sur lui, il se concentra, leva les mains et fit jaillir le feu de ses doigts. Un mur de flammes se dressa devant les démons, leur barrant le passage. Hurlant de frustration, ils furent forcés de battre en retraite.

Allanon se tourna vers Ander.

— Le feu ne durera pas très longtemps, dit-il. Ensuite, ils attaqueront de nouveau.

— Comment résister à des forces tellement supérieures ? demanda Ander, désespéré.

— Nous ne le pouvons pas ! Les cols des monts Brisure sont perdus. Il faut fuir le plus vite possible.

Ander lança aussitôt l'ordre de la retraite. L'armée des elfes fonça vers le canyon, la cavalerie de réserve en tête, avec les blessés capables de tenir à cheval. Les piquiers, les lanciers et les archers suivaient, portant les blessés qui ne pouvaient pas chevaucher.

La garde du palais se chargeait du roi, toujours inconscient. Allanon et Ander fermaient la marche. Ils avaient à peine dépassé la mare abritée par des broussailles, au centre du canyon, quand ils virent, à l'autre bout, les flammes s'éteindre d'un coup.

Les elfes se tournèrent pour regarder. Un instant, rien ne se passa. Puis les démons se ruèrent dans le passage, lancés à la poursuite des elfes. Ils arrivèrent trop tard. Le gros de l'armée avait traversé le défilé ! Une arrière-garde du régiment Libre composée d'hommes commandés par Stee Jans se battit pendant qu'Allanon, Ander et les survivants de la garde du palais traversaient à leur tour. À l'entrée du défilé, ils se retournèrent pour regarder les hordes de démons approcher.

Un spectacle impressionnant ! Comme une marée noire, les monstres déferlaient tels des rats qui fuient une inondation. Le sol fut rapidement couvert de corps bondissant ou rampant, et l'air se remplit de démons volants.

La vague se sépara quand elle sortit de la gorge. Une créature géante couverte d'écailles vertes arriva en vue. Elle fit paraître les autres démons minuscules quand elle se dressa dans le canyon et se fraya un chemin entre ses compagnons, les écartant comme des fétus de paille.

C'était un dragon, le corps couvert de piques et luisant de ses propres sécrétions. Six pattes noueuses griffues et couvertes de poils noirs soutenaient son corps. Sa tête était une atroce masse distordue et cornue où brillait un œil unique, vert et sans paupière. Le dragon renifla l'air. Quand l'odeur des elfes monta à ses narines, sa gueule s'ouvrit, dévoilant des rangées de crocs, et sa queue fouetta l'air, expédiant des corps brisés dans les airs. Les démons lui laissant le passage aussi vite que possible, le monstre avança, ébranlant la terre sous son poids.

À l'autre bout du canyon, Allanon regarda le dragon approcher, puis il se tourna vers Ander.

— Battez en retraite de l'autre côté du passage. Vite !

— Mais... Le dragon...

— Il est trop fort pour vous. Faites ce que je vous ai dit, et laissez-moi m'occuper de ce monstre !

Ander recula et donna l'ordre à l'armée de se retirer de l'autre côté du col. Stee Jans à côté de lui, Ander se retourna. Allanon attendait calmement pendant que le dragon gravissait péniblement la pente. Il avait repéré le druide, qui ne s'était pas enfui comme les autres, et avait visiblement hâte de le tuer, ses pattes arrachant la terre et les rochers sur leur passage. Derrière lui, à une distance prudente de sa queue, les autres démons le suivaient.

Allanon ne bougea pas jusqu'à ce que le dragon soit à moins de cent pas du défilé. Puis il écarta les bras et tendit les mains. Le feu bleu frappa la tête et la gorge du dragon, qui ne ralentit même pas comme s'il avait été piqué par un insecte. Le feu frappa de nouveau, roussissant ses pattes avant et sa poitrine. Le monstre siffla de colère, mais continua d'avancer.

Allanon recula dans le défilé et gagna rapidement l'autre extrémité. Puis il se retourna. Le dragon se faufilait à grand-peine dans l'étroit passage. Allanon frappa, le feu bleu se déchaînant. Le dragon siffla de colère, exaspéré de ne pas pouvoir atteindre la créature qui le tourmentait. Les parois du défilé entravaient ses mouvements, mais derrière lui, les cris de ses compagnons le poussaient à continuer.

Allanon recula vers le passage plein de fumée et de poussière. Des deux mains, il envoya une langue de feu dans l'œil du monstre. Quand les flammes le frappèrent, toute sa tête fut enveloppée d'étincelles. Cette fois, le dragon poussa un cri de douleur et de fureur. Il se cabra, percutant les parois jusqu'à ce qu'elles tremblent sous la force des coups. Des rochers tombèrent sur lui pendant qu'il haletait et se débattait.

La paroi sud se fendit et la muraille entière tomba dans le défilé. Percevant le danger, le dragon fonça en avant. À demi aveuglé, il se dégagea au moment où des tonnes de rochers s'écroulaient derrière lui, écrasant les démons qui le suivaient. Le feu bleu le frappa de nouveau, mais sans grand effet. Cette fois, le dragon était prêt, et il évita les flammes.

Devant lui, il aperçut la silhouette noire du druide. Sifflant de fureur, il avança vers son ennemi, mâchoires grandes ouvertes. Allanon recula – pas vers la piste de droite, la plus large, mais vers l'étroite corniche qui courait au-dessus du défilé. Fou de colère, le dragon sauta sur la corniche, son cou tendu vers l'humain et ses pattes avalant la distance.

Soudain, il n'y eut plus de corniche, la roche cédant sous le poids de la créature. Au prix d'un dernier effort, le dragon plongea vers le druide, qui recula d'un bond quand les mâchoires le ratèrent d'un souffle. Sur un dernier sifflement de fureur, le dragon glissa de la corniche et bascula dans le gouffre avec une avalanche de terre et de pierres. Hurlant sa haine, il continua à tomber et disparut.

Ander Elessedil, qui attendait à l'autre bout de la crevasse, regarda Allanon avancer sur ce qui restait de la corniche. Puis il sonda le défilé, bloqué par des tonnes de rochers. Un sourire amer naquit sur son visage ensanglanté. Les démons ne pourraient plus les suivre par ce chemin. Les elfes avaient gagné un répit. La possibilité de se ressaisir pour affronter l'ennemi ailleurs…

Derrière lui, dans l'entrée du col, les soldats regardaient devant eux en silence, la fatigue et le doute visibles sur leurs visages. Le prince comprenait leurs sentiments. Tant de démons avaient traversé la Barrière ! Ils n'avaient pas réussi à les arrêter au col de Halys. Comment les repousseraient-ils dans le Sarandanon ?

Le prince détourna le regard. Il ignorait la réponse à cette question, et il se demanda si *quelqu'un* la connaissait.

Chapitre 31

En quittant le col de Halys, l'armée était découragée, honteuse de sa défaite et accablée par le nombre de soldats tués ou blessés. Pour les morts, abandonnés sur place, il n'y aurait pas de rituel qui rendrait leur corps à la terre. Pour les blessés, pas de soulagement des douleurs dues aux griffes et aux crocs empoisonnés des démons. Leurs gémissements et leurs cris montaient dans le calme de la journée...

Pour les autres, qui avançaient vers le sud en suivant la paroi des monts Brisure, ne restait que le désespoir.

Quand le soleil de midi cogna, la soif tourmenta les soldats et les déprima encore plus.

Ander Elessedil les conduisait, mais il n'était pas un chef – à son avis – seulement une victime des circonstances découragée comme les autres. Il voulait que tout cela cesse, que son père reprenne conscience et que son frère revienne. Même s'il tenait le bâton de l'Ellcrys, il se considérait comme un imbécile. Rien de tout cela n'aurait dû arriver ! Pourtant, il devrait jouer le rôle que le sort lui avait réservé jusqu'à ce que l'armée atteigne le ravin de Baen. Avec un peu de chance, les choses s'arrêteraient là...

Il regarda Allanon, qui chevauchait à côté de lui, silencieux, sombre et énigmatique dans les robes noires qui le dissimulaient si bien. Ses pensées aussi étaient un mystère pour Ander, qui lui avait parlé une seule fois pendant la retraite.

— Je comprends maintenant pourquoi ils nous ont laissés venir jusqu'ici. Ils voulaient que nous allions dans ces montagnes.

— Ils le voulaient ? avait demandé Ander.

— Oui, prince. Ils savaient que nous ne pourrions pas les arrêter. Alors, ils nous ont laissés nous prendre nous-mêmes au piège.

Un cavalier apparut à l'horizon, sa monture près de l'épuisement tant elle galopait vite. Levant le bâton de l'Ellcrys, Ander ordonna une halte. Accompagné par Allanon, il se porta à la rencontre du cavalier. Débraillé et couvert de poussière, l'homme s'arrêta devant eux. Ander le connaissait : un messager au service de son frère.

— Flyn, dit-il, le saluant par son nom.

Le messager hésita.

— Je suis censé faire mon rapport au roi…

— Délivrez votre message au prince ! grogna Allanon.

— Mon seigneur, dit Flyn, les larmes aux yeux. Mon seigneur…

Sa voix se brisa.

Ander descendit de cheval et fit signe à Flyn de l'imiter. Il passa un bras autour des épaules du messager et le fit avancer de quelques pas afin qu'ils puissent parler en privé.

— Calmez-vous, et donnez-moi votre message.

— Mon seigneur, j'ai reçu l'ordre d'annoncer au roi que le prince Arion est tombé au combat. Mon seigneur… il est mort !

— Mort ? Non ! Il ne peut pas être mort !

— Nous avons été attaqués à l'aube, mon seigneur, dit Flyn, qui pleurait maintenant à chaudes larmes. Ils étaient si nombreux… Nous avons été chassés du col. L'étendard est tombé, et, quand le prince a essayé de le récupérer, les démons l'ont attrapé…

Ander leva la main pour faire taire le messager. Il ne voulait pas en entendre plus. C'était un cauchemar !

Il se tourna vers Allanon et vit que le druide le regardait. Il avait compris…

— Avons-nous récupéré le corps de mon frère ?

— Oui, mon seigneur.

— Qu'on me l'amène !

Flyn hocha la tête.

— Mon seigneur, il y a autre chose. Nous avons perdu la passe de Worl, mais le commandant Pindanon pense que nous pouvons la reprendre. Il demande des unités de cavalerie supplémentaires pour attaquer en traversant les plaines qui bordent ce col et…

— Non ! coupa Ander. Flyn, dis au commandant Pindanon de battre en retraite immédiatement. Qu'il retourne dans le Sarandanon.

Le messager jeta un coup d'œil inquiet à Allanon.

— Pardonnez-moi, mon seigneur, mais on m'a ordonné de parler avec le roi… Le commandant me demandera…

— Dis-lui que mon père a été blessé. (Flyn devint encore plus pâle.) Informe Kael Pindanon que je commande l'armée et qu'il doit battre en retraite immédiatement. Prends un cheval frais, Flyn, et pars sans tarder. Que ton voyage soit facile, messager !

Flyn salua et s'en fut. Ander resta seul, une étrange torpeur le saisissant quand il comprit qu'il n'aurait plus l'occasion de combler le gouffre qui l'avait séparé d'Arion.

Son frère était perdu pour lui. À tout jamais !

Le dos tourné à Allanon, il s'autorisa à pleurer.

Le crépuscule tomba sur la vallée du Sarandanon, ses ombres s'allongeant sur le ravin de Baen et l'armée des elfes. Dans sa tente, Eventine Elessedil, toujours inconscient, avait le souffle court et irrégulier. Ander était assis à son chevet, espérant qu'il finirait par reprendre conscience. Jusque-là, il serait impossible de déterminer la gravité de sa blessure. C'était un vieil homme, et Ander avait peur pour lui…

Il tendit une main et prit doucement celle de son père. La peau du roi était flasque et il ne bougea pas. Ander lui tint la main un moment, puis la lâcha avec un soupir.

— Père…, murmura-t-il.

Il se leva et s'éloigna du lit.

Comment cela avait-il pu arriver ? Son père gravement blessé, son frère tué, et lui devenu le chef des elfes ? De la folie ! Certes, il avait toujours été possible que son père et son frère disparaissent et qu'il reste seul pour régner. Mais c'était une éventualité si lointaine et absurde que personne n'avait jamais cru qu'elle se produirait un jour, lui encore moins que les autres. Il était si mal préparé à un tel rôle… Qu'avait-il été pour son père et son frère, sinon une paire de bras agissant en leur nom ? Gouverner les elfes était leur destin et leur désir. Cela n'avait jamais été les siens. Pourtant, maintenant…

Maintenant, il devait gouverner, au moins pour un temps. Et conduire une armée que son père avait dirigée avant lui. Il devait défendre le Sarandanon et trouver un moyen d'arrêter les démons. Le col de Halys avait montré aux elfes à quel point ce serait difficile. Ils le savaient tous : sans l'éboulis rocheux provoqué par la bataille entre Allanon et le dragon, les démons les auraient rejoints et exterminés. Sa première tâche était de donner aux elfes des raisons de croire qu'un tel sort ne les attendait pas au ravin de Baen, malgré la perte du roi et de son fils aîné. En bref, son travail serait de leur donner de l'espoir.

Il s'assit de nouveau à côté de son père. Kael Pindanon pouvait l'aider. C'était un soldat expérimenté. Mais serait-il disposé à l'aider ? Pindanon était furieux contre lui à cause de la retraite. D'ailleurs, il n'était pas encore revenu, restant avec une arrière-garde de cavalerie pour tenter de ralentir l'avancée des démons vers le Sarandanon. Mais des échos de son déplaisir avaient atteint les oreilles d'Ander, à travers les commentaires de quelques-uns de ses officiers. Quand il arriverait, il affronterait le prince, c'était certain. Alors, les choses deviendraient critiques, car Pindanon demanderait que l'armée soit placée sous son commandement.

Il aurait été facile de s'effacer devant le vieux guerrier et de le laisser porter toute la responsabilité. C'était peut-être même la meilleure solution. Pourtant, quelque chose en lui y répugnait. Il devait être prudent avant de se débarrasser des devoirs qui lui revenaient…

— Que feriez-vous ? demanda-t-il doucement à son père, sachant qu'il n'y aurait pas de réponse.

Les minutes passèrent…

Enfin, Dardan entra dans la tente.

— Le commandant Pindanon est revenu, dit-il. Il veut vous parler.

Ander fit signe qu'il avait compris, puis se demanda un instant où Allanon était parti. Il ne l'avait pas vu depuis leur retour. De toute façon, le conflit avec Pindanon était son problème. Il se leva, puis se souvint du bâton de l'Ellcrys, posé à côté du lit de son père. Le soulevant à deux mains, il hésita un instant devant le vieux roi allongé sur le lit.

— Reposez-vous bien, murmura-t-il.

Puis il se tourna et quitta la pièce.

Pindanon l'attendait dans la partie de la tente séparée par un pan de toile de l'endroit où gisait son père. L'armure du commandant était couverte de poussière et de sang. Rouge de colère, il avança agressivement vers le prince.

— Pourquoi m'avez-vous ordonné de battre en retraite ? cracha-t-il.

— Baissez la voix, commandant. Mon père repose à côté…

Pindanon foudroya Ander du regard, mais parla plus bas :

— Comment va-t-il ?

— Il dort… Et maintenant, votre question ?

— Pourquoi ai-je reçu l'ordre de battre en retraite ? J'aurais pu reprendre la passe de Worl. Nous aurions tenu les monts Brisure comme votre père en avait l'intention.

— Le roi voulait tenir les monts Brisure aussi longtemps que possible, répondit Ander. Avec mon père blessé, mon frère mort et le col de Halys perdu, ce n'était *plus* possible. Nous avons été chassés du col de Halys, tout comme vous de la passe de Worl. (Pindanon se hérissa, mais Ander l'ignora.) Pour reprendre la passe, j'aurais dû ordonner une marche forcée vers le nord à une armée qui venait d'être mise en déroute. Si nos forces avaient tout de même été vaincues, nos hommes auraient été forcés de se replier vers le Sarandanon, sans possibilité de se reposer avant de défendre cette vallée. Pire encore, une bataille dans les cols des monts Brisure aurait dû se passer de l'aide de la cavalerie. Pour repousser les démons, nous aurons besoin de toutes nos forces. Voilà pourquoi je vous ai demandé de battre en retraite, commandant.

— Mon seigneur, vous n'êtes pas un soldat de métier. Vous n'aviez pas le droit de prendre une décision aussi importante sans consulter le commandant de l'armée. Si ma loyauté pour votre père ne…

Ander leva la tête, furieux.

— Je vous conseille de ne pas terminer cette phrase, commandant !

Son regard fut attiré par le rabat de la tente, qui s'ouvrit pour laisser passer Allanon et Stee Jans. L'arrivée du druide n'était pas inattendue, mais Ander fut surpris de voir le commandant du régiment Libre. Le frontalier fit un signe de tête courtois, mais ne dit rien.

Ander se tourna vers Pindanon.

— De toute manière, ce qui est fait est fait ! Occupons-nous de ce qui nous attend. Combien de temps avant que les démons nous atteignent ?

— Un jour, deux peut-être, répondit Pindanon. Ils doivent se reposer et se ressaisir.

Allanon leva son regard noir vers le vétéran.

— Demain à l'aube…, grogna-t-il.

— Vous êtes certain ? demanda Ander.

— La folie les porte sur ses ailes ! Demain à l'aube.

Pindanon cracha sur le sol.

— Alors, nous devons décider maintenant comment nous les arrêterons, dit Ander, les mains sur le bâton de l'Ellcrys.

— C'est très simple, fit Pindanon. Défendez le ravin de Baen. Bloquez-le. Arrêtez-les à l'endroit le plus étroit, avant qu'ils arrivent à la vallée.

— C'est ce que nous avons essayé de faire au col de Halys. Ça n'a pas marché… Les démons ont forcé nos défenses. Il n'y a aucune raison de penser que les choses seraient différentes.

— Au contraire, il y a toutes les raisons ! insista Pindanon. Notre force n'est pas divisée comme aux monts Brisure. Et les démons ne seront pas très vaillants, s'ils marchent des plaines de Hoare jusqu'à ici. La cavalerie peut être utilisée comme support alors que c'était impossible au col de Halys. Beaucoup de variables ont changé ! Donc, le résultat sera différent.

Ander jeta un coup d'œil à Allanon, qui ne dit rien.

— Ander, donnez-moi le commandement ! Laissez-moi coordonner les défenses comme je sais que le roi les coordonnerait. Les elfes peuvent tenir le ravin contre ces créatures, quelle que soit leur force. Votre père et moi, nous…

— Commandant, coupa le prince, j'ai vu de quoi les démons sont capables. Ils ont pulvérisé une ligne de défense que mon père croyait solide. C'est un ennemi différent de tous ceux que nous avons affrontés. Ils détestent les elfes au point que mourir ne signifie rien pour eux. Pouvons-nous en dire autant, nous pour qui la vie est si précieuse ? Je ne pense pas… Il nous faut autre chose que les tactiques habituelles pour survivre à ce combat.

Du coin de l'œil, il vit Allanon approuver du chef.

— Vous manquez de foi, mon seigneur ! Votre père ne serait pas si rapide à…

— Mon père n'est pas là. Mais s'il y était, il parlerait comme je viens de le faire. Je cherche des suggestions, commandant, pas une lutte d'influence.

Pindanon devint rouge brique et se tourna vers Allanon.

— Et lui, qu'a-t-il à dire ? N'a-t-il aucune idée à nous proposer ?

— Vous ne pourrez pas les arrêter, commandant. Seulement les ralentir…

— Les ralentir ?

— Les ralentir, pour que la porteuse de la semence de l'Ellcrys ait le temps de trouver le Feu de Sang et de revenir.

— Ces bêtises, encore ! ricana Pindanon. Notre destinée est entre les mains d'une gamine ! Druide, je ne crois pas aux légendes de l'ancien monde. Si les Terres de l'Ouest doivent être sauvées, ce sera par le courage de leurs soldats et l'habilité et l'expérience de leurs commandants. Les démons meurent, comme toute créature de chair et de sang.

— Comme les elfes, par exemple, répondit froidement le druide.

Il y eut un long silence. Pindanon se détourna, toujours furieux. Au bout d'un moment, il pivota et revint vers eux.

— Résisterons-nous au ravin de Baen ou non, prince Ander ? Pour le moment, je n'ai entendu aucune suggestion, à part les miennes.

Ander hésita, espérant qu'Allanon dirait quelque chose.

Mais Stee Jans avança.

— Mon seigneur, puis-je parler ?

Ander avait presque oublié le commandant de la Légion. Il lui fit un signe affirmatif.

— Mon seigneur, le régiment Libre a souvent affronté des situations aussi désespérées. Nous nous enorgueillissons d'avoir survécu face à des ennemis plus forts que nous, alors qu'ils ont péri. Nous avons appris nos leçons à la dure. Je vous offre mon expérience, seigneur, si vous le permettez : n'installez jamais de ligne de défense statique là où un ennemi supérieur en nombre vous écrasera. Nous avons appris à diviser notre front défensif en lignes mobiles qui se déplacent selon le déroulement de la bataille. Ces lignes attaquent et battent en retraite successivement. Elles attirent l'ennemi d'un côté puis de l'autre, frappent ses flancs quand il se tourne pour repousser un nouvel assaut, et reculent quand l'attaque est terminée.

— Dans ce cas, vous ne gagnez jamais de terrain, commandant. Vous ne gardez même pas celui que vous avez !

— Quand l'ennemi a été attiré trop loin pour nous attraper, quand ses lignes sont affaiblies et dispersées, il devient possible d'attaquer directement ses flancs et de passer. Comme ça.

Il claqua des mains.

Il y eut un silence stupéfait.

— Je ne suis pas sûr que ça marchera, marmonna Pindanon.

— Comment défendriez-vous le ravin de Baen ? demanda Ander.

— J'utiliserais une variante de ce que je viens de vous décrire. Des archers sur les pentes du Kensrowe, au-dessus de l'entrée du ravin, pour harceler les forces avancées. Des fantassins à l'entrée du ravin, comme si vous aviez l'intention de le défendre de front. Quand les démons attaqueront, il faudra résister un moment, puis battre en retraite. Les laisser passer à travers nos lignes. Leur donner un appât à chasser, par exemple des cavaliers qui les attireront plus avant. Quand leurs lignes seront dispersées et leurs flancs exposés, nous nous refermerons sur eux des deux côtés avant qu'ils puissent reculer ou recevoir des renforts. Utilisez les lances pour les empêcher de vous attaquer. Les démons n'ont pas d'armes de jet. Si nous restons hors de leur portée, ils ne peuvent pas nous faire de mal. Quand les premiers rangs auront été détruits, l'appât recommencera son travail. En les attirant dans une autre direction, pour les désorganiser. Et se concentrer sur leurs flancs.

Les elfes regardèrent le frontalier et Pindanon fronça les sourcils.

— Et qui jouerait le rôle de l'appât ?

— À votre avis, commandant ?

Pindanon haussa les épaules. Ander lui jeta un regard interrogateur.

— Ça pourrait marcher, reconnut le vieux guerrier. Si l'appât est assez rusé…

— Il l'est, affirma Stee Jans. Sinon, il ne serait pas encore vivant après tant de campagnes.

Ander regarda Allanon, qui fit un geste d'approbation.

— Alors, nous tenons notre plan pour la défense du Sarandanon, dit le prince.

Il serra la main de Pindanon, puis celle de l'Homme de fer.

— Assurons-nous qu'il soit couronné de succès, conclut Ander.

Plus tard dans la nuit, quand tout fut prêt pour la bataille du lendemain et qu'il se retrouva seul, Ander Elessedil pensa qu'il avait eu de la chance que Stee Jans soit là lors de sa confrontation avec Pindanon. Réfléchissant, il comprit que ce n'était pas une affaire de chance, mais probablement quelque ruse arrangée par l'énigmatique voyageur qu'ils appelaient Allanon.

Chapitre 32

Ils enterrèrent Arion Elessedil aux premières lueurs de l'aube. Son frère, ainsi que Pindanon, et quarante gardes du palais lui firent les funérailles traditionnelles des elfes, à la naissance d'un nouveau jour – le temps du commencement. Ils l'emmenèrent en silence sur un tertre ombragé par un chêne, sous le ravin de Baen, donnant à l'ouest sur l'Innisbore et à l'est sur la vallée du Sarandanon. Le corps du premier-né d'Eventine Elessedil y fut rendu à la terre qui lui avait donné la vie et son âme reprit sa liberté.

La tombe du prince resta anonyme, Allanon affirmant que certains démons n'hésiteraient pas à se repaître du cadavre s'ils savaient où le trouver. Il n'y eut ni chant, ni oraison funèbre, ni fleurs. Rien qui montrât qu'Arion Elessedil avait jamais existé. Il ne restait rien du fils d'Eventine, sinon des souvenirs.

Quand Ander vit des larmes dans les yeux des amis qui l'avaient accompagné, il pensa que les souvenirs seraient peut-être suffisants…

Moins d'une heure plus tard, les démons attaquèrent.

Les elfes les attendaient dans le ravin de Baen. Des lanciers et des piquiers se tenaient prêts, épaule contre épaule. Quand les premiers démons arrivèrent, griffes en avant, les arcs vibrèrent sur les pentes du Kensrowe et l'air devint noir de flèches. Des démons tombèrent, vite écrasés par ceux qui les suivaient. Ces volées de flèches, lors du premier assaut, en tuèrent des centaines.

Ils atteignirent cependant la phalange et se jetèrent sur les soldats. Hurlant de douleur quand les pointes d'acier traversèrent leurs corps, ils furent repoussés deux fois. Le sol, devant les lignes de défense elfiques, se couvrit bientôt de corps difformes morts ou agonisants. Mais l'ennemi continuait d'avancer par vagues apparemment infinies. La ligne de défense elfique cédant soudain au centre, les démons en profitèrent pour entrer dans le ravin.

Ils furent accueillis par un corps de cavalerie. Les soldats vêtus d'un uniforme gris bordé de rouge étaient conduits par un homme de grande taille au visage couvert de cicatrices.

Les cavaliers foncèrent sur les démons de tête, leurs lances faisant des ravages sur leur passage. Puis ils tournèrent bride et repartirent dans la vallée, leurs manteaux gris flottant derrière eux. Comme prévu, les démons se lancèrent à leur poursuite. Peu après, les cavaliers revinrent à l'attaque, lances baissées. Ils frappèrent et repartirent aussi vite qu'ils étaient venus.

Les démons les suivirent.

Les cavaliers formèrent alors une ligne qui barra le chemin des démons. Leur chef leva un bras. Les monstres qui avaient suivi ses hommes n'étaient plus regroupés mais éparpillés le long de la prairie. Ils regardèrent autour d'eux, comprenant trop tard dans quel piège ils étaient tombés. De chaque côté, des colonnes de cavaliers elfes déboulèrent, les poussant comme du bétail. Derrière eux, la brèche dans les lignes elfiques était désormais défendue par un géant vêtu de noir dont les mains tendues crachaient du feu bleu. Les démons pris au piège essayèrent désespérément de forcer les lignes de défense. Mais les elfes convergèrent sur eux, leurs épées et leurs lances les déchiquetant. Peu après, tous les monstres qui avaient suivi les cavaliers gris étaient morts et le cri de victoire des elfes résonna à travers le ravin de Baen.

Mais la bataille n'était pas terminée. Le reste de la matinée, et au début de l'après-midi, elle continua de faire rage. Les démons se réunirent à plusieurs reprises pour attaquer la phalange qui défendait le ravin de Baen. Ils y parvinrent plusieurs fois, mais se trouvèrent face aux cavaliers gris du régiment Libre de la Légion. À chaque occasion, ils les pourchassèrent, sans se soucier de ce qui les attendait plus loin, se laissant attirer vers les pentes du Kensrowe, vers les rives de l'Innisbore ou dans la vallée du Sarandanon. Au moment où ils pensaient avoir rattrapé leurs proies, ils se retrouvaient encerclés par la cavalerie elfique et il leur fut impossible d'échapper à leur sort.

Les elfes reculèrent, et leurs lignes se refermèrent de nouveau sur le ravin de Baen.

Les démons essayèrent de gravir les pentes du Kensrowe pour éliminer les archers. Mais ils étaient bien placés et abrités derrière des rochers, et taillèrent en pièces tous les audacieux. Parmi eux, le géant vêtu de noir protégeait les elfes qui se battaient en contrebas. Une kyrielle de monstres essayèrent de l'atteindre : des démons se déplaçant sous la terre, des démons volants, des démons capables d'escalader une paroi à pic… Tous échouèrent.

Lors d'un assaut, les attaquants traversèrent la ligne de défense elfique près des rives de l'Innisbore. Des centaines de démons grouillèrent sur les collines qui menaient à la vallée. Un moment, il sembla que la défense des elfes avait été bel et bien brisée. Mais la cavalerie convergea vers l'est, se rua sur les démons et les repoussa vers les eaux de l'Innisbore. Incapables de se regrouper, les monstres vinrent s'empaler sur les lances des elfes.

La brèche se referma une fois de plus.

Des milliers de démons moururent cet après-midi-là au terme d'assauts insensés dans le ravin de Baen. Ils attaquaient sans précaution, fonçant droit devant eux sans se soucier de leur mort imminente. Des elfes et des frontaliers tombèrent aussi, mais la défaite du col de Halys ne se répéta pas.

Au milieu de l'après-midi, les démons lancèrent leur dernière attaque. Se regroupant dans le ravin de Baen, ils se jetèrent sur la phalange elfique, la forcèrent à reculer et se ruèrent dans les brèches. N'ayant plus de temps pour les tactiques soigneusement élaborées, la cavalerie et la Légion chargèrent, les lances et les épées tailladant les monstres. Des chevaux et des cavaliers périrent aussi, et la ligne de démarcation entre les combattants fluctua à plusieurs reprises. Finalement, les démons quittèrent le ravin. Piétinant leurs camarades morts et blessés, ils s'enfuirent dans les collines.

Les elfes les regardèrent s'éloigner, osant à peine en croire leurs yeux. Quand le silence retomba sur le ravin, ils mesurèrent l'étendue des dégâts. Des milliers de corps noirs mutilés gisaient sur la prairie, du ravin de Baen jusqu'au Kensrowe et à l'Innisbore. Le ravin lui-même était jonché de cadavres. On eût dit que la mort ne signifiait rien pour les démons, qu'ils la désiraient même. Les guerriers cherchèrent du regard leurs amis. Des mains se tendirent et les elfes éprouvèrent un immense soulagement à l'idée qu'ils avaient survécu à une bataille aussi destructrice.

Ander Elessedil rejoignit Pindanon à l'entrée du ravin et serra le vieux soldat dans ses bras. Des cris de soulagement montèrent de toutes les gorges quand les guerriers comprirent qu'ils avaient gagné la bataille. Stee Jans arriva à la tête de ses hommes et leurs cris de victoire se mêlèrent à ceux des elfes.

Allanon ne participa pas aux réjouissances. Debout sur les pentes du Kensrowe, le regard tourné vers le nord, en direction des collines où les démons avaient battu en retraite, il se demanda pourquoi ces créatures s'étaient fait tuer pour rien. Et surtout, pourquoi il n'y avait pas eu, tout au long du massacre, un signe du Dagda Mor.

Au crépuscule, à l'entrée du ravin de Baen, l'armée elfique attendait toujours que les démons attaquent de nouveau. Mais ils ne vinrent pas. Ni à l'aube, alors que les elfes et les frontaliers étaient de nouveau prêts. La matinée passa et le malaise des défenseurs augmenta.

À midi, Ander partit à la recherche d'Allanon, espérant que le druide pourrait lui donner une explication. Il gravit les pentes du Kensrowe, où Allanon montait la garde à l'abri d'un gros rocher.

Le prince n'avait pas parlé avec le druide depuis qu'il avait pris position sur les pentes de la montagne. Dans l'excitation de la victoire, Ander ne s'était pas demandé où il était. Après tout, Allanon allait et venait à son gré, et il donnait rarement des explications. Mais en approchant des rochers, le prince se demanda pourquoi Allanon avait choisi ce moment pour s'isoler.

Il comprit quand il vit le visage du druide, d'une pâleur de cendre. Ander s'arrêta net.

Allanon s'en aperçut et eut un faible sourire.

— Quelque chose vous perturbe, prince ?

— Non… C'est seulement que… Vous avez l'air si…

— Il y a un prix à payer pour la façon dont on s'utilise soi-même… C'est une loi de la nature, même si nous choisissons souvent de ne pas en tenir compte. Un druide est soumis à ces lois, comme tout le monde. Comprenez-vous de quoi je parle ?

— La magie a cet effet sur vous ?

— Oui. La magie draine la vie de celui qui s'en sert. Elle aspire sa force et son âme. Une partie de ce qui a été volé peut être récupérée, mais c'est un processus lent. Et douloureux...

Le druide se tut. Ander sentit un frisson lui parcourir l'échine.

— Allanon, avez-vous perdu vos pouvoirs ?

— La magie n'est jamais perdue tant que son utilisateur vit. Mais certaines limites ne peuvent pas être dépassées et elles deviennent plus contraignantes avec l'âge. Tout le monde vieillit, prince !

— Même vous ?

Mal à l'aise, Allanon changea soudain de sujet.

— Pourquoi êtes-vous venu me voir, prince ?

— Pour vous demander pourquoi les démons n'attaquent pas.

— Parce qu'ils ne sont pas prêts ! Ne vous y trompez pas : ils viendront. Ils diffèrent le moment d'agir, et il y a une raison à ce retard. Le Dagda Mor ne fait jamais rien gratuitement. Pensez-y : il n'était pas parmi les démons qui nous ont attaqués hier.

Ander fronça les sourcils.

— Où était-il ?

— La question est plutôt « où est-il, maintenant ? ». Je crois que ce serait une bonne idée d'envoyer des éclaireurs vers le nord, au-dessus du Kensrowe, et au sud, au-dessous de l'Innisbore, pour voir si les démons n'ont pas l'intention de nous encercler.

— Sont-ils assez nombreux pour faire ça ? demanda Ander, pensant aux milliers de monstres qui les avaient attaqués la veille.

— Oui, ils sont assez nombreux. Laissez-moi seul maintenant, prince...

Ander redescendit vers le camp. Dès son retour, il envoya des éclaireurs et l'attente recommença.

Elle dura toute la journée. Le soir, des nuages noirs envahirent le ciel.

Les démons n'étaient toujours pas venus.

Il était près de minuit quand l'attaque survint, si soudaine que les sentinelles eurent à peine le temps de donner l'alarme avant que les premiers monstres arrivent. Ils vinrent par le ravin de Baen, vagues de corps noirs surgissant des collines obscures pour se découper à la lueur des feux, qui s'éteignirent un par un, piétinés par les démons.

Une fois les feux éteints, le ciel nocturne étant assombri par les nuages, tout le ravin fut plongé dans l'obscurité. Les démons s'y étaient accoutumés pendant leur emprisonnement derrière la Barrière. Et ils sauraient l'utiliser, car là où les elfes et les frontaliers ne voyaient pas grand-chose, pour eux, il faisait grand jour. Hurlant de fureur, ils attaquèrent.

À l'entrée du ravin, une phalange commandée par Ander Elessedil, qui brandissait le bâton argenté de l'Ellcrys, supporta le gros de l'attaque, et les soldats tinrent bon. Des centaines de monstres se jetèrent sur eux, crocs et griffes en avant. Les elfes se battirent comme des lions, les lances et les piques fauchant les démons, dont les cris de douleur emplissaient la nuit. Mais ils continuèrent d'avancer...

Pendant quelques minutes, les elfes les retinrent. Mais l'obscurité jouait contre eux. Submergée par le nombre, la phalange dut battre en retraite.

Cela aurait été la fin de tout, sans Allanon. Gagnant les pentes du Kensrowe, où les archers luttaient en vain dans l'obscurité, le druide prit une poignée de poussière scintillante dans la petite bourse qu'il portait autour de la taille et la jeta en l'air. Elle se répandit aussitôt au-dessus des elfes, une lumière blanche éclairant la terre comme si la pleine lune était levée.

L'obscurité, la meilleure alliée des démons, avait disparu. Un cri de ralliement monta de l'arrière de la phalange, annonçant l'arrivée de Stee Jans et des soldats du régiment Libre, qui brisèrent l'assaut. Désormais moins de quatre cents, ils obligèrent les démons à reculer vers l'entrée du ravin. La cavalerie elfe arriva à leur rescousse, conduite par Kael Pindanon, ses cheveux blancs volant autour de son visage. Le long de la ligne de défense, les lances des cavaliers forcèrent les démons à reculer.

Sur les pentes du Kensrowe, les monstres étaient parvenus à traverser les rangs des archers et ils descendaient vers le Sarandanon. Allanon se dressa sur leur chemin, seul, du feu bleu jaillissant de ses mains. Ils foncèrent sur lui, hurlant alors même que le feu les transformait en cendres. Le druide ne céda pas. Quand les démons furent trop nombreux pour lui, il transforma la prairie en un mur de feu qui arrêta les démons, et carbonisa tous ceux qui essayaient de le traverser.

Cent pas en retrait de l'entrée du ravin, les elfes et le régiment Libre luttaient pour empêcher les démons de passer dans le Sarandanon.

Au plus fort du combat, le cheval de Kael Pindadon s'écroula sous lui. Secoué, le vieux guerrier se remit debout en titubant et chercha à tirer son épée. Les démons se jetèrent aussitôt sur lui en hurlant. Les Chasseurs essayèrent de se frayer un chemin jusqu'à leur chef, mais leurs adversaires furent trop rapides. Des mains griffues entraînèrent le vieux soldat à sa perte avant que ses hommes aient pu l'atteindre.

Au même instant, une poignée de démons se sépara du gros de la troupe et fondit sur Ander Elessedil. Ils traversèrent le cercle de gardes du palais pour atteindre le prince. En désespoir de cause, Ander brandit le bâton de l'Ellcrys, et ses adversaires reculèrent, hurlant de rage. Mais le prince était seul, entouré des formes noires qui attendaient l'occasion de tromper les défenses de son talisman.

Les Chasseurs luttèrent désespérément pour rejoindre le prince. Les démons leur barrèrent le passage, déchiquetant tous ceux qui approchaient trop et parant leurs coups d'épée et de lance. Voyant que les démons avaient encerclé le porteur du talisman détesté, leurs frères se jetèrent dans la mêlée. Des mains griffues se tendirent vers le prince…

Couverte de poussière et de sang, une grande silhouette vêtue de gris jaillit de la mêlée. L'homme se jeta sur les démons, son épée les fauchant jusqu'à ce qu'il arrive à côté d'Ander.

Des hurlements de rage jaillirent de la gorge des monstres, qui se jetèrent sur lui. Stee Jans ne céda pas un pouce de terrain, protégeant Ander pendant qu'il appelait ses hommes à la rescousse. Ils arrivèrent aussitôt et formèrent autour de lui un cercle de fer. Stee Jans remonta sur son rouan, épée levée. Les cavaliers gris chargèrent en criant à la mort.

D'abord, Ander ne comprit pas ce qui se passait. Puis, à la lueur du faux clair de lune, il vit les hommes du régiment Libre, Stee Jans à leur tête, se ruer sur les démons. Ils *attaquaient* ! Une poignée d'hommes contre des centaines de monstres ! Ander saisit les rênes d'un cheval sans cavalier et sauta sur son dos. Il talonna l'animal en appelant ses compatriotes.

Quand les elfes se rallièrent à lui, il les lança contre les démons, parallèlement aux soldats du régiment Libre. Les elfes et les frontaliers fondirent dans le ravin, repoussant les monstres. Ils se battirent comme des possédés, cavaliers comme fantassins, criant à pleins poumons le cri de bataille de leur pays natal.

Les démons résistèrent, sûrs d'écraser les fous qui se jetaient si témérairement dans leurs griffes. Mais le géant qui portait l'étendard du régiment Libre avait redonné aux elfes un courage qui les poussa à affronter la mort sans crainte, oubliant tout, à part leur but : détruire les horreurs qui les attaquaient.

Les démons battirent en retraite, d'abord lentement, puis de plus en plus vite, car la fureur et la rage de leurs adversaires étaient maintenant supérieures aux leurs. Ils s'enfuirent de nouveau dans les collines du nord, dévalant les pentes du Kensrowe pour se perdre dans les ombres.

Le ravin avait tenu et le Sarandanon restait entre les mains des elfes.

Ander Elessedil était assis sous sa tente, torse nu, pendant que les Chasseurs elfes pansaient ses blessures. Tout son corps était endolori. Des messagers allaient et venaient, rapportant les progrès de l'armée qui se préparait à se retrancher de nouveau dans le ravin de Baen. Des gardes entouraient la tente, l'acier de leurs armes scintillant à la lueur des feux de camp.

Ses blessures bandées, le prince remettait son armure quand le rabat de la tente s'ouvrit. Stee Jans apparut, couvert de poussière, de cendre et de sang. Tous les soldats présents se turent. Ander leur ordonna de sortir, puis avança vers le frontalier et lui prit la main.

— Vous nous avez tous sauvés cette nuit, commandant, dit-il. Nous avons une dette qu'il sera difficile de rembourser.

— Mon seigneur, personne n'a de dette envers moi. Je suis un soldat. Tout ce que j'ai fait cette nuit était mon devoir.

— Vous ne me convaincrez jamais de ça ! Mais je vous respecte et je vous admire trop pour vous contredire. Laissez-moi tout de même vous remercier. (Il lâcha la main du géant et recula d'un pas.) Kael Pindanon est mort. J'ai besoin d'un nouveau commandant. J'aimerais que ce soit vous.

— Mon seigneur, je ne suis pas un elfe...

— Je ne connais pas d'elfe plus digne de commander mon armée. C'est votre plan qui nous a permis de tenir le ravin.

Stee Jans ne détourna pas le regard.

— Une partie de vos compagnons contesteront cette décision, dit-il.

— Certains hommes ne sont jamais d'accord avec les décisions. Je ne suis pas mon père, ni mon frère et encore moins le chef que mon armée pense avoir. Mais peu importe ! Cette décision-là m'appartient, et je l'ai prise. Je veux faire de vous le commandant de mon armée. Acceptez-vous ?

Le frontalier réfléchit un long moment avant de répondre.

— J'accepte.

Ander sentit une partie de sa fatigue s'évanouir.

— Bien. Alors, commençons à…

Un mouvement, dans les ombres de l'entrée, les fit sursauter tous les deux. Allanon apparut, l'air plus lugubre que jamais.

— Les éclaireurs envoyés au nord et au sud de la vallée sont revenus, dit-il. Ceux qui sont allés au sud en longeant l'Innisbore n'ont rien trouvé. Mais au nord, nos hommes ont découvert une armée de démons qui fait paraître minuscule celle qui nous a combattus. Elle longe la paroi est du Kensrowe et doit déjà être entrée dans le Sarandanon.

Ander Elessedil regarda le géant, tout espoir le quittant.

— C'était leur plan depuis le début, prince. Ils avaient prévu de vous combattre ici avec la plus petite des deux armées, pendant que la plus grande contournait le Kensrowe par le nord et entrait dans le Sarandanon pour vous prendre en tenailles. Si vous n'aviez pas envoyé ces éclaireurs…

Ander ouvrit la bouche, mais aucun mot n'en sortit. Des larmes de rage et de frustration perlèrent à ses paupières.

— Quand je pense à tous les hommes qui sont morts… Plus mon frère et Pindanon… Ne pouvons-nous rien faire ?

— L'armée qui arrive est composée de démons dont les pouvoirs dépassent de loin ceux des monstres que nous avons vaincus. Ils sont trop puissants pour que votre armée puisse les contenir. Si vous tentez de garder le Sarandanon en restant au ravin de Baen, voire en vous repliant sur une autre ligne de défense, vous serez détruit.

— Alors, le Sarandanon est perdu…

Allanon hocha la tête.

Le prince hésita un instant, regardant le compartiment de la tente où reposait toujours le roi, plongé dans un sommeil sans rêve, loin de la réalité à laquelle son fils était confronté.

Perdu ! Les monts Brisure, le Sarandanon, sa famille, son armée, tout.

Quand Allanon lui posa une main sur l'épaule, sans se retourner, Ander lui fit un signe de tête.

— Nous partirons dès que possible.

Puis il sortit de la tente et alla donner l'ordre de la retraite.

Chapitre 33

Wil Ohmsford trouva le pays Sauvage aussi sinistre et menaçant que le disaient les récits. Même si le ciel de l'après-midi était ensoleillé quand Amberle et lui avaient quitté l'éperon Rocheux, le pays Sauvage était un entrelacs d'ombres et d'obscurité, isolé du monde par des arbres et des broussailles. Les troncs épais couverts de moisissure étaient tordus et noueux, leurs branches étouffées par des plantes grimpantes et des feuilles zébrées de veines d'argent. Du bois mort jonchait le sol. Pourrissant sur la terre sombre, il la rendait spongieuse sous les pas. Océan de moisissure, le pays Sauvage était un lieu de cauchemar, comme si la nature avait retardé son développement, puis replié le tout sur lui-même pour que les créatures qui y vivaient soient à tout jamais contraintes de vivre, de respirer, de boire et de manger dans la puanteur ambiante.

Le Valombrien et la jeune elfe suivirent un chemin sinueux à travers la forêt. Sondant les ténèbres autour d'eux, ils entendaient au loin les sons produits par les créatures qui chassaient dans ses profondeurs. La route était un tunnel cerné par la forêt, et chichement éclairé par les rares rayons de soleil qui parvenaient à se frayer un chemin entre les branches. Il n'y avait pas d'oiseaux dans cette forêt, car ils refusaient de vivre dans des ténèbres constantes. On n'y trouvait pas les hôtes habituels de la sylve, y compris des insectes aussi courants que les papillons. Cette forêt était le royaume de créatures conçues pour l'obscurité, la nuit et les ombres : des chauves-souris puant la maladie ; des serpents et des lézards qui faisaient leur ordinaire de la vermine tapie dans les mares fétides et les marécages. Des créatures félinoïdes, lisses, brillantes et rapides, qui glissaient entre les arbres sur leurs coussinets. Une ou deux fois, leurs ombres tombèrent sur le chemin, incitant le Valombrien et la jeune elfe à s'arrêter. Mais elles disparaissaient vite, avalées par les ténèbres, laissant les humains à leur inquiétude.

Après s'être enfoncés dans l'obscurité, ils entendirent quelque monstre géant avancer entre les arbres comme s'il s'agissait de brindilles. La bête soufflait tel un bœuf. Elle ne vit pas les deux petites créatures figées de peur sur la piste, ou ne les trouva pas dignes de son intérêt, et s'éloigna. Le Valombrien et la jeune elfe partirent aussi vite que possible dans la direction opposée.

Ils rencontrèrent quelques voyageurs, tous à pied, excepté un homme qui montait un cheval si étique qu'il ressemblait à un fantôme. Enveloppés dans des manteaux à capuchon, les voyageurs, parfois seuls, parfois à deux, les dépassaient sans les saluer. Mais ils virent leurs yeux les suivre un moment, comme s'ils les observaient pour essayer de deviner leurs intentions. Glacés par ces regards, le Valombrien et sa compagne se retournèrent souvent pour regarder derrière eux.

Le soleil se couchait quand ils sortirent de la forêt et arrivèrent au village de Grimpen. Niché dans une cuvette, c'était un amas de bâtiments en bois délabrés serrés les uns contre les autres. Les boutiques, les écuries, les auberges et les tavernes étaient minables. Leur peinture était écaillée et ternie, beaucoup de bâtiments étaient fermés, volets et verrous tirés. Des enseignes à l'encre baveuse pendaient à des poteaux grinçants, annonçant le nom du propriétaire sous des promesses et des prix mirobolants. Des lampes à huile brûlaient derrière les fenêtres tels des regards malveillants.

Les habitants étaient réunis dans les tavernes, autour de tables de bois mal taillées ou de planches posées sur des tonneaux, des verres de vin et des chopes de bière devant eux. Leurs voix criardes et leurs rires aigus s'entendaient de l'extérieur. Des hommes et des femmes de différentes races, mais tous avec le même regard dur, passaient parfois d'un bâtiment à l'autre. Certains portant des vêtements de couleurs vives et d'autres des haillons, ils avançaient à la lueur des lampes ou se glissaient furtivement dans les ombres des allées. Beaucoup empestaient l'alcool et titubaient. Partout, de l'argent changeait de mains à la dérobée – ou par la violence.

Ils virent une épave affalée dans une entrée, abrutie par l'alcool. On lui avait volé ses vêtements et sa bourse. Ailleurs, un type dépenaillé gisait dans l'obscurité d'un passage, la gorge ouverte. Partout, des chiens errants affamés se glissaient dans les ombres, semblables à des fantômes.

Des voleurs et des assassins, des courtisanes et des tricheurs, des marchands de mort et de plaisirs frelatés... Wil Ohmsford sentit les poils de sa nuque se hérisser. Le grand-père de Perk ne s'était pas trompé sur Grimpen !

Tenant la main d'Amberle, le Valombrien suivit la route défoncée qui serpentait entre les bâtiments.

Que faire ? Ils ne pouvaient pas retourner dans la forêt de nuit ! Wil n'était pas très chaud pour rester, mais quel choix avaient-ils ? Fatigués et affamés, voilà des jours qu'ils n'avaient pas dormi dans un lit, ni mangé un repas chaud. Mais il y avait peu de chances qu'ils obtiennent l'un ou l'autre ici, sans argent, ni objet de valeur à échanger contre un repas et un logement.

Le Valombrien avait espéré trouver une bonne âme qui les laisserait travailler en échange d'un repas et d'un lit, mais ce qu'il voyait lui faisait sérieusement douter d'y trouver quoi que ce soit.

Un gnome soûl percuta Wil, essayant de s'accrocher à son manteau. Le jeune homme le repoussa sans ménagement. Le gnome s'écroula et resta allongé, riant comme un imbécile. Wil le regarda un moment, puis prit le bras d'Amberle et s'éloigna.

Ils avaient d'autres problèmes que celui du logement. Quand ils quitteraient Grimpen, comment savoir où aller ? Comment éviter de se perdre dans les terres sauvages ? Il leur fallait trouver un guide, mais à qui pourraient-ils faire confiance ici ? S'ils étaient contraints de continuer seuls, Wil devrait se servir des Pierres elfiques, ou au moins essayer, avant d'arriver à Garde-Sûre. Et si les Pierres lui obéissaient, elles attireraient les démons vers eux. Pourtant, sans leur aide ou celle d'un guide, ils n'avaient aucune chance d'arriver à destination, même s'ils avaient eu un an pour ça, et pas quelques jours.

Wil s'arrêta et regarda les fenêtres éclairées des bâtiments. Une situation impossible ! Il n'avait pas la moindre idée de ce qu'il fallait faire.

— Wil, dit Amberle en le tirant par le bras. Fichons le camp de cette rue !

Le Valombrien la regarda et acquiesça. *Commençons par le commencement*, se dit-il. Il fallait d'abord trouver un endroit où dormir, et quelque chose à manger. Le reste devrait attendre.

La main d'Amberle serrée dans la sienne, Wil repartit en sens inverse, étudia les tavernes et les auberges et aperçut un établissement d'un étage niché à l'écart des autres bâtiments, dans un bosquet de pins. De la lumière brillait au rez-de-chaussée, mais on entendait moins de voix excitées et de rires tapageurs que dans les autres auberges.

Wil regarda à travers les fenêtres miteuses de la salle principale. Tout semblait tranquille. L'enseigne annonçait « *Auberge de la Chandelle* ». Il hésita un moment, puis se décida. Avec un petit signe de tête rassurant pour Amberle – qui n'eut pas l'air de la rassurer beaucoup – il l'entraîna vers les portes de l'auberge.

— Baisse ton capuchon, murmura-t-il soudain.

Amberle ne réagissant pas, il tira le capuchon pour elle. Puis il lui prit la main et entra dans l'auberge.

La salle était petite et pleine de fumée à cause des lampes à huile et des pipes des clients. Au petit comptoir, des hommes et des femmes à l'air dur bavardaient et buvaient de la bière.

Des tables entourées de chaises et de tabourets étaient disposées au fond de la salle. Quelques-unes étaient occupées par des types encapuchonnés penchés sur leurs boissons. Plusieurs portes donnaient sur d'autres parties du bâtiment. À gauche, un escalier s'enfonçait dans les ténèbres.

Près de l'entrée, un vieux chien mâchouillait un os en grognant.

Wil conduisit Amberle vers une petite table libre. Quelques têtes se levèrent sur leur passage et se détournèrent rapidement.

— Pourquoi sommes-nous ici ? demanda Amberle.

— Un peu de patience, dit Wil.

Une femme pataude entre deux âges arriva en traînant les pieds, un torchon sur un bras, l'air peu amical. Quand elle fut à côté d'eux, Wil remarqua qu'elle boitait, et il lui sembla identifier l'origine de son problème. Une idée germa dans son cerveau…

— Quelque chose à boire ? demanda-t-elle.

— Deux verres de bière, dit-il.

La serveuse s'éloigna sans rien dire.

— Je n'aime pas la bière, dit Amberle. Pourquoi avoir passé cette commande ?

— Pour être sociable. Tu as remarqué que cette femme boite ?

— Quel rapport avec nos problèmes ?

— Tu verras…

La femme revint avec les verres de bière. Elle les posa sur la table et passa une main boudinée dans sa chevelure grisonnante.

— Ce sera tout ?

— Vous avez quelque chose à manger ? demanda Wil en buvant une gorgée de bière.

Amberle ne toucha pas à la sienne.

— Du ragoût, du pain et du fromage. Peut-être quelques gâteaux. Cuits du jour !

— Une journée bien chaude pour faire cuire des gâteaux.

— Ouais, trop chaude ! Un gâchis : personne ne mange.

— Il ne faut pas laisser se perdre tout ce travail !

— Ils préfèrent boire, grogna la femme. Moi aussi, je préférerais, si j'avais le temps !

— J'imagine, dit Wil. Vous vous occupez de l'auberge seule ?

— Avec mes garçons. Mon mari est parti. Les gamins m'aident quand ils ne sont pas occupés à boire ou à jouer, et ça n'arrive pas souvent ! Je pourrais tout faire, sans cette jambe. J'ai tout le temps des crampes. Et ça me fait un mal de chien !

— Vous avez essayé des compresses chaudes ?

— Oui. Ça aide un peu…

— Et des emplâtres d'herbes ?

— Ça n'a servi à rien !

— Ennuyeux… Il y a longtemps que votre jambe vous cause des soucis ?

— Des années… J'ai perdu le compte. Ça ne sert à rien d'y penser…

— Bien, dit Wil. La nourriture me semble bonne. Nous aimerions avoir une assiette chacun…

La patronne de l'*Auberge de la Chandelle* hocha la tête et s'éloigna. Amberle se pencha vers Wil.

— Comment vas-tu payer ? Nous n'avons pas d'argent !

— Je sais, dit le Valombrien. Mais nous n'en aurons pas besoin.

— Tu m'as promis de ne plus agir ainsi et de me dire ce que tu prévoyais de faire ! La dernière fois que tu as essayé un truc de ce genre, c'était avec les vagabonds, et ça a failli nous coûter la vie ! Et ces gens-là ont l'air bien plus dangereux que les nomades.

— Tu as raison, mais je viens juste d'y penser… Il nous faut un repas et un lit, et c'est notre meilleure chance d'obtenir l'un et l'autre.

— Je n'aime pas cet endroit, Wil Ohmsford ! Ni la ville, ni les gens, ni cette auberge. Nous pourrions nous passer du repas et du lit !

— Nous pourrions, mais ce ne sera pas nécessaire… Tais-toi, elle revient !

La femme posa les assiettes fumantes devant eux. Elle allait repartir quand Wil parla.

— Restez donc un moment… J'ai réfléchi à votre jambe. Je peux sans doute vous aider.

— Et de quelle façon ?

— En faisant cesser la douleur.

— Pourquoi feriez-vous ça pour moi ?

— Pour de l'argent.

— Je n'en ai pas beaucoup.

— Un échange, alors ? Contre le prix de la bière, de ce repas et d'une chambre, je peux faire cesser la douleur. Ça vous va ?

— Oui… Mais en êtes-vous vraiment capable ? demanda la femme en se laissant tomber sur une chaise, près de Wil.

— Apportez-moi une tasse de thé chaud et un chiffon propre, et nous verrons.

La femme se leva et boitilla vers la cuisine.

— J'espère que tu sais ce que tu fais, dit Amberle.

— Bien sûr. Mange vite, au cas où je me serais trompé…

Ils avaient presque fini leurs assiettes quand la femme revint avec le thé et le chiffon. Wil regarda les clients rassemblés autour du comptoir. Quoi qu'il arrive, se dit-il, il n'avait pas envie d'attirer l'attention sur lui.

Il regarda la femme et sourit.

— Il vaudrait mieux un endroit tranquille. Pouvons-nous nous retirer en privé ?

La femme haussa les épaules et les conduisit dans une petite pièce meublée d'une table et de six tabourets. Elle alluma une chandelle et ferma la porte. Puis tous les trois s'assirent.

Le Valombrien sortit une feuille séchée d'une petite bourse attachée à sa taille. Il l'émietta dans la tasse de thé, remua le tout et tendit la décoction à sa patiente.

— Buvez. Ça vous rendra une peu somnolente, c'est tout.

La femme regarda la tasse, puis la vida. Wil la lui prit, y émietta une feuille différente et versa dessus un peu de bière de son verre, qu'il avait apporté avec lui. Il remua lentement. De l'autre côté de la table, Amberle le regardait, dubitative.

— Posez votre jambe dessus, dit Wil en tirant un tabouret devant la femme.

Elle obéit.

— Maintenant, relevez votre jupe.

La patronne lui jeta un regard interrogateur, comme si elle avait des doutes sur la pureté de ses intentions. Puis elle souleva sa jupe. Les veines apparentes, sa jambe était constellée de taches sombres. Wil plongea le chiffon dans la tasse et frictionna la jambe de la femme.

— Ça chatouille un peu, dit l'aubergiste.

Wil lui fit un sourire encourageant. Quand il eut utilisé tout le liquide, il sortit de sa bourse une longue aiguille d'argent à la tête arrondie.

— Vous n'allez pas m'enfoncer ce truc dans la jambe ?

— Ne vous inquiétez pas… Vous ne sentirez presque rien… (Il passa l'aiguille dans la flamme de la bougie posée au centre de la table.) Maintenant, ne bougez plus !

Lentement, il enfonça l'aiguille dans la jambe de sa patiente, au-dessus du genou. Il la laissa un moment en place puis la retira. La femme eut une petite grimace, ferma les yeux et les rouvrit.

— C'est fait, annonça Wil en espérant que c'était vrai. Levez-vous et faites quelques pas.

La femme le regarda un moment, rabaissa sa jupe, l'air indigné, et se leva. Elle posa sa mauvaise jambe sur le sol, et se tourna vers Wil, un large sourire aux lèvres.

— La douleur est partie ! La première fois depuis des mois ! (Elle éclata d'un rire hystérique.) Je n'arrive pas à y croire ! Comment avez-vous fait ?

— De la magie..., dit Wil, très fier de lui.

Il regretta aussitôt sa vantardise en voyant Amberle lui jeter un regard furieux.

— De la magie ? répéta la femme en faisant quelques pas. Ma foi, si vous le croyez... On dirait bien de la magie : je n'ai plus mal du tout !

— Ça n'était pas réellement de la magie..., commença Wil, gêné.

Mais la femme trottinait déjà vers la porte.

— Je me sens si bien que je vais offrir une tournée générale !

Elle ouvrit la porte.

— J'ai hâte de voir la tête que feront mes clients quand je leur expliquerai ça !

— Attendez ! cria le Valombrien.

Mais la porte se ferma derrière elle.

— Malédiction, murmura Wil, regrettant un peu tard de ne pas avoir fait promettre le silence à sa patiente.

Amberle croisa les bras et le regarda.

— Comment as-tu fait ? demanda-t-elle.

— Je suis un guérisseur... Les Stors m'ont appris des choses utiles sur les douleurs et leur traitement. (Il se pencha vers Amberle.) Le seul ennui, c'est que le traitement n'est pas permanent.

— Il n'est pas permanent ! répéta Amberle, horrifiée.

— Demain matin, la douleur reviendra... Nous ferions bien d'être partis avant.

— Wil, tu as menti à cette femme ! Tu as prétendu pouvoir la guérir !

— Non... J'ai dit que je ferai cesser la douleur, sans préciser pendant combien de temps. Une nuit de soulagement pour elle, contre une nuit de repos et un repas pour nous. Un échange équitable.

Amberle le foudroya du regard.

— Si ça peut te consoler, la douleur ne sera pas aussi pénible qu'avant. Mais son problème n'a pas de solution. Il est lié au genre de vie qu'elle mène, à son âge, à son poids, et à un tas d'autres facteurs sur lesquels je n'ai pas d'influence. J'ai fait tout ce que je pouvais pour elle. Je t'en prie, sois raisonnable !

— Tu ne peux pas lui donner quelque chose pour quand la douleur reviendra ?

— Tu es vraiment un ange de bonté ! Oui, je peux le faire. Mais nous la laisserons découvrir la vérité après notre départ, d'accord ?

Des cris éclatèrent soudain dans la salle commune de l'auberge. Wil approcha de la porte et l'entrouvrit.

Un peu plus tôt, l'auberge était presque vide. Maintenant, elle était bondée, les curieux attirés par la promesse d'un verre gratuit et par les acrobaties de la patronne, qui profitait avec enthousiasme de la guérison de sa jambe.

— C'est le moment de s'esquiver, marmonna Wil.

Il entraîna Amberle hors de la pièce.

Il n'avait pas fait dix pas quand la femme les appela et se précipita pour les empêcher de partir. Des têtes se tournèrent vers eux, et des clients le montrèrent du doigt, au grand dam du Valombrien.

— Un verre de bière, vous deux ? proposa la femme.

Elle flanqua une tape amicale sur l'épaule de Wil, manquant le renverser.

— Nous avons vraiment besoin de dormir un peu, dit-il. Un long voyage nous attend, et nous sommes très fatigués.

— Restez avec nous et faites la fête ! Vous n'aurez rien à payer ! Buvez autant que vous voudrez !

— Non, je crois que nous ferions mieux de dormir.

— Dormir ? Avec un boucan pareil ? (La femme haussa les épaules.) Comme vous voulez. Prenez la chambre dix, en haut des escaliers et au bout du couloir. Ce sera l'endroit le plus calme… Au fait, nous sommes quittes, n'est-ce pas ? Je ne vous dois plus rien ?

— Rien, assura Wil, pressé de partir.

La patronne sourit de toutes ses dents.

— Ma foi, vous n'êtes pas cher ! Je vous aurais versé dix fois plus pour ce que vous avez fait. Quelques heures sans douleur, ça vaut plus qu'un repas et une chambre ! Mais vous devez être intelligent, si vous espérez vous en sortir dans ce pays. Souvenez-vous de ça, petit elfe. C'est un conseil gratuit.

L'aubergiste éclata d'un rire rauque et retourna au bar. Après sa tournée à la grenade, avec une foule pareille, elle ferait de bonnes affaires, ce soir.

Elle se campa derrière le comptoir, happant avidement les pièces qu'on lui tendait.

Wil prit le bras d'Amberle et l'emmena vers la chambre en haut des marches. Les clients les suivirent du regard jusqu'à ce qu'ils aient disparu à leur vue.

— Et tu te faisais du souci pour elle, marmonna le Valombrien quand ils arrivèrent dans le couloir, à l'étage.

Amberle sourit et ne répondit pas.

Chapitre 34

Ils dormaient depuis quelques heures quand ils entendirent du bruit devant la porte de leur chambre. Wil se réveilla en sursaut, s'assit sur son lit et regarda autour de lui. Dehors, il entendait des pas traînants, des murmures, une respiration lourde. Ce n'était pas des démons, se dit-il aussitôt. Mais un frisson glacé lui parcourut l'échine. Le verrou de la porte cliqueta quand des mains tentèrent de l'ouvrir.

Amberle se réveilla aussi. Wil posa une main sur ses lèvres.

— Reste ici.

Il sortit du lit et approcha de la porte. Le verrou continua de cliqueter, mais le Valombrien avait tiré la barre intérieure. Il se pencha vers l'entrée et écouta les voix étouffées.

— ... attention, imbécile... Soulève-le...

— C'est ce que je fais. Ôte-toi de la lumière !

— ... sert à rien, on devrait entrer par effraction... Nous sommes assez nombreux.

— Pas s'il utilise la magie...

— L'or en vaut la peine. Allez, casse le verrou !

Les types, dehors, continuèrent à se disputer. Il y avait au moins cinq ou six hommes, se dit le Valombrien, des voleurs et des assassins, attirés par les récits de la guérison miraculeuse de la patronne, probablement enjolivés de rumeurs sur l'or qu'il posséderait. Il recula et tâtonna pour retrouver le lit. Amberle lui prit le bras.

— Il faut sortir d'ici, murmura-t-il.

Sans un mot, sa compagne quitta le lit. Comme ils avaient dormi tout habillés, il leur fallut un instant pour remettre leurs bottes et leur manteau de voyage. Wil approcha de la fenêtre et l'ouvrit. Un toit de véranda descendait en pente douce. Du bord, il y avait une dizaine de pieds jusqu'au sol.

Wil se tourna, prit la main d'Amberle et la tira vers lui.

— Sors, murmura-t-il.

Au même moment, un juron retentit dans le couloir, et un corps s'écrasa contre la porte, faisant éclater une partie du cadre. Les voleurs avaient perdu patience ! Wil poussa la jeune elfe, et regarda derrière lui pour voir si les intrus avaient cassé la porte. Ils n'y étaient pas encore arrivés. Mais il y eut un nouveau choc et le verrou intérieur céda. Plusieurs personnes jaillirent dans la pièce, criant, jurant et se bousculant.

Wil n'attendit pas de voir ce qui se passerait ensuite et passa sur le toit de la véranda.

— Saute ! ordonna-t-il à Amberle, accroupie devant lui.

La jeune femme se laissa glisser au bord du toit et sauta. Un instant plus tard, Wil la rejoignit. Au-dessus d'eux, penchés à la fenêtre, les voleurs hurlaient de colère. Wil tira Amberle à l'abri de l'ombre du bâtiment, puis regarda autour de lui.

— Où aller ? marmonna-t-il, désorienté.

Amberle lui prit la main et l'entraîna vers le bâtiment voisin de l'auberge. Les cris de leurs poursuivants augmentèrent de volume, suivis par des bruits de pas sur le toit de la véranda. Le Valombrien et la jeune elfe coururent dans l'obscurité, restant près des murs, jusqu'à ce qu'ils soient revenus au bord de la route principale.

Les hurlements n'étaient pas loin derrière eux et le village sembla soudain se réveiller. Des lumières s'allumèrent dans les bâtiments et des voix retentirent. Amberle commença à courir le long de la route, mais Wil la tira en arrière. À moins de trente pas d'eux, devant l'*Auberge de la Chandelle*, plusieurs silhouettes entreprirent d'explorer les ténèbres.

— Il faut revenir sur nos pas, murmura le Valombrien.

Ils rebroussèrent chemin jusqu'aux écuries, à la lisière de la forêt. Wil hésita. S'ils essayaient de s'enfuir par là, ils se perdraient sûrement. Ils devaient contourner les bâtiments et rejoindre la route principale vers le sud. Quand ils auraient quitté la ville, leurs poursuivants abandonneraient probablement la traque.

Ils avancèrent entre les détritus qui encombraient le chemin. Mais les cris s'étaient calmés, et les bâtiments, devant eux, restaient sombres. Dans quelques minutes, ils seraient hors de danger.

Ils tournèrent dans une allée, entre un magasin d'alimentation et les écuries. Les chevaux hennirent en sentant leur odeur, et piaffèrent dans leurs stalles.

Wil commença à courir le long de la palissade d'un l'enclos, Amberle sur les talons, mais un cri aigu retentit derrière eux. Une silhouette sortit des ombres en gesticulant. D'autres cris lui répondirent. Pris par surprise, le Valombrien et la jeune elfe trébuchèrent, perdirent pied et s'étalèrent.

Leur poursuivant les rattrapa et roua Wil de coups.

Amberle se dégagea pendant que Wil saisit le manteau de l'homme. Poussant très fort, il l'envoya bouler dans l'enclos. Un craquement sinistre retentit quand sa tête frappa les planches de la palissade.

Wil se releva d'un bond. Des lumières apparurent au-dessus du magasin d'alimentation et dans les bâtiments environnants. Derrière eux, les flammes de plusieurs torches vacillaient dans la nuit.

Le Valombrien prit la main d'Amberle et ils coururent le long de l'enclos. Puis ils tournèrent pour rejoindre la route principale, suivant une allée étroite entre deux bâtiments. Il faisait très sombre, ils couraient à l'aveuglette. Devant eux, la route arriva enfin en vue.

— Wil ! cria Amberle.

Trop tard ! La vue du Valombrien n'étant pas aussi perçante que celle de sa compagne, il heurta de plein fouet des planches éparpillées le long de l'allée. Il tomba, s'écrasa contre le mur du bâtiment et perdit conscience un bref instant. Puis il se remit péniblement debout et continua en titubant. La voix d'Amberle était lointaine comme un bourdonnement, il porta la main à son front et la retira couverte de sang.

La jeune elfe revint vers lui pour le soutenir. Il s'appuya sur elle, se forçant à continuer d'avancer vers la lumière de la route. Sentant qu'il allait de nouveau perdre connaissance, il lutta pour rester éveillé. Amberle lui parlait, mais il ne comprenait plus ce qu'elle disait.

Il se sentait complètement idiot. Comment avait-il pu laisser une mésaventure aussi ridicule lui arriver à un moment critique ?

Ils sortirent de l'allée, tournèrent sous un porche et continuèrent leur chemin, la jeune elfe luttant pour soutenir le Valombrien. Du sang coulait dans les yeux de Wil et il marmonnait de colère.

Soudain, il entendit Amberle haleter de surprise. À travers un brouillard rouge, il vit des ombres sortir de l'obscurité. Des voix basses et rauques grommelaient furieusement.

Puis Amberle ne fut plus à ses côtés et il sentit qu'on le soulevait du sol. Il aperçut un tourbillon de couleurs, devant lui, et des lumières de torches.

On le souleva encore, avant de le poser sur une surface lisse et douce. Une lampe à huile brûlait à côté de lui. Il entendit des voix murmurer et sentit un chiffon humide passer sur son visage.

Enfin, des mains lui posèrent un oreiller sous la tête.

Ouvrant lentement les yeux, Wil vit qu'il était couché dans un chariot. Les parois, de couleurs vives, étaient couvertes de tapisseries, de verroterie et de soies scintillantes. Le Valombrien sursauta. Il connaissait ce décor !

Puis un visage se pencha vers lui, sombre, sensuel, et entouré de boucles d'un noir de jais. Un sourire éblouissant salua son retour à la conscience.

— Je vous avais promis que nous nous rencontrerions de nouveau, Wil Ohmsford, dit Eretria.

Chapitre 35

Cinq jours durant, l'armée des elfes et le régiment Libre de la Légion battirent en retraite vers Arborlon en affrontant les démons. À travers la vallée du Sarandanon, puis dans les forêts, ils reculèrent le plus lentement possible, pourchassés par des hordes de monstres. Les soldats marchaient jour et nuit, sans repos, souvent sans manger, car leurs poursuivants n'avaient besoin ni de sommeil ni de nourriture. Insensibles à ces contingences, ils suivaient leurs proies, poussés par une forme très particulière de folie. Comme des chiens lancés sur une piste, ils harcelaient l'armée des défenseurs, essayant de la détourner de son chemin, de la désorienter et de la détruire. Dans ces conditions, les elfes et leurs alliés, déjà fatigués par les combats du ravin de Baen, furent rapidement épuisés.

Comme les autres, Ander Elessedil céda au découragement et connut la peur. Les morts, les défaites des derniers jours, tout ce que les elfes avaient espéré accomplir et n'avaient pas réussi à faire… Cela le hantait ! Pourtant, ce n'était pas le pire. Tandis que son armée meurtrie luttait pour rentrer chez elle, et que ses compatriotes continuaient de mourir en chemin, Ander comprit qu'il était possible qu'aucun d'entre eux ne survive à la longue retraite. La peur naquit de là et devint le démon intérieur qui le harcelait. Sans visage, insidieux, et rôdant dans l'ombre, ce monstre mina sa détermination. *Chef des elfes*, demandait sournoisement le démon, *que feras-tu pour sauver les tiens ? As-tu si peu de ressources ? Tant sont morts ! Et si tu perdais ceux qui restent ?*

Le démon le tourmentait sans relâche, menaçant de ruiner sa résolution déjà vacillante. Même la présence d'Allanon ne l'aidait pas, car le druide chevauchait en silence, perdu dans ses propres secrets. Ander lutta seul contre la peur, toutes ses forces dirigées contre elle, pendant qu'il ramenait ses soldats épuisés à Arborlon.

Stee Jans les sauva tous.

À l'instant où ils vacillaient, il fit montre de la ténacité, de l'endurance et du courage à l'origine de la légende de l'Homme de fer. Réunissant une arrière-garde composée d'elfes et de soldats du régiment Libre, il entreprit de protéger l'armée pendant qu'elle transportait les morts et les blessés vers l'est. Multipliant les ruses, le commandant affola ses poursuivants, les attirant d'un côté puis de l'autre, selon la tactique déjà employée avec tant de succès au ravin de Baen. Les démons se laissèrent prendre à chaque fois. Essayant de piéger les cavaliers, ils arrivaient toujours un peu trop tard et découvraient une prairie déserte, un ravin abandonné, une cuvette plongée dans l'ombre ou une piste broussailleuse qui tournait en rond. Avec une adresse qui faisait enrager les démons, Stee Jans et ses cavaliers jouaient à cache-cache, paraissant être partout en même temps, et pourtant toujours loin du gros de l'armée qui battait en retraite.

La colère et la frustration des démons atteignant son paroxysme, la poursuite devint de plus en plus sauvage. Ces monstres étaient différents des créatures noires qui étaient sorties en masse des collines pour s'emparer du Sarandanon. Ils étaient venus de l'est, au-dessus du Kensrowe, et semblaient plus dangereux que leurs compagnons. En réalité, ils disposaient de pouvoirs qu'aucun humain ordinaire ne pouvait affronter. Certains étaient des montagnes de muscles couvertes d'écailles : des machines à tuer sans cervelle. D'autres, plus petits et souples, donnaient la mort d'un simple effleurement. Certains étaient lents et lourds, et d'autres rapides comme l'éclair quand ils glissaient. Certains avaient plusieurs paires de membres et d'autres n'en possédaient pas du tout.

Certains crachaient du feu comme les dragons des légendes et d'autres mangeaient la chair humaine. Dans leur sillage, le pays natal des elfes était ravagé au point que rien ne pourrait y vivre avant longtemps. Pourtant, les elfes restaient hors d'atteinte. De peu, mais ça suffisait…

La poursuite continua. Les Chasseurs et les soldats du régiment Libre se battirent côte à côte pour ralentir l'avance des démons, leurs rangs s'éclaircissant après chaque nouvel assaut. Sans Stee Jans, ils auraient été exterminés. Même avec lui, des centaines de soldats tombèrent le long du chemin pour empêcher une retraite ordonnée de se transformer en déroute.

La tactique du commandant de la Légion ne varia jamais. L'armée des elfes n'étant pas en état de livrer une bataille rangée, l'arrière-garde continua de harceler les démons et de détaler. À chaque fois, quelques cavaliers y perdaient la vie.

L'après-midi du cinquième jour, l'armée atteignit enfin les rives du Chant du Ruisseau. Le traversant, elle entra dans Arborlon et découvrit le prix qu'elle avait payé. Un tiers des elfes étaient morts. Des centaines blessés. Sur les six cents soldats du régiment Libre de la Légion, il restait moins d'un homme sur trois.

Et les démons avançaient toujours.

Le crépuscule tombait sur Arborlon.

La journée s'était rafraîchie en fin d'après-midi, des nuages d'orage venus de l'est cachaient la lune et les étoiles. Des lampes s'allumèrent dans les maisons, quand les familles se réunirent pour leur repas du soir. Dans les rues et sur les chemins forestiers, des unités de la garde du Palais commencèrent leurs patrouilles nocturnes.

Au-dessus du Carolan, sur l'Elfitch, et le long de la rive est du Chant du Ruisseau, les soldats étaient à leur poste, sondant les ténèbres de la forêt. Dans les arbres, rien ne bougeait.

Dans la salle du Grand Conseil des elfes, Ander Elessedil dut affronter les ministres du roi, les commandants de l'armée et les quelques étrangers venus aider les elfes. Tenant le bâton argenté de l'Ellcrys dans la main droite, le prince était couvert de poussière, de sueur et de sang. S'il s'était autorisé quelques heures de sommeil, il n'avait pas pris le temps de se laver, préférant se présenter au plus vite devant le Grand Conseil. Allanon et Stee Jans l'accompagnaient, chacun aussi redoutable que l'autre, mais d'une façon différente.

Des murmures les accueillirent, puis des questions commencèrent à fuser. Quand Emer Chios frappa sur la table, toutes les personnes qui s'étaient levées pour vociférer se turent d'un coup.

— Asseyez-vous, ordonna le Premier ministre.

Les membres du Conseil obéirent à contrecœur. Ander attendit quelques instants et avança d'un pas. Il connaissait les règles : quand le roi était absent, le Premier ministre présidait. Emer Chios était un homme puissant et respecté – d'autant plus dans cette situation. Ander s'étant présenté devant le Grand Conseil dans un but précis, il aurait besoin de son soutien pour réussir. Fatigué et angoissé, il devait quand même s'occuper des affaires d'État.

— Mon seigneur Premier ministre, commença-t-il, j'aimerais parler au Conseil.

— Faites-le, je vous en prie, prince.

Péniblement, car il n'était pas aussi bon orateur que son père et que son frère, Ander rapporta tout ce qui était arrivé à l'armée des elfes depuis son départ. Sans éluder la blessure du roi et la mort d'Arion, il décrivit les batailles et les défaites et souligna le courage du régiment Libre de la Légion, insistant sur Stee Jans, chargé du commandement quand Kael Pindanon était tombé. Il décrivit aussi de son mieux leurs ennemis : leur taille, leur forme, leur frénésie et leur pouvoir. Les démons, dit-il, marchaient sur Arborlon avec l'intention d'exterminer le peuple, de détruire la cité et de récupérer les terres perdues des centaines d'années plus tôt. Une bataille semblait inévitable…

En parlant, Ander étudia les conseillers, cherchant à savoir comment ils le jugeaient depuis la perte de conscience du roi et la mort du prince héritier.

Désormais, il acceptait l'idée qu'Eventine risquait de mourir et qu'il devrait le remplacer. Mais le Grand Conseil et les elfes devraient l'accepter aussi. Cela avait été dur pour lui : avant la bataille du col de Halys, il n'avait pas voulu envisager qu'il pourrait y perdre son père et son frère. Mais le roi gisait dans son lit, au palais. Pendant la bataille du ravin de Baen et la retraite vers Arborlon, Ander avait attendu qu'il se réveille. Hélas, il n'avait jamais repris conscience et il se pouvait qu'il ne sorte jamais de son coma. Le prince l'acceptait et se sentait prêt à en assumer les conséquences.

— Mes seigneurs elfes, conclut-il, je suis le fils de mon père, et je sais ce qu'on attend d'un prince. L'armée est revenue du Sarandanon. Maintenant, elle doit se battre ici. J'ai l'intention de lutter à sa tête. Si tout ce qui est arrivé pouvait être effacé comme par enchantement, je n'aurais pas besoin de dire ça. Mais c'est impossible ! Si mon père était là, vous vous rallieriez à lui, je le sais. Je suis ici, à sa place, et je vous demande de vous rallier à moi. Ces deux hommes, à mes côtés, m'ont donné leur soutien. Je cherche le vôtre. Jurez que vous me l'accorderez, seigneurs elfiques !

Ander n'aurait pas eu besoin de leur demander ça et il le savait. Il lui aurait suffi de considérer la chose comme acquise. Après tout, il était le dernier des Elessedil ! Il aurait également pu demander à Allanon de parler en son nom, faisant ainsi taire toute opposition. Mais il ne voulait pas qu'on intercède pour lui et refusait de considérer quoi que ce fût comme acquis d'avance. Le soutien du Grand Conseil, et celui des étrangers, devait être gagné grâce à ce qu'ils verraient en lui, pas par la peur, ni au nom d'un droit héréditaire. Seule comptait la force de caractère qu'il avait montrée en commandant l'armée elfique, depuis que son père avait été blessé.

Emer Chios se leva et examina rapidement les conseillers réunis autour de lui. Puis il se tourna vers Ander.

— Prince, dit-il de sa voix de basse, tous ceux qui sont réunis ici savent que je ne suis personne aveuglément, même pas un héritier de sang royal. J'ai souvent dit publiquement que je fais avant tout confiance au jugement de mes pairs.

» Mais je suis le ministre d'Eventine Elessedil et un de ses plus grands admirateurs. C'est un roi, mes seigneurs, tel que les rois doivent être. J'aurais aimé qu'il soit parmi nous pour nous guider. Hélas, ce n'est pas le cas… Son fils offre de prendre sa place. Je connais Ander Elessedil et je l'ai écouté parler. Je l'ai jugé sur ses mots et ses actes. En l'absence du roi, il n'y a aucun homme à qui je confierai plus volontiers la sécurité de notre pays natal et de ma vie.

Il s'interrompit, puis il plaqua la main droite sur son cœur : le serment de loyauté elfique.

Après un moment de silence, les autres conseillers se levèrent et saluèrent le prince. Les commandants de l'armée des elfes avancèrent à leur tour : Ehlron Tay, au visage austère et direct, le plus haut gradé depuis la mort de Pindanon ; Kobold, un colosse à la tenue impeccable, capitaine de la garde Noire. Et enfin Kerrin, le commandant de la garde du palais.

Une silhouette sombre se pencha vers le prince.

— Maintenant, ils vous suivront, dit Allanon à mi-voix.

Ander fit un petit signe de tête. Il regrettait presque d'avoir obtenu l'accord du Conseil…

Ensuite, ils parlèrent de la défense d'Arborlon.

Les préparatifs avaient commencé aussitôt après le départ de l'armée elfique vers le Sarandanon, deux semaines plus tôt. Emer Chios, chef de la cité pendant l'absence du roi, avait réuni le Grand Conseil et les commandants qui n'avaient pas suivi le roi pour décider de quelle façon protéger Arborlon. Le Conseil avait préparé une série de mesures défensives. Le Premier ministre les passa en revue avec Ander.

Il existait seulement deux moyens d'arriver à la cité : par l'est, le long des pistes qui traversaient la vallée de Rhenn, et par l'ouest, en venant du Sarandanon. Au nord et au sud d'Arborlon les montagnes n'offraient aucun passage, isolant Arborlon des plaines et entourant le Carolan d'une muraille rocheuse impénétrable. Allanon les avaient prévenus que la brèche dans la Barrière surviendrait dans les plaines de Hoare. Les démons arriveraient donc par l'ouest. À moins qu'ils tournent au nord ou au sud pour contourner les montagnes – au prix de plusieurs jours de marche supplémentaires –, l'attaque viendrait de là.

À l'endroit où les défenses étaient les plus fortes. Deux barrières naturelles se dresseraient aussitôt devant les démons. Le Chant du Ruisseau était assez étroit au-dessous du Carolan, mais profond et difficilement navigable, même par temps clément. Ensuite venait le promontoire, dont la paroi, qui culminait à plus de quatre cents pieds, était couverte de profondes crevasses d'où jaillissaient des broussailles. Un seul pont traversait le Chant du Ruisseau sous le Carolan. L'Elfitch était la voie principale d'accès au promontoire, même si une série d'escaliers secondaires serpentaient sur la paroi, plus loin vers le sud.

La défense d'Arborlon dépendant de la rivière et du promontoire, on avait décidé de détruire le pont dès que l'armée serait revenue. Chios annonça que cela avait été fait, le dernier lien entre Arborlon et le Sarandanon étant coupé. Sur la rive est, les elfes avaient installé des centaines de torches pour éclairer les lieux en cas d'attaque de nuit. Ils avaient construit une redoute de pierre et de terre au bord du Chant du Ruisseau. Longeant la rive à la base du promontoire, elle remontait vers la paroi du Carolan, de chaque côté de l'Elfitch. La rive est s'étendait sur près de deux cents pas, la plus grande partie de cet espace étant boisé et couvert de broussailles. Les elfes y avaient installé des dizaines de pièges et de trappes pour arrêter les démons qui contourneraient la redoute.

La défense principale d'Arborlon restait l'Elfitch lui-même. Les escaliers qui menaient au Carolan ayant tous été détruits, il restait seulement les sept rampes faites de blocs de pierre et équipées de portails de fer entourés de remparts. De plus, chaque rampe et chaque portail étaient légèrement décalés par rapport aux précédents. L'Elfitch montait en spirale, par une série de tournants soigneusement calculés pour permettre à chaque poste de protéger celui qui était dessous. En temps de paix, tous les portails étaient ouverts et les remparts comptaient seulement quelques gardes. Depuis le retour de l'armée elfique, ils étaient tous hérissés de lances et de piques, et verrouillés.

On n'avait pas érigé de défense au sommet du Carolan. L'arrière du haut plateau donnait sur une forêt, à travers une plaine semée de bosquets et de maisons où se dressait l'enceinte des jardins de la Vie. À l'est, à la lisière des arbres, s'étendait Arborlon. Si les démons parvenaient à atteindre le Carolan, il resterait peu de choix aux défenseurs. Avec un nombre de soldats suffisant, ils pourraient se battre sur la plaine, avec l'espoir de repousser les envahisseurs et de les faire tomber dans le vide. S'ils échouaient, il leur faudrait se replier dans la vallée de Rhenn pour livrer une dernière bataille – au risque d'être éjectés des Terres de l'Ouest.

Chios s'interrompit.

— Bien entendu, s'ils contournent les montagnes et arrivent par l'est…, commença-t-il.

— Ils ne le feront pas, coupa Allanon. Le temps est très important pour eux, désormais. Ils viendront par l'ouest.

Ander interrogea Stee Jans du regard, mais l'homme haussa les épaules.

Le prince se tourna de nouveau vers Emer Chios.

— Quelles autres nouvelles ?

— Elles ne sont pas entièrement positives, j'en ai peur… En ce qui concerne notre demande d'aide, Callahorn nous a envoyé deux cent cinquante cavaliers de plus, la vieille garde de la Légion. Nous avons une vague promesse d'aide supplémentaire, mais pas d'indication sur le moment où elle arrivera. Selon nos messagers, le Conseil des cités n'a pas encore défini l'implication de Callahorn dans cette « guerre elfique ». Et le roi a décidé de ne pas intervenir. Avoir expédié la troupe de la vieille garde est un compromis. La question est toujours à l'ordre du jour, mais nous n'avons rien entendu de plus…

Comme Stee Jans les en avait prévenus, pensa Ander.

— La Fédération a envoyé un message, ajouta Chios avec un sourire amer. Un message clair et net ! Sa politique est de ne pas intervenir dans les affaires des autres terres et des autres races. Si les menaces visent ses propres États, elle agira. Au point où en sont les choses, cela ne semble pas d'actualité. À moins que la situation change, aucune aide ne viendra de la Fédération. (Il haussa les épaules.) Ce n'est pas entièrement inattendu…

— Et le Kershalt ? demanda Ander. Qu'ont répondu les trolls ?

— Aucune nouvelle, dit Chios. J'ai pris la liberté d'envoyer d'autres messagers.

— Et les nains ?

— Nous sommes là, lança une voix rauque. Quelques-uns d'entre nous, en tout cas !

Un nain barbu et râblé se fraya un chemin entre les hommes massés autour de la table du Conseil.

— Druide, dit-il en saluant Allanon de la tête. (Puis il se tourna vers Ander.) Je m'appelle Browork, Aîné et citoyen de Culhaven. Cent soldats du génie m'accompagnent. Vous pouvez remercier le druide. Il nous a contactés, il y a quelques semaines, alors que nous travaillions à un pont, sur la rivière Argentée, et il nous a prévenus du danger. Allanon est un ami et nous n'avons posé aucune question. Nous avons envoyé un message à Culhaven avant de venir ici directement. Une marche forcée de dix jours…

Il tendit la main et Ander la serra chaleureusement.

— Et les autres, Browork ? demanda Allanon.

— Ils seront bientôt là, j'imagine, fit le nain, un peu irrité. Vous aurez une armée de plusieurs milliers de nains à la fin de la semaine. (Il jeta un regard désapprobateur au druide.) En attendant, vous avez bien de la chance de nous avoir ! Personne, à part les soldats du génie, n'aurait pu trafiquer cette rampe !

— L'Elfitch, expliqua Chios à Ander, qui n'avait pas compris la référence. Browork et ses soldats ont travaillé avec nous aux défenses de la cité. En étudiant l'Elfitch, Browork s'est aperçu qu'on pouvait faire en sorte que la cinquième rampe s'effondre si nécessaire.

— Un jeu d'enfant, lâcha Browork. Nous avons découpé les blocs de pierre, retiré les supports secondaires et ajouté aux supports primaires des coins de fer fixés à des chaînes cachées dans les broussailles et reliées à un système de poulies. Si les démons atteignent la cinquième rampe, il suffira de tirer dessus pour faire sauter les coins. Toute la rampe, à partir du cinquième portail, s'écroulera. C'était très simple.

— Simple, à condition d'avoir les aptitudes techniques d'un soldat du génie !

dit Ander en souriant. Bon travail, Browork. Nous avons vraiment besoin de vous !

— Il y a ici d'autres gens que vous devez congratuler, prince, dit Allanon en désignant l'autre extrémité de la table du Conseil.

Le prince tourna la tête. Un elfe vêtu de cuir se leva, avança vers lui et posa une main sur son cœur.

— Dayn, mon seigneur prince, dit l'elfe doucement. Je suis un Cavalier du Ciel.

— Un Cavalier du Ciel ?

Ander avait entendu son père parler des elfes du Ciel. Mais aucun n'était venu à Arborlon depuis une centaine d'années au moins.

— Combien êtes-vous ? demanda Ander.

— Cinq, répondit Dayn. Nous serions venus plus nombreux, si nous n'avions pas craint que les démons attaquent le Nid d'Aigles. Mon père nous a envoyés. Son nom est Herrol. (Il jeta un coup d'œil à Allanon.) Il fut un temps où le druide et lui étaient amis.

— Nous sommes toujours amis, Cavalier du Ciel, dit doucement Allanon.

Dayn fit un signe de tête à Allanon, puis se tourna de nouveau vers Ander.

— Davantage que la plupart de mes concitoyens, oublieux des vieilles traditions, mon père a conscience de notre parenté avec les elfes de la Terre. Et il sait qu'Allanon a toujours soutenu les Elessedil. Pour lui, c'est important. Il nous a envoyés et il serait venu aussi, s'il avait eu Genewen, son Roc, parti pour une mission d'entraînement avec le fils de mon frère. Mais à cinq, nous pouvons sillonner les cieux des Terres de l'Ouest, repérer les démons et vous rapporter leurs mouvements. Voilà ce que nous avons à offrir.

— Et nous l'acceptons avec gratitude, Dayn, dit Ander. Soyez le bienvenu parmi nous.

Dayn s'inclina et recula. Ander regarda Chios.

— D'autres amis sont-ils venus se battre à nos côtés, Premier ministre ?

— Non, prince.

— Alors, ceux qui sont là suffiront.

Il fit signe aux membres de l'assemblée de s'asseoir avec lui autour de la table. Un débat s'ensuivit : la position des soldats, la distribution des armes, les tactiques de bataille et les éventuelles mesures défensives supplémentaires. Les chefs des différentes forces firent leur rapport : Ehlron Tay sur les Chasseurs, Kerrin sur la garde du palais, et Kobold sur la garde Noire. Browork donna son avis sur la solidité des défenses, et Stee Jans fut consulté sur les stratégies qui pourraient être mises en œuvre pour compenser la supériorité numérique des démons. Dayn parla brièvement des Rocs et de leur utilisation en combat aérien.

Le temps passa rapidement, le jour se leva. Ander ayant le vertige à cause de la fatigue, ses pensées vagabondèrent. Soudain, un bruit le tira de sa rêverie. Les portes de la salle du Grand Conseil s'ouvrirent à la volée, et Gael entra en trombe suivi par des gardes. Hors d'haleine, le petit elfe se précipita vers Ander et tomba à genoux devant lui.

— Mon seigneur ! haleta-t-il, le roi est réveillé !

Le prince n'en crut pas ses oreilles.

— Réveillé ? répéta-t-il.

Puis il se leva d'un bond et quitta la salle.

Pendant qu'il dormait, Eventine Elessedil avait l'impression de flotter dans une obscurité accueillante, des fils arachnéens tissant une couverture douillette autour de lui. Ces fils s'étaient enroulés un par un, ne faisant plus qu'un avec son corps. Le temps et l'espace n'existaient plus. Il restait seulement les ténèbres et les fils... Au début, la sensation était agréable comme s'il avait été un bébé tenu dans les bras de sa mère, entouré d'amour et de réconfort. Puis les fils se resserrèrent, il commença à suffoquer et essaya désespérément de se libérer du cocon. En vain. Il plongea plus profondément dans les ténèbres, la couverture devenant un linceul. Terrifié, il lutta contre sa prison, et déchira le tissu jusqu'à ce qu'il cède.

Quand il ouvrit les yeux, la lumière l'aveugla. Il battit des paupières, désorienté, puis essaya de déterminer où il était et ce qu'il faisait. Lorsque les contours de la pièce lui apparurent, il reconnut l'odeur des lampes à huile et le contact de draps en coton. Tout ce qui était arrivé avant son sommeil lui revint en mémoire : les monts Brisure, le col de Halys, l'attaque des démons...

Il sursauta, inondé de sueur. Sa vision s'éclaircit et il reconnut la pièce : sa chambre, dans le palais d'Arborlon.

Quelqu'un avançait vers lui.

— Mon seigneur ? dit Gael. Mon seigneur, vous êtes réveillé ?

— Qu'est-il arrivé ? marmonna le roi, d'une voix rauque à peine reconnaissable.

— Vous avez été blessé, mon seigneur. Au col de Halys. Vous avez été frappé à la tête. (Le jeune homme désigna la tempe gauche du roi.) Depuis, vous étiez inconscient. Mon seigneur, nous étions si inquiets !

— Combien de temps ai-je dormi ? murmura Eventine.

Il se toucha la tempe et sentit une douleur aiguë descendre jusqu'à son cou.

— Sept jours, mon seigneur.

— Sept jours !

— Je vais chercher votre fils, mon seigneur.

— Mon fils ?

— Le prince Ander. Il est au Grand Conseil. Reposez-vous. Je vais le chercher immédiatement.

Eventine regarda son assistant ouvrir la porte. Il l'entendit s'entretenir brièvement avec quelqu'un, de l'autre côté, puis regarda la porte se refermer. De nouveau seul, il essaya de s'asseoir, mais n'y parvint pas. Ander ? Gael avait dit qu'Ander était au Grand Conseil. Et Arion ? Le doute l'envahit. Que faisait-il à Arborlon ? Qu'était-il arrivé à l'armée ? Et qu'en était-il de la défense du Sarandanon ?

Il essaya de nouveau de s'asseoir, mais retomba sur ses oreillers, vaincu par la nausée. Il se sentait vieux, comme si les années étaient une maladie qui l'avait miné. Il serra les mâchoires. S'il pouvait redevenir jeune cinq minutes, le temps de se lever de ce lit ! Rageur, il se hissa lentement le long des oreillers jusqu'à être à demi assis.

De l'autre côté de la pièce, Manx leva la tête. Le roi ouvrit la bouche pour l'appeler, mais les yeux de l'animal croisèrent les siens et il frissonna. Il y avait dans ce regard une haine si violente qu'elle le poignarda comme une lame. Il cligna des yeux, luttant contre la répulsion qui montait en lui. Contre Manx ? À quoi pensait-il ?

Il se força à regarder sur les murs, les tapisseries et les rideaux fermés.

Je suis seul, pensa-t-il soudain, pris d'une peur incontrôlable. Seul ! Il regarda de nouveau Manx, et ne vit plus rien de spécial. Avait-il imaginé cette haine ? Il regarda le vieux chien se lever, se tourner et se recoucher. *Pourquoi ne vient-il pas vers moi ? Pourquoi ?*

Il glissa le long des oreillers. *Que suis-je en train de penser ?* La folie le menaçait. Voir de la haine dans le regard d'un animal qui lui était fidèle depuis des années ! Prendre Manx pour un ennemi… Le problème était dans son esprit, sûrement !

Des voix résonnèrent dans le couloir, devant sa chambre. Puis la porte s'ouvrit. Ander entra, approcha du lit et serra son père dans ses bras. Le roi lui rendit son étreinte et le regarda dans les yeux quand il s'assit au bord du lit.

— Raconte-moi ce qui est arrivé…

Quelque chose passa dans le regard de son fils. Frissonnant, le monarque se força à poser la question.

— Où est Arion ?

Ander ouvrit la bouche. Mais aucun son n'en sortit et il regarda le vieil homme en silence.

— Est-il mort ?

— À la passe de Worl, murmura Ander.

Il essaya de trouver autre chose à dire, mais rien ne vint. Les yeux d'Eventine se remplirent de larmes, et il saisit le bras d'Ander d'une main tremblante.

— Arion est mort ? murmura-t-il comme s'il attendait un démenti.

Ander hocha la tête et détourna le regard.

— Kael Pindanon aussi…

— Et le Sarandanon ?

— Nous l'avons perdu.

Les deux elfes se regardèrent un instant en silence, comme s'ils venaient de partager un secret qui n'aurait jamais dû être révélé. Ander se pencha et serra de nouveau son père dans ses bras. Ils restèrent un long moment ainsi.

Puis le roi parla d'une voix atone et lointaine.

— Raconte-moi ce qui est arrivé à Arion.

Ander raconta à son père comment le prince avait trouvé la mort. Il ajouta qu'ils l'avaient emmené hors des monts Brisure et enterré dans le ravin de Baen. Puis il lui décrivit ce qui était arrivé à l'armée des elfes depuis le premier jour de la bataille jusqu'à la longue retraite vers Arborlon.

Eventine écouta en silence. Quand Ander eut terminé, il regarda un moment la lampe à huile posée à son chevet.

— Retourne au Conseil, Ander. Et fais ce qui doit être fait ! Vas-y… Ne t'inquiète surtout pas pour moi.

— Je peux demander à Gael de revenir auprès de vous.

— Non. Pas pour le moment. Je veux seulement… (Le roi s'interrompit et prit le bras de son fils.) Je suis fier de toi, Ander. Je sais à quel point c'est difficile…

— Gael sera dans le couloir quand vous aurez besoin de lui…

Ander se leva. Il allait sortir quand Eventine l'appela d'une voix étrangement angoissée.

— Emmène Manx !

Ander s'arrêta, regarda le vieux chien-loup, siffla pour l'appeler et le fit sortir avec lui.

Réellement seul, le roi des elfes s'adossa de nouveau à ses oreillers.

En un peu plus de sept jours, la meilleure armée des Quatre Terres avait été forcée de battre en retraite par les démons. Eventine avait laissé les choses en venir là ! Il était responsable…

— Arion, murmura-t-il avant d'éclater en sanglots.

Chapitre 36

— Eretria ! souffla Wil, stupéfait.

Sans se soucier de sa blessure, il s'appuya sur un coude pour la regarder de plus près.

— Pourquoi êtes-vous ici ? demanda-t-il.

— Pour vous sauver la vie, on dirait !

Un mouvement attira l'attention de Wil. Derrière Eretria, deux vagabondes rinçaient des chiffons rouges de son sang dans une cuvette. Il posa une main sur sa tête et sentit qu'elle portait un bandage.

— N'y touchez pas, dit. C'est le seul endroit propre de votre corps !

Le Valombrien regarda autour de lui.

— Qu'avez-vous fait d'Amberle ?

— Votre sœur ? Elle est en sécurité.

— Pardonnez-moi, mais je suis un peu sceptique à ce sujet…

Il voulut se lever.

— Restez tranquille, guérisseur ! (La jeune vagabonde le repoussa sur le lit et baissa la voix, pour que les femmes, derrière elle, ne puissent pas l'entendre.) Vous croyez que je cherche à me venger de votre stupide abandon, dans le Tirfing ? Avez-vous une si mauvaise opinion de moi ? Aujourd'hui, si vous en aviez l'occasion, vous reconsidérerez peut-être cette décision…

— Pas le moins du monde ! Où est Amberle ?

— Si j'avais voulu qu'il vous arrive malheur, je vous aurais abandonné entre les mains des assassins qui vous poursuivaient. La jeune elfe va bien. Je la ferai venir quand nous aurons parlé.

Elle se tourna vers les femmes.

— Laissez-nous seuls !

Quand les vagabondes furent parties, Eretria se tourna vers le Valombrien, pensive.

— Bien. Que vais-je faire de vous, Wil Ohmsford ?

— Comment m'avez-vous trouvé, Eretria ?

— Facilement ! Des rumeurs sur votre pouvoir de guérison se sont répandues dans tout Grimpen dix minutes après la guérison miraculeuse de l'aubergiste. Aviez-vous cru que cela passerait inaperçu ? Comment pensez-vous avoir été découvert par ces assassins ?

— Vous étiez au courant de ça, aussi ?

— Guérisseur, vous êtes bien trop naïf ! (Eretria leva une main pour lui effleurer la joue.) Les vagabonds sont les premiers à savoir ce qui arrive partout où ils voyagent. Sinon, nous ne survivrions pas longtemps. Une leçon qu'il vous reste à apprendre ! Dès que la nouvelle de la guérison de cette femme s'est répandue, il était évident que des crétins décideraient qu'un thérapeute aussi doué était sûrement un homme riche. La cupidité et l'alcool font trop bon ménage... Vous avez de la chance d'être vivant.

— Je suppose, admit Wil, contrarié. J'aurais dû être un peu plus prudent.

— Heureusement pour vous, j'ai compris qui vous étiez, et j'ai persuadé Cephelo de me laisser intervenir. Sinon, vous seriez déjà de la nourriture pour chiens !

— Charmante pensée, dit Wil avec une grimace. Cephelo sait que je suis ici ?

— Oui. Ça vous fait peur ?

— Disons que ça m'intéresse..., reconnut Wil. Pourquoi m'aiderait-il après ce qui est arrivé dans le Tirfing ?

Eretria se pencha vers Wil et lui passa ses bras bronzés autour de son cou.

— Parce que sa fille est persuasive ! Assez pour influencer un homme aussi dur que lui. (Elle haussa les épaules.) De plus, il a eu le temps de réfléchir à ce qui s'est produit dans le Tirfing. Je pense l'avoir convaincu que rien n'était votre faute, et même que vous avez sauvé la vie de la famille.

Wil n'eut pas l'air rassuré pour autant.

— Je n'ai pas confiance en lui...

— Et vous avez raison ! Mais cette nuit, il ne devrait pas vous poser de problème. Il attendra le matin pour vous demander des comptes. Vos poursuivants en auront eu assez de chasser des ombres et ils seront retournés s'imbiber d'alcool.

Elle se leva dans un froufrou de soie bleue et revint avec un chiffon humide et un bol d'eau qu'elle posa sur le sol, à côté du lit.

— Il faut vous nettoyer un peu... Vous puez la transpiration et la poussière, et vos vêtements sont fichus. Enlevez-les, et je vous laverai.

— Je me laverai tout seul, merci ! Vous pouvez me prêter des vêtements ?

La jeune femme inclina la tête, mais ne fit pas mine de partir.

— J'aimerais être seul pour me nettoyer, si vous n'y voyez pas d'inconvénient.

— Pas de chance, parce que j'y vois un inconvénient !

— Vous êtes incorrigible.

— Vous m'êtes destiné, Wil Ohmsford. Je vous l'ai déjà dit.

Le sourire d'Eretria s'effaça, remplacé par une moue si sensuelle que Wil en oublia momentanément tout le reste. Quand elle se pencha vers lui, il se força à s'asseoir dans le lit. Le vertige le saisit, mais il refusa d'y céder.

— Apportez-moi des vêtements, je vous en prie !

La jeune femme frémit de colère. Puis elle se leva, ouvrit un placard et en sortit quelques vêtements.

— Vous pouvez avoir ça, dit-elle en les jetant sur Wil.

Elle fit mine de partir, puis plongea sur lui et l'embrassa sur la bouche.

— Lavez-vous et habillez-vous seul, si ça vous fait plaisir !

Eretria ouvrit une porte, au fond du chariot, et disparut dans la nuit après avoir fermé à clé. Wil sourit. Quelles que soient ses intentions, elle ne le laisserait pas partir facilement. Il enleva ses vêtements sales, se lava, puis passa ceux qu'Eretria lui avait fournis. Ils lui allaient bien, même s'il se sentait un peu bizarre, ainsi accoutré.

Il venait de finir de s'habiller quand la porte s'ouvrit. Eretria entra avec Amberle, vêtue d'un pantalon et d'une tunique de vagabonde, un bandeau dans les cheveux.

Dès qu'elle vit le pansement, sur la tête de Wil, de l'inquiétude passa dans ses yeux verts.

— Tu vas bien ? demanda-t-elle.

— Je me suis occupée de lui, susurra Eretria, onctueuse.

Elle désigna un lit, en face de celui de Wil.

— Vous pouvez dormir là. Mais ne tentez pas de quitter le chariot ! Bonne nuit, frère Wil. Bonne nuit, sœur Amberle. Dormez bien.

Avec un sourire, Eretria sortit et ferma le verrou.

Le Valombrien et la jeune elfe se réveillèrent à l'aube, la lumière du jour se glissant par les fentes des volets. Wil resta couché un moment, silencieux, attendant d'être complètement lucide. Puis il passa la main sous sa tunique, chercha la bourse en cuir qui contenait les Pierres elfiques, vérifia qu'elles étaient toujours là et les remit en place. Être prudent ne coûtait rien… Il sortait de son lit quand Amberle lui dit d'y rester. Puis elle examina sa blessure et rajusta le bandage. Quand elle eut fini, Wil s'assit à côté d'elle et la surprit en lui posant un baiser rapide sur la joue. Elle s'empourpra et sourit, son visage enfantin rayonnant de plaisir.

Eretria arriva sur ces entrefaites avec un plateau chargé de pain, de miel, de lait et de fruits. Ses jambes bronzées bien visibles sous sa robe blanche diaphane, elle fit un sourire éblouissant au Valombrien.

— Bien reposé, Wil Ohmsford ? (Elle posa le plateau sur les genoux du jeune homme et cligna de l'œil.) Cephelo va venir vous parler.

Sur ces mots, Eretria partit sans avoir adressé la parole à Amberle. Wil regarda son amie, et haussa les épaules, indiquant qu'il n'y pouvait rien. Amberle lui fit un sourire gêné.

Quelques minutes après, Cephelo entra sans frapper, contraint de se pencher un peu pour tenir dans le chariot.

— Mais c'est le guérisseur et sa sœur ! Vous cherchez toujours votre cheval ?

— Non, pas cette fois…

— Vraiment ? Avez-vous perdu votre chemin ? Si je me souviens bien, Arborlon est au nord.

— Nous sommes allés à Arborlon et nous en sommes repartis, dit le Valombrien en poussant le plateau de côté.

— Pour venir à Grimpen…

— Comme vous, on dirait.

— Effectivement… (Le vagabond s'assit en face des deux jeunes gens.) Mes affaires m'emmènent à beaucoup d'endroits que je n'aimerais pas visiter sinon. Mais vous, guérisseur ? Pourquoi venir à Grimpen ? Certainement pas pour prodiguer vos soins aux citoyens d'un village aussi minable ?

Wil hésita avant de répondre, conscient qu'il devait faire attention à ce qu'il dirait à Cephelo. Si ce gredin découvrait quelque chose qu'il pouvait exploiter, il n'hésiterait pas à en profiter.

— Nous menons nos affaires, c'est tout, dit Wil.

— Vous ne semblez pas réussir très bien, guérisseur. Sans moi, vous vous seriez fait couper la gorge.

Wil faillit éclater de rire. Quel vieux renard ! Il ne reconnaîtrait pas sous la torture qu'Eretria était responsable de leur sauvetage.

— On dirait que nous avons de nouveau une dette envers vous…

Cephelo haussa les épaules.

— J'ai été un peu rapide à vous juger, dans le Tirfing. Disons que j'ai laissé mes responsabilités envers mon peuple m'aveugler. Je vous ai blâmé, alors que j'aurais dû vous remercier de votre aide. Depuis, je suis mal à l'aise. Vous avoir sauvé a apaisé mon sentiment de culpabilité.

— Je suis content d'apprendre que vous voyez les choses ainsi, dit Wil, qui n'en croyait pas un mot. Ma sœur et moi, nous avons vécu des moments difficiles.

— Difficiles ? (Le visage basané de Cephelo exprima soudain de l'inquiétude.) Puis-je faire quelque chose pour vous ? Si vous m'expliquiez pourquoi vous êtes ici, dans la partie la plus dangereuse de cette contrée…

Nous y voilà, pensa Wil. Du coin de l'œil, il vit Amberle froncer les sourcils.

— J'aimerais qu'il soit en votre pouvoir de nous aider. Mais je crains que ce soit impossible. Il nous faut surtout un guide qui connaisse l'histoire de cette vallée, sa géographie, ses légendes…

— Si c'est ça, je suis votre homme ! J'ai souvent voyagé dans le pays Sauvage…

Peut-être, pensa Wil. *Et peut-être pas. Il veut seulement savoir pourquoi nous sommes ici.*

— Nous ne devrions pas continuer à abuser de votre hospitalité en vous impliquant dans nos affaires… Ma sœur et moi, nous pouvons nous débrouiller.

— Pourquoi ne pas me confier ce qui vous amène ici ? Et me laisser juger si c'est trop me demander ?

La main d'Amberle se ferma sur le bras de Wil, mais il l'ignora, les yeux rivés dans ceux de Cephelo. À présent, il devait dire *quelque chose* au vagabond.

— Une maladie a frappé la maison des Elessedil, les chefs des elfes. La petite-fille du roi est très malade. Le médicament doit être extrait d'une racine qu'on trouve uniquement ici, dans le pays Sauvage. Nous sommes à la recherche de cette racine. Si nous la trouvons et la ramenons au roi des elfes, la récompense sera importante.

Il sentit Amberle lâcher son bras et n'osa pas la regarder.

— Savez-vous où pousse cette racine ?

— Des livres de l'ancien monde en parlent et mentionnent l'endroit où on la trouve. Mais ce nom est oublié depuis longtemps, et il ne figure plus sur les cartes qu'utilisent aujourd'hui les races. Je doute qu'il vous dise quelque chose.

— Allez-y quand même...

— Garde-Sûre, dit Wil. L'endroit s'appelle Garde-Sûre.

— Vous avez raison. Ça ne me dit rien... Pourtant... Quelqu'un pourrait le connaître, un type très calé sur les anciens noms de la vallée. Je vous conduirais volontiers à lui. Mais le pays Sauvage est une contrée dangereuse. Vous le savez, car vous avez dû traverser une partie de la forêt pour arriver à Grimpen. Le risque, pour mes gens et moi, serait grand, si nous acceptions de vous aider. (Il haussa les épaules.) De plus, nous avons d'autres engagements, à des endroits où des affaires à traiter nous attendent... Le temps est une denrée précieuse pour les gens comme nous. Vous le comprenez certainement.

— Qu'êtes-vous en train de dire, *exactement* ? demanda le Valombrien.

— Sans moi, vous échouerez. Vous avez besoin de moi, et je suis disposé à vous offrir mon aide. Mais un tel sacrifice ne se conçoit pas sans une récompense adéquate.

— Laquelle, Cephelo ?

Les yeux du vagabond brillèrent de convoitise.

— Les Pierres ! Celles qui contiennent le pouvoir.

— Elles vous seraient inutiles...

— Vraiment ? Leur secret est-il si impénétrable ? Ne me prenez pas pour un imbécile ! Vous n'êtes pas un simple guérisseur. C'était évident dès que nous nous sommes rencontrés. Mais peu m'importe qui vous êtes ! Je m'intéresse à ce que vous possédez. Vous détenez les Pierres, et c'est ce que je veux.

— Leur magie est d'origine elfique, dit Wil, espérant qu'il n'avait pas perdu le contrôle de la situation. Il faut avoir du sang elfique pour s'en servir.

— Vous mentez mal, guérisseur !

— Il dit la vérité, intervint Amberle. Sans les Pierres, il ne se serait pas lancé dans cette quête. Vous n'avez aucun droit de lui demander de vous les donner.

— J'ai le droit de demander ce qu'il me plaît ! De toute façon, je ne vous crois ni l'un ni l'autre !

— Croyez ce que vous voulez, dit Wil. Mais je ne vous donnerai pas les Pierres.

Les deux hommes se dévisagèrent un moment. Wil lut dans le regard de Cephelo une grande convoitise... et une peur générée par le souvenir du pouvoir des Pierres – que Wil Ohmsford avait maîtrisé.

Au prix d'un gros effort, Cephelo se força à sourire.

— Que me donnerez-vous, guérisseur ? Ou rêvez-vous d'un service gratuit ? Vous voulez que je risque les vies et les biens de mes gens sans contrepartie ? Alors ? Si vous me refusez les Pierres, que me donnerez-vous ?

Wil réfléchit, mais il n'avait sur lui rien qui vaille plus de quelques sous. Au moment où il crut que la situation était désespérée, Cephelo claqua soudain des doigts.

— Je veux bien faire un marché avec vous ! Si j'ai tout compris, le roi des elfes vous récompensera si vous lui ramenez le médicament. Parfait ! Je ferai ce que je pourrai pour vous aider à trouver cet endroit, soit vous conduire à celui qui le connaît peut-être. Ça, et rien de plus ! En échange, vous me donnerez la moitié de la récompense. C'est d'accord ?

Wil réfléchit un instant. Un marché bizarre… Les vagabonds donnaient rarement quelque chose sans avoir d'abord obtenu un paiement. Quelle était la motivation de Cephelo ?

— Vous dites que vous m'aiderez à trouver l'emplacement de Garde-Sûre…

— Si je peux.

— ... mais vous ne viendrez pas avec moi.

— Pas question de risquer ma vie plus que nécessaire. Trouver le médicament et le rapporter à la petite-fille du roi est votre problème. Ma part du marché, c'est seulement de vous aider à trouver votre chemin. Cela dit, ne pensez pas, une fois parti, être libéré de vos obligations envers moi. Si vous essayez de me voler, ça se terminera très mal pour vous.

Le Valombrien fronça les sourcils.

— Comment saurez-vous si j'ai réussi ou pas ?

Cephelo éclata de rire.

— Guérisseur, je suis un vagabond ! Je saurai tout ce qui vous arrivera, n'en doutez pas.

Le sourire du vagabond était si carnassier que Wil fut certain qu'il mentait. Quelque chose ne sonnait pas juste, il le sentait. Pourtant, ils avaient besoin d'aide pour trouver leur chemin dans le pays Sauvage. Une aide, avec un peu de chance, qui lui éviterait de devoir faire appel aux Pierres elfiques. Si Cephelo la leur apportait, ça ferait peut-être la différence entre le succès et l'échec…

— C'est d'accord ? demanda de nouveau Cephelo.

Wil décida de tester le vagabond.

— La moitié, c'est trop. Je vous donnerai un tiers.

— Un tiers ! D'accord… Je suis un homme raisonnable. Un tiers.

Trop facile, pensa Wil.

Il regarda Amberle, voyant dans son regard la même méfiance. Mais la jeune elfe ne dit rien, le laissant prendre la décision.

— Allez, demi-elfe ! insista Cephelo. Ne passez pas la journée à vous décider.

— Bon, marché conclu !

— Parfait. (Le vagabond se leva.) Nous partons immédiatement, puisque nos affaires ici sont terminées. Mais vous devrez rester dans le chariot un certain temps. Il ne faudrait pas que les tueurs de Grimpen vous aperçoivent. Quand nous serons dans la forêt, vous pourrez sortir.

Il leur fit un grand sourire, les salua avec son chapeau en partant, sortit et verrouilla la porte derrière lui.

— Je n'ai pas confiance en lui, murmura Amberle.

— Moi non plus, reconnut Wil.

Peu après, le chariot s'ébranla. Leur voyage dans le pays Sauvage avait recommencé.

Chapitre 37

Assis sur son fauteuil à bascule en rotin, Le vieil homme fredonnait doucement, regardant la forêt où les ombres s'épaississaient. Loin vers l'ouest, au-delà des arbres qui délimitaient la clairière, derrière la vallée du pays Sauvage et les montagnes qui l'entouraient, le crépuscule tombait. Le moment de la journée que le vieil homme préférait, quand la chaleur de l'après-midi était remplacée par la fraîcheur du soir, le coucher de soleil colorant le ciel de pourpre et d'écarlate. À travers un rideau de branches et de troncs d'arbres, la lune et les étoiles étaient déjà visibles, au-dessus des collines. L'air sentait bon, débarrassé de l'odeur de moisi due à la chaleur étouffante de la journée, et les feuilles des arbres chuchotaient sous les caresses du vent. Quelques instants, on aurait pu croire que le pays Sauvage était une contrée amicale comme les autres.

Le vieil homme pensait souvent ainsi à la vallée, surtout à ce moment de la journée. Pour elle, il éprouvait constamment une profonde loyauté. Peu de gens partageaient son sentiment, mais qui connaissait la vallée comme lui ? Elle était perfide, truffée de dangers et pouvait prendre un homme au piège et le détruire. Il y avait des créatures, dans le pays Sauvage, qu'on ne trouvait nulle part ailleurs, sauf dans les légendes murmurées autour des feux de camp. La mort rôdait, dure, cruelle… et certaine. Une contrée de chasseurs et de proies, chaque être vivant étant tour à tour l'un et l'autre. En soixante ans, le vieil homme avait vu le meilleur et le pire que la vallée avait à offrir.

Il pianota sur les bras de son fauteuil, l'esprit perdu dans les brumes du passé. Oui, voilà soixante ans qu'il était dans le pays Sauvage. Un sacré bail… Pourtant, il avait parfois l'impression d'être arrivé la veille.

C'était un lieu qu'un homme apprenait à respecter, pas un amas de maisons pleines de gens mortellement ennuyeux, mais un sanctuaire de solitude. Et un défi que peu de gens pouvaient relever. Des gens comme lui…

Il était le dernier des rares téméraires venus s'installer dans la vallée. Tous les autres avaient disparu, vaincus par ces étendues sauvages, pourrissant quelque part au fond de la terre. Il restait bien des imbéciles qui se blottissaient comme des chiens effrayés dans les baraques délabrées de Grimpen, se détroussant les uns les autres. Mais la vallée ne leur appartenait pas. Elle ne serait jamais à eux, car ils ne la comprenaient pas et n'avaient aucun désir d'apprendre.

Ces crétins le traitaient de fou, parce qu'il s'obstinait à vivre seul dans les bois. Il sourit à cette idée. Il était peut-être fou, mais il préférait son type de folie au leur.

— Clochard ! appela-t-il d'une voix bourrue.

Le gros chien qui dormait à ses pieds se réveilla et se leva. Un animal énorme, tenant à la fois du chien et de l'ours, au corps massif hérissé de poils raides.

— Salut, toi, grogna le vieil homme.

Le chien avança et posa la tête sur les genoux de son maître, attendant qu'il lui gratte les oreilles.

Le vieil homme ne se fit pas prier. Quelque part, dans l'obscurité, un hurlement perçant retentit.

Clochard leva la tête. Un félin des marais, se dit le vieil homme. Un gros ! Quelque chose avait croisé son chemin, et payé le prix...

Le regard de Hebel erra sur le paysage, remarquant des formes familières dans le clair-obscur. Derrière lui se dressait sa cabane, un bâtiment petit mais robuste fait de rondins et de bardeaux solidarisés avec du mortier. Derrière, on trouvait une remise, un puits, un petit enclos pour sa mule et un établi pour son bois. Il aimait tailler et sculpter, passant le plus clair de son temps à fabriquer mille petites choses sans valeur, excepté pour lui. Comme il ne se souciait pas des autres, ça ne le gênait pas. Il voyait peu de monde, et c'était encore trop, car Clochard était la seule compagnie dont il avait besoin. Et ces félins qui rôdaient autour de sa clairière, à la recherche d'endroits pour dormir et de restes à dévorer, comme s'ils étaient des charognards. Et sa mule, une créature stupide, mais sur qui on pouvait compter.

Il s'étira et se leva. Le soleil s'était couché ; dans le ciel nocturne constellé d'étoiles, la lune brillait. Il était temps de préparer le dîner. Il regarda le trépied et la bouilloire posés sur un petit feu. La soupe d'hier. Il n'en restait pas beaucoup, mais peut-être assez pour un repas.

Il avança vers le feu. De petite taille, voûté par l'âge, il était vêtu d'une chemise en lambeaux et d'un pantalon court. Il était presque chauve, une couronne de cheveux blancs rejoignait sa barbe tachée de suie et de morceaux de sciure. Une peau tannée et ridée comme du cuir couvrait son vieux corps, et on voyait à peine ses yeux sous ses paupières tombantes. La démarche raide, comme s'il venait de se réveiller, il s'arrêta devant la bouilloire et regarda dedans, se demandant comment il pourrait améliorer le brouet. Au même instant, il entendit un bruit : des chevaux et des chariots se dirigeaient vers sa clairière quelque part sur la piste qui menait à sa cabane. Il se retourna et sonda les ténèbres. À côté de lui, Clochard grogna. Le vieil homme lui flanqua une tape.

Les minutes passèrent et les sons se rapprochèrent. Une ombre émergea soudain de l'obscurité. Un seul chariot, avec une demi-douzaine de cavaliers derrière. L'humeur du vieil homme vira à la morosité dès qu'il reconnut le véhicule de Cephelo. Il cracha de dégoût, et envisagea sérieusement de lâcher Clochard sur ses visiteurs.

Les cavaliers et le chariot s'arrêtèrent au bord de la clairière. Cephelo descendit de cheval. Quand il arriva à côté du vieil homme, il enleva son chapeau pour le saluer.

— Ravi de vous rencontrer, Hebel. Je vous souhaite la bonne soirée.

— Cephelo. Que veux-tu encore ?

Cephelo eut l'air choqué.

— Hebel, Hebel, est-ce une façon de se saluer pour deux hommes qui ont tant fait l'un pour l'autre ? Des hommes qui ont tous partagé les épreuves et les catastrophes du monde ! Je vous salue !

Le vagabond prit la main du vieil homme et la secoua frénétiquement. Hebel ne résista pas, mais ne lui rendit pas sa poignée de main.

— Mon ami, vous avez l'air en pleine forme ! dit Cephelo avec un sourire désarmant. Les hautes terres sont excellentes contre les douleurs et les ennuis de l'âge...

— Les douleurs et les ennuis de l'âge ? répéta Hebel, fronçant les sourcils. Tu vends quoi, aujourd'hui, Cephelo ? Un élixir miraculeux qui guérit les infirmes ?

Cephelo regarda ses compagnons et haussa les épaules comme pour s'excuser.

— Vous êtes cruel avec moi, Hebel, très cruel !

— Qu'as-tu fait du reste de tes sbires ? Ils se sont acoquinés avec un autre voleur ?

— Je les ai envoyés en avant, sur la route principale, vers l'est. Ils m'attendront dans le Tirfing. Je suis venu avec quelques amis pour une affaire de la plus haute importance. Pourrions-nous parler ?

— Tu es là, non ? grogna Hebel. Parle tant que tu veux !

— Pouvons-nous aussi partager votre feu ?

— Je n'ai pas assez de nourriture pour vous. Et je n'aurais pas envie de vous régaler, même si je l'avais. Tu as apporté quelque chose, j'espère ?

Cephelo soupira ostensiblement.

— Exact. Ce soir, nous vous invitons à partager notre repas...

Il appela ses compagnons. Les cavaliers mirent pied à terre et s'occupèrent de leurs montures. Une vieille femme conduisait le chariot, un jeune couple assis près d'elle. Elle descendit du siège, prit des provisions et des ustensiles de cuisine à l'arrière du véhicule et marcha d'un pas traînant jusqu'au feu de camp. Les deux jeunes gens hésitèrent un instant, puis sautèrent à terre quand Cephelo leur fit signe de le rejoindre. Une autre jeune femme, mince et les cheveux noirs bouclés, les accompagna.

Hebel se rassit dans son fauteuil à bascule. Il y avait quelque chose de singulier au sujet des deux jeunes gens, mais il n'arrivait pas à définir quoi. Ils ressemblaient à des vagabonds – en même temps ils n'y ressemblaient pas. Il les regarda approcher, avec Cephelo et la beauté aux cheveux noirs. Tous les quatre s'assirent sur l'herbe autour du vieil homme, la fille aux cheveux bouclés se plaçant aussi près que possible du jeune homme...

— Ma fille, Eretria, dit Cephelo, irrité par ce manège. Ces deux-là sont des elfes.

— Je ne suis pas aveugle ! grogna Hebel, comprenant soudain pourquoi il les avait trouvés différents des vagabonds. Que fichent-ils avec toi ?

— Nous menons une quête, annonça le vagabond.

— Une quête ? Ensemble ? demanda-t-il, se tournant vers le jeune homme. Vous semblez intelligent. Pourquoi vous êtes-vous associé à lui ?

— Il a besoin d'un guide, répondit Cephelo (Un peu trop vite, pensa Hebel.) Hebel, je me demande pourquoi vous vous obstinez à croupir dans cette cambrousse ? Un jour, je passerai par là et j'y trouverai votre squelette, tout ça parce que vous êtes trop têtu pour mettre votre vieille peau à l'abri dans une région plus sûre.

— Pour ce que ma mort te gênerait... Pour moi, cette région est aussi sûre qu'une autre. Je connais sa faune et je sais quand garder mes distances et quand montrer les dents. Je vivrai plus longtemps que toi, vagabond ! Souviens-toi de mes paroles. (Il se balança dans son fauteuil, regardant la silhouette de Clochard venir s'installer derrière lui.) Bon. Que veux-tu de moi ?

— Une petite conversation, comme je vous l'ai dit.

— Une petite conversation ? Allons, Cephelo, sois sérieux ! Que veux-tu ? Ne me fais pas perdre mon temps. Il m'en reste assez peu comme ça !

— Pour moi, je ne veux rien... Mais ces jeunes elfes ont besoin d'une partie des connaissances engrangées dans votre vieille tête chauve. Arriver jusqu'à vous n'a pas été facile, mais certaines causes méritent un...

Hebel en avait assez entendu.

— Que faites-vous cuire, là-bas ? demanda-t-il.

— Comment le saurais-je ? lâcha Cephelo, irrité par la réaction du vieil homme.

— Du bœuf, je crois... Du bœuf et des légumes. (Hebel se frotta les mains.) Nous devrions dîner avant de discuter. Tu as de la bière, Cephelo ?

Ils mangèrent du ragoût, du pain de la veille, des fruits séchés et des noix arrosés de bière. Pendant le repas, ils ne parlèrent pas beaucoup, même si les regards échangés en dirent plus à Hebel sur la situation que des bavardages. Les elfes, décida-t-il, étaient là parce qu'ils n'avaient pas le choix. Ils n'appréciaient pas plus Cephelo et sa bande que lui-même.

Cephelo, bien entendu, était là parce qu'il avait quelque chose à y gagner, mais il prendrait soin de cacher ce que c'était. Le plus étrange, c'était la jeune femme aux cheveux noirs, la fille du vagabond. La façon dont elle regardait le jeune elfe trahissait en partie ce qui l'intéressait. Et pourtant, il y avait à son sujet une autre chose qu'elle n'avait pas envie de divulguer. Le vieil homme se sentit de plus en plus curieux.

Quand le repas fut terminé, Hebel sortit sa pipe, l'alluma avec un briquet à silex et souffla un nuage de fumée dans l'air nocturne.

Cephelo revint à la charge.

— Ce jeune elfe et sa sœur ont besoin de votre aide. Ils ont parcouru un long chemin, mais ils ne pourront pas aller plus loin sans vous. Je leur ai dit, bien entendu, que vous accepteriez.

Le vieil homme grogna. Il connaissait par cœur ce jeu-là !

— Je n'aime pas les elfes. Ces gens pensent qu'ils sont trop bien pour ce pays, et pour des types comme moi. (Il leva un sourcil.) Je n'aime pas les vagabonds, non plus, comme tu le sais. Encore moins que les elfes !

Eretria sourit, l'air suffisant.

— On dirait qu'il y a beaucoup de gens que vous n'aimez pas.

— Boucle-la ! cria Cephelo, rouge de colère.

Eretria se tut, mais Hebel vit de la fureur dans son regard.

— Je ne t'en veux pas, petite… (Il regarda Cephelo.) Que me donneras-tu si j'aide ces elfes, vagabond ? Propose-moi un marché tentant…

— Ne mettez pas ma patience à l'épreuve, Hebel !

— Que feras-tu ? Tu me couperas la gorge ? Pour trouver les mots dont tu as besoin ? Maintenant, soyons sérieux : que me donneras-tu ?

— Des vêtements, des draps et des couvertures, du cuir, de la soie… Peu m'importe.

— J'ai déjà tout ça !

Cephelo se contrôla au prix d'un effort monumental.

— Alors, que voulez-vous ? Parlez, vieil homme !

Derrière le fauteuil, Clochard grogna. Hebel tendit la main et lui flanqua une tape.

— Des couteaux, annonça-t-il. Une demi-douzaine de bonnes lames. Une tête de hache. Deux douzaines de flèches en frêne et emplumées. Et une pierre à tailler.

Le vagabond acquiesça, mais il n'avait pas l'air très content.

— D'accord, espèce de voleur ! Maintenant, donnez-moi quelque chose en échange !

— Que veux-tu savoir ?

Cephelo désigna le jeune homme.

— Le petit elfe est un guérisseur. Il cherche une racine qui fournit un médicament très rare. Ses livres disent qu'on peut la trouver dans le pays Sauvage, à un endroit appelé Garde-Sûre.

Il y eut un long moment de silence, le vagabond et le vieil homme se dévisageant agressivement.

— Alors ? demanda enfin Cephelo.

— Alors quoi ? grogna Hebel.

— Où est Garde-Sûre !

— Là où elle a toujours été, je suppose… (Il vit de la surprise dans le regard de son interlocuteur.) Je connais ce nom, vagabond. C'est un nom ancien, oublié par tout le monde, sauf moi. Un genre de tombeau… Des catacombes sous une montagne.

— C'est ça ! dit Wil en se levant d'un bond.

Il s'aperçut que tout le monde le regardait, et se rassit promptement.

— Du moins, c'est comme ça que les livres le décrivaient, ajouta-t-il maladroitement.

— Vraiment ? dit Hebel en se balançant. Parlent-ils aussi des Chaudrons ?

Le jeune homme secoua la tête et regarda la jeune elfe, qui l'imita.

— Vous voulez dire que Garde-Sûre est dans les Chaudrons ?

Le ton de la voix de Cephelo n'échappa pas à Hebel. Le vagabond était effrayé.

— Oui, dans les Chaudrons. Vous voulez toujours trouver Garde-Sûre ?

Le jeune elfe se pencha.

— Où sont les Chaudrons ? demanda-t-il.

— Au sud, à un jour de marche, répondit le vieil homme, décidé à mettre un terme à cette folie. Ils sont profonds et sombres. Un puits où tout ce qui tombe est perdu à jamais. La mort, petit elfe ! Rien de ce qui entre dans les Chaudrons n'en ressort. Ses habitants en ont décidé ainsi.

— Je ne comprends pas.

Eretria marmonna quelque chose, les yeux rivés sur le jeune elfe. Elle savait, comprit Hebel.

— Les Sœurs Sorcières, petit. Morag et Mallenroh. Les Chaudrons leur appartiennent, à elles et aux créatures qu'elles ont fabriquées pour les servir.

— Mais où, dans les Chaudrons, est exactement Garde-Sûre ? insista le jeune elfe. Vous avez parlé d'une montagne...

— L'aiguille d'Acier, un pic solitaire qui jaillit des Chaudrons comme un bras sort d'une tombe. (Le vieil homme haussa les épaules.) En tout cas, il était là autrefois. Je ne suis pas allé dans les Chaudrons depuis des années. Personne n'y va plus.

— Parlez-moi des Sœurs Sorcières, demanda le jeune homme.

— Morag et Mallenroh sont les dernières de leur espèce. Autrefois, petit elfe, il existait beaucoup de créatures semblables, mais il ne reste plus que ces deux-là. Certains disent qu'elles servaient le Roi-Sorcier. D'autres prétendent qu'elles étaient là avant lui. D'autres encore murmurent qu'elles contrôlent un pouvoir équivalent à celui des druides. (Il écarta les mains.) Elles seules connaissent la vérité. Cherchez-la, si vous le désirez. Un elfe de plus ou de moins, ça ne signifie rien pour moi.

Il éclata de rire, manqua s'étouffer, leva son verre et avala une ou deux gorgées. Puis il se pencha vers le jeune homme, cherchant son regard.

— Morag et Mallenroh sont des sœurs de sang. Mais elles se haïssent à cause d'une injustice passée. Réelle ou imaginaire, je ne peux pas le dire, et personne n'en sait plus que moi. Mais elles se battent. Morag contrôle l'Est et Mallenroh l'Ouest, et chacune tente de détruire l'autre pour s'approprier ses terres et ses pouvoirs. Au centre des Chaudrons, entre les deux territoires, se dressent l'aiguille d'Acier... et Garde-Sûre.

— Avez-vous vu Garde-Sûre ?

— Moi ? Jamais ! Les Chaudrons appartiennent aux Sœurs. La vallée me suffit... (Hebel se balança doucement, de vieux souvenirs revenant à sa mémoire.) Il y a si longtemps que j'ai chassé à la lisière des Chaudrons que j'ai perdu le compte des années. C'était risqué, mais j'avais décidé d'explorer toute la contrée. Et les récits, après tout, n'étaient que des récits. Des jours durant, j'ai chassé dans l'ombre des Chaudrons, et je n'ai rien vu. Une nuit, pendant que je dormais, seul, à côté des tisons de mon feu de camp, elle est venue me voir. Mallenroh, telle une créature de rêve, ses longs cheveux gris comme tressés avec les ombres de la nuit, son visage évoquant celui de Dame la Mort. Elle est venue et m'a dit qu'elle avait besoin de parler à une créature de la race humaine, comme moi. Toute la nuit, elle m'a parlé de sa sœur Morag et de la guerre qu'elles se livraient dans les Chaudrons.

» Au matin, elle était partie, comme si elle n'avait jamais été là. Bien entendu, je ne l'ai jamais revue. J'aurais pu croire que j'avais tout imaginé, mais elle avait emporté quelque chose de moi avec elle, une part de mon essence vitale, si vous voulez.

» La plus grande partie de son monologue s'est effacée de mon esprit, comme les restes d'un rêve. Mais je me souviens des mots qu'elle a prononcés sur Garde-Sûre, petit elfe. Des catacombes sous l'aiguille d'Acier ! Un endroit d'un autre âge, où d'étranges magies existaient. Si ancien que les Sœurs elles-mêmes ignoraient à quoi il servait. Oui, elle m'a dit ça, Mallenroh... Je m'en souviens.

Même après tant d'années, son image était aussi claire que les visages des visiteurs assis autour de lui. Mallenroh !

Bizarre, se dit-il, qu'il se la rappelle si bien.

Le jeune homme parla doucement, la main posée sur le bras du fauteuil à bascule.

— Nous avons entendu assez de souvenirs, Hebel…

Le vieil homme regarda l'elfe, ne comprenant pas ce qu'il voulait dire. Puis il vit dans ses yeux ce qu'il avait l'intention de faire. Il irait, comprit Hebel. Il s'aventurerait dans les Chaudrons !

— N'y allez pas, murmura-t-il. Surtout, n'y allez pas !

Le jeune homme sourit.

— J'y suis obligé, pour que Cephelo reçoive sa récompense.

Le vagabond resta impassible. Eretria lui jeta un regard perçant, puis se tourna vers le jeune homme.

— Guérisseur, ne faites pas ça, je vous en supplie ! Écoutez le vieil homme. Les Chaudrons ne sont pas un endroit pour vous. Cherchez ce médicament ailleurs.

L'elfe secoua la tête.

— Ne vous en mêlez pas, Eretria…

La jeune vagabonde se raidit et son visage s'empourpra. Contrôlant ses émotions, elle se leva et le foudroya du regard.

— Vous êtes un imbécile, annonça-t-elle.

Puis elle partit à grands pas dans les ténèbres.

Hebel regarda le jeune homme et remarqua qu'il suivait Eretria des yeux. La jeune elfe ne broncha pas, ses étranges yeux verts dissimulés dans les ombres de sa longue chevelure.

— Cette racine est-elle si importante ? demanda Hebel. Est-il réellement impossible de la trouver à un autre endroit ?

— Fichez-leur la paix ! dit soudain Cephelo. Cette décision les concerne, et ils l'ont prise.

— Tu as si hâte de les envoyer à la mort, vagabond ? Et la récompense dont a parlé le petit elfe, comment la récupéreras-tu ?

— Les récompenses vont et viennent, au gré de la fortune, vieil homme ! Une de perdue, dix de retrouvées. Le petit elfe doit faire ce qu'il a décidé. Nous n'avons pas le droit de juger…

— Nous devons y aller, dit Amberle en regardant le vieil homme dans les yeux.

— Alors, l'affaire est réglée ! dit Cephelo en se levant. Assez discutaillé ! La soirée n'est pas terminée, et il y a de la bonne bière à boire. Partagez-la avec moi, mes amis. Nous parlerons des temps passés au lieu d'essayer de deviner ce que seront les temps à venir. Hebel, vous apprendrez ce que les dingues de Grimpen ont fait : des âneries que seuls les gens comme vous et moi peuvent réellement apprécier.

Il appela la vieille femme, qui se précipita vers lui avec une flasque de bière. D'autres vagabonds les rejoignirent. Cephelo versa de la bière dans les gobelets. Fort joyeux, il entreprit de raconter une kyrielle de récits sur des endroits extraordinaires où il n'avait probablement jamais posé le pied, et sur des gens qu'il n'avait jamais rencontrés. Le vagabond était un bon orateur et ses histoires plurent beaucoup aux siens.

Hebel écoutait aussi, ne croyant pas un mot de tout cela. Cephelo avait été bien trop rapide à proclamer son désintérêt pour la récompense qu'il recevrait seulement si le jeune elfe trouvait le médicament et revenait vivant de sa quête. Oui, bien trop rapide, car le vagabond savait que personne n'était jamais sorti des Chaudrons.

Hebel se balança doucement dans son fauteuil, une main tendue pour caresser la tête de Clochard. Quel avertissement supplémentaire pouvait-il donner à cet elfe ? Que pourrait-il dire pour le décourager de se lancer dans cette aventure ? Peut-être rien, car le garçon semblait déterminé.

Il se demanda si le petit elfe rencontrerait Mallenroh, comme lui, tant d'années auparavant.

Se disant que c'était possible, il l'envia.

Peu après, Wil Ohmsford se leva, quitta les convives et marcha jusqu'au puits, derrière la cabane du vieil homme. Amberle dormait déjà près du feu, enveloppée dans ses couvertures. Wil se sentait étonnamment somnolent, bien qu'il ait bu très peu de bière. L'eau froide l'aiderait peut-être, se dit-il. Ensuite, une bonne nuit de sommeil ! Il finissait de boire quand Eretria sortit des ombres et se dressa devant lui.

— Je ne vous comprends pas, guérisseur, dit-elle sans ambages.

Wil remit la tasse dans le baquet et s'assit sur le muret du puits. C'était la première fois qu'il revoyait Eretria depuis qu'elle l'avait traité d'imbécile devant tout le monde.

— Je me suis donné un mal de chien pour vous sauver la vie à Grimpen, reprit-elle. Il n'a pas été facile de persuader Cephelo de me laisser vous aider. Non, pas facile du tout ! Et maintenant, on dirait que mes efforts ont été vains. J'aurais aussi bien fait de laisser ces assassins vous faire la peau, à vous et à la fille que vous faites passer pour votre sœur. Malgré les avertissements de Hebel, vous irez dans les Chaudrons. Je veux savoir pourquoi ! Cephelo a-t-il quelque chose à voir avec votre décision ? J'ignore quel marché vous avez passé, mais rien de ce qu'il a promis, en supposant qu'il ait été sincère, ne vaut le risque que vous prenez.

— Cephelo n'a rien à voir avec ça, répondit Wil.

— S'il vous a menacé, je prendrai votre parti, contre lui. Je vous aiderai.

— Je sais. Mais Cephelo n'a rien à voir avec ma décision.

— Alors, pourquoi ? Pourquoi ce suicide ?

— Le médicament qui…

— Ne me mentez pas ! (Eretria s'assit à côté de lui, rouge de colère.) Cephelo croit peut-être ces idioties au sujet de la racine et du médicament, mais il s'occupe seulement de la vérité de vos propos, guérisseur, pas de celle qui émane de vos yeux. On peut déguiser la première, mais jamais la deuxième. Et cette jeune elfe n'est pas votre sœur ! Vous êtes responsable d'elle, et vous accordez une grande importance à son bien-être. Et ce ne sont pas des racines que vous cherchez, mais quelque chose de plus important.

Wil leva la tête vers la jeune femme. Pendant un long moment, il soutint son regard en silence. Elle tendit la main et saisit celle de Wil.

— Je ne vous trahirai jamais !

— C'est peut-être la seule chose dont je suis sûr à votre sujet, Eretria… Je vous dirai cela : un grand danger menace cette Terre – toutes les Terres, en fait. La chose qui peut nous protéger est à Garde-Sûre. Amberle et moi sommes là pour la trouver.

— Alors, laissez-moi vous accompagner ! Emmenez-moi avec vous, comme vous auriez dû le faire dans la prairie.

— Comment le pourrais-je ? Vous venez de me traiter d'imbécile parce que j'insistais pour entrer dans les Chaudrons. Maintenant, vous me demandez de vous considérer aussi comme une imbécile ! Non. Votre place est avec votre peuple. Du moins, pour le moment. Il vaut mieux continuer votre route vers l'est, loin des Terres de l'Ouest et de ce qui risque d'arriver.

— Guérisseur, je serai vendue par le démon qui se fait passer pour mon père dès que nous arriverons dans les cités plus importantes du sud ! Dois-je considérer que c'est un sort enviable ? Emmenez-moi avec vous !

— Eretria…

— Écoutez-moi ! Je connais un peu cette région, parce que les vagabonds la sillonnent depuis que je suis née. J'ai peut-être des connaissances qui pourraient vous aider. Sinon, je ne serai pas une gêne pour vous. Je suis capable de prendre soin de moi-même – mieux que cette gamine ! Vous devez me laisser venir !

— Eretria, même si j'acceptais, Cephelo ne vous lâcherait jamais.

— Cephelo n'en saura rien jusqu'à ce qu'il soit trop tard. Emmenez-moi avec vous, guérisseur.

Wil faillit acquiescer. Elle était si belle qu'il aurait été difficile, dans des circonstances normales, de lui refuser quoi que ce soit. Et il émanait d'elle un désespoir qui touchait profondément Wil. Elle avait peur de Cephelo, et de ce qu'il ferait d'elle. Mais elle ne s'abaisserait pas à le supplier, le Valombrien le savait. Cela dit, elle ferait tout son possible pour le persuader de l'aider à se libérer.

Les Chaudrons étaient un enfer, avait dit le vieil homme. Personne n'y allait jamais. Il serait déjà difficile de protéger Amberle. Malgré ce qu'Eretria prétendait sur son autonomie, Wil savait qu'il se sentirait aussi responsable d'elle que de la jeune elfe.

Il secoua la tête.

— Je ne peux pas, Eretria. Je ne peux pas.

Il y eut un long silence. La jeune femme le regarda, furieuse, et se leva lentement.

— Bien que je vous aie sauvé la vie, vous refusez de m'aider. Très bien ! (Elle recula, des larmes dans les yeux.) Vous m'avez rejetée deux fois, Wil Ohmsford. Je ne vous laisserai pas l'occasion de le faire une troisième fois.

Elle fit mine de partir, s'arrêta et se retourna.

— Un moment viendra où vous regretterez d'avoir refusé de m'aider.

Sur ces mots, elle disparut dans les ombres de la nuit. Le Valombrien la regarda jusqu'à ce qu'elle soit hors de vue. Il aurait tant aimé que les choses soient différentes…

De plus en plus somnolent, il alla se coucher.

Chapitre 38

L'aube se leva sur le pays Sauvage, grise et maussade. Des nuages cachaient le ciel, pendant qu'un calme étrange annonçait un orage d'été.

Cephelo et sa petite troupe commencèrent à suivre la piste qui les ramènerait vers la route principale.

Les vagabonds quittèrent la clairière aussi discrètement qu'ils étaient arrivés, les cavaliers devant le chariot où voyageaient Wil et Amberle.

Au milieu de la matinée, ils atteignirent la route principale et tournèrent vers l'est. La brume tombait sur la vallée à mesure que l'air se réchauffait. Wil et Amberle, assis à côté de la vieille femme, pensaient à ce qui les attendait. Il n'y avait pas eu d'autre conversation avec Hebel, car ils avaient dormi profondément. À leur réveil, Cephelo s'était assuré que le vieil homme ne s'approche pas d'eux.

Maintenant, ils se demandaient ce qu'il aurait encore pu leur dire, s'il en avait eu l'occasion. Pendant qu'ils réfléchissaient, Cephelo vint leur parler, mais son sourire et ses péroraisons paraissaient forcés. Il chevaucha à côté d'eux plusieurs fois pendant la matinée. On eût dit qu'il cherchait quelque chose, mais le Valombrien et la jeune elfe ignoraient quoi. Eretria les évita. Si Amberle fut surprise du brusque changement de comportement de la jeune vagabonde, Wil le comprenait très bien.

Midi approchait quand Cephelo ordonna une halte devant un croisement. Au loin, le tonnerre grondait et le vent soufflait par rafales qui faisaient voler des feuilles mortes et de la poussière. Cephelo revint près du chariot et s'arrêta à côté de Wil.

— C'est là que nous nous séparons, guérisseur, annonça-t-il, désignant le carrefour. Vous allez vers le sud, le long de la route la plus étroite. Le chemin est facile : il suffit de ne pas le quitter. Vous devriez arriver devant les Chaudrons à la tombée de la nuit.

Wil ouvrit la bouche, mais le vagabond leva une main pour l'arrêter.

— Avant de parler, laissez-moi vous conseiller de ne pas me supplier de venir avec vous. Cela ne faisait pas partie de notre marché, et j'ai d'autres obligations à remplir.

— J'allais vous demander si nous pouvions avoir quelques provisions, dit Wil.

— Pour un jour ou deux, pas plus…

Il fit signe à la vieille femme, qui entra dans le chariot. Wil regarda le vagabond se dandiner sur sa selle, comme s'il était gêné. Quelque chose ennuyait Cephelo.

— Comment vous retrouverai-je pour vous payer votre part de la récompense ? demanda Wil.

— La récompense ? Oh, oui... Ma foi, comme je vous l'ai déjà dit, je saurai quand vous aurez été payé. Je vous chercherai, guérisseur.

Le Valombrien descendit du chariot. Puis il aida Amberle. Lui jetant un bref coup d'œil, il la souleva et la posa sur le sol, certain qu'elle n'était pas plus rassurée que lui par la conduite du vagabond. Il se tourna vers Cephelo.

— Pourriez-vous nous donner un cheval ? Un seul suffirait...

— Nous n'avons pas de monture disponible, grogna Cephelo. Maintenant, vous devriez partir. Un orage se prépare.

La vieille femme revint et tendit un petit sac à Wil. Le Valombrien le jeta sur son épaule et la remercia. Puis il regarda le vagabond.

— Bon voyage, Cephelo.

— Et que le vôtre soit rapide, guérisseur. Adieu.

Wil prit le bras d'Amberle.

Eretria était perchée sur son bai, ses cheveux noirs volant au vent. Quand le Valombrien passa à côté d'elle, il s'arrêta et lui tendit la main.

— Au revoir, Eretria.

Elle eut un petit signe de tête, avec son visage hâlé inexpressif et froid. Puis, sans un mot, elle talonna son cheval pour rejoindre Cephelo. Le Valombrien la regarda partir, mais elle ne se retourna pas. Amberle à côté de lui, il prit le chemin du sud.

Le vent propulsant de la poussière dans ses yeux, il les abrita avec sa main.

Hebel passa la matinée à son établi, derrière sa cabane, penché sur la statuette d'un félin des marais. Pendant qu'il travaillait, il repensa aux petits elfes et à leur étrange quête, et à l'avertissement qu'il leur avait donné en vain. Il ne comprenait pas. Pourquoi avaient-ils refusé de tenir compte de ce qu'il leur avait dit ? Il avait été clair : entrer dans les Chaudrons, c'était la mort assurée ! Et il avait ajouté que le domaine des Sœurs Sorcières était inviolable. Qu'est-ce qui poussait ces gamins à y aller pour récupérer une racine ?

Il y avait peut-être quelque chose de plus... Le vieil homme y pensa un moment. Plus il y réfléchissait, plus ça lui semblait plausible. Après tout, ils n'auraient pas confié la vérité à un gredin comme Cephelo. Le jeune homme était trop intelligent pour ça ! Garde-Sûre était situé dans les profondeurs, sous l'aiguille d'Acier. Quelle racine poussait sous une montagne, à un endroit que la lumière du soleil n'atteignait jamais ? Mais Garde-Sûre avait autrefois été le sanctuaire d'une magie d'un autre âge, perdue et oubliée depuis longtemps. Les petits elfes espéraient-ils la redécouvrir ?

Le ciel s'obscurcit de plus en plus, l'orage se rapprochant, et le hurlement du vent dans les arbres se fit plus aigu. Le vieil homme regarda autour de lui. Oui, ce serait un sacré orage, se dit-il. Encore un mauvais signe pour les elfes, qui seraient surpris à découvert avant d'atteindre les Chaudrons. Il secoua la tête. Il les aurait suivis, s'il avait pensé que cela servirait à quelque chose. Mais ils étaient décidés. Dommage pour eux ! Quoi qu'ils espèrent trouver à Garde-Sûre, racine médicinale ou magie, ils auraient mieux fait de l'oublier !

À ses pieds, Clochard leva la tête, renifla l'air et grogna. Hebel le regarda, étonné, puis sonda les alentours. Les ombres des arbres tombaient sur la clairière, mais rien ne bougeait.

Clochard grogna de nouveau, les poils hérissés. Hebel regarda autour de lui. Il y avait quelque chose dans la forêt. Il se leva et prit sa hache. Puis il avança vers les arbres, Clochard à côté de lui, accroupi comme s'il avait peur.

Hebel s'arrêta. Il ne comprit pas pourquoi, mais il sentit soudain quelque chose de froid s'insinuer dans son corps, le glaçant à tel point qu'il put à peine rester debout. À ses pieds, Clochard se coucha sur le ventre et glapit comme si on le frappait. Le vieil homme vit quelque chose bouger, une ombre massive vêtue d'un manteau. Il eut à peine le temps de l'apercevoir. La peur l'envahit, si puissante qu'il ne parvint pas à trouver la force de la combattre. Elle le tint dans ses griffes pendant qu'il regardait la forêt, souhaitant désespérément être capable de se détourner et de fuir. La hache lui tomba des mains et atterrit sur le sol, inutile.

L'étrange sensation le quitta aussi rapidement qu'elle était venue. Autour de lui, le vent gémissait, et des gouttes de pluie éclaboussaient son visage parcheminé. Inspirant à fond, il ramassa sa hache et recula lentement, Clochard tout près de lui, jusqu'à ce qu'il heurte son établi. Il s'arrêta, une main sur le cou du grand chien pour s'empêcher de trembler.

Depuis soixante ans qu'il luttait pour survivre, comprit-il, il n'était jamais passé aussi près de la mort.

Wil et Amberle marchaient depuis moins d'une heure quand l'orage les surprit. Les quelques gouttes qui traversaient le feuillage dense des arbres se transformèrent rapidement en averse. Des torrents de pluie balayèrent le chemin, poussés par le vent d'ouest, et le tonnerre gronda dans la forêt détrempée. Devant eux, l'obscurité augmenta encore avec la pluie, et les branches dégoulinantes d'eau s'inclinèrent comme des bras fatigués. Trempés jusqu'aux os en quelques minutes, ils regrettèrent d'avoir laissé leurs manteaux aux vagabonds. Les vêtements légers qu'ils leur avaient fournis leur collaient au corps et il n'y avait rien à faire pour soulager leur inconfort.

Ils baissèrent la tête et continuèrent d'avancer.

La pluie tomba pendant des heures, avec quelques éclaircies. Le Valombrien et la jeune elfe se traînèrent sous les intempéries, dégoulinant d'eau, leurs bottes pleines de boue, les yeux rivés sur le chemin défoncé. Quand la pluie diminua enfin, l'orage se déplaçant vers l'est, la brume n'améliora pas la visibilité. Les arbres et les broussailles gorgés de pluie brillaient à travers le brouillard et l'eau tombait bruyamment des branches. Le ciel restant nuageux et plombé, ils entendirent le tonnerre gronder au loin, vers l'est. La brume s'épaissit et l'allure des voyageurs ralentit encore.

Le chemin commença à descendre, une pente d'abord légère, puis de plus en plus raide. Le Valombrien et la jeune elfe glissèrent et dérapèrent sur la terre boueuse, ne voyant rien de plus que la route et les arbres qui l'entouraient. On n'entendait même plus le chant des insectes qui avait salué la fin de l'orage…

Si brusquement qu'on eût dit que quelqu'un avait déchiré un voile devant leurs yeux, les arbres de la forêt devinrent plus espacés, la pente se fit plus abrupte, et le bassin sombre des Chaudrons apparut devant eux. Le Valombrien et la jeune elfe s'arrêtèrent au milieu de la piste boueuse. Ils comprirent aussitôt qu'ils étaient arrivés à destination : un puits géant couvert d'une forêt obscure ! Il leur sembla être au bord d'un lac mort, à la surface envahie d'une végétation si dense que ce qui se trouvait dessous était impossible à voir. Au centre s'élevait l'aiguille d'Acier, colonne rocheuse solitaire campée dans l'obscurité. Les Chaudrons étaient aussi accueillants qu'une tombe ouverte d'où montent des odeurs de décomposition !

Le Valombrien et la jeune elfe luttèrent contre un dégoût profond. Rien de ce qu'ils avaient vu jusque-là n'avait semblé aussi désolé.

— Nous devons descendre, dit enfin Wil.

— Je sais.

Le Valombrien regarda autour de lui, cherchant une façon de procéder. Devant eux, la piste semblait s'interrompre abruptement. Mais quand il avança un peu, il vit qu'elle ne finissait pas là, se divisant en deux pour descendre vers les ombres des Chaudrons.

Il hésita un moment, étudiant les deux chemins et choisit celui de gauche. Il donna le bras à Amberle. Sentant ses bottes glisser sur la terre humide, et des cailloux se dérober sous ses pieds, elle resta le plus près possible de son compagnon et s'appuya sur lui. Ils descendirent prudemment.

Wil perdit pied et tomba, entraînant Amberle, qui trébucha et roula sur le sentier boueux pour disparaître dans l'obscurité des bois. Wil descendit tant bien que mal, se frayant un chemin à travers des broussailles qui déchirèrent ses vêtements et lui égratignèrent le visage. Sans la soie brillante de sa tunique de vagabonde, il n'aurait peut-être pas retrouvé la jeune femme. Elle gisait contre un buisson, le souffle court et le visage couvert de boue.

— Wil ?

Il l'aida à s'asseoir, la serrant délicatement dans ses bras.

— Tu vas bien ? Tu es blessée ?

— Non, je ne crois pas… Tu es fichtrement maladroit !

Il hocha la tête et sourit de soulagement.

— Je vais t'aider à te relever.

Il passa un bras autour de la taille de son amie et la souleva. Elle était légère comme une plume ! Quand il la posa sur ses pieds, elle cria et retomba, une main volant vers sa cheville.

— Elle est foulée !

Wil s'agenouilla et examina son amie.

— Il n'y a rien de cassé. C'est seulement une entorse. Nous pouvons nous reposer un peu avant de repartir. Je t'aiderai à descendre la pente. Si nécessaire, je peux même te porter.

— Wil, je suis désolée. J'aurais dû être plus prudente.

— Toi ? C'est moi qui suis tombé le premier ! (Il sourit.) Peut-être qu'une des Sœurs Sorcières viendra nous aider…

— Ça n'est pas drôle, grogna Amberle. (Elle regarda autour d'elle.) Nous devrions attendre le matin pour continuer. Ma cheville ira sans doute mieux. De plus, même si nous arrivons en bas avant que la nuit tombe, nous serons obligés d'y dormir, et je n'ai pas très envie de ça !

— Moi non plus... Rester ici semble une bonne idée...

— Peut-être pouvons-nous retourner un peu plus haut ?

— Tu crois vraiment aux histoires du vieil homme ? Selon toi, des sorcières vivent dans ces lieux ?

— Pourquoi, tu n'y crois pas ?

— Je l'ignore... Peut-être. Oui, j'imagine que j'y crois. Il y a bien peu de chose que je ne crois plus... (Il s'assit, les bras autour des genoux.) S'il y a des sorcières, j'espère qu'elles auront peur des Pierres elfiques, parce que c'est l'unique protection qui nous reste. Mais si je dois utiliser les Pierres contre elles, nous risquons d'être dans de sales draps !

— Voilà qui m'étonnerait...

— Tu penses toujours que je peux les utiliser ? Même après ce qui est arrivé dans le Pykon ?

— Oui. Mais tu ne devrais plus t'en servir.

— Tu m'as déjà dit ça, souviens-toi. Après le Tirfing, quand nous avons campé près de la Mermidon. Inquiète pour moi, tu as dit que je ne devrais pas utiliser les Pierres, même pas pour te sauver.

— Je m'en souviens.

— Plus tard, quand nous avons fui le Pykon, je t'ai dit que leur pouvoir était perdu pour moi, mon sang elfique n'étant pas assez fort. Tu m'as affirmé que je ne devais pas juger si rapidement, et que tu avais confiance en moi.

— Je me souviens aussi de ça...

— Nos discours sont bizarres ! Je pense que je devrais utiliser les Pierres, mais que j'en serai incapable. Tu penses que je peux, mais que je ne devrais pas. Et nous ignorons toujours qui a raison... Nous voilà presque arrivés à Garde-Sûre, et je n'ai toujours pas déterminé si...

Il s'interrompit.

— Peu importe, éluda-t-il en détournant le regard. Il vaudrait mieux que nous n'ayons jamais à le découvrir. Et que je puisse bientôt rendre les Pierres à mon grand-père.

Sans réfléchir, Wil passa la main sous sa tunique et en sortit la bourse. Il la palpa négligemment et se préparait à la ranger quand il remarqua quelque chose de bizarre. Le contact n'était pas comme d'habitude...

Il dénoua les cordons et vida la bourse dans sa paume.

Trois cailloux ordinaires !

— Wil ! s'exclama Amberle.

Le Valombrien regarda les cailloux en revoyant les événements des jours précédents.

— Cephelo, murmura-t-il enfin. C'est lui ! Il a remplacé les Pierres par ces cailloux. La nuit dernière, pendant que nous dormions... Ça ne peut être que ça : elles étaient dans la bourse ce jour-là, à Grimpen. J'ai vérifié.

Il se leva, bouleversé.

— Ce matin, j'ai oublié... J'étais si fatigué la nuit dernière... Il avait dû verser une drogue dans la bière pour être sûr que je ne me réveillerai pas. Pas étonnant qu'il ait eu hâte de se débarrasser de nous ! Et qu'il ait pris à la légère les avertissements de Hebel. Il préférerait que nous ne revenions pas et il se fiche de la récompense. Ce qui l'intéressait depuis le début, c'était les Pierres elfiques.

Il partit sur la piste, furieux. Puis il se souvint d'Amberle, revint vers elle, la prit dans ses bras et remonta jusqu'à la lisière des Chaudrons. Regardant autour de lui, il aperçut un bosquet de buissons à quelques pas de là et y déposa la jeune elfe.

— Je dois retourner chercher les Pierres ! Si je te laisse ici, ça ira ?

— Wil, tu n'as pas besoin des Pierres.

— Si nous devons mettre ta théorie à l'épreuve, je préférerais les avoir en ma possession. Tu as entendu ce que le vieil homme a dit sur les Chaudrons. Les Pierres sont mon seul moyen de te protéger.

— Cephelo te tuera !

— Peut-être. Et peut-être est-il trop loin pour que je le rattrape. Mais je dois essayer, Amberle ! Si je ne l'ai pas trouvé à l'aube, je reviendrai. Avec ou sans les Pierres, je serai là pour entrer avec toi dans les Chaudrons.

Elle fit mine de parler mais s'interrompit, leva la main et lui effleura le visage.

— J'ai des sentiments pour toi, tu sais, murmura-t-elle. Réellement.

Il la regarda, ébahi.

— Amberle !

— Pars, maintenant… Cephelo a dû s'arrêter pour la nuit. Tu as une chance de le rattraper si tu te dépêches. Mais sois prudent, Wil Ohmsford. Ne te laisse pas tuer bêtement. Et reviens vers moi.

Elle l'embrassa.

— Va. Fais vite !

Wil la regarda un instant, puis se leva d'un bond. Sans tourner la tête, il partit en courant. En quelques secondes, il disparut dans la forêt.

Chapitre 39

À l'aube du jour où Wil et Amberle constataient la disparition des Pierres elfiques, les démons attaquèrent Arborlon. Hurlant à la mort, ils jaillirent du couvert des arbres, telle une déferlante de corps tordus et bossus qui couvrait toute la longueur du Carolan.

Faisant fi de la raison et de la réflexion, les créatures se jetèrent dans les eaux du Chant du Ruisseau. Certains monstres nagèrent péniblement, battant des pieds et des bras pour gagner la rive opposée. D'autres glissèrent à la surface des eaux. D'autres encore, si grands qu'ils avaient pied, avançaient maladroitement, leurs museaux ou leurs groins tendus. Beaucoup traversèrent sur des radeaux rudimentaires qu'ils faisaient avancer avec des perches. Arrivés près de la rive, ils s'accrochaient à d'autres monstres pour être tirés sur la rive… ou entraîner avec eux leur victime dans les flots.

La folie dominait la horde. Cette fois, ils en étaient sûrs, les démons détruiraient les elfes !

Mais ceux-ci ne cédèrent pas à la panique. Même si la férocité, la taille et le nombre des démons avaient pu briser le moral d'un groupe de défenseurs moins déterminé, ils tinrent bon. Ce serait la bataille finale. Ils protégeraient leur capitale, le cœur de la terre qui les abritait depuis que les races existaient. Tout le reste était perdu. Mais les elfes ne perdraient pas Arborlon. Ils lutteraient jusqu'au dernier, hommes, femmes et enfants, et ne se laisseraient pas chasser de leur pays pour devenir des exilés traqués comme des animaux par leurs vainqueurs.

Au sommet des remparts de l'Elfitch, Ander Elessedil regardait les démons tout balayer sur leur passage. Allanon était à côté de lui, mais aucun des deux ne parlait.

Après un moment, Ander leva les yeux. Loin au-dessus d'eux, un petit point apparut dans le ciel bleu, grossissant à mesure qu'il approchait. Dayn et son Roc, Danseur ! Ils descendirent le long des parois du Carolan pour se poser sur la rampe ouverte, au-dessus d'Ander et du druide. Sautant de sa selle, Dayn rejoignit le prince.

— Combien ? demanda Ander.

— Même les bois et la brume ne peuvent pas tous les cacher. Ceux que nous voyons devant nous sont une poignée, par rapport au reste...

Il y en a tant, pensa Ander, lugubre. Mais Allanon avait dit que ce serait le cas.

— Essaient-ils de contourner nos flancs, Dayn ?

— Non. Ils foncent sur le Carolan. Toute la horde ! (Il jeta un coup d'œil aux démons qui se débattaient dans les eaux du Chant du Ruisseau, puis se tourna vers les remparts.) Je vais laisser Danseur se reposer quelques minutes, puis je ferai un autre vol de reconnaissance. Bonne chance, mon seigneur.

Ander l'entendit à peine.

— Nous devons tenir bon..., murmura-t-il.

Le combat avait déjà commencé. Au bord de la rivière, des arcs elfiques vibrèrent et des flèches empennées de noir criblèrent les corps lourds qui emplissaient les eaux du Chant du Ruisseau. Les projectiles rebondissaient comme des brindilles sur les démons couverts d'écailles ou d'un cuir épais. Certaines trouvèrent pourtant leurs cibles. Des démons sombrèrent dans les eaux agitées.

Des flèches enflammées se plantèrent dans les bateaux et les radeaux, mais la plupart s'éteignirent rapidement. Les archers tirèrent sans relâche sur la horde qui sortait de la forêt et se jetait dans la rivière, mais ça ne la ralentit pas.

Soudain, un cri retentit en haut du Carolan et des acclamations éclatèrent. Dans le clair-obscur de l'aube, les elfes se retournèrent, exaltés, quand un cavalier arriva en vue, ses cheveux gris flottant au vent.

Le cri descendit l'Elfitch, passant de bouche en bouche. Sur la ligne de front du Chant du Ruisseau, derrière les barricades et les murs, il monta dans l'air matinal jusqu'à se transformer en un grondement assourdissant.

— Eventine ! Eventine est venu nous rejoindre !

En un instant, les elfes retrouvèrent l'espoir, la foi et l'enthousiasme. Le roi qui les gouvernait depuis près de soixante ans était là ! Le monarque qui s'était dressé contre le Roi-Sorcier et l'avait finalement vaincu. Celui qui les avait guidés si longtemps. Blessé au col de Halys, peut-être perdu par son peuple, il était de retour ! Lui présent, aucune force du mal, si monstrueuse fût-elle, ne pouvait les vaincre.

Eventine !

Hélas, il y avait un problème... Ander le comprit dès que son père descendit de cheval. Ce n'était pas l'ancien Eventine, comme son peuple le croyait. Ander vit dans ses yeux qu'il était comme indifférent à tout ce qui arrivait autour de lui. On eût dit qu'il s'était replié en lui-même, non par peur ou par incertitude, car il était capable de maîtriser ces sentiments, mais à cause de la profonde tristesse qui semblait avoir brisé son esprit. Pourtant, il avait l'air fort et son visage reflétait une détermination et une volonté d'acier. Il salua ses compagnons avec les mots qu'il avait toujours utilisés. Mais ses yeux trahissaient le chagrin et le découragement qui l'avaient privé de son ardeur à combattre.

Son fils lut tout cela dans son regard et vit qu'Allanon aussi avait compris. Un reflet de roi chevauchait ce matin avec son peuple. La mort d'Arion et de Pindanon l'avaient-ils plongé dans cet état ? Ou la blessure qu'il avait reçue au col de Halys, la défaite de son armée et la terrible dévastation de son pays ? Sans doute tous ces événements, plus quelque chose d'autre : l'idée de la défaite, la perspective que les elfes, s'ils échouaient à Arborlon, lâcheraient sur les Quatre Terres une force maléfique qui fondrait sur toutes les races et les extermineraient. Cette responsabilité pesait sur les elfes, donc sur Eventine, puisqu'il était leur roi.

Ander serra son père dans ses bras. Puis il recula et lui tendit le bâton de l'Ellcrys.

— Ceci vous appartient, mon seigneur.

Eventine hésita, puis repoussa doucement le bâton.

— Non, Ander. Il est à toi, maintenant. Tu dois le porter pour moi.

Ander ne répondit pas, mais il vit dans les yeux du vieil homme quelque chose qu'il n'avait pas encore remarqué. Son père savait qu'il n'était pas lui-même. Et s'il voulait abuser les autres – pour leur bien – il refusait de tromper son fils.

— Alors, venez à côté de moi sur les remparts, mon seigneur, dit-il doucement.

À cet instant, les premiers démons atteignirent la rive est du Chant du Ruisseau. Ils surgirent sur la berge et se jetèrent sur les lances et les piques qui dépassaient des fortifications elfiques, comme une marée de membres et de mâchoires déchirant les défenseurs qui leur barraient le chemin.

Au milieu des elfes, Stee Jans et les derniers soldats de son régiment Libre servaient de point d'ancrage à la défense. Sur les flancs, Ehlron Tay et Kerrin de la garde du palais criaient à leurs soldats :

— Tenez bon, Chasseurs elfes !

Mais la résistance n'eut qu'un temps. Attaquée par une horde d'ennemis, la ligne de défense commença à s'effondrer. Des démons la traversèrent et passèrent par-dessus les fortifications basses, ouvrant le passage à ceux qui les suivaient.

Les eaux du Chant du Ruisseau étaient noires du sang des monstres et de leurs corps brisés.

Ce fut une ruée sauvage. Au-dessus des portails du deuxième niveau de l'Elfitch, Ander donna l'ordre de battre en retraite. Les elfes et leurs alliés abandonnèrent les fortifications menacées, devant la rivière, et se glissèrent dans la forêt, empruntant des chemins soigneusement mémorisés pour rejoindre les rampes. Avant que les démons comprennent ce qui se passait, les défenseurs atteignirent la première rampe et le portail se referma derrière eux.

Les démons se lancèrent aussitôt à leur poursuite. Traversant la forêt, au pied de la paroi qui menait au haut plateau, ils tombèrent dans les centaines de trappes et de pièges que les elfes avaient préparés. Quelques instants, la ruée ralentit. Les démons, de plus en plus nombreux sur la rive, sautèrent au-dessus de ceux qui étaient pris dans les pièges et arrivèrent sur la rampe. Se regroupant rapidement, ils chargèrent les murs du premier portail, se montant les uns sur les autres jusqu'à ce qu'ils arrivent à passer les défenses du niveau inférieur.

Les elfes furent forcés de reculer. Le portail du premier niveau avait cédé avant que celui du deuxième niveau ait pu être totalement fermé. Sans ralentir, les démons envahirent la rampe qui conduisait au deuxième. Ils grouillaient le long des murs et sur la paroi, accrochés à la roche comme des insectes, bondissant, courant ou grimpant avec des hurlements de rage.

La rivière n'avait pas arrêté les démons, et les défenses avaient cédé en quelques minutes. Désormais, les elfes avaient perdu le premier niveau de l'Elfitch, et la paroi rocheuse à pic ne semblait pas ralentir les attaquants.

Les démons s'agglutinèrent contre le portail de la deuxième rampe, les épées et les piques les repoussant un moment. Puis les portes commencèrent à trembler sous la violence de la poussée. Mais les défenseurs résistèrent, soutenant les portes avec des étais de fer et leurs propres muscles. Des cris de douleur et d'agonie emplirent l'air. Les démons continuaient d'affluer, une poignée de furies sortant de leurs flancs pour bondir au sommet des murs de pierre, au visage mi-féminin mi-félin distordu par la haine.

Les elfes reculèrent devant leurs griffes. Par bonheur, le feu bleu d'Allanon éclata, forçant les monstres à s'éparpiller. Les elfes contre-attaquèrent, les jetant du haut des murs, jusqu'à ce que le dernier ait disparu dans la masse de corps noirs, à l'aplomb du portail.

Le druide et les Elessedil gagnèrent la troisième rampe. De là, ils regardèrent l'attaque des démons gagner en force. Les défenseurs tenaient toujours bon, les archers des niveaux supérieurs aidant de leur mieux les lanciers et les piquiers. Des démons accrochés à la paroi, tout autour de l'Elfitch, se frayaient péniblement un chemin vers le haut plateau. De haut du promontoire, les soldats nains du génie en décrochaient le plus possible en leur expédiant des rochers.

Puis un énorme démon surgit de la masse des attaquants, au niveau des portes de la deuxième rampe. Couverte d'écailles, cette créature marchait debout comme un humain, mais elle avait le corps et la tête d'un lézard. Sifflant de fureur, elle se jeta contre les portes. Les barres transversales cédèrent et les charnières craquèrent.

Les elfes essayèrent de repousser ce monstre, mais il ne semblait pas souffrir des coups qu'il recevait, les armes se brisant quand elles le frappaient.

Il se jeta une deuxième fois contre les portes, qui éclatèrent et tombèrent sur les défenseurs massés derrière. Les elfes durent reculer et se réfugier au troisième niveau, où le portail ouvert les attendait. Le lézard et les autres démons les suivirent, essayant d'atteindre les portes avant qu'elles se referment.

Un moment, il sembla qu'ils y arriveraient ! Mais Stee Jans se campa à l'entrée de la rampe, une lance à la main. Flanqué par les vétérans du régiment Libre, plus quelques gardes du palais commandés par Kerrin, il barra le chemin aux démons.

Le lézard géant se ramassa sur lui-même et bondit. Mais le frontalier fut plus rapide. Esquivant l'attaque, il enfonça sa lance entre les mâchoires béantes de la créature.

Le lézard se dressa sur les pattes arrière et la lance ressortit de l'autre côté de son crâne. Il tenta de déchiqueter le commandant de la Légion, mais ses hommes se placèrent autour de lui et dévièrent les coups. Quelques secondes après, tous revinrent à l'abri des remparts et les portes se fermèrent derrière eux. Le lézard resta debout au milieu de la rampe, essayant de retirer la lance enfoncée dans sa tête. Puis la vie le quitta et il bascula en arrière, au milieu de ses compagnons, les emportant dans sa chute quand il tomba dans le vide pour aller s'écraser dans la forêt.

Les démons repartirent à l'attaque. Mais ils avaient perdu leur élan. Éparpillés le long de l'Elfitch, ils semblaient incapables de lancer un assaut cohérent. Le plus fort d'entre eux avait été tué. N'ayant personne pour le remplacer, ils tournaient en rond. Encouragés par l'héroïsme du régiment Libre et de la garde du palais, les défenseurs les repoussèrent, leurs flèches et leurs lances faisant un massacre. Des centaines de formes noires s'effondrèrent. Les démons essayaient toujours d'avancer, mais ils étaient désorientés et donc vulnérables.

Ander vit sa chance et la saisit. Il donna le signal de la contre-attaque. Sur l'ordre de Kerrin, les portes de la troisième rampe s'ouvrirent en grand et les elfes chargèrent, forçant les démons à redescendre l'Elfitch, et à passer les portes défoncées de la deuxième rampe. Ils les repoussèrent jusqu'aux portes de la première, avant qu'ils se reprennent pour revenir à l'attaque, stimulés de voir des milliers de leurs compagnons sortir de la rivière. Les elfes tinrent leur position un moment, puis ils reculèrent vers les portes du deuxième niveau, les refermèrent et les renforcèrent avec du bois et des étais de fer. Ensuite, ils attendirent.

Les choses continuèrent ainsi toute la journée et au début de la soirée, la bataille faisant rage le long de la rampe, entre la base du promontoire et les portes du troisième niveau. Les elfes et les démons se taillèrent en pièces dans une lutte sans merci. En deux occasions, les monstres reprirent les deuxièmes portes et se massèrent contre les troisièmes. Ils furent repoussés deux fois, dont une jusqu'en bas du promontoire. Des milliers de combattants moururent, dont beaucoup d'assaillants, car ils se battaient sans se soucier de leur survie. Des elfes étant aussi tués ou blessés, le nombre de défenseurs baissait régulièrement, alors que celui des démons semblait ne jamais diminuer.

Sans signe avant-coureur, les monstres abandonnèrent l'attaque. Ils redescendirent l'Elfitch lentement, comme à regret, grondant tout le long du chemin qui les ramena dans la forêt. Puis ils s'accroupirent dans les ténèbres, immobiles et silencieux, comme s'ils attendaient quelque chose. Derrière les portails et les murs de l'Elfitch, comme au bord du Carolan, les défenseurs épuisés sondèrent les ténèbres et ne se posèrent pas de question sur ce qui venait d'arriver, heureux qu'Arborlon soit en sécurité une journée de plus.

La même nuit, deux heures après la retraite des démons, un messager arriva pour Eventine et Ander, en réunion avec leurs ministres. D'une voix haletante, l'homme annonça qu'une armée de trolls des Rochers était arrivée du Kershalt. Le roi et son fils sortirent du bâtiment du Conseil, les autres membres sur leurs talons, et découvrirent dans la cour des géants à la peau dure comme de l'écorce, vêtus d'armures de cuir et d'acier. Leurs grandes épées et leurs lances scintillaient sous la lumière des torches, et une marée d'yeux profondément enfoncés dans leurs orbites se riva sur les visages ahuris des elfes.

Le commandant avança, une énorme hache à double tranchant attachée dans son dos. Après un coup d'œil aux autres elfes, il vint se placer devant Eventine.

— Je suis Amantar, le chef de cette armée, annonça-t-il dans le dialecte troll. Nous sommes mille cinq cents, roi Eventine…

Le monarque en resta sans voix. Ils avaient perdu tout espoir de recevoir de l'aide des trolls, convaincus qu'ils avaient décidé de ne pas s'impliquer dans ce conflit. Les voir arriver maintenant, alors qu'ils n'espéraient plus de nouveaux alliés…

Amantar vit la surprise du roi.

— Eventine, je dois avouer que votre demande d'aide a suscité bien des débats, dit-il. Les elfes et les trolls se sont toujours battus les uns contre les autres, ce qui est difficile à oublier. Pourtant, il arrive un moment où les relations entre les peuples doivent repartir d'un bon pied. Ce moment est venu pour les elfes et les trolls. Nous avons déjà affronté quelques démons. Il y a eu des blessés et des morts dans nos rangs. Les trolls des Rochers mesurent la menace. Les démons sont aussi puissants et dangereux que le Roi-Sorcier et les Porteurs du Crâne. Toutes les races risquent de périr. Il est donc normal que les elfes et les trolls oublient leurs différends pour affronter cet ennemi ensemble.

Une déclaration éloquente… Après l'avoir faite, Amantar mit un genou en terre, indiquant à la manière des trolls des Rochers sa fidélité à la cause des elfes. Derrière lui, ses hommes l'imitèrent.

Ander vit des larmes perler aux paupières du vieux roi. Un instant, Eventine revint du lieu secret où son âme s'était retirée, et son visage s'illumina. Il posa la main droite sur son cœur, retournant le serment des trolls à la manière des elfes.

Amantar se leva, et les deux hommes se serrèrent la main.

Ander aurait aimé crier de joie !

Allanon avançait sur les sentiers étroits des jardins de la Vie. Solitaire et silencieux, il passa entre les parterres de fleurs et les haies sculptées. Il marchait tête baissée, les bras croisés sous les plis de son manteau noir, le visage dissimulé par l'ombre de son capuchon. Résolu mais inquiet, il continua son chemin. Cette nuit, il avait rendez-vous avec la mort.

Il arriva au pied de la butte défendue par les soldats de la garde Noire. Impatient, il leva une main et se glissa entre eux comme une ombre. Les soldats ne s'aperçurent pas de sa présence. Il monta sur la butte, les yeux baissés sur le sol.

Alors, il leva la tête. Devant lui se dressait l'Ellcrys, aux branches naguère gracieuses aujourd'hui desséchées et tordues. Son parfum et ses couleurs avaient disparu. De l'arbre autrefois si beau, il restait une ombre. Des feuilles rouge sang jonchaient le sol comme des morceaux de parchemin froissé. L'arbre entièrement dépouillé ressemblait à un crucifié.

Allanon sentit un froid mortel l'envahir. Même sachant tout ce qu'il savait, il n'était pas prêt à voir ce spectacle. Le chagrin l'envahit quand il pensa à ce qui allait se passer. Il ne pouvait l'empêcher, car même les druides ne possédaient pas le don de la vie éternelle. Toute chose devait un jour disparaître de la surface de la Terre. Pour l'Ellcrys, ce moment était arrivé.

Le druide leva une main comme pour toucher les branches desséchées, puis il la laissa retomber. Il ne voulait pas sentir la douleur de l'Ellcrys. Conscient qu'il devait apprendre où l'arbre en était, il leva de nouveau la main. Saisissant une branche, il essaya de transmettre un sentiment d'espoir et de réconfort à l'Ellcrys agonisant. Puis il baissa la main. Il restait un jour ou deux. Trois, au plus, et l'arbre ne serait plus.

Allanon se redressa, ses yeux noirs rivés sur le moribond. Si peu de temps !

Il se détourna, se demandant si ce serait suffisant pour qu'Amberle soit de retour…

Chapitre 40

Wil Ohmsford revint sur ses pas à travers la forêt du pays Sauvage, en suivant le chemin défoncé envahi de brume et plongé dans les ténèbres. Des branches basses et des lianes lourdes de pluie le giflèrent au passage, et les flaques d'eau l'éclaboussèrent, le couvrant de boue. Mais le Valombrien ne sentait rien de tout ça, tant son esprit était occupé par des émotions contradictoires : désespoir à cause de la perte des Pierres elfiques, colère contre Cephelo, peur pour Amberle, et émerveillement au souvenir de ses paroles…

J'ai des sentiments pour toi, lui avait-elle dit. Et elle le pensait ! Il était si étrange d'entendre une telle chose. Il n'aurait jamais cru cela possible ! Au début, elle éprouvait surtout envers lui de l'exaspération et de la méfiance, et elle n'en avait pas fait mystère. Lui n'avait guère apprécié cette jeune elfe hautaine. Mais leur long voyage leur avait appris beaucoup de choses l'un sur l'autre, les dangers qu'ils avaient affrontés et vaincus les ayant rapprochés. En peu de temps, leurs vies s'étaient inextricablement mêlées. Il n'était guère étonnant, du coup, qu'une forme d'affection naisse entre eux.

Les mots résonnaient dans sa tête, comme une litanie. *J'ai des sentiments pour toi.* C'était vrai, il le savait. Et soudain, il se demanda quels étaient ses sentiments à lui…

Wil trébucha et tomba, roulant dans la boue. Il se releva, furieux contre lui-même.

L'après-midi avançait. Il aurait de la chance s'il atteignait la route principale avant la tombée de la nuit. Il lui faudrait trouver son chemin dans l'obscurité, seul dans une contrée inconnue, sans armes à part son couteau de chasse. « Stupide » voilà le qualificatif le moins vexant qu'il pouvait trouver pour son comportement. S'être laissé berner par Cephelo au point de croire que le vagabond lui apporterait son aide en échange d'une vague promesse de récompense était réellement idiot ! *Et dire qu'Allanon avait cru que tu étais l'homme à qui il pouvait confier Amberle !*

Ses muscles commençaient à se raidir sous l'effort. Les crampes n'étaient pas loin. Le désespoir le submergea quand il pensa à tout ce qu'Amberle et lui avaient enduré pour arriver jusque-là… et tout perdre par imprudence ! Sept Chasseurs avaient sacrifié leur vie pour qu'ils arrivent au pays Sauvage. D'autres elfes étaient sans doute morts en défendant les Terres de l'Ouest, car il semblait évident que la Barrière s'était écroulée. Et tout ça pour que l'aventure se termine ainsi ? La honte le paralysa, puis la détermination prit le dessus, balayant le désespoir. Il n'abandonnerait jamais ! Il retrouverait les Pierres elfiques. Revenu près d'Amberle, il la conduirait, saine et sauve, vers l'aiguille d'Acier, et le Feu de Sang, puis il la ramènerait à Arborlon. Il ferait tout cela parce qu'il savait que toute autre issue serait un échec. Pas seulement par rapport à Allanon et aux elfes, mais aussi par rapport à lui-même ! Et il ne l'admettait pas !

Soudain, une ombre apparut sur la piste devant lui, sortant de l'obscurité comme un fantôme. Le Valombrien s'arrêta, si effrayé qu'il faillit quitter le chemin et foncer à l'aveuglette dans la forêt. Haletant, il regarda mieux, comprenant qu'il avait devant lui un cheval et son cavalier. Wil avança, sa méfiance se transformant en incrédulité puis en stupéfaction.

C'était Eretria !

— Surpris ? demanda-t-elle d'une voix froide et mesurée.

— Très surpris…

— Je suis venue vous sauver une dernière fois, Wil Ohmsford. Désormais, je crois que vous ferez davantage attention à ce que j'ai à vous dire.

Wil s'arrêta.

— Cephelo a les Pierres.

— Je le sais. Il a versé de la drogue dans votre bière et il vous les a prises la nuit dernière, pendant votre sommeil.

— Vous n'avez pas essayé de me prévenir ?

— Vous prévenir ? Je vous aurais aidé, mais vous avez refusé de m'emmener, vous vous en souvenez ? Si vous aviez accepté, je vous aurais parlé des plans de Cephelo concernant les Pierres, et je me serais assurée que vous les gardiez à l'abri. Mais vous m'avez rejetée ! Abandonnée ! Vous vous êtes cru capable de vous en sortir sans moi. Très bien, me suis-je dit, nous verrons comment ce lâcheur s'en tirera seul !

Elle se pencha vers lui.

— On dirait que vous ne vous débrouillez pas trop bien, non ?

Wil hocha prudemment la tête. Ce n'était pas le moment de dire quelque chose de stupide.

— Amberle est blessée. Elle s'est foulé la cheville et ne peut pas marcher seule. J'ai été obligé de la laisser à la lisière des Chaudrons.

— Vous semblez très doué pour abandonner les femmes en détresse !

— J'imagine que ça ressemble à ça… Mais on ne peut pas toujours faire ce qu'on voudrait, quand il s'agit d'aider les autres.

— C'est ce que vous dites ! Avez-vous abandonné la petite elfe pour de bon ?

— Non. Seulement jusqu'à ce que je récupère les Pierres.

— Ce sera impossible sans moi !

— Je le ferai, avec ou sans vous !

La jeune vagabonde le regarda, et son expression s'adoucit.

— Ça aussi, vous en êtes persuadé ?

Wil posa une main sur le flanc du cheval.

— Êtes-vous venue m'aider, Eretria ?

— Oui. Si vous acceptez de m'aider à votre tour. Cette fois, vous y serez obligé !

Le Valombrien ne répondit pas.

— Je vous propose un marché, Wil Ohmsford. Je vous aiderai à récupérer les Pierres si vous acceptez de m'emmener avec vous quand vous les aurez.

— Comment ferez-vous pour reprendre les Pierres ?

Elle sourit pour la première fois, coupant le souffle de Wil.

— Comment ferai-je ? Guérisseur, je suis une enfant de vagabonds, et la fille d'un voleur, qu'il a achetée et payée. Il vous a volé les Pierres. Je les lui volerai à mon tour, car je suis plus douée que lui à ce petit jeu. Il nous reste seulement à le trouver.

— Ne se demande-t-il pas où vous êtes ?

— Non. Quand nous nous sommes séparés, sur la route, je lui ai dit que je voulais rejoindre la caravane. Il a été d'accord, car les vagabonds connaissent bien les chemins du pays Sauvage. Comme vous le savez, guérisseur, il s'intéresse de près à ma sécurité, parce que les marchandises endommagées ne se vendent pas très cher. Bref, j'ai chevauché une lieue vers le pont Hurleur, puis j'ai bifurqué sur une autre piste qui coupe par le sud et rejoint celle-là. J'espérais vous rattraper à la tombée de la nuit, dans les Chaudrons ou sur ce chemin, si vous vous étiez aperçu de la disparition des Pierres. Cephelo ne saura pas ce que j'ai fait jusqu'à ce qu'il atteigne la caravane. Le chariot le ralentit. Il n'y arrivera pas avant demain, dans la journée. Ce soir, il campera sur la route.

— Alors, nous avons une nuit pour récupérer les Pierres, dit Wil.

— C'est suffisant. Mais pas si nous continuons à bavasser ! Et vous ne voulez sûrement pas laisser la jeune elfe seule plus longtemps que nécessaire…

Wil sursauta quand elle mentionna Amberle.

— Exact. Allons-y !

— Un instant. D'abord, donnez-moi votre parole. Quand je vous aurai aidé, vous m'emmènerez avec vous. Et vous me laisserez rester jusqu'à ce que je sois à une distance suffisante de Cephelo. Et c'est *moi* qui déciderais *de cette distance.* Promettez-moi, guérisseur.

À part essayer de lui voler son cheval, en supposant qu'il en soit capable, Wil n'avait pas grand-chose d'autre à faire…

— Très bien. Je vous le promets.

— Parfait. Pour m'assurer de votre sincérité, quand je les aurai récupérées, je garderai les Pierres sur moi, jusqu'à ce que nous ayons quitté cette vallée. Montez en selle derrière moi.

Wil sauta sur le cheval. Il n'était pas question qu'il la laisse garder les Pierres elfiques quand elle les aurait reprises à Cephelo, mais il ne vit pas l'utilité d'en parler pour le moment. La jeune femme se retourna pour le regarder.

— Vous ne méritez pas ce que je fais pour vous ! Mais je vous aime bien, et j'apprécie d'avance les succès que vous remporterez, surtout avec moi à vos côtés. Passez vos bras autour de ma taille.

Wil hésita, puis fit ce qu'elle demandait. Eretria s'appuya contre lui.

— Voilà qui est mieux, roucoula-t-elle. Je vous préfère comme ça. Quand cette elfe est là, vous me tapez sur les nerfs ! Maintenant, tenez-vous bien !

Elle talonna son cheval. L'animal se cabra en hennissant, puis fila le long du chemin.

Ils chevauchèrent sur la piste, fouettés par les branches. Eretria, qui semblait avoir des yeux de chat, guidait leur monture d'une main ferme et sûre. Évitant les souches et le bois mort, elle la faisait sauter par-dessus les ravines. Wil s'accrocha avec l'énergie du désespoir, se demandant si la jeune femme avait perdu l'esprit. À cette allure, ils étaient sûrs de tomber.

Mais ils ne chutèrent pas, aussi étonnant que cela paraisse.

Eretria fit sortir le cheval de la piste et s'engagea dans une brèche entre les arbres. L'animal bondit dans les buissons puis déboucha sur une deuxième piste, que Wil n'avait pas remarquée lors de sa marche vers les Chaudrons, et se lança au galop.

Ils continuèrent ainsi, ralentissant à peine pour éviter les obstacles qui leur barraient le chemin. La lumière baissait rapidement avec l'approche du crépuscule. Le soleil, invisible au-dessus de la cime des arbres, descendait déjà derrière la montagne.

Quand ils s'arrêtèrent enfin, ils étaient revenus sur la route principale. Eretria tira sur les rênes, tapota les flancs en sueur de l'animal et se tourna vers Wil avec un sourire espiègle.

— C'était pour vous prouver que je peux tenir bon face à n'importe quoi. Je n'ai pas besoin que vous preniez soin de moi !

Le Valombrien sentit son estomac revenir lentement à sa place normale.

— Une démonstration frappante, j'en conviens... Pourquoi nous sommes-nous arrêtés ?

— Pour une petite vérification, dit la jeune femme en descendant de cheval.

Elle examina la piste un moment, puis fronça les sourcils.

— Bizarre... Aucune trace de roues de chariot.

— Vous êtes sûre ? (Il regarda la route et ne vit aucune empreinte.) La pluie les a peut-être balayées...

— Le chariot est assez lourd pour que la pluie n'ait pas pu effacer ses traces. De plus, l'averse devait être terminée au moment où il aurait dû arriver à cet endroit. Je ne comprends pas, guérisseur...

La lumière déclinait de plus en plus vite. Wil regarda autour de lui, de plus en plus inquiet.

— Cephelo aurait-il décidé de s'arrêter pour laisser finir l'orage ?

— Peut-être... Retournons un peu en arrière. Montez en selle !

Ils repartirent vers l'ouest, regardant de temps en temps la piste boueuse pour voir s'ils trouvaient des traces du chariot. Il n'y avait rien. Eretria poussa leur monture au trot. Devant eux, de chaque côté de la piste, les volutes de brumes ressemblaient à des tentacules. Des bruits montaient des arbres, signe que les créatures nocturnes s'éveillaient et commençaient à chasser.

Un nouveau bruit retentit quelque part devant eux, d'abord faible, comme un écho lointain au milieu des autres sons. Puis il se fit plus fort et plus insistant, devenant bientôt un cri aigu, comme si une âme tourmentée subissait des tortures si violentes que sa résistance était brisée, ne lui laissant rien à faire avant de mourir, sinon pousser ce terrible cri d'agonie.

— Qu'est-ce que c'est ? demanda Wil.

— Le pont Hurleur. Juste devant nous. C'est le vent qui produit ce bruit. J'ignore comment.

Le cri devint de plus en plus aigu et dur.

Perturbé, le cheval soufflait nerveusement et faisait des écarts. Eretria essayant de le calmer, ils avancèrent moins vite jusqu'au sommet de la colline. Devant eux, la route, de nouveau droite, disparaissait dans les ténèbres.

Wil vit une ombre avancer vers eux, comme si elle jaillissait du hurlement du vent et des ombres de la nuit. Eretria la vit aussi et tira sur les rênes de sa monture. L'ombre avançait vers eux. C'était un grand alezan, sans cavalier, dont les rênes traînaient sur le sol. Il approcha de deux compagnons et vint frotter son museau contre celui de leur monture. Le Valombrien et la jeune vagabonde le reconnurent aussitôt : le cheval de Cephelo !

Eretria mit pied à terre et tendit les rênes à Wil. Sans un mot, elle tourna autour de l'animal, lui tapotant les flancs et le cou pour qu'il reste calme. Il ne portait aucune marque, mais transpirait abondamment. Quand elle leva les yeux vers Wil, Eretria semblait perplexe.

— Quelque chose est arrivé. Cette bête n'est pas du genre à s'égarer.

Le Valombrien acquiesça. Il commençait à avoir un très mauvais pressentiment.

Eretria sauta sur le cheval de Cephelo.

— Continuons un peu, dit-elle d'une voix hésitante.

Côte à côte, ils chevauchèrent tandis que le sifflement du vent se répercutait entre les rochers et les arbres. Au-dessus d'eux, les étoiles apparurent, une par une, petites lueurs blanches éclairant un peu l'obscurité du pays Sauvage.

Puis une autre ombre apparut dans les ténèbres, noire, carrée et immobile au milieu de la piste. Le Valombrien et la jeune vagabonde ralentirent, mal l'aise, et approchèrent prudemment.

L'ombre prit lentement forme… C'était le chariot de Cephelo, ses couleurs criardes brillant sous la lumière des étoiles. Quand ils arrivèrent plus près, leur malaise se transforma en horreur. Les chevaux étaient morts, leurs corps déchirés toujours attachés à leurs harnais de cuir décorés de clous d'argent. D'autres chevaux gisaient non loin de là, près de leurs cavaliers déchiquetés.

Wil regarda autour de lui, en quête d'un signe de la créature responsable du massacre. Rien ne bougeait. Il regarda Eretria, rigide d'horreur et blanche comme un linge. Elle lâcha les rênes et ses mains retombèrent sur ses cuisses. Wil sauta à terre, récupéra les rênes et essaya de les lui rendre. Eretria ne faisant pas un geste, il lui saisit les mains, y glissa les rênes de leurs deux montures et les ferma de force.

— Attendez ici, dit-il.

Il avança vers le chariot. Tout le monde était mort, y compris la vieille femme qui le conduisait. Le Valombrien sentit un frisson glacé courir le long de son échine. Il vérifia les cadavres un par un, trouvant enfin celui de Cephelo. Le géant était étendu de tout son long sur le sol, son manteau vert foncé déchiqueté, un rictus de terreur sur les lèvres. Son corps était si abîmé qu'il avait à peine forme humaine.

Wil se pencha, et fouilla les vêtements du vagabond, cherchant les Pierres elfiques. Rien ! La peur lui noua l'estomac. Il *devait* trouver les Pierres ! Puis il regarda les mains de Cephelo. La droite était immergée dans la boue. La gauche formait un poing. Le Valombrien inspira à fond et ouvrit un par un les doigts rigides. Quand une lumière bleue scintilla, Wil soupira de soulagement. Les Pierres elfiques étaient nichées dans la paume du mort. Cephelo avait tenté de les utiliser, comme il avait vu Wil le faire dans le Tirfing, mais elles n'avaient pas obéi au vagabond, et il était mort en les serrant dans sa main.

Le Valombrien les dégagea et les essuya sur sa tunique, puis il les remit dans leur bourse en cuir. Ensuite, il se leva, et écouta le hurlement du vent à travers les arbres. Son estomac se retourna quand l'odeur de la mort monta à ses narines. Il n'y avait qu'une seule explication à ce massacre. Il se souvint des elfes tombés au camp du bois de Drey et à la forteresse du Pykon. Oui, une seule explication : le Faucheur. Mais comment les avait-il retrouvés ? Comment les avaient-ils pistés du Pykon jusqu'au pays Sauvage ?

Il se força à reprendre son calme et rejoignit Eretria, toujours assise sur le cheval de Cephelo, ses yeux noirs brillant de peur.

— Vous l'avez trouvé ? Cephelo ?

— Oui. Il est mort. Tout le monde est mort. Mais j'ai récupéré les Pierres.

— Quel type de créature est capable d'une chose pareille, guérisseur ? Un animal, peut-être ? Ou les Sœurs Sorcières, ou...

— Non. Je sais qui a fait ça. La créature nous suit, Amberle et moi, depuis que nous avons quitté Arborlon. Je pensais l'avoir semée de l'autre côté de l'éperon Rocheux, mais elle nous a retrouvés, j'ignore comment.

— Est-ce un diable ? demanda-t-elle, la voix tremblante.

— Oui. Une espèce particulière de diable... (Wil jeta un coup d'œil aux morts étendus sur la route.) On l'appelle le Faucheur. Il a dû penser que nous voyagions avec Cephelo. Il l'a suivi, et l'a rattrapé ici...

— Pauvre Cephelo. Il a voulu jouer au plus malin une fois de trop... (Elle regarda Wil.) Guérisseur, cette créature sait maintenant que vous n'étiez pas avec Cephelo. Où ira-t-elle ?

Le Valombrien et la jeune vagabonde se regardèrent en silence. Tous les deux connaissaient la réponse.

Toujours blottie à l'abri des buissons où Wil l'avait laissée, Amberle écoutait les bruits de la nuit, tout autour d'elle. L'obscurité était tombée sur le pays Sauvage comme un suaire. La jeune elfe s'y sentait enfermée. Incapable de voir au-delà des broussailles qui la dissimulaient, elle entendait les prédateurs nocturnes se déplacer autour d'elle. Sachant que Wil ne reviendrait pas avant l'aube, elle essaya de dormir, mais le sommeil ne vint pas. Sa cheville lui faisait mal et son esprit était en ébullition : le Valombrien et sa quête des Pierres, son grand-père, les dangers qui l'entouraient. Elle finit par abandonner toute tentative de repos, et serra les genoux contre la poitrine, décidée à se fondre dans la forêt autant que possible.

Elle y réussit un moment. Aucune créature ne s'approcha d'elle. Un silence si profond régnait sur les Chaudrons que la jeune elfe crut que le monde avait cessé d'exister. Une fois ou deux, quelque chose vola à côté de son abri, un battement d'ailes brisant brièvement le silence, puis mourut dans la nuit.

Le temps passa et elle se surprit à somnoler.

Puis elle frissonna, comme si toute la chaleur de son corps avait été aspirée par l'air autour d'elle. Elle se réveilla en sursaut et se frotta les bras. Le frisson la quitta et la chaleur de la nuit d'été l'enveloppa de nouveau. Un peu effrayée, elle regarda autour d'elle. Tout était comme avant. Rien ne bougeait et il n'y avait aucun bruit suspect. Elle inspira à fond et referma les yeux. Le frisson revint. Cette fois, elle attendit avant de bouger, essayant d'en comprendre l'origine. Il venait de l'intérieur d'elle-même ! Un froid glacial, là dans son corps, se répandait, l'engourdissant comme celui de la mort...

Elle ouvrit les yeux et comprit aussitôt de quoi il s'agissait. On la prévenait, même si elle ignorait qui et comment, que quelque chose s'apprêtait à la tuer. Une autre qu'elle aurait peut-être ignoré l'avertissement, le prenant pour un tour de son imagination. Mais elle avait déjà éprouvé des sentiments identiques. L'avertissement était réel. Mais sa source l'intriguait...

Elle se pencha, indécise. Un monstre venait la détruire, elle le savait. Elle ne pouvait pas se cacher ou résister. Seulement fuir !

Ignorant sa cheville douloureuse, elle se glissa dans des buissons, s'accroupit et regarda autour d'elle. La créature qui la pistait était très près, elle sentait sa présence tandis qu'elle avançait silencieusement dans la nuit. Amberle pensa soudain à Wil, souhaitant désespérément qu'il soit là pour l'aider. Mais elle devait se sauver elle-même, et le faire vite !

Il y avait un seul endroit où aller, comprit-elle : les Chaudrons ! Elle clopina jusqu'à leur lisière et sonda leurs profondeurs obscures. Les Chaudrons étaient aussi effrayants que le monstre qui arrivait ! Elle essaya de se calmer, ses yeux verts étudiant l'aiguille d'Acier. C'était là qu'elle devait aller. Et là que Wil la chercherait.

Elle trouva un chemin et commença à descendre en faisant le moins de bruit possible. En quelques instants, les ténèbres l'engloutirent. Déterminée, elle continua d'avancer à l'aveuglette.

Elle atteignit enfin le sol des Chaudrons, s'y arrêta, s'assit contre un tronc d'arbre et massa délicatement sa cheville enflée. Le visage couvert de sueur, elle leva les yeux vers le haut, écouta et n'entendit pas un bruit. Mais cela ne voulait rien dire : la créature était toujours là, aux aguets.

Amberle devait s'enfoncer davantage dans les Chaudrons. Ses yeux s'étaient accommodés à l'obscurité, et elle distinguait vaguement les formes des arbres et des buissons.

Elle se leva et repartit en boitant, attentive à peser le moins possible sur sa cheville blessée. Allant d'un arbre à l'autre, elle tendit l'oreille.

Dans sa cheville, la douleur augmentait régulièrement. Des élancements violents qui semblaient empirer à chaque pas. Les muscles de sa jambe valide s'étaient raidis à cause de sa démarche irrégulière et elle fatiguait déjà.

Obligée de s'arrêter, elle s'assit à côté d'un fourré puis s'allongea sur la terre fraîche. Se forçant au calme, elle essaya encore de trouver l'origine de l'avertissement. Un moment, il ne se passa rien. Puis le frisson revint. Le monstre était entré dans les Chaudrons.

Amberle se releva et continua. À un moment, elle pensa qu'elle marchait peut-être en cercle, mais se força à chasser cette idée de son esprit. Elle tomba à plusieurs reprises, atterrissant parfois si durement qu'elle manquait s'évanouir. Chaque fois, elle se releva, haletante, et se força à continuer. Les minutes passant, elle perdit toute notion du temps…

Puis il lui fut impossible de continuer à marcher. Tombée à genoux et pleurant de frustration, elle rampa. Les cailloux et le bois mort lui égratignaient les articulations et sa cheville lui faisait atrocement mal. Mais elle refusa d'abandonner. La créature ne l'aurait pas, se jura-t-elle en évoquant mentalement l'image de Wil. Elle revit son expression, quand elle lui avait avoué avoir des sentiments pour lui. Elle n'aurait pas dû, elle le savait. Mais elle en avait tellement envie ! À un point qui la surprenait elle-même.

Et l'émerveillement dans le regard du jeune homme…

Elle se laissa tomber à plat ventre, pleurant à chaudes larmes… Wil, murmura-t-elle pour repousser les forces maléfiques qui la poursuivaient.

Puis elle se remit sur les coudes et continua à ramper. Son esprit divaguant, il lui sembla capter la présence d'autres créatures autour d'elle. Des lutins ? Mais où était le Faucheur ?

Elle rampa jusqu'à ce que ses forces la trahissent. Alors, elle s'allongea sur le sol. C'était fini, elle le savait. Il ne lui restait plus d'énergie. Elle ferma les yeux et attendit la mort. Un instant après, elle s'endormit.

Elle dormait toujours quand les doigts crochus d'une dizaine de mains noueuses la soulevèrent et l'emportèrent.

Chapitre 41

Le Valombrien et la jeune vagabonde repartirent et s'enfoncèrent dans la forêt, leurs vêtements en soie volant au vent tandis qu'ils galopaient, penchés sur l'encolure de leurs chevaux. Les arbres se refermèrent bientôt sur eux et le ciel nocturne disparut. Au mépris de leur vie, ils continuèrent leur course, comptant sur l'habileté de leurs montures et sur la chance.

À l'instant où Wil avait compris que le Faucheur retournerait sur ses pas jusqu'à ce qu'il retrouve la piste qu'Amberle et lui avaient prise après s'être séparés des vagabonds, son esprit s'était vidé de toute pensée, à part une : son amie était au bout de ce chemin, seule, blessée et sans protection. S'il n'arrivait pas avant le Faucheur, elle mourrait, et ce serait sa faute. L'image des corps déchiquetés des vagabonds sur la piste ne quittait pas son esprit. Oubliant tout, sauf la nécessité de rejoindre Amberle, il avait sauté sur son cheval et l'avait lancé au galop.

Eretria l'avait suivi. Elle aurait pu en décider autrement, car la mort de Cephelo la libérait, et elle n'avait plus besoin de la protection du Valombrien. Elle aurait pu quitter la vallée, s'éloignant ainsi du monstre qui avait tué Cephelo et les autres vagabonds. Mais elle ne l'envisagea pas un instant, car sa fierté, son obstination et l'étrange attirance qu'elle éprouvait pour le Valombrien prirent le dessus. Elle ne permettrait pas qu'il l'abandonne de nouveau ! Sans hésiter, elle se lança à sa poursuite.

Wil Ohmsford chevauchait comme un possédé, voyant à peine les formes sombres des arbres, de chaque côté de la piste. Quand il entendit le bruit des sabots d'un autre cheval, derrière lui, il comprit qu'Eretria l'avait suivi et marmonna un juron. N'avait-il pas assez de soucis comme ça ? Mais ce n'était pas le moment de se préoccuper du sort de la jeune vagabonde. Il la chassa de ses pensées et se concentra sur la recherche de la bifurcation qui menait au sud.

Pourtant, il la rata. Si Eretria ne l'avait pas appelé, il aurait peut-être continué vers l'est jusqu'aux montagnes. Il s'arrêta, fit volter son cheval et se lança de nouveau au galop. Eretria fonça dans les ténèbres devant lui. Connaissant la piste mieux que lui, elle galopait à toute allure, lui criant de la suivre.

L'obscurité était si profonde que les yeux perçants de la jeune vagabonde avaient du mal à repérer le chemin qui serpentait entre les arbres. Les chevaux faillirent tomber à plusieurs reprises, évitant de justesse des ravines. Mais ces montures de vagabonds, entraînées par les meilleurs cavaliers des Quatre Terres, réagissaient avec une rapidité et une agilité qui arrachaient des cris d'enthousiasme à la jeune femme.

Soudain, ils débouchèrent sur la route qu'Amberle et Wil avaient suivie vers le sud, en direction des Chaudrons. Les branches et les lianes les giflèrent au passage, mais ils ne ralentirent pas et prirent la direction du sud.

Arrivant enfin à la lisière des Chaudrons, ils firent ralentir les chevaux et sautèrent sur le sol.

Wil hésita un instant, puis sonda les buissons où il avait caché Amberle. Il les trouva aussitôt, mais il n'y avait personne. Paniqué, il chercha autour de lui un indice de ce qui avait pu arriver à la jeune elfe. En vain. Où était-elle ? Il se leva, recula et sortit des buissons. Peut-être s'était-il trompé de fourré... Il regarda les autres, mais s'arrêta aussitôt : aucun ne ressemblait à celui-là. Non, c'était bien là qu'il l'avait laissée, il en était sûr.

— Où est-elle ? demanda Eretria.

— Je l'ignore...

Wil reprit le contrôle de ses nerfs au prix d'un gros effort. *Réfléchis*, se dit-il. *Soit elle s'est enfuie, soit le Faucheur l'a attrapée. Si elle a fui, vers où ?* Il regarda dans les Chaudrons. *Oui, là*, se dit-il aussitôt en voyant l'aiguille d'Acier.

Et si le Faucheur l'avait attrapée ? Il comprit rapidement que ce n'était pas le cas, car il n'y avait aucune trace de lutte. Si Amberle s'était enfuie, elle avait dû prendre garde à laisser aussi peu de traces de son passage que possible.

Il inspira à fond. Oui, elle avait dû s'échapper. Mais une nouvelle idée le frappa. Jusque-là, il avait supposé qu'Amberle s'était enfuie devant le Faucheur. Et si ce n'était pas le Faucheur, mais une créature des Chaudrons ? Impossible de le déterminer ! Dans cette obscurité, il n'avait aucune chance de trouver une piste. Il devrait attendre le matin, et il serait peut-être trop tard pour sauver Amberle, ou...

Il devait utiliser les Pierres elfiques.

Il tendit la main vers la bourse quand Eretria lui prit le bras, le faisant sursauter de surprise.

— Guérisseur, murmura-t-elle. Quelqu'un vient !

Un instant, Wil resta figé sur place, son regard suivant celui de la jeune femme, rivé sur la piste d'où ils venaient. Sur la surface défoncée, quelque chose bougeait. Le Valombrien fouilla dans sa tunique et sortit les Pierres. Eretria tira de sa botte une dague effilée.

Ensemble, ils firent face à l'ombre qui avançait vers eux.

— Un moment ! dit une voix familière.

Wil se tourna vers Eretria, qui lui rendit son regard. Lentement, ils baissèrent la dague et les Pierres elfiques. C'était la voix de Hebel. Eretria marmonna quelque chose et partit récupérer les chevaux.

Hebel avançait péniblement, Clochard sur les talons. Vêtu d'une tenue de forestier en cuir, il portait un sac sur le dos, un arc et des flèches sur une épaule, et un couteau de chasse à la taille. Quand il arriva près d'eux, ils virent qu'il était éclaboussé de boue de la tête aux pieds.

— Vous avez failli me renverser, jeunes idiots ! Regardez-moi ! Si j'avais été assez stupide pour marcher au milieu de la piste, quand je vous ai appelé, tout à l'heure, je serais passé sous les sabots de vos chevaux ! À quoi pensiez-vous ? Foncer comme ça dans la forêt ! Il fait une nuit d'encre, et vous chevauchez comme en plein jour ! Pourquoi ne vous êtes-vous pas arrêtés quand je vous ai appelés ?

— Parce que nous ne vous avons pas entendu, répondit Wil, ahuri.

— Vous n'écoutiez pas comme vous auriez dû le faire ! insista Hebel, visiblement décidé à ne pas leur pardonner leur bévue.

Il avança en boitillant et se planta devant le Valombrien.

— Venir ici m'a pris toute la journée. Je n'ai pas de cheval, si je peux me permettre de vous le faire remarquer. Qu'est-ce qui vous a pris si longtemps ? À la façon dont vous galopiez, vous auriez dû avoir le temps de faire l'aller-retour une demi-douzaine de fois !

Il aperçut Eretria, qui ramenait les chevaux.

— Qu'est-ce que vous fichez là ? Où est la petite elfe ? Cette horreur ne l'a pas attrapée, j'espère ?

— Vous êtes au courant, pour le Faucheur ?

— Le Faucheur ? Oui, si c'est comme ça qu'il s'appelle, je le connais. Il est venu dans mon camp, un peu plus tôt dans la journée, juste après votre départ. Il vous cherchait, semble-t-il. À ce moment-là, je n'en étais pas sûr. Je ne l'ai pas réellement vu, seulement aperçu. Et si je l'avais vu de près, je ne serais plus là pour le raconter.

— Je suis de votre avis, dit le Valombrien. Cephelo et ses compagnons l'ont rencontré et ils sont morts.

— Cephelo était destiné à une fin violente… (Hebel regarda Eretria.) Désolé, petite, mais c'est la pure vérité. (Il se tourna de nouveau vers Wil.) Et maintenant, où est la gamine elfe ?

— Je l'ignore, avoua Wil. J'ai été obligé de rebrousser chemin… (Il hésita.) Pour récupérer quelque chose que j'avais oublié dans le chariot de Cephelo. Amberle s'était tordu la cheville, et j'ai dû la cacher dans des buissons. Je suis reparti par un autre chemin. Sinon, je serais probablement mort à l'heure actuelle. J'ai trouvé Eretria, ou plutôt elle m'a trouvé. Quand nous avons vu ce qui était arrivé à Cephelo et ses compagnons, nous sommes revenus ici aussi vite que possible. J'ignore si le Faucheur est déjà passé par là, ou s'il nous cherche toujours.

— Il est venu et reparti, dit Hebel. Clochard et moi, nous le suivions pendant qu'il vous pistait. J'ai perdu sa trace à la croisée des chemins, parce que le Faucheur a pris vers l'est, en direction du pont Hurleur, alors que Clochard et moi avons tourné vers le sud. Cette créature a dû traverser la forêt. Si elle peut faire ça, elle est dangereuse, petit elfe.

— Demandez à Cephelo pour savoir à quel point, marmonna Eretria. Guérisseur, pouvons-nous partir d'ici, maintenant ?

— Pas avant d'avoir découvert ce qui est arrivé à Amberle.

Hebel lui tapota le bras.

— Montrez-moi où vous avez laissé la petite.

Wil l'emmena devant le fourré, Eretria et le chien les suivant, et il désigna l'ouverture qui menait au cœur des buissons. Hebel se pencha, regarda dedans, et siffla pour appeler Clochard. Il parla doucement à son animal, qui avança, renifla et se dirigea vers la lisière des Chaudrons.

— Il a repéré son odeur, grogna Hebel, satisfait.

Clochard s'arrêta et grogna.

— Elle est dans les Chaudrons, petit elfe. Le Faucheur aussi. Probablement toujours à ses trousses. C'est bien ce que je pensais…

— Alors, nous devons la retrouver tout de suite, dit Wil.

Hebel lui prit le bras.

— Pas la peine de vous précipiter ! Nous parlons des Chaudrons ! Il n'y a rien là-dedans, à part les Sœurs Sorcières et les monstres qui les servent. Toute autre créature qui y met un pied est aussitôt capturée. Je le sais, parce que Mallenroh me l'a dit il y a soixante ans. En ce moment, la gamine et le Faucheur sont en compagnie d'une des Sœurs. Ou ils sont morts, l'un comme l'autre.

— Les sorcières les tueraient, Hebel ?

— Non, pas la jeune femme, je suppose… Au moins, pas tout de suite. Le monstre, oui. Et ne pensez pas qu'elles en sont incapables !

— Je ne sais plus que penser, répondit Wil. Une chose est sûre : je vais descendre et retrouver Amberle. *Maintenant !*

Il voulut dire quelque chose à Eretria, mais la jeune vagabonde l'en empêcha.

— Ne gaspillez pas votre souffle, guérisseur. Je viens avec vous.

Wil regarda Hebel.

— Moi aussi, je viens, petit, annonça le vieil homme.

— Mais vous avez dit que personne ne devait s'aventurer dans les Chaudrons. D'ailleurs, je ne comprends même pas pourquoi vous êtes là.

Hebel haussa les épaules.

— Parce que ça n'a plus grande importance ! Je suis un vieil homme, et j'ai fait de ma vie ce que j'avais envie d'en faire. Il ne me reste rien à tenter, à part descendre et découvrir ce qu'il y a dans ces Chaudrons.

Il eut un sourire piteux.

— J'y pense depuis soixante ans, certain qu'un jour ou l'autre je saurai ce qui se cache là-dedans. Comme devant une mare profonde : on se demande toujours ce qu'il y a au fond. Un type sain d'esprit ne perdrait pas son temps à réfléchir à des choses pareilles, et j'étais sain d'esprit, dans ma jeunesse, même si ce n'était pas l'avis de tout le monde. Maintenant, j'en ai assez d'être raisonnable. Assez de *penser* à y aller au lieu d'y aller ! Vous m'avez permis de me décider. Quand vous m'avez dit ce que vous aviez l'intention de faire, j'ai essayé de vous en décourager. J'étais sûr que vous renonceriez, mais je me trompais. Alors, j'ai compris que ce que vous cherchiez était assez important pour que la peur ne compte plus. Pourquoi devrait-elle compter pour moi, me suis-je dit ? Après la visite du Faucheur, j'ai compris que tout ce qui m'importait était de savoir ce que cachaient les Chaudrons. Et j'ai décidé que nous irions ensemble.

Wil comprit le raisonnement du vieil homme.

— Espérons que nous trouverons tous les deux ce que nous cherchons.

— Pour ça, je peux peut-être vous aider… C'est le côté des Chaudrons qui appartient à Mallenroh. Qui sait, elle se souviendra peut-être de moi. Clochard peut suivre la trace de votre amie aussi longtemps que nécessaire. (Il siffla.) Allez, le chien ! Montre-nous le chemin !

Clochard partit d'un pas décidé. Eretria enleva les selles et les brides des chevaux et leur flanqua une claque sur la croupe pour les renvoyer dans la forêt. Ensuite, elle rejoignit Wil et le vieil homme.

Ils descendirent en file indienne, en suivant le chien.

— Nous ne serons pas obligés de nous fier à Clochard très longtemps, dit Hebel. Mallenroh nous trouvera rapidement.

Si c'était le cas, pensa Wil, il espérait qu'elle avait aussi trouvé Amberle.

Amberle se réveilla à cause du balancement régulier qui indiquait qu'on la portait. Un instant, elle fut prise de panique. Des doigts noueux serraient ses bras et ses jambes. Des doigts si rugueux qu'on les aurait cru en bois. Sa première réaction fut d'essayer de se libérer, mais elle y résista et se força à rester immobile. Les créatures qui l'avaient capturée ignoraient encore qu'elle était réveillée. Ce serait peut-être son seul avantage. Pour le moment, elle devait continuer à feindre le sommeil et apprendre tout ce qu'elle pouvait sur sa situation.

Elle ignorait combien de temps elle avait dormi. Des minutes, des heures ? Pourtant, elle pensait que c'était toujours la même nuit. Cela semblait logique.

Elle pensa aussi que les êtres qui l'avaient capturée n'étaient pas le monstre qui la poursuivait dans les Chaudrons. S'il l'avait trouvée, il se serait contenté de la tuer.

Hebel leur avait dit que les Chaudrons étaient le domaine privé des Sœurs Sorcières et de leurs sbires. C'était peut-être l'une d'elles qui l'avait faite prisonnière.

Elle se sentit mieux après être arrivée à ces conclusions, et essaya de voir où elle était. C'était difficile, car les arbres coupaient la lumière des cieux. Sans les odeurs familières de la forêt, elle n'aurait pas su qu'il y avait une forêt autour d'elle. Le silence était profond, et les quelques bruits, lointains et brefs, venaient de la forêt, au-delà des Chaudrons.

Non, corrigea-t-elle, il y avait un autre bruit : une sorte de frôlement, comme le frémissement des branches sous la brise. Mais il n'y avait pas un souffle de vent, et le son montait de sous elle, pas d'au-dessus. Quelles que soient les créatures qui la portaient, le bruit venait d'elles.

Elle pensa à Wil, essayant d'imaginer ce qu'il ferait à sa place. Cela la fit sourire malgré elle. Qui pouvait dire quel tour de force hallucinant Wil tenterait dans une telle situation ? Puis elle se demanda si elle le reverrait jamais…

Ses muscles commençant à la torturer, Amberle décida de voir si elle pouvait faire quelque chose pour soulager son inconfort – sans révéler qu'elle était éveillée. Elle étira ses jambes, comme si elle bougeait dans son sommeil. Les doigts qui la tenaient ne lâchèrent pas leur prise. Bon, elle avait essayé…

Un bruit d'eau courante monta à ses oreilles, de plus en plus fort à chaque seconde. Elle sentit l'odeur du ruisseau : embaumant les fleurs sauvages, il serpentait au milieu de la forêt. Puis il retentit juste en dessous d'elle et les autres bruits s'estompèrent.

Des pas résonnèrent sur des planches, et elle comprit qu'on la portait sur un pont. Le chant du ruisseau se fit plus lointain. Des chaînes cliquetèrent comme si on les rassemblait et il y eut un bruit sourd. Une porte s'était fermée derrière elle !

Elle entendit le bruit de barres transversales et de verrous remis en place. L'air charriait l'odeur très reconnaissable de la pierre et du mortier. Un espace entouré de murs… Une cour, peut-être… On l'emmenait vers une prison. Si elle ne se libérait pas maintenant, elle ne pourrait plus le faire. Mais les doigts ne faiblissaient pas et il y en avait beaucoup. Il lui aurait fallu faire un gros effort pour se libérer, et il ne lui restait pas assez d'énergie pour cela. De plus, en supposant qu'elle échappe à ses « porteurs », où irait-elle ?

Devant elle, une autre porte s'ouvrit en grinçant. Il n'y avait toujours pas de lumière.

— Jolie petite chose, dit une voix.

La jeune elfe sursauta de surprise.

On la porta de l'autre côté de la porte et les odeurs de la forêt disparurent. Un bâtiment, mais de quel genre ? Ces ravisseurs la portèrent le long de couloirs et de passages tortueux qui sentaient l'humidité et la moisissure. Il y avait aussi une autre odeur – de l'encens ou du parfum. La jeune elfe inspira à fond, et cette senteur lui donna le vertige.

Une lumière apparut enfin, brillant à l'intérieur d'un grand couloir. Amberle cligna des yeux pour s'y habituer. On la porta à travers le passage et le long d'un escalier en colimaçon. La lumière clignota au-dessus d'elle, puis la suivit.

Enfin, elle sentit qu'on la posait sur une natte tissée. Les doigts la lâchant, elle se souleva sur un coude et regarda la lumière, qui resta immobile un instant, puis recula lentement derrière une grille de fer.

Une porte se ferma et la lumière disparut.

Juste avant, la jeune elfe eut le temps d'apercevoir ses ravisseurs.

Apparemment, ils étaient constitués de branches et de brindilles !

En bas des Chaudrons, Wil ordonna une halte. Il faisait si noir qu'il voyait à peine sa main… S'ils essayaient de continuer dans ces conditions, ses compagnons et lui ne tarderaient pas à se perdre.

Le Valombrien attendit un moment que sa vue s'adapte aux ténèbres. Elle le fit, mais l'amélioration était minime. Les Chaudrons restaient une masse noire où les formes étaient à peine perceptibles.

Par bonheur, Hebel imagina un plan pour résoudre leur problème. Appelant Clochard, il sortit une corde de son sac, l'attacha au chien et passa l'extrémité libre autour de sa taille et de celle des deux jeunes gens. Ainsi, ils pourraient avancer dans les ténèbres sans risquer de se séparer. Le vieil homme tira sur la corde pour vérifier qu'elle était bien fixée, puis parla doucement à Clochard, qui leur ouvrit le chemin.

Très vite, il sembla à Wil qu'ils marchaient depuis une éternité dans les Chaudrons, titubant à travers un labyrinthe d'arbres et de buissons et se fiant uniquement à l'instinct du chien. Ils ne parlaient pas, conscients que le Faucheur rôdait autour d'eux. Wil ne s'était jamais senti aussi impuissant. Ne rien voir était gênant, mais savoir que le Faucheur rôdait dans les Chaudrons, aggravait les choses. Il pensait sans arrêt à

Amberle. S'il avait peur, que devait-elle ressentir ? Il n'avait pas le droit d'avoir peur ! Pas quand elle était seule et sans protection parce qu'il l'avait abandonnée.

Pourtant, la peur refusa de le quitter. Pour la repousser, il sortit la bourse des Pierres elfiques et la serra dans sa main, comme si ce contact pouvait le protéger de ce qui se tapissait dans la forêt. Mais au fond de lui, il était toujours persuadé que les Pierres ne le protégeraient pas. Leur pouvoir était perdu pour lui et il ne parviendrait pas à le retrouver. Peu importait ce qu'Amberle lui avait dit, ou ce qu'il s'était dit lui-même. Ce sentiment n'était pas raisonné. Il était là, malveillant et terrifiant. Le pouvoir des Pierres elfiques ne lui appartenait plus !

Il essayait toujours de se débarrasser de son appréhension quand la corde prit soudain du mou. Il percuta Hebel, qui s'était arrêté net.

Eretria faillit heurter Wil, et les trois compagnons restèrent un moment immobiles, essayant de voir devant eux.

— Clochard a trouvé quelque chose, murmura le vieil homme.

Se laissant tomber à genoux, il avança jusqu'à l'endroit où le chien reniflait le sol. Donnant une tape amicale à l'animal, il sonda la terre un moment, puis se leva.

— Mallenroh, dit-il. Elle a la petite elfe.

— Vous êtes sûr ? murmura Wil.

— Ça ne peut être qu'elle ! Le Faucheur, n'est plus dans les environs. Clochard ne le sent plus.

Wil se demanda comment Hebel pouvait être sûr de tout cela, surtout dans l'obscurité. Mais il ne vit aucune raison de mettre les paroles du vieil homme en doute.

— Et maintenant, que faisons-nous ? demanda-t-il.

— On se désencorde et on continue, grommela Hebel. Allez, Clochard, courage !

Le chien repartit, les trois humains à sa suite. Les minutes passèrent et la forêt devint moins sombre. Au début, Wil pensa que ses yeux lui jouaient des tours, mais il comprit finalement que l'aube approchait, les arbres et les branches se découpant plus nettement quand les premiers rayons du soleil se glissèrent à travers la cime des arbres. Devant lui, Clochard redevint visible pour la première fois depuis qu'ils étaient descendus dans les Chaudrons. La tête baissée, il reniflait la piste pour trouver son chemin.

Soudain, le chien s'arrêta. Les humains l'imitèrent. Devant eux se tenait la créature la plus étrange qu'ils aient jamais vue. Un homme fait de brindilles ! Ses bras, ses jambes, et tout son corps étaient en bois. Des racines noueuses sortaient de ses membres, formant des mains et des pieds, et il n'avait pas de tête. Il leur faisait face, au moins, ils le déduisirent, puisque les racines-mains semblaient pointer dans leur direction. Son corps se balançait doucement, comme s'il était un arbuste pris dans une bourrasque.

Puis il se détourna et repartit dans la forêt.

Hebel regarda ses deux compagnons.

— Je vous l'avais dit. C'est le travail de Mallenroh !

Il leur fit signe de le suivre et partit sur les talons de la créature. Wil et Eretria se regardèrent, intrigués, puis avancèrent. Sans un mot, le petit groupe progressa péniblement dans le labyrinthe de la forêt. D'autres hommes-brindilles apparurent, des créatures sans tête, parfaitement silencieuses. Avant que les humains aient eu le temps de s'en apercevoir, des dizaines de monstres les avaient encerclés...

— Je vous l'avais dit…, répéta Hebel.

La forêt s'éclaircissant, ils arrivèrent devant une tour solitaire dressée entre les arbres sur un petit tertre. Une forteresse quasiment sans fenêtres envahie par les lianes et la mousse. Le tertre était devenu une sorte d'îlot, car il était entouré d'un ruisseau qui repartait ensuite entre les arbres vers leur gauche. Un muret défendait la tour, près de la rive. Un pont-levis en bois, ouvert et vide, le traversait, ses chaînes pendant sur de petites guérites situées de chaque côté. Autour du tertre et de la tour, des chênes si vieux que leurs branches cachaient le ciel et plongeaient la petite île dans les ombres.

L'homme-brindille s'arrêta et se tourna vers eux, comme s'il pouvait, malgré son absence de tête, voir s'ils l'avaient suivi. Puis il avança sur le pont-levis. Hebel boitilla à sa suite sans hésiter, Clochard sur les talons. Wil et Eretria ne partirent pas immédiatement, se demandant s'il fallait vraiment continuer. La tour était impressionnante et il aurait été plus prudent de ne pas y entrer. Mais le Valombrien était persuadé qu'il y trouverait Amberle. Il regarda Eretria, puis ils avancèrent ensemble sur le pont.

Les trois compagnons suivirent l'homme-brindille et ses nombreux frères jusqu'à l'autre bout du pont-levis.

L'homme-brindille avança encore. À peine passé le portail, ils entendirent un grincement de chaînes.

Le pont-levis se fermait !

Maintenant, plus question de revenir sur leurs pas !

L'homme-brindille les attendait dans une alcôve où se dressait une grande porte en bois aux charnières de fer. Un des battants était ouvert. L'homme-brindille entra et disparut à leur vue. Wil regarda la façade de la tour, passa la main dans sa tunique et en sortit la bourse des Pierres elfiques. Puis ses compagnons et lui pénétrèrent dans la tour obscure.

Un instant, rien ne bougea. Soudain, la porte se ferma derrière eux, ses verrous bruyamment remis en place. Une lampe en verre pendait au plafond, émettant une lueur blanche et douce. Elle n'utilisait pas d'huile ou de mèche, mais brûlait sans produire de flammes. Les hommes-brindilles entouraient les visiteurs, en projetant leurs ombres sur les murs de pierre.

De l'obscurité émergea une femme entièrement vêtue de noir, derrière laquelle flottaient des mèches de cheveux gris et des tiges de belladone cramoisie.

— Mallenroh, murmura Hebel.

Wil Ohmsford sentit l'air autour de lui devenir plus froid que de la glace.

Chapitre 42

Le deuxième jour de la bataille d'Arborlon fut dominé par Ander Elessedil. Une journée de sang et de douleur, de mort et d'infini courage… Toute la nuit, les hordes de démons avaient continué à traverser le Chant du Ruisseau. Pour la première fois depuis leur évasion de la Barrière, la totalité de leur armée était rassemblée à la base du Carolan, prête à charger.

À l'aube, les monstres attaquèrent la cité. Se ruant sur la rampe de l'Elfitch, ils escaladèrent les parois à pic, insensibles aux volées de flèches. Ils avancèrent sans répit, telle une marée immonde qui balayerait les défenseurs sans leur laisser une chance.

Mais Ander Elessedil fit la différence. Ce jour-là, il devint le roi que son père était jadis, celui qui avait conduit les elfes à la bataille contre le Roi-Sorcier, cinquante ans plus tôt. Sa fatigue et son découragement l'avaient quitté, comme les doutes qui le hantaient depuis le col de Halys. De nouveau, il croyait en lui-même et à la détermination de ceux qui se battaient à ses côtés. Ce fut un moment historique, et le jeune prince s'y illustra. Autour de lui, les armées de quatre races s'étaient rassemblées, leurs étendards flottant dans l'air.

Les aigles de guerre argentés et le chêne des elfes, l'emblème gris et rouge du régiment Libre, les chevaux noirs de la vieille garde… La rivière Argentée des soldats nains du génie… Le marteau et les deux montagnes bleues des trolls des Rochers du Kershalt…

Dans l'histoire des Quatre Terres, les races ne s'étaient jamais battues côte à côte et leurs quatre bannières n'avaient pas une fois flotté ensemble.

À présent, elles étaient unies pour la défense et le bien de toutes. Les trolls et les nains, les elfes et les hommes, toutes les races du nouveau monde soudées, contre une force maléfique venue du passé. Pendant cette extraordinaire journée, Ander Elessedil devint l'étincelle qui les animait toutes.

Il était partout à la fois, du bord du promontoire aux portails de l'Elfitch, parfois à cheval, parfois à pied, toujours là où la bataille était la plus dure. Sa cotte de mailles luisant au soleil, le bâton de l'Ellcrys levé, il fut le plus en vue des défenseurs. Partout où il allait, des cris d'enthousiasme l'accueillaient et les défenseurs reprenaient courage. Malgré la supériorité numérique écrasante de leurs ennemis, le prince et ses compagnons d'armes les repoussèrent. Ce jour-là, Ander Elessedil se battit avec une telle férocité que rien ne pouvait lui résister. Les démons cherchèrent à l'abattre, vite conscient qu'il était l'âme des défenses elfiques. Plusieurs fois, ils parurent sur le point de réussir. Mais il se débarrassa de ses adversaires et survécut.

Ce fut la journée des héros, car tous les défenseurs d'Arborlon, inspirés par le courage de leur prince, se battirent comme des lions.

Eventine Elessedil resta avec son fils, luttant avec bravoure, et sa seule présence donna du courage aux elfes. Allanon était là aussi, sa silhouette noire dépassant de beaucoup les hommes en armure massés autour de lui tandis que le feu bleu jaillissait de ses doigts.

Les démons forcèrent deux fois le portail de la troisième rampe. Deux fois, les trolls des Rochers d'Amantar les repoussèrent. Stee Jans et ses hommes arrêtèrent un troisième assaut, contre-attaquant avec une telle férocité que les démons furent contraints de battre en retraite jusqu'à la deuxième rampe. La cavalerie elfique et les soldats nains du génie repoussèrent plusieurs attaques le long du Carolan, jetant dans le vide des dizaines de démons qui avaient réussi à escalader la paroi et menaçaient de contourner les défenseurs de l'Elfitch.

Ce fut Ander qui les guida, les inspira et leur donna des forces nouvelles quand il semblait qu'ils ne tiendraient plus longtemps !

Quand l'obscurité commença à tomber, les démons furent obligés de battre en retraite dans la forêt. Les défenses d'Arborlon avaient tenu un jour de plus ! Le jour de gloire d'Ander Elessedil !

Puis la fortune des armes tourna. Pendant la nuit, les démons attaquèrent de nouveau. Attendant que le soleil soit couché, ils jaillirent de la forêt, éteignirent toutes les torches allumées sur les rampes inférieures de l'Elfitch et se frayèrent un chemin jusqu'au portail de la troisième rampe.

Les trolls des Rochers bloquèrent les portails pendant que les elfes et la Légion se battaient en haut des remparts. Mais l'assaut fut trop violent. Le portail céda et des hordes de monstres se ruèrent dans la brèche.

Ils commencèrent aussi à prendre pied sur le haut plateau. Des dizaines de silhouettes noires se glissèrent entre les cavaliers qui patrouillaient sur le promontoire et s'éparpillèrent dans la cité. Plus d'une centaine filèrent vers les jardins de la Vie, visant l'entité qui les avait emprisonnés pendant des siècles. Ils se retrouvèrent face aux soldats de la garde Noire, prêts à remplir leur mission et à défendre jusqu'au dernier l'arbre antique qu'on leur avait confié. Fous de colère, les démons chargèrent et vinrent s'empaler sur les piques des soldats.

À l'extrémité sud du Carolan, une autre bande de démons parvint à creuser un tunnel sous les pièges installés par les nains le long d'un escalier secondaire qu'ils avaient démonté. Ainsi, ils arrivèrent sur le promontoire. Contournant les jardins de la Vie et la garde Noire, ils se glissèrent vers l'est et rampèrent dans les ombres, derrière la ligne de torches, puis foncèrent vers la cité. Une demi-douzaine d'elfes blessés qui rentraient chez eux furent sauvagement tués. D'autres auraient peut-être péri sans la patrouille de nains qui avait accepté d'aider les elfes à surveiller le périmètre de la cité. Comprenant que les démons avaient traversé leurs défenses, ils coururent les attaquer. Quand la lutte se termina, il restait trois nains debout, mais tous les démons étaient morts.

À l'aube, le haut plateau fut nettoyé, les démons une fois encore repoussés. Mais la troisième rampe de l'Elfitch était perdue et la quatrième menaçait de tomber.

Des cris résonnèrent quand les démons chargèrent le long de la rampe, les premiers portant un bélier en bois.

Les portes volèrent en éclats et les démons envahirent la rampe. Les trolls et les elfes leur opposèrent un mur de lances et de piques qui firent un carnage. Mais les démons harcelèrent les défenseurs jusqu'à ce qu'ils les obligent à reculer derrière le portail de la cinquième rampe.

Un moment difficile… Avec quatre des sept niveaux de l'Elfitch perdus, les démons étaient à mi-chemin du haut plateau.

Alors, Ander regroupa les défenseurs.

Les démons attaquèrent la porte de la rampe à coups de bélier. Au moment où il semblait certain qu'ils allaient la briser, Allanon se campa sur les remparts, ses flammes bleues réduisant le bélier en cendres. Pris de court, les démons battirent en retraite.

Toute la matinée, ils essayèrent de percer les défenses de la cinquième rampe. À midi, ils réussirent. Quand deux ogres monstrueux se jetèrent contre les portes, le bois et le fer éclatèrent, et le portail céda. Les ogres foncèrent sur la rampe, éparpillant les défenseurs. Une poignée de trolls des Rochers essaya de les arrêter, mais ils les balayèrent comme des fétus de paille. Ander rassembla de nouveau ses troupes, les poussant en avant. Mais les démons étaient trop nombreux.

Le cheval d'Eventine Elessedil fut tué sous lui pendant qu'il venait se mettre en sécurité derrière le portail du niveau supérieur. Les démons virent le souverain tomber et se ruèrent sur lui.

Ils l'auraient eu… sans Stee Jans. Avec quelques soldats du régiment Libre, le frontalier se dressa sur le chemin des démons et les tailla en pièces. Derrière eux, Eventine se mit péniblement à genoux, étourdi et ensanglanté. Kerrin envoya la garde au secours du roi et les soldats l'emmenèrent en sécurité.

Les hommes du régiment Libre tinrent un moment de plus, puis furent eux aussi balayés. Alors, les démons foncèrent, dépassant les elfes qui essayaient de les arrêter. À leur tête, les deux ogres qui avaient forcé les portes écrasaient tous ceux qui passaient à leur portée. Ander Elessedil voulut les arrêter. Le bâton de l'Ellcrys brandi au-dessus de sa tête, il appela les défenseurs à se rallier à lui et à résister. Mais l'attaque fut trop violente.

Amantar et Stee Jans se battaient pour leur vie sur les remparts de la rampe, incapables de rejoindre le prince. Un moment, il resta pratiquement seul face aux démons.

Heureusement, Allanon veillait. Il siffla pour appeler Dayn, en poste au bord du Carolan. Sans un mot, il prit les rênes de Danseur au Cavalier du Ciel, et sauta sur le dos du Roc. L'oiseau poussa un cri aigu et se laissa tomber au milieu des démons, déchirant leur chair des griffes et du bec. Du feu bleu jaillit des doigts d'Allanon et la rampe, devant lui, devint un océan de flammes. Tirant Ander à côté de lui sur le Roc, le druide émit un appel modulé et l'oiseau géant s'éleva dans les airs.

Les derniers défenseurs battirent en retraite, se mettant à l'abri derrière les portes de la sixième rampe.

Le feu magique du druide brûla encore un peu puis s'éteignit. Enragés, les démons chargèrent les défenseurs. Mais les nains postés sur les hauteurs avaient été avertis. Les treuils et les poulies tournèrent et les chaînes attachées aux supports de la rampe se tendirent. Le piège que Browork avait installé était sur le point de se déclencher. Les supports affaiblis sautèrent, se cassant avec un bruit sec. La cinquième rampe se brisa et les démons disparurent dans un nuage de débris.

Quand la poussière retomba, entre les portails de la quatrième et de la sixième rampe, l'Elfitch n'était plus qu'une masse de pierres écrasées et de piliers tordus. Des cadavres de démons gisaient le long de la paroi, coincés dans les débris. Ceux qui avaient survécu battirent en retraite vers la base du promontoire sous une pluie de rochers. Puis ils disparurent dans les terres boisées.

Ce jour-là, ils ne repassèrent pas à l'attaque.

Souffrant d'une nouvelle blessure à la tête ainsi que de plusieurs coupures, Eventine Elessedil fut transporté dans son palais, où le fidèle Gael était là pour s'occuper de lui. Il lava et pansa ses plaies, puis l'aida à se mettre au lit. Enfin, sous la garde de Dardan et de Rhoe, on laissa le roi dormir.

Mais Eventine ne dormit pas. Allongé dans son lit, soutenu par ses oreillers de duvet, il sondait les recoins obscurs de sa chambre, l'esprit troublé.

Malgré l'aide de la Légion, des nains et des trolls des Rochers, les elfes continuaient de perdre la bataille. Toutes leurs défenses avaient échoué. Dans un jour ou deux, la sixième et la septième rampes tomberaient et les démons arriveraient en haut du Carolan. Les Terres de l'Ouest seraient perdues, et les elfes éparpillés aux quatre vents.

Si les démons l'emportaient à Arborlon, cela signifierait qu'Eventine Elessedil avait échoué. Pas seulement vis-à-vis de son peuple, mais de tous ceux des Quatre Terres, car les démons ne s'arrêteraient pas aux Terres de l'Ouest. Il aurait aussi trahi la confiance de ses ancêtres, qui avaient emprisonné les monstres des siècles auparavant. S'ils avaient créé la Barrière, ils l'avaient confiée à leurs successeurs, comptant sur eux pour la garder en bon état. Mais elle avait été oubliée au fils des siècles, au milieu des bouleversements de l'ancien monde et de la renaissance des races. Même les Élus y pensaient comme à une partie lointaine de leur histoire. Une légende d'un autre âge – passé ou avenir – mais pas réellement du présent.

Si Arborlon tombait, si les Terres de l'Ouest étaient perdues, tout serait la faute du roi ! La sienne !

Il avait quatre-vingt-deux ans. Pendant plus de cinquante de ces années, il avait dirigé son peuple. Un règne juste et bénéfique… Tout ça pour en arriver là !

Il pensa à Arion, son premier-né, le fils qui aurait dû vivre pour continuer son œuvre. Il pensa à Kael Pindanon, son vieux compagnon d'armes, si loyal. Il pensa à tous les elfes qui avaient perdu la vie en défendant le Sarandanon et Arborlon. Tous ces morts pour rien !

Eventine se laissa glisser sous ses couvertures, retournant dans son esprit les choix qui lui restaient et les tactiques qu'il pourrait employer quand les démons reviendraient. Rien ne pouvait marcher ! Il n'y avait pas assez de défenseurs…

Cherchant désespérément les réponses aux questions qu'il se posait, il se souvint d'Amberle. Dans la confusion, il avait oublié sa petite-fille, la dernière Élue et le seul espoir réel de son peuple. Qu'était-il advenu d'elle ?

Allanon lui avait dit qu'Amberle était vivante. Mais Eventine n'était pas persuadé qu'il le savait vraiment. Cette idée le déprima. Si elle était morte, il ne voulait pas l'apprendre, décida-t-il soudain. Ce serait mieux ainsi…

Et pourtant, ce serait un mensonge. Non, il avait *besoin* de savoir !

Tout lui échappait : sa famille, son peuple, son pays, tout ce qu'il aimait et qui avait donné un sens à sa vie. Cela lui parut si injuste qu'il n'arriva pas à comprendre pourquoi ça lui arrivait. Non, c'était plus compliqué ! L'injustice était un fléau qu'il ne pouvait pas *accepter*. Car s'il se résignait, il serait perdu.

Il ferma les yeux. Où était Amberle ? Il devait le savoir. Trouver un moyen de la contacter, de l'aider et de la ramener auprès de lui. Il inspira à fond.

Pensant toujours à Amberle, il sombra dans le sommeil.

Il faisait nuit quand il se réveilla. D'abord, il ne comprit pas pourquoi il était sorti du sommeil. Un bruit, ou un cri, se dit-il. Il s'appuya sur ses oreillers et sonda les coins sombres de la pièce. Le clair de lune filtrait à travers le tissu des rideaux, éclairant le cadre des doubles fenêtres verrouillées.

Incertain, le roi attendit.

Puis il entendit un autre bruit, un grognement sourd qui cessa presque aussitôt. Il venait de l'extérieur de sa chambre, du couloir où Dardan et Rhoe montaient la garde. Le roi s'assit et tendit l'oreille.

Mais il n'entendit plus rien.

Alors, il se glissa au bord de son lit et posa une jambe sur le sol.

La porte de sa chambre s'ouvrit lentement. Manx entra, sa tête grisonnante tournée vers son maître. Les yeux du chien-loup brillaient comme ceux d'un chat, et son museau était taché de sang. Mais le roi sursauta en voyant ses pattes avant, qui semblaient être devenues les membres noueux et griffus d'un démon.

Manx se tapit dans un coin sombre et Eventine cligna des yeux, persuadé que ce qu'il avait vu était une image issue d'un cauchemar. Il avait imaginé que Manx n'était pas Manx…

Le chien-loup avança lentement vers lui, sa queue battant gaiement l'air. Eventine soupira de soulagement : c'était seulement Manx, son vieux compagnon.

— Manx, mon garçon…, commença-t-il.

Il s'interrompit quand il vit les traces sanglantes que le chien laissait derrière lui.

Manx sauta sur le roi, visant la gorge, ses pattes griffues tendues. Mais Eventine fut plus rapide !

Saisissant ses couvertures, il entortilla Manx dans leurs plis. Ayant piégé l'animal, il le plaqua sur le lit et fonça vers la porte.

Un instant après, il la tira derrière lui et entendit le verrou se mettre en place.

Il était couvert de sueur. Que se passait-il ? Hébété, il recula et faillit trébucher sur Rhoe qui gisait sur le sol, la gorge ouverte.

Manx ? Pourquoi Manx aurait-il… ? Ce n'était pas Manx ! Quelle que soit la bête qui l'avait attaqué, ce n'était pas son chien, mais une créature qui lui ressemblait. Engourdi, le roi descendit le couloir, cherchant Dardan. Il le trouva près de l'entrée, une lance plantée dans le cœur.

Puis la porte de sa chambre éclata et la créature qui ressemblait à Manx bondit. Eventine courut vers les portes d'entrée, mais les trouva bloquées, le verrou cassé. Le vieux roi se retourna, regardant la bête qui avançait vers lui, les mâchoires rouges de sang. La peur menaça de submerger Eventine. Il était prisonnier dans sa propre maison, sans personne pour l'aider. Totalement seul !

Le monstre avançait toujours. Un démon, comprit Eventine. Un démon qui avait pris l'apparence de son vieux chien. Il se souvint de s'être réveillé, après la chute du Sarandanon, et d'avoir pensé, irrationnellement, que ce n'était pas Manx qui le regardait. Il avait cru que c'était une illusion. À tort ! Manx avait disparu, sans doute mort, depuis des jours, voire des semaines…

Puis l'horrible vérité s'imposa à lui. Ses rencontres avec Allanon, les plans qu'ils avaient difficilement gardés secrets, les précautions qu'ils avaient prises pour protéger Amberle… Manx était là à chaque fois ! *Il y a un espion dans le camp des elfes,* avait dit Allanon. Et cet espion, depuis le début, était aussi proche d'eux que possible. Le vieux roi pensa à toutes les fois qu'il avait caressé la tête grisonnante de la créature et frissonna.

Le démon était maintenant à moins de dix pas de lui, les mâchoires grandes ouvertes. Alors, Eventine sut qu'il était perdu. Puis quelque chose se passa en lui, si soudainement qu'il ne put penser à rien d'autre. La rage l'envahit, nourrie par la tromperie dont il avait été victime – et qui avait causé tant de morts – et par la fureur d'être prisonnier de son propre palais.

Près du cadavre de Dardan gisait l'épée courte qui avait été l'arme favorite du Chasseur. Ne quittant pas le démon des yeux, Eventine s'éloigna lentement des portes. S'il arrivait à s'emparer de cette épée…

Le démon lui sauta dessus, en visant la tête. Eventine leva les bras pour se protéger le visage, recula et décocha un coup de pied à la créature. Des dents et des griffes s'enfoncèrent dans ses avant-bras, mais son pied toucha le démon sous le ventre, l'envoyant bouler dans la partie sombre de l'entrée. Eventine se jeta sur Dardan et s'empara de l'épée. Puis il se releva et affronta de nouveau la créature.

Accroupi dans le coin où il l'avait expédié, le démon n'était plus Manx. Il changea encore à mesure qu'il avançait vers lui, devenant de nouveau Manx, puis une créature noire et mince aux muscles puissants.

Le monstre approcha d'Eventine sur quatre pattes terminées par des mains griffues, sa gueule grande ouverte sur des crocs luisants. Il fit le tour du roi, sifflant de haine.

C'est un Métamorphe, pensa Eventine. Un démon qui peut prendre n'importe quelle apparence.

Le Métamorphe se jeta sur lui, ses griffes lui déchirant l'épaule. Il essaya de feinter avec l'épée, mais trop tard. La créature l'avait dépassé avant qu'il ait pu l'atteindre.

Le démon revint vers lui lentement, comme un chat qui joue avec sa proie acculée.

Je dois être plus rapide, se dit le vieux roi.

Le démon se jeta en avant, feinta comme s'il voulait atteindre sa poitrine, puis plongea sous sa garde et lui déchira la jambe gauche. La douleur força le monarque à tomber à genoux. Il essaya de ne pas s'écrouler complètement, mais sa vision se brouilla. Elle s'éclaircit de nouveau quand il se força à se lever.

Devant lui, le Métamorphe attendait, accroupi. Quand il vit son ennemi debout, il recommença à lui tourner autour. Du sang coulait sur le corps d'Eventine et il se sentit faiblir. Il allait perdre cette bataille, pensa-t-il, et sa vie avec elle, s'il ne trouvait pas un moyen de contre-attaquer. Le roi essaya de coincer de nouveau la créature, mais elle recula agilement, bien trop rapide pour un vieil homme blessé. Eventine cessa de poursuivre le démon. Cela ne l'avançait à rien. Il le regarda continuer à tourner autour de lui, sifflant de rage.

Risquant le tout pour le tout, le roi fit semblant de trébucher et atterrit lourdement sur les genoux au prix d'une atroce douleur. Mais la ruse marcha. Pensant que le vieil homme était au bout de ses forces, le Métamorphe fonça. Cette fois, Eventine était prêt. Il frappa son adversaire à la poitrine, la lame s'enfonçant dans les os et les muscles. Avec un hurlement aigu, le démon griffa et mordit le roi, puis se tortilla pour se dégager. Du sang coulait de la coupure, comme un ichor verdâtre qui tachait son corps noir luisant.

Face à face, ils se regardèrent, tous les deux blessés, chacun attendant que l'autre baisse sa garde. Puis le démon recommença à tourner autour de sa proie. Eventine Elessedil rassembla ses forces et pivota pour suivre ses mouvements. Il était couvert de sang, et sa résistance faiblissait. Il lui restait seulement quelques minutes…

Quand le Métamorphe lui sauta à la gorge, il eut à peine le temps de se laisser partir en arrière, les bras levés devant le visage et l'épée haute. Le démon atterrit sur lui et l'aplatit sur le sol, ses crocs et ses griffes déchirant les chairs.

Eventine hurla de douleur quand les griffes s'enfoncèrent dans sa poitrine, et que les mâchoires du monstre se refermèrent sur son avant-bras.

Puis les portes éclatèrent, leurs charnières arrachées. Des cris retentirent dans l'entrée, qui se remplit rapidement d'hommes en arme. Eventine les appela désespérément. Quelqu'un avait entendu ! On venait à son secours !

Le Métamorphe se releva. Un instant, il laissa sa gorge exposée. L'épée d'Eventine frappa et le démon vola en arrière, la tête presque détachée du corps. Au moment où il retombait, les hommes du roi se jetèrent sur lui.

Le Métamorphe mourut vite.

Eventine Elessedil se releva en titubant, l'épée à la main, ses yeux bleus rivés devant lui. Il se retourna et vit Ander tendre les bras dans sa direction. Mais il s'écroula, et les ténèbres l'enveloppèrent.

Chapitre 43

Telle Dame la Mort, elle avança vers les humains, plus grande qu'Allanon, ses longs cheveux gris mêlés de belladone, ses robes noires traînant derrière elle, murmure de soie dans le silence de la tour. Elle était très belle, le visage finement ciselé et la peau si pâle qu'elle paraissait éthérée. Impossible de lui donner un âge. Cette femme semblait intemporelle, comme si elle avait toujours existé et existerait toujours. Les hommes-brindilles reculèrent. Elle les dépassa sans les gratifier d'un regard, ses étranges yeux violets ne quittant pas les trois humains cloués sur place. Elle tendit vers eux ses petites mains fragiles, comme si elle leur faisait signe d'approcher.

— Mallenroh, murmura Hebel, l'air d'attendre quelque chose.

Elle s'arrêta, ses traits parfaits inexpressifs quand elle regarda le vieil homme. Puis elle se tourna vers Eretria, et enfin vers Wil. Le Valombrien avait si froid qu'il en tremblait.

— Je suis Mallenroh, dit-elle d'une voix douce et distante. Pourquoi êtes-vous venus ici ?

Aucun d'eux ne répondit. Elle attendit un moment, puis elle leva une main pâle.

— Les Chaudrons sont interdits. Aucun humain n'a le droit d'y entrer. Ils sont mon domaine, et dans leur enceinte, je détiens le pouvoir de vie et de mort. À ceux qui me satisfont, j'accorde la vie. À ceux qui me déplaisent, la mort. Il en a toujours été ainsi. Et il en sera toujours ainsi.

Elle les étudia de son regard violet. Puis ses yeux s'arrêtèrent sur Hebel.

— Qui êtes-vous, vieil homme ? Pourquoi êtes-vous venu dans les Chaudrons ?

— Je cherchais… Je *vous* cherchais… Je vous ai apporté quelque chose, Mallenroh.

Elle tendit la main.

— Quoi ?

Hebel saisit le sac qu'il portait, l'ouvrit et fouilla dedans. Un moment après, il en retira une figurine polie sculptée dans du chêne. C'était Mallenroh, reproduite si fidèlement qu'on eût dit que la sculpture était vivante. Elle prit la figurine et l'examina, ses doigts fins passant lentement sur la surface polie.

— Une jolie chose, fit-elle enfin.

— C'est vous, dit Hebel.

Le regard de Mallenroh revint sur le vieil homme, et Wil n'aima pas l'expression qu'il vit dans ses yeux. Le sourire qu'elle fit à Hebel était glacial.

— Je vous connais, dit-elle. C'était il y a longtemps, à la lisière des Chaudrons, quand vous étiez encore jeune. Je vous ai donné une nuit…

— Je m'en rappelle, murmura Hebel en désignant la figurine. Je me souvenais exactement de vous…

Au pied de Hebel, Clochard s'aplatit contre le sol de pierre de la tour et gémit. Mais le vieil homme n'y prêta pas attention. Il n'avait d'yeux que pour la sorcière, qui secoua lentement la tête.

— C'était un caprice de ma part, stupide créature, murmura-t-elle.

Tenant toujours la statue, elle avança vers Eretria.

— Et vous, que m'avez-vous apporté ? demanda Mallenroh.

Eretria en resta sans voix. Elle regarda Wil, puis de nouveau Mallenroh. La main de la sorcière passa une fois devant ses yeux, en un geste à la fois apaisant et impérieux.

— Jolie petite chose, dit Mallenroh en souriant. Vous vous êtes apportée vous-même ?

— Non ! Je… Non !

— Avez-vous des sentiments pour lui ? demanda Mallenroh en désignant Wil. (Elle se tourna vers le Valombrien.) Lui, il a des sentiments pour une autre. Une jeune elfe, peut-être ? N'est-ce pas vrai ?

Wil hocha la tête. Les yeux étranges de la sorcière ne quittèrent pas les siens.

— Vous êtes le détenteur de la magie.

— La magie ? bafouilla Wil.

Mallenroh enfouit ses mains dans les plis de ses robes.

— Montrez-moi la magie, ordonna-t-elle.

Sa voix était si irrésistible que Wil Ohmsford, avant de comprendre ce qu'il faisait, ouvrit la main qui tenait la bourse de cuir.

— Montrez-moi la magie, répéta-t-elle.

Incapable de s'en empêcher, le Valombrien fit tomber les Pierres dans sa paume, où elles scintillèrent comme de petits soleils. Mallenroh inspira à fond, et leva une main vers les talismans.

— Des Pierres elfiques, dit-elle. Bleues, pour le Chercheur. (Elle regarda Wil dans les yeux.) Votre cadeau pour moi ?

Wil essaya de parler, mais le froid qui l'avait envahi était si intense qu'aucun mot ne sortit de ses lèvres. Sa main se figea et il fut incapable de la bouger. Mallenroh le regarda dans les yeux, et ce qu'il vit dans son regard le terrorisa. Elle voulait qu'il comprenne ce qu'elle était capable de lui faire…

La sorcière recula d'un pas.

— Minus ! appela-t-elle.

Une petite créature couverte de fourrure sortit des ombres. Elle ressemblait un peu à un gnome, avec le visage ratatiné d'un vieil homme. Minus trottina vers Mallenroh et regarda anxieusement le visage impassible.

— Oui, ma dame. Minus sert seulement Mallenroh.

— Il y a des cadeaux…, dit la sorcière avec un léger sourire.

Sans un mot, elle tendit la statue à Minus, puis revint devant Hebel. Minus la suivit, accroupi dans les plis de son manteau.

— Vieil homme, dit-elle, que voulez-vous que je fasse de vous ?

Hebel semblait avoir repris ses esprits. Ses yeux n'étaient plus aussi voilés quand il regarda la sorcière.

— Moi ? Je l'ignore.

— Vous devriez peut-être rester dans les Chaudrons ?

— Peu importe, dit Hebel, comme s'il sentait que la sorcière ferait de lui ce qu'elle voudrait, de toute façon. Mais les petits elfes, Mallenroh… Vous pourriez…

— Les aider ?

— Oui. Si vous voulez que je reste, j'obéirai. Plus rien ne m'attend dehors. Mais eux… Laissez-les partir. Apportez-leur l'aide dont ils ont besoin.

— Peut-être y a-t-il quelque chose que *vous* pouvez faire pour eux, vieil homme.

— Mais j'ai fait tout ce que…

— Peut-être pas ! Si je disais que vous pouvez faire autre chose pour eux, vous seriez d'accord, n'est-ce pas ?

Ses yeux ne quittaient pas le vieil homme. Wil comprit qu'elle se moquait de lui.

— Je ne sais pas…

— Mais si, vous savez ! Regardez-moi. (Il leva la tête.) Ce sont vos amis. Vous voulez les aider, n'est-ce pas ?

Le Valombrien était mort de peur. Quelque chose n'allait pas, mais il ne pouvait pas bouger ou parler pour prévenir Hebel. Et Eretria aussi avait perçu le danger.

Il n'échappa pas non plus à Hebel. Mais il comprit en même temps qu'il ne pourrait pas s'y soustraire. Ses yeux rencontrèrent ceux de Mallenroh.

— Je veux les aider.

— Qu'il en soit ainsi, vieil homme.

Elle tendit la main pour toucher le visage de Hebel. Dans les yeux de la sorcière, il vit ce qui allait lui arriver. Clochard se leva et retroussa les babines, mais son maître l'attrapa par la peau du cou. Il n'était plus temps de résister. Les doigts de la sorcière caressèrent le menton barbu du vieil homme ; tout son corps sembla soudain devenir rigide. Wil essaya de crier, mais c'était déjà trop tard. Les plis du manteau de Mallenroh se refermèrent autour de Hebel et de Clochard, les dissimulant à la vue de ses compagnons.

Le manteau resta un instant autour d'eux, puis ses plis retombèrent. Mallenroh était seule, brandissant une sculpture en bois parfaite qui représentait le vieil homme et son chien.

— C'est ainsi que vous les aiderez le mieux, dit-elle avec un sourire glacial.

Elle tendit les figurines à Minus, qui les prit avidement. Puis elle sourit à Eretria.

— Et maintenant, que vais-je faire de vous, jolie petite ?

Elle leva la main et pointa un doigt. Eretria fut obligée de s'agenouiller, tête penchée. Quand le doigt se plia, les mains d'Eretria se tendirent vers la sorcière en un geste de soumission. Mallenroh regarda sa proie un moment, puis se tourna vers Wil.

— Aimeriez-vous qu'elle devienne une statue de bois ? dit-elle d'une voix qui terrorisa le Valombrien, toujours incapable de parler. Ou la jeune elfe, peut-être ? Vous savez, bien entendu, qu'elle est ma prisonnière.

Mallenroh n'attendit pas de réponse, sachant qu'il ne pourrait pas en faire. Elle avança jusqu'à ce que son visage soit contre celui de Wil.

— Je veux les Pierres elfiques, et vous me les donnerez. Vous me les donnerez, petit elfe, parce que je sais tout : si on les prend de force, elles ne servent à rien. Je veux leur magie, comprenez-vous ? Pour l'obtenir, il y a des conditions, et je les connais. Je suis plus vieille que ce monde et que ses races, plus vieille que les druides qui s'amusaient à Paranor avec la magie que ma sœur et moi avions maîtrisée depuis longtemps. Il en est ainsi avec les Pierres. Bien que je ne sois pas d'ascendance elfique, mon sang est celui de toutes les races, et je peux donc disposer de leurs pouvoirs. Pourtant, je ne peux pas briser la loi qui éveille leur pouvoir. Les Pierres doivent être librement données. Et elles le seront !

Sa main approcha du visage de Wil, le touchant presque.

— J'ai une sœur, qui s'est donné le nom de Morag. Pendant des siècles, nous avons vécu dans ces Chaudrons. Les Sœurs Sorcières, dernières représentantes de notre lignée. Une fois, il y a longtemps, elle m'a trahi, et je ne l'ai jamais oublié. Je me serais volontiers débarrassée d'elle, mais nos pouvoirs sont trop similaires et aucune de nous ne peut prendre le dessus. Les Pierres elfiques me permettront de l'éliminer. Détestable Morag ! Il serait si doux de l'obliger à me servir ! De faire taire sa voix haïssable ! J'attends depuis si longtemps de me débarrasser d'elle, petit elfe ! Depuis si longtemps !

Sa voix se faisant plus aiguë à mesure qu'elle parlait, ses paroles résonnèrent contre les murs de pierre de la tour. Son beau visage impassible se détourna de celui du Valombrien et elle croisa les bras dans les plis de ses robes noires.

Wil Ohmsford sentit de la sueur ruisseler le long de son corps.

— Les Pierres elfiques seront votre cadeau. *Mon* cadeau, ce sera votre vie, et celle des deux femmes. Acceptez-le. Souvenez-vous du vieil homme. Pensez bien à lui avant de faire votre choix.

La sorcière se tut quand la porte de la tour s'ouvrit, quelques hommes-brindilles entrant. Ils trottinèrent vers elle, dociles comme des chiots. Elle se pencha sur eux un moment, puis se redressa, jetant un regard glacial à Wil.

— Vous avez amené un démon dans les Chaudrons ! cria-t-elle. Un démon, après toutes ces années ! Il faut le trouver et le détruire. Minus... Le cadeau !

La créature avança et prit au Valombrien la bourse et les Pierres elfiques, puis elle se réfugia derrière les plis du manteau de Mallenroh.

La sorcière leva la main et Wil se sentit de plus en plus faible.

— Souvenez-vous de ce que vous avez vu, petit elfe, dit-elle d'une voix qui lui sembla de plus en plus lointaine. J'ai le pouvoir de vie et de mort. Choisissez avec discernement.

Elle passa à côté de lui et sortit.

Toute énergie quitta Wil et sa vue se brouilla. Il vit Eretria s'effondrer sur le sol à côté de lui.

Il tomba aussi, puis sentit des doigts de bois se refermer sur sa chair.

Chapitre 44

— Wil.

Son nom résonna comme un écho dans le brouillard qui l'enveloppait. La voix semblait venir de très loin, traversant l'obscurité pour le sonder dans son sommeil. Il remua paresseusement avec l'impression d'être attaché et alourdi. Puis il se força à émerger des profondeurs de son esprit.

— Wil, ça va ?

La voix était celle d'Amberle. Il cligna des yeux et s'obligea à se réveiller complètement.

— Wil ?

Elle avait pris sur ses genoux la tête du Valombrien, son visage penché tout près du sien, sa longue chevelure châtain l'enveloppant comme un voile.

— Amberle ? demanda-t-il d'une voix endormie.

Puis il la prit dans ses bras et la serra contre lui.

— Je croyais t'avoir perdue !

— Moi aussi, dit-elle, les bras autour de son cou. Tu dors depuis des heures !

Le Valombrien hocha la tête contre l'épaule d'Amberle, soudain conscient d'une odeur piquante d'encens. Il comprit que c'était ce qui le rendait si somnolent, se dégagea doucement des bras de la jeune elfe et regarda autour de lui. Ils étaient enfermés dans une cellule sans fenêtre, éclairée par une unique lumière qui brillait dans un globe en verre pendu à une chaîne. Encore une de ces lumières qui brûlaient sans huile et n'émettaient pas de fumée ! Un des murs était une grille de fer aux barreaux fixés verticalement dans la pierre. Une porte se découpait au milieu, fermée par des charnières de fer d'un côté et une serrure de l'autre.

La cellule contenait un pichet d'eau, une cuvette en fer, des serviettes, des couvertures et trois nattes de paille. Sur une des nattes, Eretria dormait, le souffle profond et régulier. Derrière les barreaux, un couloir conduisait à un escalier qui disparaissait dans les ténèbres.

— Je pense qu'elle va bien, dit Amberle. Elle dort, c'est tout. Mais jusqu'à présent, je n'avais pas pu vous réveiller...

— Mallenroh, murmura Wil. T'a-t-elle fait du mal ?

— Non. Elle m'a à peine parlé. Au début, j'ignorais qui m'avait capturée. Les hommes-brindilles m'ont portée ici, et j'ai dormi un certain temps. Puis elle est venue me voir pour dire que des gens me cherchaient, et qu'on les lui amènerait comme on m'avait conduite à elle. (Ses yeux verts croisèrent ceux du Valombrien.) Elle me fait peur, Wil. Elle est belle, mais si froide !

— C'est un monstre ! Comment t'a-t-elle trouvée ?

— Une créature m'a poursuivie dans les Chaudrons. Je ne l'ai pas vue, mais je la sentais : un être maléfique qui me traquait. J'ai couru aussi longtemps que j'ai pu, puis j'ai rampé. À la fin, je me suis effondrée. Les hommes-brindilles m'ont découverte et ils m'ont amenée ici. Wil, était-ce Mallenroh qui me pourchassait ?

— Non. C'était le Faucheur.

— Il est ici ?

— Oui. Mais la sorcière le sait. Elle veut le débusquer. Avec un peu de chance, ils se détruiront mutuellement.

— Comment as-tu fait pour me retrouver ?

Il lui raconta ce qui était arrivé depuis qu'il l'avait laissée dans les buissons : sa rencontre avec Eretria, la mort de Cephelo et de ses compagnons, la récupération des Pierres elfiques, leur retour à travers le pays Sauvage, la rencontre avec Hebel et Clochard, leur entrée dans les Chaudrons, la découverte des hommes-brindilles et leur confrontation avec Mallenroh. Il conclut en lui disant ce que la sorcière avait fait à Hebel et à son chien.

— Pauvre vieil homme… Il ne lui voulait aucun mal. Pourquoi lui a-t-elle fait ça ?

— Elle se fiche de notre sort à tous, répondit le Valombrien. Tout ce qui l'intéresse, ce sont les Pierres elfiques. Elle est décidée à les avoir ! Hebel était seulement un moyen de nous montrer de quoi elle est capable. De *me* le montrer, surtout.

— Tu ne lui donneras pas les Pierres, n'est-ce pas ?

— Si ça permet de sauver nos vies, je les lui offrirai. Nous devons sortir d'ici !

— Elle nous laissera pas partir, Wil. Même si tu lui donnes ce qu'elle veut. Après ce qu'elle a fait à Hebel…

— Je sais. Mais nous pouvons peut-être passer un marché avec elle. Elle accepterait n'importe quoi pour avoir les Pierres… (Il s'interrompit, tendant l'oreille.) Quelqu'un vient…

Ils regardèrent dans le couloir, à travers les barreaux. Un bruit de pas retentit dans l'escalier. Puis une silhouette apparut dans la lumière de leur lampe. Minus !

— Quelque chose à manger ! annonça-t-il joyeusement, tenant un plateau garni de morceaux de pain et de fruits.

Il avança vers la cellule et glissa le plateau par une fente, à la base de la porte.

— De la bonne nourriture, dit-il, se tournant pour partir.

— Minus ! appela Wil. (La créature poilue fit volte-face et regarda le Valombrien, l'air perplexe.) Pouvez-vous rester un peu et nous parler ?

Le visage ratatiné se fendit d'un sourire.

— Minus parlera avec vous.

Wil regarda Amberle.

— Ta cheville... Tu peux marcher ?

— Elle va beaucoup mieux.

Il lui prit la main, la conduisit près du plateau de nourriture, et ils s'assirent. Minus s'accroupit de l'autre côté, sur la marche la plus basse de l'escalier, la tête inclinée. Wil prit un morceau de pain, le mâcha, et fit un signe approbateur.

— C'est très bon, Minus.

— Très bon.

— Depuis combien de temps êtes-vous là, Minus ?

— Très longtemps. Minus sert la Dame.

— Vous a-t-elle fabriqué, comme les hommes-brindilles ?

La créature velue éclata de rire.

— Les hommes-brindilles. Clac, clac ! Minus sert la Dame, mais il n'est pas fait de bois. (Son regard s'éclaira.) C'est un elfe, comme vous.

Wil ne put cacher son étonnement.

— Mais vous êtes si petit ! Et cette fourrure ? (Il montra ses bras et ses jambes, puis ceux de Minus.) Vous a-t-elle fait ça ?

— Oui. Elle dit que ça rend Minus mignon. Il saute et joue avec les hommes-brindilles. Mignon ! (Il s'interrompit et regarda Eretria, toujours endormie.) Jolie petite chose. La plus jolie de toutes !

— Que savez-vous de Morag ? demanda Wil, ignorant l'intérêt évident de Minus pour la jeune vagabonde.

Minus grimaça de dégoût.

— Méchante Morag ! Très mauvaise. Elle vit dans les Chaudrons depuis longtemps, comme la Dame. Morag à l'est, la Dame à l'ouest. Des hommes-brindilles pour les deux, mais seulement un Minus. Pour la Dame.

— Leur arrive-t-il de sortir des Chaudrons ?

— Jamais, dit Minus d'un ton solennel.

— Pourquoi ?

— Pas de magie au-delà des Chaudrons !

Cela apprit quelque chose à Wil. Le pouvoir des Sœurs Sorcières ne s'étendait pas au-delà de leur domaine. C'est pourquoi personne ne les avait jamais rencontrées ailleurs. Et ça lui donnait un espoir : s'il pouvait s'arranger pour sortir des Chaudrons...

— Pourquoi la Dame déteste-t-elle Morag à ce point ? demanda Amberle.

Minus réfléchit un instant.

— Il y a longtemps, il y avait un homme. Très beau. La Dame le voulait. Morag le voulait aussi. Elles ont essayé de prendre l'homme. L'homme... (Il serra les poings, puis les rouvrit brusquement.) Il n'existe plus. Disparu. Morag l'a tué. Méchante Morag !

Méchante Mallenroh, pensa Wil. De toute façon, les sentiments que se portaient les sorcières étaient très clairs. Wil décida d'essayer de découvrir ce que Minus savait d'autre sur les Chaudrons.

— Sortez-vous parfois de la tour, Minus ?

— Minus sert la Dame.

Wil en déduisit que la réponse était « oui ».

— Êtes-vous allé à l'aiguille d'Acier ?

— Garde-Sûre, répondit immédiatement Minus.

Il y eut un grand silence. Amberle prit le bras de Wil. Le Valombrien fut si étonné de la réponse abrupte de Minus qu'il en resta un moment sans voix. Puis il se reprit et se pencha, faisant signe à leur interlocuteur de s'approcher de lui. La créature obéit.

— Des tas et des tas de tunnels qui tournent et se croisent. Il est facile de se perdre dans un tel labyrinthe...

— Non. Pas Minus.

— Non ? répéta Wil. Et la porte faite de verre qui ne se casse pas ?

Minus réfléchit un moment, puis il tapa des mains avec animation.

— Non, non, pas du verre ! Minus connaît le faux verre ! Minus sert la Dame.

Wil essayait de comprendre cette réponse quand l'elfe poilu tendit un doigt derrière Amberle et lui.

— Regardez ! La jolie petite chose. Bonjour, bonjour !

Le Valombrien et la jeune elfe se retournèrent. Eretria, enfin réveillée, s'était assise sur la natte, ses boucles noires tombant autour de son visage tandis qu'elle se massait la nuque. Elle les regarda, ouvrit la bouche pour parler, mais vit le doigt de Wil posé sur ses lèvres pour lui ordonner de ne rien dire. Elle regarda dans le couloir, où Minus était accroupi près des barreaux de leur cellule, souriant de toutes ses dents.

— Jolie chose, bonjour, répéta Minus en agitant une main.

— Bonjour, répondit la vagabonde d'une voix hésitante. (Voyant le sourire encourageant de la créature, elle lui fit son sourire le plus éblouissant.) Bonjour, Minus.

— Je veux parler avec vous, jolie petite chose, dit Minus, qui avait complètement oublié Wil et Amberle.

Eretria se leva, tituba, encore ensommeillée, et vint rejoindre ses compagnons. Elle regarda l'escalier et le couloir.

— À quel jeu jouons-nous maintenant, guérisseur ? murmura-t-elle.

Le Valombrien ne quitta pas Minus des yeux.

— J'essaye d'en apprendre assez pour nous permettre de sortir d'ici.

— Et cette odeur ?

— De l'encens, je pense... Mais je crois qu'il agit comme une drogue quand on le respire. C'est lui qui nous fait nous sentir si faibles.

Eretria se tourna vers Minus.

— Quelle est l'effet de l'encens, Minus ?

L'elfe poilu réfléchit, puis haussa les épaules.

— Ça sent bon. Enlève les soucis !

— Je vois, marmonna Eretria. (Elle fit un grand sourire à Minus.) Pouvez-vous ouvrir la porte ?

— Minus sert la Dame, jolie petite chose. Vous restez là.

— La Dame est-elle dans la tour, en ce moment ?

— Elle cherche le démon, répondit Minus. Il est très mauvais. Casse tous ses hommes-brindilles ! (Il grimaça.) Elle fera du mal au démon. L'obligera à partir. (Puis il sourit de nouveau.) Minus pourrait vous montrer les statues de bois. Un petit homme et un chien. Dans la boîte. Jolies choses comme vous, dit-il en désignant Eretria.

Qui pâlit.

— Non, merci, Minus. Parlez-moi, simplement.

— Oui, parler, dit Minus, peu contrariant.

En les écoutant, Wil pensa soudain à quelque chose. Il se pencha et saisit les barreaux de la cellule.

— Minus, qu'a fait la Dame avec les Pierres elfiques ?

— Elles sont en sécurité. Dans la boîte.

— Quelle boîte, Minus ? Où la Dame garde-t-elle cette boîte ?

Minus désigna le couloir obscur, sans quitter Eretria des yeux.

— Parlez, jolie petite chose, supplia-t-il.

Wil regarda Amberle et haussa les épaules. Il n'arriverait pas à tirer plus d'informations de Minus, qui n'avait d'yeux que pour Eretria.

La jeune vagabonde croisa les jambes et se balança légèrement.

— Accepteriez-vous de me montrer les jolies pierres ? demanda-t-elle. Pourrais-je les voir ?

Minus regarda furtivement autour de lui.

— Minus sert la Dame. Fidèle. (Il réfléchit un instant.) Je vous montrerai les figurines en bois…

— Pas la peine, dit Eretria. Parlons. Pourquoi devez-vous rester dans les Chaudrons ? Pourquoi ne partez-vous pas ?

— Minus sert la Dame, fit la petite créature, répétant sa phrase favorite. Il ne quittera jamais les Chaudrons. Il ne peut pas.

Quelque part dans la tour, une cloche sonna une seule fois. Minus se leva à la hâte.

— La Dame appelle, dit-il, se dirigeant vers l'escalier.

— Minus ! cria Wil. (Le petit elfe s'arrêta.) La Dame nous laissera-t-elle partir si je lui donne les Pierres elfiques ?

— Partir ? dit Minus, comme s'il ne comprenait pas le sens de ce mot.

— Quitter les Chaudrons, précisa Wil.

— Non. Jamais partir ! Jamais. Figurines en bois. (Il montra Eretria.) Jolie petite chose pour Minus. Minus prendra bien soin d'elle. Encore parler, plus tard !

Il fonça dans l'escalier. Sans un mot, les prisonniers le regardèrent partir. Au-dessus d'eux, la cloche sonna une deuxième fois.

— Minus se trompe peut-être, dit Wil. Mallenroh veut les Pierres elfiques. Elle nous laisserait partir si je les lui donnais.

— Minus ne se trompe pas, déclara Amberle. Hebel nous a dit que personne n'entrait jamais dans les Chaudrons. Et surtout, que personne n'en sortait !

— Elle a raison, approuva Eretria. La sorcière ne nous laissera pas partir. Elle nous transformera tous en figurines.

— Dans ce cas, nous devons trouver un autre plan, dit Wil en secouant les barreaux de la cellule pour éprouver leur solidité.

Eretria se leva et regarda l'escalier.

— J'ai un autre plan, guérisseur, dit-elle doucement.

Elle plongea la main dans sa botte droite et en sortit une petite tige de métal munie d'un crochet bizarre à un bout. De sa botte gauche, elle tira sa dague, la brandit avec un sourire et la remit dans sa botte.

— Comment Mallenroh a-t-elle pu négliger ces armes ?

— Elle ne m'a pas fait fouiller par ses hommes-brindilles.

La vagabonde avança vers la porte et examina la serrure.

— Que faites-vous ? demanda Wil.

— Je vais nous faire sortir d'ici. (Eretria montra le crochet à Wil.) C'est un rossignol. Aucun vagabond ne s'en sépare. Trop de citoyens mal intentionnés essaient de nous garder sous clé. J'imagine qu'ils n'ont pas confiance en nous...

Elle cligna de l'œil à l'attention d'Amberle, qui fronça les sourcils.

— Certains ont sans doute de bonnes raisons de ne pas vous faire confiance, dit-elle.

— Probablement. (Eretria souffla dans la serrure pour chasser la poussière.) Nous dupons tous nos amis un jour ou l'autre, n'est-ce pas, *sœur* Amberle ?

— Un moment, dit Wil, ignorant ce dialogue aigre-doux. Quand vous aurez réussi à nous libérer, que ferons-nous ?

Eretria le regarda comme s'il était un simple d'esprit.

— Nous filerons, guérisseur ! Le plus loin et le plus vite possible !

— Non. Nous ne pouvons pas. Il faut rester dans les Chaudrons.

— Rester ici... ? fit la jeune vagabonde, n'en croyant pas ses oreilles.

— Un certain temps, en tout cas. (Wil jeta un coup d'œil à Amberle et prit sa décision.) Eretria, je crois que le moment est venu d'en finir avec les tromperies dont vous parliez à l'instant. Écoutez-moi bien.

Il fit signe à Amberle de les rejoindre.

Les trois jeunes gens s'accroupirent ensemble dans l'obscurité. Wil expliqua rapidement à Eretria qui était Amberle, qui il était, pourquoi ils s'étaient aventurés dans le pays Sauvage, et ce qu'ils cherchaient en réalité. Il ne cacha rien, car il était essentiel qu'Eretria comprenne l'importance de leur quête. Ils étaient en danger dans cette tour, mais ce danger ne diminuerait pas, même s'ils parvenaient à en sortir. Si quelque chose lui arrivait, il voulait être certain que la jeune vagabonde ferait tout son possible pour aider Amberle à fuir les Chaudrons.

Quand il eut terminé, Eretria le regarda, puis se tourna vers Amberle.

— Tout ça est vrai, jeune elfe ? Eh bien, je vous fais davantage confiance, maintenant !

— Oui. Tout est vrai...

— Et vous êtes décidés à rester pour trouver le Feu de Sang ?

Amberle acquiesça.

— Puis-je voir la semence que vous transportez ? demanda la jeune vagabonde.

Amberle sortit de sa tunique la semence de l'Ellcrys, soigneusement enveloppée dans de la toile blanche. Elle défit le tissu et tendit la graine à Eretria, qui la regarda un moment. Le doute disparut de ses yeux, puis elle se tourna vers Wil.

— Où vous irez, j'irais, Wil Ohmsford ! Si vous dites que nous devons rester, la question est réglée. Pourtant, il faut d'abord sortir de cette cellule.

— D'accord, dit Wil. Ensuite, nous chercherons Minus.

— Minus ?

— Nous avons besoin de lui. Il sait où Mallenroh a caché les Pierres elfiques, et il connaît tout sur Garde-Sûre, ses tunnels et ses secrets. Avec lui pour nous guider, nous avons une chance d'accomplir notre mission et de nous échapper ensuite.

— Parfait. D'abord, sortons ! Il me faudra un moment pour comprendre comment ouvrir cette serrure. Restez aussi tranquilles que possible, et surveillez l'escalier.

Eretria inséra la tige de métal dans le trou de la serrure et se mit au travail.

Wil et Amberle allèrent se poster près des barreaux de fer, d'où ils pourraient surveiller le couloir. Les minutes passèrent, et Eretria n'avait toujours pas ouvert la porte. Des cliquetis retentissaient tandis que la tige se déplaçait dans la serrure, la jeune vagabonde marmonnant entre ses dents chaque fois que le mécanisme lui résistait. Amberle s'accroupit à côté de Wil et lui posa une main sur le genou.

— Que feras-tu si elle échoue ? demanda-t-elle.

— Elle n'échouera pas.

— D'accord. Mais supposons un instant qu'elle échoue. Que feras-tu ?

Le Valombrien ne répondit pas.

— Je ne veux pas que tu donnes les Pierres elfiques à Mallenroh, dit Amberle.

— Nous en avons déjà parlé. Je dois te faire sortir d'ici.

— Quand elle aura les Pierres, elle nous détruira !

— Pas si je négocie bien !

— Écoute-moi ! cria Amberle, furieuse. Mallenroh n'a pas une once de respect pour la vie humaine. Les gens, pour elle, sont des serviteurs, ou des jouets. Hebel ne l'a pas compris, il y a soixante ans, quand il l'a rencontrée à la lisière des Chaudrons. Il a seulement vu sa beauté, la magie dont elle se pare et les rêves qu'elle a fait naître avec ses mensonges. Il n'a pas perçu le mal jusqu'à ce qu'il soit trop tard.

— Je ne suis pas Hebel.

— C'est vrai. Mais je m'inquiète de voir ton jugement être altéré par le souci de ma sécurité et l'importance de ce que nous sommes venus faire. Wil, tu penses pouvoir vaincre tous les obstacles. Je t'envie cette détermination. C'est une qualité qui me manque…

Elle lui prit la main.

— Je veux que tu comprennes que je compte sur toi. Appelle ça comme ça te chante, mais je m'appuie sur ta force, ta conviction et ta résolution. Cela dit, rien, même les sentiments que tu as pour moi ne doivent fausser ton jugement. Si tu laisses ça arriver, nous serons perdus tous les deux.

— La détermination est à peu près tout ce qui me reste. Et je ne suis pas d'accord quand tu prétends ne pas en avoir !

— C'est pourtant vrai, Wil. Allanon le savait quand il t'a choisi pour me protéger. Il avait compris que ta force de caractère serait essentielle à notre survie. Sans elle, nous serions morts depuis longtemps. (Elle s'interrompit, puis baissa la voix.) Tu as tort de penser que je ne manque pas de détermination. J'en ai toujours manqué !

— Je ne te crois pas !

— Tu ne me connais pas aussi bien que tu le penses, Wil…

— Que veux-tu dire ?

— Qu'il y a des choses à mon sujet qui… (Elle hésita.) Je ne suis pas aussi forte que j'aimerais, ni aussi courageuse, ni aussi digne de confiance que toi. Souviens-toi, au début de notre voyage… Tu n'avais pas une très bonne opinion de moi. Eh bien, sache que je n'avais pas une très bonne opinion de moi-même, non plus !

— Amberle, tu avais peur. Ça ne signifie pas que…

— Oh, oui, j'avais peur ! J'ai toujours peur. C'est la raison de tout ce qui est arrivé.

À côté d'eux, Eretria marmonna en foudroyant du regard la serrure toujours fermée.

— Qu'essaies-tu de me dire, Amberle ? demanda Wil doucement.

— Je tente de trouver le courage de te révéler ce que j'ai été incapable de t'avouer depuis que nous avons entrepris ce voyage. Et je veux te le dire maintenant, car j'ignore s'il y aura une autre occasion…

Elle leva vers lui son visage enfantin.

— Si j'ai quitté Arborlon et abandonné mon rôle d'Élue, c'est que j'avais si peur de l'arbre que je ne pouvais plus supporter sa proximité. Ça semble idiot, je sais, mais écoute-moi jusqu'au bout, je t'en prie. Je n'ai jamais dit ces choses à personne. Ma mère a compris, mais c'est la seule. Je ne peux pas blâmer les gens. J'aurais pu m'expliquer, mais j'ai choisi de ne pas le faire, certaine de ne pas pouvoir en parler.

» Dès le début, avoir été choisie par l'Ellcrys m'a posé un problème. Je savais que j'étais la première Élue depuis cinq cents ans, soit la fin de la Deuxième Guerre des races. Je l'ai accepté, même si beaucoup de gens ont contesté ce choix. Mais j'étais la petite-fille d'Eventine Elessedil. Il n'était donc pas si étrange que j'aie été nommée Élue. Et ma famille, surtout mon grand-père, était si fière de moi !

» Mais la particularité de ma sélection allait au-delà de mon sexe, comme je m'en suis aperçue dès le premier jour de mon service. Pour moi, les choses se passèrent différemment que pour les autres Élus. L'Ellcrys, tout le monde le sait, parle rarement aux gens. Il n'est jamais arrivé qu'il s'adresse à ses Élus après leur sélection. Wil, il m'a parlé tous les jours ! Et nous avions de longues conversations. J'étais toujours seule quand ça se passait. L'arbre me disait à quel moment venir, et j'y allais, car j'étais fière d'être « spéciale » pour lui.

» Au début, ce fut merveilleux. L'Ellcrys me confiait des choses qu'il n'avait jamais révélées à personne : des secrets sur la Terre et ceux qui y vivent oubliés par les races depuis des siècles. Il m'a parlé des Grandes Guerres, des guerres des Races, de la naissance des Quatre Terres et de ses peuples, de tout ce qui était arrivé depuis le début du nouveau monde… Il m'a expliqué aussi comment était l'ancien monde, bien que sa mémoire fût incertaine sur les événements les plus anciens. Je n'ai pas tout compris, mais j'ai beaucoup appris. Surtout sur les plantes et la manière de s'en occuper, voire de les faire pousser. Un don splendide ! Et nos conversations étaient magiques. Je m'émerveillais à chaque seconde…

» Il en allait ainsi au début… Je venais de prendre mon service, et ces conversations étaient si excitantes que j'ai tout accepté sans rechigner. Puis quelque chose de très désagréable est arrivé. Ça te paraîtra idiot, Wil, mais j'ai commencé à me perdre dans son esprit. Je n'étais plus *moi,* simplement une extension de l'Ellcrys. J'ignore toujours si c'était intentionnel ou le résultat d'une relation si intime. À l'époque, j'ai pensé que c'était voulu et j'ai eu de plus en plus peur. Puis la colère est venue. Étais-je censée abandonner ma personnalité et mon identité pour satisfaire les besoins de l'Ellcrys ? J'avais le sentiment qu'il se jouait de moi, qu'il m'utilisait, et que c'était mal.

» Les autres Élus ont remarqué que je changeais et se sont doutés que ma relation avec l'Ellcrys était spéciale. J'ai senti qu'ils m'évitaient, qu'ils m'observaient. Pendant ce temps, je perdais peu à peu mon identité. Alors, j'ai fui l'Ellcrys. J'ai refusé de venir quand il me le demandait, envoyant quelqu'un d'autre à ma place. Lorsqu'il a voulu savoir quel était le problème, je ne le lui ai pas dit. J'avais peur de lui et honte de moi. Et j'étais furieuse à cause de tout ça.

» Finalement, j'ai décidé que je n'avais jamais été destinée à être une Élue, incapable de faire face à mes responsabilités ou de comprendre ce qu'on attendait de moi. L'Ellcrys avait fait pour moi quelque chose qu'il avait refusé aux autres Élus, et je ne pouvais pas l'accepter. Réagir ainsi était mal. Aucun des autres n'aurait eu ce comportement. Donc, ma sélection avait été une erreur.

» Et je suis partie, un mois après avoir été Élue ! J'ai dit à ma mère et à mon grand-père que je ne pouvais pas continuer à servir l'Ellcrys. Mais je ne leur ai pas précisé pourquoi ! Avoir échoué était déjà assez grave. Mais échouer parce que l'Ellcrys m'avait demandé des choses que n'importe quel autre Élu aurait été content de lui accorder... Je ne pouvais pas avouer ça aux miens. Ma mère a semblé comprendre, mais pas mon grand-père. Nous avons échangé des mots durs qui nous ont blessés tous deux. Je suis partie d'Arborlon disgraciée à mes yeux et à ceux de mon peuple, décidée à ne jamais revenir. J'ai prêté un serment elfique d'exilée : je me trouverais un foyer et j'apprendrais à d'autres ce que je savais sur les soins et la préservation de la Terre. Puis j'ai voyagé jusqu'à ce que je découvre Havenstead, qui est devenu mon foyer.

» Mais j'ai eu tort ! J'ai fui mes responsabilités à cause de mes peurs et de mes frustrations. Wil, j'ai déçu tout le monde, et j'ai livré les autres Élus à la mort !

— Tu te juges trop durement.

— Tu crois ? J'ai peur de ne pas me juger *assez* sévèrement. Si j'étais restée à Arborlon, il aurait peut-être parlé plus tôt de son état. C'est à moi qu'il s'adressait, jamais aux autres Élus. L'Ellcrys m'aurait peut-être informée assez tôt pour que nous trouvions le Feu de Sang et que nous plantions sa semence avant que la Barrière faiblisse. Comprends-tu, Wil ? Si c'est le cas, j'ai toutes ces morts sur la conscience !

— Il est aussi possible, même si tu étais restée à Arborlon, que l'Ellcrys n'ait pas donné l'alerte plus tôt. Dans ce cas, tu aurais été tuée avec les autres et tu ne serais plus d'aucune utilité aux elfes.

— Tu me demandes de justifier mes actions au nom de la sagesse rétrospective ?

— Non ! Je te demande de ne pas utiliser cette sagesse rétrospective pour te torturer. Peut-être était-il écrit que les choses se passeraient ainsi. Tu n'as aucun moyen de le savoir. (Sa voix se durcit.) Maintenant, à toi de m'écouter ! Supposons que l'Ellcrys ait choisi un autre Élu pour lui parler. Es-tu sûre qu'il aurait réagi différemment ? Un autre aurait-il été à l'abri des émotions qui t'ont affectée ? Je ne crois pas, Amberle. Je te connais. Mieux que quiconque, peut-être, après tout ce que nous avons affronté. Tu as de la force de caractère, de la conviction, et, en dépit de ce que tu affirmes, de la détermination.

Il la prit par le menton.

— Je ne connais personne, Amberle, qui aurait tenu le coup comme toi pendant ce voyage. Il est temps que je te dise ce que tu aimes tellement me répéter : aie confiance en toi ! Cesse de douter ou d'essayer de comprendre après coup. Tu mérites de croire en toi !

Amberle pleurait sans honte, en silence.

— J'ai vraiment des sentiments pour toi, dit-elle.

— Et moi pour toi. (Il l'embrassa sur le front, ses doutes évaporés.) Tu ignores à quel point…

Elle posa la tête sur son épaule et il la serra contre lui. Quand elle le regarda de nouveau, ses larmes avaient séché.

— Je voudrais que tu me promettes quelque chose, Wil…

— D'accord.

— Jure de t'assurer que j'arriverai au bout de cette quête, que je n'échouerai pas et que je ne renoncerai pas. Sois ma force et ma conscience. Promets-le moi.

— Je te le promets.

— J'ai toujours peur…

— Guérisseur ! appela Eretria.

Wil se leva et la rejoignit, Amberle le suivant.

Les yeux noirs de la jeune vagabonde brillaient de joie. Elle retira la tige de métal de la serrure et la remit dans sa botte. Puis, avec un clin d'œil au Valombrien, elle saisit les barreaux et tira. La porte pivota en silence sur ses charnières.

Wil Ohmsford lui lança un sourire triomphant. Maintenant, s'ils arrivaient à trouver Minus…

Chapitre 45

Ils le trouvèrent presque aussitôt. Après avoir quitté la cellule et être descendus au pied de l'escalier, ils regardèrent dans le couloir obscur. À ce moment-là, ils entendirent des bruits de pas. Wil fit signe à Eretria de s'aplatir contre le mur, sur un côté du passage, tandis qu'il tirait Amberle vers l'autre. Ils attendirent. Les pas approchaient toujours. Wil les reconnut.

Le visage ratatiné de Minus apparut quelques instants après.

— Jolie petite chose, bonjour, bonjour ! Voulez-vous parler avec Minus ?

Wil saisit le petit être par le cou. Il haleta de peur, luttant pour se libérer. Mais le Valombrien le souleva du sol.

— Restez tranquille ! dit Wil, retournant Minus pour qu'il comprenne bien qui l'avait fait prisonnier.

— Non, non, vous ne pouvez pas partir !

Wil secoua l'elfe poilu jusqu'à ce qu'il se taise.

— Silence ! Un mot de plus et je vous tords le cou !

Le petit être fit signe qu'il avait compris. Wil se laissa tomber sur un genou et posa son prisonnier devant lui, le tenant toujours fermement par le col. Les yeux de la petite créature étaient ronds comme des soucoupes.

— Maintenant, écoutez-moi bien, dit le Valombrien. Je veux récupérer les Pierres elfiques, et vous allez me montrer où la sorcière les a cachées. C'est compris ?

— Minus sert la Dame ! Vous ne pouvez pas partir !

— Elles sont dans une boîte, paraît-il, continua Wil, ignorant les protestations du petit elfe. Emmenez-moi là où elle garde cette boîte.

— Minus sert la Dame ! Minus sert la Dame ! cria le petit être, désespérément. Restez ! Retournez !

Wil ne sut plus quoi faire. Eretria avança et se baissa, le visage contre celui de Minus. Puis elle sortit la dague de sa botte et la posa sur la gorge du petit être.

— Écoutez-moi, espèce de boule de fourrure ! Si vous ne nous emmenez pas là où sont les Pierres elfiques, je vous couperai la gorge d'une oreille à l'autre. Après, vous ne pourrez plus servir personne !

Minus eut une horrible grimace.

— Ne faites pas de mal à Minus, jolie petite chose. Je vous aime bien ! Ne faites pas de mal à Minus.

— Où sont les Pierres ? demanda-t-elle, appuyant la lame sur la gorge du minuscule elfe.

La cloche de la tour sonna quatre fois de suite.

Minus lâcha un gémissement de terreur et se débattit dans l'étreinte de Wil. Le Valombrien le secoua, furieux.

— Qu'y a-t-il ? Minus, que se passe-t-il ?

— Morag arrive...

— Morag ?

Qu'est-ce qui amenait Morag dans la citadelle de sa sœur ?

— Minus sert la Dame, dit l'elfe poilu, éclatant en sanglots.

— Il nous faut quelque chose pour lui attacher les mains.

Eretria défit la ceinture à nœud qu'elle portait autour de la taille et s'en servit pour lier les poignets de la créature dans son dos. Wil prit le bout de la ceinture et l'enroula autour de son poignet.

— Écoutez-moi, dit-il en tirant sur la laisse improvisée. Je veux que vous nous emmeniez là où la Dame a caché les Pierres elfiques. Si vous essayez de fuir ou de nous dénoncer, vous savez ce qui arrivera...

Il attendit que Minus hoche la tête.

— Parfait. Ne faites rien de stupide ! Emmenez-nous là où sont les Pierres.

Minus voulut parler, mais Eretria leva sa dague. Le petit elfe déglutit et se tut.

— C'est bien d'être raisonnable, dit Wil. Allons-y !

Ils montèrent l'escalier, Minus en tête et Wil un pas derrière lui, tenant fermement la ceinture. Eretria et Amberle fermaient la marche. Ils avancèrent à tâtons dans l'obscurité plusieurs minutes durant. Puis une lumière scintilla devant eux et ils virent de nouveau l'escalier. Un globe semblable à celui qui éclairait leur cellule pendait au plafond. Ils avancèrent, et virent d'autres lampes briller devant eux.

Ils gravirent l'escalier en colimaçon. De temps en temps, ils passaient devant des couloirs vides et sombres, ou des portes fermées, mais Minus ne ralentit pas. La cloche s'était tue après les quatre premiers coups, la tour fut plongée dans le silence. À mesure qu'ils montaient, l'odeur âcre d'encens se faisait de plus en plus forte. Le Valombrien et ses deux compagnes en avaient la tête qui tournait. Ils essayèrent d'en respirer le moins possible. Wil sentit ses soupçons grandir à mesure que le temps passait.

Minus était-il plus rusé qu'il l'avait cru ?

Ils arrivèrent sur un palier. Minus s'arrêta et désigna un couloir qui se terminait sur une porte aux charnières de fer. Des éclats de voix montaient de derrière ce battant.

Wil se pencha vers la petite créature.

— Qu'est-ce que c'est ?

— Morag, murmura Minus. Mauvais, très mauvais !

Wil se redressa.

— Peu nous importe Morag ! Où sont les Pierres ?

Minus désigna de nouveau la porte. Wil hésita. Le petit elfe disait-il la vérité ?

— Minus, vous êtes sûr ? demanda Eretria.

— Minus ne ment pas, jolie petite chose. Ne lui faites pas de mal !

— Je n'en ai pas l'intention. Mais vous servez la Dame, pas nous. Pouvons-nous croire ce que vous dites ?

— Minus sert la Dame. Mais il ne ment pas. Les jolies pierres sont là, de l'autre côté d'un grand couloir, dans une petite pièce, en haut d'un escalier, dans la boîte avec les fleurs rouges et or.

Eretria fit signe à Wil qu'elle croyait ce qu'il disait.

— Il y a une autre façon d'arriver à la boîte ? demanda Wil.

— Non. Une seule porte, dit le petit elfe en montrant le bout du couloir.

Wil fit signe à ses compagnons de le suivre. Il avança et s'arrêta devant la porte. Derrière, les voix se déchaînaient. Quoi qu'il se passe là-dedans, il n'avait pas envie de s'en mêler. Il inspira à fond et ouvrit la porte, juste assez pour voir par la fente.

De l'autre côté, il découvrit le hall où Mallenroh s'était emparée d'eux, éclairé par les étranges lumières pendues au plafond. Derrière la porte, des marches descendaient en demi-cercle. Des centaines d'hommes-brindilles y étaient rassemblés, entourant les deux silhouettes vêtues de noir qui se faisaient face, hurlant comme des félins en folie.

Wil Ohmsford n'en crut pas ses yeux. Les Sœurs Sorcières, Morag et Mallenroh, les dernières de leur race, ennemies depuis des siècles à cause d'un conflit oublié par tous, étaient des jumelles. Leurs robes noires soulignant leur grande taille, leurs cheveux gris mêlés de belladone, leur peau blanche sans défaut, elles étaient parfaitement semblables. Toutes les deux étaient belles, fines et délicates. Mais leur beauté était souillée par la haine qui déformait leurs traits et durcissait leurs yeux violets. Le ton de leur voix baissa un peu, restant dur et âpre.

Le Valombrien comprit enfin ce qu'elles disaient.

— Mon pouvoir est aussi grand que le tien, ma Sœur, et je ne crains rien de toi. Tu ne peux pas m'empêcher d'envahir le lugubre refuge où tu te caches ! Nous sommes comme la pierre et le rocher, aucune ne peut l'emporter ! Mais tu voudrais changer ça ! Tu essaies de t'armer d'une magie qui ne t'appartient pas pour mettre fin à notre domination commune sur les Chaudrons. C'est de la bêtise. Tu ne peux avoir aucun secret pour moi. Je sais ce que tu veux faire au moment où tu le penses. Et je suis au courant, pour les Pierres elfiques.

— Tu ne sais rien ! hurla l'autre sorcière (Mallenroh, déduisit Wil.) Quitte ma demeure, ma sœur. Pars tant que tu le peux, ou je trouverai un moyen de te faire regretter d'être restée !

Morag éclata de rire.

— Silence, imbécile ! Tu ne m'effraies pas. Je partirai quand j'aurai obtenu ce que je suis venue chercher.

— Les Pierres elfiques m'appartiennent ! cria Mallenroh. Je les ai… et je les garde ! Le cadeau m'était destiné.

— Aucun cadeau ne sera à toi si je ne le souhaite pas… Un pouvoir comme celui des Pierres appartient à celle qui est faite pour l'exercer. Et c'est moi !

— Tu n'as jamais été faite pour quoi que ce soit ! cracha Mallenroh. Je t'ai permis de partager cette vallée parce que tu étais ma dernière sœur, et j'ai éprouvé de la pitié pour une créature aussi laide et inutile que toi. Réfléchis, ma sœur… J'ai toujours eu des jolies choses pour me distraire. Toi, tu n'as rien, à part la compagnie de tes hommes-brindilles muets. Tu te souviens de l'humain que tu as essayé de me voler, celui que tu voulais à tout prix ? Il a été perdu pour toi ! Tu as été si négligente que tu l'as laissé mourir.

Morag se raidit.

— C'est toi qui l'as détruit !

— Moi ? dit Mallenroh. Il t'a suffi de l'effleurer pour qu'il se ratatine d'horreur !

— Donne-moi les Pierres elfiques !

— Je ne te donnerai rien !

Accroupi derrière la porte, Wil sentit une main se poser sur son épaule et sursauta. Eretria regarda à son tour par l'ouverture.

— Que se passe-t-il ?

— Reculez, murmura Wil.

Morag avait avancé et se tenait maintenant devant Mallenroh.

— Donne-moi les Pierres elfiques. Tu dois me les remettre !

— Retourne dans le trou d'où tu es sortie, misérable lézard ! ricana Mallenroh.

— Serpent ! Tu n'hésiterais pas à manger ta propre espèce !

— Créature hideuse ! hurla Mallenroh. Pars immédiatement !

La main de Morag jaillit de ses robes et frappa Mallenroh au visage. La sorcière en tituba de surprise. Les membres des hommes-brindilles cliquetèrent quand ils s'écartèrent des deux antagonistes.

Puis le rire de Mallenroh retentit.

— Tu es lamentable, ma sœur ! Comprends que tu ne peux pas me faire de mal ! Rentre chez toi et attends que je vienne te donner la mort que tu mérites. Tu ne vaux pas la peine d'être réduite en esclavage !

Morag avança et gifla de nouveau sa sœur, lui arrachant un cri de fureur.

— Donne-moi les Pierres ! cria Morag. Je les aurai ! Donne-les moi !

Elle se jeta sur Mallenroh, ses mains se fermant autour de sa gorge. Mallenroh recula, son beau visage tordu par la rage. Les Sœurs Sorcières roulèrent sur le sol, se griffant et s'égratignant comme des chats furieux.

Puis Mallenroh se libéra, se releva et tendit la main. Aussitôt, une racine sortit de la pierre, devant elle, et s'enroula autour du corps de Morag. Elle grandit, emportant la sorcière avec elle.

La racine monta dans les ténèbres et Morag hurla. Puis un éclair jaillit du néant. Un feu vert grimpa le long de la racine, la transformant en cendres. Elle s'effondra, de la fumée montant de ses restes calcinés.

Morag reparut et redescendit lentement vers le sol du hall où elle se posa comme un fantôme.

Mallenroh hurla de frustration. Le feu vert jaillit de ses doigts, enveloppant sa sœur. Morag riposta de la même façon. Un instant, les deux silhouettes furent enveloppées de flammes vertes, leurs hurlements emplissant le hall.

Puis le feu disparut, et les deux sœurs se défièrent de nouveau.

— Cette fois, je me débarrasserai de toi, murmura Mallenroh.

Elle sauta sur sa sœur.

Morag s'y attendait et la repoussa. Le feu vert jaillit de nouveau de leurs doigts. Mallenroh hurla et disparut dans un nuage de fumée. Un instant après, elle reparut dix pieds sur la droite, les flammes quittant de nouveau ses mains.

Elles continuèrent ainsi un moment, s'attaquant frénétiquement. Des étincelles tombèrent sur les hommes-brindilles et des dizaines s'embrasèrent.

Les deux sœurs se rapprochèrent, luttant toujours furieusement. Leurs robes noires tourbillonnaient autour d'elles et une colonne de feu jaillit du sol de pierre. Un hurlement terrible sortit de leurs gorges quand elles se prirent au cou. Des flammes volèrent dans tous les coins du hall, incendiant d'autres hommes-brindilles. Une chaleur si formidable sortait du pilier de flammes qu'elle passa par l'entrebâillement de la porte et roussit le visage du Valombrien et de ses compagnons.

La tour vibra, la pierre et le bois tombant à travers la fumée. Wil regarda le pilier de flammes s'élever de plus en plus haut pour lécher les poutres qui soutenaient l'édifice. Dans le hall, les hommes-brindilles brûlaient, répandant les flammes en essayant de fuir.

Wil se leva. S'ils restaient ici, ils seraient vite prisonniers du feu. Sans compter que la tour risquait de s'effondrer. Il fallait fuir. Ce serait dangereux, mais probablement moins que de rester où ils étaient.

Wil poussa Minus devant l'entrebâillement de la porte.

— Où est la pièce qui contient la boîte ? demanda-t-il.

Le petit être ne répondit pas. Wil le secoua sans ménagement.

— Montrez-moi la pièce !

Minus désigna un escalier étroit, sur leur droite, de l'autre côté du hall, qui montait jusqu'à un palier où se dressait une porte.

Wil regarda Amberle. Sa cheville blessée la ralentirait.

— Tu y arriveras ? demanda-t-il.

Elle fit signe que oui. Il regarda Eretria, qui hocha aussi la tête.

— Alors, allons-y !

Il fourra Minus sous son bras, ouvrit la porte en grand et fonça. La chaleur des flammes lui roussit le visage et lui dessécha les poumons. Baissant la tête, il suivit le mur de la tour vers la droite, dépassant les marches en demi-cercle.

Les hommes-brindilles tournaient en rond, affolés. Wil les écarta, faisant la place pour ses compagnes. Ils coururent tous vers l'escalier, essayant d'éviter les flammes.

Soudain, la colonne de feu jaillit vers le haut, produisant une explosion qui les jeta tous à plat ventre sur le sol. Ils se relevèrent, étourdis, regardant la lutte faire rage entre les deux sœurs.

Le feu passa du vert au jaune crépitant des flammes réelles. Les sorcières hurlèrent quand il grimpa le long de leurs membres et attaqua leurs chevelures grises.

— Ma sœur ! cria une des furies, comprenant trop tard ce qui se passait.

À une vitesse extraordinaire, les flammes jaunes entourèrent les Sœurs Sorcières et les consumèrent. Elles disparurent en un instant. Chacune étant immunisée contre le pouvoir de l'autre, elles étaient incapables de survivre à la force de leurs pouvoirs combinés. Un petit tas de cendres et de chair noircie, voilà tout ce qui restait d'elles…

Amberle poussa un petit cri. Les hommes-brindilles qui n'avaient pas encore brûlé s'écroulèrent, leurs membres se séparant de leurs corps. Bientôt, il ne subsista d'eux qu'un tas de bois mort, car la magie qui les avait conçus et animés était morte avec les Sœurs Sorcières. Dans le hall en flammes, il n'y avait plus aucun être vivant, à part Wil, ses deux compagnes et Minus.

Ils n'avaient plus beaucoup de temps. À demi étouffé par la fumée, Wil avança. Tenant fermement Minus, il piétina les « cadavres » des hommes-brindilles, criant à Eretria et Amberle de le suivre.

Minus pleurait, mais le Valombrien n'avait pas de temps à perdre avec ses états d'âme. Il s'engagea dans l'escalier, à l'autre bout du hall, atteignit le palier et saisit le verrou, priant pour que la porte s'ouvre. Elle pivota. Wil entra, les yeux larmoyant et la gorge à vif.

Le rugissement du feu, tout près d'eux, noyait les cris angoissés de Minus. Le Valombrien sonda la pénombre de la pièce où pendaient partout de riches soieries et des plants de belladone, et trouva enfin ce qu'il cherchait. Sur une table, à l'autre bout de la pièce, au milieu de bibelots et de pots d'encens, il repéra une boîte en bois délicatement sculptée dont le couvercle était orné de fleurs rouges et or. Les Pierres elfiques ! Une joie sauvage l'envahit.

Minus hurlait comme un possédé, mais Wil ne s'occupa pas de lui, pensant seulement à récupérer les Pierres. Alors qu'Eretria et Amberle entraient dans la pièce, il tendit la main vers le couvercle.

Eretria cria un avertissement et écarta le jeune homme.

— Combien de fois devrais-je encore vous sauver la vie, guérisseur ? cria-t-elle.

Elle saisit une barre de fer dans son support, près de la porte et s'en servit pour ouvrir le couvercle de la boîte. Une forme verte en jaillit et s'enroula autour de la tige. La jeune vagabonde l'abattit à plusieurs reprises sur le sol. La créature verte resta enroulée autour, mais ne bougea plus.

Wil regarda, horrifié. Une vipère !

— Il essayait de vous prévenir ! dit Eretria en désignant Minus.

Le petit elfe s'était écroulé sur le sol, en larmes.

Wil en fut si secoué qu'il en resta pétrifié. Si cette vipère l'avait mordu…

Eretria poussa la boîte du bout de sa dague et la renversa. Un fouillis de pierres précieuses et de bijoux en tomba. La bourse de cuir était au milieu. La jeune vagabonde la ramassa, la garda un moment à la main comme si elle se demandait qu'en faire, puis la tendit à Wil. Il la prit, ouvrit le cordon et regarda dedans.

Les Pierres elfiques étaient revenues en sa possession !

La tour vibra de nouveau. Dans le hall, un des supports en bois céda, s'écrasant sur le sol dans une gerbe de flammes. Wil glissa les Pierres sous sa tunique et courut vers la porte, tirant Minus et Eretria. Ils devaient partir tout de suite !

Mais un bruit sourd, venant d'une grande armoire en bois, le força se retourner.

Wil regarda Eretria. Quelqu'un était enfermé dans cette armoire. Le Valombrien hésita un instant. Qui que soit le prisonnier, il méritait une chance de salut.

Wil approcha de l'armoire et ouvrit le verrou. La porte pivota et une masse sombre sauta sur le Valombrien. Des cris retentirent dans la salle alors qu'il essayait de se protéger. Puis quelqu'un le débarrassa de son agresseur et un visage familier apparut au milieu de la fumée.

— Hebel !

— Recule, Clochard ! ordonna le vieil homme en flanquant une claque à l'animal. Que se passe-t-il ici ? Et je fichais quoi dans ce placard ?

Wil se releva, un peu sonné.

— Hebel ! Vous ne vous souvenez pas ? Mallenroh vous a transformé en figurine de bois ! Nous avons cru vous avoir perdu. Je ne comprends pas comment…

— C'était un sort, Wil, dit Amberle. Quand Mallenroh est morte, sa magie a été neutralisée. C'est pour ça que les hommes-brindilles se sont désintégrés sous nos yeux. La même chose s'est passée pour Hebel et son chien.

— Nous devons filer d'ici, dit Wil, Minus toujours sous son bras. Chargez-vous d'Amberle, lança-t-il à Hebel.

Sur le palier, ils s'arrêtèrent, consternés. Le hall était en flammes. Des hommes-brindilles brûlaient sur le sol. Les poutres du plafond cintré se craquelaient, dévorées par le feu. Même les murs de pierre commençaient à briller d'une lueur rouge. Et la porte d'entrée était fermée et barrée. Wil descendit les marches en hésitant, cherchant à travers les flammes et la fumée un chemin qui leur permettrait d'atteindre la sortie.

Soudain, les portes s'ouvrirent à la volée, rebondissant contre les murs. Quelque chose venait d'entrer. Wil Ohmsford et ses compagnons s'arrêtèrent au pied de l'escalier.

Wil eut l'impression de voir une ombre se déplacer dans le hall. Il sonda les flammes, incertain. Avait-il imaginé ce mouvement ?

Quelques pas derrière lui, Clochard s'accroupit, le poil hérissé.

Alors, Wil comprit : le Faucheur ! Il avait oublié le Faucheur !

— Minus ! cria-t-il en secouant le petit elfe. Comment sortir d'ici ? Montrez-moi une autre façon de sortir !

— Minus… sort toujours… par là…, dit la créature en désignant d'une main tremblante un coin de la salle.

Wil vit qu'il y avait une porte sur leur gauche, à environ vingt pas. Mais il fallait traverser le mur de flammes. Il n'hésita pas un instant. Criant à ses compagnons de le suivre, il courut vers le salut, sentant presque le Faucheur respirer dans son dos.

Ils atteignirent la porte. Toussant comme un perdu, Wil trouva la poignée et la tourna. Celle-là n'était pas fermée non plus. Poussant les autres devant lui, Wil sortit et claqua la porte.

Ils coururent d'abord dans un escalier en spirale qui s'enfonçait sous la tour, dont l'humidité ambiante était délicieuse pour leurs corps surchauffés. Trébuchant et titubant, ils avancèrent comme des spectres. Le Valombrien se retourna deux fois pour parler à ses compagnons. Une fois pour leur dire le nom de leur poursuivant et une autre pour les avertir qu'il les avait retrouvés. Puis plus personne ne parla.

Au pied de l'escalier, un passage éclairé par les lampes sans fumée tournait et disparaissait dans le lointain. Ils l'empruntèrent, Wil portant toujours Minus, qui gémissait et piaillait à chaque pas. Hebel et Eretria aidaient Amberle à courir, car elle boitait toujours bas à cause de sa cheville blessée.

Clochard ne quittait pas son maître d'un pas. Le passage qui serpentait sous la terre grouillait d'insectes et était plein de poussière qui volait sur leur passage.

Wil regardait de temps en temps derrière lui. Des larmes lui brouillant la vue, il les essuyait rageusement. Où était le Faucheur ? Il les avait pistés d'Arborlon jusqu'ici. Il était là, il le sentait, chassant ses proies...

Devant eux, ils virent un deuxième escalier sombre et vide. Le Valombrien s'arrêta un instant, attendant que les autres l'aient rejoint. Puis il repartit. De longues minutes durant, ils montèrent dans la pénombre, à l'affût des bruits de leur poursuivant. Mais ils n'entendirent rien.

L'escalier se terminait sur une trappe fermée par un verrou à barres. Wil arracha le verrou, plaça son épaule contre la trappe et poussa de toutes ses forces. Avec un bruit sourd, la plaque de bois bascula en arrière.

Les humains et le chien sortirent le plus rapidement possible du tunnel.

Ils étaient de nouveau dans les Chaudrons. Derrière eux, l'île-forteresse de Mallenroh, enveloppée de fumée s'effondrait lentement.

La forêt était vide. Pas un signe du Faucheur.

Chapitre 46

Wil regarda autour de lui, mal à l'aise. La brume et l'obscurité voilaient tout hormis la lueur du feu qui dévorait la tour. Faute de points de repère, le Valombrien ignorait dans quelle direction s'élancer.

— Hebel, où est l'aiguille d'Acier ?

— Je n'en sais rien, petit elfe. Je n'y vois pas !

Wil hésita, puis s'agenouilla et posa Minus sur le sol, où il se roula en boule. Le Valombrien ne parvint pas à le forcer à se redresser. Il abandonna, et se contenta de le secouer vigoureusement.

— Minus, écoutez-moi. Regardez-moi !

Le petit être lorgna Wil entre ses doigts.

— Minus, où est l'aiguille d'Acier ? Vous devez nous y conduire.

L'elfe poilu ne répondit pas, mais se cacha de nouveau les yeux derrière ses mains.

— Minus ! dit Wil. Répondez-moi !

— Minus sert la Dame ! Sert la Dame ! Sert la Dame ! Sert la…

Wil le secoua si fort que ses dents s'entrechoquèrent.

— La Dame est morte ! Vous n'êtes plus à son service !

Minus se calma et retira lentement les mains de son visage. Puis il pleura, ses sanglots secouant son corps minuscule.

— Ne faites pas de mal à Minus, murmura-t-il. Minus est gentil. Pas de mal !

Il se roula de nouveau en boule, se tordant sur le sol comme un animal blessé. Wil le regarda, dépassé…

— Bravo, guérisseur, dit Eretria. Vous avez réussi à le terroriser ! Il ne nous servira à rien dans cet état. (Elle prit le bras du Valombrien et l'écarta de son chemin.) Laissez-moi m'occuper de ça.

Wil attendit en compagnie d'Amberle. La jeune vagabonde s'agenouilla à côté de Minus, le serra dans ses bras et lui caressa la tête. Après un long moment, Minus cessa de pleurer.

— Jolie petite chose ?

— Tout va bien, Minus.

— Jolie petite chose s'occupera de Minus ?

— Oui. (Eretria jeta un regard sévère à Wil.) Personne ne vous fera de mal.

— Pas de mal ? Promis ?

— Promis. Mais vous devez nous aider, Minus. Le ferez-vous ?

Le petit homme hocha la tête.

— Oui ! Minus aidera la jolie petite chose. Gentil Minus !

— C'est vrai, gentil, répéta Eretria. (Elle se pencha vers lui.) Mais nous devons nous dépêcher. Le démon qui nous a suivis dans les Chaudrons nous cherche toujours. S'il nous trouve, il nous fera du mal.

— Ne le laissez pas faire du mal à Minus, jolie petite chose !

— Il nous fichera la paix. À condition de filer. Mais nous devons trouver cette montagne. Guérisseur, comment s'appelle-t-elle ?

— L'aiguille d'Acier, répondit Wil.

— L'aiguille d'Acier. Pouvez-vous nous dire comment y aller, Minus ? Ou nous y emmener ?

Minus lorgna Wil, méfiant, puis la tour en flammes, avant de regarder de nouveau Eretria.

— Je vous emmènerai, jolie petite chose.

Eretria se leva et lui prit la main.

— Ne vous inquiétez pas. Je prendrai soin de vous.

Quand ils passèrent à côté de Wil, elle lui fit un clin d'œil.

— J'avais bien dit que vous auriez besoin de moi, guérisseur.

Ils s'enfoncèrent dans la forêt. Minus ouvrit la marche, glissant comme une anguille à travers la brume et les broussailles, la main d'Eretria dans la sienne. Hebel suivait, Clochard sur les talons, puis Wil et Amberle, le bras du Valombrien autour de la taille de la jeune femme pour l'aider à avancer. Très vite, leurs compagnons les distancèrent. En essayant d'aller plus vite, Amberle trébucha et tomba. Wil n'hésita pas un instant : il releva la jeune elfe et continua en la portant dans ses bras. Amberle ne protesta pas. Il s'en étonna, car elle avait toujours été farouchement indépendante au cours de leur voyage. Mais elle ne dit rien, la tête sur l'épaule de Wil et les bras autour de son cou.

Le Valombrien se posa quelques questions sur son étrange comportement, puis il passa à d'autres problèmes. Il étudiait déjà un plan de fuite, pas seulement pour sortir des Chaudrons, mais surtout pour échapper au Faucheur. Car il serait inutile de quitter les Chaudrons s'ils n'échappaient pas d'abord au Faucheur.

Les Chaudrons étaient certes un endroit dangereux. Mais le démon lancé à leur poursuite, un chasseur implacable, était bien pire. Il savait qu'il ne devait pas le laisser trouver Amberle. Même les Pierres elfiques, en supposant qu'il parvienne à les utiliser, ne suffiraient pas à arrêter cette créature. Ils devaient lui échapper, et le plus rapidement possible.

Il pensait en avoir le moyen. C'était le cinquième jour de leur incursion dans le pays Sauvage, le dernier où Perk survolerait la vallée avant de rentrer chez lui. Le Valombrien dégagea un instant une de ses mains pour toucher, dans la poche de sa tunique, le sifflet en argent que Perk lui avait donné. Leur seul lien avec le jeune

Cavalier du Ciel ! Wil avait promis à Amberle d'appeler le jeune garçon si leur situation était désespérée, et elle pouvait difficilement être pire ! S'ils étaient obligés de revenir à pied jusqu'à Arborlon, le Faucheur les retrouverait et les tuerait. Ils devaient trouver un autre moyen de repartir, et la voie des airs ferait l'affaire. Le démon les poursuivrait quand même, mais ils seraient à l'abri quand il les rattraperait.

Peut-être, se dit Wil. Ils ne pouvaient pas fuir tout de suite, et le temps jouait contre eux. Le Faucheur était sur leur piste. Même s'ils avaient réussi à le semer dans les ruines de la tour des Sœurs Sorcières, il les rattraperait rapidement. Avant de s'échapper, il leur faudrait atteindre Garde-Sûre, localiser le Feu de Sang, y plonger la semence de l'Ellcrys, grimper sur les pentes de l'aiguille d'Acier, appeler Perk – qui pouvait être n'importe où au-dessus du pays Sauvage –, monter sur Genewen, en supposant que le grand Roc puisse les transporter tous, puis s'envoler. Tout cela avant que le Faucheur les coince !

C'était demander beaucoup à la chance !

Les branches et les lianes fouettaient le visage du Valombrien, et des épines déchiraient ses vêtements tandis qu'il suivait Eretria et Minus. Il serrait Amberle contre lui, dans ses bras déjà douloureux. Tout autour d'eux, la forêt était silencieuse.

Wil se demanda où en étaient les elfes et Arborlon. Les démons ayant sûrement traversé la Barrière et envahi les Terres de l'Ouest, les elfes devaient être occupés à défendre leur pays natal. Le conflit qu'Eventine avait essayé d'éviter avait certainement éclaté. Et l'Ellcrys ? Allanon avait-il trouvé un moyen de les protéger ? Les pouvoirs du druide avaient-ils suffi à contenir l'assaut des démons ? La renaissance de l'Ellcrys sauverait les elfes, avait dit Allanon. Mais combien de temps restait-il ? Des questions inutiles, se reprocha Wil Ohmsford. Car il lui était impossible de savoir ce qui se passait au-delà des Chaudrons. Et pourtant, il aurait aimé qu'Allanon puisse lui dire à distance ce qui arrivait dans le pays natal des elfes. Lui faire savoir qu'il restait encore assez de temps, et s'il trouverait un moyen de retourner à Arborlon.

Il sentit le découragement l'envahir. Même s'il réussissait à accomplir leur mission, il serait peut-être trop tard pour ceux qui attendaient son retour. Et si c'était le cas…

Wil Ohmsford ne s'autorisa pas à achever cette pensée. Dans cette direction, seule la folie l'attendait.

Le terrain commença à monter, d'abord légèrement, puis abruptement. Ils avaient atteint les pentes de l'aiguille d'Acier. Des rochers éboulés jonchaient le sol, et une piste étroite serpentait dans la brume. Elle se dissipa lentement tandis qu'ils avançaient.

Les arbres s'éclaircirent soudain et ils arrivèrent sur un promontoire, face aux parois rocheuses les plus hautes du pays Sauvage, de l'autre côté des Chaudrons. Des fourrés émergeaient entre les herbes et couraient jusqu'à la paroi, où une grande caverne s'ouvrait dans l'aiguille d'Acier comme une gueule sombre et béante.

Minus guida le petit groupe jusqu'à l'entrée de la caverne. Puis il s'arrêta devant et se tourna vers Eretria.

— Garde-Sûre, jolie petite chose. Ici ! (Il désigna la caverne.) Des tunnels qui serpentent et s'enroulent. Garde-Sûre. Gentil Minus !

La jeune vagabonde fit un sourire rassurant à la créature, puis elle se tourna vers Wil.

— Et maintenant ?

Wil avança et sonda l'entrée obscure. Mais il ne vit rien. Il posa Amberle et se tourna vers Minus, qui se cacha aussitôt derrière Eretria, le visage dans les plis de son pantalon.

— Minus ? dit doucement le Valombrien.

Mais il ne voulut rien entendre. Wil soupira. Comme s'ils avaient le temps de satisfaire les caprices de la petite créature !

— Eretria, demandez-lui où est la porte en verre impossible à briser.

La jeune vagabonde se pencha sur Minus.

— Tout va bien... Je ne laisserai personne vous faire du mal. Regardez-moi. (Le petit être leva la tête et sourit timidement.) Minus, pouvez-vous nous montrer la porte en verre qui ne se brise pas ? Vous la connaissez ?

— Jouer avec Minus, jolie petite chose ? demanda-t-il.

Eretria eut l'air intriguée. Elle regarda Wil, qui lui fit signe de continuer.

— D'accord, je veux bien jouer... Pouvez-nous nous montrer cette porte ?

Le visage ratatiné de Minus s'éclaira de plaisir.

— Minus peut montrer.

Il bondit dans l'entrée de la caverne, puis en sortit aussi vivement, prit la main d'Eretria et essaya de la tirer avec lui.

Wil soupira d'exaspération.

Minus était à moitié fou, à cause de ce qui lui était arrivé pendant son séjour dans les Chaudrons, ou de ce qu'il avait éprouvé en perdant sa Dame, et ils couraient un grand risque en pariant qu'il pouvait les guider jusqu'à la salle du Feu de Sang. Pourtant, ils n'avaient pas le choix...

— Je détesterais me perdre là-dedans, marmonna Hebel.

Eretria semblait du même avis.

— Minus, nous n'y voyons rien. Nous devons nous fabriquer des torches.

— Pas de torches, jolie petite chose ! Le feu brûle... détruit... Fait du mal à Minus. Le feu brûle la tour de la Dame. La Dame... Minus sert la...

Il éclata en sanglots, les bras autour de la jambe de la jeune vagabonde.

— Ne faites pas de mal à Minus, jolie petite chose !

— Non, non, Minus, le rassura Eretria. (Elle souleva le petit elfe et le serra contre elle.) Personne ne vous fera de mal. Mais nous avons besoin de lumière pour voir dans cette caverne !

Minus leva la tête.

— De la lumière, jolie petite chose ? Il y en a ! Venez ! Il y en a, ici.

Il les conduisit de nouveau devant l'entrée de la caverne, tendit la main vers une petite niche et en sortit une paire de lampes. Quand il les tint devant lui, dans l'obscurité, les globes de verre diffusèrent la lumière sans fumée qui avait éclairé la tour de Mallenroh.

— Lumière ! annonça Minus fièrement en tendant les lampes à Eretria.

Elle les prit, en garda une et donna l'autre à Wil. Le Valombrien se tourna vers Hebel.

— Vous n'êtes pas obligé de nous suivre, si vous ne le souhaitez pas...

— Ne soyez pas stupide ! Et si vous vous perdez là-dedans ? Vous aurez besoin de Clochard et de moi pour ressortir. De plus, j'ai envie de jeter un coup d'œil sur Garde-Sûre !

Wil comprit qu'il était inutile de discuter. Il fit signe à Eretria d'avancer. La jeune vagabonde prit la main de Minus, et, lampe levée, entra dans la caverne. Wil souleva Amberle dans ses bras et suivit. Hebel et Clochard fermèrent la marche.

Ils avancèrent prudemment. Peu à peu, leurs yeux s'habituèrent à la pénombre, et ils virent que la caverne s'enfonçait profondément dans l'aiguille d'Acier – bien plus loin que la portée des lampes. Le sol était irrégulier, mais sans obstacles, et ils progressaient d'un bon pas.

Minus les guida vers la paroi du fond de la caverne. Devant eux, ils découvrirent une série d'ouvertures, guère plus que des fissures dans la paroi. Toutes se ressemblaient.

Minus n'eut aucun mal à décider laquelle emprunter. Il en choisit une sans hésitation et les emmena dans un labyrinthe de passages qui serpentait au cœur de la montagne. Ses compagnons furent vite désorientés, mais il continua à les guider.

Quand ils arrivèrent devant un escalier, la nature des tunnels changea abruptement. Les parois, la voûte et le sol naturels de la caverne et des passages n'existaient plus ici. L'escalier et le couloir étaient composés de grands blocs de pierre taillés, indéniablement par une main humaine. Des taches d'humidité luisaient sur les parois et la voûte, et de l'eau ruisselait le long des marches. Des bruits retentirent dans les ténèbres, en bas de l'escalier : des pattes minuscules raclant la pierre et des petits cris aigus d'exaspération. À la lumière de leurs lampes, ils virent que c'était des rats qui les produisaient.

Minus les conduisit dans l'escalier.

Les marches continuaient sur des centaines de pieds, se transformant parfois en rampes rectilignes avant de s'enfoncer de nouveau dans la montagne. Autour d'eux, au-delà du cercle de lumière des lampes, les rats grouillaient en poussant des cris exaspérants. L'air devint âcre, dans un mélange d'humidité, de moisissure et de pourriture.

Ils descendirent, regardant les marches se dérouler devant eux.

Enfin, ils arrivèrent dans une grande salle au plafond soutenu par des colonnes. Des bancs de pierre cassés entouraient une estrade ronde. D'étranges signes étaient gravés sur la pierre et des étendards en lambeaux flottaient sur la plate-forme. Cette pièce était jadis une salle de Conseil ou le cadre d'étranges rituels, se dit Wil.

Il regarda un instant autour de lui. Puis Minus les conduisit jusqu'à une grande porte de pierre entrouverte, au bout de la salle. Derrière, une autre série de marches s'enfonçait dans les entrailles de la montagne.

Ils empruntèrent ce nouvel escalier, Wil se sentant de plus en plus inquiet. Ils descendaient dans la montagne, et seul Minus connaissait leur position. Si le Faucheur les rattrapait ici…

Au bout de l'escalier, ils entrèrent dans un autre couloir. Devant eux, Wil crut entendre un bruit d'eau, comme si un ruisseau dévalait la pierre. Minus avança, tout excité, tirant Eretria par la main.

Le couloir débouchait sur une caverne. Les blocs de pierre taillés avaient disparu. Cette grotte était naturelle. Ses parois semblaient criblées de petits trous et fendues, une masse de stalactites pendaient de la voûte, et le sol craquelé était jonché d'éclats de rochers. Au-delà du cercle de lumière de leurs lampes, ils entendirent de l'eau couler.

Minus les conduisit de l'autre côté de la caverne, bondissant sur les rochers en marmonnant. Contre la paroi du fond, ils aperçurent un éboulis. Au milieu, un ruisselet coulait jusqu'à une mare d'où d'autres ruisseaux se perdaient dans les ténèbres.

— Ici, annonça fièrement Minus.

Wil posa Amberle et regarda le petit être sans comprendre.

— Ici, répéta Minus. La porte en verre qui ne se brise pas. C'est un jeu amusant !

— Wil, il parle de la cascade ! lança Amberle. Regarde bien, là où l'eau passe entre les rochers, au-dessus de la mare.

Wil vit la même chose que la jeune elfe. Là où l'eau tombait dans la mare, elle formait une fine pellicule régulière qui la faisait effectivement ressembler à une porte en verre. Il avança de quelques pas, regardant la lumière de sa lampe s'y refléter.

— Ce n'est pas du verre ! cria Eretria, indignée. Seulement de l'eau !

— L'Ellcrys a dû oublier ce détail, dit Amberle. Ça remonte à si longtemps... Beaucoup de ses connaissances ont été perdues au cours des siècles. Il se souvient confusément du passé. Peut-être se rappelle-t-il seulement cette cascade en raison de son apparence : celle d'une porte en verre qui ne se brise pas.

Eretria regarda Minus.

— C'est la porte ?

— Oui, dit Minus, sautillant de joie. Un jeu amusant, jolie petite chose ! Jouez encore avec Minus !

— Si c'est la porte, il doit y avoir une salle derrière..., dit Wil, avançant vers la cascade.

— Minus peut vous montrer ! Regardez, jolie petite chose, regardez !

Il tira la jeune vagabonde à droite de la chute d'eau. Son visage ratatiné se plissant, il lâcha la main de la jeune femme.

— Regardez, jolie petite chose !

Sur ces mots, il disparut derrière la cascade. La jeune vagabonde en resta stupéfaite. Puis Minus ressortit, sa fourrure trempée.

— Regardez, répéta-t-il en prenant la main de la jeune femme pour la tirer avec lui.

Le petit groupe traversa la cascade, toujours éclairée par les lampes sans fumée, et aboutit dans une alcôve d'où partait un passage étroit. Trempés, ils l'empruntèrent, toujours guidés par Minus. Au bout s'ouvrait une autre caverne, bien plus petite. Étonnamment, elle était sèche. L'air ne regorgeait pas d'humidité, comme dans les autres, et le sol s'enfonçait dans la pénombre en une série de grandes saillies. Wil inspira à fond. Si la chute d'eau était bien la porte indiquée par l'Ellcrys, le Feu de Sang serait dans cette salle. Il avança jusqu'au fond de la caverne et revint sur ses pas sans découvrir d'autres tunnels.

La salle était vide !

Une ombre entra furtivement dans la grotte de l'aiguille d'Acier. Sur son passage, tous les bruits de la forêt s'étaient tus.

Wil Ohmsford broyait du noir. Il n'y avait pas de Feu de Sang. Il avait disparu, peut-être depuis des siècles, emporté avec l'ancien monde. Ou, s'il existait encore, il était quelque part dans le pays Sauvage, hors d'atteinte. Ils ne le trouveraient jamais...

— Wil !

Le cri d'Amberle fit sursauter le Valombrien. Il se retourna et la vit, un peu à l'écart, une main tendue devant elle comme si elle était aveugle et avançait à tâtons.

— Wil, il est ici ! Le Feu de Sang est ici ! Je le sens !

Sa voix tremblait d'excitation. Ses compagnons la regardèrent boitiller dans la caverne.

Eretria approcha de Wil, la main de Minus toujours dans la sienne.

— Guérisseur, que fait-elle ?

Wil leva une main pour lui ordonner de se taire. Il ne quittait pas la jeune elfe des yeux. Elle était remontée vers une petite saillie située au centre de la caverne et l'escaladait. Au bout, se dressait un gros rocher. Amberle s'arrêta à côté et caressa sa surface lisse.

— Ici, dit-elle.

Wil sauta sur la saillie. La jeune elfe se tourna vers lui.

— Non, Wil, ne viens pas plus près !

Le Valombrien s'arrêta. Quelque chose dans le ton de la jeune elfe l'y avait obligé. Ils se regardèrent un instant et il lut du désespoir et de la peur dans le regard de la jeune elfe. Puis elle se détourna. Appuyée contre le rocher, elle poussa. Le bloc de pierre se déplaça comme s'il était en papier.

Des flammes blanches jaillirent de la terre et grimpèrent vers la voûte, scintillant comme de la glace liquide. Ce feu était d'un blanc brillant, mais n'émettait aucune chaleur. Lentement, il prit la couleur du sang.

Wil Ohmsford recula d'un bond sans s'apercevoir qu'Amberle avait disparu dès que la colonne de feu était sortie du sol.

Puis il entendit Minus hurler d'horreur derrière lui.

— Brûler ! Minus va brûler ! La Dame, la Dame, la Dame ! Elle brûle, elle brûle ! Minus sert... la... brûle !

Le petit être poilu craqua. Lâchant la main d'Eretria, il courut hors de la salle. Hebel essaya de l'intercepter mais le rata.

— Minus ! cria Eretria.

Trop tard ! Ils l'entendirent retraverser la chute d'eau et continuer à courir. À la lueur écarlate du Feu de Sang, les trois humains se regardèrent en silence.

Chapitre 47

Wil Ohmsford s'aperçut alors qu'il ne voyait plus Amberle. Il hésita, pensant que le Feu la dissimulait mais qu'elle était toujours là. Si c'était le cas, pourquoi ne la voyait-il plus ?

Il avançait vers le Feu de Sang quand le cri retentit, aigu et terrible dans le calme de la caverne.

— Minus, murmura Eretria.

Elle se dirigea vers le passage, mais Wil lui prit le bras et la tira en arrière. Hebel recula avec eux, une main sur le cou de Clochard.

Ils entendirent une créature traverser la chute d'eau. Ce n'était pas Minus, mais un être bien plus imposant que lui.

Et si ce n'était pas le petit elfe…

... Le Faucheur !

Son ombre se déplaçait en silence dans l'entrée de la salle. Le Faucheur marchait comme un humain, mais il était bien plus grand qu'un homme ordinaire – plus grand même qu'Allanon. Ses robes et son capuchon couleur de cendres mouillées, voilà tout ce qu'on voyait de lui. Quand il sortit du passage, la lumière écarlate du Feu de Sang tomba sur lui comme un jet de sang.

Eretria cria de terreur. Entre les griffes crochues du monstre pendait le corps brisé de Minus.

La dague apparut aussitôt dans la main de la jeune vagabonde.

Le Faucheur sans visage la regarda, implacable. Wil sentit les forces maléfiques qui animaient le démon. Il pensa à ses victimes : la compagnie d'elfes du bois de Drey, Crispin, Dilph et Katsin dans le Pykon, Cephelo et les autres vagabonds au pont Hurleur. Tous tués par ce monstre. Et maintenant, il les avait retrouvés…

Il trembla d'une peur si violente qu'elle lui sembla être une bête affolée tapie en lui. Il ne pouvait pas détourner le regard du démon, même si chaque fibre de son corps le suppliait de le faire. À côté de lui, Eretria était devenue d'une pâleur de cendre. Hebel recula d'un pas, et le grondement de Clochard se transforma en un piteux gémissement.

Quand le Faucheur avança, Wil Ohmsford rassembla ses forces et leva la main qui tenait les Pierres elfiques. Le Faucheur s'arrêta, son capuchon se soulevant légèrement sans montrer son visage. Mais son hésitation n'était pas due au Valombrien. Le démon étudia les flammes rouges du Feu de Sang. Le Feu ne semblait pas particulièrement menaçant. Il brûlait régulièrement, froid et sans fumée. Le Faucheur attendit un instant, puis recommença à avancer.

Les rêves revinrent à l'esprit de Wil Ohmsford : ceux qui l'avaient tourmenté à Havenstead, puis dans la forteresse du Pykon. La créature qui le pourchassait dans la brume et la nuit et à laquelle il lui était impossible d'échapper.

Ces cauchemars étaient aussi vifs et terribles que dans son sommeil. Les sentiments qu'il avait éprouvés ressurgirent, plus violents et plus terrifiants. C'était le Faucheur qui le poursuivait dans ses rêves, d'un monde de terreur à l'autre, toujours à un pas de lui ! Et maintenant, il était là, tel un cauchemar devenu réalité. Cette fois, il n'avait nulle part où fuir. Et il ne pouvait pas se réveiller !

Allanon ! Aidez-moi !

Il descendit en lui-même et trouva les paroles du druide au fond d'un océan de peur irraisonnée.

Croyez en vous. Ayez confiance en vous. Je compte sur vous plus que sur tout autre. Je compte sur vous.

Il utilisa ces mots comme un bouclier et invoqua la magie des Pierres elfiques. Plongeant dans leur cœur, il sentit qu'il traversait des couches successives de lumière bleue. Sa vue se brouilla, et la lueur écarlate du Feu de Sang tourna au gris. Il était tout près maintenant. Il sentait la brûlure du pouvoir des Pierres elfiques.

Pourtant, rien ne se passa.

Wil paniqua. Un instant, la peur le submergea et il faillit abandonner et détaler. Seule la conscience qu'il n'avait nulle part où fuir le poussa à tenir bon. La barrière était toujours là, comme après son combat contre le démon du Tirfing. Comme elle le serait toujours, car il n'était pas réellement maître du pouvoir des Pierres, ni leur propriétaire légitime, mais un Valombrien idiot qui avait cru être quelqu'un… qu'il n'était pas.

— Guérisseur ! cria désespérément Eretria.

Le Valombrien essaya de nouveau, et échoua encore. Le pouvoir des Pierres elfiques refusait de lui obéir. Il ne pouvait pas l'atteindre, ni l'appeler. Le visage trempé de sueur, il serrait les Pierres si fort qu'elles s'étaient incrustées dans sa paume. Pourquoi le pouvoir refusait-il de venir ?

Eretria recula, s'éloignant de lui, et feinta soudain avec sa dague pour distraire le démon. Le Faucheur se tourna quand elle descendit de la saillie rocheuse, comme si elle avait l'intention de s'enfuir vers la porte de la salle. Wil comprit aussitôt qu'elle essayait de gagner du temps pour qu'il puisse invoquer le pouvoir des Pierres elfiques. Il aurait voulu la prévenir qu'il ne le pouvait plus, mais il se découvrit incapable de parler. Des larmes coulèrent sur ses joues tandis qu'il essayait de briser la barrière qui l'isolait des Pierres. Eretria allait mourir. Le Faucheur la tuerait pendant qu'il regarderait, impuissant.

Le démon jeta au loin les restes de Minus. Ses griffes crochues se tendirent vers la jeune vagabonde, illuminées par la lumière écarlate du Feu de Sang.

Eretria !

Ce qui arriva ensuite ne s'effaça jamais de sa mémoire. En quelques secondes, le passé et le présent s'unirent, ne formant plus qu'un. Comme il était arrivé autrefois à son grand-père, Wil Ohmsford se retrouva face à face avec lui-même.

Il lui sembla entendre Amberle lui parler, sa voix sortant de la lueur rouge du Feu de Sang, calme et pleine d'espoir. Elle lui parla comme ce matin-là, après leur fuite du Pykon, pendant que la Mermidon les transportait vers le sud, loin de l'horreur de la nuit précédente. Elle lui dit, comme alors, que le pouvoir des Pierres elfiques n'était pas perdu pour lui. Il lui appartenait toujours, et il savait l'utiliser.

Mais le pouvoir était bel et bien perdu ! Elle savait ce qui était arrivé sur la passerelle de la forteresse. Il voulait détruire le démon, après avoir vu ce qu'il avait fait à Crispin. Mais il était resté figé sur place, les Pierres à la main, incapable d'agir. Si le vent n'avait pas provoqué l'effondrement de la passerelle, le Faucheur les aurait rattrapés à ce moment-là. Amberle savait sûrement que le pouvoir était perdu !

Non, il n'était pas perdu ! Mais Wil essayait avec tant d'énergie qu'il se coupait des Pierres elfiques, un phénomène qui ne se serait pas produit sans son incapacité à saisir la nature du pouvoir qu'il cherchait à maîtriser. Il devait essayer de comprendre. Se souvenir que la magie elfique était seulement une extension de celui qui l'utilisait…

La voix d'Amberle mourut, remplacée par celle d'Allanon. Le cœur, l'esprit et le corps. Une Pierre pour chacun. L'union des trois donnerait la vie aux Pierres elfiques. Mais Wil devait *créer* cette fusion. Ce ne serait peut-être pas aussi aisé pour lui que pour son grand-père, parce qu'il était une personne différente, éloigné du sang elfique par deux générations supplémentaires. Ce qui était simple pour son grand-père ne le serait pas pour lui. Une partie de lui-même rejetait la magie.

Oui, oui ! cria Wil intérieurement. Le sang humain résistait. C'était lui qui l'empêchait d'atteindre le pouvoir. Le sang humain, sa partie non elfique rejetait la magie.

Le rire moqueur d'Allanon retentit dans son esprit. Si c'était le cas; pourquoi avait-il pu utiliser les Pierres elfiques une fois ?

La voix du druide mourut aussi.

Wil Ohmsford comprit qu'il s'était dupé lui-même depuis le moment, dans le Tirfing, où il avait invoqué le pouvoir des Pierres et senti la magie couler en lui comme du feu liquide. Il avait laissé le mensonge s'enraciner à cause de ses doutes, et il l'avait renforcé sans le vouloir en entendant Allanon lui révéler que seul le sang elfique permettait de maîtriser les Pierres. Comme il avait été rapide à conclure que sa partie humaine était la raison de son échec ! Pourtant, depuis le Tirfing, la proportion de son sang elfique et de son sang humain n'avait pas changé.

Oui, il s'était abusé ! Peut-être pas sciemment, mais il s'était abusé tout de même, et il avait perdu la capacité d'utiliser les Pierres. Comment cela était-il arrivé ? Amberle avait effleuré la vérité en disant que l'utilisation des Pierres modifiait quelque chose en lui.

Il n'avait pas tenu compte de cet avertissement. Pourtant, il avait senti un changement en lui-même quand il s'était servi des Pierres. Mais il n'arrivait pas à comprendre cette modification. D'abord convaincu qu'elle était physique, il n'avait rien trouvé de différent en lui. Amberle avait suggéré que c'était peut-être autre chose : la magie elfique pouvait affecter l'esprit. Il avait refusé d'y croire. N'ayant rien détecté d'anormal ou de différent, il avait trop vite rejeté cette idée, car il ne pouvait pas se permettre de se poser des questions alors qu'il devait garantir la sécurité d'Amberle. Et cela avait été une très grosse erreur. Il aurait dû comprendre, à ce moment, comme il le saisissait maintenant, qu'Amberle avait raison. L'utilisation des Pierres elfiques avait infligé à son esprit quelque chose de si préjudiciable que le pouvoir serait perdu pour lui tant qu'il ne se serait pas attaqué à ce problème.

Wil Ohmsford avait été terrifié !

Il pouvait l'admettre, désormais. Il *devait* l'admettre ! Il n'avait pas été capable d'affronter cette peur jusqu'à maintenant, se la dissimulant habilement à lui-même. Depuis toutes ces semaines, elle était là, et il ne l'avait pas reconnue pour ce qu'elle était. Il ne s'agissait pas de la peur du monstre qui hantait ses rêves, ni du démon qui pourchassait Amberle depuis Arborlon. Les Pierres elfiques et l'effet que leur pouvoir avait sur lui le terrifiaient !

Ce n'était pas son sang mêlé qui bloquait son accès au pouvoir, mais son angoisse de la magie.

Tout cela était sa faute ! Résolu à réussir la mission qu'Allanon lui avait confiée, il avait noyé son appréhension sous un flot de détermination. Refusant d'admettre son existence, il se l'était cachée à lui-même comme aux autres.

La peur l'avait alors empêché d'utiliser les Pierres elfiques. Il lui serait impossible d'unir son cœur, son esprit et son corps au pouvoir des Pierres tant que cette peur existerait en lui.

Il s'était persuadé que son sang humain rejetait la magie…

Jusqu'à maintenant ! Désormais, il connaissait la nature de l'obstacle qui le coupait des Pierres. C'était sa peur, et il saurait prendre les mesures nécessaires.

Il plongea de nouveau à l'intérieur de lui-même, et unit son cœur, son esprit, son corps, sa volonté, ses pensées et sa force. Ce ne fut pas facile, car la peur était toujours présente. Elle se dressa devant lui comme un mur, minant sa détermination, si forte qu'il pensa un instant ne pas pouvoir continuer.

Il y avait, à utiliser les Pierres elfiques, un danger qu'il ne pouvait pas voir, toucher, définir ou comprendre. Il existait et pouvait endommager irrémédiablement son corps et son esprit. Voire le détruire. Pire, il pouvait aussi le laisser vivre. Car il y avait des choses plus terribles que la mort…

Il combattit la peur, pensant à son grand-père. Quand Shea avait utilisé l'Épée de Shannara, il avait aussi perçu un danger sans pouvoir le comprendre. Il l'avait dit à Wil. Mais la magie de l'Épée était nécessaire, le choix de son grand-père étant dicté par cette nécessité. Il en allait de même pour Wil.

Il y avait en jeu la confiance qu'on lui avait accordée et les vies que lui seul pouvait sauver.

Il s'immergea dans la lumière bleue des Pierres et le mur de peur se fractura sous son œil mental. Le sang humain céda la place au sang elfique et le pouvoir des Pierres déferla en lui.

Le passé et le présent se séparèrent, et le temps recommença à s'écouler…

Eretria !

Le Faucheur avançait vers elle sous la lueur écarlate du Feu de Sang. Wil leva les Pierres elfiques : du feu jaillit de sa main, frappant le démon et le propulsant contre la paroi de la caverne.

Il n'y eut aucun bruit quand le Faucheur percuta la paroi. Un instant après, de nouveau debout, il plongea vers le Valombrien.

Wil n'aurait jamais cru qu'un être aussi grand puisse être aussi rapide. Presque avant qu'il ait eu le temps de réagir, le Faucheur arriva sur lui. Le feu bleu jaillit de nouveau des Pierres elfiques, frappa le démon et le renvoya en arrière comme une poupée de chiffon. Cette fois, Wil sentit le feu dans son corps, comme s'il s'agissait de son propre sang, et il éprouva la même sensation que dans le Tirfing.

On venait de lui faire quelque chose, et ce n'était pas vraiment agréable.

Mais il n'avait pas le temps de s'attarder sur ça ! La silhouette gris cendre du Faucheur fondait de nouveau sur lui.

Le feu jaillit de la main tendue du Valombrien, mais le Faucheur fut plus rapide. Évitant l'attaque, il revint à la charge. Wil essaya de l'arrêter et échoua une fois encore. Il recula en titubant, tentant de forcer la magie elfique à viser le démon, mais sa concentration s'était brisée et le feu s'éparpillait. Le Faucheur traversa les flammèches éparses. Au dernier moment, Wil parvint à brandir les flammes devant lui comme un bouclier. Le Faucheur percuta l'obstacle. Il tomba et sa tête heurta le sol de pierre de la caverne.

Épuisé, Wil crut un instant qu'il allait s'évanouir. Mais les griffes du monstre traversèrent le feu bleu pour tenter de l'atteindre. Le Valombrien lutta contre l'étourdissement et la magie des Pierres resta active. Le Faucheur recula d'un bond, frustré, puis s'éloigna lentement.

Wil se releva, étourdi. Il avait mal partout et des points blancs dansaient devant ses yeux. Les choses ne se déroulaient pas comme il l'avait espéré. Une fois la magie des Pierres dominée, il avait cru que le pire serait passé, puisqu'il posséderait une arme à laquelle le Faucheur ne résisterait pas. En dépit de sa puissance, le démon, avait-il pensé, ne serait pas de taille à affronter les Pierres. Maintenant, il n'en était plus si sûr.

Puis il se souvint d'Eretria. Où était-elle ?

En lui, le feu elfique se débattit comme une créature emprisonnée. Un moment, il craignit d'en avoir perdu le contrôle. Puis, le Faucheur sortit de la pénombre, silencieux et rapide, bondit dans la lueur du Feu de Sang et se jeta sur le Valombrien.

Presque sans intervention de Wil, la magie elfique généra une explosion qui fit tomber les deux adversaires de la saillie rocheuse. Le Valombrien fut projeté contre la paroi, ses côtes et le bras qui ne tenait pas les Pierres craquant comme du bois mort quand il percuta la roche.

Son bras devint rapidement insensible…

Il parvint tout de même à se relever. Luttant contre la douleur et la nausée, il appela Eretria. La jeune vagabonde sortit des ombres, arrivant près de lui juste avant le Faucheur. Le monstre lança un nouvel assaut silencieux, trop rapidement, cette fois, pour que le Valombrien ait le temps de réagir. Sans Clochard, le démon leur aurait fait leur affaire. Le grand chien s'arracha à l'étreinte de Hebel et se jeta sur le monstre. Le Faucheur recula, les crocs de Clochard plantés dans ses robes grises. Puis il se redressa et lança l'animal loin de lui comme s'il avait écarté une mouche.

Clochard vola dans les airs et s'écrasa contre la paroi de la caverne.

Ces quelques secondes de répit donnèrent à Wil l'occasion de récupérer. Son bras se leva aussitôt et le feu bleu vola vers son adversaire. Le Faucheur esquiva de nouveau, repartit dans la pénombre de la caverne et se cacha derrière le brasier du Feu de Sang.

Le Valombrien attendit, balayant la salle du regard. Aucun signe du démon ! Il sonda les ombres, sachant qu'il ne tarderait pas à repasser à l'attaque.

Eretria était accroupie à côté de lui, en larmes, sa dague à la main, le visage couvert de poussière et de sueur. Hebel s'était agenouillé près de Clochard et murmurait des paroles inaudibles.

Rien ne bougeait.

Wil regarda vers le haut. Le Faucheur était accroché à la voûte de la caverne.

Il le vit à l'instant où il se laissait tomber sur lui.

Le Valombrien poussa Eretria sur le côté et leva les Pierres elfiques. Le démon atterrit devant lui, agile comme un félin. Eretria hurla et recula. Le trou noir du capuchon s'élargit lentement, paralysant Wil de son regard vide. Le Valombrien, incapable de bouger, contempla l'obscurité qui lui faisait face.

Puis le Faucheur bondit.

Wil serait mort sans le pouvoir des Pierres. Allanon les avait appelées des Pierres de Chercheur… Un avertissement explosa dans son esprit : *Cherche le visage du Faucheur !*

Plus rapide que la pensée, la magie agit.

Wil ne vit plus le monstre devant lui et ne sentit plus la peur et la douleur. Poussé par un instinct primitif de survie, il s'entendit hurler quand le feu bleu jailli de sa main s'enfonça dans le capuchon du Faucheur, emprisonna sa tête invisible comme dans un étau et ne la lâcha pas.

Le monstre essaya de se libérer, mais Wil Ohmsford croisa les mains devant lui. De son corps épuisé, la magie elfique passa dans le Faucheur, le soulevant et le propulsant contre la paroi de la caverne. Le démon y resta suspendu, empalé par le feu bleu, hurlant de fureur pendant qu'il brûlait.

Puis le feu descendit le long de ses robes et explosa.

Quand il s'éteignit, il ne restait plus du Faucheur qu'une marque calcinée sur la paroi : le contour de ses robes incrusté dans la roche.

Chapitre 48

Le Feu de Sang entoura Amberle Elessedil avec la délicatesse d'une mère qui prend son enfant dans ses bras. Les flammes s'élevèrent autour d'elle, tel un mur écarlate qui l'isola du monde extérieur mais ne lui fit aucun mal.

Comme c'est étrange, pensa-t-elle. *Ce Feu ne brûle pas*…

Elle le savait quand elle avait poussé le rocher, au milieu de la colonne de flammes. Le feu l'avait consumée, mais elle n'avait pas senti de douleur, seulement l'impression d'être enveloppée par une présence familière et réconfortante.

La torpeur s'empara d'elle, la souffrance et la peur des derniers jours semblant la quitter lentement.

Ses yeux contemplaient les flammes, essayant de voir la caverne qui abritait le Feu de Sang et les compagnons venus avec elle. Mais il n'y avait rien. Seulement le Feu. Elle envisagea d'en sortir, mais on l'en dissuada. Elle devait rester où elle était. Et faire ce qu'elle était venue faire ici.

Ce qu'elle était venue faire ici… Elle se répéta ces mots et soupira. Un si long voyage, et une terrible épreuve… Maintenant, elle était terminée. Elle avait trouvé le Feu de Sang. D'une étrange manière, d'ailleurs…

Au cœur de cette caverne vide plongée dans la pénombre, elle avait été aussi découragée que ses compagnons en découvrant que le Feu de Sang n'était pas derrière la porte de verre impossible à briser, tous leurs efforts ayant été vains. Puis elle avait senti la présence du Feu. Une façon étrange de décrire la chose, mais elle n'avait pas de meilleure idée. Une perception similaire à celle qu'elle avait eue à la lisière des Chaudrons, cachée dans les broussailles pour attendre le retour de Wil. Une intuition l'avait avertie de l'approche du Faucheur.

Un sentiment venu du plus profond d'elle-même l'avait convaincue que le Feu de Sang était dans cette caverne et qu'elle devait le trouver. Elle avait avancé à tâtons, sans comprendre pourquoi elle agissait ainsi. Même quand elle avait découvert le Feu de Sang et fait signe à Wil de rester à distance, elle ignorait toujours ce qui la guidait.

Cette pensée la troubla. Elle ne comprenait pas. Quelque chose l'avait *touchée*. Elle devait savoir de quoi il s'agissait. Les yeux clos, elle chercha l'origine de la sensation.

La compréhension vint lentement.

Au début, elle pensa que cela venait du Feu de Sang, puisque c'était vers lui qu'elle avait été attirée. Mais ce n'était pas un être pensant, simplement une force ancienne qui donnait la vie. Non, ce n'était pas lui ! Était-ce la semence qu'elle transportait, cette étincelle d'espoir que lui avait confiée l'Ellcrys ? Lui était un être pensant. Sa semence aussi ? Elle avait pu l'avertir de l'approche du Faucheur et de la présence du Feu de Sang. Mais cette interprétation était erronée. La semence ne vivrait pas jusqu'à ce qu'elle ait été plongée dans les flammes du Feu de Sang. Elle dormait encore. Ce n'était donc pas elle.

Soudain, Amberle comprit. C'était elle-même ! Quelque chose en elle l'avait avertie de l'approche du Faucheur, puis prévenue que le Feu de Sang était là. Ces intuitions étaient venues de son esprit même parce qu'elles faisaient partie d'elle. La seule réponse qui avait un sens !

Amberle ouvrit les yeux, surprise, puis les referma. Pourquoi ces avertissements étaient-ils montés d'elle ? Les souvenirs de l'étrange influence que l'Ellcrys avait eue sur elle lui revinrent en mémoire. Il l'avait modifiée jusqu'à ce qu'elle ait l'impression de ne plus être qu'une extension de l'arbre. Lui avait-il vraiment fait cela ? Avait-elle été affectée plus profondément qu'elle le pensait ?

Un instant, elle fut effrayée par cette possibilité, comme toujours quand elle pensait à la façon dont l'Ellcrys lui avait volé sa personnalité. Au prix d'un gros effort, elle repoussa sa peur. Il n'y avait plus aucune raison d'être effrayée, maintenant. Tout cela était derrière elle. Le voyage terminé, elle avait tenu ses promesses. Il restait seulement à redonner la vie à l'arbre.

Amberle glissa la main sous sa tunique et la ferma autour de la semence devenue chaude et vivante, comme si elle prévoyait la fin de sa période de sommeil. La jeune elfe allait sortir sa main quand ses angoisses revinrent, plus violentes qu'avant. Elle hésita, sentant sa volonté décliner. Y avait-il dans ce rituel des moments qu'elle n'avait pas prévus ?

Où était Wil ? Il avait promis de l'accompagner jusqu'au bout. De s'assurer qu'elle ne faiblirait pas. Où était-il ? Elle avait besoin de lui. Il fallait qu'il la rejoigne.

Mais il ne vint pas. Prisonnier derrière le mur de flamme du Feu, il ne pouvait pas l'atteindre. Elle devait agir seule. C'était la mission qu'on lui avait confiée. Et une responsabilité qu'elle avait acceptée !

Elle inspira à fond. Le temps de placer la semence de l'Ellcrys dans les flammes du Feu de Sang et son œuvre serait accomplie. C'était pourquoi elle avait fait tout ce chemin. Maintenant, elle devait agir. Pourtant, la peur la rongeait comme une maladie… Pourquoi était-elle si effrayée ?

Dans sa main, la semence palpitait déjà.

Elle la regarda. Même cette graine lui faisait peur – une si petite partie de l'Ellcrys ! Les souvenirs se bousculèrent dans son esprit. Au début, ils avaient été proches. Aucune angoisse, seulement de l'affection ! Puis de la joie et une communion. Qu'est-ce qui avait modifié ces sentiments ? Pourquoi avait-elle commencé à penser qu'elle se perdait dans l'arbre ? Encore maintenant, cette idée la hantait. Quel droit l'Ellcrys avait-il de lui faire ça ? L'utiliser de cette manière ? Quel droit… ?

La honte l'envahit. Ces questions ne servaient à rien. L'Ellcrys agonisait. Il avait besoin d'aide, pas de récriminations. Les elfes étaient en danger. Amberle ouvrit les yeux et cligna dans la lueur écarlate du Feu de Sang. Elle n'avait plus le temps de s'abandonner à l'amertume ou d'explorer ses sentiments. Seulement celui de faire ce qu'elle était venue faire : plonger la semence dans le Feu.

Elle sursauta. Le Feu ! Pourquoi la semence n'avait-elle pas encore été affectée ? Les flammes ne pouvaient-elles pas l'atteindre à l'intérieur de sa tunique ? Ne l'avaient-elles pas déjà touchée ?

Encore des questions inutiles ! Amberle voulut sortir la semence, mais la peur la retint de nouveau. Des larmes lui montèrent aux yeux. Oh, comme elle aurait voulu qu'un autre remplisse cette mission ! Elle n'était pas une Élue ! Elle n'était pas digne. Elle n'était pas… n'était pas…

En criant, elle sortit la semence de sa tunique et la tendit vers les flammes écarlates du Feu de Sang. La graine brilla dans sa main, animée par le contact du Feu. Montant du plus profond de l'esprit de la jeune elfe, la sensation revint – celle qui l'avait avertie de la présence du Faucheur, puis attirée vers le Feu de Sang. Elle envahit son esprit, d'une série d'images éblouissantes qui l'emplit d'émotions si douloureuses qu'elle en tomba à genoux.

Elle serra la semence de l'Ellcrys contre sa poitrine, sentant la vie s'éveiller à l'intérieur.

Des larmes coulaient le long de ses joues.

C'était elle ! C'était elle !

Maintenant, elle comprenait enfin. Elle tint la semence contre elle et se plongea dans le Feu de Sang.

Chapitre 49

Blottis contre la paroi de la caverne, Wil Ohmsford et Eretria virent mourir la lueur écarlate du Feu. Sur un dernier jet de flamme, il disparut, laissant, pour éclairer la salle, les lampes qu'ils avaient apportées, et posées dans un coin. Leur lumière blanche et douce leur parut bien faible comparée à la lueur du Feu.

Le Valombrien et la jeune vagabonde clignèrent des yeux dans la pénombre. Puis leur vue s'adapta, et ils distinguèrent des mouvements sur la saillie rocheuse où le Feu de Sang avait brûlé. Wil tendit la main qui tenait les Pierres elfiques, et la magie s'éleva dans un scintillement de lumière bleue.

— Wil…

C'était Amberle, qui sortit de la pénombre comme une enfant perdue. Ignorant la douleur, le Valombrien avança vers elle, Eretria un pas derrière lui. Arrivés près d'elle au moment où elle descendait en titubant de la saillie, ils la prirent dans leurs bras.

— Wil, murmura-t-elle, sanglotante.

Elle leva la tête, sa longue chevelure châtain s'écartant de son visage. Ses yeux étaient de la même couleur rouge sang que le Feu.

— Par les ombres ! cria Eretria, reculant d'un pas.

Wil garda Amberle serrée contre lui en dépit de la douleur qui torturait son bras blessé. Elle était légère comme si tous ses os avaient disparu, pour ne laisser qu'une coquille de chair.

Elle pleurait toujours, la tête posée sur l'épaule de son ami.

— Oh, Wil, je me trompais ! Ce n'était pas l'Ellcrys, c'était moi ! Ça a toujours été moi !

Ses paroles étaient hachées, comme si elle ne pouvait pas les dire assez vite. Le Valombrien lui caressa la joue.

— Tout va bien, Amberle, murmura-t-il. C'est terminé.

Elle le regarda de nouveau, ses yeux écarlates dilatés et terribles.

— Je n'avais pas compris. Mais l'Ellcrys savait… depuis le début. Il savait, et il a essayé de me le dire, de me faire voir… Mais je n'ai pas compris parce que j'avais peur…

— Ne parle pas, dit le Valombrien, la serrant contre lui, soudain glacé d'angoisse.

Ils devaient revenir au plus vite à la lumière !

Wil se tourna vers Eretria.

— Prenez les lampes.

La jeune vagabonde obéit et revint rapidement vers eux.

— Je les ai, guérisseur !

— Bien. Dépêchons-nous de partir d'ici. (Mais qu'en était-il de la semence ? La jeune elfe l'avait-elle… ?) Amberle, la semence a-t-elle été placée dans le Feu ? Amberle ?

— C'est… c'est fait, dit son amie si doucement qu'il l'entendit à peine.

Combien cela lui avait-il coûté ? se demanda amèrement Wil. Que lui était-il arrivé ? Mais il n'avait pas le temps d'y penser maintenant. Ils devaient sortir de ces catacombes, atteindre les pentes de l'aiguille d'Acier, puis retourner à Arborlon. Là, Amberle irait de nouveau bien. Elle serait à l'abri, en sécurité…

— Hebel, appela Wil.

— Ici, petit elfe ! lança le vieil homme d'une voix rauque.

Il sortit de la pénombre, Clochard dans les bras.

— Il a une patte cassée. Peut-être plus… Je ne peux pas l'abandonner.

— Guérisseur ! cria Eretria. Comment retrouverons-nous notre chemin sans Minus ?

Wil la regarda comme s'il avait oublié son existence. Elle rougit de honte, certaine qu'il lui en voulait de sa réaction face à la jeune elfe.

— Les Pierres elfiques, marmonna-t-il finalement, sans se demander s'il pourrait les utiliser ou pas. Elles nous montreront le chemin.

Il déplaça légèrement Amberle dans ses bras, et grimaça de douleur.

Eretria lui prit le poignet.

— Vous ne pouvez pas porter la jeune femme et utiliser les Pierres en même temps. Donnez-la-moi.

— Non ! Je peux me débrouiller !

— Ne soyez pas si têtu ! Je connais vos sentiments pour elle, guérisseur. Mais c'est trop dur, même pour vous. Je vous en prie, laissez-moi vous aider. Donnez-la-moi, et je la porterai.

Leurs yeux se rencontrèrent et Wil vit des larmes briller sur les joues de la jeune femme. Ce qu'elle venait d'admettre était douloureux pour elle…

— Vous avez raison. Je ne peux pas faire ça seul.

Il confia Amberle à Eretria, qui la serra comme si elle était un bébé. La tête sur l'épaule de la vagabonde, la jeune elfe s'endormit.

— Restez près de moi ! ordonna Wil.

Prenant une des lampes, il se détourna.

Ils franchirent la cascade, puis traversèrent la caverne, se frayant un chemin au milieu des rochers. Le sang et la sueur se mêlaient sur le corps de Wil et la douleur augmentait. Quand ils arrivèrent dans le labyrinthe, le Valombrien pouvait à peine marcher. Pourtant, ils n'avaient pas le temps de se reposer. Ils devaient contacter Perk le plus vite possible, car c'était son dernier jour dans la contrée. Sans Genewen pour les conduire à Arborlon, ils ne quitteraient jamais le pays Sauvage…

Wil s'arrêta près de l'entrée et fouilla les compartiments de la sacoche qu'il portait à la ceinture. Après quelques instants, il en sortit une racine pourpre de six pieds de long. La regardant, il hésita un instant. S'il la mangeait, le suc éliminerait la douleur et il pourrait continuer d'avancer. Hélas, la racine avait aussi des effets indésirables. Elle le rendrait somnolent et risquerait de lui faire perdre conscience. De plus, ses pensées seraient de plus en plus incohérentes. Si la substance agissait avant qu'ils soient sortis des catacombes…

Eretria le dévisagea en silence. Il regarda la jeune femme, puis le corps menu qu'elle portait. Résolu, il mordit la racine et commença à mâcher. Un risque qu'il devait courir !

Ils continuèrent dans la pénombre. Quand le labyrinthe apparut devant eux, le Valombrien leva la main qui tenait les Pierres elfiques et invoqua leur magie. Elle vint rapidement, déferlant dans ses membres et explosant vers l'extérieur pour illuminer les ténèbres.

La lumière bleue des Pierres se projeta à travers les catacombes et leur montra le chemin. Le Valombrien blessé mit toute son énergie à implorer la magie de les guider. La jeune vagabonde le suivait, portant la petite elfe. Derrière eux, Hebel serrait son chien contre lui.

Les minutes passèrent lentement.

La douleur de Wil s'effaça, remplacée par un engourdissement. Le Valombrien se sentit dériver dans les ténèbres. Le suc de la racine mina ses forces, jusqu'à ce qu'il ait l'impression d'être une poupée de chiffon, et affaiblit son esprit jusqu'à ce qu'il se souvienne à peine qu'il devait avancer. La magie elfique courait toujours dans son sang et il se sentit changer de la même manière plus inexplicable que d'habitude. Il n'était plus le même, il le savait. La magie brûlait en lui et laissait des cicatrices invisibles mais permanentes sur son corps et son esprit. Ne pouvant rien pour l'éviter, il la laissa faire son œuvre, se demandant quand même quel effet cela aurait sur sa vie.

Peu importait ! La seule chose qui comptait, c'était d'emmener Amberle en sécurité.

Le petit groupe continua d'avancer…

Quand ils sortirent enfin de la caverne et émergèrent dans la vallée, ils étaient épuisés. La jeune vagabonde, qui avait porté Amberle tout au long du chemin, semblait à bout de forces. Le Valombrien, à peine conscient, ne parvenait plus à produire une pensée cohérente. Hebel aussi était tout endolori d'avoir porté le grand chien.

Sur le promontoire des pentes de l'aiguille d'Acier, ils regardèrent le soleil qui commençait à se coucher derrière la forêt, à l'ouest des Chaudrons, et les ombres qui s'allongeaient.

— Le soleil… Eretria…, gémit Wil.

La jeune femme le rejoignit et posa doucement Amberle sur le sol. Elle dormait toujours, s'agitant un peu comme si elle allait se réveiller, mais ses yeux restèrent fermés.

— Eretria…, appela Wil.

Il fouilla dans sa tunique. Ses paupières tombaient toutes seules et sa voix était pâteuse. Luttant pour rester assis, il sortit le sifflet d'argent que leur avait donné Perk et le tendit à la jeune femme.

— Utilisez-le… Vite !

— Guérisseur, que dois-je… ?

— Soufflez dedans !

Wil retomba sur le sol, épuisé.

C'est trop tard, pensa-t-il. *La journée est finie. Perk est rentré chez lui.*

Il perdait son combat contre le sommeil. Dans quelques minutes, il dormirait. La main toujours fermée sur les Pierres, il les sentit s'incruster dans sa paume. Encore quelques instants. Ensuite, qui les protégerait ?

Il regarda Eretria se lever et porter le sifflet à ses lèvres. Puis elle se tourna vers lui, ébahie.

— Il n'émet pas de son !

— Je sais. Soufflez encore !

Elle obéit, puis pivota de nouveau vers lui.

— Regardez, dit-il, désignant le ciel.

Hebel posa Clochard sur une touffe d'herbe, le chien lui léchant la main. Wil inspira à fond et jeta un coup d'œil à Amberle. Elle était si pâle ! Comme si sa vie avait été *absorbée*…

Il devait l'aider. Impossible de la laisser dans cet état ! Il avait besoin de Perk ! S'ils avaient été un peu plus rapides, s'il avait tué le Faucheur plus vite, s'il n'avait pas été handicapé par ses blessures…

Maintenant, la journée était terminée !

Les ombres tombèrent sur eux, le sommet de la montagne auréolé de la lumière grisâtre du crépuscule. Le soleil descendait vers l'ouest, une petite bande de lumière dorée scintillant au-dessus de la forêt.

Perk, je t'en prie, cria mentalement Wil, *aide-nous !*

— Wil…

Il tourna la tête. Amberle le regardait, les yeux toujours rouge sang, et sa main se glissa dans celle du Valombrien.

— Tout va bien, Amberle, murmura-t-il. Nous sommes… sortis.

— Wil, écoute-moi…

Ses paroles étaient claires, mais sa voix restait faible. Quand il essaya de lui répondre, les doigts de son amie se posèrent sur ses lèvres.

— Écoute-moi. Ne parle pas.

Il se pencha vers elle.

— Je me trompais au sujet de l'Ellcrys, Wil. Il n'essayait pas de se servir de moi, ni de jouer à un petit jeu. La peur n'était pas intentionnelle. Elle était là parce que je n'ai pas compris ce qu'il faisait. Wil, il tentait de me dire pourquoi j'étais si spéciale. Il savait que j'étais *l'unique*. Il le savait ! Son temps tirait à sa fin, et il a vu…

Elle se mordit les lèvres. Des larmes roulèrent le long de ses joues.

— Amberle…

— Non. Écoute-moi ! J'ai fait un choix, dans la caverne. Volontairement – et je suis la seule responsable. J'ai fait ce choix, parce que je le devais. Pour des raisons que je ne peux pas… Pour les Élus, Wil ! Pour Crispin et Dilph et les autres Chasseurs. Pour les soldats du bois de Drey. Pour le pauvre petit Minus. Ils sont tous morts, et je ne pouvais pas accepter qu'ils aient péri en vain. Mais il te faut… oublier ce que… ce que nous…

Les mots lui manquèrent, et elle éclata en sanglots.

— Wil, j'ai besoin de toi. Tellement besoin de toi !

Terrifié, le Valombrien comprit qu'il était en train de la perdre ! Le sentant, au plus profond de son être, il lutta pour ne pas céder à l'engourdissement.

Puis Eretria les appela d'une voix excitée. Ils suivirent du regard son index tendu vers le ciel. Loin à l'ouest, entouré d'un halo par le soleil couchant, un oiseau doré volait vers leur promontoire.

— Perk ! dit doucement Wil. C'est Perk !

Amberle passa un bras autour de son torse et le serra contre elle.

Plus tard, il sentit qu'on le portait et entendit la voix de Perk dans son demi-sommeil.

— ...la fumée qui sortait de cette tour en flammes, Wil… Genewen et moi, nous avons tourné toute la journée au-dessus du pays Sauvage. Je savais que vous étiez là ! Même quand j'aurais dû rentrer au Nid d'Aigles, je n'ai pas pu partir, certain que la dame aurait besoin de moi. Wil, elle est si pâle !

Le Valombrien sentit qu'on le hissait sur le dos de Genewen. Puis Eretria attacha autour de lui les sangles du harnais.

— Amberle, murmura-t-il.

— Elle est là, guérisseur, répondit la jeune vagabonde. Nous sommes tous en sécurité.

Wil soupira de soulagement et se laissa dériver vers l'inconscience tandis que la nuit tombait autour d'eux.

— Petit elfe, dit une voix rauque.

Wil ouvrit les yeux et reconnut le visage ridé de Hebel.

— Adieu, petit elfe ! Je n'irai pas plus loin avec vous. Cette contrée sauvage est mon domaine. J'ai poussé ma quête aussi loin que je le souhaitais. Et Clochard se remettra ! La jeune vagabonde m'a aidé à fixer une attelle sur sa patte… Un vrai dur, ce chien !

Le vieil homme se pencha vers Wil.

— Je vous souhaite bonne chance, à vous et à la petite elfe.

— Nous avons une dette envers vous, Hebel…

— Envers moi ? Non, petit elfe. Vous ne me devez rien. Bonne chance !

Hebel parti, Wil vit qu'Amberle était attachée devant lui. Perk revint et vérifia soigneusement les sangles. Puis il lança son étrange cri, et Genewen décolla, déployant ses grandes ailes au-dessus des Chaudrons.

Le Roc géant accéléra son vol, et les forêts du pays Sauvage disparurent rapidement derrière eux, la paroi de l'éperon Rocheux se dressant bientôt à l'horizon.

Les bras de Wil Ohmsford se refermèrent autour d'Amberle.

Puis il s'endormit.

Chapitre 50

La nuit était tombée sur Arborlon. Dans les jardins de la Vie, Allanon marchait seul au sommet de la petite butte où se dressait l'Ellcrys, ses robes noires le protégeant de la fraîcheur nocturne. Portant le bâton argenté que l'arbre lui avait confié, il était venu le réconforter du mieux qu'il pourrait et lui donner un peu d'amitié, s'il le pouvait. L'Ellcrys vivait ses dernières heures. Le fardeau qu'il avait reçu tant d'années auparavant allait lui être enlevé.

Le druide s'arrêta un instant, regardant l'arbre. Si quelqu'un les avait vus, il aurait trouvé ce spectacle curieux : deux silhouettes sous un ciel constellé d'étoiles, l'homme campé devant le végétal mourant comme s'il était perdu dans quelque rêve, le visage impassible malgré sa mélancolie. Mais personne d'autre ne viendrait. Il était écrit que l'arbre et l'humain passeraient cette ultime nuit seuls...

Allanon avança, murmurant le nom de l'Ellcrys dans son esprit. Des branches se tendirent aussitôt vers lui et les pensées du druide volèrent vers l'arbre pour le réconforter.

Ne désespérez pas, dit-il doucement. *Cet après-midi, pendant la bataille pour sauver Arborlon, alors que les elfes luttaient courageusement pour retarder les démons, il s'est passé quelque chose d'inattendu qui devrait nous donner de l'espoir. Très loin, au sud, dans les profondeurs obscures des contrées sauvages où l'Élue est partie, son protecteur a activé la magie des Pierres elfiques. Je l'ai su à l'instant où il l'a fait. J'ai étendu mon esprit vers lui et effleuré le sien, sans m'attarder, parce que le Dagda Mor peut percevoir mon pouvoir. Pourtant, ce moment a suffi. Cher Ellcrys, la renaissance aura lieu !*

Le druide envoya ses pensées à l'Ellcrys mais ne reçut rien en retour. Affaibli au point d'être inconscient, l'arbre n'avait ni entendu ni compris. Il avait conscience seulement de sa présence, devina soudain Allanon, sachant ainsi qu'il n'était pas seul pendant ses derniers moments. Ce que le druide dirait n'avait plus de sens pour le moribond. Il était aveugle à tout, sauf à sa lutte désespérée pour remplir sa mission : vivre, et, en vivant, protéger les elfes.

Une profonde tristesse envahit Allanon. Il était venu trop tard.

Il se tut, car il ne pouvait rien faire de plus, sinon rester jusqu'au bout. Le temps passa lentement… Parfois, les pensées décousues de l'Ellcrys l'atteignaient, certaines perdues dans le souvenir de ce qui avait été, d'autres vibrantes de souhaits et de rêves sur ce qui pourrait encore être. Mais toutes étaient comme fragmentées par l'agonie de l'arbre.

Allanon recueillit les pensées éparses de l'Ellcrys, et il lui fit savoir qu'il était là, qu'il avait entendu et qu'il l'écoutait. Il partagea avec lui le linceul dont la mort cherchait à le draper. Il sentit le froid glacial de ce suaire, car il évoquait trop éloquemment sa propre fin. Toutes les créatures étaient destinées à périr, même les druides…

Un instant, Allanon pensa à sa propre mort, aussi inéluctable que les autres. Même s'il dormait pour prolonger sa vie au-delà de celle des humains ordinaires, un jour, il lui faudrait mourir. Et, comme l'arbre, il était le dernier de son espèce. Quand il ne serait plus, qui préserverait les secrets transmis de génération en génération depuis l'époque du Premier Conseil de Paranor ? Qui hériterait de sa magie ? Qui serait le gardien des races ?

Avait-il encore le temps, se demanda-t-il, de trouver ce gardien ?

La nuit passa et la pâle lumière de l'aube apparut à l'horizon. Dans les forêts des Terres de l'Ouest, la vie recommençait. Allanon sentit quelque chose changer dans le contact de l'Ellcrys. Il le perdait !

Regardant fixement l'arbre, il leva le bâton argenté comme s'il pouvait retenir la vie qui fuyait le végétal.

Le ciel s'éclaircit, et les images envoyées par l'Ellcrys devinrent de plus en plus rares. La douleur de l'arbre diminua aussi et un étrange détachement la remplaça. Peu à peu, ce détachement fit augmenter la distance qui les séparait. À l'est, une bande de lumière apparut et les étoiles s'effacèrent du ciel.

Quand les images cessèrent, Allanon se raidit. Dans sa main, le bâton argenté refroidissait. C'était fini.

Il posa le bâton au pied de l'arbre. Puis il sortit des Jardins.

Sans regarder en arrière.

Ander Elessedil, debout à côté du lit de son père, regardait le vieil homme. Déchiré et meurtri, le corps du roi était enveloppé de bandages et de couvertures, sa respiration seule indiquait qu'il était vivant. Il dormait d'un sommeil agité, toujours entre la vie et la mort.

Des émotions traversèrent l'esprit du prince, s'éparpillant comme des feuilles mortes au gré d'un vent violent. Gael était venu le réveiller, apeuré et incertain. Le jeune assistant était retourné au palais, si énervé qu'il ne pouvait pas dormir, avec l'intention d'avancer son travail du lendemain. Mais les portes étaient bloquées et les sentinelles avaient disparu. Le roi dormait-il sans protection ? Ne fallait-il pas faire quelque chose ?

Ander s'était levé aussitôt, sortant en trombe de sa maison pour alerter la garde. Ensemble, ils avaient forcé les portes et entendu les cris du vieux roi.

Là, ils avaient été témoins de la dernière partie de la lutte à mort entre Eventine et le démon qui avait pris l'apparence de Manx.

Le roi était revenu à lui un bref instant pendant qu'on le transportait dans sa chambre, pour parler d'une voix horrifiée de la bataille qu'il venait de livrer et de la trahison qui l'avait frappé. Ensuite, il avait sombré dans un sommeil profond.

Comment son père avait-il survécu ? Et où avait-il puisé la force ? se demanda Ander. Seuls ceux qui l'avaient trouvé pouvaient mesurer l'énergie que cela avait dû lui demander. Les autres, ministres et commandants, gardes et serviteurs, étaient arrivés plus tard. Ils n'avaient pas vu le vieil elfe étendu dans l'entrée couverte de sang. Ils ignoraient ce qui lui avait été fait.

Bien entendu, les rumeurs allaient bon train. On murmurait que le roi était mort et que la cité était perdue. Ander avait rapidement mis un terme à ces idioties. Il fallait bien plus qu'un seul démon pour tuer Eventine Elessedil !

Il s'agenouilla auprès de son père et caressa sa main inerte. Il aurait pleuré, s'il lui était resté des larmes. Le destin n'avait pas été tendre avec le vieux roi ! Son premier-né et son ami le plus cher étaient morts. Sa petite-fille bien-aimée errait dans des contrées sauvages et son pays était envahi par un ennemi qu'il ne pouvait pas vaincre. Pour finir, il avait été trahi par un animal en qui il avait une confiance aveugle. Tout ce qu'il avait ou aimait lui avait été arraché. Quel miracle lui avait permis de rester en vie après tout ça ? La mort semblait presque un soulagement, dans son cas…

Eventine Elessedil, roi des elfes ! Il n'y aurait jamais un autre souverain de sa trempe. Le dernier de son espèce ! Et que resterait-il pour se souvenir de lui ? Un pays détruit et un peuple forcé à l'exil. Ander n'était pas amer au sujet de son propre sort, mais à cause de son père, qui avait passé sa vie à travailler pour cette terre et ce peuple. Personne ne devait rien à Ander Elessedil, mais n'aurait-il pas dû en aller autrement pour un vieil homme dont le cœur était marié à une terre qui serait ravagée, et à un peuple qui serait bientôt détruit ? Le destin ne lui devait-il pas quelque chose ? Il aimait les Terres de l'Ouest et les elfes plus que la vie qu'il était sur le point d'abandonner. Qu'il soit obligé de voir arriver tout ça… C'était si injuste !

Ander se pencha et embrassa Eventine. Puis il se redressa et se détourna. À travers les fenêtres aux rideaux tirés, il vit le ciel s'illuminer, annonçant une nouvelle journée. Il devait trouver Allanon, pensa-t-il soudain. Le druide n'avait pas encore été informé du drame. Puis il retournerait sur le Carolan, pour être avec son peuple, comme son père l'aurait fait. Peu importaient l'amertume et les regrets ! Ils avaient besoin du courage et de la force dont son père avait fait preuve pour sa dernière bataille. Quoi qu'il arrive, Ander devait se montrer à la hauteur d'Eventine.

Rajustant son armure, il quitta la chambre obscure.

Sur le seuil du palais, il s'arrêta un instant et regarda vers l'est, où le ciel devenait plus clair.

Avec ses yeux cernés, il ressemblait à un spectre. L'air frais de l'aube le glaçant, il s'enroula plus étroitement dans son manteau. Derrière lui, les fenêtres du palais étaient presque toutes éclairées, et des Chasseurs à l'expression lugubre patrouillaient dans les couloirs comme des chiens de chasse.

— Ça ne sert plus à rien, maintenant, marmonna Ander.

Il partit et descendit l'allée, l'esprit embrumé par le manque de sommeil. Combien de temps avait-il dormi avant que Gael vienne le chercher ? Une heure ou deux, il ne se souvenait plus exactement. Quand il essayait de se reposer, il voyait le visage de son père éclaboussé de sang et ses yeux bleus perçants rivés dans les siens.

J'ai été trahi, disaient ces yeux. Trahi !

Ander passa les portails en fer forgé et s'engagea sur la route, ne remarquant pas la grande silhouette qui sortit des ombres près de lui.

— Prince Ander ?

Il sursauta en entendant son nom, puis s'arrêta et se retourna. La silhouette approcha, la lumière de l'aube dansant sur sa cotte de mailles. C'était le commandant du régiment Libre, Stee Jans.

— Commandant, dit Ander en le saluant de la tête.

Le géant répondit d'un vague geste, son visage couvert de cicatrices toujours impassible.

— On me dit que la nuit a été mauvaise…

— Vous en avez entendu parler…

— Un démon s'est introduit dans la demeure du roi. Il est tombé sous les assauts de la créature, mais il est parvenu à la tuer. On peut difficilement espérer garder de telles nouvelles secrètes, mon seigneur.

— Nous n'avons d'ailleurs pas essayé… (Ander soupira.) Le démon était un Métamorphe. Il a pris l'apparence du chien-loup de mon père, un animal qui lui est fidèle depuis des années. Aucun de nous ne sait depuis combien de temps il était là, mais cette nuit, il a décidé que le jeu était terminé. Il a tué les gardes, verrouillé les portes, et attaqué le roi. C'était un monstre, commandant. J'ai vu ce qui restait de lui. Je ne sais pas comment mon père a fait pour…

Il s'interrompit.

Le frontalier le regarda en face.

— Donc, le roi est encore vivant.

— Oui. Mais j'ignore ce qui le maintient en vie.

— Peut-être nous attend-il, mon seigneur, dit Stee Jans calmement.

— Que voulez-vous dire ? demanda Ander.

— Que le temps qui nous reste est de plus en plus court. Pour nous tous !

— Combien, selon vous ?

— Tout s'accomplira aujourd'hui.

Le frontalier ne trahissait aucune émotion, comme s'il parlait du temps qu'il ferait dans la journée.

— Vous paraissez résigné, commandant…

— Mon seigneur, je suis honnête. Je vous l'ai dit quand nous nous sommes rencontrés. Aimeriez-vous entendre autre chose que la vérité ?

— Non. N'y a-t-il aucune chance de tenir plus longtemps ?

— Il en existe toujours une… Mesurez-la comme vous mesureriez celles du roi de survivre à cette journée. Voilà tout ce que nous avons.

— J'accepte votre façon de voir, commandant. (Il tendit la main.) Les elfes ont eu de la chance de vous avoir à leurs côtés dans cette guerre. J'aurais aimé trouver un meilleur moyen de vous remercier.

L'Homme de fer serra la main du prince.

— J'aurais voulu pouvoir vous en fournir l'occasion. Bonne chance, prince Ander.

L'homme salua et s'en fut. Ander le regarda un moment, puis il reprit son chemin.

Allanon trouva le prince alors qu'il se préparait à partir à cheval pour le Carolan.

Ander attendit en silence pendant que le géant ramenait Artaq au pas, puis le faisait s'arrêter.

— Je sais ce qui est arrivé. Je suis désolé, Ander Elessedil…

— Allanon, où est le bâton ?

— Il n'existe plus. L'Ellcrys est mort.

— Alors, c'est la fin, n'est-ce pas ? Sans la magie de l'Ellcrys, nous sommes perdus.

— Peut-être pas…

Ander regarda le druide, incrédule. Mais il avait déjà fait tourner bride à sa monture.

— Je vous attendrai devant les jardins de la Vie, prince, dit-il par-dessus son épaule. Dépêchez-vous de m'y rejoindre. Il reste peut-être un espoir…

Il talonna son cheval et disparut.

Chapitre 51

L'aube était levée depuis une heure quand les démons attaquèrent le long de la paroi du Carolan. Escaladant les débris de l'Elfitch, ils convergèrent vers les portes de la sixième rampe. Avec la mort de l'Ellcrys, plus rien ne les affaiblissait. Les flèches et les épées ne semblaient plus les affecter. Vague après vague, ils montèrent à l'assaut. En peu de temps, les parois du promontoire furent couvertes d'ennemis. Ils lancèrent des grappins accrochés au bout de grosses lianes. Une fois les crochets arrimés aux blocs de pierre, les démons grimpèrent.

Les défenseurs étaient prêts. Kerrin et la garde du palais en haut des portes, Stee Jans et son régiment Libre sur le mur de gauche, Amantar et ses trolls des Rochers sur celui de droite. Pendant que les démons montaient, tous coupèrent les lianes à grands coups d'épée et les monstres tombèrent en hurlant.

Les arcs elfiques vibrèrent, une grêle de flèches noires éclaircissant les rangs adverses. Mais d'autres démons remplaçaient les morts. Armés de nouveaux grappins et de nouvelles lianes, ils apportèrent aussi des poutres en bois où ils avaient taillé des marches grossières. Ils les posèrent contre les portes et entreprirent de les gravir, des massues et des rochers volant vers les défenseurs.

Les démons furent repoussés plusieurs fois, mais ils finirent pourtant par prendre pied sur les murs. Les elfes et leurs alliés furent obligés de les affronter au corps à corps.

Les monstres s'éparpillèrent aussi des deux côtés de l'Elfitch, sur la paroi rocheuse, en route vers le sommet du Carolan où les attendaient la cavalerie elfique, la vieille garde de la Légion, les soldats nains du génie et quelques autres unités. Ehlron Tay commandait ce détachement. Lançant charge après charge contre les ennemis arrivés en haut du promontoire, il en fit tomber des centaines du haut du Carolan. Mais les lignes de défense étaient dérisoires sur la partie boisée du promontoire où les bosquets dissimulaient l'arrivée des démons. Des groupes isolés parvinrent à y prendre pied et le flanc des lignes elfiques commença à céder.

Sur l'Elfitch, les démons passèrent les portes de la sixième rampe. Faisant irruption dans les rangs des défenseurs, ils brisèrent les verrous et les barres transversales et ouvrirent les battants en grand. Les autres démons se jetèrent dans la brèche, en piétinant leurs congénères morts.

Amantar tenait toujours le mur de droite, mais Stee Jans et ce qui restait de son régiment avaient été forcés de reculer. Au centre des défenses elfiques, Kerrin rallia la garde du palais et contre-attaqua. Les Chasseurs elfes chargèrent, forçant les monstres à reculer et ralentissant leur assaut. Un moment, la garde du palais parut sur le point de reprendre les portes. Mais une poignée de furies se jeta sur les elfes. Kerrin tomba, blessé à mort. La contre-attaque ralentit et les hommes furent bientôt obligés d'abandonner.

Ils battirent en retraite jusqu'aux portes de la septième et dernière rampe – en formation serrée pour éviter que l'ennemi traverse leurs rangs. Amantar et Stee Jans protégeant le centre, les défenseurs se replièrent derrière les murs et les portes se refermèrent.

Au-dessous, les démons se rassemblèrent de nouveau.

À trois cents pas à l'est du sommet de la rampe, Ander Elessedil fixait sombrement le champ de bataille. Derrière lui, les soldats de la garde Noire entouraient les jardins de la Vie. Il regarda Kobold, leur chef, puis Allanon. Le druide était à côté du prince.

— Allanon, nous devons faire quelque chose !

— Pas encore. Attendons…

Sur le Carolan, les démons continuaient d'affluer, acharnés à contourner les défenses. Au sud, ils étaient parvenus sur le promontoire et leur nombre augmentait sans cesse, repoussant les assauts de la cavalerie qui tentait de les déloger. Au nord, les soldats nains du génie tenaient toujours bon, l'astucieux Browork lançant l'infanterie et la cavalerie dans une série d'assauts qui, jusque-là, avaient toujours réussi à faire basculer les démons dans le vide.

Ehlron Tay chevaucha vers le sud avec une compagnie de cavalerie de réserve pour essayer de reprendre les parties basses du promontoire. Les soldats chargèrent, lances baissées. Quand les deux forces se rencontrèrent, la bataille fit rage. De loin, il était impossible de distinguer les défenseurs de leurs ennemis. Mais, lorsque les deux forces se séparèrent, ce furent les elfes qui battirent en retraite. Le flanc gauche de la défense s'effondrait ; les démons foncèrent en hurlant de plaisir.

Les portes de la septième rampe éclatèrent sous l'assaut. Les défenseurs furent d'abord contraints de reculer, mais les trolls lancèrent une contre-attaque qui renvoya les démons de l'autre côté des portes détruites. Ils se regroupèrent, les plus grands et les plus féroces en tête, et passèrent de nouveau le portail. Cette fois, même les trolls des Rochers furent incapables de les contenir. Traînant leurs blessés avec eux, ils abandonnèrent les portes et reculèrent vers le bord du promontoire.

Les démons ayant aussi pris pied sur l'extrémité nord du Carolan, malgré les nains, les flancs des défenseurs se replièrent vers le centre. Lentement mais sûrement, les Jardins de la Vie devinrent un îlot isolé au milieu du champ de bataille. La cible que les démons visaient désormais en priorité !

Ehlron Tay tomba de cheval. Ensanglanté et meurtri, il fut conduit en sécurité par ses soldats. Browork souffrait d'une demi-douzaine de blessures et il était entouré de démons. La Vieille garde avait perdu un tiers de ses effectifs. Deux Cavaliers du Ciel avaient été abattus. Les trois restants, Dayn compris, étaient retournés vers les jardins de la Vie pour soutenir le siège avec Allanon. Partout, les elfes et leurs alliés battaient en retraite.

Les défenseurs de l'Elfitch avaient été forcés de remonter en haut de la rampe. Stee Jans tenait la position centrale, entouré par les soldats de son régiment Libre. Les elfes et les trolls se chargeaient des flancs. Mais leur résistance ne durerait plus très longtemps. Le frontalier au visage couturé de cicatrices avait conscience du danger de leur position. Au-dessous d'eux, les démons se rassemblaient pour donner l'assaut. De chaque côté, le long du promontoire, les lignes de défense se rabattaient vers le haut de la rampe. Dans peu de temps, ces soldats seraient pris dans un étau dont aucun ne sortirait vivant. Il leur fallait reculer immédiatement et reformer leurs lignes autour des jardins de la Vie, où ils avaient une chance de tenir leur position avec le soutien de la garde Noire. Mais il leur faudrait du temps pour ça, et quelqu'un devait le leur donner.

Sa chevelure rousse volant au vent, le commandant du régiment Libre saisit l'étendard de bataille écarlate et gris de sa compagnie et le planta entre deux pierres. Le régiment Libre s'arrêterait là et résisterait. Ralliant ses frontaliers, il forma une phalange au centre de la rampe. Puis il ordonna aux elfes et aux trolls de reculer. Personne ne mit ses ordres en question, puisqu'il avait reçu le commandement de l'armée. Les elfes et les trolls battirent en retraite pour rejoindre la garde Noire qui entourait les jardins de la Vie.

Le régiment Libre resta seul face à l'ennemi.

— Mais que fait-il ? cria Ander à Allanon, horrifié.

Le druide ne répondit pas.

Les démons chargèrent le long de la rampe. Contre toute attente, le régiment Libre soutint l'assaut. Pendant ce temps, les défenseurs elfes continuaient à sortir du nœud coulant qui avait failli les piéger.

Les démons revinrent à l'attaque et le Régiment les repoussa une fois de plus. Il ne restait qu'une vingtaine de frontaliers, Stee Jans à leur tête. Se regroupant devant les jardins de la Vie, les défenseurs qui avaient échappé au piège regardèrent le petit groupe qui tenait toujours bon. Le silence tomba dans les rangs.

Chacun savait comment les choses se termineraient…

Désormais, tout le Carolan était exposé. Stee Jans arracha l'étendard du sol, le leva au-dessus de sa tête, et poussa le cri de bataille du régiment Libre. Puis le petit groupe commença à reculer en direction des jardins de la Vie. Pas un seul frontalier ne brisa la formation ou n'essaya de fuir.

Ander soupira de rage. Une retraite sans espoir !

— C'est trop loin, frontalier, marmonna Browork, qui venait de rejoindre le prince.

Une vague de démons submergea la rampe. Venus du nord et du sud du Carolan, ils fonçaient sur les frontaliers.

— Fuyez ! murmura Ander. Fuyez, Stee Jans !

Mais le temps manquait. Des hurlements emplirent l'air, suivis par un court silence. Puis l'armée des démons chargea.

Allanon agit à ce moment-là. Il dit quelques mots à Dayn, qui lui passa les rênes de Danseur, et il sauta sur le dos du Roc géant et s'envola.

Ander Elessedil et ceux qui attendaient avec lui le virent partir, stupéfaits. Il survola les jardins de la Vie, les bras levés. Sur le Carolan, les démons ralentirent et regardèrent en l'air.

Un coup de tonnerre colossal retentit, comme si la Terre s'était ouverte, et le feu bleu jaillit des doigts du druide. Formant un arc qui allait d'une extrémité des lignes à l'autre, l'énergie balaya les premiers rangs des démons, les transformant aussitôt en cendres. Des hurlements montèrent de l'armée de monstres quand un mur de flammes se dressa devant elle, la forçant à reculer et à abandonner les survivants du régiment Libre.

Un rugissement d'excitation courut dans les rangs des elfes. Un couloir s'était ouvert dans le cercle de feu, conduisant aux Jardins de la Vie. Les frontaliers s'y engouffrèrent pour échapper au piège. Autour d'eux, les démons tenus à distance par les flammes hurlaient de rage.

Allez ! cria silencieusement Ander. *Vous avez encore une chance !*

Les frontaliers couraient aussi vite que possible. Une poignée de furies les poursuivit à travers les flammes. Allanon leva la main et le feu magique percuta les félinoïdes, qui disparurent dans une explosion aveuglante. Une colonne de feu monta dans le ciel comme pour fêter leur mort.

Au-dessus du champ de bataille, Danseur poussa son cri de guerre.

Stee Jans et ses soldats rejoignirent les ultimes lignes de la défense. Des cris de joie les accueillirent et les étendards de bataille des Quatre Terres se levèrent.

Sur le Carolan, le feu du druide baissait d'intensité, mais les démons n'essayaient toujours pas de le traverser. Après avoir vu périr les furies, ils n'avaient aucune envie d'affronter Allanon. Tournant en rond derrière le mur de flammes, ils grondaient sur le passage du grand Roc, mais ils attendaient.

Le druide savait ce qui arriverait ensuite. Il avait défié les démons et l'un d'eux devait relever le gant. Mais seul le Dagda Mor était assez puissant pour s'opposer à lui. Allanon était persuadé qu'il le ferait, parce qu'il n'avait pas le choix.

Le Dagda Mor sentait la magie des Pierres elfiques aussi clairement qu'Allanon. Il savait que Wil Ohmsford avait utilisé les Pierres, que la quête du Feu de Sang avait été couronnée de succès, et que l'événement qu'il craignait le plus au monde risquait de se produire : la renaissance de l'Ellcrys, suivie de la restauration de la Barrière. Un moment difficile pour le seigneur des démons… Le Métamorphe était mort et le Faucheur avait échoué. Son armée piétinait. Si quelqu'un l'arrêtait maintenant, même si le reste des Terres de l'Ouest demeurait sous sa domination, il serait perdu. L'Ellcrys était la clé de la survie des démons. L'arbre devait être détruit, et la terre où il était enraciné empoisonnée afin que rien ne puisse y repousser. Ensuite, il pourrait poursuivre à loisir la dernière Élue et la semence de l'Ellcrys. Ainsi, les démons s'assureraient qu'on ne les bannirait plus de la terre des hommes. Mais rien de tout cela n'arriverait s'ils ne détruisaient pas d'abord Allanon. Le Dagda Mor le savait, et il était obligé d'agir…

Un hurlement effrayant monta de l'armée de monstres. Au bord du Carolan, une ombre noire se découpa contre le bleu du ciel. Allanon se retourna. C'était la créature ailée qui avait presque attrapé Wil Ohmsford et Amberle dans la vallée de Rhenn. Le druide la vit clairement, cette fois. Une monstrueuse chauve-souris à la peau parcheminée et luisante, au museau garni de crocs étincelants et aux pattes griffues. Allanon avait entendu parler de chauves-souris de ce type, qui nichaient dans les montagnes reculées des Terres du Nord, mais il n'en avait jamais vu. Elle planait au-dessus des hordes de démons, son cri les paralysant momentanément.

Assis sur le cou de la créature, Allanon reconnut le Dagda Mor. Le défi avait été relevé.

Le druide fit pivoter Danseur.

La chauve-souris descendit en piqué, le corps bossu du démon plaqué contre elle. Dans la main du Dagda Mor, le Bâton de Pouvoir rougeoyait. Allanon attendit, gardant le Roc en place. La chauve-souris cria de plaisir anticipé et le feu rouge jaillit du Bâton du démon – un instant trop tard. Danseur vira abruptement, puis se rabattit vers la gauche. Quand le monstre ailé attaqua, ses pattes griffues ratant leur cible, le feu du Dagda Mor balaya le Carolan.

Allanon fit de nouveau virer Danseur. La chauve-souris était lourde et lente, comparée au Roc. Le feu bleu lui brûla les ailes et les flancs, roussissant sa peau parcheminée.

La bête hurla à la mort.

Mais elle revint à la charge ! Le Dagda Mor lança un nouveau jet de feu qui balaya l'air en face du druide et de sa monture. Un mur de flammes s'élevant dans les airs, ils n'eurent plus le temps de s'écarter. Sans hésiter, Danseur fila vers le haut, puis redressa son vol et redescendit vers le Carolan. Des acclamations jaillirent des rangs des défenseurs repliés devant les jardins de la Vie.

Le démon attaqua de nouveau, sa monture se laissant tomber vers le sol. Mais Danseur fut trop rapide. Il remonta en flèche, évitant de justesse le feu du Bâton de Pouvoir. Sous eux, la prairie s'enflamma.

Danseur changeait si vite de direction que le Dagda Mor ne parvenait pas à le toucher. Le feu du druide, lui, atteignait à chaque fois la chauve-souris géante, dont le corps était couvert de brûlures.

Le duel continua au-dessus du Carolan. Un moment, la lutte fut à peu près égale. La chauve-souris, pesante et lente, était facile à toucher, mais elle ne semblait pas affectée par ses brûlures. Et Danseur était trop vif pour que le feu démoniaque l'atteigne…

Mais le Roc commença à se fatiguer. Depuis trois jours, il volait presque sans interruption et ses forces déclinaient. Chaque fois qu'il attaquait le démon, le feu du Bâton de Pouvoir le frôlait de plus en plus.

Le silence tomba sur les rangs des défenseurs. Chacun pensait la même chose : tôt ou tard, le Roc faiblirait ou le druide ferait une fausse manœuvre, et c'en serait fait d'eux.

Cela se produisit bientôt. Un jet de feu rouge coupa la trajectoire de Danseur au moment où il virait vers la gauche, lui fracassant une aile. Le Roc tomba aussitôt en spirale vers le promontoire. Le Bâton de Pouvoir lâcha un nouveau jet de flammes, qui atteignit sa cible de plein fouet.

Alors, la chauve-souris descendit en piqué, ses pattes griffues prêtes à déchiqueter les chairs de ses ennemis. Allanon se tourna, vit la créature fondre sur lui et leva les bras.

Du feu bleu jaillit de ses doigts. La tête de la chauve-souris explosa, mais son corps continua sur son élan. À trente pieds au-dessus du Carolan, le Roc et la chauve-souris se percutèrent. Ils tombèrent comme des pierres, entraînant leurs cavaliers avec eux. Après s'être écrasé sur la roche, Danseur frémit une seule fois, puis s'immobilisa. La chauve-souris ne bougeait plus.

À ce moment-là, tous les défenseurs pensèrent que la bataille était perdue. Danseur était mort et Allanon gisait sur le sol, couvert de brûlures.

Seul le Dagda Mor bougeait encore. Malgré une jambe cassée, il parvint à sauter du dos de sa monture et à se diriger vers le druide. Alors, il leva le Bâton de Pouvoir, qui commença à rougeoyer.

— Allanon ! cria Ander Elessedil.

Le druide l'entendit-il ? Peut-être, car il parvint à se relever, évita l'éclair du Bâton et se jeta si vite sur son ennemi que celui-ci n'eut pas le temps de réagir.

Allanon saisit le Bâton de son adversaire et serra les dents de douleur quand le feu démoniaque rougeoya. Mais la magie vint à sa rescousse, le feu bleu se mêlant au rouge. Le druide et le démon combattirent en silence, chacun essayant d'arracher le Bâton à l'autre.

Allanon puisa dans ses dernières ressources : le feu bleu sortit de ses mains, remonta le long du Bâton de Pouvoir, éteignit l'énergie démoniaque et passa dans le corps du Dagda Mor. Les yeux écarquillés d'horreur, le monstre hurla.

Allanon força le démon bossu à s'agenouiller devant lui. Laissant libre cours à sa haine, le Dagda Mor tenta de lutter contre le feu magique et de se libérer de la poigne d'Allanon. Mais les mains du druide se refermèrent sur les siennes comme des menottes, les forçant à rester en contact avec le Bâton de Pouvoir. Le Dagda Mor frissonna puis s'effondra, les yeux vides.

Le feu du druide l'enveloppa d'un suaire de lumière bleue jusqu'à ce qu'il explose.

Un grand silence tomba sur le Carolan. Allanon était seul, le Bâton de Pouvoir toujours dans les mains. Il regarda sans vraiment le voir le morceau de bois calciné. Puis il le cassa en deux et jeta au loin les morceaux.

Se tournant vers les jardins de la Vie, il siffla Artaq, qui sortit au trot des lignes de défenseurs. Allanon savait qu'il lui restait peu de temps. Épuisé, il tenait par pure obstination. Devant lui, le mur de flammes qui avait bloqué les démons s'éteignait. Ils s'étaient déjà regroupés à sa lisière, les yeux rivés sur lui, attendant la suite. La destruction du Dagda Mor ne signifiait rien pour eux. Seule comptait leur haine des elfes. Allanon leur rendit leurs regards avec un sourire ironique. Tout ce qui les retenait désormais, c'était la peur du druide. Quand ils l'auraient surmontée, ils attaqueraient.

Artaq lui poussa l'épaule du museau et hennit doucement. Sans quitter les démons des yeux, Allanon recula jusqu'à pouvoir saisir la crinière et le harnais du grand étalon. Il se hissa péniblement en selle, manquant s'évanouir sous l'effort. Saisissant les rênes, il fit volter Artaq et repartit vers les lignes de défense à une allure délibérément lente, car un pas plus rapide aurait été trop dur pour son corps à la torture.

Les jardins de la Vie se rapprochaient... Du coin de l'œil, Allanon vit des mouvements dans les lignes de démons. Quelques-uns sautaient déjà par-dessus les flammes faiblissantes, hurlant de haine. D'autres les suivirent. Allanon ne se retourna pas.

Bientôt, se dit-il. *Je serai bientôt arrivé.*

Soudain, la masse de démons se rua en avant en hurlant à pleins poumons.

Le druide comprit qu'il était trop loin des jardins de la Vie pour les atteindre s'il ne forçait pas l'allure. Il n'avait pas le choix. Il talonna Artaq qui partit au galop. Le grand cheval traversa le Carolan, son corps puissant tendu comme une flèche.

La tête lui tournant, le druide sentit sa prise sur le harnais se relâcher. Il allait tomber !

Pourtant, il parvint à rester en selle jusqu'à ce que les lignes de défense soient devant lui. Artaq zigzagua à travers les soldats, évitant les mains qui essayaient de saisir Allanon pour l'empêcher de tomber, et s'arrêta devant l'entrée des jardins de la Vie.

Même là, le druide ne tomba pas. Avec une détermination d'acier, perché sur le dos du grand étalon, il tourna la tête pour regarder le promontoire, où les hordes de démons convergeaient vers les Jardins. Devant leurs murs, les défenseurs se préparèrent.

Ils ont une chance, à présent ! Je leur ai donné au moins ça !

Puis des cris éclatèrent et des mains désignèrent le ciel. Dayn vint se camper à côté d'Allanon.

— Genewen ! cria-t-il. C'est Genewen !

Le druide leva les yeux. Loin au sud, presque perdu dans le halo aveuglant du soleil de midi, un grand oiseau doré volait vers Arborlon.

Chapitre 52

Horrifié, Wil Ohmsford regarda vers le bas, le soleil le faisant cligner des yeux. En lui, la fièvre brûlait toujours. Il se sentait faible, il avait le vertige et son corps était couvert de sueur. Genewen survolait les forêts des Terres de l'Ouest, ses ailes déployées au maximum pour profiter des courants aériens. Wil était attaché au Roc par des sangles de cuir, son bras cassé tenu par des attelles. Devant lui, Perk se balançait au rythme des mouvements de Genewen, qu'il guidait des mains et de la voix. Blottie contre le jeune Cavalier du Ciel, disparaissant presque dans son manteau, Amberle tremblait de terreur.

Les bras noués autour de la taille du Valombrien étaient ceux d'Eretria… Wil se retourna, les yeux noirs de la jeune vagabonde croisant les siens. Elle aussi était frappée d'horreur.

Au-dessous d'eux s'étendait la cité d'Arborlon. Des corps noirs jonchaient le Carolan, des feux brûlaient sur le promontoire, et l'Elfitch était en ruine. Des cavaliers, des lanciers, des piquiers et des archers entouraient les jardins de la Vie. Autour d'eux, des monstres se pressaient par milliers. Les défenseurs seraient balayés…

Les démons, murmura Wil, les démons.

Mais aucun son ne sortit de sa bouche.

Il s'aperçut qu'Amberle bougeait. Elle s'était légèrement redressée, toujours penchée vers Perk, et parlait au jeune garçon, une main posée sur son épaule. Perk hocha la tête. Genewen commença aussitôt à descendre vers le Carolan et les jardins de la Vie.

Ils étaient un îlot au milieu du désastre, leurs haies bien taillées et leurs parterres impeccables très visibles au milieu des prairies carbonisées et des démons hurlant. Wil vit les armes scintiller au soleil quand les défenseurs repoussèrent une fois encore les hordes qui déferlaient sur eux. Déjà, quelques monstres avaient pris pied à l'intérieur des murs.

Sur la petite butte au centre des Jardins, les restes sans vie de l'Ellcrys se dressaient encore, oubliés de tous.

Genewen poussa un cri qui retentit au-dessus du vacarme de la bataille. Un instant, tous les yeux se tournèrent vers elle. Elle descendit en piqué, comme si un morceau du soleil s'était détaché. Des cris de joie l'accueillirent. Un Cavalier du Ciel ! lancèrent les défenseurs, sondant l'horizon pour voir si d'autres le suivaient.

Genewen atterrit dans les Jardins, au pied de la petite butte. Ses ailes se replièrent, sa tête écarlate plongeant vers le sol. Perk descendit et se hâta de défaire le harnais qui retenait ses passagers. Il libéra d'abord Amberle, qui glissa du dos de Genewen et tomba à genoux dès que ses pieds touchèrent le sol. Wil essaya de l'atteindre, mais la fièvre l'avait affaibli, et les sangles refusaient de céder.

— Amberle ! appela-t-il.

Elle s'était relevée à une dizaine de pas de lui. Un instant, ses terribles yeux rouge sang croisèrent le regard du jeune homme, et elle sembla vouloir parler. Puis, sans un mot, elle commença à gravir la butte.

— Amberle ! cria Wil en se battant contre les sangles.

Genewen faillit basculer sur le côté, et Perk eut du mal à la stabiliser.

— Restez tranquille, guérisseur ! grogna Eretria.

Mais Wil n'écouta pas. Tout ce qu'il voyait, c'était Amberle qui s'éloignait de lui. Il était en train de la perdre. Il le savait !

Genewen voulut reprendre son vol, effrayée par les mouvements du Valombrien. Perk saisit le harnais et remonta sur son dos, essayant en vain de la calmer.

Eretria sortit sa dague et coupa les sangles qui les retenaient, Wil et elle. Ils tombèrent du dos du Roc, atterrissant dans un buisson. La douleur fit frémir le Valombrien tandis qu'il se remettait laborieusement debout. Eretria l'appela, mais il l'ignora et entreprit de gravir la butte sur les talons de la jeune elfe. Déjà à mi-chemin, elle avançait lentement vers l'arbre.

Des hurlements retentirent, et une demi-douzaine de démons sortirent des haies.

Perk avait réussi à calmer Genewen. Descendu de son dos, il suivait Wil. Les démons se ruèrent sur lui. Mais le Valombrien les avait vus. Il leva le poing, brandissant les Pierres elfiques. Du feu bleu en jaillit et les monstres disparurent.

— Partez ! cria-t-il. Fuyez, Cavalier du Ciel !

Au moment où Eretria rejoignit Wil, d'autres démons sortirent de leur cachette derrière les haies. Des soldats de la garde Noire les suivirent pour les intercepter, mais quelques-uns forcèrent les défenses pour se jeter sur Wil. Le Valombrien leur fit face, et le feu bleu vola de nouveau. Perk était remonté sur Genewen. Au lieu de fuir, il avait dirigé le Roc géant vers les attaquants les plus proches, les forçant à reculer. Hélas, des dizaines d'autres arrivaient, et même le feu des Pierres elfiques ne suffisait plus à les arrêter tous.

Un cri perçant retentit, plus aigu que les hurlements des démons. Wil se retourna. Amberle se dressait en haut de la butte, les bras autour du tronc de l'Ellcrys. Quand elle le toucha, l'arbre sembla chatoyer comme les eaux d'une rivière sous le soleil. Puis il se désintégra, averse de poussière argentée qui tomba autour de la jeune elfe comme de la neige. Elle resta seule sur la butte, les bras levés.

Et elle commença à changer.

— Amberle ! cria Wil une dernière fois.

Il se laissa tomber sur les genoux, désespéré.

Le corps de la jeune elfe perdit sa forme humaine. Ses vêtements se déchirèrent et tombèrent autour d'elle. Ses jambes se fondirent l'une dans l'autre et des vrilles sortirent de la plante de ses pieds, s'enfonçant dans la terre. Lentement, ses bras s'allongèrent.

— Oh, Wil…, murmura Eretria en se laissant tomber sur le sol à côté de lui.

Amberle avait disparu. À sa place se dressait l'Ellcrys, parfaitement formé, son écorce argentée et ses feuilles écarlates brillant au soleil. L'arbre magique vivait de nouveau sur la terre des elfes !

Un cri d'angoisse sortit des gorges des démons quand la Barrière restaurée commença à les attirer dans la prison d'où ils venaient. Ils essayèrent d'échapper à l'obscurité qui se refermait inexorablement autour d'eux. Mais fuir était impossible. Ils s'effacèrent par centaines, puis par milliers, les gros comme les petits, leurs formes noires se désintégrant jusqu'à ce que le dernier ait quitté le monde de la lumière.

Le silence tomba sur les défenseurs d'Arborlon. Ils regardèrent autour d'eux, frappés de stupeur. On aurait juré que les démons n'avaient jamais existé.

Dans les jardins de la Vie, Wil Ohmsford laissa libre cours à ses larmes.

Chapitre 53

Les elfes le découvrirent peu après. Sur l'ordre d'Ander Elessedil, ils le transportèrent à Arborlon. Trop abattu par la perte d'Amberle pour protester, brûlant de fièvre, il se laissa emmener au palais des Elessedil, où on l'installa dans une chambre silencieuse plongée dans la pénombre. Des guérisseurs elfes le lavèrent, pansèrent ses blessures et refirent les attelles de son bras cassé. Puis ils lui donnèrent à boire un liquide amer qui le rendit somnolent, et l'enveloppèrent dans des draps et des couvertures. Enfin, ils le laissèrent se reposer, fermant la porte derrière eux. Quelques minutes après, il dormait comme une masse.

Il rêva qu'il errait dans des ténèbres impénétrables. Amberle était quelque part, mais il ne parvenait pas à la trouver. Quand il l'appelait, elle répondait d'une voix lointaine. Peu à peu, il prit conscience d'une autre présence, celle d'une entité froide et maléfique qu'il avait déjà rencontrée. Terrifié, il s'enfuit, courant de plus en plus vite dans un labyrinthe de silence et d'obscurité. Mais la créature était sur ses talons. Même si elle ne faisait pas de bruit, il la sentait, toujours à un pas derrière lui. Finalement, les doigts du monstre le touchèrent, et il hurla de peur.

Soudain, l'obscurité disparut. Il se retrouva dans des jardins aux riches couleurs, et son poursuivant avait disparu. Le soulagement l'envahit. Il était en sécurité ! L'instant d'après, le sol s'effondra sous ses pieds et il sentit qu'on le soulevait. Il vit qu'une masse noire déferlait sur les jardins, comme un océan où il ne manquerait pas de se noyer.

Il essaya désespérément de localiser Amberle et l'aperçut, flottant comme un fantôme. Puis elle disparut.

Il l'appela, mais n'obtint pas de réponse. La vague noire le recouvrit et il commença à sombrer…

Amberle !

Il se réveilla en sursaut, trempé de sueur. Sur une petite table contre le mur d'en face, une chandelle brûlait. Le reste de la pièce était plongée dans la pénombre.

Dehors, il faisait nuit.

— Wil Ohmsford…

Il tourna la tête en entendant son nom, regarda autour de lui et vit une grande silhouette encapuchonnée assise à son chevet.

Le Valombrien cligna des yeux et reconnut son compagnon.

Allanon.

D'un coup, tout lui revint en mémoire et l'amertume lui laissa un goût âcre dans la gorge. Quand il parvint à parler, ce fut d'une voix rauque et sifflante.

— Vous saviez, Allanon. Depuis le début !

Pas de réponse. Des larmes montèrent aux yeux du Valombrien. Il se souvint de la nuit où il avait rencontré le druide, à Storland. Il savait qu'il ne pouvait pas faire confiance à Allanon. Qu'il ne le *devait* pas ! Flick l'avait prévenu. C'était un homme mystérieux, et il cachait bien ses secrets.

Mais ça ! Comment avait-il osé lui dissimuler ça !

— Pourquoi ne m'avez-vous rien dit ? murmura Wil. Vous auriez pu me parler…

Il capta un mouvement dans les ombres du capuchon.

— Savoir ne vous aurait servi à rien, Valombrien.

— Je ne vous aurais pas aidé ! C'est ce que vous voulez dire ? Vous vous êtes joué de moi ! Vous m'avez laissé croire que je pouvais protéger Amberle des démons. Si je parvenais à la ramener saine et sauve à Arborlon, tout irait bien. Vous saviez que c'était ce que je croyais. Et ce n'était pas la vérité !

Le druide ne répondit pas.

— N'auriez-vous pas pu au moins *la* prévenir ?

— Non, Valombrien. Elle ne m'aurait pas cru. Ou plutôt, elle ne se serait pas autorisée à me croire. Ç'aurait été trop lui en demander. Repensez à ce qui est arrivé quand je lui ai parlé, à Havenstead. Elle ne voulait même pas admettre qu'elle était toujours une Élue. Vraiment, elle ne m'aurait pas cru. Pas à ce moment. Il lui fallait du temps pour découvrir la vérité sur elle-même et la comprendre. Ce n'est pas quelque chose que j'aurais pu lui expliquer… Elle devait l'apprendre par elle-même.

— Des mots, Allanon ! Vous êtes si doué pour les belles paroles qui persuadent les gens ! Vous m'avez convaincu une fois, mais aujourd'hui, vous ne me convaincrez pas : je sais ce que vous avez fait !

— Alors, vous devez aussi savoir ce que je n'ai pas fait. La décision finale était la sienne, Valombrien, pas la mienne. Mon rôle n'était pas de la forcer à prendre cette décision, seulement de lui donner la possibilité de le faire. Voilà à quoi s'est limitée mon intervention.

— Vraiment ? Vous avez fait en sorte qu'elle soit obligée de prendre la décision que vous souhaitiez. Je n'appellerais pas ça une « intervention limitée ».

— Je me suis assuré qu'elle comprendrait les conséquences de sa décision, quelle qu'elle soit. C'est différent…

— Les conséquences ! ricana Wil. Que connaissez des conséquences, Allanon ? Savez-vous ce qu'elle signifiait pour moi ? Le savez-vous ?

En larmes, Wil se rallongea, bizarrement honteux. Son amertume le quitta, et il sentit un grand vide en lui.

Il se détourna d'Allanon et ils restèrent silencieux un long moment. Dans la pénombre de la chambre, la lueur de la chandelle dansait sur leurs silhouettes.

Puis le Valombrien regarda de nouveau le druide.

— C'est terminé. Elle n'est plus. (Il déglutit.) M'expliquerez-vous au moins pourquoi ?

Le druide ne répondit pas tout de suite. Quand il parla, ce fut d'une voix basse proche d'un murmure.

— Écoutez-moi, Valombrien. L'Ellcrys est une créature merveilleuse, un être de magie formé par la fusion entre la vie humaine et le feu de la Terre. il a été créé avant les Grandes Guerres. Les magiciens elfes l'ont conçu quand il a fallu trouver un moyen d'empêcher les démons de continuer à menacer le monde magique. Comme vous le savez, les elfes n'étaient pas un peuple violent. La préservation de la vie, voilà ce qu'ils visaient ! Même face à des créatures aussi maléfiques et destructrices que les démons, ils refusaient d'envisager l'élimination d'une espèce. Les bannir leur sembla la solution la plus acceptable. Mais ils savaient que ce sort devait être assez puissant pour que les monstres ne puissent pas s'échapper, même mille ans après. Et ils devraient être exilés en un lieu où ils ne pourraient pas faire de mal à des innocents. Les magiciens elfes utilisèrent donc leurs pouvoirs les plus puissants, ceux qui exigeaient le plus grand sacrifice : le don volontaire de la vie. Ce fut ce don qui permet à l'Ellcrys d'exister et à la Barrière d'être érigée.

» Il faut comprendre le mode de vie des elfes, et le code qui les gouverne pour savoir ce que l'Ellcrys représente pour eux – et donc pourquoi Amberle a choisi de *devenir* l'Ellcrys. Les elfes pensent avoir une dette envers la Terre, car elle est à l'origine de toute vie. Selon eux, ce qu'ils lui prennent doit lui être rendu d'une manière ou d'une autre. Cette croyance est fondamentale pour eux. Leurs vies leur ont été données par la Terre. Ils doivent donc offrir de la vie en retour. Alors, ils mènent une existence consacrée à la préservation de la Terre et de la vie qu'elle porte. L'Ellcrys est une extension de cette croyance. L'incarnation de la relation de dépendance mutuelle entre les elfes et la Terre. L'Ellcrys représente cette relation conçue pour les protéger des forces maléfiques qui les détruiraient tous les deux. Amberle a compris tout ça, à la fin. Elle a vu que la seule façon de sauver son peuple et les Terres de l'Ouest était de *devenir* l'Ellcrys. Elle a compris que la semence qu'elle transportait pouvait prendre vie uniquement si elle se sacrifiait.

Il s'interrompit et se pencha vers le Valombrien.

— Vous avez conscience que le premier Ellcrys était à l'origine une femme. Il doit toujours en être une, car seule une femme peut donner la vie à d'autres êtres de son espèce. Les magiciens avaient prévu ce besoin de reproduction, même s'ils n'ont pas pu dire à quel rythme il serait nécessaire. Ils ont choisi une jeune elfe qui devait beaucoup ressembler à Amberle, et ils l'ont transformée. Puis ils ont créé l'ordre des Élus afin que l'arbre soit toujours servi et entretenu, et qu'il puisse un jour choisir son successeur. Mais au fil des siècles, l'Ellcrys a presque toujours sélectionné des hommes. Les archives ne disent pas pourquoi et l'arbre lui-même ne le sait plus. Pendant très longtemps, la sélection s'est faite par habitude. On peut supposer que l'Ellcrys élisait une femme quand le besoin s'en faisait sentir. Cela a peut-être un rapport avec le moment de sa création par les magiciens elfes. Ont-ils promis à celle qui est devenue l'Ellcrys que des hommes la serviraient ? L'avait-elle demandé ? Le choix de jeunes hommes comme Élus semblait-il plus acceptable pour les elfes ? J'ignore la vérité à ce sujet…

» Bref, quand l'Ellcrys a choisi Amberle, il devait se douter qu'il était mourant. Il ne pouvait pas en être sûr, puisqu'il était le premier de son espèce, personne ne sachant quand il mourrait, ni quels seraient les signes avant-coureurs. En fait, beaucoup d'elfes pensaient qu'il était immortel. Les caractéristiques physiques de la partie de l'arbre qui avait été humaine ayant depuis longtemps disparu, elles n'étaient plus d'aucune utilité en la matière. L'Ellcrys a dû penser à plusieurs reprises qu'il était mourant ou en grand danger, et qu'il devait choisir son successeur. À ces moments-là, il a élu une femme. C'est arrivé rarement. La dernière fois remonte à cinq cents ans. Ne me demandez pas ce qui l'avait poussé à le faire, car je l'ignore. Et ce n'est pas réellement important.

» Quand Amberle est devenue une Élue, la première depuis cinq cents ans, cela a surpris les elfes. Mais ce choix avait une plus grande importance qu'on l'imagina, parce que l'Ellcrys la considérait comme son successeur possible. Plus encore : il la voyait comme une mère voit son enfant à naître. Une comparaison bizarre, me direz-vous, mais pensez aux circonstances : si l'arbre devait réellement mourir, il produirait une semence, qui fusionnerait avec Amberle pour former un nouvel Ellcrys, en partie issu de l'ancien. L'arbre a choisi Amberle en connaissance de cause, et cela lui faisait forcément tenir sa relation avec elle pour celle d'une mère avec un enfant. Physiquement, la femme devenue l'Ellcrys avait changé, mais une partie de ses émotions survivait. L'arbre éprouvait un sentiment *maternel* pour la jeune elfe, et cela les a rendus très proches, au début.

Il marqua une pause.

— Malheureusement, c'est cette relation qui a provoqué les problèmes. Quand je suis venu à Arborlon, réveillé par l'effritement de la Barrière et la menace d'invasion des démons, j'ai parlé avec l'Ellcrys. Il m'a dit qu'après avoir choisi Amberle comme Élue, il avait essayé de renforcer les liens entre eux. Il l'a fait parce qu'il avait pris conscience de la maladie qui le rongeait. Sa vie était sur le point de se terminer, et sa semence devait être transmise à Amberle. Même agonisant, il éprouvait toujours des sentiments maternels pour elle. Il voulait la préparer à ce qui se passerait, lui montrer la joie, la beauté et la grâce dont il avait bénéficié au cours de sa longue vie. Il désirait qu'elle puisse comprendre ce que cela signifiait, de devenir une avec la Terre. De la voir évoluer au fil des siècles, de vivre ses changements… Bref, comprendre le processus de croissance comme une mère le comprend alors que son enfant le méconnaît encore.

Wil fit un signe de tête. Il pensait au rêve qu'Amberle et lui avait fait quand le roi de la rivière Argentée les avait sauvés des démons. Dans ce rêve, ils se cherchaient. Lui était dans un magnifique jardin, si beau qu'il lui avait fait monter les larmes aux yeux. Elle était dans l'obscurité, l'appelant alors qu'il était à côté d'elle mais refusait de lui répondre. Aucun d'eux n'avait compris que c'était une prophétie, le roi de la rivière Argentée leur ouvrant une fenêtre sur l'avenir.

Le druide reprit son récit.

— L'Ellcrys était bien intentionné, mais trop zélé. Il a terrifié Amberle avec ses visions et sa manière de la « materner » au point de la priver de sa propre identité. La jeune femme n'était pas encore prête pour la transition qu'il avait tellement envie qu'elle accomplisse. Elle a eu peur et cela l'a rendue furieuse. Alors, elle a quitté Arborlon. L'arbre n'a pas compris. Il attendait qu'Amberle revienne. Quand la maladie est devenue irréversible, la semence complètement formée, il a appelé les Élus à lui.

— Mais pas Amberle ? demanda Wil.

— Non, pas Amberle. Il pensait qu'elle viendrait d'elle-même. Et il ne voulait *pas* l'appeler, car elle avait fui les fois précédentes. Il en était sûr, dès qu'Amberle saurait qu'il était mourant, elle reviendrait. Malheureusement, il lui restait moins longtemps à vivre qu'il l'avait cru. La Barrière commença à s'éroder et il ne fut plus capable de la maintenir. Une poignée de démons la traversa et les Élus furent tous tués, à part Amberle. Quand j'ai rendu visite à l'Ellcrys, il était au désespoir. Comme il m'a dit qu'il fallait absolument trouver Amberle, je suis parti à sa recherche.

De l'amertume passa sur le visage du Valombrien.

— Donc, vous saviez, à Havenstead, que l'Ellcrys considérait toujours Amberle comme une Élue.

— Je le savais.

— Et vous saviez qu'il lui donnerait la semence.

— Je vous éviterai le souci de me poser d'autres questions : je savais tout ! Les archives des druides, à Paranor, m'ont révélé la vérité sur la création de l'Ellcrys et sur la façon dont la renaissance devait se passer.

Le druide hésita un instant.

— Je voudrais que vous compreniez quelque chose, Valombrien. Moi aussi, j'avais de l'affection pour Amberle. Je ne désirais pas la tromper – si vous voulez appeler ainsi mes omissions. Mais il était nécessaire qu'elle découvre seule la vérité sur elle-même. Je lui ai indiqué le chemin à suivre, mais je ne lui ai pas donné une carte de la totalité du territoire. Les choix seraient les siens. Ni moi, ni vous, ni personne d'autre, n'avions le droit de décider à sa place. Elle seule le pouvait.

Wil Ohmsford baissa les yeux.

— Peut-être. Et peut-être aurait-il mieux valu qu'elle sache depuis le début où la mènerait le chemin que vous lui avez montré. C'est bizarre… Je pensais qu'apprendre la vérité m'aiderait un peu. Mais ce n'est pas le cas. Ça ne m'aide pas le moins du monde !

Il y eut un long silence, puis Wil leva de nouveau la tête.

— De toute façon, je n'ai pas le droit de vous blâmer pour ce qui est arrivé. Vous avez fait ce que vous aviez à faire, je le sais. Les choix étaient vraiment ceux d'Amberle. Je le comprends. Mais la perdre comme ça… C'est si difficile…

— Je suis désolé, Valombrien.

Le druide se leva.

— Pourquoi m'avez-vous réveillé, Allanon ? Pour me raconter tout ça ?

— Et pour vous dire adieu, Wil Ohmsford…

— Adieu ?

— Jusqu'à une prochaine rencontre…

— Où… allez-vous ?

Le druide ne répondit pas. Wil s'assoupit, et Allanon le laissa glisser dans le sommeil. Mais il lutta pour rester conscient. Il restait des choses à dire, et il avait l'intention de les dire. Allanon ne pouvait pas partir comme ça, disparaissant dans la nuit comme un voleur.

Un soupçon traversa soudain l'esprit de Wil. Il tendit une main et saisit le druide par sa robe.

— Allanon.

Le silence régna quelques instants.

— Montrez-moi votre visage !

Un moment, Wil pensa que son compagnon ne l'avait pas entendu. Allanon resta au pied de son lit, immobile, la tête baissée dans l'ombre de son capuchon. Le Valombrien attendit. Puis, lentement, les grandes mains du druide saisirent le bord du capuchon et le tira en arrière.

— Allanon ! cria Wil Ohmsford, frappé de stupeur.

Les cheveux et la barbe du druide, naguère d'un noir d'ébène, étaient maintenant striés de gris. Allanon avait vieilli !

— C'est le prix qu'on paye pour l'utilisation de la magie, dit-il avec un sourire moqueur. Cette fois, je crains en avoir utilisé trop. Elle m'a pris bien plus que ce que j'avais l'intention de donner. (Il haussa les épaules.) Une quantité finie de vie est allouée à chacun de nous, Valombrien.

— Allanon, souffla Wil, je suis désolé. Ne partez pas encore.

Allanon remit son capuchon et il prit les mains du jeune homme dans les siennes.

— Il est temps pour moi de partir. Nous avons tous les deux besoin de repos. Dormez bien, Wil Ohmsford. Et essayez de ne pas penser trop de mal de moi. Je crois qu'Amberle ne le ferait pas. Que cette idée vous réconforte : vous êtes un guérisseur, et un guérisseur doit préserver la vie. Vous l'avez fait ici : pour les elfes et les Terres de l'Ouest. Et même si Amberle semble perdue pour vous, souvenez-vous que vous la trouverez toujours dans la terre. Touchez le sol, et elle sera avec vous.

Il souffla la chandelle.

— Ne partez pas, fit Wil d'une voix pâteuse.

— Adieu, Wil... Dites à Flick qu'il ne se trompait pas sur mon compte. Ça lui fera plaisir.

— Allanon..., marmonna Wil.

Puis il replongea dans le sommeil.

Le druide passa comme une ombre dans les couloirs faiblement éclairés de la maison des Elessedil. Des gardes patrouillaient dans ces corridors. Ces Chasseurs qui avaient survécu à la bataille de l'Elfitch étaient difficiles à impressionner. Pourtant, tous s'écartèrent, laissant passer Allanon sans un mot. Quelque chose dans le regard du druide leur indiquait qu'il valait mieux ne pas s'opposer à lui.

Quelques instants après, il entra dans la chambre du roi des elfes, la porte se refermant doucement derrière lui. Les fenêtres fermées et les rideaux tirés, la lumière des chandelles éclairait la pièce d'une faible lueur...

Eventine était allongé dans le grand lit, à l'autre bout de la chambre, couvert de bandages et emmitouflé dans des couvertures. À côté de lui, Ander somnolait sur une chaise d'osier à haut dossier.

Allanon avança jusqu'au pied du lit. Le vieux roi dormait, le souffle lent, la peau couleur de parchemin. Il approchait de la fin de sa vie.

Ce serait aussi celle d'une époque, pensa le druide.

Tout le monde aurait disparu… Tous ceux qui s'étaient dressés avec lui contre le Roi-Sorcier, qui l'avaient aidé dans la quête de l'Épée de Shannara.

Tous, excepté les Ohmsford, Shea et Flick.

Un sourire mélancolique flotta ses lèvres. Et lui, bien entendu. Il était encore là. Il était *toujours* là.

Sous ses couvertures, le vieux roi s'agita.

C'est sur le point de se produire, pensa Allanon.

Pour la première fois de la nuit, de l'amertume passa sur son visage.

Il recula dans les ombres, à l'autre bout de la chambre, et attendit.

Ander Elessedil se réveilla en sursaut. Les yeux lourds de sommeil, il regarda autour de lui et ne vit que la chambre vide, sans l'ombre d'un fantôme.

Il ne s'était jamais senti aussi seul. Il manquait tant de gens qui auraient dû être au chevet de son père : Arion, Pindanon, Crispin, Ehlron Tay, Kerrin. Tous morts…

Il se renfonça dans son fauteuil en osier, tellement fatigué qu'il ne sentait plus rien hormis ses articulations et ses muscles douloureux. Il se demanda combien de temps il avait dormi. Gael reviendrait bientôt, apportant de la nourriture et des boissons, et ils continueraient ensemble de veiller le roi gravement blessé. Ils attendraient…

Des souvenirs le hantaient : des images de son père et de tout ce qui avait été et ne serait plus. Douces-amères, elles lui rappelaient les joies partagées avec lui et leur caractère éphémère. À bien y réfléchir, il aurait préféré que les souvenirs le laissent tranquille, cette nuit.

Il pensa à son père et à Amberle, à l'affection particulière qu'ils avaient toujours eue l'un pour l'autre, à l'intimité qu'ils avaient partagée, puis perdue et retrouvée. Et de nouveau perdue. Il lui était difficile de comprendre la transformation d'Amberle. Il devait se forcer à se rappeler qu'il ne l'avait pas imaginée. Il revoyait le petit Cavalier du Ciel, Perk, lui raconter la scène, son visage d'enfant reflétant un effroi mêlé de respect.

Il inclina la tête en arrière et ferma les yeux. La vérité était connue de peu de gens. Il ignorait s'il devait laisser les choses en l'état ou pas…

— Ander.

Le prince sursauta quand le regard bleu perçant de son père rencontra le sien.

— Ander… Qu'est-il arrivé ?

La voix du vieux roi n'était plus qu'un murmure rauque.

Ander s'agenouilla près de son père.

— C'est terminé, dit-il. Nous avons gagné. Les démons ont été renvoyés derrière la Barrière. L'Ellcrys…

Il ne put pas continuer. Il n'existait pas de mots pour dire ce qu'il aurait fallu dire. La main du roi sortit des couvertures pour chercher la sienne.

— Amberle ?

Ander inspira à fond, des larmes aux yeux, et se força à rencontrer le regard de son père.

— Elle est en sécurité, murmura-t-il. Elle se repose.

Il y eut un long silence. Un sourire flotta sur les lèvres d'Eventine.

Puis il ferma les yeux. Un instant après, il poussa son dernier soupir.

Allanon resta caché dans les ombres quelques minutes de plus et avança vers le lit.

— Ander, dit-il doucement.

Le prince se leva, lâchant la main de son père.

— Il n'est plus, Allanon.

— Et vous êtes roi ! Soyez le monarque qu'il aurait voulu vous voir devenir.

Ander se tourna, de l'incertitude dans le regard.

— Le saviez-vous, Allanon ? Je me le suis souvent demandé, depuis le ravin de Baen. Saviez-vous que tout cela arriverait, et que je deviendrai roi ?

Le visage du druide se ferma.

— Je n'aurais rien pu empêcher, prince, répondit-il. Je pouvais seulement essayer de vous préparer à ce qui devait se produire.

— Donc, vous saviez ?

— Je savais. Je suis un druide.

Ander inspira à fond.

— Je ferai de mon mieux, Allanon.

— Dans ce cas, vous serez un roi digne de votre père, Ander Elessedil.

Il regarda le prince retourner auprès du roi mort, le couvrir tendrement comme s'il était un enfant endormi et s'agenouiller de nouveau à son chevet.

Allanon se tourna et quitta la chambre, le palais, la ville et la contrée.

Personne ne le vit partir.

L'aube se levait quand quelqu'un secoua gentiment Wil Ohmsford pour le réveiller. Une lumière grisâtre filtrait à travers les fenêtres aux rideaux tirés, chassant peu à peu les ombres de la nuit. Wil cligna des yeux et vit le visage de Perk devant lui.

— Wil ? demanda le petit Cavalier du Ciel, avec un air grave étonnant sur son visage poupin.

— Bonjour, Perk.

— Comment vous sentez-vous ?

— Un peu mieux, je crois.

— Parfait. (Perk sourit.) J'étais vraiment inquiet !

Wil lui rendit son sourire.

— Moi aussi.

Perk s'assit au bord du lit.

— Je suis désolé de vous avoir réveillé, mais je ne voulais pas partir sans vous dire adieu.

— Tu nous quittes ?

— Oui. J'aurais même dû m'en aller la nuit dernière, mais je devais laisser Genewen se reposer. Elle était très fatiguée après ce long vol. Maintenant, je dois partir. J'aurais dû être rentré au Nid d'Aigles depuis deux jours. Les miens sont sans doute en train de me chercher partout. Mais ils comprendront, quand je leur expliquerai. Et ils ne seront pas furieux contre moi.

— J'espère bien que non ! Ça ne me plairait pas.

— Mon oncle Dayn leur expliquera aussi... Saviez-vous qu'il était là, Wil ? Mon grand-père l'a envoyé. Oncle Dayn m'a dit que j'avais agi comme un vrai Cavalier du Ciel, et que ce que Genewen et moi avons fait était très important.

Wil se haussa sur ses oreillers.

— Oui, ça l'était, Perk. Très important !

— Je ne pouvais pas vous abandonner. Je savais que vous auriez besoin de moi.

— Oui. Nous avions grand besoin de toi...

— Et j'ai pensé que mon grand-père me pardonnerait si je désobéissais juste une fois.

— Je crois qu'il te pardonnera.

Perk regarda ses mains.

— Wil, je suis désolé au sujet de dame Amberle. Vraiment désolé.

— Je le sais, Perk.

— Elle était vraiment ensorcelée, n'est-ce pas ? Et cet enchantement l'a transformée en arbre. C'est bien ce qu'elle voulait ? Se transformer pour que les démons disparaissent ? C'est comme ça que les choses étaient censées se passer ?

— Oui...

— J'ai eu très peur, vous savez, avoua Perk. Je n'étais pas sûr que ça devait arriver ainsi. Tout a été si soudain ! Elle ne m'en a jamais parlé avant, et quand cela s'est produit, j'ai eu peur.

— Je ne crois pas qu'elle ait eu l'intention de t'effrayer.

— Non, je ne le crois pas non plus.

— Elle n'a pas eu le temps de tout expliquer...

Perk haussa les épaules.

— C'est arrivé si vite !

Ils restèrent un instant silencieux, puis le petit Cavalier du Ciel se leva.

— Je tenais à vous dire au revoir, Wil. Viendrez-vous me voir, un jour ? Ou bien je pourrais vous rendre visite, mais il faudra que j'attende d'être plus vieux. Ma famille ne veut pas que je vole hors des frontières des Terres de l'Ouest.

— Je viendrai te voir, Perk. Bientôt, promit Wil.

Perk lui fit un geste d'adieu, gagna la porte et se retourna vers le Valombrien.

— Je l'aimais bien, Wil, vous savez...

— Oui. Moi aussi, Perk.

Le petit Cavalier du Ciel sourit et quitta la chambre.

Chapitre 54

Tous ceux qui étaient venus aider les elfes rentrèrent chez eux, excepté deux personnes.

Les Cavaliers du Ciel partirent à l'aube du premier jour du règne d'Ander Elessedil – les trois survivants sur les cinq venus du sud, plus le jeune Perk. Ils s'envolèrent sans parler à personne – sauf au roi – bien avant que le soleil soit sorti de la ligne des arbres, à l'est, leurs Rocs au plumage doré semblant chasser la nuit devant eux.

À midi, ce fut au tour des trolls des Rochers, Amantar à leur tête, aussi sauvages et fiers que le jour de leur arrivée. Ils levèrent leurs armes pour saluer le peuple d'Arborlon, rassemblé le long des rues et des sentiers boisés afin de les acclamer. Pour la première fois depuis plus de mille ans, les trolls et les elfes ne se séparaient pas en ennemis…

Les nains restèrent quelques jours supplémentaires, faisant bénéficier les elfes de leur compétence en matière de génie civil. Ils les aidèrent à tracer les plans de la reconstruction de l'Elfitch. La tâche ne serait pas aisée, car il fallait remplacer la cinquième rampe et consolider la totalité des structures restantes. Le genre de défi que le redoutable Browork adorait ! Avec l'aide de ses soldats encore en état de travailler, il définit les étapes successives qui permettraient de réaliser au mieux l'ouvrage. Quand il prit enfin congé d'Ander et des elfes, il promit qu'une autre compagnie de soldats du génie, en meilleure forme que la sienne, serait envoyée le plus vite possible pour les aider.

— Nous savons que nous pouvons compter sur les nains, dit Ander, serrant la main calleuse de Browork.

— Toujours, répéta le nain. Essayez de vous en souvenir le jour où nous aurons besoin de vous !

Puis ce fut au tour des hommes de Callahorn de partir – la poignée de soldats du régiment Libre et de la vieille garde qui avaient survécu à la bataille de l'Elfitch. Il restait une dizaine d'hommes, et la moitié au moins ne se battrait plus jamais. Le régiment Libre avait virtuellement cessé d'exister, les cadavres de ses braves jonchant le sol entre les cols des monts Brisure et Arborlon. Pourtant, une fois encore, Stee

Jans, le frontalier géant, avait survécu.

Il vint voir Ander Elessedil, au matin du sixième jour après la victoire sur les démons.

Chevauchant son grand rouan, il rejoignit Ander au bord du Carolan, où il étudiait avec ses ingénieurs les plans préparés par les nains. S'excusant auprès de ses compagnons, Ander approcha pendant que le frontalier descendait de cheval. Il prit les mains de l'homme et les serra dans les siennes.

— Vous êtes remis, commandant ? demanda-t-il en souriant.

— Suffisamment, mon seigneur, dit Stee Jans. Je suis venu vous remercier et vous dire adieu. La Légion repart à Callahorn.

— Ce n'est pas à vous de me remercier, mais à moi et à tous les elfes. Personne n'a autant donné à cette terre et à ce peuple. Qu'aurions-nous fait sans vous, Stee Jans ?

Le frontalier ne répondit pas tout de suite.

— Mon seigneur, nous avons trouvé ici une cause qui valait la peine qu'on se batte. Alors, nous avons lutté de notre plein gré. Et vous n'avez pas perdu cette guerre. C'est le plus important.

— Comment aurions-nous pu perdre, avec vous à nos côtés ? (Ander lui prit de nouveau la main.) Mais que ferez-vous, maintenant ?

— Le régiment Libre n'existe plus. Peut-être sera-t-il reconstitué. Peut-être pas... S'il ne l'est pas, je demanderai un autre commandement dans la Légion. On m'en donnera sûrement un...

— Si vous me le demandez, Stee Jans, le commandement de mon armée sera à vous. Je serai honoré de vous compter parmi les nôtres. Et les elfes aussi. Car vous êtes un des nôtres. Y réfléchirez-vous ?

Le frontalier sourit, se tourna et remonta en selle.

— Je suis déjà en train d'y réfléchir, roi Ander Elessedil. Jusqu'à ce que nous nous rencontrions de nouveau, mon seigneur, je vous souhaite force et prospérité, à vous et aux elfes.

Il fit pivoter le grand rouan et quitta le Carolan, son manteau gris flottant derrière lui. Ander le regarda partir.

Oui, jusqu'à ce que nous nous rencontrions de nouveau, frontalier, répondit-il mentalement.

Ainsi, tous ceux qui étaient venus à l'aide d'Arborlon repartirent.

Tous, sauf deux personnes.

L'une était le Valombrien, Wil Ohmsford.

Le soleil illuminait le Carolan. Il était près de midi, et Wil Ohmsford approchait des portes des jardins de la Vie. Il parcourut les allées à pas réguliers et mesurés, sans aucune hésitation. Pourtant, quand il fut enfin devant les portes, il ne fut plus si sûr de pouvoir continuer. Il lui avait fallu une semaine pour en arriver là...

Il avait passé les trois premiers jours dans sa chambre, au palais des Elessedil, le plus souvent endormi. Deux autres jours avaient été consacrés à des promenades solitaires. Il avait essayé de voir clair dans les émotions qui le submergeaient chaque fois qu'il pensait à Amberle. Enfin, il avait consacré les deux derniers jours à éviter soigneusement les Jardins.

Il resta longtemps devant l'entrée, regardant l'arche ornementée, les murs envahis par le lierre et les pins et les haies qui bordaient les allées. Des habitants de la cité qui entraient ou sortaient des Jardins le regardèrent d'un air perplexe. Ils étaient là pour la même raison que lui et se demandaient, en le voyant, s'il était encore plus impressionné qu'eux. Les sentinelles de la garde Noire qui se tenaient de chaque côté de l'entrée jetaient aussi de temps en temps un coup d'œil au Valombrien.

Wil Ohmsford n'arrivait pas à se décider à entrer.

Pourtant, il savait qu'il devait la voir encore une fois ! La dernière. Il n'y aurait pas de paix pour lui tant qu'il ne l'aurait pas fait.

Sans s'en rendre compte, il pénétra dans les Jardins et longea le sentier sinueux qui l'amènerait près de l'arbre.

En se dirigeant vers la butte, il se sentit étrangement soulagé, comme si, en prenant la décision d'aller la voir, il avait fait quelque chose de nécessaire et de juste. Une partie de la détermination qui lui avait permis de traverser les épreuves de ces dernières semaines lui était revenue. Pourtant, il l'avait perdue quand Amberle s'était transformée, tant il était sûr de n'avoir pas réussi à la protéger. Il comprenait mieux cette réaction, désormais. Ce n'était pas tant un sentiment d'échec que la découverte de ses propres limites.

Tu ne peux pas toujours faire tout ce que tu souhaiterais, lui avait dit un jour son oncle Flick.

Ainsi, même s'il avait sauvé Amberle des démons, il n'avait pas pu lui éviter de devenir l'Ellcrys. Lui épargner ce sort, il le savait, n'était pas et n'avait jamais été en son pouvoir. La seule personne qui le détenait, c'était Amberle elle-même. Son choix, comme elle l'avait dit à Wil, et comme Allanon le lui avait confirmé. Ni la colère, ni l'amertume ni le remords ne changeraient les faits ou ne lui apporteraient la paix qu'il cherchait. Il devait se résigner à ce qui était arrivé… par un autre moyen. Il pensait le connaître… Rendre visite à l'arbre magique était la première étape.

Il traversa une haie et *la* vit enfin devant lui.

L'Ellcrys se découpait contre le ciel bleu de midi, son tronc argenté et ses feuilles écarlates scintillant sous le soleil, créature d'une telle beauté qu'il sentit ses yeux se voiler de larmes.

— Amberle…, murmura-t-il.

Rassemblées au pied de la petite butte, des familles d'elfes venus de la cité, les yeux rivés sur l'arbre, parlaient à voix basse. Wil Ohmsford hésita un instant, puis il les rejoignit.

— Tu vois, la maladie est partie, dit une mère à sa petite fille. L'Ellcrys est de nouveau en bonne santé.

Et sa terre et son peuple sont en sécurité, pensa le Valombrien. *Grâce à Amberle. Parce qu'elle s'est sacrifiée.*

Il inspira à fond et regarda l'arbre.

C'était un acte qu'Amberle avait voulu accomplir, qu'elle s'était sentie obligée d'accomplir, et pas seulement par *nécessité*. Vers la fin, elle avait conclu que c'était le but de son existence. L'éthique elfique, le code qui avait gouverné sa vie, affirmait qu'on devait toujours rendre une partie de soi-même à la terre. Même quand elle s'était volontairement bannie d'Arborlon, elle n'avait pas oublié ces principes, les mettant en application avec les enfants de Havenstead.

C'était pourquoi elle était revenue avec lui à Arborlon. Pour découvrir sa destinée.

Quelque chose devait être rendu à la Terre.

Amberle, elle, avait tout donné.

Wil eut un sourire mélancolique. Elle n'avait quand même pas tout perdu. En devenant l'Ellcrys, son amie avait gagné tout un univers.

— L'Ellcrys empêchera les démons de revenir, maman ? demanda la petite fille.

— Oui, affirma la mère en souriant.

— Et il nous protégera toujours ?

— Toujours…

Les yeux de la fillette se posèrent sur l'arbre, puis sur le visage de sa mère.

— L'Ellcrys est si beau, murmura-t-elle.

Amberle.

Wil la regarda une dernière fois, puis il se détourna et quitta les Jardins.

Il venait d'en sortir quand il aperçut Eretria au bord du chemin.

Ses vêtements de soie aux couleurs vives étaient désormais remplacés par une tenue d'elfe ordinaire. Pourtant, Eretria n'aurait jamais rien d'*ordinaire*. Elle était toujours aussi fantastiquement belle ! Sa longue chevelure noire chatoyait sous le soleil et un sourire éblouissant éclaira son visage à la peau mate quand elle vit approcher Wil.

Il avança pour la saluer.

— Tu as l'air de nouveau en pleine forme, dit-elle.

— Tout le mérite t'en revient. C'est toi qui m'as remis sur pied.

Le compliment fit rosir la jeune femme.

La semaine précédente, elle était venue le voir tous les jours. Elle l'avait nourri, pansé, lui tenant compagnie quand il en avait besoin, et le laissant tranquille quand il lui fallait être seul. Sa guérison, physique comme mentale, devait beaucoup aux efforts de la vagabonde.

— On m'a dit que tu étais sorti… Je n'avais pas besoin de beaucoup d'imagination pour savoir où… Alors, j'ai eu l'idée de te rejoindre et de t'attendre. (Elle lui fit son sourire le plus charmeur.) As-tu fait la paix avec toi-même, guérisseur ?

Wil vit de l'inquiétude dans ses yeux. Mieux que personne, elle comprenait ce que la perte d'Amberle lui faisait. Ils en avaient parlé sans cesse pendant sa convalescence.

— Je crois que oui, dit-il enfin. Venir ici m'a aidé, mais j'ai sans doute besoin encore d'un peu de temps…

Il s'interrompit et haussa les épaules.

— Amberle pensait devoir quelque chose à la Terre, en échange de la vie qu'elle avait reçue. Elle m'a dit un jour que ce credo faisait partie de son héritage elfique. Je suppose qu'elle voulait dire que cela faisait aussi partie du mien. Elle m'a toujours considéré comme un guérisseur plus que comme un protecteur. Et c'est ce que je serai : un guérisseur. Un guérisseur rend quelque chose à la Terre à travers les soins qu'il donne aux gens. Ce sera mon cadeau à notre mère à tous.

— Tu retourneras à Storland ?

— D'abord chez moi, à Valombre, puis à Storland.

— Bientôt ?

— Je crois, oui. En fait, dès cet après-midi. (Il se racla la gorge, mal à l'aise.) Sais-tu qu'Allanon m'a laissé Artaq ? Un cadeau... Peut-être pour compenser un peu la perte d'Amberle.

Eretria détourna le regard.

— Peut-être... Pouvons-nous rentrer à la cité ?

Sans attendre de réponse, Eretria s'éloigna. Wil hésita un instant, puis il la rattrapa et ils marchèrent un moment en silence.

— As-tu décidé de garder les Pierres elfiques ? demanda-t-elle.

Il lui avait dit pendant sa convalescence, au plus fort de sa dépression, qu'il comptait les abandonner. La magie elfique lui avait fait quelque chose, il le savait. Tout comme elle avait fait vieillir Allanon. Elle l'avait affecté aussi, même s'il ignorait de quelle façon. Ce pouvoir l'effrayait toujours. Pourtant, la responsabilité restait sienne. Il ne pouvait pas donner les Pierres à quelqu'un simplement pour s'en débarrasser.

— Je les garderai, répondit-il. Mais je ne m'en servirai plus jamais.

— Je comprends... De quelle utilité pourraient être ces Pierres pour un guérisseur ?

Ils dépassèrent les murs des Jardins et s'engagèrent sur le sentier qui conduisait à Arborlon. Aucun ne parla. Wil sentait la distance qui les séparait. La jeune femme devait être certaine qu'il la quitterait bientôt. Elle avait envie de venir avec lui, bien entendu. C'était son désir depuis le début. Mais cette fois, elle ne le lui demanderait pas. Sa fierté l'en empêcherait.

Wil retourna la question dans son esprit.

— Où iras-tu ? demanda-t-il soudain.

Elle haussa les épaules.

— Je ne sais pas encore. Callahorn, peut-être... Je suis libre d'aller où je veux et d'être qui je veux. (Elle marqua une pause.) Peut-être viendrais-je te rendre visite. Il semble que tu as besoin de quelqu'un pour veiller sur toi !

Voilà, elle l'avait dit, presque en plaisantant, mais il ne s'y trompa pas.

Je vous suis destinée, Wil Ohmsford, lui avait-elle lancé cette fameuse nuit, dans le Tirfing.

Elle venait de le répéter.

Il la regarda, pensant à tout ce qu'elle avait fait pour lui et aux risques qu'elle avait courus. S'il la quittait maintenant, elle n'aurait personne. Ni famille, ni foyer, ni peuple. Avant, quand elle voulait le suivre, il avait eu de bonnes raisons de refuser. Mais lesquelles avait-il maintenant ?

— C'était une idée comme ça, dit la jeune femme, l'air faussement désinvolte.

— Une idée très gentille. Mais je me disais que tu aurais peut-être envie de venir avec moi, maintenant...

Il parla avant de comprendre ce qu'il venait de décider.

Il y eut un très long silence, pendant lequel ils ne se regardèrent pas, continuant à marcher comme si rien d'important n'avait été dit.

— Peut-être..., fit enfin Eretria. Si tu es sérieux...

— Je le suis, dit Wil.

Puis il vit le sourire, de sa compagne toujours aussi éblouissant. Elle s'arrêta et se tourna vers lui.

— Wil Ohmsford, je suis rassurée de voir que tu es enfin revenu à la raison !

Elle lui prit la main et la serra très fort.

En revenant du Carolan, l'esprit toujours occupé par la reconstruction de l'Elfitch, Ander Elessedil aperçut le Valombrien et la jeune vagabonde. Il ralentit, observant les deux alliés qui n'étaient pas encore rentrés chez eux. Il les vit s'arrêter, la jeune femme prenant la main du Valombrien.

Un sourire flotta sur les lèvres du roi. Il continua son chemin, passant le plus loin possible des deux jeunes gens.

Wil Ohmsford aussi rentrerait bientôt chez lui. Mais il ne serait pas seul.

• • • SAGIM • CANALE • • •

Achevé d'imprimer en janvier 2005
sur rotative Variquik
à Courtry (77181)

Imprimé en France

Dépôt légal : mai 2003
N° d'impression : 8144